Gargantua

TRANSLATION EN FRANÇAIS MODERNE
PRÉSENTATION
NOTES
DOSSIER
CHRONOLOGIE
INDEX
BIBLIOGRAPHIE
de Myriam Marrache-Gouraud

GF Flammarion

Du même auteur
dans la même collection

PANTAGRUEL
LE TIERS LIVRE
LE QUART LIVRE
LE CINQUIESME LIVRE

ISBN : 978-2-0802-5197-8
N° d'édition : L.01EHPN001077.A002
Dépôt légal : juin 2021

Présentation

Pour Cyrille, Gaspard et Gédéon.

Dès le XVIe siècle et encore aujourd'hui, François Rabelais creuse une brèche extraordinaire dans la manière d'écrire un récit. Son jeu avec les traditions narratives renouvelle profondément le récit héroïque. Son goût pour la langue française fait de lui l'un des plus féconds inventeurs de mots et nous lui devons une vigoureuse augmentation du dictionnaire. Enfin, ses connaissances et son érudition offrent au lecteur un roman encyclopédique : de quoi Rabelais n'a-t-il pas parlé, au gré des aventures de ses héros ? La nature – plantes, minéraux, animaux –, les arts, les mécanismes économiques ou politiques, la mythologie, la médecine, l'histoire, la philosophie, la société de son temps, la magie, l'alchimie, l'utopie, la guerre, la religion... Son œuvre accueille aussi bien le monde de son époque que celui de l'Antiquité et tous les mondes possibles de son imagination. Rabelais est peut-être le père du roman moderne : avant même Cervantès, il parvient à rassembler lectorats populaire et savant. Un livre qui contient tous les livres qu'il a lus, qui réunit le Nouveau Monde et l'Ancien, voici le défi que propose Rabelais à ses lecteurs.

Une vie pleine d'autres vies

La vie de Rabelais fut romanesque et multiple[1], marquée par certaines zones d'ombre ou d'incertitude, à commencer par sa naissance, dont on ne sait si elle advint en 1483 ou 1494. Il voit le jour à La Devinière, près de Chinon. Vers l'âge de vingt ans, il est moine franciscain au couvent du Puy-Saint-Martin de Fontenay-le-Comte. Il apprend le grec, correspond avec les plus grands humanistes européens, Guillaume Budé et Érasme, depuis cette ville florissante, alors capitale du Bas-Poitou. C'est là qu'il entre dans des cénacles d'érudits, dont la figure majeure est André Tiraqueau, juriste averti qui restera son ami et sera le dédicataire de plusieurs de ses œuvres. Mais quand les franciscains lui confisquent ses livres de grec, il décide, en bravant les interdits, de fuir cet ordre austère pour trouver refuge auprès des bénédictins de l'abbaye de Maillezais, à une dizaine de kilomètres. Là, Geoffroy d'Estissac, un abbé à l'esprit éclairé, l'accueille et l'associe à ses déplacements en Poitou. C'est l'occasion pour le jeune Rabelais de rencontrer savants, légistes, médecins, poètes, naturalistes, philosophes et humanistes, et de débattre avec eux de points difficiles touchant les lois et l'organisation de la société (la place de la femme, le mariage), l'histoire religieuse, les arts poétiques, la traduction du grec, l'architecture : autant de sujets dont il nourrira son œuvre, très au fait des questions et des débats de son époque.

Autour de 1527, il entreprend des études de médecine à Montpellier, la faculté la plus renommée de France dans ce domaine. Mais cela signifie qu'il a une fois de plus enfreint les règles religieuses : c'est un crime d'apostasie puni d'excommunication que de quitter les ordres sans autorisation papale. Il devra demander un pardon

1. L'aperçu biographique est ici limité à quelques jalons significatifs. Pour une vue plus détaillée, on se reportera à la chronologie fournie en fin d'ouvrage.

au pape pour cette faute, et l'obtiendra lors de l'un de ses voyages à Rome. À partir de 1532, il exerce la médecine à l'Hôtel-Dieu de Lyon, publie ses premiers ouvrages, part plusieurs fois en Italie avec le cardinal Jean Du Bellay, diplomate féru d'antiquités et de fouilles archéologiques. Après un passage par Montpellier en 1537 pour recevoir son grade de docteur en médecine, Rabelais retourne en Italie (1540-1542) en qualité de médecin de Guillaume Du Bellay, seigneur de Langey et gouverneur de Turin, frère du cardinal Jean Du Bellay. L'écrivain saisit l'opportunité de ces voyages pour mieux connaître la culture italienne qu'il admire comme tous les humanistes français de son temps, pour rencontrer de nombreux lettrés et observer les monuments antiques et les plantes. Il étudie en outre avec intérêt la topographie de Rome et la cour du pape.

Geoffroy d'Estissac et Guillaume Du Bellay, ses deux protecteurs et amis très proches, meurent tous deux en 1543. Son œuvre se fait l'écho de ce deuil : à l'évocation de la mort du second, dans le *Quart Livre*, Pantagruel verse des larmes grosses comme des œufs d'autruche (chap. XVII-XVIII).

En 1546, Rabelais est de nouveau condamné pour hérésie par la faculté de théologie de la Sorbonne à la suite de la parution du *Tiers Livre*. Il doit fuir la France en 1547 et s'exile à Metz, alors ville de l'empire de Charles Quint. En 1551, Jean Du Bellay, qui réside à Saint-Maur-des-Fossés, le rattache à l'abbaye bénédictine de cette ville et lui octroie la cure de Meudon, ce qui lui assure un revenu jusqu'à la fin de sa vie. Rabelais s'éteint en 1553.

L'écrivain se plaît à disséminer dans ses œuvres les traces des péripéties de sa vie. En particulier, les toponymes nombreux qui émaillent l'histoire de Gargantua font apparaître une multitude de noms de petits villages des alentours de Chinon, région de sa naissance, ou encore du Poitou où il passa sa jeunesse. Plus largement, Rabelais restitue des situations qu'il connaît pour les avoir vécues, ainsi que différents savoirs dont il s'est nourri : la vie d'un moine, les usages des abbayes, la formation des étudiants en médecine, les connaissances médicales elles-mêmes, les recherches archéologiques, la diplomatie et la courtisanerie sont autant d'échos d'une vie tumultueuse, déjà romanesque, disposés dans une trame de fiction qui ne l'est pas moins.

L'ŒUVRE NARRATIVE

LIGNES DE FORCE DE L'ŒUVRE

Pantagruel, le premier volume de l'œuvre narrative, paraît en 1532 à Lyon et c'est aussitôt un succès de librairie. Rabelais puise son inspiration dans le folklore populaire auquel il emprunte certains personnages pour les transformer en géants. Pantagruel, connu du public comme un petit diablotin espiègle, devient sous sa plume un prince humaniste à la taille gigantesque, gardant de ses origines une forme d'humour, doublé désormais d'une sagesse sans faille et sans égale. Il prend pour fidèle compagnon un trublion génial, l'étrange Panurge, surgi de nulle part, parlant treize langues étrangères et maîtrisant l'art de transformer toutes les situations selon sa cocasserie et son ingéniosité sans limites. Héritier du personnage médiéval de Renart, puisqu'il joue toutes sortes de mauvais tours au profit, souvent, d'une satire sociale, Panurge est aussi, par sa capacité à se sortir des situations les plus difficiles, un lointain cousin d'Ulysse aux mille ruses : à la fois héroïque et farcesque, le personnage traverse les catégories et renouvelle les stéréotypes narratifs. La petite compagnie pantagruélique, au sein de laquelle seul Pantagruel est un géant, connaît des situations épiques ou quotidiennes dans ce qui s'apparente (comme l'annonce le titre « *Les Horribles et Épouvantables Faits et Prouesses du très renommé Pantagruel* ») à un roman de vie plein de verve joyeuse.

Deux ans plus tard, la parution de *Gargantua* reprend la trame chronologique déroulant la vie d'un géant, de la naissance aux exploits de l'âge adulte. Dans ce deuxième volume, le héros choisi est le père de Pantagruel ; il restera si célèbre qu'il deviendra le type même du géant dans l'imaginaire français. Le retour en arrière d'une génération justifie que Panurge ne soit plus de la partie. À sa place critique et énigmatique, on trouvera le truculent frère Jean, un personnage qui n'a rien d'un moine traditionnel et qui viendra à sa manière mettre en question la notion même d'héroïsme, étant à la fois courageux et sans pitié, et poussant la bataille jusqu'au carnage. Quand ce roman paraît, en 1535, c'est une époque où l'image de la France, pourtant sortie victorieuse de la bataille de Marignan (1515), a déjà été ternie par de grandes périodes d'instabilité, en raison des guerres d'Italie, parfois désastreuses pour les Français, et de l'impérialisme de Charles Quint, qui a fait trembler toute l'Europe en 1527 lors du sac de Rome, après qu'il a fait prisonnier François Ier lors de la bataille de Pavie en 1525. Les visées démentes de l'impérialisme colérique de Picrochole révèlent un Charles Quint à peine dissimulé, tandis que François Ier est reconnaissable dans les figures de Gargantua ou de Grandgousier, qui font l'apologie de l'art du bon gouvernement propre au prince chrétien.

La publication de *Gargantua* intervient aussi dans le contexte encore tout récent de l'affaire des Placards (1534), où des pamphlets contre la messe sont placardés par des réformés jusque sur la porte des appartements du Roi : c'est un événement décisif, à l'origine de la répression de plus en plus ferme qui s'organise contre les tenants de la Réforme de Luther. Le conflit idéologique qui oppose catholiques et protestants donne lieu, d'une part, chez les autorités catholiques qui commencent à interdire la publication de certains écrits, à une suspicion accrue envers toute « hérésie » ou supposée telle et, d'autre part, aux terribles guerres dites « de Religion » qui éclatent véritablement environ dix ans plus tard. Témoin de la montée de ces tensions, Rabelais critique les abus de l'Église catholique sans pour autant embrasser la religion réformée. Cette position médiane, adoptée par la plupart des humanistes au nom du refus de la guerre fratricide, est appelée l'évangélisme. Rabelais y souscrit ; Érasme et Marguerite de Navarre, la propre sœur de François Ier, y sont également favorables, comme le disent leurs écrits de manière plus ou moins voilée. Mais manifester trop ouvertement des idées évangéliques, c'est s'exposer à subir les foudres de la faculté de théologie de la Sorbonne. Cette dernière interdit et condamne la publication des ouvrages de Rabelais, jugés obscènes et hérétiques, en les mettant à l'Index [1]. Il est vrai que la satire y est violente contre les moines et les théologiens et, plus généralement, contre l'Église, accusée d'abuser de la crédulité de ses fidèles. Ainsi, en 1542, Rabelais est contraint d'amender le texte de ses deux premiers romans s'il entend les republier. Il modifie les passages les plus provocateurs envers l'Église, remplaçant le mot « théologien », par exemple, par le mot « sophiste », moins directement incriminant (chap. XIV, XVII, XVIII, XX, XXI, XXIII). Il retire certaines références trop explicites au culte des saints, bien qu'il laisse beaucoup d'allusions moqueuses (chap. XXVII), et fait porter sa critique sur les pèlerinages (chap. XXXVIII et XLV), la crédulité et la superstition (chap. XXXIV à XXXVI), et même sur le non-respect de la religion par les moines (chap. XL) ou sur l'ignorance scandaleuse des théologiens de l'université (chap. XVIII-XIX). On comprend que les fictions de

---

1. Disposition qui consiste, suite au jugement d'hérésie, à faire figurer le livre sur une liste (« Index ») de livres interdits à la publication et à la vente. Ne pas la respecter est passible de la peine de mort.

fantaisie cachent parfois un sens plus profond et foncièrement satirique. Car les écrits de Rabelais sont teintés d'esprit critique et d'érudition [1].

Le *Tiers Livre*, publié en 1546, est un ouvrage plus spéculatif que les deux premiers. Il met à nouveau en scène les personnages de la compagnie de Pantagruel (Panurge, frère Jean, Épistémon...) mais le sujet des aventures évolue. Le livre entier consiste à tenter de répondre aux questions que se pose Panurge quant à l'idée de se marier (« Dois-je me marier ? Et, si je me marie, serai-je cocu ? »). Panurge interroge d'abord ses proches compagnons, puis, faute de réponse concluante, il se tourne vers d'autres interlocuteurs, qui tous représentent une forme de savoir : un devin, une sibylle, un théologien, un médecin, un philosophe et même un fou, pour ne citer qu'eux, sont successivement consultés par Panurge et Pantagruel. Chaque discours donne ensuite lieu à deux interprétations, celle de Panurge et celle de Pantagruel, lesquelles sont systématiquement opposées. Le roman porte donc autant sur la diversité des savoirs que sur l'équivocité du langage, dont le sens, en fait incertain, dépend de l'interprète plus que du locuteur. Dans ses œuvres narratives, Rabelais s'autorise à rire de tout, y compris des sujets graves ou des discours savants, et cette liberté de ton n'est pas du goût des censeurs : ce troisième livre est, comme les deux premiers, mis à l'Index par les autorités ecclésiastiques.

La revue des avis du *Tiers Livre* n'ayant pu aboutir à une réponse fiable, Panurge propose à Pantagruel de

---

1. On ignore souvent que, entre 1532 et 1542, à l'époque même où il publie des récits à rire, Rabelais est aussi l'éditeur de textes savants, notamment d'ouvrages médicaux, dont il offre des traductions du grec ou de l'italien. Dans le domaine de l'astrologie, il publie également des almanachs qui consignent les phases de la lune, les signes astrologiques et différentes indications pour savoir quand planter, faire des saignées ou sevrer un nourrisson. Proche de différents éditeurs de Lyon, Rabelais est régulièrement sollicité pour son excellente connaissance du grec ; il s'informe des publications les plus récentes et connaît parfaitement les réseaux savants de son époque.

partir en quête du « mot de la bouteille », un mot mystérieux qui est censé résoudre toutes les questions. Le *Quart Livre* est le récit de cette aventure maritime. D'abord publié partiellement en 1548, puis en intégralité en 1552, il montre les mêmes personnages progressant d'île en île. Ces terres étrangères sont toutes imaginaires et renferment des peuples bizarres, quoique métaphoriques de types sociaux : les Papimanes, par exemple, sont des adorateurs du pape et s'opposent aux Papefigues. Cette plongée dans un monde reflété par l'imagination tend à la fois vers un roman allégorique ou « à clés » et vers la plus haute fantaisie narrative inspirée par les observations contenues dans les récits de voyages contemporains. Ces nombreuses rencontres avec des « nouveaux » mondes nous renvoient régulièrement à celui dans lequel nous vivons. Pour Rabelais, écrire des histoires, aussi facétieuses soient-elles, est un acte inséparable de ce qui s'écrit dans la « grande » Histoire. C'est dans ce livre que figurent certains épisodes d'anthologie, comme celui des moutons de Panurge ou des paroles gelées.

À sa mort en 1553, Rabelais laisse des brouillons ; assemblés ensuite par un inconnu, ceux-ci forment le *Cinquième Livre*, suite et fin de la quête du mot de la bouteille, où l'on trouve notamment un calligramme en forme de bouteille. Ce dernier volume est publié en 1565.

GARGANTUA : MOTIFS COMIQUES ET HUMANISME

Gargantua, le deuxième volume de cette œuvre copieuse, est un récit d'aventures épiques et comiques écrit après un premier succès de librairie. Dans le sillage de *Pantagruel*, le livre associe récit de vie, facétie et situations comiques poussées parfois jusqu'à la farce. L'intrigue fait s'enchaîner trois narrations : naissance et enfance du géant (chap. I-XXIV), guerre picrocholine (chap. XXV-LI) et utopie de Thélème (chap. LII-LVIII). Cette dernière n'est pas une pièce isolée : elle résulte de la guerre, l'abbaye étant la récompense offerte au moine par Gargantua pour sa loyauté. L'ensemble repose sur une narration dynamique, qui montre de multiples variations de tons, de registres et de rythme. En effet, le ton est tantôt sérieux et presque austère (les harangues des chap. XXXI et L), tantôt bouffon (l'« étrange naissance », chap. VI ; la jument, chap. XVI ; les pèlerins mangés en salade, chap. XXXVIII), et parfois simultanément l'un et l'autre (le torchecul, chap. XIII ; la conquête du monde, chap. XXXIII ; Thélème, chap. LII). Les dialogues, nombreux, participent aussi de cette diversité. Ils permettent de caractériser stylistiquement des personnages qui vont au-delà de simples stéréotypes et s'affirment dans une convivialité qui ne gomme pas la singularité de chacun. Frère Jean, par exemple, ne parle ni comme Gargantua ni comme Ponocrates. Enfin, le rythme même de l'histoire est sans cesse renouvelé : si certains chapitres font avancer rapidement l'action (chap. XXVI-XXVII et toutes les scènes de bataille), d'autres, plus statiques, semblent être des digressions (les blasons des couleurs, chap. IX ; l'énumération des jeux, chap. XXII) ou sont purement descriptifs (Thélème, chap. LIII-LVII).

Or, c'est dans ce cadre d'allure facétieuse, et en connivence étroite avec la culture humaniste de son temps, que Rabelais développe les idées d'Érasme sur l'éducation, la guerre et la paix et le bon gouvernement du prince chrétien [1]. Le mécanisme auquel il recourt est simple : l'humanisme impose son bien-fondé par un rire porté contre l'attitude inverse. Ce procédé permet de promouvoir ce qu'est un véritable savant après avoir fait rire des faux savants comme Janotus de Bragmardo. Rire de l'éducation scolastique à l'ancienne, qui fait réciter « par cœur et à rebours » (p. 137) des leçons auxquelles l'élève n'a rien compris, est un moyen de montrer au mieux les

---

1. Pour de plus amples développements sur ces thèmes, voir Dossier.

innovations humanistes en matière d'éducation. Celles-ci portent sur la méthode plus que sur les contenus enseignés. La tyrannie des « vieux tousseux » (p. 141) incarnée par Thubal Holoferne et Jobelin Bridé, ces monstres grotesques et sots qu'on appelle pourtant « maîtres », assomme le pauvre Gargantua sous des masses d'apprentissages dont il ne tire nul profit pour lui-même (chap. XIV-XV), et l'écrase sous la pesante écritoire qu'il traîne comme un boulet. Érasme fustigeait déjà cette engeance dans *L'Éloge de la folie* (1511). Ainsi que le dira Montaigne dans ses *Essais* (1580-1595), on jugera de la réussite de l'éducation d'un élève « non par le témoignage de sa mémoire, mais de sa vie » (I, 25). L'enfance de Gargantua éclaire cette nécessité : c'est l'homme à venir que l'on forme, son hygiène et sa diététique (chap. XXI), et non un esprit que l'on remplit. Le choix du précepteur, amplement mis en scène dans les chapitres XIV-XV et XXI-XXIV, correspond donc au militantisme humaniste du texte. Seul le sage Ponocrates est garant d'une méthode qui privilégie « l'exercice athlétique » du corps et de l'esprit, dans le respect des capacités et du plaisir de l'enfant (chap. XXIII-XXIV).

Cette esthétique du rire libérateur qui procède par antithèses règne encore lorsque le livre se moque de la folie d'un empereur poussant la guerre toujours « plus outre » (p. 221), aveuglé par sa colère et son impérialisme. Si l'on a pu y voir une transposition de Charles Quint [1], le personnage est aussi la somme des travers dénoncés par Érasme. Le bilieux pense avoir conquis le monde alors même qu'il n'a pas quitté son palais, et entre dans une colère furieuse après une malencontreuse et dérisoire histoire de brioches qui lui fait entreprendre de « grosses guerres » contre ses amis de toujours : la situation n'en paraît que plus aberrante. En contrepoint, l'attitude pondérée, bienveillante, stratégique et prudente du camp

---

1. *Plus ultra* était justement la devise de Charles Quint, choisie en 1516.

adverse développe par la fiction les idées qu'Érasme promeut dans ses traités théoriques sur le bon gouvernement. Gargantua, élevé « comme tous les petits enfants du pays » (chap. XI, p. 115), ou Grandgousier racontant des contes du temps jadis à sa famille au coin du feu (chap. XXVIII) illustrent l'idée que la vie privée d'un prince doit être simple, le faste dû à son rang étant réservé à la vie publique (chap. VIII). Les récompenses et les peines accordées à l'issue de la guerre manifestent son équité et sa libéralité (chap. XLVI, L, LI).

Étant entendu que le devoir du prince est de rendre son royaume plus florissant et plus heureux, il doit en bannir la guerre. Celle-ci n'est que l'ultime expédient auquel il est envisagé de recourir, uniquement si tous les autres moyens diplomatiques ont échoué (chap. XXVIII-XXXII), ou en cas de légitime défense. La pondération et l'usage de la raison sont de mise dans la décision d'engager une guerre, en écartant, dit Érasme, toute passion : aussi Grandgousier convoque-t-il calmement son conseil (chap. XXVIII), à l'inverse de son adversaire dont les décisions sont systématiquement prises « en fureur » (chap. XLVII, p. 351).

Pour épargner la vie de ses sujets, le géant se dote d'une armée de métier si disciplinée qu'elle est rapprochée d'une « harmonie d'orgues » (chap. XLVII, p. 349). En comparaison, l'armée picrocholine a quelque chose de comique et de tragique à la fois : en mettant Merdaille et Menuail à la tête d'une poignée de marauds de la pire espèce, elle offre le tableau des dangers occasionnés par un entourage de mauvais aloi (chap. XXXIII). La fausseté, la grossièreté et la cupidité du capitaine Toucquedillon, à la tête de l'artillerie, enveniment la situation et réduisent à néant les espoirs de paix portés par la harangue du sage Ulrich Gallet (chap. XXXII). L'onomastique très drôle et parfaitement ridicule rattachée aux membres du camp de Picrochole soutient efficacement la dénonciation de leurs défauts en la poussant jusqu'à la caricature.

En somme, la facétie et le goût de la transgression pénètrent partout l'histoire, quel qu'en soit le sujet. Rabelais poursuit l'œuvre et la pensée d'Érasme sans jamais cesser de viser le divertissement, s'attachant à déployer un rire de discernement.

Le rire se porte aussi vers les traditions littéraires. Quand Rabelais laisse apparentes certaines structures des romans de chevalerie sans s'y conformer tout à fait, il manifeste une forme d'hommage aux genres à succès autant qu'un esprit critique. À ce titre, *Gargantua* s'emploie à tourner en dérision les anciens genres littéraires : par une écriture renouvelée, il met en question aussi bien l'épopée antique que ses formes médiévales, tant le merveilleux que le vraisemblable, et s'interroge sur la manière d'écrire des histoires tout en questionnant le lecteur sur la façon de les lire. Croyons-nous aux dimensions chimériques de la jument (chap. XVI) ? Frère Jean est-il un moine, un héros, un soldat sanguinaire sans foi ni loi (chap. XXVII) ? Comment penser la notion d'héroïsme après lui ? Rabelais bouscule les stéréotypes traditionnels et montre que, tout en restant souhaitable, la crédulité, ou illusion romanesque, peut être dépassée. Un prologue placé en tête de l'ouvrage développe cet enjeu central[1] : le texte s'y définit fondamentalement comme une énigme à creuser, à déchiffrer et à élucider en vue du dévoilement d'un sens autre, une « substantifique moelle » située à la fois au cœur et au-delà du sens le plus évident.

L'humour d'apparence grossière – voire scatologique – n'empêche donc pas les ressorts plus subtils d'une réflexion véritable. Que l'on songe à Thélème, cette possibilité d'un monde parfait conçu sur les bords de la Loire en réponse à Thomas More qui situait l'île d'Utopie dans

---

1. La lecture est un enjeu essentiel de ce texte, comme nous le verrons ci-après. Cet enjeu s'impose au-delà des problématiques comiques ou subversives liées à la récriture des genres littéraires traditionnels (épopée, histoire, chronique), ressorts déjà à l'œuvre dans *Pantagruel* et dès lors moins spécifiques de *Gargantua*.

un ailleurs imaginaire [1], ou bien au « connais-toi » socratique qui ressort de la revue des consultations de Panurge dans le *Tiers Livre*, ou encore à la célébrissime sentence de Gargantua « science sans conscience n'est que ruine de l'âme » (*Pantagruel*, chap. VIII) : de tels énoncés n'apparaissent pas pour rire, quand bien même on les trouve dans des œuvres à vocation comique. Le texte est manifestement à lire et à relire, au bénéfice des chatoiements du sens.

PROLIXITÉ ET ÉQUIVOCITÉS : LA QUESTION DU LECTEUR DANS *GARGANTUA*

Comment devenir lecteur de *Gargantua* ? Assurément, la lecture représente le défi central et premier de ce livre plein de géants, de rire et de savoirs paradoxaux. Un examen attentif des textes liminaires (titre, avis aux lecteurs, prologue), suivi d'un aperçu sur les innovations linguistiques, montrera que Rabelais envisage la question de la lecture comme une activité complexe qui n'a rien d'évident. Il est conscient d'écrire une œuvre qui se dérobe et bouleverse les attentes, en termes de contenus comme de langue. Il lui faut donc inventer le lecteur qui sera en mesure de l'accueillir et, pour cela, tendre un miroir à son lecteur potentiel en l'invitant à repenser son statut au fil des pages, afin de déterminer comment se situer par rapport aux bizarreries de tous ordres qui lui sont proposées.

Ne craignons pas, en entrant dans un ouvrage de Rabelais, de devoir réviser nos certitudes quant aux relations entre les instances de lecteur, auteur, narrateur et personnage. Les premiers lecteurs n'étaient certainement pas moins déconcertés que nous pouvons l'être devant

1. Thomas More (1478-1535) a publié en 1518 *L'Utopie*, fable politique sur la tolérance à travers le portrait d'une île idéale.

les audaces et les provocations d'un auteur qui a osé bousculer les attentes avant Cervantès, Diderot et tant d'autres amateurs de la métalepse narrative [1]. Cinq siècles plus tard survit encore le trouble provoqué par cette œuvre qui ne ménage guère de confort pour son lecteur.

Plusieurs points d'achoppement surgissent d'emblée. Pourquoi, par exemple, retarder de cinq chapitres, dont des « Fanfreluches antidotées » presque incompréhensibles, la naissance du héros ? Que penser d'une énigme, laissée ouverte, pour terminer le livre ? Comment ne pas s'étonner du ton volontiers bourru et désinvolte du narrateur ? ou des multiples tentatives formelles, listes ou strophes entières de vers qui parfois compliquent la régularité de la lecture ? Comment se fait-il que certains épisodes semblent vouloir signifier autre chose que l'histoire pittoresque qu'ils nous content ? La narration plaisante, la faconde, le goût des mots et des inventions, la scatologie qui s'y associe à l'occasion, constituent pour le lecteur un mélange intrigant. Tout en faisant entrer la culture populaire en littérature, Rabelais n'exclut pas l'érudition la plus exigeante. La coexistence de tels contraires engage sans cesse le lecteur vers des possibilités de lectures opposées, quoique compatibles, et toujours à réexaminer. Le texte se caractérise alors par son inextinguible pouvoir de signifier et devient avant tout ce que ses lecteurs en font.

Preuves de ces ambiguïtés, les réactions scandalisées ou enthousiastes que le livre n'a cessé de susciter. Rabelais a pu être célébré pour sa verve et son rire immenses, aux couleurs épiques – Victor Hugo [2] et Gustave Doré ne s'y sont pas trompés. Il a pu être honni pour les

---

1. La métalepse est un procédé de glissement ou de déplacement qui occasionne des échanges de rôles extrêmement troublants : un personnage, par exemple, devient lecteur du livre de ses propres aventures, comme le fait Don Quichotte, ou bien un auteur fait un voyage dans la bouche de son propre héros, comme cela arrive à la fin de *Pantagruel* (chap. XXXII). **2.** « Il y a du gouffre dans le goinfre », écrit-il dans sa préface à *William Shakespeare* (1864).

mêmes raisons : « C'est le visage d'une belle femme avec des pieds et une queue de serpent, ou de quelque autre bête plus difforme ; c'est un monstrueux assemblage », écrivait La Bruyère[1]. Les longues énumérations ont été entendues tantôt comme des jeux gratuits et vertigineux, tantôt comme des ensembles raisonnés témoignant d'une écriture encyclopédique qui ferait état des savoirs du monde. Raymond Queneau, en comparant le chef-d'œuvre de Rabelais à un oignon dont il faut enlever une à une les pellicules[2], nous mène sur la piste principale, qui est celle de la lecture. Devant tant d'équivoques, c'est en effet la lecture en elle-même qui est à comprendre comme une étrange aventure. Rabelais ne ménage pas ses conseils pour l'orienter, en énonçant des principes aptes à guider tout lecteur vers le chemin de l'agilité.

LE PANTAGRUÉLISME ET LE « PROPRE DE L'HOMME » : LECTURE ET AMITIÉ

L'auteur prend soin en effet de montrer d'abord quel lecteur on doit être, ou plutôt quel lecteur on ne doit pas être. Au seuil du livre, certaines indications liminaires disposées sur la page de titre et dans le poème initial « Aux lecteurs » font apparaître, avant même le prologue, une méthode qui installe le lecteur au cœur du dispositif d'écriture. Elles détaillent, sans en masquer la complexité, la posture à adopter. À l'autre extrémité du livre, la double interprétation du chapitre final fait à son tour de la lecture une activité fondatrice pour l'équilibre et la vie

1. Non sans avoir d'abord précisé : « Marot et Rabelais sont inexcusables d'avoir semé l'ordure dans leurs écrits. […] Rabelais surtout est incompréhensible. Son livre est une énigme, quoi qu'on veuille dire, inexplicable. C'est une chimère » (*Les Caractères*, I, « Des ouvrages de l'esprit »). **2.** « Rabelais fait la joie et l'instruction de quiconque ; ensuite les plus forts parviennent à la moelle. […] Un chef-d'œuvre est aussi comparable à un bulbe dont les uns se contentent d'enlever la pelure superficielle tandis que d'autres, moins nombreux, l'épluchent pellicule par pellicule : bref, un chef-d'œuvre est comparable à un oignon » (« Drôles de goût », dans *Le Voyage en Grèce*, 1973).

du texte. Il ne suffit pas de poser ses yeux sur le texte pour en être lecteur. Rabelais rappelle la nécessité d'un lecteur averti et croit en la possibilité que chacun puisse le devenir.

Le dizain initial commence par s'adresser avec ménagement à ses « amis lecteurs » (p. 36) pour les inciter à une bienveillance qu'on pourra juger conventionnelle, selon la logique d'une *captatio benevolentiæ*[1] assez attendue pour une prise de parole. Plus profondément, le poème dans son entier invite à prendre conscience des vertus et propriétés que se donne le texte, lequel manifeste avant tout l'intention de faire sortir chacun de sa tristesse : « Aucun autre sujet ne peut mon cœur élire./ Voyant la peine, qui vous mine et consume,/ Mieux est de rire que de larmes écrire[2]. »

Quand l'auteur se montre plus ferme et directif (« Dépouillez-vous de toute émotion »), c'est que le propos devient grave. L'impératif catégorique du lecteur qui souhaite connaître les vertus apaisantes du livre sera de savoir se débarrasser de toute émotion susceptible d'affecter sa lecture d'une quelconque raideur de jugement. À supposer qu'il y soit parvenu, il devra par ailleurs s'efforcer de conserver cette disposition, afin de ne pas se « scandaliser » au contact des contenus surprenants qui pourraient surgir au fil de la lecture. Réagir en cédant à la colère, ce serait comme trébucher sur une pierre (d'après le sens étymologique du verbe « scandaliser »). Sous couvert d'une *captatio benevolentiæ* qui suit son cours en s'assurant que les lecteurs exerceront à l'égard du livre toute la bienveillance possible, Rabelais évoque en fait des situations concrètes d'attaques, de

1. Dans le vocabulaire propre à la rhétorique, on appelle ainsi le moment, au début d'un discours, où l'orateur s'attire les bonnes grâces de son auditoire en captant son attention. C'est une posture traditionnellement modeste ou complice, se mettant au service de ses auditeurs, qui sont ainsi susceptibles d'accueillir le livre avec bienveillance. **2.** Les passages de Rabelais sont cités dans la translation en français moderne.

censures et de mises à l'Index dont il sait pouvoir être la cible. Il est le plus à même de signaler l'un des dangers de la lecture, celui de l'erreur d'interprétation et du malentendu, dont la première victime serait l'œuvre et, par voie de conséquence, son auteur.

Ne pas se scandaliser, c'est tout d'abord le moyen d'éviter que l'ouvrage soit injustement condamné. Ensuite, c'est une attitude digne du héros Pantagruel, ce qui explique pourquoi la page de titre annonce que le livre sera « plein de *pantagruélisme* ». Il ne s'agit pas, comme on pourrait le croire à première vue, d'un simple argument de vente qui indiquerait que ce livre-ci s'inscrit dans la lignée de *Pantagruel*, et que les lecteurs qui auraient aimé le premier aimeront le second. En fait, cette précision énigmatique doit être mise en relation avec la notion de scandale. En 1535, le mot « pantagruélisme » est encore un néologisme récent qui a été défini par l'auteur à peine un an plus tôt : « vivre en paix, joie, santé, faisant toujours grande chère [1] ». Le lien morphologique obtenu par la suffixation en *-isme* du nom de Pantagruel indique clairement que la notion désigne la somme des qualités dudit héros.

Or le mot « pantagruélisme » est assez important pour que Rabelais le reprenne et en enrichisse le sens tout au long de sa carrière littéraire. Le concept se trouvera de nouveau articulé avec l'idée de ne pas se scandaliser lorsqu'il sera défini comme une « certaine gaieté d'esprit confite en *mépris des choses fortuites* [2] ». Ainsi se distingue l'attitude du héros Pantagruel, dont on dit que « toutes choses [il] prenait en bonne partie, tout acte interprétait à bien. Jamais ne se tourmentait, jamais ne *se scandalisait* [3] ». Se « dépouiller de toute émotion », c'est donc être, comme un héros « pantagruélique » de fiction, en parfaite adéquation avec l'état d'esprit d'un livre qui

1. Dans un passage ajouté aux dernières lignes de la deuxième édition de *Pantagruel* (1534). **2.** Prologue du *Quart Livre* ; nous soulignons. **3.** *Tiers Livre*, chap. II ; nous soulignons.

demande de faire acte de tolérance. Cette ligne de conduite à laquelle le lecteur est exhorté est dans le même temps une ligne de partage, puisqu'elle distingue une communauté, celle des pantagruélistes, dans laquelle il sera peut-être donné au lecteur d'entrer.

Du reste, comment se scandaliser du contenu d'un livre quand ce dernier est destiné à réjouir le lecteur, et que rire équivaut à célébrer, ou tout simplement à mettre en œuvre, le « propre de l'homme » ? Rien de scandaleux donc dans le rire, « ni mal ni infection », rien de licencieux dans ce qui revient à rendre justice à une faculté érigée en principe, voire à une éthique, c'est-à-dire à un comportement capable de mettre en évidence notre humanité. Est-ce à dire que celui qui ne rirait pas ne serait pas digne d'être considéré comme un homme ? Ailleurs, Rabelais condamne avec force ceux qui ne savent pas rire et qu'il appelle des « cannibales », ou « agelastes [1] », parce qu'ils « aboient au lieu de rire ». L'idée est déjà en germe ici. Savoir rire est un signe de notre humanité, selon cette conclusion en forme de solide sentence, qui marque le départ possible de la lecture : « rire est le propre de l'homme ».

Reste cependant à définir ce qui permettra d'atteindre le rire. « Vivez joyeux », les deux mots qui achevaient le dizain en 1535, ont été retirés lors des corrections de l'édition de 1542, sans doute parce que ce n'est pas vers cette voie qu'il convient essentiellement de se tourner pour atteindre le rire recherché. Le texte du prologue, qui se resserre autour de la question exclusive de la lecture, le montre assez. Ainsi, plus que de « vivre » joyeux, il importe certainement, si l'on veut tenter de rire, de « lire » joyeusement.

---

1. « Celui qui ne rit pas » (épître liminaire du *Quart Livre*) : néologisme formé par Rabelais sur un *a* privatif et le mot grec *gelos* qui signifie « le rire ».

La substantifique moelle et le « plus haut sens » : lecture et recherche

Vivre joyeux ne dépend pas toujours de notre volonté. En revanche, il ne tient qu'à nous de lire pour recouvrer un esprit joyeux. Ce sont justement les « vérolés très précieux » (p. 39), ces malheureux condamnés par tous, marginaux et réprouvés, qui sont cités comme les dédicataires premiers du livre. Pourquoi en seraient-ils les lecteurs privilégiés ? On ne peut pas dire que leur vie soit des plus joyeuses, quand on leur fait « suer » leur vérole en les enfermant dans des étuves, après les avoir enduits d'une graisse brûlante. Ce n'est pas d'un tel remède – au reste inefficace – qu'ils auraient besoin, mais sans doute plutôt de cette « gaieté d'esprit » dont le livre affirme être « plein ».

Les « vérolés très précieux » et les « buveurs très illustres », présentés comme le public de référence, constituent de fait des présences d'autant plus étranges qu'elles sont désignées comme des oxymores. Il est en effet incongru de considérer des vérolés comme « très précieux » et des buveurs comme « très illustres » : les superlatifs et les adjectifs mélioratifs ne répondent pas aux convenances ; ils surprennent en laissant supposer que les vérolés ne sont pas ce qu'on pensait qu'ils étaient, ce qui met en question nos certitudes et nos préjugés. La provocation de cette formulation paradoxale attire l'attention sur un fait central du prologue, la prise de conscience que les apparences sont trompeuses.

Le prologue s'ingénie à approfondir cette idée, en nous invitant à réévaluer nos préjugés, autant qu'à exercer une incessante vigilance envers les apparences. Les métaphores des silènes et de Socrate, liées par un rapport de comparaison puisque Socrate est dit être « semblable aux silènes » (p. 39), sont développées toutes deux par Rabelais pour insister conjointement sur la nécessité de dissocier titre et contenu, apparence et essence. Les grotesques peintures des boîtes appelées silènes d'une part, et d'autre part le physique disgracieux de Socrate ont pour effet commun de provoquer la moquerie ou l'amusement, tout en cachant quelque chose d'infiniment précieux. De la même façon, le titre d'un livre, d'aspect léger, risible et attirant, n'est qu'un masque.

Le geste du lecteur est ainsi entendu métaphoriquement comme celui d'une plongée au-delà des apparences, à la rencontre des mystères et de ce qui n'est pas directement visible. En guise d'ouverture, le livre lui-même montre pourquoi il faut « avoir l'idée » de l'ouvrir, et en fait la démonstration. Il ouvre les boîtes des apothicaires, après avoir fait défiler l'énumération des « figures joyeuses et frivoles » qui en ornent les couvercles « pour inciter le monde à rire » (p. 39), et il révèle alors aux yeux émerveillés du lecteur une seconde énumération, celle des splendeurs et raretés, « fines drogues [...], et autres choses précieuses » (p. 39) qui s'y trouvaient cachées, et qui ont, quant à elles, une valeur marchande et thérapeutique inestimable. Car il s'agit pour Rabelais de se protéger des lecteurs qui « juge[nt] trop facilement » (p. 41). De même que « l'habit ne fait pas le moine », l'auteur insiste sur le fait que le titre, simple enseigne, est assurément insuffisant à *juger* de la matière traitée – plus subtile : elle est « une vertu merveilleuse », « céleste et inestimable », et « d'une bien autre valeur que ne le promettait la boîte » (p. 41). Et l'auteur de conclure sans ambiguïté : « C'est-à-dire que les matières ici traitées ne sont pas aussi folâtres que le titre au-dessus le prétendait » (p. 41).

Au terme de ce « prélude » du prologue, le lecteur gardera à l'esprit qu'il doit pouvoir se dépouiller de toute émotion et se réjouir de ce qui le fera rire, mais que l'ensemble n'adviendra qu'au prix d'une vigilance de chaque instant envers ce qui est donné comme léger, parce qu'il s'y cache peut-être un sens autre, précieux et « plus haut », qu'il s'agira, sinon de découvrir, du moins de rechercher. En somme, il n'est pas de lecture sans recherche : rien ne peut être tenu pour évident, facile ou donné par l'apparence. Le lecteur attendu par l'auteur est un lecteur actif.

Pour s'engager dans cette recherche, on se gardera en premier lieu de négliger l'intérêt du sens littéral. Rabelais affirme en effet qu'il est possible et même bon qu'un sens simple conforme à la promesse du titre puisse apparaître au cours de la lecture : le texte narre des histoires joyeuses et fabuleuses et reste en cela fidèle au titre. L'apparence de ce dernier, si elle doit être dépassée, n'est donc pas un leurre.

Toutefois, s'en tenir au sens littéral serait céder, selon l'auteur, au « chant des sirènes ». À l'image de leur mélodie envoûtante, l'aspect joyeux du texte est hautement séduisant, d'un abord facile, et exerce sur le lecteur une force d'attraction d'autant plus puissante. Mais il est pareillement synonyme de piège, de promesse d'errance, de naufrage, voire de danger fatal. Si le lecteur « demeurait » là, happé par le sens littéral, comme envoûté ou paralysé, quelle mort pourrait advenir ? Sans doute celle de la lecture, tuée parce que figée dans l'immobilité d'un seul sens.

Il faut donc « à plus haut sens interpréter » (p. 41), c'est-à-dire entreprendre une démarche d'investigation devant ce qui est lu, plutôt que de se contenter de s'arrêter aux évidences – d'intérêt limité – « trouvées » de manière immédiate. Le verbe « interpréter », parce qu'il intervient dans la phrase comme une alternative à la fois au verbe « trouver » et au verbe « demeurer », indique que l'essentiel consiste en une mise en mouvement : « Et à supposer qu'au sens littéral vous *trouviez* des matières assez joyeuses et correspondant bien au titre, toutefois il ne faut pas en *demeurer* là, comme en un chant de sirènes, mais à plus haut sens *interpréter* » (p. 41 ; nous soulignons).

Bannissant donc de son œuvre tout esprit « demeuré », Rabelais appelle de ses vœux un lecteur en éveil, disposé à construire un sens à partir de ce qu'il aura lu. À l'exemple du chien qui ronge son os, le lecteur est invité à aller extraire du texte la « substantifique moelle », c'est-à-dire une « perfection de la nature » (p. 43), selon la définition de Galien rappelée par Rabelais. Après tout, l'auteur lui-même se présente comme un « abstracteur de quinte essence », rapprochant le métier d'écrire de l'activité d'un alchimiste qui cherche à abstraire, pour l'extraire, l'essence quinte – cinq fois distillée – des choses. Le lecteur ne doit pas procéder autrement : il est à son tour mis au défi de faire aussi bien que le chien et de se saisir du texte de manière sensorielle, par le flairer et le sentir, afin d'en atteindre, au cœur, une nourriture hautement nutritive, « substantifique » pour le corps – Galien à l'appui – comme pour la santé de l'âme – sous les auspices de Platon. Le texte, une fois brisé comme un os, ne montrera sa moelle cachée que si on se livre, à l'instar du chien, à une « méditation assidue » et à une « étude » régulière du livre, avec autant de « ferveur », de « prudence » et de « dévotion » que « la bête du monde la plus philosophe » (p. 43).

Cette promotion de l'étude et de la philosophie n'étonne guère de la part d'un humaniste, à une époque où la pesée philologique prudente des sources, par la confrontation des textes, est l'activité hautement prisée qui garantira un accès direct au texte hors du parasitage de gloses dites d'autorité qui le noient et le flétrissent [1].

Dans *Gargantua*, différents passages mettent en scène un texte gisant, ainsi caché sous la surface des choses, sorte d'os à dénicher puis à rompre, quitte à se trouver face à un contenu mystérieux. Songeons au déconcertant « gros, gras, grand, gris, joli, petit, moisi livret », en partie rongé par les rats, extrait d'un long tombeau de bronze, lui-même profondément enfoui au fond d'un fossé et bloqué dans une écluse où il était resté longtemps immergé, invisible, oublié (chap. I, p. 53). Comment ne

1. Reproche traditionnel formulé par les humanistes envers les textes hérités du Moyen Âge, encombrés de nombreuses gloses qui s'interposent devant les yeux du lecteur, entravant l'accès au texte lui-même.

pas être tenté de l'ouvrir, ne serait-ce que par amour des sources anciennes ? De même, dans le dernier chapitre, l'« énigme en prophétie » est exhumée des fondations de l'abbaye de Thélème (chap. LVIII, p. 405 *sq.*). Ces deux textes, placés aux deux extrémités du livre, sont littéralement illisibles sans le regard du spécialiste capable de déchiffrer les « lettres non apparentes » (chap. I, p. 53, ou sans l'interprétation croisée et contradictoire des deux personnages devenus lecteurs (chap. LVIII). Les « hautes matières et sciences profondes » resteront donc inaccessibles sans un travail à même de révéler l'essence du texte. L'auteur dispense à cette fin un certain nombre de conseils.

THÉLÉMIE ET UTOPIE : LECTURE ET LIBERTÉ

Tout au long du prologue, la parole de l'auteur s'impose de deux manières dans un rapport de maître à disciple. D'abord par la multiplication de formulations injonctives, qui posent avec autorité différents préceptes [1]. Ensuite par un ton volontiers didactique qui procède par apostrophes régulières. L'oralisation du discours propose un simulacre de dialogue pédagogique qui s'expose comme tel : appel à l'attention de l'interlocuteur par la présence de questions incidentes interrompant le fil du discours [2], aides à la compréhension par des reformulations (« c'est-à-dire… »), structure argumentative rendue visible à l'aide de connecteurs nombreux et réguliers, ou même prises à témoin [3], le tout apparemment au profit de la clarté et de la crédibilité du propos. Cette parole vigoureuse montre que le narrateur tient fermement les rênes de son discours, sur un ton et avec une

1. Par des expressions telles que « il faut », « il convient », et les verbes à l'impératif. **2.** Par exemple : « à quel propos… ? », « crochetâtes-vous… ? », « mais vîtes-vous jamais… ? » **3.** Citons, parmi les connecteurs : « mais », « donc », « c'est pourquoi », et pour les prises à témoin : « car *vous dites vous-mêmes* que l'habit ne fait pas le moine » (p. 41). Mentionnons encore les verbes au futur disposés comme autant de promesses auxquelles il faudra croire (« alors vous connaîtrez… »).

énergie qui ne laissent aucun doute au lecteur-disciple, tenu de respecter ce que l'auteur lui explique point par point. Ces procédés n'empêchent pas les variations de ton, comme dans certaines questions qui impliquent autrement le lecteur : « À quelle fin, *à votre avis*, tend ce prélude… » (p. 41 ; nous soulignons), « croyez-vous… », « Si vous le croyez […]. Si vous ne le croyez… » (p. 45). L'auteur demande alors explicitement un avis à son lecteur, l'invitant directement à se joindre à lui pour réfléchir à la manière de lire l'histoire racontée.

Croire ou ne pas croire, telle est l'épineuse question de l'illusion narrative. Après s'être présenté dans le premier chapitre comme un historien restituant des faits vrais à la manière d'un archéologue, l'auteur conte une naissance par l'oreille ostensiblement fausse mais narrée avec les apparences du vrai (chap. VI). Le lecteur est pris à partie juste avant l'épisode (« si vous ne le croyez pas, le fondement vous échappe », chap. IV, p. 69), puis juste après (« Si vous n'y croyez pas, je ne m'en soucie guère », chap. VI, p. 85) et se trouve donc sollicité sur la question du vrai, du faux et de la croyance. S'il ne croit pas à ces « belles billevesées », l'auteur lui garantit que le fondement lui échappera, au propre comme au figuré. En ce dernier sens, cela signifie qu'il n'aura rien compris. Quant au sens propre… l'exemple d'une situation où « le fondement échappe » à quelqu'un est donné aussitôt après avec l'incident peu enviable qui advient à Gargamelle. Croire, est-ce donc comprendre ? Est-ce, du moins, ne pas (littéralement) perdre contenance ?

En écrivant ensuite « si vous n'y croyez pas, je ne m'en soucie guère », l'auteur semble décidé à continuer à écrire avec une liberté qui ne s'embarrasse pas de l'adhésion de son lecteur. Il n'en affirme pas moins, dans le même temps, une absolue liberté de ce dernier, en concédant qu'il fera comme il lui plaira. De même, la devise de l'abbaye de Thélème, « Fais ce que voudras », renvoie chacun à son bon vouloir dans le respect du désir des autres. Ainsi, l'auteur laisse libre l'interprétation de son lecteur sans exclure certaines recommandations ironiques, laissées à l'appréciation de chacun : « mais un homme de bien, un homme de bon sens croit toujours ce qu'on lui dit, et qu'il trouve écrit » (chap. VI, p. 85).

Plutôt que de lui dire ce qu'il faut penser, l'auteur fait donc en sorte d'inciter son lecteur à penser. Titres de fantaisie, remarques contradictoires, manœuvres dilatoires comme la prétérition[1], l'esquive ou le commentaire ironique pourraient être de nature à décourager ou à déstabiliser les candidats au déchiffrement, mais les effets comiques de ces manœuvres ménagent une gaieté qui désamorce la bouderie. Dans les cas extrêmes où le lecteur est livré à lui-même devant un texte illisible, la cocasserie de certaines formulations néanmoins compréhensibles incite à ne pas abandonner, à ne pas s'offusquer, mais à rire simplement en continuant à « ouvrir » le texte malgré ses résistances : les bouteilles ne procurent l'ivresse que si on les crochète. D'autant que c'est un véritable pouvoir qui est mis ici entre les mains de l'interprète : « *interprétez* tous mes faits et dits en la perfectissime partie [...] et *par votre pouvoir* tenez-moi toujours joyeux » (p. 46 ; nous modernisons et soulignons). Le lecteur est placé au cœur de l'œuvre, tout près de l'auteur. Sans lui, l'aboutissement « perfectissime » du livre ne pourra advenir, ni réciproquement la joie de l'auteur.

Mais cette liberté n'est ni confortable, ni rassurante, ni accommodante. En se préparant à pénétrer dans les aventures de Gargantua, c'est aussi dans ses propres aventures interprétatives que le lecteur est invité à entrer, si toutefois il répond à l'appel qui lui est lancé et consent à croire en la vertu supposée du texte : être fait « sage [...] et valeureux par ladite lecture » (p. 43).

Poursuivre une sagesse par les voies de la facétie ? Pari humaniste paradoxal qui permet peut-être d'évacuer le

---

1. Procédé rhétorique qui consiste à annoncer qu'on ne dira pas une chose, et à feindre de la taire pour mieux la développer.

soupçon qui pèse sur la matière romanesque, réputée non sérieuse : Rabelais n'écrit en effet ni des œuvres morales comme Plutarque, ni des adages comme Érasme, mais des récits de fantaisie issus d'une « cervelle de yaourt » (p. 47). Si le lecteur en sort malgré tout édifié (« sage [...] et valeureux »), c'est que cette forme n'est pas si légère qu'elle en a l'air. Elle trouve sa dignité et sa force en assurant qu'elle ne dit pas autre chose, au fond, que ce que pensait Érasme.

Le dernier paradoxe, et non des moindres, de la liberté du lecteur est son caractère obligatoire, de même que, à Thélème, la devise « Fais ce que voudras » est une liberté érigée en règle. Le point principal qui ressort du prologue et du dernier chapitre tient à la nécessité de chasser fermement l'imposition d'un seul sens. Les différents sens, bien qu'opposés (« littéral »/« plus haut »), sont conjointement envisageables sans hiérarchisation ni préférence. Il n'est pas demandé au lecteur de choisir, mais de savoir passer de l'un à l'autre. Une telle ambition méthodique témoigne de la confiance que Rabelais met en son lecteur [1] – confiance au nom de laquelle il se garde bien d'imposer un sens [2].

Somme toute, l'utopie finale de *Gargantua* consiste peut-être moins dans l'abbaye idéale de Thélème qui chasse les intolérants que dans la suspension du sens offerte à l'énigme finale. Cette utopie-là est aussi « thélémique » puisqu'elle célèbre, quant à elle, la libre volonté d'interpréter. Ainsi, l'auteur n'aura réellement fait preuve d'autorité que pour fonder sa méthode herméneutique sur l'absence de tout principe d'autorité. Ce serait en

1. Autre trace du *credo* humaniste. On songe ici à la conviction profondément optimiste qui consiste à penser que chacun peut progresser pour s'élever, en vertu d'une foi en l'homme. Celui-ci a une « dignité » à accomplir et doit pouvoir la réaliser, selon la formule bien connue d'Érasme : « on ne naît pas homme, on le devient » (*De l'éducation des enfants*). **2.** Contrairement à ce que fait le malencontreux frère Lubin, cité à la fin du prologue, qui pervertit le texte en lui faisant porter des enjeux qui lui sont étrangers et en refermant le sens.

effet nier les capacités du lecteur que de lui fournir ce qu'il pourrait lui-même découvrir.

La nécessité du rire

Avec la fin du prologue, qui change complètement de ton, se voit confirmé le fait que chez Rabelais l'érudition n'empêche pas l'humour. Quelle lecture faire de certains passages ouvertement illisibles, lacunaires, énigmatiques ? Y croire ou ne pas y croire, qu'importe ; l'essentiel est de ne pas se scandaliser. Écoutons la fantaisie radicale du texte (« réjouissez-vous, mes amours », p. 47) et réservons-lui un accueil favorable. « Si vous n'y croyez pas, je ne m'en soucie guère » : après tout, la fiction n'est pas le lieu d'une vérité qui s'énonce clairement, mais d'un passe-temps[1]. Si celui-ci est porteur de vérités, tant mieux ; encore empruntent-elles des voies qui sont d'emblée montrées comme détournées, et diverses.

Finalement, le comique, qui participe du sens littéral, est une composante à prendre littéralement très au sérieux, en tant que moment interprétatif fondateur, voie d'entrée vers la substantifique moelle. La bizarrerie comique fait circuler le sens en le rendant parfois très instable, ce qui est aussi drôle que déconcertant. En dérangeant les attentes, l'auteur provoque le rire, le questionnement, mais surtout la connivence, aussi vrai que le rire est un indice de compréhension : quand on ne rit pas d'un bon mot, c'est souvent qu'on ne l'a pas compris. Le rire témoigne d'une « bonne intelligence » avec l'œuvre et d'une capacité à entendre sa finesse. L'« agelaste », dès lors, manque un pan entier du texte, pour ainsi dire son seuil, et ne peut y entrer. Ou alors il y entre de travers, sans rire, et il comprendra de travers.

---

1. Emplir ses écrits de rire plutôt que de larmes est un élément qui avait déjà été évoqué dans le prologue de *Pantagruel*. Le livre y avait alors la fonction d'un passe-temps capable de divertir de tout souci. Poussant cette logique assez loin, Rabelais affirmait que son livre pouvait être un remède universel pour toute douleur physique ou morale.

En somme, il vaut mieux consentir à rire si l'on prétend accéder à une compréhension. « Gaiement lisez ! » est la dernière injonction, qui s'apparente cette fois moins à un ordre qu'à une joyeuse invitation à entrer dans le livre comme on entrerait dans une taverne. Loin des auteurs solitaires qui ont pour seule compagne l'huile fumeuse de leur lampe, l'auteur brosse de lui-même, pour finir, le portrait d'un compagnon gaillard, heureux de partager son vin et son livre avec d'autres pantagruélistes dont nous pourrons être si nous répondons à l'invitation.

Il est donc permis de rire ? se demande avec une certaine anxiété le lecteur du XXIe siècle, alors que, passé au laminoir du « politiquement correct », il n'ose se sentir sensible à l'humour de Rabelais, qu'il juge gras et un peu gênant. Les enfants, spontanément affranchis de tout jugement de valeur, rient de bon cœur. Le plaisir de rire est compris dans l'esprit pantagruélique d'un texte écrit pour la « réfection corporelle ». Refaites-vous une santé ! Faites-vous plaisir, nous dit finalement l'auteur, après avoir appelé au sérieux de la prudence, de l'étude et de la réflexion. L'une ne va pas sans l'autre et la « perfection » n'est qu'à ce prix.

Être capable de rire, en manifestant une écoute sincère de l'essence du texte, de sa moelle, c'est aussi exercer la tolérance et la délicatesse interprétative que Rabelais a recherchées sa vie durant pour ses écrits. C'est enfin le moyen de parvenir à trouver en soi un esprit délié.

DE L'HIPPODROME AU SAUCISSON, LE BON GÉNIE DU DICTIONNAIRE

« Hippodrome », « automate », « gymnaste », « hippiatrie », « cotylédons », « acromion » sont des termes savants issus du grec que Rabelais fait entrer pour la première fois dans la langue française en écrivant *Gargantua*. Le lexique est à ce titre le dernier écran qui pourrait s'interposer et rendre problématique l'accès au texte. On mesure sans doute difficilement aujourd'hui l'effet que ces nombreux termes inconnus ont dû produire sur les lecteurs de l'époque, qui trouvaient chez Rabelais une histoire racontée dans une langue tout à fait neuve. Les lecteurs lisent pour la première fois des mots comme « balle », « ballon », « exotique », « tarots » ou même « saucisson », qu'ils n'ont jamais entendus, dont ils ne connaissent pas le sens et qui provoquent le sentiment d'une véritable création esthétique, en plus de conférer à l'ensemble un air de mystère. Dès la première édition de *Gargantua* en 1535, les lecteurs découvrent ainsi des mots devenus aujourd'hui communs : « arboriser », « athlétique », « élaboré », « étriper », « intempérie », « panique », « périnée », « quinconce », « strié ». C'est la suite d'un mouvement initié en 1532 avec *Pantagruel*, qui avait réjouit les lecteurs français par l'originalité des mots « bénéfique », « célèbre », « génie », « horaire », « imposteur », « indigène », « jugulaire », « linéament », « lupanar », « progrès », « tergiverser », « torticolis », « utopie » et « vermiforme », entre autres.

Comment enrichir la langue française ? Tout d'abord en puisant au vaste et prestigieux réservoir des langues anciennes, très en faveur en ce siècle où la philologie et le retour aux sources constituent les méthodes mêmes de l'accès aux savoirs, mais aussi en allant chercher les mots dans les langues contemporaines des pays voisins. L'Italie est très admirée de la Renaissance française pour avoir fait s'épanouir les arts et la beauté d'une langue depuis le Quattrocento (XVe siècle). De retour de ses voyages transalpins, Rabelais emprunte à l'italien suffisamment de termes d'architecture pour fournir un vaste lexique à la jeune langue française : « architrave », « corniche », « frise » et « piédestal », notamment. Il introduit par ailleurs plusieurs mots en rapport avec l'art militaire : on trouve dans son œuvre les premières attestations des mots « alerte », « bastion », « casemate », « embuscade », « escarpe », « escorte » ou « voltiger ».

Les termes très spécialisés (anatomie, arithmétique, navigation) puisés dans ce creuset côtoient un parler plus accessible qui n'est issu ni du grec, ni du latin, ni de l'italien. Car Rabelais panache son lexique de termes dialectaux appartenant en propre à certaines régions qu'il a fréquentées. Il connaît bien le Poitou, le parler de la région de Tours : leur apport et certains mots du Languedoc, glanés pendant les années passées à la faculté de médecine de Montpellier, farciront tous ensemble son œuvre d'une polyphonie de couleurs régionales.

La hardiesse de cette bigarrure se marie, enfin, à l'invention et au dynamisme linguistique : le lecteur s'amusera des différents néologismes qui sont restés des créations pures, non entrées dans le dictionnaire, tels « nosocome » (« hôpital »), « morosophe » (signifiant « fou-sage ») et « maujoin » (p. 128), ou des mots-valises capables d'exprimer plusieurs actions simultanées : « rataconiculer » (p. 67), « matagraboliser », « circumbilivaginer », « gimbretiletolleter », « supercoquelicanticquer » ou « incornifistibuler ».

Cette ouverture à la plus grande variété des origines fait du lexique rabelaisien une mosaïque de parlers à vaste amplitude géographique, en même temps qu'un réservoir plein de potentialités nouvelles pour la langue française. En bon génie du dictionnaire, Rabelais offre à lire une langue personnelle, énergique, vive, en perpétuelle expansion, qui ne se refuse aucune audace. À ce titre, elle fait encore aujourd'hui l'unanimité dans le monde francophone. Appréciées et presque reconnues comme siennes par une Acadienne comme par un Haïtien, la palette linguistique de Rabelais et sa verve de langues mêlées incitent de nombreux auteurs à se revendiquer de son héritage.

Myriam MARRACHE-GOURAUD

NOTE SUR LA PRÉSENTE ÉDITION

Gargantua a connu plusieurs éditions qui ont occasionné divers remaniements de la part de Rabelais. Nous avons choisi de proposer ici le texte dit « définitif », revu par l'auteur après les premières publications de 1534 et 1535, et paru chez François Juste, à Lyon, en 1542. Pour en respecter la lettre fidèlement, l'édition que Mireille Huchon a donnée en 1994 (Gallimard, « Bibliothèque de la Pléiade ») nous a servi de référence. Seules certaines variantes ont été signalées en note, si elles étaient nécessaires pour éclairer la lecture.

Le texte de Rabelais figure sur la page de gauche. En regard, sur la page de droite, notre translation en français moderne a pour ambition de rendre accessible au lecteur d'aujourd'hui un écrit dont la langue ne nous est plus familière. Le principe que nous nous sommes fixé a été de régler notre allure sur les pas de Rabelais, pour rester au plus près de sa phrase et de son style, en conservant autant que possible le rythme des séquences, les effets sonores, les calembours et certains mots anciens ou tournures qui donnent au texte sa musique et son caractère. Nous avons ajouté de nombreuses notes afin d'éclaircir au mieux le sens de certains mots peu usités, inventés par Rabelais ou ayant changé de sens aujourd'hui, de certains noms propres, voire de certains passages, le cas échéant en donnant l'état des réflexions critiques, parfois en proposant des remarques inédites. Nous espérons avoir ainsi levé certaines obscurités, sans avoir réduit la polysémie ni les ambiguïtés constitutives d'un texte conçu pour que le lecteur y fasse circuler le sens sans jamais le figer, en toute tolérance et agilité d'esprit.

Outre Guy Demerson, dont la translation pionnière (Seuil, 1973) me fut un guide précieux de tous les instants, et Mireille Huchon, pour l'indispensable érudition de son édition, j'aimerais remercier ici tous ceux, proches ou moins proches, qui ont saisi l'importance d'un tel travail et m'ont soutenue en m'accordant les conditions matérielles nécessaires à sa réalisation. Enfin, pour leurs enthousiastes suggestions, stimulantes recherches et exemplaire bonne volonté, que soient félicités ici certains étudiants de l'université de Brest qui se reconnaîtront. Prenant autant de plaisir aux libertés piquantes de Rabelais qu'à la ferveur de son humanisme, ils ont assurément apporté leur voix moderne au pantagruélisme renaissant.

M. M.-G.

La vie treshorrificque du grand Gargantua,
père de Pantagruel
jadis composée par M. Alcofribas
abstracteur de quinte essence

Livre plein de Pantagruelisme

La Vie très horrifique [1] du grand Gargantua, père de Pantagruel, jadis composée par M. Alcofribas [2], abstracteur de quintessence [3]

Livre plein de pantagruélisme [4]

1. Cet adjectif, souvent employé dans l'œuvre, signifie à la fois « merveilleux », « extraordinaire », « terrifiant » et « formidable ». **2.** Alcofribas est l'anagramme abrégé de François Rabelais. Sous sa forme complète – Alcofribas Nasier –, il désigne tant l'auteur que le narrateur, depuis la première édition de *Pantagruel* en 1532. **3.** La quintessence est l'essence même des choses. L'abstracteur est celui qui est capable d'extraire, par une alchimie quelconque, cette essence. **4.** Voir Présentation, p. 19.

AUX LECTEURS

Amis lecteurs qui ce livre lisez,
Despouillez vous de toute affection,
Et le lisant ne vous scandalisez.
Il ne contient mal ne infection.
Vray est qu'icy peu de perfection
Vous apprendrez, si non en cas de rire :
Aultre argument ne peut mon cueur elire.
Voyant le dueil, qui vous mine et consomme,
Mieulx est de ris que de larmes escripre.
Pource que rire est le propre de l'homme.

AUX LECTEURS

Amis lecteurs qui ce livre lisez,
Dépouillez-vous de toute émotion,
En le lisant, point ne vous scandalisez.
Il ne contient ni mal ni infection.
Il est vrai qu'ici peu de perfection
Vous apprendrez, si n'êtes enclins à rire :
Aucun autre sujet ne peut mon cœur élire.
Voyant la peine, qui vous mine et consume,
Mieux est de rire que de larmes écrire.
Parce que rire est le propre de l'homme.

PROLOGE DE L'AUTEUR

Beuveurs tresillustres, et vous Verolez tresprecieux (car à vous non à aultres sont dediez mes escriptz) Alcibiades ou dialoge de Platon intitulé, *Le bancquet*, louant son precepteur Socrates, sans controverse prince des philosophes : entre aultres parolles le dict estre semblable es Silenes. Silenes estoient jadis petites boites telles que voyons de present es bouticques des apothecaires pinctes au dessus de figures joyeuses et frivoles, comme de Harpies, Satyres, oysons bridez, lievres cornuz, canes bastées, boucqs volans, cerfz limonniers, et aultres telles pinctures contrefaictes à plaisir pour exciter le monde à rire. Quel fut Silene maistre du bon Bacchus : mais au dedans l'on reservoit les fines drogues, comme Baulme, Ambre gris, Amomon, Musc, zivette, pierreries : et aultres choses precieuses. Tel disoit estre Socrates : par ce que le voyans au dehors, et l'estimans par l'exteriore apparence, n'en eussiez donné un coupeau d'oignon : tant laid il estoit de corps et ridicule en son maintien, le nez pointu, le reguard d'un taureau : le visaige d'un fol : simple en meurs, rustiq en vestimens, pauvre de fortune, infortuné

PROLOGUE DE L'AUTEUR

Buveurs très illustres, et vous vérolés très précieux (car c'est à vous et non à d'autres que sont dédiés mes écrits), Alcibiade, dans le dialogue de Platon intitulé *Le Banquet*, faisant la louange de son précepteur Socrate, sans conteste prince des philosophes, le déclara, entre autres propos, semblable aux silènes. Les silènes étaient jadis de petites boîtes comme celles que nous voyons aujourd'hui dans les boutiques des apothicaires, peintes sur le dessus de figures joyeuses et frivoles, telles que harpies, satyres, oisons bridés, lièvres cornus, canes bâtées, boucs volants, cerfs harnachés [1], et autres semblables peintures inventées par fantaisie pour inciter le monde à rire. Tel fut Silène, le maître du bon Bacchus. Mais au-dedans l'on y conservait de fines drogues comme le baume, l'ambre gris, l'amome, le musc, la civette [2], les pierreries, et autres choses précieuses. Tel était Socrate, selon Alcibiade : car en voyant son physique, et en le jugeant d'après son apparence extérieure, on n'en aurait pas donné une pelure d'oignon, tant il était laid de corps et ridicule d'allure, le nez pointu, le regard d'un taureau, le visage d'un fou, simple de mœurs, rustique en vêtements, pauvre sans

1. Énumération de personnages de fantaisie, créatures grotesques empruntées à la mythologie antique (harpies, satyres), au bestiaire médiéval fantastique peuplé d'animaux légendaires hybrides (lièvres cornus) ou à l'imagination de l'auteur. Un bouc qui vole, un oison à qui, à l'inverse, on a coupé les ailes (« bridé »), une cane qui porte le joug d'un bœuf (pièce servant à l'attelage) ou d'un âne (« bâtée »), un cerf à qui l'on a mis le mors aux dents : tous ont la force comique du contre-emploi, de la surprise ou de la bizarrerie. **2.** L'amome est une plante exotique prisée pour son parfum, utilisée en médecine ou en pharmacie ; la civette, comme le musc, est une sécrétion animale à l'odeur forte, qui entre également dans la préparation de remèdes pharmaceutiques.

en femmes, inepte à tous offices de la republique, tousjours riant, tousjours beuvant d'autant à un chascun, tousjours se guabelant, tousjours dissimulant son divin sçavoir. Mais ouvrans ceste boyte : eussiez au dedans trouvé une celeste et impreciable drogue, entendement plus que humain, vertus merveilleuse, couraige invincible, sobresse non pareille, contentement certain, asseurance parfaicte, deprisement incroyable de tout ce pourquoy les humains tant veiglent, courent, travaillent, navigent et bataillent.

À quel propos, en voustre advis, tend ce prelude, et coup d'essay ? Par autant que vous mes bons disciples, et quelques aultres foulz de sejour lisans les joyeulx tiltres d'aulcuns livres de nostre invention comme *Gargantua, Pantagruel, Fessepinte, La dignité des braguettes, Des poys au lard cum commento* etc. jugez trop facillement ne estre au dedans traicté que mocqueries, folateries, et menteries joyeuses : veu que l'ensigne exteriore (c'est le tiltre) sans plus avant enquerir, est communement receu à derision et gaudisserie. Mais par telle legiereté ne convient estimer les œuvres des humains. Car vous mesmes dictes, que l'habit ne faict poinct le moine : et tel est vestu d'habit monachal, qui au dedans n'est rien moins que moyne : et tel est vestu de cappe hespanole, qui en son couraige nullement affiert à Hespane. C'est pourquoy fault ouvrir le livre : et soigneusement peser ce que y est deduict. Lors congnoistrez que la drogue dedans contenue est bien d'aultre valeur, que ne promettoit la boite. C'est à dire que les matieres icy traictées ne sont tant folastres, comme le tiltre au dessus pretendoit.

Et posé le cas, qu'au sens literal vous trouvez matieres assez joyeuses et bien correspondentes au nom, toutesfois pas demourer là ne fault, comme au chant des Sirenes : ains à plus hault sens interpreter ce que par adventure cuidiez dict en gayeté de cueur.

fortune, malheureux en amour, inapte en tout office de la république, toujours riant, toujours buvant à tous et à chacun, toujours se moquant, toujours dissimulant son divin savoir. Mais ouvrant cette boîte, vous auriez au-dedans trouvé une céleste et inestimable drogue, un entendement plus qu'humain, une vertu merveilleuse, un courage invincible, une sobriété sans pareille, un contentement certain, une assurance parfaite, un mépris incroyable de tout ce pour quoi les humains perdent le sommeil, courent, travaillent, naviguent et bataillent tant.

À quelle fin, à votre avis, tend ce prélude et coup d'essai ? Pour éviter que vous, mes bons disciples, et quelques autres fous oisifs, en lisant les joyeux titres de certains livres de notre invention comme *Gargantua*, *Pantagruel*, *Fessepinte*, *La Dignité des braguettes*, *Des pois au lard (avec commentaire)* [1], etc., vous ne jugiez trop facilement qu'il n'y serait au-dedans traité que de moqueries, folâtreries, et mensonges joyeux – vu que l'enseigne extérieure (c'est le titre), si l'on ne va pas chercher plus loin, est communément entendue comme dérision et facétie. Mais il ne convient pas d'estimer avec une telle légèreté les œuvres des humains. Car vous dites vous-mêmes que l'habit ne fait pas le moine ; un tel qui sera vêtu d'un habit monacal ne sera au-dedans rien moins qu'un moine, tel autre vêtu d'une cape espagnole n'a pas le courage propre à l'Espagne. C'est pourquoi il faut ouvrir le livre, et soigneusement peser ce qui y est exposé. Alors vous comprendrez que la drogue contenue dedans est d'une bien autre valeur que ne le promettait la boîte. C'est-à-dire que les matières ici traitées ne sont pas aussi folâtres que le titre au-dessus le prétendait.

Et à supposer qu'au sens littéral vous trouviez des matières assez joyeuses et correspondant bien au titre, toutefois il ne faut pas en demeurer là, comme en un chant de sirènes, mais à plus haut sens interpréter ce que d'aventure vous pensiez avoir été dit en gaieté de cœur.

---

1. Rabelais mêle ici des titres réels (*Gargantua, Pantagruel*) à des titres imaginaires, également facétieux (*Fessepinte, La Dignité des braguettes, Des pois au lard*). *La Dignité des braguettes* sera repris au chap. VIII, p. 95.

Crochetastes vous oncques bouteilles ? Caisgne. Reduisez à memoire la contenence qu'aviez. Mais veistes vous onques chien rencontrant quelque os medulare ? C'est comme dict Platon, *lib. II. de rep.* la beste du monde plus philosophe. Si veu l'avez : vous avez peu noter de quelle devotion il le guette : de quel soing il le guarde : de quel ferveur il le tient, de quelle prudence il l'entomme : de quelle affection il le brise : et de quelle diligence il le sugce. Qui le induict à ce faire ? Quel est l'espoir de son estude ? quel bien pretend il ? Rien plus qu'un peu de mouelle. Vray est que ce peu, plus est delicieux que le beaucoup de toutes aultres : pource que la mouelle est aliment elabouré à perfection de nature, comme dict Galen. *III. facu. natural.* et. *XI. de usu. parti.* À l'exemple d'icelluy vous convient estre saiges pour fleurer, sentir, et estimer ces beaulx livres de haulte gresse, legiers au prochaz : et hardiz à la rencontre. Puis par curieuse leçon, et meditation frequente rompre l'os, et sugcer la sustantificque mouelle. C'est à dire : ce que j'entends par ces symboles Pythagoricques avecques espoir certain d'estre faictz escors et preux à ladicte lecture. Car en icelle bien aultre goust trouverez, et doctrine plus absconce, laquelle vous revelera de tres haultz sacremens et mysteres horrificques, tant en ce que concerne nostre religion, que aussi l'estat politicq et vie oeconomicque.

Croiez vous en vostre foy qu'oncques Homere escrivent l'*Iliade* et *Odyssée*, pensast es allegories, lesquelles de luy ont calfreté Plutarche, Heraclides Ponticq,

N'avez-vous jamais débouché de bouteilles ? Nom d'un chien ! Rappelez-vous la contenance que vous aviez. Mais n'avez-vous jamais vu un chien rencontrant quelqu'os à moelle ? C'est, comme dit Platon au livre II de *La République*, la bête du monde la plus philosophe. Si vous l'avez vu, vous avez pu remarquer avec quelle dévotion il guette son os, avec quel soin il le garde, en quelle ferveur il le tient, avec quelle prudence il l'entame, avec quelle passion il le brise, avec quelle application il le suce. Qui le pousse à faire cela ? Quel espoir guide un tel travail ? À quel bien prétend-il ? À rien de plus qu'un peu de moelle. Il est vrai que ce peu est plus délicieux que le beaucoup de tout le reste, car la moelle est un aliment élaboré selon la perfection de la nature, comme le dit Galien [1] au livre III des *Facultés naturelles* et au livre XI de *L'Usage des parties du corps.*

À l'exemple de ce chien, il vous convient d'avoir la sagesse de flairer, sentir et estimer ces beaux livres de haute graisse, légers à l'approche et hardis à la rencontre ; puis par une lecture minutieuse et une méditation assidue, de rompre l'os et sucer la substantifique moelle – c'est ce que j'entends par ces symboles pythagoriques [2], avec l'espoir certain de vous rendre sages et valeureux par ladite lecture. Car en elle vous trouverez un bien autre goût, et un savoir plus secret, lequel vous révélera de très sacrées énigmes et des mystères horrifiques, en ce qui concerne tant notre religion, que l'état politique et la vie économique.

Croyez-vous en toute bonne foi que jadis Homère, écrivant l'*Iliade* et l'*Odyssée*, ait pensé aux allégories ensuite restaurées [3] par Plutarque, Héraclite du Pont, Eustathe, Cornutus,

---

1. Médecin grec (129-216) dont les théories sur les mécanismes physiologiques et sur l'anatomie, bien connues de Rabelais, font autorité à la Renaissance, en particulier la théorie des humeurs. **2.** Signes ou mots énigmatiques, dont le sens ne se révèle pas à la première lecture. **3.** Nous employons le verbe « restaurer » pour rendre le terme « calfreter » utilisé par Rabelais, qui s'applique à un navire et désigne l'action de le calfater, c'est-à-dire de rendre étanches les bordages du pont. Politien, Héraclite du Pont, Cornutus et Eustathe sont tous auteurs de commentaires sur Homère publiés entre la fin du XVe siècle et la première moitié du XVIe siècle (en 1485 pour Politien, en 1505 pour les deux suivants et en 1542 pour Eustathe). Rabelais signale ici qu'ils ont utilisé Homère pour en faire la matière de leurs œuvres et leur donner de la solidité, si ce n'est de la crédibilité.

Eustatie, Phornute : et ce que d'iceulx Politian a desrobé ? Si le croiez : vous n'approchez ne de pieds ne de mains à mon opinion : qui decrete icelles aussi peu avoir esté songées d'Homere, que d'Ovide en ses *Metamorphoses*, les sacremens de l'evangile : lesquelz un frere Lubin vray croquelardon s'est efforcé demonstrer, si d'adventure il rencontroit gens aussi folz que luy : et (comme dict le proverbe) couvercle digne du chaudron.

Si ne le croiez : quelle cause est, pourquoy autant n'en ferez de ces joyeuses et nouvelles chronicques ? Combien que les dictans n'y pensasse en plus que vous qui paradventure beviez comme moy. Car à la composition de ce livre seigneurial, je ne perdiz ne emploiay oncques plus ny aultre temps, que celluy qui estoit estably à prendre ma refection corporelle : sçavoir est, beuvant et mangeant. Aussi est ce la juste heure, d'escrire ces haultes matieres et sciences profundes. Comme bien faire sçavoit Homere paragon de tous Philologes, et Ennie pere des poetes latins, ainsi que tesmoigne Horace, quoy qu'un malautru ait dict, que ses carmes sentoyent plus le vin que l'huile.

Autant en dict un Tirelupin de mes livres, mais bren pour luy. L'odeur du vin o combien plus est friant, riant, priant, plus celeste, et delicieux que d'huille ? Et prendray autant à gloire qu'on die de moy, que plus en vin aye despendu que en huyle, que fist Demosthenes, quand de luy on disoit, que plus en huyle que en vin despendoit. À moy n'est que honneur et gloire, d'estre dict et reputé

et qu'à ceux-ci Politien à son tour a dérobées ? Si vous le croyez, vous n'approchez pas d'un pouce de mon opinion, car je décrète qu'Homère y a aussi peu songé qu'Ovide n'a pensé en ses *Métamorphoses* aux sacrements de l'Évangile – ce qu'un frère Lubin, vrai ramasse-miettes [1], s'est efforcé de démontrer aux gens aussi fous que lui, que le hasard lui faisait rencontrer ; comme dit le proverbe, le couvercle est digne du chaudron.

Si vous ne le croyez, quelle raison y aurait-il pour que vous n'en fassiez pas autant avec ces joyeuses et nouvelles chroniques ?... Pourtant, en les dictant, je ne pensais pas plus à de telles allégories, que vous qui peut-être par hasard buviez comme moi. Car à la composition de ce livre seigneurial je ne perdis ni employai jamais aucun autre temps que celui qui était consacré à me restaurer, à savoir à boire et à manger. Aussi est-ce là le meilleur moment pour écrire ces hautes matières et sciences profondes. Comme savaient bien le faire Homère, parangon de tous les philologues, et Ennius, père des poètes latins, ainsi qu'en témoigne Horace, et cela bien qu'un malotru ait dit que ses vers sentaient plus le vin que l'huile [2].

Un turlupin [3] en dira autant de mes livres, mais merde à lui. L'odeur du vin est ô combien plus friande, riante, priante [4], plus céleste et délicieuse que celle de l'huile. Et je tirerai d'autant plus de gloire de ce qui se dira de moi que j'aurai dépensé plus de vin que d'huile, comme le faisait Démosthène, quand de lui on disait qu'il dépensait plus d'huile que de vin [5]. Pour moi ce n'est qu'honneur et gloire d'être dit et réputé bon vivant et bon compagnon, ce qui

---

1. Type de moine sot et débauché. Rabelais fait allusion à une interprétation qui eut une grande fortune chez les moines, selon laquelle Ovide était lu comme une préfiguration du Nouveau Testament. Le terme « ramasse-miettes » traduit « croquelardon », nom qui désigne un parasite importun et peu subtil. **2.** Horace, dans ses *Épîtres* (entre 20 et 10 av. J.-C.), déclare que les poètes Ennius (239 av. J.-C.-169 av. J.-C.) et Homère trouvaient leur inspiration dans le vin. **3.** Un fâcheux, susceptible de turlupiner, c'est-à-dire d'agacer, de tourmenter. **4.** Jouant sur la rime, Rabelais entend ici « qui a du prix ». **5.** Démosthène, le plus grand orateur de la Grèce antique (384-322 av. J.-C.), avait été l'élève de Platon. Très sérieux, il était d'une sobriété proverbiale.

bon gaultier et bon compaignon : et en ce nom suis bien venu en toutes bonnes compaignies de Pantagruelistes : à Demosthenes fut reproché par un chagrin que ses oraisons sentoient comme la serpilliere d'un ord et sale huillier. Pourtant interpretez tous mes faictz et mes dictz en la perfectissime partie, ayez en reverence le cerveau caseiforme qui vous paist de ces belles billes vezées, et à vostre povoir tenez moy tousjours joyeux.

Or esbaudissez vous mes amours, et guayement lisez le reste tout à l'aise du corps, et au profit des reins. Mais escoutez vietz d'azes, que le maulubec vous trousque : vous soubvienne de boyre à my pour la pareille : et je vous plegeray tout ares metys.

fait de moi le bienvenu en toutes bonnes compagnies de pantagruélistes – tandis qu'à Démosthène, un esprit chagrin reprocha que ses oraisons aient l'odeur d'un tablier d'huilier [1], puant et sale. Ainsi, interprétez mes actes et mes paroles en bonne – et même perfectissime – part, révérez la cervelle de yaourt qui vous repaît de ces belles balivernes, et s'il vous est possible considérez-moi toujours avec un esprit joyeux.

Alors réjouissez-vous, mes amours, et gaiement lisez le reste pour le plus grand plaisir du corps et au profit des reins. Mais écoutez, vits d'ânes [2], que la gangrène vous rende boiteux si vous oubliez de me rendre la pareille en buvant à ma santé : et je vous donnerai raison en buvant à vous, amis, toutes affaires cessantes.

---

1. Un huilier est un marchand d'huile. Tout le passage oppose huile et vin, en exposant les conditions de la composition littéraire : dépenser du vin, c'est écrire en buvant et penser l'inspiration comme dionysiaque, tandis que dépenser de l'huile, c'est faire brûler l'huile de la lampe : c'est alors une représentation plus austère et moins facétieuse de la création. **2.** Invective dévalorisante issue du gascon : le ton du bonimenteur permet de s'adresser au lecteur avec une liberté proche de la provocation, sans qu'elle soit pour autant insultante dans le contexte de franche camaraderie qui s'instaure en cette fin de prologue.

De la genealogie et antiquité de Gargantua

CHAPITRE I

Je vous remectz à la grande chronicque Pantagrueline recongnoistre la genealogie et antiquité dont nous est venu Gargantua. En icelle vous entendrez plus au long comment les Geands nasquirent en ce monde : et comment d'iceulx par lignes directes yssit Gargantua pere de Pantagruel : et ne vous faschera, si pour le present je m'en deporte. Combien que la chose soit telle, que tant plus seroit remembrée, tant plus elle plairoit à voz seigneuries : comme vous avez l'autorité de Platon *in Philebo et Gorgias*, et de Flacce, qui dict estre aulcuns propos telz que ceulx cy sans doubte, qui plus sont delectables, quand plus souvent sont redictz.

Pleust à dieu q'un chascun sceust aussi certainement sa genealogie, depuis l'arche de Noe jusques à cest eage. Je pense que plusieurs sont aujourd'huy empereurs, Roys, ducz, princes, et Papes, en la terre, lesquelz sont descenduz de quelques porteurs de rogatons et de coustretz. Comme au rebours plusieurs sont gueux de l'hostiaire, souffreteux, et miserables : lesquelz sont descenduz de sang et ligne de grandz roys et empereurs. Attendu l'admirable transport des regnes et empires.

Des Assyriens es Medes.

Des Medes es Perses.

De la généalogie de Gargantua et de ses origines antiques

CHAPITRE I

Je vous renvoie à la grande chronique pantagruéline pour connaître la généalogie et les origines antiques d'où nous est venu Gargantua [1]. Là vous entendrez plus en détail comment les géants naquirent en ce monde, et comment de ceux-ci descendit en ligne directe Gargantua, père de Pantagruel. Et que cela ne vous fâche si pour le moment je n'en parle pas, bien que la chose soit telle que plus elle est répétée et racontée, plus elle plaît à vos seigneuries ; comme le dit si bien l'illustre Platon dans *Philèbe* et *Gorgias*, et aussi Horace, il existe certains propos proches de ceux-ci sans doute, qui sont d'autant plus délectables qu'ils sont plus souvent répétés [2].

Plût à Dieu que tout le monde sût avec autant de certitude sa généalogie, depuis l'arche de Noé jusqu'à notre époque. Je pense que beaucoup, qui sont aujourd'hui empereurs, rois, ducs, princes et papes sur la terre, sont les descendants de quelques porteurs de reliques ou de hottes aux vendanges [3]. De même, au rebours, beaucoup de ceux qui sont gueux à l'hospice, souffreteux et misérables, sont les descendants par le sang et la lignée de grands rois et empereurs. Étant donné l'admirable transfert des règnes et empires,

des Assyriens aux Mèdes,
des Mèdes aux Perses,

---

1. Rabelais renvoie ici au chap. I de *Pantagruel*, paru deux ans plus tôt, qui commence par l'énumération copieuse des innombrables ancêtres de Gargantua et de son fils Pantagruel. **2.** Érasme le rappelle dans ses *Adages* (I, II, 49) : Platon, dans les deux textes cités ici (*Philèbe* 60a et *Gorgias* 498e), ainsi qu'Horace, dans l'*Art poétique* (v. 365), affirment que certaines œuvres ou pensées plaisent d'autant plus qu'elles sont plusieurs fois répétées. **3.** Métiers de subalternes, réservés aux misérables.

Des Perses es Macedones.
Des Macedones es Romains.
Des Romains es Grecz.
Des Grecz es Françoys.

Et pour vous donner à entendre de moy qui parle, je cuyde que soye descendu de quelque riche roy ou prince au temps jadis. Car oncques ne veistes homme, qui eust plus grande affection d'estre roy et riche que moy : affin de faire grand chere : pas ne travailler, poinct ne me soucier, et bien enrichir mes amys et tous gens de bien et de sçavoir. Mais en ce je me reconforte, que en l'aultre monde je le seray : voyre plus grand que de present ne l'auseroye soubhaitter. Vous en telle ou meilleure pensée reconfortez vostre malheur, et beuvez fraiz si faire se peut.

Retournant à noz moutons je vous dictz que par don souverain des cieulx nous a esté reservée l'antiquité et genealogie de Gargantua, plus entiere que nulle aultre. Exceptez celle du messias, dont je ne parle, car il ne me appartient, aussi les diables (ce sont les calumniateurs et caffars) se y opposent. Et fut trouvée par Jean Audeau, en un pré qu'il avoit prés l'arceau gualeau au dessoubz de l'Olive, tirant à Narsay. Duquel faisant lever les fossez,

des Perses aux Macédoniens,
des Macédoniens aux Romains,
des Romains aux Grecs,
des Grecs aux Français [1].

Et pour vous donner à entendre ce qu'il en est de moi qui vous parle, je pense être le descendant de quelque riche roi ou prince du temps jadis. Car jamais on ne vit homme qui eût plus grand désir que moi d'être roi et riche : afin de faire grande chère, de ne pas travailler, de n'avoir point de souci, et de bien enrichir mes amis et tous les gens de bien et de savoir. Mais je me console à l'idée qu'en l'autre monde [2] je serai grand, et même plus grand que je n'oserais le souhaiter à présent. Et vous, pensez comme moi ou même encore mieux, et que cela vous réconforte en votre malheur… et buvez frais si faire se peut.

Revenant à nos moutons, je vous dis que par un don souverain des cieux nous a été conservée l'histoire des origines antiques et de la généalogie de Gargantua, plus entière que nulle autre – excepté celle du Messie, dont je ne parle pas, car il ne m'appartient pas de le faire, puisque les diables (ce sont les calomniateurs et les cafards [3]) s'y opposent. Elle fut trouvée par Jean Audeau, en un pré qu'il avait près de l'arceau Galeau au-dessous de l'Olive, en tirant vers Narsay [4]. Comme il en faisait curer les fossés, les piocheurs

1. Idée de la *translatio imperii*, ou « transfert des empires », développée au Moyen Âge et qui permet de justifier la prétention de certains peuples à la domination impériale. Ils auraient reçu ce privilège de la Providence et l'auraient ensuite « transféré » à d'autres peuples. Si les Français héritent des premiers Assyriens ce pouvoir insigne, ils ont des raisons légitimes de s'opposer à l'empire de Charles Quint. **2.** Chez les morts, où il est dit dans la Bible que les premiers seront les derniers, et inversement (Matthieu, XIX, 30). Dans *Pantagruel*, Épistémon assiste à cette inversion du monde quand il descend au royaume des morts (chap. XXX). **3.** Rabelais désigne ainsi régulièrement dans son œuvre les censeurs théologiens, qui interdisent d'évoquer certains sujets touchant à la religion. Voir l'inscription sur la porte de Thélème (chap. LIV). **4.** Ces noms de lieux-dits proches de Chinon existent tous ; en revanche, le personnage de Jean Audeau n'a pas été identifié. Dans toute l'œuvre, Rabelais se réfère à des lieux réels du Chinonais : la guerre picrocholine occupe un très petit périmètre d'une trentaine de kilomètres de circonférence autour de Chinon. À cette géographie véritable, l'auteur mêle parfois des noms de son invention, que nous signalerons par des notes. Sur les noms propres dans l'œuvre de Rabelais, on consultera avec profit la base « ReNom » : http://renom.univ-tours.fr.

toucherent les piocheurs de leurs marres, un grand tombeau de bronze long sans mesure : car oncques n'en trouverent le bout, par ce qu'il entroit trop avant les excluses de Vienne. Icelluy ouvrans en certain lieu signé au dessus d'un goubelet, à l'entour duquel estoit escript en lettres Ethrusques, *Hic bibitur*, trouverent neuf flaccons en tel ordre qu'on assiet les quilles en Guascoigne. Des quelz celluy qui au mylieu estoit, couvroit un gros, gras, grand, gris, joly, petit, moisy livret, plus mais non mieulx sentent que roses.

En icelluy fut ladicte genealogie trouvée escripte au long, de lettres cancelleresques, non en papier, non en parchemin, non en cere : mais en escorce d'Ulmeau, tant toutesfoys usées par vetusté, qu'à poine en povoit on troys recongnoistre de ranc.

Je (combien que indigne) y fuz appellé : et à grand renfort de bezicles practicant l'art dont on peut lire lettres non apparentes, comme enseigne Aristoteles, la translatay, ainsi que veoir pourrez en Pantagruelisant, c'est à dire, beuvans à gré, et lisans les gestes horrificques de Pantagruel. À la fin du livre estoit un petit traicté intitulé, *Les Fanfreluches antidotées*. Les ratz et blattes ou (affin que je ne mente) aultres malignes bestes avoient

touchèrent avec leurs outils un grand tombeau de bronze, d'une longueur incommensurable : en effet ils n'en trouvèrent jamais le bout, parce qu'il entrait trop avant dans les écluses de la Vienne. Et en l'ouvrant à un endroit précis signalé sous le dessin d'un gobelet autour duquel était inscrit en lettres étrusques « *Ici l'on boit* », ils trouvèrent neuf flacons disposés dans l'ordre où on place les quilles en Gascogne. Le flacon qui était au milieu recouvrait un gros, gras, grand, gris, joli, petit, moisi livret, sentant plus fort, mais pas meilleur, que la rose.

À l'intérieur de ce livret fut trouvée ladite généalogie, écrite tout entière en lettres de chancellerie [1], non sur papier, non sur parchemin, non sur des tablettes de cire, mais sur de l'écorce d'ormeau, en lettres toutefois si usées par le temps qu'on pouvait à peine en déchiffrer trois de suite.

C'est moi (bien que je n'en fusse pas digne) qui y fus appelé. Et à grand renfort de bésicles [2], pratiquant l'art de lire les lettres non apparentes comme l'enseigne Aristote [3], je la transcrivis, comme vous pourrez le voir en pantagruélisant, c'est-à-dire en buvant à volonté, et en lisant les aventures horrifiques de Pantagruel. À la fin du livre se trouvait un petit traité intitulé les *Fanfreluches antidotées* [4]. Les rats et les blattes, ou (je ne veux vous mentir) d'autres malignes

1. Les lettres de la chancellerie papale, écrites à la main, étaient très difficiles à déchiffrer. **2.** Terme ancien désignant des lunettes. **3.** Attribution fantaisiste de Rabelais d'un enseignement de cryptologie à Aristote. **4.** Nous ne modernisons pas cette expression qui donne son titre au chap. II. D'une part, c'est sous cette appellation que ce dernier est connu. D'autre part, la reprise à l'identique permet de conserver l'étrangeté de cette association lexicale, tout aussi curieuse pour les lecteurs contemporains de Rabelais que pour nous. Enfin, la bizarrerie de ce titre, posant l'élucubration (« franfreluche ») comme remède miraculeux (« antidote »), sert d'avertissement à l'entrée d'un chapitre particulièrement compliqué, rédigé en vers et à la façon d'une énigme que personne, encore aujourd'hui, n'a su véritablement éclaircir de façon convaincante. Le texte, qui contient des allusions à la politique de l'époque, est écrit pour laisser ouvertes des interprétations multiples et peut à ce titre être rapproché de l'énigme finale (chap. LVIII). Peut-être vise-t-il par ailleurs à dérouter radicalement le lecteur, dans la tradition de la fatrasie médiévale, genre poétique où règne l'esthétique du coq-à-l'âne. Il serait donc vain de chercher à tout prix un sens stable à ce passage, « fanfreluche » ayant aussi le sens d'« ineptie ».

brousté le commencement, le reste j'ay cy dessoubz adjousté, par reverence de l'antiquaille.

Les *Fanfreluches antidotées* trouvées en un monument antique

CHAPITRE II

a   i ? enu le grand dompteur des Cimbres
v   sant par l'aer, de peur de la rousée,
‘ sa venue on a remply les Timbres
ə   ' beure fraiz, tombant par une housée
=   uquel quand fut la grand mere arrousée
Cria tout hault, « hers par grace pesche le.
Car sa barbe est pres que toute embousée
Ou pour le moins, tenez luy une eschelle. »

Aulcuns disoient que leicher sa pantoufle
Estoit meilleur que guaigner les pardons :
Mais il survint un affecté marroufle,
Sorti du creux où l'on pesche aux gardons
Qui dict, « messieurs pour dieu nous en gardons
L'anguille y est, et en cest estau musse.
La trouverez (si de prés regardons)
Une grand tare, au fond de son aumusse. »

Quand fut au poinct de lire le chapitre,
On n'y trouva que les cornes d'un veau.

bêtes en avaient rongé le commencement ; quant au reste, je l'ai ci-dessous inséré, par respect pour l'antiquité.

Les *Fanfreluches antidotées* trouvées en un monument antique

CHAPITRE II

a   i ? enu[1] *le grand dompteur des Cimbres*[2]
v   sant par l'air, de peur de la rosée,
’ sa venue on a rempli les timbres
ə   ’ beurre frais, tombant en une ondée
=   uquel quand fut la grand-mère arrosée
Cria tout haut : « Seigneur, par grâce, repêchez-le
Car sa barbe est presque toute embousée[3]
Ou pour le moins, tenez-lui une échelle. »

D'aucuns disaient que lécher sa pantoufle
Était meilleur que gagner les pardons[4] *:*
Mais il survint un fieffé maroufle[5]*,*
Sorti du creux où l'on pêche les gardons,
Qui dit : « Messieurs, par Dieu, que nous nous en gardions
L'anguille y est, et en cet étal se niche,
Là vous trouverez (si de près nous regardons)
Une grande tare, au fond de sa capuche. »

Quant il fut temps de lire le chapitre,
On n'y trouva que les cornes d'un veau.

---

1. Ces fragments de mots morcelés en lettres isolées donnent l'illusion que les premières lignes du texte ont été rongées, comme indiqué à la fin du chapitre précédent. **2.** Envahisseurs germaniques vaincus par les Romains au IIe siècle av. J.-C. **3.** Barbouillée de bouse. **4.** Acheter à un religieux son pardon, et donc sa place au paradis. Cette pratique de la vente des indulgences, par laquelle le clergé s'enrichissait aux dépens de la crédulité populaire, figure parmi les abus de l'Église catholique les plus dénoncés par les réformés menés par Martin Luther (1483-1546). **5.** Mot forgé par Rabelais en 1532, sans doute à partir du mot poitevin « marou », qui désigne un chat errant. Le terme caractérise de manière péjorative un vagabond, une canaille, un être mal intentionné potentiellement dangereux.

Je (disoit il) sens le fond de ma mitre
Si froid, que autour me morfond le cerveau.
On l'eschaufa d'un parfunct de naveau
Et fut content de soy tenir es atres,
Pourveu qu'on feist un limonnier noveau
À tant de gens qui sont acariatres.

Leur propos fut du trou de sainct Patrice,
De Gilbathar, et de mille autres trous :
S'on les pourroit reduire à cicatrice,
Par tel moien, que plus n'eussent la tous
Veu qu'il sembloit impertinent à tous :
Les veoir ainsi à chascun vent baisler.
Si d'adventure ilz estoient à poinct clous,
On les pourroit pour houstage bailler.

En cest arrest le courbeau fut pelé
Par Hercules : qui venoit de Libye.
« Quoy ? dist Minos, que n'y suis je appellé,
Excepté moy tout le monde on convie.
Et puis l'on veult que passe mon envie,
À les fournir d'huytres et de grenoilles.
Je donne au diable en quas que de ma vie
Preigne à mercy leur vente de quenoilles. »

Pour les matter survint, Q. B. qui clope
Au sauconduit des mistes Sansonnetz.
Le tamiseur, cousin du grand Cyclope,
Les massacra. Chascun mousche son nez

« Je sens, disait-il, le fond de ma mitre
Si froid, qu'autour se glace mon cerveau. »
On l'échauffa d'un parfum de naveau[1]
Et il fut content de se tenir à l'âtre,
Pourvu qu'on mît un attelage nouveau
À tant de gens qui sont acariâtres.

Leur propos traita du trou de saint Patrice[2]*,*
De Gibraltar, et de mille autres trous :
Pourrait-on les réduire à cicatrices,
De telle façon qu'ils n'aient plus de toux,
Vu qu'il semblait impertinent à tous
De les voir ainsi à tout vent bâiller ?
Si d'aventure ils étaient bien clos,
On les pourrait pour refuges bailler[3]*.*

En cet arrêt le corbeau fut pelé
Par Hercule, qui venait de Libye
« Quoi ? dit Minos[4]*, que n'y suis-je appelé ?*
Excepté moi, tout le monde on convie
Et puis l'on veut que passe mon envie,
Pour les fournir d'huîtres et de grenouilles.
Que je me donne au diable si de ma vie
Je pris en pitié leur vente de quenouilles. »

Pour les mater, survint Q. B. qui clope[5]
Sur permission de mystiques sansonnets.
Le tamiseur, cousin du grand Cyclope,
Les massacra. Que chacun mouche son nez.

---

1. Nom ancien du centre de la France pour « navet ». **2.** Nom d'une grotte en Irlande, supposée être l'entrée du purgatoire selon une légende qui remonte au Moyen Âge. Ici, il peut avoir aussi un sens grivois, puisque le vers suivant évoque « mille autres trous ». **3.** Verbe signifiant « donner ». L'homophonie avec « bâiller » (à la rime deux vers plus haut) crée une équivoque de sens digne de la poésie des grands rhétoriqueurs, pratiquée à la fin du XVe et au début du XVIe siècle, friande d'énigmes, de jeux sonores et sémantiques de ce genre. **4.** Dans la mythologie grecque, Minos, roi de Crète, était fils de Zeus et d'Europe et époux de Pasiphaé. Il est célèbre pour avoir enfermé le Minotaure, monstre mi-homme mi-taureau né de l'union de Pasiphaé et d'un taureau, dans un labyrinthe créé par l'architecte Dédale. Il devint juge des Enfers après sa mort. **5.** *Q. B.* : initiales non élucidées ; « qui clope » signifie « qui boite », « qui clopine ».

En ce gueret peu de bougrins sont nez,
Qu'on n'ait berné sus le moulin à tan.
Courrez y tous : et à l'arme sonnez.
Plus y aurez, que n'y eustes antan.

Bien peu aprés, l'oyseau de Jupiter
Delibera pariser pour le pire.
Mais les voyant tant fort se despiter :
Craignit qu'on mist ras, jus, bas, mat, l'empire
Et mieulx ayma le feu du ciel empire
Au tronc ravir où l'on vend les soretz :
Que aer serain, contre qui l'on conspire,
Assubjectir es dictz des Massoretz.

Le tout conclud fut à poincte affilée,
Maulgré Até, la cuisse heronniere,
Que là s'asist, voyant Pentasilée
Sur ses vieux ans prinse pour cressonniere.
Chascun crioit, « vilaine charbonniere
T'appartient il toy trouver par chemin ?
Tu la tolluz la Romaine baniere,
Qu'on avoit faict au traict du parchemin. »

Ne fust Juno, que dessoubz l'arc celeste
Avec son duc tendoit à la pipée :
On luy eust faict un tour si tresmoleste
Que de tous poincts elle eust esté frippée.
L'accord fut tel, que d'icelle lippée
Elle en auroit deux œufz de Proserpine
Et si jamais elle y estoit grippée,
On la lieroit au mont de l'Albespine.

Sept moys aprés, houstez en vingt et deux
Cil qui jadis anihila Carthage,

En ce bosquet, peu de bougres[1] *sont nés,*
Qu'on n'ait bernés sur le moulin à tan[2].
Courez-y tous, et alarme sonnez,
Vous aurez plus que n'y eûtes antan.

Bien peu après, l'oiseau de Jupiter[3]
Délibéra de parier pour le pire.
Mais les voyant si fort se dépiter,
Craignit qu'on mît à sac, sus, bas, mat l'empire
Et préféra le feu de l'Empyrée[4] *ravir*
Au tronc où l'on vend le hareng saur
Plutôt que l'air serein, contre qui l'on conspire,
Assujettir aux dits des Massorets[5].

Le tout fut conclu au fil de l'épée,
Malgré Até, à la cuisse de héron,
Qui s'assit là, voyant Penthésilée[6]
Sur ses vieux jours vendeuse de cresson[7].
Chacun criait : « Vilaine charbonnière,
T'appartient-il d'occuper le chemin ?
Tu l'as volée, la romaine bannière
Qu'on avait faite sur fond de parchemin. »

Sans une Junon, qui sous l'arc-en-ciel
Avec son duc chassait à la pipée,
On lui eût joué un si funeste tour
Qu'en tous points elle eût été froissée.
L'accord fut tel, que de cette lampée
Elle gagnerait deux œufs de Proserpine[8]
Et si jamais elle était attrapée,
On la lierait au mont de l'Aubépine.

Sept mois après, ôtez-en vingt-deux,
Celui qui jadis anéantit Carthage[9]

1. « Bougre » est un mot qui désigne aussi bien un hérétique qu'un sodomite. **2.** L'écorce de chêne broyée dans un moulin donne le tan, qui sert au tannage. **3.** L'aigle. **4.** Dans la mythologie grecque, partie du ciel habitée par les dieux. **5.** Interprètes de la Bible, chez les Hébreux. **6.** Dans la mythologie grecque, Até est la déesse personnifiant l'erreur et provoquant les querelles, et Penthésilée est la reine des Amazones. **7.** Voir la visite des Enfers par Épistémon (*Pantagruel*, chap. XXX), où tous les grands de ce monde exercent de petits métiers. **8.** Reine des Enfers dans la mythologie grecque. **9.** Il s'agit de Scipion l'Africain (v. 235-v. 183 av. J.-C.).

Courtoysement se mist en mylieu d'eux
Les requerent d'avoir son heritage.
Ou bien qu'on feist justement le partage
Selon la loy que l'on tire au rivet,
Distribuent un tatin du potage
À ses facquins qui firent le brevet.

Mais l'an viendra signé d'un arc turquoys
De v. fuseaulx, et troys culz de marmite
Onquel le dos d'un roy trop peu courtoys
Poyvré sera soubz un habit d'hermite.
O la pitié. Pour une chattemite
Laisserez vous engouffrer tant d'arpens ?
Cessez, Cessez, ce masque nul n'imite.
Retirez vous au frere des serpens.

Cest an passé, cil qui est, regnera
Paisiblement avec ses bons amis.
Ny brusq, ny Smach lors ne dominera
Tout bon vouloir aura son compromis.
Et le solas qui jadis fut promis.
Es gens du ciel, viendra en son befroy.
Lors les haratz qui estoient estommis
Triumpheront en royal palefroy.

Et durera ce temps de passe passe
Jusques à tant que Mars ayt les empas.
Puis en viendra un qui tous aultres passe
Delitieux, plaisant, beau sans compas.
Levez vos cueurs : tendez à ce repas
Tous mes feaulx. Car tel est trespassé
Qui pour tout bien ne retourneroit pas,
Tant sera lors clamé le temps passé.

Courtoisement se mit au milieu d'eux,
Les requérant d'avoir son héritage,
Ou demandant qu'on fît bien le partage
Selon la loi qu'on tire à la balance,
Distribuant le fretin[1] *du potage*
À ses faquins qui firent l'ordonnance.

Mais l'an viendra, signé d'un arc turc[2]
De cinq fuseaux, et trois culs de marmite
Où le dos d'un roi trop peu courtois
Sera grelé[3] *sous un habit d'ermite.*
Ô quelle pitié ! Pour un tel hypocrite
Laisserez-vous engouffrer tant d'arpents[4] *?*
Cessez, cessez, ce masque nul n'imite.
Retirez-vous chez le frère des serpents[5]*.*

Cet an révolu, « Celui-qui-est[6] *» règnera*
Paisiblement avec ses bons amis.
Ni brute, ni choc alors ne dominera
Tout bon vouloir aura son compromis.
Et le plaisir qui jadis fut promis
Aux gens du ciel viendra en son beffroi.
Alors les haras[7] *qui étaient estourbis*
Triompheront en royal palefroi[8]*.*

Et durera ce temps de passe-passe
Jusqu'au temps où Mars sera aux arrêts.
Puis en viendra un, qui tous les autres surpasse,
Délicieux, plaisant, beau à l'excès.
Élevez vos cœurs, tendez vers ce repas,
Tous mes féaux. Car tel est trépassé,
Qui pour tout l'or du monde ne reviendrait pas,
On regrettera bien alors le temps passé.

---

1. Morceaux négligeables, petite quantité. **2.** L'arc turc avait double courbure. François Ier, d'abord opposé à l'Empire ottoman pour des raisons religieuses, conclut une alliance stratégique avec Soliman le Magnifique en 1536, au nom de leur combat commun contre Charles Quint. **3.** Semé de trous (vérolé) ou de coups (bastonné). **4.** L'arpent est une unité de mesure qui équivaut à environ 71 m. **5.** Il s'agit sans doute du diable (frère du serpent qui tenta Ève). **6.** Dieu. **7.** Ensemble d'étalons et de juments destinés à la reproduction. **8.** Cheval de parade.

Finablement celluy qui fut de cire
Sera logé au gond du Jacquemart.
Plus ne sera reclamé, « Cyre, Cyre, »
Le brimbaleur, qui tient le cocquemart.
Heu, qui pourroit saisir son braquemart :
Toust seroient netz les tintouins cabus
Et pourroit on à fil de poulemart
Tout baffouer le maguazin d'abus.

Comment Gargantua fut unze moys porté ou ventre de sa mere

CHAPITRE III

Grandgousier estoit bon raillard en son temps, aymant à boyre net autant que homme qui pour lors fust au monde, et mangeoit voluntiers salé. À ceste fin avoit ordinairement bonne munition de jambons de Magence et de Baionne, force langues de beuf fumées, abondance de andouilles en la saison et beuf sallé à la moustarde. Renfort de boutargues, provision de saulcisses, non de Bouloigne (car il craignoit ly boucon de Lombard) mais de Bigorre, de Lonquaulnay, de la Brene, et de Rouargue. En son eage virile espousa Gargamelle fille du roy des Parpaillos, belle gouge et de bonne troigne. Et faisoient eux deux souvent ensemble la beste à deux doz, joyeusement

Finalement, celui qui fut de cire
Sera placé au gong du Jacquemard[1].
Plus ne sera appelé « Sire, Sire »
Le sonneur qui brinquebale la bouilloire.
Hélas, qui pourrait saisir son braquemart[2] *?*
Bientôt seraient finis les tintouins biscornus
Et l'on pourrait de ficelle sans retard
Ligoter toute la boutique aux abus.

Comment Gargantua fut onze mois porté au ventre de sa mère

CHAPITRE III

Grandgousier[3] était un drôle de gaillard en son temps, aimant à boire dru comme tout bon vivant, et il mangeait volontiers salé. À cette fin il avait toujours de bonnes provisions de jambons de Mayence et de Bayonne[4], force langues de bœuf fumées, abondance d'andouilles en saison et de bœuf salé à la moutarde, grand renfort de boutargues[5], provision de saucisses, non de Bologne (car il craignait la bouchée du Lombard)[6] mais de Bigorre, de Longaulnay, de la Brenne et du Rouergue[7]. À l'âge d'homme il épousa Gargamelle, fille du roi des Parpaillons[8], bien gironde et de bonne trogne. Et ils faisaient tous les deux souvent ensemble la bête à deux dos, se frottant joyeusement leur lard, tant et

---

1. Automate en forme de personnage muni d'un marteau, frappant les coups sur les cloches pour sonner l'heure au beffroi des villes du Nord. **2.** Ce mot désigne aussi bien une épée à lame courte et large que le sexe masculin. **3.** Père de Gargantua. Reprise ici, dans la narration, de la généalogie de Gargantua. **4.** Mayence est une ville d'Allemagne de la vallée du Rhin supérieur, connue pour ses jambons fumés, concurrents directs des jambons de Bayonne à l'époque de Rabelais et jusqu'au XVIIe siècle. **5.** Œufs de poisson salés et séchés. **6.** Il craignait d'être empoisonné (la Lombardie, région à laquelle appartient la ville de Bologne, ayant la réputation d'être experte en poisons). **7.** Cette liste expose un tour de France des saucisses, avec quelques spécialités régionales (respectivement des Pyrénées, de Bretagne, du Poitou et de l'Aveyron). **8.** Nom donné aux huguenots ennemis de la foi catholique dans le contexte des guerres de Religion.

se frotans leur lard, tant qu'elle engroissa d'un beau filz, et le porta jusques à l'unziesme moys.

Car autant, voire dadvantage, peuvent les femmes ventre porter, mesmement quand c'est quelque chef d'œuvre, et personnage que doibve en son temps faire grandes prouesses. Comme dict Homere que l'enfant (duquel Neptune engroissa la nymphe) nasquit l'an aprés revolu : ce fut le douziesme moys. Car (comme dit A. Gelle *lib. III.*) ce long temps convenoit à la majesté de Neptune, affin qu'en icelluy l'enfant feust formé à perfection. À pareille raison Jupiter feist durer XLVIII. heures la nuyct qu'il coucha avecques Alcmene. Car en moins de temps n'eust il peu forger Hercules qui nettoia le monde de monstres et tyrans.

Messieurs les anciens Pantagruelistes ont conformé ce que je dis, et ont declairé non seulement possible, mais aussi legitime l'enfant né de femme l'unziesme moys aprés la mort de son mary.

Hippocrates *lib. de alimento.*

Pline *li VII. cap. V.*

Plaute *in Cistellaria.*

Marcus Varro en la satyre inscripte, *Le testament*, allegant l'autorité d'Aristoteles à ce propos.

Censorinus *li. de die natali.*

Aristoteles *libr. VII. capi. III. et. IIII. de nat. animalium.*

Gellius *li. III. ca. XVI.* Servius *in egl.* exposant ce metre de Virgile *Matri longa decem* etc.

si bien qu'elle fut grosse d'un beau fils, qu'elle porta jusqu'au onzième mois.

Car les femmes peuvent porter leur enfant aussi longtemps et même davantage, surtout quand c'est quelque chef-d'œuvre et personnage qui en son temps devra faire de grandes prouesses. Ainsi Homère raconte que l'enfant qu'eut Neptune avec la nymphe naquit après un an révolu : ce fut le douzième mois [1]. Car, comme le dit Aulu-Gelle (au livre III) [2], ce temps long convenait à la majesté de Neptune, afin que son enfant soit ainsi formé à la perfection. Pareille raison décida Jupiter à faire durer quarante-huit heures la nuit où il coucha avec Alcmène [3]. Car s'il avait eu moins de temps, il n'aurait pu former Hercule qui nettoya le monde des monstres et des tyrans.

Messieurs les anciens pantagruélistes ont confirmé ce que je dis, et ont déclaré non seulement possible, mais aussi légitime un enfant né d'une femme onze mois après la mort de son mari :

Hippocrate au livre *Des aliments*,

Pline au livre VII, chapitre V,

Plaute dans *La Cassette*,

Marcus Varron dans la satire intitulée *Le Testament*, alléguant l'autorité d'Aristote à ce propos,

Censorinus au livre *Du jour de la naissance*,

Aristote au livre VII, chapitres III et IV de *La Nature des animaux*,

Aulu-Gelle au livre III, chapitre XVI,

Servius dans les *Églogues*, exposant ce vers de Virgile : « La mère au bout de dix mois... », etc. [4].

---

1. De l'union de Neptune et de la nymphe Tyro naquirent les jumeaux Pélias et Nélée. **2.** Il s'agit d'une référence aux *Nuits attiques* de l'auteur latin Aulu-Gelle (v. 130-v. 180). **3.** Jupiter séduisit la fidèle Alcmène en se faisant passer pour son mari Amphitryon. De cette nuit qu'il fit durer deux fois vingt-quatre heures naquit Hercule, le héros aux douze travaux. **4.** Un enfant né après la mort de son père est-il légitime ? C'est une question que se posent les juristes humanistes, en rappelant que l'autorité des Anciens (dont cette liste disparate illustre l'éclectisme) contredit le droit romain de Justinien, selon lequel une grossesse ne peut excéder dix mois. André Tiraqueau, l'ami de Rabelais, a publié un texte érudit sur cette question en 1535 ; c'est sans doute lui qui a fourni ces nombreuses références. Cependant, elles sont traitées ici sous forme d'un inventaire hétéroclite livré pêle-mêle et sans commentaire, et qui s'achève à la ligne suivante par la mention de « mille autres

Et mille aultres folz. Le nombre desquelz a esté par les legistes acreu. *ff. de suis et legit. l. Intestato. §. fi.*

Et *in autent. de restitut. et ea que parit in. XI. mense.*

D'abondant en ont chaffourré leur robidilardicque loy. *Gallus. ff. de lib. et posthu.* et. *l. Septimo. ff. de stat. homi.* et quelques aultres, que pour le present dire n'ause.

Moiennans lesquelles loys, les femmes vefves peuvent franchement jouer du serrecropiere à tous enviz et toutes restes, deux moys aprés le trespas de leurs mariz. Je vous prie par grace vous aultres mes bons averlans, si d'icelles en trouvez que vaillent le desbraguetter, montez dessus et me les amenez. Car si au troisiesme moys elles engroissent : leur fruict sera heritier du deffunct. Et la groisse congneue, poussent hardiment oultre, et vogue la gualée, puis que la panse est pleine. Comme Julie fille de l'empereur Octavian ne se abandonnoit à ses taboureurs sinon quand elle se sentoit grosse, à la forme que la navire ne reçoit son pilot, que premierement ne soit callafatée et chargée. Et si personne les blasme de soy faire rataconniculer ainsi suz leur groisse, veu que les bestes suz leur ventrées n'endurent jamais le masle masculant : elles responderont que ce sont bestes, mais elles sont

Et mille autres fous, dont le nombre a été augmenté par les hommes de loi : dans le *Digeste*, « loi sur les héritiers légitimes sans testament », loi 3, § 13, dans les *Authentiques*, « de ce qui revient équitablement onze mois après la mort du père ». Bien plus encore, ils en ont farci leur réjouilardesque[1] loi du *Digeste*, « des enfants et héritiers posthumes », loi sur la condition humaine, dite du septième mois, et quelques autres, que pour le moment je n'ose citer[2]. Au moyen de ces lois, les veuves peuvent librement jouer de la jarretière à l'envi, avec tous et en prenant tous les risques, deux mois après le trépas de leur mari. Je vous en prie, de grâce mes bons lascars, si vous trouvez de ces veuves qui valent qu'on ouvre sa braguette, montez dessus et amenez-les-moi ; car si au troisième mois elles sont grosses, leur fruit sera héritier du défunt. Et une fois la grossesse connue, qu'elles tirent hardiment, et vogue la galère, puisque la panse est pleine. À l'exemple de Julie, fille de l'empereur Octave, qui ne s'abandonnait à ses tambourineurs que quand elle se sentait grosse[3], de même que le navire ne reçoit son pilote qu'après avoir été d'abord calfaté et chargé. Et si quiconque les blâme de se faire ainsi rataconiculer[4] tandis qu'elles sont grosses, au prétexte que les bêtes pleines ne se livrent jamais au mâle en rut, elles répondront que ce

---

fous », avec une légèreté que le juriste André Tiraqueau n'aurait pu se permettre en les citant. Considérés comme des « pantagruélistes », les auteurs convoqués sont tantôt des philosophes (Aristote, Censorinus), des médecins (Hippocrate), des naturalistes (Pline), tantôt des compilateurs ou des poètes, pour certains comiques ou satiriques (Aulu-Gelle, Virgile, Plaute, Varron). Rabelais va même jusqu'à attribuer au grammairien Servius un texte qu'il n'a pas écrit : le commentaire du vers de Virgile cité ici. **1.** Rabelais utilise le mot-valise « robidilardique », issu, selon les commentateurs, du terme « rodilard » (« ronge-lard », par référence au caractère rapace de la loi citée) ou de l'expression « frotter son lard » en « robbe » (« à la dérobée »), ce que cette loi permet aux veuves. **2.** Toutes ces lois statuent sur la question de la légitimité des enfants nés au-delà de neuf mois de gestation. **3.** Comme il le dit quelques lignes plus bas, Rabelais se réfère au texte des *Saturnales* de Macrobe (livre II, V, 9), où il est fait mention des mœurs débauchées de Julie, la fille d'Auguste (39-14 av. J.-C.). Les « tambourineurs » désignent ses amants. **4.** Néologisme (mot-valise) formé par Rabelais à partir des termes « rataconner » (« raccommoder », « rassembler »), « con » et « cul », pour désigner concrètement les circonstances physiques d'un accouplement.

femmes : bien entendentes les beaulx et joyeux menuz droictz de superfection : comme jadis respondit Populie selon le raport de Macrobe *li. II. Saturnal.* Si le diavol ne veult qu'elles engroissent, il fauldra tortre le douzil, et bouche clouse.

Comment Gargamelle estant grosse de Gargantua mengea grand planté de tripes

CHAPITRE IIII

L'occasion et maniere comment Gargamelle enfanta fut telle. Et si ne le croyez, le fondement vous escappe. Le fondement luy escappoit une apresdinée le III. jour de febvrier, par trop avoir mangé de gaudebillaux. Gaudebillaux : sont grasses tripes de coiraux. Coiraux : sont beufz engressez à la creche et prez guimaulx. Prez guimaulx : sont qui portent herbe deux fois l'an. D'iceulx gras beufz avoient faict tuer troys cens soixante sept mille et quatorze, pour estre à mardy gras sallez : affin qu'en la prime vere ilz eussent beuf de saison à tas, pour au commencement des repastz faire commemoration de saleures, et mieulx entrer en vin.

Les tripes furent copieuses, comme entendez : et tant friandes estoient que chascun en leichoit ses doigtz. Mais la grande diablerie à quatre personnaiges estoit bien en ce que possible n'estoit longuement les reserver. Car elles

sont là des bêtes, mais qu'elles sont, elles, des femmes, servant ainsi parfaitement les beaux et joyeux menus droits superfétatoires – c'est ce que répondit jadis Populie selon le récit de Macrobe au livre II des *Saturnales.* Si le diable ne veut pas qu'elles soient grosses, il faudra tourner la chevillette [1], et bouche cousue.

Comment Gargamelle, étant grosse de Gargantua, mangea une grande plâtrée de tripes

CHAPITRE IV

Voici dans quelles circonstances et de quelle manière Gargamelle enfanta. Et si vous ne le croyez pas, le fondement vous échappe [2]. Le fondement lui échappa après un dîner le troisième jour de février, pour avoir trop mangé de godebillaux. Les godebillaux sont de grasses tripes de coiraux. Les coiraux sont des bœufs engraissés à l'étable et aux prés grimaux. Les prés grimaux sont ceux qui donnent de l'herbe deux fois par an. De ces gras bœufs, on en avait fait tuer trois cent soixante-sept mille quatorze pour être salés à Mardi gras ; ainsi, au printemps, il y aurait des bœufs de saison à foison, et l'on pourrait faire honneur aux salaisons en début de repas pour mieux entrer en vin.

Les tripes furent copieuses, comme vous le comprenez, et si friandes que chacun s'en léchait les doigts. Mais la difficulté et la grande diablerie, c'était qu'il n'était pas possible

---

1. Tourner la chevillette permet d'empêcher le vin de couler du tonneau. Le diable seul pourrait tourner la chevillette aux prétendants des veuves à qui toutes ces lois permettent de batifoler. **2.** Le mot « fondement » est à comprendre ici d'abord au sens figuré, à partir de la phrase précédente qui pose un contexte de réflexion : le fondement désigne alors l'essence de ce qui est dit. Cependant, la phrase qui suit, en revenant au fil de l'histoire, emploie cette fois le mot au sens concret et physique du bas corporel. Ainsi entourée d'un contexte figuré et d'un contexte littéral, la phrase « le fondement vous échappe », adressée au lecteur, est à double entente : elle fait office de constat (« Si vous ne le croyez pas, c'est que le fondement vous échappe ») ou de malédiction, prédisant une perte (littérale) de contenance (« Si vous ne le croyez pas, que le fondement vous échappe ! »).

feussent pourries. Ce que sembloit indecent. Dont fut conclud, qu'ilz les bauffreroient sans rien y perdre. À ce faire convierent tous les citadins de Sainnais, de Suillé : de la Rocheclermaud, de Vaugaudray, sans laisser arriere le Coudray, Montpensier, le Gué de Vede et aultres voisins : tous bons beveurs, bons compaignons et beaulx joueurs de quille là. Le bon homme Grandgousier y prenoit plaisir bien grand : et commendoit que tout allast par escuelles. Disoit toutesfoys à sa femme qu'elle en mangeast le moins, veu qu'elle aprochoit de son terme, et que ceste tripaille n'estoit viande moult louable. « Celluy (disoit il) a grande envie de mascher merde, qui d'icelle le sac mangeue. » Non obstant ces remonstrances : elle en mangea seze muiz, deux bussars, et six tupins. O belle matiere fecale, que doivoit boursouffler en elle.

Aprés disner tous allerent (pelle melle) à la saulsaie : et là sus l'herbe drue dancerent au son des joyeux flageolletz et doulces cornemuses : tant baudement que c'estoit passetemps celeste les veoir ainsi soy rigouller.

Les propos des bienyvres

CHAPITRE V

Puis entrerent en propos de resjeuner on propre lieu.

Lors flaccons d'aller : jambons de troter, goubeletz de voler, breusses de tinter. « Tire, baille, tourne, brouille. Boutte à moy, sans eau, ainsi mon amy fouette moy ce verre gualentement, produiz moy du clairet, verre pleurant.

de les conserver longtemps, car elles auraient pourri – ce qui semblait indécent. D'où il fut conclu qu'ils s'en bâfreraient sans rien en laisser perdre. Pour ce faire, ils convièrent tous les citadins de Cinais, de Seuilly, de La Roche-Clermaut, de Vaugaudry, sans oublier Le Coudray, Montpensier, le gué de Vède [1] et les autres voisins : tous bons buveurs, bons compagnons et bien beaux joueurs de quille. Le bonhomme Grandgousier y prenait un plaisir bien grand, et commandait que l'on se serve à pleines écuelles. Il disait toutefois à sa femme d'en manger le moins possible vu qu'elle approchait de son terme, et que cette tripaille n'était pas une viande fort recommandable. « Il a grande envie de mâcher de la merde, disait-il, celui qui en mange le sac. » Ignorant ces remontrances, elle en mangea seize cuves, deux barriques et six pots. Ô la belle matière fécale qui devait boursoufler en elle !

Après dîner, tous allèrent pêle-mêle à La Saulaie, et là, sur l'herbe drue, ils dansèrent au son des joyeux flageolets [2] et des douces cornemuses, si gaillardement que c'était un passe-temps céleste de les voir ainsi rire et s'amuser.

Les propos des bien ivres

CHAPITRE V

Puis il leur vint à l'esprit de se restaurer de nouveau en ce lieu si parfait.

Alors flacons d'aller, jambons de trotter, gobelets de voler, pichets de tinter. « Tire ! – Donne ! – Tourne et brouille ! – Verse-m'en, sans eau ! Comme cela, mon ami, siffle-moi ce verre gaillardement ! – Offre-moi du vin clairet, verre

1. Ces différents lieux (ainsi que La Saulaie quelques lignes plus bas), tous très proches les uns des autres, sont situés à proximité de La Devinière, lieu de naissance de Rabelais au sud de Chinon, et serviront de toile de fond à l'action de la guerre picrocholine à partir du chap. XXV. **2.** Instrument à vent qui ressemble à une flûte, accompagnant souvent la cornemuse dans les fêtes de village.

Treves de soif. Ha faulse fiebvre, ne t'en iras tu pas ? Par ma fy ma commere je ne peuz entrer en bette. Vous estez morfondue m'amie. Voire. Ventre sainct Qenet parlons de boire. Je ne boy que à mes heures, comme la mulle du pape. Je ne boy que en mon breviaire, comme un beau pere guardian. Qui feut premier soif ou beuverye ? Soif. Car qui eust beu sans soif durant le temps de innocence ? Beuverye. Car *priuatio presupponit habitum*. Je suis clerc. *Fœcundi calices quem non fecere disertum*. Nous aultres innocens ne beuvons que trop sans soif. Non moy pecheur sans soif. Et si non presente pour le moins future. La prevenent comme entendez. Je boy pour la soif advenir. Je boy eternellement, ce m'est eternité de beuverye, et beuverye de eternité. Chantons beuvons. Un motet. Entonnons. Où est mon entonnoir ? Quoy je ne boy que par procuration.

« Mouillez vous pour seicher, ou vous seichez pour mouiller ? Je n'entens poinct la theoricque, de la praticque je me ayde quelque peu. Haste. Je mouille, je humecte, je boy. Et tout de peur de mourir. Beuvez tousjours vous ne mourrez jamais. Si je ne boy je suis à sec. Me voylà mort. Mon ame s'en fuyra en quelque grenoillere.

débordant ! – Trêve de soif. – Ha, fausse fièvre, ne t'en iras-tu pas ? – Par ma foi, ma commère, je ne peux me mettre à boire. – Vous êtes tombée malade, mon amie ? – Bien vrai. – Ventre sainte Couenne, parlons de boire [1]. – Je ne bois qu'à mes heures, comme la mule du pape [2]. – Je ne bois qu'en mon bréviaire, comme un beau père supérieur [3]. – Qui fut première ? La soif ou la beuverie ? – La soif, car qui eût bu sans soif au temps de l'innocence [4] ? – La beuverie, car "privation suppose habitude [5]". Je suis savant. – Est-il homme à qui "les coupes fécondes ne donnent la faconde" ? – Nous autres innocents ne buvons que trop sans soif. – Pas moi, pauvre pêcheur, pas sans soif. Et si ce n'est pour la présente, du moins pour la soif future, que je préviens comme vous le voyez. Je bois pour la soif à venir. Je bois éternellement, c'est pour moi une éternité de beuverie, et une beuverie de toute éternité. – Chantons, buvons ! – Un motet [6] entonnons ! – Où est mon entonnoir ? – Quoi ? Je ne bois que par procuration. – Mouillez-vous pour sécher, ou séchez-vous pour mouiller ? – Je n'entends point la théorie, mais de la pratique je m'aide quelque peu. – Hâtons ! Je mouille, j'humecte, je bois. Et le tout de peur de mourir. Buvez toujours, vous ne mourrez jamais. – Si je ne bois, je suis à sec. Me voilà mort. Mon âme s'enfuira vers quelque

1. Tout ce chapitre est construit sur un texte dialogué où les interlocuteurs, « bien ivres », échangent en trinquant jeux de mots et calembours formés par contrepèteries et paronomases (« à boire »/« à voir »/« de boire », par exemple) : leur verve se déploie d'une réplique à l'autre selon une ivresse qui délie les langues. Ce jeu polyphonique d'un langage en liberté est ici mis en scène sans qu'il soit besoin de savoir qui parle. **2.** La mule du pape, pantoufle que l'on baise respectueusement quand on va à Rome, est équivoquée dans les plaisanteries populaires avec l'animal, connu pour ses caprices. **3.** Le bréviaire, livre de prières que les moines emportent partout, est fréquemment associé à la boisson, par un jeu de mots qui rapproche l'office « divin » du fait de boire « du vin ». Voir plus loin la remarque de frère Jean : « prenant ce joyeux petit bréviaire au matin, je me cure tout le poumon, et me voilà prêt à boire » (chap. XLI, p. 315). **4.** Le temps du Paradis terrestre. **5.** Maxime scolastique, suivie peu après d'une citation d'Horace (*Épîtres*, I, V, v. 19) : celui qui prend la parole n'a pas tort de se dire « savant ». **6.** Composition musicale courte, à une ou plusieurs voix, élaborée à partir d'un texte religieux ou non. Noter le jeu de mots permis par « entonner » dans la réplique suivante.

En sec jamais l'ame ne habite. Somelliers, o createurs de nouvelles formes rendez moy de non beuvant beuvant. Perannité de arrousement par ces nerveux et secz boyaulx. Pour neant boyt qui ne s'en sent. Cestuy entre dedans les venes, la pissotiere n'y aura rien. Je laveroys voluntiers les tripes de ce veau que j'ay ce matin habillé. J'ay bien saburré mon stomach. Si le papier de mes schedules beuvoyt aussi bien que je foys, mes crediteurs auroient bien leur vin quand on viendroyt à la formule de exhiber. Ceste main vous guaste le nez. O quants aultres y entreront, avant que cestuy cy en sorte. Boire à si petit gué : c'est pour rompre son poictral. Cecy s'appelle pipée à flaccons. Quelle différence est entre bouteille et flaccon ? grande, car bouteille est fermée à bouchon, et flac con à viz. De belles. Nos peres beurent bien et vuiderent les potz. C'est bien chié chanté, beuvons. Voulez vous rien mander à la riviere ? cestuy ci va laver les tripes. Je ne boy en plus q'une esponge. Je boy comme un templier, et je *tanquam sponsus*, et moy *sicut terra sine aqua*. Un synonyme de jambon ? C'est une compulsoire de beuvettes. C'est un poulain. Par le poulain on descend le vin en cave, par le jambon, en l'estomach. Or c'à à boire, boire c'à. Il n'y a poinct charge. *Respice personam : pone pro duos : bus non est in usu*. Si je montois aussi

mare aux grenouilles. Au sec, jamais l'âme n'habite[1]. – Sommeliers, ô créateurs de nouvelles formes, de non buvant, rendez-moi buvant ! Arrosage perpétuel dans mes boyaux nerveux et secs. – Il boit pour rien, celui qui ne s'en ressent. Cela vous entre dans les veines, et rien pour la pissotière. – Je laverais volontiers les tripes de ce veau dont je me suis tapissé ce matin. J'ai bien rembourré mon estomac. – Si le papier de mes créances buvait aussi bien que je le fais, mes créditeurs auraient bien leur vin[2] au moment d'exhiber leur papier buvard ! – Ce coude toujours levé vous abîme le nez. – Oh ! combien d'autres entreront dans mon gosier, avant que ce vin-là n'en sorte ? – Boire un si petit fond, c'est se tordre le cou. – Cela se nomme l'appel du flacon. – Quelle différence y a-t-il entre une bouteille et un flacon ? – Elle est grande, car la bouteille se ferme au bouchon, et le flasque con à vis[3]. – En voilà de belles ! – Nos pères burent bien et vidèrent les pots. C'est bien chié chanté[4], buvons ! – Avez-vous quelque chose à dire à la rivière[5] ? – Ce verre va laver mes tripes. – Je ne bois pas plus qu'une éponge. – Je bois comme un Templier[6] ! – Et moi comme un époux ! – Et moi comme une terre privée d'eau ! – Un synonyme de jambon ? C'est une convocation à la boisson. C'est une échelle de cave[7]. Par l'échelle on descend le vin dans la cave, par le jambon, dans l'estomac. – Allons, à boire, buvons, allons ! Le compte n'y est pas. *Prends garde à qui tu verses : mets-en double dose, abuse,*

1. Formule détournée d'un dicton attribué à saint Augustin : « L'esprit ne peut subsister en un lieu aride. » **2.** Jeu de mots sur le sens figuré de l'expression « avoir son vin », qui signifie « en avoir pour son argent ». Les créanciers seraient (ironiquement) bien payés et les endettés parfaitement quittes si leurs traites, faisant buvard, « avaient leur vin », c'est-à-dire si elles étaient, au sens propre, imbibées de vin, devenant illisibles. **3.** Calembour leste en équivoque, jouant sur les mots « con » et « vit » (sexe féminin et sexe masculin). **4.** Façon grossière et gaillarde d'exprimer son ironie sur l'intérêt de ce qui a été dit. L'expression signifie : « En voilà de belles paroles ! » ou « Vous m'en chantez de belles ». Elle est reprise au chap. XXVII par frère Jean sous la forme : « c'est […] bien chien chanté » (p. 226). **5.** C'est-à-dire : « Voulez-vous aller uriner ? » **6.** Proverbe ancien fondé sur la réputation de grands buveurs des Templiers. **7.** Car le jambon assoiffe, la soif menant naturellement à la cave.

bien comme j'avalle, je feusse pieç'a hault en l'aer. Ainsi se feist Jacques cueur riche. Ainsi profitent boys en friche. Ainsi conquesta Bacchus l'Inde. Ainsi philosophie Melinde. Petite pluye abat grand vend. Longues beuvettes rompent le tonnoire. Mais si ma couille pissoit telle urine, la voudriez vous bien sugcer ? Je retiens aprés. Paige baille, je t'insinue ma nomination en mon tour. Hume Guillot, encores y en a il un pot. Je me porte pour appellant de soif, comme d'abus. Paige relieve mon appel en forme. Ceste roigneure. Je souloys jadis boyre tout : maintenant je n'y laisse rien. Ne nous hastons pas, et amassons bien tout. Voycy trippes de jeu, et guodebillaux d'envy de ce fauveau à la raye noire. O pour dieu estrillons le à profict de mesnaige. Beuvez ou je vous. Non, non. Beuvez je vous en prye. Les passereaux ne mangent si non que on leurs tappe les queues. Je ne boy si non qu'on me flatte. *Lagona edatera.* Il n'y a raboulliere en tout mon corps, où cestuy vin ne furette la soif. Cestuy cy me la fouette bien. Cestuy cy me la bannira du tout. Cornons icy à son de flaccons et bouteilles, que quiconques aura perdu la soif, ne ayt à la chercher ceans.

abuse, abuse, qu'on ne puisse jamais dire « a bu »[1]. – Si je montais aussi bien que j'avale, je serais déjà haut en l'air. – Ainsi Jacques Cœur devint riche. – Ainsi profitent bois en friche. – Ainsi Bacchus conquit l'Inde. – Ainsi philosophie à Mélinde[2]. – Petite pluie abat grand vent. – Longues buvettes abattent le tonnerre. – Mais si ma couille pissait telle urine, voudriez-vous bien la sucer ? Je réserve le prochain tour ! – Page, donne-m'en, je m'introduis à mon tour dans la queue ! – Bois Guillot, il y en a encore un pot. – Je me pourvois en appel, je suis condamné à la soif comme à l'abus. – Page, relève mon appel et forme un recours[3]. – Il en reste encore une dernière goutte ! Jadis, j'avais l'habitude de tout boire, maintenant je n'en laisse rien. Ne nous hâtons pas, et ramassons bien tout. – Voici des tripes afin que l'on s'amuse, des godebillaux[4] qui feraient envie à Renart[5] à la belle queue noire. Ô par Dieu, caressons-la sans nous priver, ce ne sera pas perdu. - Buvez, ou je vous... – Non, non ! Buvez, je vous en prie. – Les passereaux ne mangent que si on leur tapote la queue[6] : je ne bois que si on me flatte. – *Compagnon, à boire !* – Il n'y a pas un terrier en tout mon corps où ce vin ne pourchasse la soif. – Celui-ci me la fouette bien. – Celui-ci me la bannira complètement. - Sonnons ici au son des flacons et des bouteilles, afin que quiconque aura perdu la soif ne puisse venir la chercher ici.

---

1. Calembour sur le double sens de « *bus* » : c'est la fin du mot latin *duobus* (« deux fois »), mais le locuteur l'abrège, dans le texte de Rabelais, en « duos » pour éviter de prononcer « bus », forme française du verbe boire au passé simple. Le buveur en effet refuse de parler de l'action de boire au passé. **2.** Les quatre dernières répliques constituent un quatrain d'octosyllabes à rimes plates, évoquant les rimes que forment spontanément les buveurs dans l'ivresse. Les visions ivres se succèdent : délires exotiques d'un cerveau pris de vin et qui divague, en associant librement le proche (« bois en friche ») et le lointain (l'Inde), la sentence (« Ainsi profitent... ») et le rêve (Mélinde, ville merveilleuse sur la côte est de l'Afrique), les hommes, leurs conquêtes (Jacques Cœur, le type même du riche, tel Crésus) et les dieux (Bacchus). **3.** Expressions juridiques qui indiquent qu'on refuse la sentence du juge et qu'on demande une révision de celle-ci. **4.** Voir l'explication donnée par Rabelais au début du chap. IV (p. 69). **5.** Nous remplaçons ici Fauveau, cheval fauve héros d'un roman de chevalerie, par Renart, héros également fameux, systématiquement affamé et dont l'un des tours favoris est justement de dérober de la nourriture. **6.** Leur tapoter la queue les force à lever la tête pour prendre la becquée.

Longs clysteres de beuverie l'ont faict vuyder hors le logis. Le grand dieu feist les planettes : et nous faisons les plats netz. J'ay la parolle de dieu en bouche : *Sitio.* La pierre dite ἄσβεστος n'est plus inextinguible que la soif de ma paternité. L'appetit vient en mangeant, disoyt Angest on Mans. La soif s'en va en beuvant. Remede contre la soif ? Il est contraire à celluy qui est contre morsure de chien ; courrez tousjours aprés le chien, jamais ne vous mordera, beuvez tousjours avant la soif, et jamais ne vous adviendra. Je vous y prens je vous resveille. Sommelier eternel guarde nous de somme. Argus avoyt cent yeulx pour veoir, cent mains fault à un sommelier comme avoyt Briareus, pour infatigablement verser. Mouillons hay il faict beau seicher. Du blanc, verse tout, verse, de par le diable, verse deçà, tout plein, la langue me pelle. Lans, tringue, à toy compaing, de hayt, de hayt, là, là, là, c'est morfiaillé cela. O lachryma Christi : c'est de la Deviniere, c'est vin pineau. O le gentil vin blanc, et par mon ame ce n'est que vin de tafetas. Hen hen, il est à une aureille, bien drappé, et de bonne laine. Mon compaignon couraige. Pour ce jeu nous ne voulerons pas, car j'ay faict un levé. *Ex hoc in hoc*. Il n'y a poinct d'enchantement. Chascun de vous l'a veu. Je y suis maistre passé. À brum à brum, je suis prebstre Macé. O les beuveurs, O les alterez. Paige mon amy, emplis icy et couronne le vin je te pry. À la cardinale. *Natura*

Les longs lavements de beuverie l'ont fait vider hors du logis. – Le grand Dieu fit les *planètes*, et nous faisons les *plats nets*. J'ai la parole de Dieu en bouche : "J'ai soif[1]." – La pierre dite "amiante" est moins inextinguible que la soif de mes pères. – L'appétit vient en mangeant, disait Hangest du Mans[2]. La soif s'en va en buvant. – Le remède contre la soif ? Il est contraire à celui qui est contre la morsure des chiens : courez toujours après le chien, jamais il ne vous mordra, buvez toujours avant la soif, et jamais elle ne vous atteindra. – Je vous y prends, je vous réveille. Sommelier éternel, garde-nous du somme. Argus avait cent yeux pour voir, il faut cent mains, comme à Briarée, à un sommelier pour verser infatigablement[3]. – Mouillons, hé, on serait jolis si l'on séchait ! – Du blanc, verse tout, verse, de par le diable, verse par là, tout plein, la langue me pèle. – Lance, trinque, à toi, compagnon, gaiement, gaiement, là, là, là, c'est cela, morfale. – Ô Lachryma Christi, c'est de La Devinière, c'est du pineau[4]. – Ô le gentil vin blanc, et sur mon âme ce vin c'est le petit Jésus en culotte de velours. – Hé, hé, il est moelleux en bouche, bien velouté et de bonne robe. – Mon compagnon, courage. À ce jeu nous ne tomberons pas, car j'ai bien levé ce qu'il fallait. – "De l'un à l'autre." Il n'y a point d'enchantement. Chacun de vous l'a vu. J'y suis maître passé. Ah, hum, hum, je suis prêtre Macé[5]. – Ô les buveurs, ô les altérés ! Page, mon ami, remplis ici de vin et couronne-moi ce verre, je te prie. Fais-lui un chapeau de

1. Allusion à l'une des dernières paroles du Christ sur la croix. **2.** Jérôme de Hangest, évêque du Mans (mort en 1538), avait disserté sur les propriétés de l'appétit dans un traité paru en 1515. Mais le proverbe ici mentionné est bien antérieur. **3.** Dans la mythologie grecque, Argus est un géant à cent yeux chargé par Héra de surveiller la nymphe Io, transformée en génisse par Zeus, afin d'empêcher leurs amours. Briarée est un géant aux cent bras qui aida Zeus dans sa lutte contre les Titans. **4.** Ce sont deux cépages fameux. Le premier est un muscat italien qui porte encore aujourd'hui le nom de « Larme du Christ » ; le second est l'un des plus anciens et des plus grands cépages d'Anjou et de Touraine. **5.** Contrepèterie avec « maître passé », donné dans la phrase précédente. On peut rapprocher ce nom de celui de Macé Pelosse, cité au chap. XXVII. Il existe aussi un certain savant bénédictin nommé René Macé, qui fut chroniqueur de François Ier. Mais l'essentiel tient ici moins à l'identification précise du personnage qu'au jeu sur les mots qui inverse les syllabes dans l'ivresse.

abhoret vacuum. Diriez vous qu'une mouche y eust beu ? À la mode de Bretaigne. Net, net, à ce pyot. Avallez, ce sont herbes. »

Comment Gargantua nasquit en façon bien estrange

CHAPITRE VI

Eulx tenens ces menuz propos de beuverie, Gargamelle commença se porter mal du bas. Dont Grandgousier se leva dessus l'herbe, et la reconfortoit honestement, pensant que ce feut mal d'enfant, et luy disant qu'elle s'estoit là herbée soubz la saulsaye et qu'en brief elle feroit piedz neufz : par ce luy convenoit prendre couraige nouveau au nouvel advenement de son poupon, et encores que la douleur luy feust quelque peu en fascherie : toutesfoys que ycelle seroit briefve, et la joye qui toust succederoit, luy tolliroit tout cest ennuy : en sorte que seulement ne luy en resteroit la soubvenance. « Couraige de brebis (disoyt il) depeschez vous de cestuy cy et bien toust en faisons un aultre.

– Ha (dist elle) tant vous parlez à votre aize vous aultres hommes. Bien de par dieu je me parforceray, puis qu'il vous plaist. Mais pleust à dieu que vous l'eussiez coupé.

– Quoy ? dist Grandgousier.

– Ha (dist elle) que vous estes bon homme, vous l'entendez bien.

– Mon membre (dist il) ? Sang de les cabres, si bon vous semble faictes apporter un cousteau.

– Ha (dist elle) jà dieu ne plaise. Dieu me le pardoient, je ne le dis de bon cueur : et pour ma parolle n'en faictes ne plus ne moins. Mais je auray prou d'affaires

cardinal[1]. "La nature a horreur du vide." – Diriez-vous que c'est une gorgée de mouche ? À la mode de Bretagne[2] ! – Allez, allez, venez à ce vin. Avalez, c'est la santé ! »

Comment Gargantua naquit d'une façon bien étrange

CHAPITRE VI

Tandis qu'ils tenaient ces menus propos de beuverie, Gargamelle commença à se sentir mal du bas. Alors Grandgousier se leva de l'herbe, et il la réconfortait gentiment, pensant que c'était le mal d'enfant, en lui disant que pour l'instant elle était là étendue sur l'herbe des saules et que sous peu elle aurait des pieds tout neufs[3] ; que pour cela il fallait qu'elle prenne courage nouveau pour la nouvelle arrivée de son poupon, même si la douleur la mettait quelque peu en fâcherie ; que toutefois celle-ci serait brève, et que la joie qui lui succéderait bientôt lui enlèverait tout ce tracas, au point qu'il ne lui en resterait pas même la souvenance. « Vous avez le courage d'une brebis[4] ! disait-il, délivrez-vous de celui-ci et faisons-en bientôt un autre.

– Ah, dit-elle, vous en parlez bien à votre aise, vous autres hommes. Je m'y efforcerai bien, par Dieu, puisqu'il vous plaît. Mais plût à Dieu que vous l'eussiez coupé.

– Quoi ? dit Grandgousier.

– Ah, dit-elle, vous en avez de bonnes, vous me comprenez bien.

– Mon membre ? dit-il. Palsambleu, si bon vous semble, faites apporter un couteau.

– Ah, dit-elle, à Dieu ne plaise. Dieu me le pardonne, je ne parle pas sérieusement. Ma parole, n'enlevez rien et n'en rajoutez pas plus ! Mais il est vrai que j'aurai beaucoup à

---

1. Un chapeau de cardinal est de couleur rouge. **2.** Avec abondance, selon la réputation de bons buveurs des Bretons. **3.** Allusion à l'arrivée de l'enfant, dont on verrait bientôt sortir les pieds. **4.** C'est-à-dire « un piètre courage ».

aujourd'huy, si dieu ne me ayde, et tout par vostre membre, que vous feussiez bien ayse.

– Couraige, couraige (dist il) ne vous souciez au reste, et laissez faire au quatre bœufz de devant. Je m'en voys boyre encores quelque veguade. Si ce pendent vous survenoit quelque mal, je me tiendray prés, huschant en paulme je me rendray à vous. »

Peu de temps aprés elle commença à souspirer, lamenter et crier. Soubdain vindrent à tas saiges femmes de tous coustez. Et la tastant par le bas, trouverent quelques pellauderies, assez de maulvais goust, et pensoient que ce feust l'enfant, mais c'estoit le fondement qui luy escappoit, à la mollification du droict intestine, lequel vous appellez le boyau cullier, par trop avoir mangé des tripes comme avons declairé cy dessus.

Dont une horde vieille de la compaignie, laquelle avoit reputation d'estre grande medicine et là estoit venue de Brizepaille d'auprés Sainct Genou devant soixante ans, luy feist un restrinctif si horrible, que tous ses larrys tant feurent oppilez et reserrez, que à grande poine avesques les dentz, vous les eussiez eslargiz, qui est chose bien horrible à penser. Mesmement que le diable à la messe de sainct Martin escripvant le quaquet de deux gualoises, à belles dentz alongea son parchemin.

Par cest inconvenient feurent au dessus relaschez les cotyledons de la matrice, par lesquelz sursaulta l'enfant, et entra en la vene creuse, et gravant par le diaphragme jusques au dessus des espaules (où ladicte vene se part

faire aujourd'hui, si Dieu ne m'aide, et tout cela par la faute de votre membre, et pour votre bon plaisir.

– Courage, courage, dit-il, ne vous souciez pas du reste, et laissez faire la force de la nature. Je m'en vais boire encore quelque rasade. Si cependant il vous survenait quelque mal, je me tiendrai tout près : criez avec vos mains en porte-voix, et j'accourrai vers vous. »

Peu de temps après, elle commença à soupirer, à se lamenter et à crier. Aussitôt vinrent de tous côtés des troupes de sages-femmes. La tâtant vers le bas, elles trouvèrent quelques lambeaux de peau d'assez mauvais goût, et elles pensaient que c'était l'enfant, mais c'était le fondement qui lui échappait (suite au relâchement de l'intestin que vous appelez le boyau culier), pour avoir trop mangé de tripes, comme nous l'avons dit précédemment.

Alors une affreuse vieille de la compagnie, qui avait la réputation d'être une grande guérisseuse, venue de Brizepaille près de Saint-Genou avant soixante ans [1], lui administra un astringent si extraordinaire que tous ses sphincters en furent oppressés et resserrés, au point que vous les auriez élargis à grand peine avec les dents, ce qui est une chose bien horrible à penser – comme ce qui arriva au diable de la messe de saint Martin, qui dut allonger son parchemin à belles dents pour pouvoir retranscrire les cancans de deux commères [2].

Suite à cet inconvénient furent relâchés vers le haut les cotylédons [3] de la matrice, par lesquels l'enfant jaillit, et entra dans la veine cave, puis gravissant par le diaphragme jusqu'au-dessus des épaules (où ladite veine se divise en

1. D'après Le Duchat, qui publia en 1711 une édition critique des *Œuvres* de Rabelais, il s'agit d'une expression du Languedoc et du Dauphiné : dire d'une femme qu'elle vient de Brisepaille auprès de Saint-Genou, c'est désigner une vieille débauchée (parce qu'elle a brisé longtemps la paille de son grabat avec ses genoux). **2.** D'après la légende rapportée dans le *Mystère de saint Martin*, le diable, ayant entrepris, au cours de la messe célébrée par le saint, de consigner tous les commérages de deux femmes, n'eut pas assez de son parchemin et dut l'étirer avec les dents. Le parchemin se déchira et le diable heurta de la tête un pilier de l'église. **3.** Terme volontairement technique, issu des traités médicaux et désignant une partie du placenta, transcrit par Rabelais du grec en français.

en deux) print son chemin à gauche, et sortit par l'aureille senestre.

Soubdain qu'il fut né, ne cria comme les aultres enfans, « mies, mies ». Mais à haulte voix s'escrioit, « à boire, à boire, à boire », comme invitant tout le monde à boire, si bien qu'il fut ouy de tout le pays de Beusse et de Bibaroys.

Je me doubte que ne croyez asseurement ceste estrange nativité. Si ne le croyez, je ne m'en soucie, mais un homme de bien, un homme de bon sens croit tousjours ce qu'on luy dict, et qu'il trouve par escript.

Est ce contre nostre loy, notre foy, contre raison, contre la saincte escripture ? De ma part je ne trouve rien escript es bibles sainctes, qui soit contre cela. Mais si le vouloir de Dieu tel eust esté diriez vous qu'il ne l'eust peu faire ? Ha pour grace, ne emburelucocquez jamais vous espritz de ces vaines pensées. Car je vous diz, que à Dieu rien n'est impossible. Et s'il vouloit les femmes auroient doresnavant ainsi leurs enfans par l'aureille.

Bacchus ne fut il engendré par la cuisse de Jupiter ?

Rocquetaillade nasquit il pas du talon de sa mere ?

Crocquemouche de la pantofle de sa nourrice ?

Minerve, nasquit elle pas du cerveau par l'aureille de Jupiter ?

Adonis par l'escorce d'un arbre de mirrhe ?

Castor et Pollux de la cocque d'un œuf pont et esclous par Leda.

Mais vous seriez bien dadvantaige esbahys et estonnez, si je vous expousoys presentement tout le chapitre de Pline, auquel parle des enfantemens estranges, et contre nature. Et toutesfoys je ne suis poinct menteur tant

deux), il prit son chemin à gauche, et sortit de ce même côté, par l'oreille.

Aussitôt qu'il fut né, il ne cria pas comme les autres enfants « mie ! mie ! ». Mais d'une voix forte il s'écriait « à boire ! à boire ! à boire ! », comme s'il invitait tout le monde à boire, si bien qu'on l'entendit dans tout le pays de A-Bu et de Boira [1].

Je me doute que vous ne croyez pas vraiment à cette étrange naissance. Si vous n'y croyez pas, je ne m'en soucie guère, mais un homme de bien, un homme de bon sens croit toujours ce qu'on lui dit, et qu'il trouve écrit.

Cette naissance est-elle contraire à notre loi, à notre foi, va-t-elle contre la raison, contre la sainte Écriture ? Pour ma part je ne trouve rien d'écrit dans les saintes Bibles qui s'y opposerait. Car si Dieu l'avait voulu, diriez-vous qu'il n'aurait pas pu le faire ? Ah ! de grâce, ne vous emberlificotez jamais l'esprit avec ces vaines pensées. Car je vous le dis, à Dieu rien n'est impossible. Et s'il le voulait, les femmes auraient dorénavant ainsi leurs enfants par l'oreille.

Bacchus ne fut-il pas engendré par la cuisse de Jupiter ? Roquetaillade ne naquit-il pas du talon de sa mère ? Croquemouche de la pantoufle de sa nourrice ? Minerve ne naquit-elle pas du cerveau de Jupiter par l'oreille ? Adonis, de l'écorce d'un arbre de myrrhe ? Castor et Pollux, de la coquille d'un œuf pondu et couvé par Léda [2] ?

Mais vous seriez bien davantage ébahis et étonnés, si je vous exposais là tout le chapitre de Pline, qui parle des enfantements étranges et contre nature. Et toutefois je ne suis pas un menteur aussi invétéré que lui. Lisez le septième

---

1. Jeu de mots sur les noms de lieu Beuxes (proche de La Devinière), qui se prononçait comme le verbe boire au subjonctif imparfait (« busse »), et Vivarais (dans les Cévennes), nom également déformé selon la prononciation gasconne en « Bibarois », rappelant encore l'action de boire. Ces facéties langagières, qui n'ont que faire des lieux géographiques réels, sont dans la veine des propos des « bien ivres » au chapitre précédent. **2.** Liste de naissances fabuleuses rapportées par la mythologie grecque et latine. Deux intrus se sont glissés dans ces exemples fameux, Roquetaillade et Croquemouche, qui sont sans doute des personnages du folklore populaire.

asseuré comme il a esté. Lisez le septiesme de sa *naturelle histoire, capi. III.* et ne m'en tabustez plus l'entendement.

Comment le nom fut imposé à Gargantua : et comment il humoit le piot

CHAPITRE VII

Le bon homme Grandgousier beuvant, et se rigollant avecques les aultres entendit le cry horrible que son filz avoit faict entrant en lumiere de ce monde, quand il brasmoit demandant, « à boyre, à boyre, à boyre », dont il dist, « que grand tu as », *supple* le gousier. Ce que ouyans les assistans, dirent que vrayement il debvoit avoir par ce le nom Gargantua, puis que telle avoit esté la premiere parolle de son pere à sa naissance, à l'imitation et exemple des anciens Hebreux. À quoy fut condescendu par icelluy, et pleut trés bien à sa mere. Et pour l'appaiser, luy donnerent à boyre à tyre larigot, et feut porté sus les fonts, et là baptisé, comme est la coustume des bons christiens.

Et luy feurent ordonnées dix et sept mille neuf cens treze vaches de Pautille, et de Brehemond, pour l'alaicter ordinairement, car de trouver nourrice suffisante n'estoit possible en tout le pays, consideré la grande quantité de laict requis pour icelluy alimenter. Combien qu'aulcuns docteurs Scotistes ayent affermé que sa mere l'alaicta : et qu'elle pouvoit traire de ses mammelles quatorze cens

livre de son *Histoire naturelle*, au chapitre III [1], et ne m'en tarabustez plus la cervelle.

Comment on trouva un nom à Gargantua, et comment il buvait au goulot

CHAPITRE VII

Le bonhomme Grandgousier, tandis qu'il buvait et riait de bon cœur avec les autres, entendit le cri extraordinaire que son fils avait poussé en entrant dans la lumière de ce monde, quand il braillait en demandant « à boire ! à boire ! à boire ! ». Dès lors il dit : « Quel grand... tu as ! », sous-entendu le gosier. Les assistants, entendant ces mots, dirent qu'assurément il devait porter, pour cela, le nom de Gargantua, puisque telle avait été la première parole de son père à sa naissance, sur le modèle et selon l'exemple des anciens Hébreux [2]. Celui-ci y consentit donc, ce qui plut bien fort à sa mère. Alors pour l'apaiser, ils lui donnèrent à boire à tire-larigot, et il fut porté sur les fonts où il fut baptisé, comme le veut la coutume des bons chrétiens.

Et dix-sept mille neuf cent treize vaches de Pontille et de Bréhémont [3] lui furent commandées pour l'allaiter au quotidien, car il n'était pas possible, dans tout le pays, de trouver une nourrice qui suffise, étant donné la grande quantité de lait requise pour l'alimenter. Et ceci, bien que certains docteurs scotistes [4] aient affirmé que sa mère l'avait allaité, et qu'elle pouvait traire de ses mamelles quatorze cent deux

---

1. Le chapitre en question est consacré aux naissances étranges et monstrueuses. **2.** Rabelais justifie le choix du nom de l'enfant en ayant recours aux circonstances de son invention : comme dans l'Ancien Testament, le nom propre a un sens spirituel qui peut s'expliciter dans un rapport à la filiation et aux paroles du père. Il en va de même au chap. II de *Pantagruel*. **3.** Deux villages aux grasses prairies, situés dans la région de Chinon. **4.** Les docteurs scotistes sont les adeptes des idées du philosophe et théologien écossais Duns Scot (v. 1266-1308), fondateur de la scolastique, dont le formalisme passe, aux yeux des humanistes, pour obscur, si ce n'est parfois absurde. Il est souvent tourné en dérision par Rabelais.

deux pipes neuf potées de laict pour chascune foys. Ce que n'est vraysemblable. Et a esté la proposition declairée mammallement scandaleuse, des pitoyables aureilles offensive : et sentent de loing heresie.

En cest estat passa jusques à un an et dix moys : onquel temps par le conseil des medecins on commença le porter : et fut faicte une belle charrette à bœufs par l'invention de Jehan Denyau, dedans icelle on le pourmenoit par cy : par là : joyeusement et le faisoit bon veoir, car il portoit bonne troigne, et avoit presque dix et huyt mentons : et ne crioit que bien peu : mais il se conchioit à toutes heures : car il estoit merveilleusement phlegmaticque des fesses : tant de sa complexion naturelle : que de la disposition accidentale qui luy estoit advenue par trop humer de purée Septembrale. Et n'en humoyt goutte sans cause.

Car s'il advenoit qu'il feust despit, courroussé, fasché, ou marry, s'il trepignoyt, s'il pleuroit, s'il crioit, luy apportant à boyre, l'on le remettoit en nature, et soubdain demouroit coy et joyeulx.

Une de ses gouvernantes m'a dict, jurant sa fy que de ce faire il estoit tant coustumier, qu'au seul son des pinthes et flaccons, il entroit en ecstase, comme s'il goustoit les joyes de paradis. En sorte qu'elles considerans ceste complexion divine, pour le resjouir au matin faisoient davant luy sonner des verres avecques un cousteau, ou des flaccons avecques leur toupon, ou des pinthes, avecques leur couvercle. Auquel son il s'esguayoit, il tres-

fûts et neuf pots de lait à chaque fois. Ce qui n'est pas vraisemblable. Cette proposition a d'ailleurs été déclarée mamellement scandaleuse, et offensante pour les oreilles pieuses : cela sentait de loin son hérésie.

Il fut maintenu en ce régime jusqu'à un an et dix mois, moment auquel, par le conseil des médecins, on commença à le sortir ; et on lui fit une belle charrette à bœufs, inventée par Jean Denyau [1], dans laquelle on le promenait par ci, par là, joyeusement ; et il faisait bon le voir, car il portait bonne trogne, et avait presque dix-huit mentons. Et il ne criait que bien peu, mais il se conchiait à toute heure, car il était merveilleusement flegmatique des fesses [2], tant de sa constitution naturelle que d'une disposition accidentelle qui lui était advenue pour avoir trop avalé de purée de septembre [3]. Et il n'en avalait jamais une goutte sans raison. Car s'il advenait qu'il fût dépité, courroucé, fâché, ou attristé, s'il trépignait, s'il pleurait, s'il criait, en lui apportant à boire on le rassérénait, et il redevenait aussitôt calme et joyeux.

Une de ses gouvernantes m'a dit, jurant par sa foi que cela lui était très coutumier, qu'au seul son des pintes et flacons il entrait en extase comme s'il goûtait les joies du paradis. De sorte que, considérant cette constitution divine, pour le réjouir au matin elles faisaient devant lui sonner des verres avec un couteau, ou des carafes avec leur bouchon, ou des pintes avec leur couvercle. À ce son il s'égayait, il

---

1. Personnage non identifié. **2.** Selon la théorie des quatre humeurs transmise par la médecine d'Hippocrate et systématisée par Galien, qui fait autorité à la Renaissance, l'homme n'est en bonne santé que si les quatre humeurs sont présentes dans son corps de manière équilibrée. Il s'agit de quatre liquides : le sang, produit par le cœur, le flegme, produit par le cerveau, la bile jaune, qui vient du foie, et la bile noire, qui vient de la rate. Les maladies résultent d'une insuffisance ou d'un excès de l'une de ces humeurs, jugée alors « peccante » (nocive). La prédominance de bile jaune, par exemple, fait le colérique (comme on le verra avec Picrochole). Les quatre humeurs sont en relation avec les quatre éléments, les quatre saisons et les quatre âges de la vie. Le flegme, dont l'élément est l'eau, est la plus humide des humeurs. Être « flegmatique des fesses », c'est donc avoir des selles liquides. **3.** Périphrase désignant le raisin, qui peut avoir des effets laxatifs.

sailloit, et luy mesmes se bressoit en dodelinant de la teste, monichordisant des doigtz, et barytonant du cul.

Comment on vestit Gargantua

CHAPITRE VIII

Luy estant en cest eage, son pere ordonna qu'on luy feist habillemens à sa livrée : laquelle estoit blanc et bleu. De faict on y besoigna et furent faictz, taillez, et cousuz à la mode qui pour lors couroit.

Par les anciens pantarches, qui sont en la chambre des comptes à Montsoreau, je trouve qu'il feust vestu en la façon que s'ensuyt.

Pour sa chemise, furent levées neuf cens aulnes de toille de Chasteleraud, et deux cens pour les coussons en sorte de carreaulx, lesquelz on mist soubz les esselles. Et n'estoit poinct froncée, car la fronsure des chemises n'a esté inventée, sinon depuis que les lingieres, lors que la poincte de leur agueille estoit rompue, ont commencé besoigner du cul.

Pour son pourpoinct furent levées huyt cens treize aulnes de satin blanc, et pour les agueillettes quinze cens neuf peaulx et demye de chiens. Lors commença le monde attacher les chausses au pourpoinct, et non le pourpoinct aux chausses, car c'est chose contre nature, comme amplement a declaré Olkam sus les *exponibles* de M. Haultechaussade.

tressaillait et se berçait lui-même en dodelinant de la tête, en pianotant des doigts et en barytonant du cul.

Comment on vêtit Gargantua

CHAPITRE VIII

Alors qu'il était en cet âge, son père ordonna qu'on lui fît des habits aux couleurs de sa livrée, laquelle était blanche et bleue. De fait on se mit à l'ouvrage et ils furent faits, taillés, et cousus selon la mode qui alors avait cours.

Grâce aux archives anciennes qui sont en la chambre des comptes à Montsoreau [1], je sais qu'il fut vêtu de la façon suivante :

Pour sa chemise furent levées neuf cents aunes [2] de toile de Châtellerault, et deux cents pour les goussets en forme de carreaux, que l'on mit sous les aisselles. Et elle n'était point froncée, car la fronce des chemises n'a été inventée que depuis que les lingères, lorsque la pointe de leur aiguille était rompue, ont commencé à besogner du cul [3].

Pour son pourpoint furent levées huit cent treize aunes de satin blanc et pour les aiguillettes [4] quinze cent neuf peaux et demie de chiens. Alors tout le monde commença à attacher ses chausses au pourpoint, et non le pourpoint aux chausses, car la chose est contre nature, comme l'a amplement déclaré Olkam dans *Les Exponibles* de Maître Hautechaussade [5].

---

1. Chambre des comptes imaginaire d'une ville qui existe bel et bien, située dans la région de Saumur. L'ensemble du chapitre, prétendument issu des documents d'un faux fonds d'archives, construit une authenticité feinte. **2.** Une aune est une unité de mesure ancienne souvent utilisée pour mesurer les étoffes. François Ier en fixe la longueur par édit royal à ce qui équivaudrait aujourd'hui à 1,18 m ; 900 aunes font donc un peu plus d'un km de tissu pour la chemise. Le reste des mesures du chapitre traduit pareillement la démesure du personnage. **3.** Expression à double sens : le « cul » désigne la partie la plus large de l'aiguille, sollicitée à la place de l'aiguille si la pointe de celle-ci se casse. Par ailleurs, « besogner du cul » a évidemment un sens grivois : si la couturière se livre à cette activité en cousant, cela produit des fronces. **4.** Cordons qui permettent d'attacher le vêtement. **5.** Nom plaisant forgé sur le nom « haut-de-chausses », et qui permet de tourner en dérision, sous la forme transparente « Olkam », un autre philosophe scolastique, Guillaume d'Ockham (v. 1285-1347), souvent associé à Duns Scot dans les critiques des humanistes.

Pour ses chausses feurent levez unze cens cinq aulnes, et ung tiers d'estamet blanc, et feurent deschiquetées en forme de colomnes striées, et crenelées par le derriere, affin de n'eschaufer les reins. Et flocquoit par dedans la deschicqueture de damas bleu, tant que besoing estoit. Et notez qu'il avoit tresbelles griefves, et bien proportionnées au reste de sa stature.

Pour la braguette : feurent levées seize aulnes un quartier d'icelluy mesmes drap, et fut la forme d'icelle comme d'un arc boutant, bien estachée joyeusement à deux belles boucles d'or, que prenoient deux crochetz d'esmail, en un chascun desquelz estoit enchassée une grosse esmeraugde de la grosseur d'une pomme d'orange. Car (ainsi que dict Orpheus *libro de lapidibus*, et Pline *libro ultimo*) elle a vertu erective et confortative du membre naturel. L'exiture de la braguette estoit à la longueur d'une canne, deschicquetée comme les chausses, avecques le damas bleu flottant comme davant. Mais voyans la belle brodure de canetille, et les plaisans entrelatz d'orfeverie garniz de fins diamens, fins rubiz, fines turquoyses, fines esmeraugdes, et unions Persicques, vous l'eussiez comparée à une belle corne d'abondance, telle que voyez es antiquailles, et telle que donna Rhea es deux nymphes Adrastea, et Ida, nourrices de Jupiter. Tousjours gualante, succulente, resudante, tousjours verdoyante, tousjours fleurissante, tousjours fructifiante, plene d'humeurs, plene de fleurs, plene de fruictz, plene de toutes delices. Je advoue dieu s'il ne la faisoit bon veoir. Mais je vous en exposeray bien dadvantaige au livre que

Pour ses chausses furent levées onze cent cinq aunes et un tiers de laine blanche, et elles furent découpées en forme de colonnes striées et crénelées par-derrière, afin de ne pas échauffer les reins. Et au-dedans des crevés [1], bouffait autant de damas bleu qu'il en fallait. Notez qu'il avait de très belles jambes, bien proportionnées au reste de sa stature.

Pour la braguette furent levées seize aunes un quart du même drap, et sa forme fut celle d'un arc-boutant attaché bien plaisamment à deux belles boucles d'or que prenaient deux agrafes d'émail, avec pour chacune une grosse émeraude enchâssée, de la grosseur d'une belle orange. Car, ainsi que le disent Orphée dans le *Livre des pierres*, et Pline dans le dernier livre de l'*Histoire naturelle*, cette pierre a une vertu érective et roborative pour le membre viril [2]. L'ouverture de la braguette était de la longueur d'une canne [3], découpée comme les chausses, avec le damas bleu flottant comme il a été dit précédemment. Mais en voyant la belle broderie de fil d'or, et les plaisants entrelacs d'orfèvrerie garnis de fins diamants, fins rubis, fines turquoises, fines émeraudes, et grosses perles de Perse, vous l'auriez comparée à une belle corne d'abondance, telle que vous en voyez sur les monuments antiques, et telle que Rhéa en donna aux deux nymphes Adrastée et Ida, les nourrices de Jupiter [4] – toujours galante, succulente, perlante, toujours verdoyante, toujours florissante, toujours fructifiante, pleine de liqueurs, pleine de fleurs, pleine de fruits, pleine de tous délices. Je vous avoue, par Dieu, qu'il la faisait bon voir. Mais je vous en exposerai bien davantage au livre que j'ai

---

1. Fentes pratiquées dans une manche ou une autre pièce du vêtement, qui en laissent voir la doublure d'une couleur et parfois d'une matière différentes. **2.** Dans aucun des deux ouvrages cités l'émeraude n'a de pouvoirs aphrodisiaques. Il s'agit sans doute d'une inversion comique de la part de Rabelais, car cette pierre est généralement considérée comme préservant la chasteté. **3.** Unité de longueur utilisée par les architectes bâtisseurs, qui équivaut environ à 2 m. **4.** Pour échapper à la voracité de son père Saturne qui dévorait tous ses enfants, Jupiter a été caché en Crète par sa mère Rhéa. Les nymphes Adrastée et Ida ont alors nourri l'enfant du lait de la chèvre Amalthée. Un jour, Jupiter brise l'une des cornes de la chèvre en jouant et l'offre à ses nourrices en la dotant du pouvoir de s'emplir de toutes les nourritures ou boissons souhaitées : c'est la « corne d'abondance ».

j'ay faict *De la dignité des braguettes.* D'un cas vous advertis, que si elle estoit bien longue et bien ample, si estoit elle bien guarnie au dedans et bien avitaillée, en rien ne ressemblant les hypocriticques braguettes d'un tas de muguetz, qui ne sont plenes que de vent, au grand interest du sexe feminin.

Pour ses souliers furent levées quatre cens six aulnes de velours bleu cramoysi, et furent deschicquettez mignonement par lignes parallelles joinctes en cylindres uniformes. Pour la quarreleure d'iceulx furent employez unze cens peaulx de vache brune, taillée à queues de merluz.

Pour son saie furent levez dix et huyt cent aulnes de velours bleu tainct en grene, brodé à l'entour de belles vignettes et par le mylieu de pinthes d'argent de canetille, enchevestrées de verges d'or avecques force perles, par ce denotant qu'il seroit un bon fessepinthe en son temps.

Sa ceincture feut de troys cens aulnes et demye de cerge de soye, moytié blanche et moytié bleu, ou je suis bien abusé.

Son espée ne feut Valentienne, ny son poignard Sarragossoys, car son pere hayssoit tous ces Indalgos Bourrachous marranisez comme diables, mais il eut la belle espée de boys, et le poignart de cuir bouilly, pinctz et dorez comme un chascun soubhaiteroit.

Sa bourse fut faicte de la couille d'un Oriflant, que luy donna Her Pracontal proconsul de Libye.

Pour sa robbe furent levées neuf mille six cens aulnes moins deux tiers de velours bleu comme dessus, tout porfilé d'or en figure diagonale, dont par juste perspective yssoit une couleur innommée, telle que voyez es coulz des tourterelles, qui resjouissoit merveilleusement les yeulx des spectateurs.

Pour son bonnet furent levées troys cens deux aulnes ung quart de velours blanc, et feut la forme d'icelluy large et ronde à la capacité du chief. Car son pere disoit

écrit, *De la dignité des braguettes*[1]. Je vous avertis toutefois d'une chose, c'est que si elle était bien longue et bien ample, elle était tout aussi bien garnie au-dedans et bien remplie, ne ressemblant en rien aux hypocrites braguettes qu'on voit à un tas de galants, qui ne sont pleines que de vent, au grand dam du sexe féminin.

Pour ses souliers furent levées quatre cent six aunes de velours bleu tirant sur le pourpre, qui furent découpées mignonnement en lignes parallèles rassemblées en cylindres égaux. Pour leur semelle furent employées onze cents peaux de vache brune, fendues en queue de morue.

Pour son manteau furent levées dix huit cents aunes de velours bleu d'une teinte violacée, brodé tout autour de belles petites vignes et de pintes en fil d'argent par le milieu, enchevêtrées de verges d'or avec force perles, montrant par là qu'il serait un bon caresseur de pintes en son temps.

Sa ceinture fut faite de trois cents aunes et demie de serge de soie, moitié blanche et moitié bleue, si je ne me suis pas trompé.

Son épée ne fut pas de Valence, ni son poignard de Saragosse[2], car son père haïssait tous ces hidalgos boit-sans-soif et marranisés comme diables[3] ; mais il eut la belle épée de bois et le poignard de cuir bouilli, peints et dorés comme chacun souhaiterait en avoir.

Sa bourse fut faite de la couille d'un éléphant, que lui donna Her Pracontal, proconsul de Libye[4].

Pour sa robe furent levées neuf mille six cents aunes moins deux tiers de velours du même bleu que le précédent, tout surfilé d'or en lignes diagonales, de sorte que vu sous un certain angle, il en ressortait une nuance indicible comme celle que vous voyez au cou des tourterelles, et qui réjouissait merveilleusement les yeux des spectateurs.

Pour son bonnet furent levées trois cent deux aunes un quart de velours blanc, et sa forme était large et ronde pour

---

1. Voir note 1, p. 41. **2.** Deux villes espagnoles réputées pour leur art de la coutellerie et de l'armurerie. **3.** Les Marranes sont les Juifs castillans convertis de force au catholicisme mais restés fidèles, en leur cœur, à leur religion première. **4.** Il s'agit peut-être de Humbert de Pracontal, corsaire au service de François Ier.

que ces bonnetz à la Marrabeise faictz comme une crouste de pasté, porteroient quelque jour mal encontre à leurs tonduz.

Pour son plumart pourtoit une belle grande plume bleue prinse d'un Onocrotal du pays de Hircanie la saulvaige, bien mignonement pendente sus l'aureille droicte.

Pour son image avoit en une platine d'or pesant soixante et huyt marcs, une figure d'esmail competent : en laquelle estoit pourtraict un corps humain ayant deux testes, l'une virée vers l'aultre, quatre bras, quatre piedz, et deux culz telz que dict Platon *in symposio*, avoir esté l'humaine nature à son commencement mystic. Et au tour estoit escript en lettres Ioniques

ΑΓΑΠΗ ΟΥ ΖΗΤΕΙ ΤΑ ΕΑΥΤΗΣ.

Pour porter au col, eut une chaine d'or pesante vingt et cinq mille soixante et troys marcs d'or, faicte en forme de grosses bacces, entre lesquelles estoient en œuvre gros Jaspes verds, engravez et taillez en Dracons tous environnez de rayes et estincelles, comme les portoit jadis le roy Necepsos. Et descendoit jusque à la boucque du hault ventre. Dont toute sa vie en eut l'emolument tel que sçavent les medecins Gregoys.

Pour ses guands furent mises en œuvre seize peaulx de lutins, et troys de loups guarous pour la brodure d'iceulx. Et de telle matiere luy feurent faictz par l'ordonnance des Cabalistes de sainlouand.

Pour ses aneaulx (lesquelz voulut son pere qu'il portast pour renouveller le signe antique de noblesse) il eut au

bien envelopper la tête. Car son père disait que ces bonnets à la Moresque faits comme une croûte de pâté porteraient un jour malheur aux têtes tondues qui les portaient [1].

Pour plumet, il portait une belle et grande plume bleue prise à un pélican du pays de l'Hircanie sauvage [2], retombant bien mignonnement sur l'oreille droite.

Pour médaillon, il avait sur une plaque d'or pesant près de dix-sept kilos une figure d'émail magnifiquement réalisée, sur laquelle était représenté un corps humain ayant deux têtes, l'une tournée vers l'autre, quatre bras, quatre pieds, et deux culs – Platon, dans *Le Banquet*, dit que la nature humaine, à son commencement mythique, était telle [3]. Et autour, il était écrit en lettres grecques :

« La charité ne cherche pas son propre avantage [4]. »

Pour porter au cou, il eut une chaîne d'or pesant plus de six mille kilos, faite en forme de gros grains, entre lesquels étaient disposés de gros jaspes verts, gravés et taillés pour représenter des dragons tout environnés de rayons et d'étincelles, comme en portait jadis le roi Nekhepsos [5]. Et elle lui descendait jusqu'à l'estomac, ce qui lui fut bénéfique toute sa vie, comme le savent les médecins grecs [6].

Pour ses gants furent assemblées seize peaux de lutins, et trois de loups-garous pour la bordure, matières choisies sur l'ordre des cabalistes de Saint-Louand [7].

Pour anneaux (son père voulut qu'il en portât en signe de renouveau de la noblesse antique) [8], il eut à l'index de sa

1. Les Marranes portaient ordinairement la tête rase sous leur bonnet. **2.** L'Asie centrale. **3.** Allusion au mythe de l'androgyne développé dans *Le Banquet* de Platon, thème cher aux néoplatoniciens de la Renaissance pour expliquer l'attachement amoureux par la recherche de l'âme sœur, c'est-à-dire notre moitié manquante dont nous avons été séparé à la naissance, le nombril étant la trace de cette séparation. **4.** Saint Paul, I Corinthiens, XIII, 5. Cette définition paulinienne de l'amour parfait renvoie à l'image de l'androgyne donnée immédiatement avant. **5.** Pharaon égyptien du VIIe siècle av. J.-C., connu pour être un magicien expert dans les propriétés des pierres. **6.** Galien attribue des vertus au jaspe vert quand celui-ci est porté en certains endroits du corps. **7.** Saint-Louand est un petit village des environs de Chinon. On n'y trouve pas de cabalistes (docteurs théologiens juifs chargés d'interpréter la Bible) mais des bénédictins. **8.** L'anneau d'or était un signe de noblesse dans la Rome antique.

doigt indice de sa main gauche une escarboucle grosse comme un œuf d'austruche, enchassée en or de seraph bien mignonement. Au doigt medical d'icelle, eut un aneau faict des quatre metaulx ensemble : en la plus merveilleuse façon, que jamais feust veue, sans que l'assier froisseast l'or, sans que l'argent foullast le cuyvre. Le tout fut faict par le capitaine Chappuys et Alcofribas son bon facteur. Au doigt medical de la dextre eut un aneau faict en forme spirale, auquel estoient enchassez un balay en perfection, un diament en poincte, et une esmeraulde de Physon, de pris inestimable. Car Hans Caruel grand lapidaire du roy de Melinde les estimoit à la valeur de soixante neuf millions huyt cens nonante et quatre mille dix et huyt moutons à la grand laine : autant l'estimerent les Fourques d'Auxbourg.

Les couleurs et livrée de Gargantua

CHAPITRE IX

Les couleurs de Gargantua feurent blanc et bleu : comme cy dessus avez peu lire. Et par icelles vouloit son pere qu'on entendist que ce luy estoit une joye celeste. Car le blanc luy signifioit joye, plaisir, delices, et resjouissance, et le bleu, choses celestes.

J'entends bien que lisans ces motz, vous mocquez du vieil beuveur, et reputez l'exposition des couleurs par

main gauche une escarboucle[1] grosse comme un œuf d'autruche, magnifiquement enchâssée dans de l'or très pur. À l'annulaire de la même main, il eut un anneau fait des quatre métaux réunis de la plus merveilleuse façon qu'on eût jamais vue, sans que l'acier ne flétrisse l'or, sans que l'argent ne ternisse le cuivre. Le tout fut fait par le capitaine Chappuys et Alcofribas son bon artisan[2]. À l'annulaire de la main droite, il eut un anneau torsadé en spirale, auquel étaient enchâssés un rubis parfait, un diamant en pointe et une émeraude de Physon[3], d'un prix inestimable. Car Hans Carvel[4], grand lapidaire du roi de Mélinde[5], estimait leur valeur à soixante-neuf millions huit cent quatre-vingt-quatorze mille dix-huit moutons à la grande laine[6] – montant confirmé par les Fugger d'Augsbourg[7].

Les couleurs et la livrée de Gargantua

CHAPITRE IX

Les couleurs de Gargantua furent le blanc et le bleu, comme vous avez pu le lire ci-dessus. Et par elles son père souhaitait que l'on comprît que son fils était pour lui une joie céleste. Car le blanc signifiait pour lui joie, plaisir, délices et réjouissance, et le bleu, les choses célestes.

J'entends bien qu'en lisant ces mots vous vous moquez du vieux buveur, et considérez l'exposition de ces couleurs

1. Pierre précieuse brillant d'un éclat rouge très vif. **2.** Gabriel Chappuys, valet de chambre et bibliothécaire du roi à partir de 1534, était un ami de Rabelais qui fit partie comme lui du voyage à Rome de Jean Du Bellay en 1534. Le lien avec l'auteur est donné par son compagnonnage ici avec Alcofribas, nom dans lequel on reconnaît l'anagramme de l'auteur (voir note 2, p. 35). **3.** Nom d'un fleuve du Paradis terrestre qui baignait une région dont le sol était couvert de pierres précieuses. **4.** Celui qui apparaît ici comme un expert en bijouterie reviendra dans le *Tiers Livre* (chap. XXVIII) avec une histoire grivoise associée à un certain anneau. **5.** Voir note 2, p. 77. **6.** Les moutons à la grande laine sont une monnaie sur laquelle est frappée l'image d'un *Agnus Dei*, monnaie que l'on retrouvera au chap. LIII pour la dotation de Thélème (p. 377). **7.** Les Fugger étaient de fameux banquiers d'Augsbourg, sans doute les plus riches d'Europe au XVIe siècle, connaisseurs par excellence en matière d'estimation d'objets précieux.

trop indague, et abhorrente : et dictes que blanc signifie foy : et bleu, fermeté. Mais sans vous mouvoir, courroucer, eschaufer, ny alterer (car le temps est dangereux) respondez moy si bon vous semble. D'aultre contraincte ne useray envers vous, ny aultres quelz qu'ilz soient. Seulement vous diray un mot de la bouteille.

Qui vous meut ? qui vous poinct ? qui vous dict ? que blanc signifie foy : et bleu fermeté ? Un (dictes vous) livre trepelu qui se vend par les bisouars et porte-balles au tiltre : *Le blason des couleurs.* Qui l'a faict ? Quiconques il soit, en ce a esté prudent, qu'il n'y a poinct mis son nom. Mais au reste, je ne sçay quoy premier en luy je doibve admirer, ou son oultrecuidance, ou sa besterie.

Son oultrecuidance, qui sans raison, sans cause, et sans apparence, a ausé prescripre de son autorité privée quelles choses seroient denotées par les couleurs : ce que est l'usance des tyrans qui voulent leur arbitre tenir lieu de raison : non des saiges et sçavans qui par raisons manifestes contentent les lecteurs.

Sa besterie : qui a existimé que sans aultres demonstrations et argumens valables le monde reigleroit ses devises par ses impositions badaudes.

De faict (comme dict le proverbe, à cul de foyrard tousjours abonde merde) il a trouvé quelque reste de niays du temps des haultz bonnetz : lesquelz ont eu foy à ses escripts. Et selon iceulx ont taillé leurs apophthegmes et dictez : en ont enchevestré leurs muletz : vestu leurs pages, escartelé leurs chausses, brodé leurs guandz : frangé leurs lictz : painct leurs enseignes : composé

par trop grossière et ridicule. Vous affirmez que le blanc signifie la foi et le bleu la fermeté. Mais sans vous émouvoir, sans vous courroucer, sans vous échauffer ni vous altérer (car notre temps est dangereux), répondez-moi si bon vous semble. Je n'exercerai aucune autre contrainte, ni sur vous ni aucun autre, quel qu'il soit. Je vous dirai seulement un mot de la bouteille[1].

Qui vous impose, qui vous oblige à penser, qui vous dit que le blanc signifie la foi et le bleu la fermeté ? Un livre, dites-vous, ce livre piteux, qui se vend chez les colporteurs et les marchands ambulants sous le titre : *Le Blason des couleurs*[2]. Qui l'a fait ? Quel qu'en soit l'auteur, il a été assez prudent pour n'y mettre point son nom. Mais au reste, je ne sais ce que je dois admirer le plus chez lui, ou son outrecuidance ou sa bêtise.

Est-ce son outrecuidance, qui sans raison, sans cause, et sans vraisemblance, a osé prescrire par son autorité propre ce qui serait symbolisé par les couleurs ? C'est l'usage des tyrans que de vouloir que leur bon plaisir tienne lieu de raison, et non des sages et savants qui par des preuves manifestes contentent leurs lecteurs.

Est-ce sa bêtise, qui a estimé que sans autres démonstrations et arguments valables le monde déterminerait ses emblèmes selon les stupidités de badauds qu'on lui impose ?

De fait (comme dit le proverbe, au cul d'un foireux toujours abonde la merde) il s'est trouvé quelques anciens niais du temps où l'on portait des hauts bonnets[3], lesquels ont eu foi en ses écrits, dont ils ont taillé leurs sentences et leurs propos : ils en ont harnaché leurs mulets, vêtu leurs pages, bariolé leurs chausses, brodé leurs gants, frangé leurs lits,

---

1. Expression dont le sens est difficile à éclaircir, mais qui a son importance dans l'œuvre rabelaisienne puisque les compagnons de Pantagruel partiront tous en quête du « mot de la bouteille » dans le *Quart Livre* et le *Cinquième Livre.* Ce mot, fondé peut-être sur l'expression *in vino veritas,* est supposé contenir toutes les réponses aux questions que l'on se pose. **2.** Ce livre qui traite du sens des couleurs dans l'héraldique a été publié en 1528. Rabelais le prend pour cible dans une dénonciation globale de l'arbitraire qui règne dans ce genre de traité, où l'on décrète par exemple que le blanc signifie la foi et le bleu la fermeté. **3.** Tel était l'usage au XVe siècle, démodé à l'époque de Rabelais, à l'image, selon lui, de cette science révolue.

chansons : et (que pis est) faict impostures et lasches tours clandestinement entre les pudicques matrones.

En pareilles tenebres sont comprins ces glorieux de court, et transporteurs de noms : lesquelz voulens en leurs divises signifier espoir, font protraire une sphere : des pennes d'oiseaulx, pour poines : de l'Ancholie, pour melancolie : la Lune bicorne, pour vivre en croissant : un banc rompu, pour bancque roupte : non et un alcret, pour *non durhabit* : un lict sans ciel, pour un licentié. Que sont homonymies tant ineptes, tant fades, tant rusticques et barbares, que l'on doibvroit atacher une queue de renard, au collet, et faire un masque d'une bouze de vache à un chascun d'iceulx, qui en vouldroit dorenavant user en France aprés la restitution des bonnes lettres.

Par mesmes raisons (si raisons les doibz nommer, et non resveries) ferois je paindre un penier : denotant qu'on me faict pener. Et un pot à moustarde, que c'est mon cueur à qui moult tarde. Et un pot à pisser, c'est un official. Et le fond de mes chausses, c'est un vaisseau de petz, et ma braguette, c'est le greffe des arrestz. Et un estront de chien, c'est un tronc de ceans, où gist l'amour de m'amye.

Bien aultrement faisoient en temps jadis les saiges de Egypte, quand ilz escripvoient par lettres, qu'ilz appelloient hieroglyphiques. Lesquelles nul n'entendoit qui n'entendist : et un chascun entendoit qui entendist la vertu, proprieté, et nature des choses par icelles figurées. Desquelles Orus Apollon a en Grec composé deux livres, et Polyphile au *songe d'amours* en a davantaige exposé.

peint leurs blasons, composé des chansons, et (c'est là le pire) ils en ont clandestinement forgé des impostures et lâches tromperies jusque parmi les pudiques mères de familles.

J'englobe dans les mêmes ténèbres ces pédants de courtisans et autres amateurs de jeux sur les noms : lorsqu'en leurs armoiries ils veulent signifier qu'ils espèrent, ils font peindre une sphère [1], une penne [2] d'oiseau pour la peine, de l'ancolie pour la mélancolie, un croissant de lune pour la croissance de la vie, un banc rompu pour banqueroute, « non » avec un dur habit de cuirasse pour « *non durabit* [3] », un lit sans ciel pour un licencié. Ce sont là des rébus homonymiques si ineptes, si fades, si grossiers et barbares que l'on devrait attacher une queue de renard au cou et faire un masque de bouse de vache à chacun de ceux qui voudraient dorénavant s'en servir en France après la renaissance des belles lettres.

Par les mêmes raisons (si je puis les nommer raisons et non plutôt élucubrations), je pourrais me faire peindre un panier pour dénoter qu'on me fait peiner ; et un pot à moutarde, pour dire qu'à mon cœur « moult tarde » ; et un pot de chambre à l'office, pour un officier ; et le fond de mes culottes, pour un vaisseau de paix [4], et ma braguette, pour le bureau de justice dans toute sa dureté ; et un étron de chien, pour le tronc de mon champ où niche l'amour de ma mie.

Les sages de l'Égypte s'y prenaient bien autrement au temps jadis quand ils écrivaient avec ces lettres qu'ils appelaient les hiéroglyphes, que nul ne comprenait s'il n'était capable de comprendre la vertu, propriété et nature des choses par elles figurées – et tous y étaient initiés. Horapollon en a composé deux livres en grec [5], et Polyphile, dans le

---

1. Le mot « sphère » se prononçait alors « espère ». **2.** Plume. Nous maintenons le terme savant pour l'homophonie avec « peine ». **3.** Devise latine qui signifie : « Rien ne durera. » **4.** Ici, pour apprécier le rébus, il faut comprendre l'équivoque entre « paix » et « pets ». **5.** Les *Hieroglyphica* d'Horapollon, très en vogue dans la première moitié du XVIe siècle (traduits en français en 1543), relancent le goût pour les emblèmes et les allégories en France, en les rapportant aux temps les plus anciens et prestigieux de l'Égypte.

En France vous en avez quelque transon en la devise de monsieur l'Admiral : laquelle premier porta Octavian Auguste.

Mais plus oultre ne fera voile mon equif entre ces gouffres et guez mal plaisans. Je retourne faire scale au port dont suis yssu. Bien ay je espoir d'en escripre quelque jour plus amplement : et montrer tant par raisons philosophicques, que par auctoritez receues et approuvées de toute ancienneté, quelles et quantes couleurs sont en nature : et quoy par une chascune peut estre designé, si dieu me saulve le moulle du bonnet, c'est le pot au vin, comme disoit ma mere grand.

De ce qu'est signifié par les couleurs blanc et bleu

CHAPITRE X

Le blanc doncques signifie joye, soulas, et liesse : et non à tort le signifie, mais à bon droict et juste tiltre. Ce que pourrez verifier si arriere mises voz affections voulez entendre ce que presentement vous exposeray.

Aristoteles dict que supposent deux choses contraires en leur espece : comme bien et mal : vertu et vice : froid et chauld : blanc et noir : volupté et doleur : joye et dueil, et ainsi de aultres si vous les coublez en telle façon, q'un contraire d'une espece convienne raisonnablement à l'un contraire d'une aultre, il est consequent, que l'autre contraire compete avecques l'autre residu. Exemple :

Songe d'amour[1], en a exposé davantage. En France vous en avez quelque aperçu en la devise de monsieur l'Amiral, qu'Octavien Auguste avait portée avant lui[2].

Mais mon esquif ne fera pas voile plus avant entre ces gouffres et gués malplaisants. Je retourne faire escale au port dont je suis issu. J'ai bien l'espoir d'en écrire un jour plus amplement, et de montrer, tant par raisons philosophiques que par autorités reçues et approuvées pour leur ancienneté, quelles sont les couleurs et quel nombre il y en a dans la nature, et ce que chacune d'elles peut désigner, si Dieu épargne ma caboche, c'est-à-dire le carafon au vin, comme disait ma mère-grand.

Ce que signifient la couleur blanche et la couleur bleue

CHAPITRE X

Le blanc, donc, signifie joie, plaisir et liesse, et signifie cela non à tort, mais à bon droit et à juste titre. Vous pourrez le vérifier si, mettant de côté vos préjugés, vous voulez bien entendre ce que je vais maintenant vous exposer.

Aristote dit que si l'on suppose deux choses d'espèces contraires, comme le bien et le mal, la vertu et le vice, le froid et le chaud, le blanc et le noir, la volupté et la douleur, la joie et la tristesse, et d'autres encore que vous pouvez associer en pareille façon, qui suppose qu'un contraire d'une espèce convient raisonnablement avec le contraire d'une autre, il s'ensuit par conséquent que l'autre contraire

---

1. *Le Songe de Poliphile* du moine dominicain Francesco Colonna est un roman allégorique paru en 1499 (traduit en français en 1546) et qui rencontre également un vif succès. Rabelais s'en inspire pour la description de certaines architectures de l'abbaye de Thélème (chap. LIII, p. 377) et du temple de la Dive Bouteille dans le *Cinquième Livre*. **2.** La devise d'Auguste (27 av. J.-C.-14 apr. J.-C.), ornée d'une ancre et d'un dauphin, était « Hâte-toi lentement » (*Festina lente*). Elle fut adoptée par de nombreux humanistes, comme par exemple l'Amiral cité précédemment, probablement Guillaume Gouffier de Bonnivet (1488-1525), proche de François Ier et mort lors de la bataille de Pavie.

Vertus et Vice sont contraires en une espece, aussy sont Bien et Mal. Si l'un des contraires de la premiere espece convient à l'un de la seconde comme vertus et bien : car il est sceur : que vertus est bonne, ainsi feront les deux residuz, qui sont mal et vice, car vice est maulvais.

Ceste reigle logicale entendue, prenez ces deux contraires, joye et tristesse : puis ces deux, blanc et noir. Car ilz sont contraires physicalement. Si ainsi doncques est que noir signifie dueil, à bon droict blanc signifiera joye.

Et n'est cette signifiance par imposition humaine institué, mais receue par consentement de tout le monde, que les philosophes nomment *ius gentium*, droict universel valable par toutes contrées.

Comme assez sçavez, que tous peuples, toutes nations (je excepte les antiques Syracusans et quelques Argives : qui avoient l'ame de travers) toutes langues voulens exteriorement demonstrer leur tristesse portent habit de noir : et tout dueil est faict par noir. Lequel consentement universel n'est faict que nature n'en donne quelque argument et raison : laquelle un chascun peut soubdain par soy comprendre sans aultrement estre instruict de personne, laquelle nous appellons droict naturel.

Par le blanc à mesmes induction de nature tout le monde a entendu joye, liesse, soulas, plaisir, et delectation.

Au temps passé les Thraces et Cretes signoient les jours bien fortunez et joyeux, de pierres blanches : les tristes et defortunez, de noires.

La nuyct n'est elle funeste, triste, et melancholieuse ? Elle est noire et obscure par privation. La clarté n'esjouit

coïncide avec celui qui reste [1]. Par exemple, la vertu et le vice sont des contraires en leur espèce, tout comme le bien et le mal. Si l'un des contraires de la première espèce convient à l'un de la seconde, comme la vertu avec le bien – car il est sûr que la vertu est bonne –, ainsi feront les deux restants, qui sont le mal et le vice, car le vice est mauvais.

Cette règle logique bien comprise, prenez ces deux contraires, joie et tristesse, puis ces deux-là, blanc et noir – qui sont contraires par nature. Ainsi donc, s'il est vrai que le noir signifie le deuil, à bon droit le blanc signifiera la joie.

Et cette signification n'est pas instituée par un arbitraire humain, mais elle est admise d'un commun accord, que les philosophes nomment le *droit des gens*, c'est-à-dire un droit universel valable pour toutes les contrées.

En effet vous savez bien que tous les peuples, toutes les nations – si j'en excepte les antiques Syracusains et quelques Argiens qui avaient l'âme de travers [2] – et quelle que soit leur langue, quand ils veulent montrer aux autres leur tristesse, portent un habit noir ; et tout deuil se fait en noir. Et ce consentement universel ne se fait pas sans que la nature n'en donne quelque argument et raison, ce que chacun peut spontanément comprendre par soi-même sans en être autrement instruit de quiconque : c'est là ce que nous appelons le droit naturel [3].

Par le blanc, selon la même induction naturelle, tout le monde a toujours compris joie, liesse, bien-être, plaisir et délectation.

Au temps jadis, les Thraces et les Crétois marquaient les jours fortunés et joyeux de pierres blanches, les tristes et infortunés, de noires.

La nuit n'est-elle pas funeste, triste, et porteuse de mélancolie ? Elle est noire et obscure par privation. La clarté ne

---

1. Aristote, auteur de la *Logique* et des *Topiques* (dont est cité ici le principe des opposés formant un couple complémentaire), serait, selon les amateurs d'héraldique, le père de cette science. **2.** Ces deux peuples portaient des vêtements blancs en signe de deuil. **3.** Rabelais distingue les lois non écrites, admises par les hommes par consensus mais créées par eux (le droit des gens), de ce qui va de soi naturellement et s'impose sans même avoir nécessité une réflexion (le droit naturel).

elle toute nature ? Elle est blanche plus que chose que soit. À quoy prouver je vous pourrois renvoyer au livre de Laurens Valle contre Bartole, mais le tesmoignage evangelicque vous contentera. *Math. XVII.* est dict que à la transfiguration de notre seigneur : *uestimenta eius facta sunt alba sicut lux*, ses vestemens feurent faictz blancs comme la lumiere. Par laquelle blancheur lumineuse donnoit entendre à ses troys apostres l'idée et figure des joyes eternelles. Car par la clarté sont tous humains esjouiz. Comme vous avez le dict d'une vieille que n'avoit dens en gueulle, encores disoit elle « *Bona lux* ». Et Thobie, *cap. V.* quand il eut perdu la veue, lors que Raphael le salua, respondit. « Quelle joye pourray je avoir qui poinct ne voy la lumiere du ciel ? » En telle couleur tesmoignerent les Anges la joye de tout l'univers à la resurrection du saulveur, *Joan. XX.* et à son ascension, *Act. I.* De semblable parure veit sainct Jean evangeliste *Apocal. IIII. et VII.* les fidèles vestuz en la celeste et beatifiée Hierusalem.

Lisez les histoires antiques tant Grecques que Romaines, vous trouverez que la ville de Albe (premier patron de Rome) feut et construicte et appellée à l'invention d'une truye blanche.

Vous trouverez que si à aulcun aprés avoir eu des ennemis victoire, estoit decreté qu'il entrast à Rome en estat triumphant, il y entroit sur un char tiré par chevaulx blancs. Autant celluy qui y entroit en ovation. Car par signe ny couleur ne pouvoyent plus certainement exprimer la joye de leur venue, que par la blancheur.

Vous trouverez que Periclés duc des Atheniens voulut celle part de ses gensdarmes esquelz par sort estoient advenus les febves blanches, passer toute la journée en

réjouit-elle pas toute la nature ? Elle est blanche plus que toute chose au monde. Pour le prouver, je pourrais vous renvoyer au livre de Laurent Valla contre Bartole[1], mais le témoignage évangélique vous suffira. En Matthieu, XVII, il est dit qu'à la transfiguration de notre Seigneur *vestimenta ejus facta sunt alba sicut lux* : ses vêtements devinrent blancs comme la lumière. Blancheur lumineuse par laquelle il donnait à entendre à ses trois apôtres l'idée et la figure des joies éternelles. Car par la clarté, tous les humains sont réjouis. Comme le raconte la parole d'une vieille qui n'avait plus une dent en gueule, et qui disait encore : « Que la lumière est bonne ! » Et Tobie, au chapitre V, alors qu'il avait perdu la vue, lorsque Raphaël le salua, répondit ceci : « Quelle joie pourrais-je avoir, moi qui ne vois plus la lumière du ciel ? » C'est nimbés d'une telle couleur que les anges témoignèrent de la joie de tout l'univers à la résurrection du Sauveur (Jean, XX) et à son ascension (Actes des Apôtres, I). D'une semblable parure étaient vêtus les fidèles vus par saint Jean l'Évangéliste en la céleste et béatifiée Jérusalem (Apocalypse, IV et VII).

Lisez les histoires antiques grecques aussi bien que romaines, vous vous apercevrez que la ville d'Albe (premier modèle de Rome) fut conçue, construite et nommée ainsi suite à la découverte d'une truie blanche[2].

Vous vous apercevrez que celui qui avait remporté une victoire sur des ennemis, s'il était décrété qu'il entrerait à Rome en triomphe, arrivait sur un char tiré par des chevaux blancs, tout comme celui qui y entrait pour être ovationné[3]. Car aucun signe, aucune autre couleur ne pouvait plus certainement exprimer la joie de leur venue, que la blancheur.

Vous vous apercevrez que Périclès, chef des Athéniens, décida que ceux de ses hommes d'armes qui avaient tiré au sort des fèves blanches passeraient toute la journée en joie,

---

1. L'humaniste italien Lorenzo Valla soutient en 1517, contre Bartole (jurisconsulte italien du XVe siècle), que la lumière est associée à la couleur blanche et non pas à l'or. **2.** La ville d'Albe a pour surnom « la Blanche ». **3.** C'est-à-dire après un fait d'armes moins éclatant qu'un triomphe.

joye, solas, et repos : ce pendent que ceulx de l'aultre part batailleroient. Mille aultres exemples et lieux à ce propos vous pourrois je exposer, mais ce n'est icy le lieu.

Moyennant laquelle intelligence povez resouldre un probleme, lequel Alexandre Aphrodise a reputé insolube. Pourquoy le Leon, qui de son seul cry et rugissement espovante tous animaulx, seulement crainct et revere le coq blanc ? Car (ainsi que dict Proclus *lib. de sacrificio et magia*) c'est par ce que la presence de la vertus du Soleil, qui est l'organe et promptuaire de toute lumiere terrestre et syderale, plus est symbolisante et competente au coq blanc : tant pour icelle couleur que pour sa proprieté et ordre specificque, que au Leon. Plus dict, que en forme Leonine ont esté diables souvent veuz, lesquelz à la presence d'un coq blanc soubdainement sont disparuz.

Ce est la cause pourquoy *Galli* (ce sont les Françoys ainsi appellez parce que blancs sont naturellement comme laict, que les Grecz nomment *gala*) voluntiers portent plumes blanches sus leurs bonnetz. Car par nature, ilz sont joyeux, candides, gratieux et bien amez : et pour leur symbole et enseigne ont la fleur plus que nulle aultre blanche, c'est le lys.

Si demandez comment par couleur blanche nature nous induict entendre joye et liesse : je vous responds, que l'analogie et conformité est telle. Car comme le blanc exteriorement disgrege et espart la veue, dissolvent manifestement les espritz visifz, selon l'opinion de Aristoteles en ses *problemes*, et des perspectifz, et le voyez par experience : quand vous passez les montz couvers de neige :

plaisir et repos, cependant que les autres batailleraient [1]. Je pourrais vous exposer mille autres exemples et références à ce propos, mais ce n'est pas ici le lieu.

Selon ce raisonnement, vous pouvez résoudre un problème réputé insoluble par Alexandre Aphrodise [2] : pourquoi le lion, qui de son seul cri et rugissement épouvante tous les animaux, ne craint et ne révère que le coq blanc ? Car, ainsi que le dit Proclus au livre *Du sacrifice et de la magie* [3], c'est que la présence de la vertu du soleil, qui est l'organe et la réserve de toute lumière terrestre et sidérale, est bien mieux symbolisée et signifiée par le coq blanc – grâce à sa couleur, sa propriété, sa forme spécifique – que par le lion. Il dit même plus : souvent on a vu certains diables ayant forme de lions qui, en présence d'un coq blanc, ont soudainement disparu.

C'est la raison pour laquelle les Gaulois – ce sont les Français, ainsi appelés parce qu'ils sont naturellement blancs comme du lait, que les Grecs appellent « gala » – portent volontiers des plumes blanches sur leur bonnet. Car par nature ils sont joyeux, candides, gracieux et bien aimés ; et ils ont pour emblème la fleur plus que nulle autre blanche, le lys.

Si vous demandez comment, par la couleur blanche, la nature nous induit à comprendre et joie et liesse, je vous réponds que c'est par une analogie qui s'explique ainsi : en effet, extérieurement, le blanc disperse et éparpille la vue, dissolvant manifestement les esprits *visifs* (selon l'opinion d'Aristote en ses *Problèmes* et des experts en perspective), comme vous le voyez par expérience quand vous traversez les monts couverts de neige [4]. Vous vous plaignez alors de

---

1. Périclès (495-429 av. J.-C.), homme politique et stratège athénien, eut recours à ce système lors de la bataille de Samos. L'anecdote est rapportée par Plutarque dans la *Vie de Périclès*, XXVII. **2.** Commentateur d'Aristote du IIe siècle apr. J.-C. qui écrivit un recueil de questions insolubles. **3.** Ce traité sur la magie du philosophe néoplatonicien Proclus date du Ve siècle. Rabelais en a eu connaissance grâce au commentaire qu'en donne Marsile Ficin (1433-1499). **4.** Dans la philosophie aristotélicienne, les « esprits animaux » sont les forces dont nous disposons pour nous mouvoir et vivre. Il y en a de plusieurs sortes, selon les actions que nous voulons réaliser. Les esprits « visuels » sont ceux qui permettent à l'œil de voir. La théorie de la vision suppose qu'une sorte d'énergie de l'œil (l'esprit) émet un rayonnement à chaque regard. L'œil se comporte plus ou moins comme un projecteur

en sorte que vous plaignez de ne pouvoir bien reguarder, ainsi que Xenophon escript estre advenu à ses gens : et comme Galen expose amplement *lib. X. de usu partium* : tout ainsi le cueur par joye excellente est interiorement espart et patist manifeste resolution des esperitz vitaulx. Laquelle tant peut estre acreue : que le cueur demoureroit spolié de son entretien, et par consequent seroit la vie estaincte, par ceste perichairie, comme dict Galen *lib. XII. Metho., li. V. de locis affectis* et *li. II. de symptomaton causis.* Et comme estre au temps passé advenu tesmoignent Marc Tulle *li. I. quaestio. Tuscul.*, Verrius, Aristoteles, Tite Live, aprés la bataille de Cannes, Pline *lib. VII. c. XXXII.* et *LIII.* A. Gellius *li. III. XV.* et aultres, à Diagoras Rodien, Chilo, Sophocles, Diony, tyrant de Sicile, Philippides, Philemon, Polycrata, Philistion, M. Juventi, et aultres qui moururent de joye. Et comme dict Avicenne *in. II. canone*, et *lib. de uiribus cordis,* du zaphran, lequel tant esjouist le cueur qu'il le despouille de vie si on en prend en dose excessifve, par resolution et dilatation superflue. Icy voyez Alex. Aphrodisien *lib. primo problematum c. XIX.* Et pour cause. Mais quoy j'entre plus avant en ceste matiere, que ne establissois au

ne pouvoir bien regarder, ainsi que Xénophon raconte qu'il est arrivé à ses hommes. Galien l'expose amplement aussi dans le livre X de *L'Usage des parties du corps* ; de la même manière, intérieurement, une joie excellente éparpille le cœur, qui souffre d'une dissolution manifeste de ses esprits *vitaux*[1]. Cette dissolution peut être si intense qu'elle pourrait spolier le cœur de ce qui est nécessaire à sa survie, et la vie serait par conséquent éteinte, par cette joie excessive. C'est ce que dit Galien au livre XII de la *Méthode*, au livre V des *Lieux des affections* et au livre II des *Causes des symptômes*. Cela est advenu au temps jadis, ce dont témoignent Marc Tulle au livre I des *Tusculanes*, Verrius, Aristote, Tite Live après la bataille de Cannes, Pline au livre VII, chapitres XXXII et LIII, Aulu-Gelle aux livres III, XV et autres : cela est arrivé à Diagoras de Rhodes, à Chilon, à Sophocle, à Denys, le tyran de Sicile, à Philippide, à Philémon, à Polycrita, à Philistion, à Marcus Juventius, et à d'autres qui moururent de joie[2]. Et Avicenne dit la même chose du safran au deuxième livre du *Canon*, et dans *Des forces du cœur*[3] : le safran réjouit tant le cœur qu'il le dépouille de vie par dissolution et dilatation trop grandes si on en prend par doses excessives. Voyez en cela Alexandre Aphrodise au premier livre des *Problèmes*, chapitre XIX. Mêmes causes, mêmes effets. Mais quoi, j'entre en cette matière plus avant

---

pour éclairer la chose regardée et en transmettre ainsi l'image à l'âme. Les spécialistes de la perspective adoptent également cette explication des lois de l'optique. **1.** Les esprits vitaux, situés dans le cœur, assurent le fonctionnement de l'organisme. En cas de joie ou de chaleur extrême, ils se dilatent et s'éparpillent dans le corps. Ces théories médicales sont répandues par différents traités de Galien, comme le montrent les nombreuses références à celui-ci (voir note 2, p. 89). **2.** Rabelais emprunte toutes ces références à la compilation de Ravisius Textor (*Officina*, chapitre sur les morts de joie et de rire). L'athlète Diagoras de Rhodes, par exemple, est mort de joie à l'annonce de la victoire de ses deux fils aux Jeux olympiques en 448 av. J.-C., tandis que le dramaturge Sophocle et Denys l'Ancien, tyran de Syracuse, seraient morts à l'annonce de leurs propres victoires à un concours de tragédie, respectivement en 406 av. J.-C. et en 367 av. J.-C. **3.** La médecine d'Avicenne (980-1037), philosophe et médecin persan ayant traduit Aristote, Hippocrate et Galien, représente un courant important et controversé de la médecine à la Renaissance. Elle apporte beaucoup d'avancées médicales, fondées en grande partie sur la description des symptômes et sur la prévention des maladies par une hygiène de vie et une alimentation choisies.

commencement, icy doncques calleray mes voilles remettant le reste au livre en ce consommé du tout. Et diray en un mot que le bleu signifie certainement le ciel et choses celestes, par memes symboles que le blanc signifioit joye et plaisir.

De l'adolescence de Gargantua

CHAPITRE XI

Gargantua depuis les troys jusques à cinq ans feut nourry et institué en toute discipline convenente par le commandement de son pere, et celluy temps passa comme les petitz enfans du pays, c'est assavoir à boyre, manger, et dormir : à manger, dormir, et boyre : à dormir, boyre, et manger.

Tousjours se vaultroit par les fanges, se mascaroyt le nez, se chauffouroit le visaige. Aculoyt ses souliers, baisloit souvent au mousches, et couroit voulentiers aprés les parpaillons, desquelz son pere tenoit l'empire. Il pissoit sus ses souliers, il chyoit en sa chemise, il se mouschoyt à ses manches, il mourvoit dedans sa soupe. Et patroilloit par tout lieux, et beuvoit en sa pantoufle, et se frottoit ordinairement le ventre d'un panier. Ses dens aguysoit d'un sabot, ses mains lavoit de potaige, se pignoit d'un goubelet. Se asseoyt entre deux selles le cul à terre. Se couvroyt d'un sac mouillé. Beuvoyt en mangeant sa souppe. Mangeoyt sa fouace sans pain. Mordoyt en riant. Rioyt en mordent. Souvent crachoyt on bassin, pettoyt de gresse, pissoyt contre le soleil. Se cachoyt en l'eau pour la pluye. Battoyt à froid. Songeoyt creux.

que je ne l'avais prévu au commencement, ici donc je calerai mes voiles, remettant le reste à un livre complet qui y sera entièrement consacré. Et je dirai en un mot que le bleu signifie assurément le ciel et les choses célestes, selon le même symbolisme qui voulait que le blanc signifie joie et plaisir.

De l'enfance de Gargantua

CHAPITRE XI

Gargantua, de trois à cinq ans, fut élevé et instruit dans toutes les disciplines que son père estimait importantes, et il passa ce temps-là comme tous les petits enfants du pays, à savoir à boire, manger, et dormir, à manger, dormir et boire, à dormir, boire et manger.

Toujours il se vautrait dans la fange, se noircissait le nez, se barbouillait le visage. Il éculait ses souliers, bâillait souvent aux mouches, et courait volontiers après les papillons, dont son père était le roi [1]. Il pissait sur ses souliers, il chiait en sa chemise, il se mouchait dans ses manches, il morvait dans sa soupe. Et il pataugeait en tous lieux [2], buvait en sa pantoufle, et se frottait ordinairement le ventre d'un panier, aiguisait ses dents d'un sabot, lavait ses mains dans le potage, se peignait avec un gobelet, s'asseyait entre deux chaises le cul par terre, se couvrait d'un sac mouillé, buvait en mangeant sa soupe, mangeait sa fouace [3] sans pain, mordait en riant, riait en mordant, crachait souvent au bassinet, pétait de graisse, pissait contre le soleil [4], se cachait dans l'eau contre la pluie, battait froid [5], songeait creux, faisait le

1. Équivoque avec le terme « Parpaillons ». Comme il a été dit au chap. III, Grandgousier a épousé la fille du roi des Parpaillons (voir note 8, p. 63). **2.** Nous translatons par une unique phrase la longue énumération qui suit, de manière à bien identifier ici l'addition de 1542 où se multiplient, sous la forme litanique et au gré de différents jeux sur des proverbes, les jeux entre sens propre et sens figuré. Ce passage ludique apporte beaucoup à la caractérisation du jeune héros. **3.** Sorte de brioche. Voir aussi chap. XXV, p. 215. **4.** Au sens figuré, cela signifie offenser des gens qui pourraient être vos amis. **5.** Agir à contretemps (il faut battre le fer quand il est chaud).

Faisoyt le succré. Escorchoyt le renard. Disoit la patenostre du cinge. Retournoit à ses moutons. Tournoyt les truies au foin. Battoyt le chien devant le lion. Mettoyt la charrette devant les beufz. Se grattoyt où ne luy demangeoyt poinct. Tiroit les vers du nez. Trop embrassoyt, et peu estraignoyt. Mangeoyt son pain blanc le premier. Ferroyt les cigalles. Se chatouilloyt pour se faire rire. Ruoyt tres bien en cuisine. Faisoyt gerbe de feurre au dieux. Faisoyt chanter *magnificat* à matines, et le trouvoyt bien à propous. Mangeoyt chous et chioyt pourrée. Congnoissoyt mousches en laict. Faisoyt perdre les pieds au mousches. Ratissoyt le papier. Chaffouroyt le parchemin. Guaignoyt au pied. Tiroyt au chevrotin. Comptoyt sans son houste. Battoyt les buissons, sans prandre les ozillons. Croioyt que nues feussent pailles d'arain, et que vessies feussent lanternes. Tiroyt d'un sac deux moustures. Faisoyt de l'asne pour avoir du bren. De son poing faisoyt un maillet. Prenoit les grues du premier sault. Vouloyt que maille à maille on feist les haubergeons. De cheval donné tousjours reguardoyt en la gueulle. Saultoyt du coq à l'asne. Mettoyt entre deux verdes une meure. Faisoyt de la terre le foussé. Gardoyt la lune des loups. Si les nues tomboient esperoyt prandre les alouettes. Faisoyt de necessité vertus. Faisoyt de tel pain souppe. Se soucioyt aussi peu des raitz comme des tonduz. Tous les matins escorchoyt le renard. Les petitz chiens de son père mangeoient en son escuelle. Luy de mesmes mangeoit avecques eux : il leurs mordoit les aureilles. Ilz luy graphinoient le nez. Il leurs souffloit au cul. Ilz luy leschoient les badigoinces.

Et sabez quey hillotz, que mau de pipe vous byre, ce petit paillard tousjours tastonoit ses gouvernantes cen dessus dessoubz, cen devant derriere, harry bourriquet : et desjà commençoyt exercer sa braguette. Laquelle un chascun jour ses gouvernantes ornoyent de beaulx

mielleux, lâchait un renard, marmonnait comme un singe disant des patenôtres [1], retournait à ses moutons, amenait les truies au foin, battait le chien devant le lion, mettait la charrue avant les bœufs, se grattait où cela ne le démangeait point, tirait les vers du nez, trop embrassait et mal étreignait, mangeait son pain blanc le premier, ferrait les cigales, se chatouillait pour se faire rire, ruait très bien en cuisine, offrait une gerbe de foin aux dieux, faisait chanter le *Magnificat* à matines [2] et trouvait cela bien à propos, mangeait des choux et chiait de la purée, trouvait des mouches dans du lait, arrachait les pattes des mouches, noircissait du papier, gaspillait du parchemin, prenait ses jambes à son cou, vidait sa gourde, payait sans vérifier, battait la campagne sans prendre les oisillons, prenait les nues pour des poêles d'airain et les vessies pour des lanternes [3], avait plus d'un tour dans son sac, faisait l'âne pour avoir du son, de son poing faisait un maillet, prenait les grues du premier coup, voulait qu'on fît les hauberts maille par maille, à cheval donné toujours regardait les dents, sautait du coq à l'âne, mettait une mûre entre deux vertes, faisait un fossé avec de la terre, protégeait la lune des loups [4], espérait prendre des alouettes si le ciel lui tombait sur la tête, faisait de nécessité vertu, faisait de tout pain mouillette, se souciait aussi peu des pelés que des tondus, tous les matins lâchait un renard. Les petits chiens de son père mangeaient en son assiette, lui de même mangeait avec eux. Il leur mordait les oreilles ; ils lui égratignaient le nez. Il leur soufflait au cul, ils lui léchaient les babines.

Et vous savez quoi les gars, que le mal du tonneau vous tourne la tête, ce petit paillard toujours tâtait ses gouvernantes par-dessous, par-dessus, par-derrière, par-devant, et hardi bourriquet ! Et déjà il commençait à exercer sa braguette, que chaque jour ses gouvernantes ornaient de beaux

1. Faire ses patenôtres signifie égrener son chapelet pour faire ses prières. Dire des patenôtres de singe, c'est faire semblant de prier en remuant simplement les lèvres. On remarque ici une série d'expressions incluant des noms d'animaux. **2.** Gargantua fait les choses à l'envers : le *Magnificat* est un chant qu'on ne donne que le soir, aux vêpres. **3.** Se laissait aisément berner. **4.** Série d'actions inutiles, vaines ou impossibles.

boucquets, de beaulx rubans, de belles fleurs, de beaulx flocquars : et passoient leur temps à la faire revenir entre leurs mains, comme un magdaleon d'entraict. Puis s'esclaffoient de rire quand elle levoit les aureilles, comme si le jeu leurs eust pleu.

L'une la nommoit « ma petite dille », l'aultre « ma pine », l'aultre « ma branche de coural », l'aultre « mon bondon, mon bouchon, mon vibrequin, mon possouer, ma teriere, ma pendilloche, mon rude esbat roidde et bas, mon dressouoir, ma petite andoille vermeille, ma petite couille bredouille.

– Elle est à moy disoit l'une.

– C'est la mienne, disoit l'aultre.

– Moy, (disoit l'aultre) n'y auray je rien ? par ma foy je la couperay doncques.

– Ha couper, (disoit l'aultre) vous luy feriez mal ma dame, coupez vous la chose aux enfans, il seroyt monsieur sans queue. »

Et pour s'esbattre comme les petitz enfans du pays luy feirent un beau virollet des aesles d'un moulin à vent de Myrebalays.

Des chevaux factices de Gargantua

CHAPITRE XII

Puis affin que toute sa vie feust bon chevaulcheur, l'on luy feist un beau grand cheval de boys lequel il faisoit penader, saulter, voltiger, ruer et dancer tout ensemble, aller le pas, le trot, l'entrepas, le gualot, les ambles, le hobin, le traquenard, le camelin et l'onagrier. Et luy

bouquets, de beaux rubans, de belles fleurs, de belles guirlandes. Et elles passaient leur temps à la faire revenir entre leurs mains, comme un petit boudin de pâte d'amande. Puis, comme si le jeu leur avait plu, elles s'esclaffaient de rire quand elle levait les oreilles.

L'une la nommait ma petite quille, l'autre mon épine, l'autre ma branche de corail, l'autre ma bonde, mon bouchon, mon vilebrequin, mon poussoir, ma tarière, ma pendeloque, mon rude ébat raide et bas, mon dressoir, ma petite andouille vermeille, ma petite couille bredouille [1].

« Elle est à moi, disait l'une.

– C'est la mienne, disait l'autre.

– Et moi, disait une autre, n'en aurai-je rien ? par ma foi, je la couperai donc.

– Ha, couper, disait une autre, vous lui feriez mal, madame, coupez-vous la chose aux enfants ? Il serait monsieur tout court. »

Et pour qu'il s'amuse comme tous les petits enfants du pays, on lui fit un beau petit tourniquet avec les ailes d'un moulin à vent de Mirebalais [2].

Des chevaux factices de Gargantua

CHAPITRE XII

Puis, afin que toute sa vie il soit bon chevaucheur, on lui fit un beau et grand cheval de bois qu'il faisait gambader, sauter, voltiger, ruer et danser tout à la fois, aller au pas, au trot, à l'entrepas, au galop, à l'amble, à l'aubin, au trac, au

1. La bonde, le bouchon et la tarière sont des pièces de bois ou de liège destinées à boucher des trous. Le vilebrequin est un instrument qui a vocation à faire des trous. Toutes les métaphores, plus ou moins originales, sont choisies par analogie avec la forme ou la fonction possible du pénis. Pour conclure cet épisode d'éveil au plaisir des sens, les gouvernantes apprennent donc à l'enfant une forme de sensualité importante, celle des plaisirs du langage. **2.** Région située au nord de Poitiers, connue pour ses nombreux moulins à vent.

faisoit changer de poil, comme font les moines de courtibaux selon les festes, de bailbrun, d'alezan, de gris pommellé, de poil de rat, de cerf, de rouen, de vache, de zencle, de pecile, de pye, de leuce.

Luy mesmes d'une grosse traine, fist un cheval pour la chasse, un aultre d'un fust de pressouer à tous les jours, et d'un grand chaisne une mulle avecques la housse pour la chambre. Encores en eut il dix ou douze à relays, et sept pour la poste. Et tous mettoit coucher auprés de soy.

Un jour le seigneur de Painensac visita son pere, en gros train et apparat, auquel jour l'estoient semblablement venuz veoir le duc de Francrepas et le comte de Mouille vent. Par ma foy le logis feut un peu estroict pour tant de gens, et singulierement les estables : donc le maistre d'hostel et fourrier dudict seigneur de Painensac pour sçavoir si ailleurs en la maison estoient estables vacques : s'adresserent à Gargantua jeune garsonnet, luy demandans secrettement où estoient les estables des grands chevaulx, pensans que voluntiers les enfans decellent tout.

Lors il les mena par les grands degrez du chasteau passant par la seconde salle en une grande gualerie, par laquelle entrerent en une grosse tour, et eulx montans par d'aultres degrez, dist le fourrier au maistre d'hostel, « cest enfant nous abuse, car les estables ne sont jamais au hault de la maison.

– C'est (dist le maistre d'hostel) mal entendu à vous. Car je sçay des lieux à Lyon, à la Basmette, à Chaisnon

pas du chameau, à celui de l'onagre [1]. Et il lui faisait changer de robe, comme les moines changent de chasuble selon les fêtes, de bai brun, d'alezan, de gris pommelé, de poil de rat, de cerf, de rouan, de vache, blanc, noir et roux, zébré, bigarré, pie, ou blanc [2].

Il fit lui-même, avec une grosse poutre, un cheval pour la chasse, puis un autre, d'un fût de pressoir, pour tous les jours, et d'un grand chêne, il fit une mule avec sa housse pour le soir. Il en avait encore dix ou douze pour le relais, et sept pour la poste. Et tous il les faisait coucher auprès de lui.

Un jour le seigneur de Painensac rendit visite à son père, en grand train et apparat, le jour même où étaient aussi venus en visite le duc de Francrepas et le comte de Mouillevent [3]. Par ma foi, le logis fut un peu étroit pour tant de gens, et singulièrement les écuries. Alors le maître d'hôtel et l'intendant fourrier [4] dudit seigneur de Painensac, pour savoir s'il se trouvait ailleurs dans la maison des écuries inoccupées, s'adressèrent au jeune garçonnet Gargantua, et lui demandèrent discrètement où étaient les écuries des grands chevaux de bataille – pensant que volontiers les enfants révèlent tout.

Alors il les mena par les grands escaliers du château, passant par la seconde salle en une grande galerie, par laquelle ils entrèrent en une grosse tour, et alors qu'ils montaient par un autre escalier, le fourrier dit au maître d'hôtel : « Cet enfant nous joue un tour, car les écuries ne sont jamais en haut de la maison.

– C'est vous, dit le maître d'hôtel, qui vous trompez. Car je connais des lieux, à Lyon, à la Baumette [5], à Chinon et

---

1. Différentes sortes de pas, de trots et d'allures. Un onagre est un âne sauvage d'Asie, espèce exotique comme le chameau cité juste avant. **2.** Palette de nombreuses couleurs possibles pour la robe du cheval. Celle du rouan est parsemée de poils blancs et celle du cheval pie est composée de deux couleurs, dont le blanc, réparties inégalement. **3.** L'onomastique de ces trois personnages évoque des avares et des profiteurs : « pain en sac » (qui mange du pain en cachette dans son sac), « franc repas » (repas gratuit), « mouille-vent » (qui s'agite et complote). **4.** Le fourrier est l'intendant chargé principalement du fourrage. **5.** Couvent de cordeliers proche d'Angers.

et ailleurs, où les estables sont au plus hault du logis, ainsi peut estre que derriere y a yssue au montouer. Mais je le demanderay plus asseurement. » Lors demanda à Gargantua. « Mon petit mignon, où nous menez vous ?

– À l'estable (dist il) de mes grands chevaulx. Nous y sommes tantost, montons seulement ces eschallons. »

Puis les passant par une aultre grande salle, les mena en sa chambre, et retirant la porte. « Voicy (dist il) les estables que demandez, voylà mon Genet, voylà mon Guildin, mon Lavedan, mon Traquenard », et les chargent d'un gros livier, « je vous donne (dist il) ce Phryzon, je l'ay eu de Francfort. Mais il sera vostre, il est bon petit chevallet, et de grand peine : avecques un tiercelet d'Autour, demye douzaine d'Hespanolz, et deux levriers, vous voylà roy des Perdrys et Lievres pour tout cest hyver.

– Par sainct Jean (dirent ilz) nous en sommes bien, à ceste heure avons nous le moine.

– Je le vous nye, dist il. Il ne fut troys jours a ceans. »

Devinez icy duquel des deux ilz avoyent plus matiere, ou de soy cacher pour leur honte, ou de ryre, pour le passetemps ?

Eulx en ce pas descendens tous confus, il demanda. « Voulez vous une aubeliere ?

– Qu'est-ce ? disent ilz.

– Ce sont (respondit il) cinq estroncz pour vous faire une museliere.

– Pour ce jourd'huy (dist le maistre d'hostel) si nous sommes roustiz, jà au feu ne bruslerons, car nous sommes lardez à poinct, en mon advis. O petit mignon,

ailleurs, où les écuries sont au plus haut du logis, quand il y a par-derrière une sortie en montée. Mais je vais le lui demander pour m'en assurer. » Alors il demanda à Gargantua : « Mon petit mignon, où nous menez-vous ?

– À l'écurie, dit-il, de mes grands chevaux. Nous y sommes bientôt, montons seulement ces marches. »

Puis les faisant passer par une autre grande salle, il les mena dans sa chambre, et refermant la porte : « Voici, dit-il, les écuries que vous cherchez, voilà mon genet, voilà mon guildin, mon lavedan, mon traquenard. » Et leur donnant à porter une grosse poutre : « Je vous donne, dit-il, ce frison [1], que j'ai eu à Francfort. Mais il sera tout à vous, c'est un bon petit cheval, d'une grande force : avec un petit autour [2], une demi-douzaine d'épagneuls et deux lévriers, vous voilà rois des perdrix et des lièvres pour tout l'hiver.

– Par saint Jean, dirent-ils, nous voilà bien, à cette heure nous avons le moine [3] !

Je proteste, dit-il, cela fait trois jours qu'on ne l'a pas vu. »

Devinez à présent ce qu'ils avaient de mieux à faire, aller se cacher tout honteux, ou rire du divertissement ?

Tandis que de ce pas, ils redescendaient tout confus, il leur demanda :

« Voulez-vous une aubelière ?

– Qu'est-ce que c'est ? dirent-ils.

– Ce sont, dit-il, cinq étrons pour vous faire une muselière.

– Pour aujourd'hui, dit le maître d'hôtel, si nous sommes rôtis, jamais au feu nous ne brûlerons, car nous voilà bien assaisonnés, à mon avis. Oh ! petit mignon, tu nous as mis

1. Genet, guildin, lavedan, traquenard et frison sont les noms précis de différentes espèces de chevaux. **2.** Oiseau de proie utilisé pour chasser le gibier. **3.** « Avoir le moine » signifie que l'on s'est fait berner, voire qu'il pourrait nous arriver malheur, la rencontre avec un moine pouvant, proverbialement, être funeste. Cette expression sera reprise plusieurs fois, au sens littéral quand le moine frère Jean sera fait prisonnier (chap. XLIII, p. 327), et au sens figuré lorsqu'il sera question des conséquences de cette capture, qui préfigure la défaite du camp de Picrochole (chap. XLV, p. 335).

tu nous as baillé foin en corne : je te voirray quelque jour pape.

– Je l'entendz (dist il) ainsi. Mais lors vous serez papillon et ce gentil papeguay, sera un papelard tout faict.

– Voyre, voyre, dist le fourrier.

– Mais (dist Gargantua) divinez combien y a de poincts d'agueille, en la chemise de ma mere ?

– Seize, dist le Fourrier.

– Vous (dist Gargantua) ne dictes l'evangile. Car il y en a sens davant et sens derriere et les comptastes trop mal.

– Quand ? (dist le fourrier).

– Alors (dist Gargantua) qu'on feist de vostre nez une dille, pour tirer un muy de merde : et de vostre gorge un entonnoir, pour la mettre en aultre vaisseau : car les fondz estoient esventez.

– Cor dieu (dist le maistre d'hostel) nous avons trouvé un causeur. Monsieur le jaseur dieu vous guard de mal, tant vous avez la bouche fraische. »

Ainsi descendens à grand haste soubz l'arceau des degrez, laisserent tomber le gros livier, qu'il leurs avoit chargé : dont dist Gargantua. « Que diantre vous estes maulvais chevaucheurs : vostre courtault vous fault au besoing. Se il vous falloit aller d'icy à Cahusac, que aymeriez vous mieulx, ou chevaulcher un oyson, ou mener une truye en laisse ?

– J'aymerois mieulx boyre », dist le fourrier.

Et ce disant entrerent en la sale basse, où estoit toute la briguade : et racontans ceste nouvelle histoire, les feirent rire comme un tas de mousches.

du foin sur les cornes[1], je te verrais bien pape un jour ou l'autre.

– Je l'entends bien ainsi, dit-il. Mais alors vous serez papillon, et ce gentil papegai sera un parfait papelard[2].

– C'est vrai, c'est vrai, dit le fourrier.

– Mais, dit Gargantua, devinez combien il y a de points d'aiguilles dans la chemise de ma mère ?

– Seize, dit le fourrier.

– Vous ne savez la vérité. Car il y en a cent au devant et sens[3] encore au derrière, et vous les avez très mal comptés.

– Quand ?

– Pendant qu'on faisait, dit Gargantua, de votre nez un bec verseur pour en tirer un tonneau de merde, et de votre gorge un entonnoir, pour le mettre en un autre récipient, parce que le fond en était éventé.

– Corps dieu, dit le maître d'hôtel, nous avons trouvé un beau parleur. Monsieur le jaseur, que Dieu vous protège de tout mal, tant vous avez la langue bien pendue. »

Descendant ainsi en grande hâte sous la voûte des escaliers, ils laissèrent tomber le gros madrier qu'il leur avait donné ; voyant cela, Gargantua dit : « Que diantre vous êtes mauvais chevaucheurs : votre cheval vous désarçonne comme il veut. S'il vous fallait aller d'ici à Cahuzac[4], qu'aimeriez-vous mieux, chevaucher un oison, ou mener une truie en laisse ?

– J'aimerais mieux boire », dit le fourrier.

Et disant cela, ils entrèrent dans la salle basse, où était toute la compagnie : et racontant cette nouvelle histoire, ils les firent rire comme un tas de mouches.

1. Expression qui signifie avoir perdu l'avantage : les cornes, qui pouvaient être menaçantes, sont désormais inoffensives. **2.** L'enfant, les prenant au mot, poursuit les calembours sur le mot « pape » : un papillon serait un petit pape, un papegai est un perroquet (qui ne fait que répéter) et un papelard peut désigner un hypocrite. **3.** Équivoque sur le chiffre cent et l'impératif du verbe sentir. **4.** Le seigneur de Cahuzac (Lot-et-Garonne) était Louis d'Estissac, le neveu du protecteur de Rabelais, Geoffroy d'Estissac.

Comment Grandgousier congneut l'esperit merveilleux de Gargantua à l'invention d'un torchecul

CHAPITRE XIII

Sus la fin de la quinte année Grandgousier retournant de la defaicte des Ganarriens visita son filz Gargantua. Là fut resjouy, comme un tel pere povoit estre voyant un sien tel enfant. Et le baisant et accollant l'interrogeoyt de petitz propos pueriles en diverses sortes. Et beut d'autant avecques luy et ses gouvernantes : esquelles par grand soing demandoit entre aultres cas, si elles l'avoyent tenu blanc et nect ? À ce Gargantua feist response, qu'il y avoit donné tel ordre, qu'en tout le pays n'estoit guarson plus nect que luy. « Comment cela ? dist Grandgousier.

– J'ay (respondit Gargantua) par longue et curieuse experience inventé un moyen de me torcher le cul, le plus seigneurial, le plus excellent, le plus expedient que jamais feut veu.

– Quel ? dict Grandgousier.

– Comme vous le raconteray (dist Gargantua) presentement. Je me torchay une foys d'un cachelet de velours de une damoiselle : et le trouvay bon : car la mollice de sa soye me causoit au fondement une volupté bien grande.

« Une aultre foys d'un chapron d'ycelles et feut de mesmes.

« Une aultre foys d'un cachecoul, une aultre foys des aureillettes de satin cramoysi : mais la dorure d'un tas de spheres de merde qui y estoient m'escorcherent tout le derriere, que le feu sainct Antoine arde le boyau cullier de l'orfebvre qui les feist : et de la damoiselle, que les portoit.

Comment Grandgousier découvrit l'esprit merveilleux de Gargantua grâce à l'invention d'un torchecul

CHAPITRE XIII

Vers la fin de sa cinquième année, alors que Grandgousier revenait d'une victoire contre les Canarriens [1], il retrouva son fils Gargantua. Cela le réjouit, autant qu'un tel père pouvait l'être en voyant comme sien un tel enfant. Et en le baisant et l'embrassant, il l'interrogeait, de diverses petites questions puériles. Et il but abondamment avec lui et ses gouvernantes, à qui il tint à demander scrupuleusement entre autres choses si elles l'avaient tenu bien net et propre. À cela Gargantua répondit qu'il avait pris ses dispositions pour qu'en tout le pays aucun garçon ne fût plus propre que lui.

« Comment cela ? dit Grandgousier.

– J'ai, répondit Gargantua, à la suite de longues et méticuleuses expériences, inventé un moyen de me torcher le cul, le plus seigneurial, le plus excellent, le plus efficace qui jamais ne fut vu.

– Lequel ? dit Grandgousier.

– C'est ce que je vais vous raconter à présent, dit Gargantua. Je me torchai une fois du cache-nez de velours d'une demoiselle, et je le trouvai bon, car la mollesse de la soie me causait au fondement une volupté bien grande.

« Une autre fois d'une de leurs coiffes, et il en fut de même.

« Une autre fois d'un cache-col, une autre fois d'oreillettes de satin cramoisi, mais la dorure d'un tas de perles de merde qui y étaient m'écorchèrent tout le derrière : que le feu saint Antoine [2] brûle le boyau du cul de l'orfèvre qui les fit, et de la demoiselle qui les portait.

---

1. Le roi de Canarre, dont il est encore question au chap. L (p. 363), est un personnage imaginaire sans doute inspiré des Canaries, et cité dans *Pantagruel* (chap. XI et XXIII). **2.** Imprécation fréquente au XVIe siècle. Saint Antoine étant généralement représenté entouré de flammes, le « feu saint Antoine » (nom donné au « mal des ardents ») désigne une démangeaison

« Ce mal passa me torchant d'un bonnet de paige bien emplumé à la Souice.

« Puis fiantant derriere un buisson, trouvay un chat de Mars, d'icelluy me torchay, mais ses gryphes me exulcererent tout le perinée.

« De ce me gueryz au lendemain me torchant des guands de ma mere bien parfumez de maujoin.

« Puis me torchay de Saulge, de Fenoil, de Aneth, de Marjolaine, de roses, de fueilles de Courles, de Choulx, de Bettes, de Pampre, de Guymaulves, de Verbasce (qui est escarlatte de cul), de Lactues, et de fueilles de Espinards. Le tout me feist grand bien à ma jambe : de Mercuriale, de Persiguire, de Orties, de Consolde : mais j'en eu la cacque sangue de Lombard. Dont feu gary me torchant de ma braguette.

« Puis me torchay aux linceux, à la couverture, aux rideaulx, d'un coissin, d'un tapiz, d'un verd, d'une mappe, d'une serviette, d'un mouschenez, d'un peignouoir. En tout je trouvay de plaisir plus que ne ont les roigneux quand on les estrille.

– Voyre mais (dist Grandgousier) lequel torchecul trouvas tu meilleur ?

– Je y estois (dist Gargantua), et bien toust en sçaurez le *tu autem*. Je me torchay de foin, de paille, de bauduffe, de bourre, de laine, de papier. Mais

Tousjours laisse aux couillons esmorche
Qui son hord cul de papier torche.

« Ce mal me passa quand je me torchai d'un bonnet de page bien garni de plumes à la suisse.

« Puis, fientant derrière un buisson, je trouvai un jeune chat ; de lui je me torchai, mais ses griffes m'ulcérèrent tout le périnée.

« De cela je me guéris dès le lendemain, en me torchant des gants de ma mère bien parfumés du parfum de lafante [1].

« Puis je me torchai de sauge, de fenouil, d'aneth, de marjolaine, de roses, de feuilles de courges, de choux, de bettes, de pampre, de guimauve, de bouillon-blanc (qui met l'écarlate au cul) [2], de laitues, et de feuilles d'épinard. Tout cela me fit une bien belle jambe [3]. Et encore de mercuriale, de persicaire, d'ortie, de consoude, mais j'en eu une dysenterie de Lombard [4]. Ce dont je fus guéri en me torchant de ma braguette.

« Puis je me torchai aux draps du lit, à la couverture, aux rideaux, d'un coussin, d'un tapis, d'un tapis de jeu, d'un torchon, d'une serviette, d'un mouchoir, d'un peignoir. En tout je trouvai plus de plaisir que n'en ont les galeux quand on les frictionne.

– Certes, dit Grandgousier, mais quel torchecul trouvas-tu meilleur ?

– J'y viens, dit Gargantua, et bientôt vous en saurez le fin mot. Je me torchai de foin, de paille, d'étoupe, de bourre, de laine, de papier. Mais

Toujours laisse aux couillons bouloche
Qui son cul sale de papier torche

---

vive causée par une inflammation de la peau d'origine infectieuse (voir aussi p. 131, et chap. XXVII, p. 229). **1.** Rabelais utilise le terme « maujoin », qui à la fois désigne le sexe féminin (appelé le « mal joint ») et rappelle comme par un lapsus le benjoin, parfum capiteux. Ce jeu de mots est ici rendu par le terme « lafante », qui évoque la forme du référent (la fente) tout en formant une fausse homonymie avec le nom « lavande ». **2.** Car les tiges du bouillon-blanc étaient utilisées pour fouetter les enfants. Par ailleurs, on utilise cette plante en infusion contre les hémorroïdes. **3.** Ces plantes améliorent en effet la circulation sanguine. **4.** Plusieurs des plantes de cette série (mercuriale, persicaire, graine d'ortie) ont pour vertu d'être laxatives, tandis que la consoude agit au contraire contre la diarrhée et que la feuille d'ortie est urticante. Le tout est d'autant plus comique si l'on songe à l'endroit où ces plantes sont successivement appliquées.

– Quoy ? dist Grandgousier, mon petit couillon, as tu prins au pot ? veu que tu rimes desjà ?

– Ouy dea (respondit Gargantua) mon roy je rime tant et plus : et en rimant souvent m'enrime. Escoutez que dict nostre retraict au fianteurs,

« Chiart
Foirart
Petart
Brenous
Ton lard
Chappart
S'espart
Sus nous.
Hordous
Merdous
Esgous
Le feu de sainct Antoine te ard :
Sy tous
Tes trous
Esclous
Tu ne torche avant ton depart.

« En voulez vous dadventaige ?

– Ouy dea, respondit Grandgousier.

– Adoncq dist Gargantua.

« RONDEAU

« En chiant l'aultre hyer senty
La guabelle que à mon cul doibs,
L'odeur feut aultre que cuydois :
J'en feuz du tout empuanty
« O si quelc'un eust consenty
M'amener une que attendoys.
En chiant.

– Quoi ? dit Grandgousier, mon petit couillon, as-tu bu assez pour être ivre, vu que tu rimes déjà ?

– Oui da mon roi, répondit Gargantua, je rime tant et plus, et en rimant souvent m'enrhime[1]. Écoutez ce que disent aux fianteurs les murs de notre latrine :

« Chiard,
Foirard,
Pétard,
Brenoux,
Ton lard
Qui part
Se sépare
Sur nous.
Sagouinoux,
Merdoux
Chiassoux,
Le feu saint Antoine[2] *sera ton dard,*
Si tous
Tes trous
Partout
Tu ne torches avant ton départ.

« En voulez-vous davantage ?

– Oui da, répondit Grandgousier.

– En voici donc, dit Gargantua.

RONDEAU

En chiant l'autre fois sentis
Le cadeau qu'à mon cul je dois.
L'odeur fut autre que je ne crois :
J'en fus entier empuanti.
Oh si quelqu'un eût consenti
À mener celle que j'attendais
En chiant !

---

1. Ces jeux rimés en homophonies et équivoques (enrhimer/enrhumer) viennent de la poésie des grands rhétoriqueurs. Le poète Clément Marot (1496-1544) est encore familier de ces jeux sonores et sémantiques à l'époque de l'écriture de *Gargantua*. Ici, il s'agit justement d'une citation de sa *Petite Épître au roi* parue en 1518, dont les deux premiers vers étaient : « En m'esbatant je fais Rondeaux en rime/ Et en rimant bien souvent je m'enrime ». **2.** Voir note 2, p. 127.

« Car je luy eusse assimenty
Son trou d'urine, à mon lourdoys.
Ce pendant eust avec ses doigtz
Mon trou de merde guarenty.
En chiant.

« Or dictes maintenant que je n'y sçay rien. Par la mer dé je ne les ay faict mie. Mais les oyant reciter à dame grand que voyez cy les ay retenu en la gibbesiere de ma memoire.

– Retournons (dist Grandgousier) à nostre propos.

– Quel ? (dist Gargantua). Chier ?

– Non, dist Grandgousier. Mais torcher le cul.

– Mais ? (dist Gargantua) voulez vous payer un bussart de vin Breton, si je vous foys quinault en ce propos ?

– Ouy vrayement, dist Grandgousier.

– Il n'est, dist Gargantua, poinct besoing torcher cul, sinon qu'il y ayt ordure. Ordure n'y peut estre, si on n'a chié : chier doncques nous fault davant que le cul torcher.

– O (dist Grandgousier) que tu as bon sens petit guarsonnet. Ces premiers jours je te feray passer docteur en gaie science par Dieu, car tu as de raison plus que d'aage.

« Or poursuiz ce propos torcheculatif je t'en prie. Et par ma barbe pour un bussart tu auras soixante pippes. J'entends de ce bon vin Breton, lequel poinct ne croist en Bretaigne, mais en ce bon pays de Verron.

– Je me torchay aprés (dist Gargantua) d'un couvrechief, d'un aureiller, d'ugne pantophle, d'ugne gibbessiere, d'un panier. Mais o le mal plaisant torchecul. Puis d'un chappeau. Et notez que des chappeaulx les uns sont ras, les aultres à poil, les aultres veloutez, les aultres taffetassez, les aultres satinisez.

« Le meilleur de tous est celluy de poil. Car il faict tres-bonne abstersion de la matiere fecale.

Je lui aurais bien garni
Son trou d'urine de mon lourd doigt,
Cependant qu'elle eût avec ses doigts
Mon trou de merde garanti,
En chiant !

« Alors osez dire maintenant que je n'y connais rien. Par la mère de... [1] je n'ai jamais composé ces vers. Mais les entendant récités par la grande dame que vous voyez ici, je les ai retenus en la gibecière de ma mémoire.

– Retournons, dit Grandgousier, à notre propos.

– Lequel ? dit Gargantua. Chier ?

– Non, dit Grandgousier, mais torcher le cul.

– Mais, dit Gargantua, voulez-vous me payer un tonneau de vin breton, si je vous laisse bouche bée sur ce propos ?

Oui, vraiment, dit Grandgousier.

– Il n'est, dit Gargantua, point besoin de se torcher le cul s'il n'y a point d'ordure. Ordure n'y peut être, si on n'a chié : chier donc il nous faut avant que le cul se torcher.

– Oh, dit Grandgousier, quel bon sens tu as, petit garçonnet. Ces tout prochains jours je te ferai passer docteur en gaie science, par Dieu, car tu as bien plus de raison qu'on en a à ton âge.

« Pour lors, poursuis ce propos torcheculatif, je te prie. Et par ma barbe pour un tonneau tu en auras soixante de mieux. Je veux dire de ce bon vin breton, qui ne se fait point en Bretagne, mais en ce bon pays de Véron [2].

– Je me torchai ensuite, dit Gargantua, d'un couvre-chef, d'un oreiller, d'une pantoufle, d'une gibecière, d'un panier. Mais oh ! quel déplaisant torchecul. Puis d'un chapeau. Et notez que parmi les chapeaux, les uns sont ras, d'autres poilus, d'autres de velours, d'autres de taffetas, d'autres encore de satin.

« Le meilleur de tous est celui qui est fait de poil, car il offre une très bonne absorption de la matière fécale.

---

1. Équivoque blasphématoire avec « merde ». **2.** Contrée située au nord de Chinon.

« Puis me torchay d'une poulle, d'un coq, d'un poulet, de la peau d'un veau, d'un lievre, d'un pigeon, d'un cormoran, d'un sac d'advocat, d'une barbute, d'une coyphe, d'un leurre.

« Mais concluent je dys et mantiens, qu'il n'y a tel torchecul que d'un oyzon bien dumeté, pourveu qu'on luy tienne la teste entre les jambes. Et m'en croyez sus mon honneur. Car vous sentez au trou du cul une volupté mirificque, tant par la doulceur d'icelluy dumet, que par la chaleur temperée de l'oizon, laquelle facilement est communicquée au boyau culier et aultres intestines, jusques à venir à la region du cueur et du cerveau. Et ne pensez que la beatitude des Heroes et semidieux qui sont par les champs Elysiens soit en leur Asphodele ou Ambrosie, ou Nectar, comme disent ces vieilles ycy. Elle est (scelon mon opinion) en ce qu'ilz se torchent le cul d'un oyzon. Et telle est l'opinion de maistre Jehan d'Escosse. »

Comment Gargantua feut institué par un Sophiste en lettres latines

CHAPITRE XIIII

Ces propos entenduz le bonhomme Grandgousier fut ravy en admiration considerant le hault sens et merveilleux entendement de son filz Gargantua.

« Puis je me torchai d'une poule, d'un coq, d'un poulet, de la peau d'un veau, d'un lièvre, d'un pigeon, d'un cormoran, d'un sac d'avocat, d'une capuche, d'une coiffe, d'un leurre de cuir [1].

« Mais pour conclure je dis et maintiens qu'il n'y a en matière de torchecul rien de tel qu'un oison bien duveteux, pourvu qu'on lui tienne la tête entre les jambes. Et croyez-m'en sur mon honneur ! Car vous sentez au trou du cul une volupté mirifique, tant par la douceur dudit duvet, que par la chaleur tempérée de l'oison, laquelle facilement se communique au boyau du cul et autres intestins, jusqu'à parvenir à la région du cœur et du cerveau. Et ne pensez pas que la béatitude des héros et demi-dieux qui vivent aux Champs Élysées vienne de leur asphodèle, de leur ambroisie ou de leur nectar, comme le disent les vieilles par ici [2]. Elle vient, selon mon opinion, de ce qu'ils se torchent le cul d'un oison ; et telle est l'opinion de maître Jean d'Écosse [3].

Comment Gargantua fut instruit par un sophiste [4] en lettres latines

CHAPITRE XIV

À l'écoute de ces propos, le bonhomme Grandgousier fut ravi d'admiration en considérant la haute intelligence et le merveilleux entendement de son fils Gargantua.

1. Simulacre d'oiseau fabriqué en cuir, pour la fauconnerie. **2.** Dans la mythologie grecque, les Champs Élysées sont le lieu de séjour des âmes bienheureuses et des héros après leur mort, et le pré des Asphodèles est le lieu où vont les morts qui n'ont commis dans leur vie ni mauvaise ni excellente action. **3.** Référence au théologien médiéval Duns Scot (voir note 4, p. 87). En signalant que le grand philosophe a une opinion sur le torchecul, Rabelais se moque-t-il de lui ou fait-il de l'enfant un philosophe précoce ? Le chapitre suivant va poursuivre la réflexion qui s'engage ici. **4.** La première édition indiquait ici non un sophiste, mais un théologien. Cette modification permet à l'auteur de se protéger des foudres de la Sorbonne, faculté de théologie, et de recentrer le cœur de sa critique moins sur les membres de cette université que sur leurs méthodes de sophistes (qui privilégient la forme sur le fond et emploient leurs talents à des fins ineptes, ce que condamnait déjà Socrate). Cela permet à Rabelais, quel que soit le mot employé, d'insister sur un savoir réduit à son apparence en lieu et place d'une véritable éducation qui permettrait d'exercer sa raison.

Et dist à ses gouvernantes, « Philippe roy de Macedone congneut le bon sens de son filz Alexandre, à manier dextrement un cheval. Car ledict cheval estoit si terrible et efrené que nul ausoit monter dessus. Par ce que à tous ses chevaucheurs il bailloit la saccade : à l'un rompant le coul, à l'aultre les jambes, à l'aultre la cervelle, à l'aultre les mandibules. Ce que considerant Alexandre en l'hippodrome (qui estoit le lieu où l'on pourmenoit et voultigeoit les chevaulx) advisa que la fureur du cheval ne venoit que de frayeur qu'il prenoit à son umbre. Dont montant dessus le feist courir encontre le Soleil, si que l'umbre tumboit par derriere, et par ce moien rendit le cheval doulx à son vouloir. À quoy congneut son pere le divin entendement qui en luy estoit et le feist tres bien endoctriner par Aristoteles qui pour lors estoit estimé sus tous philosophes de Grece.

« Mais je vous diz, qu'en ce seul propos que j'ay presentement davant vous tenu à mon filz Gargantua, je congnois que son entendement participe de quelque divinité : tant je le voy agu, subtil, profund, et serain. Et parviendra à degré souverain de sapience, s'il est bien institué. Pourtant je veulx le bailler à quelque homme sçavant pour l'endoctriner selon sa capacité. Et n'y veulx rien espargner. »

De faict l'on luy enseigna un grand docteur sophiste nommé maistre Thubal Holoferne, qui luy aprint sa charte si bien qu'il la disoit par cueur au rebours et y fut cinq ans et troys mois, puis luy leut, *Donat*, le *Facet*, *Theodolet*, et Alanus *in parabolis* : et y fut treze ans six moys et deux sepmaines.

Et il dit à ses gouvernantes : « Philippe roi de Macédoine reconnut le bon sens de son fils Alexandre en le voyant diriger habilement un cheval. Car ledit cheval était si terrible et déchaîné que nul n'osait le monter. Ainsi il désarçonnait tous ses cavaliers : à l'un il rompait le cou, à l'autre les jambes, à un autre la cervelle, à un autre les mâchoires. Considérant cela dans l'hippodrome (qui était le lieu où l'on promenait et dressait les chevaux), Alexandre s'aperçut que la fureur du cheval ne venait que de la frayeur qu'il prenait à la vue de son ombre. Alors montant dessus, il le fit courir face au soleil, si bien que l'ombre se trouvait derrière lui, et par ce moyen il rendit le cheval docile et obéissant [1]. C'est ainsi que son père reconnut le divin entendement qu'il possédait, et le fit très bien instruire par Aristote qui pour lors était le plus estimé de tous les philosophes de la Grèce.

« Or je vous dis qu'à ce seul entretien que j'ai eu à l'instant devant vous avec mon fils Gargantua, je reconnais que son entendement participe de quelque divinité, tant je le vois aigu, subtil, profond et serein. Et il parviendra à un degré souverain de sagesse, s'il est bien éduqué. C'est pourquoi je veux le confier à quelque homme savant pour qu'il apprenne selon ses capacités. Et je ne veux pas regarder à la dépense. »

De fait on lui indiqua un grand docteur sophiste nommé maître Thubal Holopherne [2] qui lui apprit son alphabet si bien qu'il le disait par cœur et à rebours, ce qui lui prit cinq ans et trois mois. Puis il lui lut Donat, le *Facetus*, Théodolet, et Alanus en ses *Paraboles* [3] : il y mit treize ans, six mois et deux semaines.

---

1. C'est l'histoire du cheval Bucéphale, dompté par Alexandre le Grand (356-323 av. J.-C.). **2.** Nom fantaisiste associant le terme *thubal*, qui signifie « confusion » en hébreu, et Holopherne, nom d'un général assyrien de Nabuchodonosor, tué par Judith parce qu'il était devenu le symbole des persécuteurs du peuple juif (Livre de Judith). Ce nom a aussi été celui d'un astrologue auteur d'une *Pronostication burlesque antimonacale* (1478). **3.** Ce sont des manuels qui, bien qu'ils soient déjà très anciens, entraient dans les programmes d'enseignement (grammaire, savoir-vivre, mythologie, morale) au début du XVIe siècle : la grammaire latine de Donat date du IVe siècle, le traité de Théodolet, qui conspue la mythologie, date du Ve siècle, et le traité de morale d'Alanus (écrit, selon les humanistes, dans un latin très approximatif) remonte au XIIe siècle. Tous ces auteurs sont la cible des précepteurs humanistes qui entendent s'en débarrasser pour offrir aux enfants des lectures plus profitables.

Mais notez que ce pendent il luy aprenoit à escripre Gotticquement et escripvoit tous ses livres. Car l'art d'impression n'estoit encores en usaige.

Et portoit ordinairement un gros escriptoire pesant plus de sept mille quintaulx, duquel le gualimart estoit aussi gros et grand que les gros pilliers de Enay, et le cornet y pendoit à grosses chaines de fer à la capacité d'un tonneau de marchandise.

Puis luy leugt *De modis significandi* avecques les commens de Hurtebize, de Fasquin, de Tropditeulx, de Gualehaul, de Jean le veau, de Billonio, Brelinguandus, et un tas d'aultres, et y fut plus de dix huyt ans et unze moys. Et le sceut si bien que au coupelaud il le rendoit par cueur à revers. Et prouvoit sus ses doigtz à sa mere que *de modis significandi non erat scientia*.

Puis luy leugt le *compost*, où il fut bien seize ans et deux moys, lors que son dict precepteur mourut : et fut l'an mil quatre cens et vingt, de la verolle que luy vint.

Mais notez que pendant ce temps il lui apprenait à écrire en gothiques [1], et il copiait tous ses livres car l'art de l'imprimerie n'était pas encore en usage.

Et il portait ordinairement une grosse écritoire pesant plus de sept mille quintaux [2], dont le plumier était aussi gros et grand que les gros piliers de Saint-Martin-d'Ainay [3] ; l'encrier, de la taille d'un tonneau de marchandises, y pendait à de grosses chaînes de fer.

Puis il lui lut *Des manières de signifier*, avec les commentaires de Heurtebise, de Faquin, de Tropdetout, de Galehaut, de Jean le Veau, de Bonarien, de Connard [4], et un tas d'autres : et il y passa plus de dix-huit ans et onze mois. Et il le sut si bien que le jour de l'épreuve il le régurgitait par cœur et à l'envers. Et il pouvait prouver sur le bout des doigts à sa mère qu'il n'y avait « pas de science des manières de signifier ».

Puis il lui lut l'almanach, où il passa bien seize ans et deux mois, lorsque son fameux précepteur mourut (c'était en l'an mille quatre cent vingt), de la vérole qui lui vint.

---

1. L'écriture des « Goths », c'est-à-dire en caractères gothiques peu déchiffrables, est déjà complètement démodée dans les années 1530, y compris en typographie où elle est remplacée par les caractères italiens, plus lisibles. Son apprentissage est donc parfaitement inutile. Sur les connotations négatives associées au terme « Goths », voir l'inscription sur la grande porte de Thélème (chap. LIV, p. 383). **2.** Un quintal vaut environ 50 kg ; le poids de l'écritoire revient donc à environ 350 tonnes, ce qui est démesuré, même pour un géant. **3.** La basilique Saint-Martin-d'Ainay, à Lyon, est déjà connue à l'époque pour ses quatre colonnes monolithes qui soutiennent la coupole devant le chœur. Elles sont en granite gris de Haute-Égypte et proviennent d'un monument romain qui pourrait être, selon la tradition lyonnaise, l'autel dédié à Rome et à Auguste qui faisait partie du Sanctuaire fédéral des trois Gaules (érigé par Drusus, fils adoptif d'Auguste, en 12 av. J.-C.). **4.** *Des manières de signifier* est un ouvrage de grammaire théorique, critiqué par Érasme dans le *De utilitate colloquiorum* (1526). Ce texte, déjà obsolète, est encombré par des gloses ineptes, ce que suggèrent les noms des commentateurs : il s'agit soit d'inventions facétieuses de la part de Rabelais, qui connotent la vanité ou la lourdeur, soit de personnages de roman. Heurtebise est un nom assez répandu, amusant ici parce que formé à partir du terme « bise » (le vent) ; un faquin, qui désigne au sens propre un portefaix, est souvent employé comme insulte à l'encontre d'un vaurien ; Tropdetout est un nom fantaisiste désignant l'excès généralisé ; Galehaut, nom d'un roi dans le roman arthurien *Lancelot en prose* (V. 1225-1230), est l'un des ancêtres de Pantagruel (*Pantagruel*, chap. I) et serait chez Rabelais inventeur de flacons ; Jean le Veau est un surnom appliqué à un sot.

Aprés en eut un aultre vieux tousseux, nommé maistre Jobelin Bridé, qui luy leugt Hugutio, Hebrard, *Grecisme*, le *doctrinal*, les *pars*, le *quid est*, le *supplementum*, Marmotret, *de moribus in mensa seruandis*, Seneca *de quatuor uirtutibus cardinalibus*, Passavantus *cum commento*. Et *dormi secure* pour les festes. Et quelques aultres de semblable farine, à la lecture desquelz il devint aussi saige qu'onques puis ne fourneasmes nous.

Comment Gargantua fut mis soubz aultres pedagoges

CHAPITRE XV

À tant son pere aperceut que vrayement il estudioit tresbien et y mettoit tout son temps, toutesfoys qu'en rien ne prouffitoit. Et que pis est, en devenoit fou, niays, tout resveux et rassoté.

Dequoy se complaignant à don Philippe des Marays Viceroy de Papeligosse, entendit que mieulx luy vauldroit

Ensuite il eut un autre vieux tousseux, nommé maître Jobelin Bridé [1], qui lui lut Hugutio, le *Grécisme* d'Évrard, le *Doctrinal*, les *Parties*, le *Quid*, le *Supplément*, *Marmotret*, *Comment se tenir à table*, de Sénèque *Les Quatre Vertus cardinales*, Passavant avec commentaire, le *Dors en paix* [2] pour les fêtes, et quelques autres de semblable farine, à la lecture desquels il devint si sage que jamais, depuis lors, nous n'en avons enfourné autant.

Comment Gargantua fut confié à d'autres pédagogues

CHAPITRE XV

Alors son père se rendit compte que vraiment il étudiait très bien et y passait tout son temps, mais qu'il n'en tirait aucun profit. Et pire encore, il en devenait fou, niais, tout hébété et complètement sot.

Et s'en plaignant au seigneur Philippe des Marais, vice-roi de Papeligosse [3], le père fut convaincu qu'il aurait mieux

---

1. Jobelin, qui signifie « niais », est un personnage de farce, décrit parfois comme un gueux, un maquignon ou un trompeur, et le terme « bridé » signale un esprit limité. **2.** Ces ouvrages sont tous dépassés et condamnés par les humanistes, notamment Érasme. Hugutio de Pise (1140-1210), évêque de Ferrare, est l'auteur d'un vocabulaire latin ; le *Grécisme* d'Évrard de Béthune (mort en 1212) est une grammaire latine, contredite par le *Doctrinal* cité ensuite, ouvrage d'Alexandre de Villedieu (1175-1240). Les *Parties*, le *Quid* et le *Supplément* pourraient être les titres de n'importe quel commentaire. Le *Marmotret* est une déformation comique formée sur le mot « marmot » (enfant), du titre du très sérieux *Mamotrectus*, commentaire de la Bible écrit par le franciscain Marchesino de Reggio (XIIIe siècle). Le traité de civilité puérile sur la manière de se tenir à table est écrit par Sulpizio da Veroli (1430-149?), érudit italien. Sénèque est ici le pseudonyme de Martin de Braga (520-579), moine et écrivain catholique. Jacopo Passavanti (1302-1357) est un moine florentin, auteur de traités de spiritualité. *Dors en paix*, enfin, est un recueil, fréquemment réédité depuis le XVe siècle, de sermons prêts à l'emploi pour tous les prédicateurs qui voulaient éviter d'avoir à réfléchir. **3.** Des Marais pourrait être l'anagramme d'Érasme (dont le prénom était Désiré), et Philippe évoque Philippe Melanchthon, célèbre humaniste allemand que les frères Du Bellay eurent pour projet de faire venir à Paris autour de 1535. Papeligosse est un pays imaginaire.

rien n'aprendre que telz livres soubz telz precepteurs aprendre. Car leur sçavoir n'estoit que besterie, et leur sapience n'estoit que moufles, abastardisant les bons et nobles esperitz, et corrompent toute fleur de jeunesse. « Qu'ainsi soit prenez (dist il) quelc'un de ces jeunes gens du temps present, qui ait seulement estudié deux ans, en cas qu'il ne ait meilleur jugement, meilleures parolles, meilleur propos que vostre filz, et meilleur entretien et honnesteté entre le monde, reputez moy à jamais ung taillebacon de la Brene. » Ce que à Grandgousier pleust tresbien et commanda qu'ainsi feust faict.

Au soir en soupant, ledict des Marays introduict un sien jeune paige de Villegongys nommé Eudemon, tant bien testonné, tant bien tiré, tant bien espoussété, tant honneste en son maintien, que trop mieulx resembloit quelque petit angelot qu'un homme. Puis dist à Grandgousier :

« Voyez vous ce jeune enfant ? il n'a encor douze ans, voyons si bon vous semble quelle difference y a entre le sçavoir de voz resveurs mateologiens du temps jadis, et les jeunes gens de maintenant. » L'essay pleut à Grandgousier, et commanda que le paige propozast.

Alors Eudemon demandant congié de ce faire audict viceroy son maistre, le bonnet au poing, la face ouverte, la bouche vermeille, les yeulx asseurez, et le reguard assis suz Gargantua, avecques modestie juvenile se tint sus ses pieds, et commença le louer et magnifier, premierement de sa vertus et bonnes meurs, secondement de son sçavoir, tiercement de sa noblesse, quartement de sa beaulté corporelle. Et pour le quint doulcement l'exhortoit à reverer son pere en toute observance, lequel tant s'estudioit à bien le faire instruire, enfin le prioit qu'il le voulsist retenir pour le moindre de ses serviteurs. Car aultre

valu ne rien apprendre que d'apprendre avec de tels livres et sous de tels précepteurs. Car leur savoir n'était que stupidité, et leur sapience n'était que fumisterie, propre à abâtardir les bons et nobles esprits, et à corrompre toute fleur de jeunesse. « Faisons ainsi, dit le vice-roi : prenez n'importe lequel des jeunes gens de notre époque, qui n'ait étudié que deux ans seulement, pour voir s'il n'aurait pas un meilleur jugement, de meilleures paroles, de meilleurs propos que votre fils, et un meilleur commerce et plus belle politesse envers le monde ; et si l'expérience échoue vous pourrez me considérer à jamais comme tout juste bon à couper du lard en Brenne [1]. » Cela plut beaucoup à Grandgousier, qui commanda qu'il en soit fait ainsi.

Le soir au souper, ledit des Marais introduisit l'un de ses jeunes pages de Villegongis [2] nommé Eudémon [3], si bien peigné, si bien vêtu, si bien propret, si honnête en son maintien qu'il ressemblait bien plus à quelque petit angelot qu'à un homme. Puis il dit à Grandgousier :

« Voyez-vous ce jeune enfant ? Il n'a pas douze ans, voyons si vous le voulez bien quelle différence il y a entre le savoir de vos engourdis de néantologues [4] du temps jadis et les jeunes gens de maintenant. » L'essai plut à Grandgousier, qui commanda que le page prenne la parole.

Alors Eudémon, demandant la permission au vice-roi son maître, le bonnet à la main, le visage ouvert, la bouche vermeille, les yeux assurés et le regard posé sur Gargantua avec une modestie juvénile, se tint bien droit et commença à faire son éloge et à célébrer, premièrement sa vertu et ses bonnes mœurs, secondement son savoir, troisièmement sa noblesse, quatrièmement la beauté de son corps. Et en cinquième lieu, il l'exhorta avec douceur à révérer son père en grand respect, puisque celui-ci s'évertuait tant à lui donner une bonne instruction, enfin il le pria de bien vouloir l'admettre comme

1. Région du Berry qui produit du lard fumé (voir chap. III, p. 63). Les coupeurs de lard sont des bons à rien. **2.** Village situé dans l'Indre, non loin de la Brenne, aux environs de Châteauroux. **3.** En grec, ce nom signifie « le bien doté », « bien doué ». **4.** Rabelais emploie le mot « mateologiens » qui, dans le Nouveau Testament, désigne des parleurs aux discours vains (Paul, I Thimothée, I, 6-7).

don pour le present ne requeroit des cieulx sinon qu'il luy feust faict grace de luy complaire en quelque service agreable.

Le tout feut par icelluy proferé avecques gestes tant propres, pronunciation tant distincte, voix tant eloquente, et languaige tant aorné et bien latin, que mieulx resembloit un Gracchus, un Ciceron ou un Emilius du temps passé, qu'un jouvenceau de ce siecle.

Mais toute la contenence de Gargantua fut, qu'il se print à plorer comme une vache, et se cachoit le visaige de son bonnet, et ne fut possible de tirer de luy une parolle, non plus q'un pet d'un asne mort.

Dont son pere fut tant courroussé, qu'il voulut occire Maistre Jobelin. Mais ledict des Marays l'enguarda par belle remonstrance qu'il luy feist : en maniere que fut son ire moderée. Puis commenda qu'il feust payé de ses guaiges, et qu'on le feist bien chopiner sophisticquement, ce faict qu'il allast à tous les diables. « Au moins (disoit il) pour le jourd'huy ne coustera il gueres à son houste, si d'aventure il mouroit ainsi sou comme un Angloys. »

Maistre Jobelin party de la maison, consulta Grandgousier avecques le viceroy quel precepteur l'on luy pourroit bailler, et feut avisé entre eulx que à cest office seroit mis Ponocrates pedaguoge de Eudemon, et que tous ensemble iroient à Paris, pour congnoistre quel estoit l'estude des jouvenceaulx de France pour icelluy temps.

le plus humble de ses serviteurs. Car il n'attendait pour l'heure d'autre don du Ciel que de lui accorder la grâce de lui complaire en quelque service qui lui soit agréable.

Le tout fut énoncé par lui avec des gestes si justes, une diction si déliée, une voix si éloquente, et un langage si orné et d'un beau latin, qu'il ressemblait bien plus à un Gracchus, à un Cicéron ou à un Paul Émile [1] du temps passé qu'à un jouvenceau de ce siècle.

Mais pour toute réponse, Gargantua se mit à pleurer comme une vache, en se cachant le visage de son bonnet, et il ne fut pas possible d'en tirer plus de mots que de pets d'un âne mort.

Son père en fut si courroucé qu'il voulut occire maître Jobelin. Mais ledit des Marais l'en dissuada en lui faisant un beau sermon de manière que sa colère soit adoucie. Puis il donna ordre que le maître fût payé de ses gages, qu'on le fît bien sophistiquement boire des chopines [2], et ensuite qu'il allât à tous les diables. « Au moins, disait il, pour aujourd'hui il ne coûterait guère à son hôte, si d'aventure il mourait ainsi, saoul comme un Anglais ! »

Quand maître Jobelin eut quitté la maison, Grandgousier consulta le vice-roi pour savoir quel précepteur on pourrait donner à son fils, et ils décidèrent tous deux que serait mis à cet office Ponocrates [3], le pédagogue d'Eudémon, et que tous ensemble ils iraient à Paris, pour savoir quelles études faisaient les jouvenceaux de France à cette époque.

---

1. Trois grands orateurs romains, dont la perfection de la langue latine est généralement citée en exemple : Tiberius Gracchus (IIe siècle av. J.-C.) fut tribun de la plèbe à Rome, Cicéron (Ier siècle av. J.-C.) est le modèle même de l'orateur, auteur de discours et de traités oratoires, et Paul Émile (IIIe siècle av. J.-C.) est assez remarquable pour être loué par Cicéron dans *Brutus* (46 av. J.-C.). **2.** Le mot « sophistiquement » remplace en 1542 « theologalement », les théologiens de la Sorbonne ayant la réputation d'être de grands buveurs, réputation qu'ils partagent avec les Bretons (voir chap. V, p. 81) et les Anglais (voir fin du présent paragraphe). Le terme « chopine » est repris lors de la visite de Janotus de Bragmardo (chap. XVIII, p. 159). **3.** En grec, ce nom signifie « le travailleur ».

Comment Gargantua fut envoyé à Paris, et l'enorme jument que le porta, et comment elle deffit les mousches bovines de la Beauce

CHAPITRE XVI

En ceste mesmes saison Fayoles quart roy de Numidie envoya du pays de Africque à Grandgousier une jument la plus enorme et la plus grande que feut oncques veue, et la plus monstreuse. Comme assez sçavez, que Africque aporte tousjours quelque chose de noveau.

Car elle estoit grande comme six Oriflans, et avoit les pieds fenduz en doigtz, comme le cheval de Jules Cesar, les aureilles ainsi pendentes, comme les chievres de Languegoth, et une petite corne au cul. Au reste avoit poil d'alezan toustade, entreillizé de grizes pommelettes. Mais sus tout avoit la queue horrible. Car elle estoit poy plus poy moins grosse comme la pile sainct Mars auprés de Langés : et ainsi quarrée, avecques les brancars ny plus ny moins ennicrochez, que sont les espicz au bled.

Si de ce vous esmerveillez : esmerveillez vous dadvantaige de la queue des beliers de Scythie : que pesoit plus de trente livres, et des moutons de Surie, esquelz fault (si Tenaud dict vray) affuster une charrette au cul, pour la

Comment Gargantua fut envoyé à Paris, et l'énorme jument qui l'y porta, et comment elle décima les mouches bovines de la Beauce

CHAPITRE XVI

C'est en cette même période que Fayolles, le quatrième roi de Numidie [1], envoya du pays d'Afrique à Grandgousier la jument la plus énorme et la plus grande qui fut jamais vue, et la plus monstrueuse. Comme chacun sait, l'Afrique produit toujours quelque chose de nouveau [2].

En effet la jument était grande comme six éléphants, et avait les sabots fendus en doigts comme le cheval de Jules César [3], les oreilles pendantes comme en ont les chèvres du Languedoc, et une petite corne au cul. Pour le reste, son poil était d'alezan fumé, entremêlé de gris pommelé. Mais surtout elle avait une queue extraordinaire. Car celle-ci était peu ou prou à peine moins grosse que la tour Saint-Mars près de Langeais [4], et carrée comme elle, avec des crins gros comme des branches qui s'entremêlaient, tout comme le font les épis sur la tige de blé.

Si cela vous émerveille, émerveillez-vous davantage de la queue des béliers de Scythie, qui pèse plus de trente livres [5], et de celle des moutons de Syrie, auxquels il faut (si Thenaud [6] dit vrai) atteler une charrette au cul pour la porter

---

1. Peut-être François de Fayolles, parent de Geoffroy d'Estissac. L'appellation fantaisiste de « roi de Numidie » lui vient sans doute de sa participation à une expédition contre les Turcs entreprise sur les côtes de l'Afrique. **2.** Référence à un proverbe antique rendu célèbre par un adage d'Érasme : « semper Africa novi aliquid apportat » (*Adages*, III, VII, 10). **3.** Dans son *Histoire naturelle* (Ier siècle apr. J.-C.), Pline précise que le cheval de Jules César avait les sabots avant semblables à des pieds humains (VIII, 42). **4.** Ruine d'un monument antique massif, près de Chinon : tour carrée haute de 30 m et large de 5. **5.** La Scythie est l'actuelle Sibérie, terre des confins du nord où Pline assure que vivent ces sortes de béliers (*Histoire naturelle*, VIII, 198), dont la queue pèserait entre 12 et 16,5 kg (la valeur de la livre variant, à l'époque de Rabelais, entre 400 et 550 g). **6.** Jean Thenaud, moine et auteur de récits de voyage, rapporte avoir vu de tels moutons dans son *Voyage et itinéraire d'outre-mer* (1520).

porter tant elle est longue et pesante. Vous ne l'avez pas telle vous aultres paillards de plat pays. Et fut amenée par mer en troys carracques et un brigantin jusques au port de Olone en Thalmondoys.

Lors que Grandgousier la veit, « Voicy (dist il) bien le cas pour porter mon filz à Paris. Or çà de par dieu, tout yra bien. Il sera grand clerc on temps advenir. Si n'estoient messieurs les bestes, nous vivrions comme clercs. »

Au lendemain aprés boyre (comme entendez) prindrent chemin, Gargantua, son precepteur Ponocrates et ses gens, ensemble eulx Eudemon le jeune paige. Et par ce que c'estoit en temps serain et bien attrempé, son pere luy feist faire des bottes fauves. Babin les nomme brodequins.

Ainsi joyeusement passerent leur grand chemin : et tousjours grand chere : jusques au dessus de Orleans.

Au quel lieu estoit une ample forest de la longueur de trente et cinq lieues et de largeur dix et sept ou environ. Icelle estoit horriblement fertile et copieuse en mousches bovines et freslons, de sorte que c'estoit une vraye briguanderye pour les pauvres jumens, asnes, et chevaulx. Mais la jument de Gargantua vengea honnestement tous les oultrages en icelle perpetrées sur les bestes de son espece, par un tour, duquel ne se doubtoient mie.

Car soubdain qu'ilz feurent entrez en la dicte forest : et que les freslons luy eurent livré l'assault, elle desguaina sa queue : et si bien s'escarmouschant, les esmoucha, qu'elle en abatit tout le boys, à tord à travers, deçà, delà, par cy, par là, de long, de large, dessus dessoubz, abatoit boys comme un fauscheur faict d'herbes. En sorte que

tant elle est longue et pesante. Vous n'en avez pas une aussi grosse, vous autres pauvres paillards du plat pays. Et la jument fut amenée par mer sur trois navires et un vaisseau jusqu'au port d'Olonne en Talmondais [1].

Lorsque Grandgousier la vit, il dit : « Voici bien la monture idéale pour porter mon fils jusqu'à Paris. Allons, par Dieu, tout ira bien. Il sera grand clerc dans un proche avenir. Si ces messieurs les ânes n'existaient pas, nous vivrions comme des clercs. »

Le lendemain, après avoir bu (comme vous l'imaginez), ils prirent la route, Gargantua, son précepteur Ponocrates et sa suite, et avec eux Eudémon le jeune page. Et parce que le temps était serein et bien tempéré, son père avait fait faire à Gargantua des bottines fauves. Babin les nomme des brodequins [2].

Ainsi joyeusement ils parcoururent leur long chemin, faisant toujours grande chère, jusqu'au-dessus d'Orléans.

En ce lieu était une vaste forêt de trente-cinq lieues [3] de long et d'environ dix-sept de large. Celle-ci était extraordinairement abondante et féconde en mouches bovines et frelons, de sorte que c'était un vrai coupe-gorge pour les pauvres juments, ânes et chevaux. Mais la jument de Gargantua vengea bravement tous les outrages ici perpétrés sur les bêtes de son espèce, par un tour dont les insectes ne se seraient jamais doutés.

Car aussitôt qu'ils furent entrés en ladite forêt et que les frelons lui eurent livré l'assaut, elle dégaina sa queue : et elle fit si bien le chasse-mouche qu'elle les émoucha et en abattit tout le bois, à tort et à travers, deçà, delà, par-ci, par-là, de long en large, sens dessus dessous, elle abattait le bois comme un faucheur coupe l'herbe. De sorte que depuis

---

1. Port des Sables-d'Olonne situé dans la région de Talmont, non loin de Maillezais (dans l'actuelle Vendée). **2.** Babin est le nom d'un cordonnier de Chinon. Les brodequins sont des chaussures couvrant la cheville. **3.** La lieue est une ancienne unité de longueur qui correspondait à la distance que pouvait parcourir un homme à pied en une heure. Elle varie selon les pays et les époques, et même selon les régions de France (sur l'interprétation grivoise de cette variation, voir *Pantagruel*, chap. XXIII). En moyenne, une lieue valait environ 3 km au XVIe siècle. La forêt s'étend donc ici sur une surface d'environ 5 350 km^2.

depuis n'y eut ne boys ne freslons. Mais feut tout le pays reduict en campaigne.

Quoy voyant Gargantua, y print plaisir bien grand, sans aultrement s'en vanter. Et dist à ses gens. « Je trouve beau ce. » Dont fut depuis appellé ce pays la Beauce. Mais tout leur desjeuner feut par baisler. En memoire de quoy encores de present les Gentilz hommes de Beauce desjeunent de baisler et s'en trouvent fort bien et n'en crachent que mieulx.

Finablement arriverent à Paris. Auquel lieu se refraischit deux ou troys jours, faisant chere lye avecques ses gens, et s'enquestant quelz gens sçavans estoient pour lors en la ville : et quel vin on y beuvoit.

Comment Gargantua paya sa bien venue es Parisiens, et comment il print les grosses cloches de l'eglise nostre Dame

CHAPITRE XVII

Quelques jours aprés qu'ilz se feurent refraichiz il visita la ville : et fut veu de tout le monde en grande admiration. Car le peuple de Paris est tant sot, tant badault, et tant inepte de nature : q'un basteleur, un porteur de rogatons, un mulet avecques ses cymbales, un vielleuz au mylieu d'un carrefour assemblera plus de gens, que ne feroit un bon prescheur evangelicque.

Et tant molestement le poursuyvirent : qu'il feut contrainct soy reposer suz les tours de l'eglise nostre dame. Auquel lieu estant, et voyant tant de gens, à l'entour de soy : dist clerement :

« Je croy que ces marroufles voulent que je leurs paye icy ma bien venue et mon *proficiat*. C'est raison. Je leur voys donner le vin. Mais ce ne sera que par rys. »

lors, il n'y eut plus ni bois ni frelons, et tout le pays fut réduit à une plaine.

Voyant cela, Gargantua y prit un plaisir bien grand, sans s'en vanter outre mesure. Et il dit simplement à sa compagnie : « Je trouve beau, ce. » C'est ainsi que l'on appela depuis ce pays la « Beauce ». Mais pour tout déjeuner, ils ne purent que bâiller, et en mémoire de ce fait, encore aujourd'hui les gentilshommes de Beauce déjeunent en bâillant, s'en trouvent fort bien et n'en crachent que mieux.

Finalement ils arrivèrent à Paris. Il s'y reposa deux ou trois jours, faisant bonne chère avec sa suite, et se renseignant sur les gens savants qu'on pouvait rencontrer à ce moment-là dans la ville, et du vin qu'on y buvait.

Comment Gargantua paya sa bienvenue aux Parisiens, et comment il prit les grosses cloches de l'église Notre-Dame

CHAPITRE XVII

Quelques jours après qu'ils se furent reposés, il visita la grande ville, et Gargantua fut contemplé par tout le monde avec beaucoup d'admiration. Car le peuple de Paris est si sot, si gobeur, si inepte de nature, qu'un bateleur, un porteur de reliques, un mulet à grelots, un joueur de vielle au milieu d'un carrefour rassemble plus de gens que ne le ferait un bon prêcheur évangélique.

Et ils le poursuivirent avec tant d'insistance qu'il fut contraint de se reposer sur les tours de l'église Notre-Dame. Une fois en ce lieu, voyant tant de gens autour de lui, il dit d'une voix claire :

« Je crois que ces maroufles veulent que je leur paye ici ma bienvenue et mon étrenne. Ce n'est que raison. Je vais leur en donner un pourboire. Mais ce ne sera que *par ris* [1] ! »

---

1. Calembour en homophonie avec le nom de la ville, mais qui signifie aussi « pour rire » ou « par dérision ».

Lors en soubriant destacha sa belle braguette, et tirant sa mentule en l'air les compissa si aigrement, qu'il en noya deux cens soixante mille, quatre cens dix et huyt. Sans les femmes et petiz enfans.

Quelque nombre d'iceulx evada ce pissefort à legiereté des pieds. Et quand furent au plus hault de l'université, suans, toussans, crachans, et hors d'halene, commencerent à renier et jurer les ungs en cholere, les aultres par rys. « Carymary, Carymara. Par saincte mamye, nous son baignez par rys », dont fut depuis la ville nommée Paris laquelle auparavant on appelloit Leucece. Comme dict Strabo *lib. IIII*. C'est à dire en Grec, Blanchette, pour les blanches cuisses des dames dudict lieu.

Et par autant que à ceste nouvelle imposition du nom tous les assistans jurerent chascun les saincts de sa paroisse : les Parisiens, qui sont faictz de toutes gens et toutes pieces, sont par nature et bons jureurs et bons juristes, et quelque peu oultrecuydez. Dont estime Joaninus de Barranco, *libro, de copiositate reverentiarum*, que sont dictz Parrhesiens en Grecisme, c'est à dire fiers en parler.

Ce faict considera les grosses cloches que estoient esdictes tours : et les feist sonner bien harmonieusement. Ce que faisant luy vint en pensée qu'elles serviroient bien de campanes au coul de sa jument, laquelle il vouloit

Alors en souriant il détacha sa belle braguette, et tirant son membre en l'air il les compissa si hardiment qu'il en noya deux cent soixante mille quatre cent dix-huit, sans compter les femmes et les petits enfants.

Certains d'entre eux échappèrent à ce pissefort parce qu'ils avaient le pied léger. Et quand ils furent au plus haut de la colline de l'université [1], suant, toussant, crachant et hors d'haleine, ils commencèrent à maudire et à jurer, les uns en colère, les autres *par ris.* « Abracadabri, abracadabra, par la sainte amie, nous voilà arrosés *par ris* » : c'est ainsi que depuis la ville fut nommée Paris, alors qu'auparavant on l'appelait Leucèce, comme le dit Strabon dans le livre IV [2], c'est-à-dire en grec Blanchette, en l'honneur des blanches cuisses des dames du lieu.

Devant ce nouveau baptême, tous les assistants jurèrent par tous les saints de leur paroisse [3], c'est pourquoi les Parisiens, peuple composé de toutes sortes de gens et de pièces rapportées, sont considérés par nature bons jureurs et bons juristes, et quelque peu présomptueux. C'est ce qu'estime Joannis de Barranco au livre *De l'abondance des révérences* [4], quand il dit qu'on les appelle les « Parrhésiens » par hellénisme, parce que en grec ce nom signifie « forts en gueule ».

Cela fait, Gargantua examina les grosses cloches qui étaient auxdites tours, et il les fit sonner bien harmonieusement. Ce faisant, il lui vint à l'esprit qu'elles seraient parfaites pour servir de clochettes au cou de sa jument, qu'il

1. Sur la montagne Sainte-Geneviève. **2.** Le Grec Strabon (64 av. J.-C.-21 apr. J.-C.), premier géographe, est l'auteur d'une *Géographie* qui décrit, en prenant appui sur Homère, l'intégralité du monde connu dans l'Antiquité, des pourtours du bassin méditerranéen (Europe, Asie Mineure, Égypte et Libye) jusqu'au royaume de Thulé (Islande). Imprimé pour la première fois à Venise en 1516, ce texte copieux sert de référence au XVIe siècle pour la géographie descriptive et narrative, au point qu'on lui fait dire beaucoup de choses qui n'y sont pas, comme c'est le cas ici : Strabon ne fait nulle mention de Leucèce. **3.** Dans la première édition, vingt et un jurons assez salés et pour la plupart blasphématoires (tels que « par saint Andouille ! », « par saint Foutin l'apôtre ! », « par saint Vit ! ») précédaient la réplique qui commence par « Abracadabri ». Par prudence, Rabelais les a supprimés en 1542. **4.** Livre imaginaire, d'un auteur imaginaire.

renvoier à son pere toute chargée de froumaiges de Brye et de harans frays. De faict les emporta en son logis.

Ce pendent vint un commandeur jambonnier de sainct Antoine pour faire sa queste suille : lequel pour se faire entendre de loing, et faire trembler le lard au charnier, les voulut emporter furtivement. Mais par honnesteté les laissa, non par ce qu'elles estoient trop chauldes, mais par ce qu'elles estoient quelque peu trop pesantes à la portée. Cil ne fut pas celluy de Bourg. Car il est trop de mes amys.

Toute la ville feut esmeue en sedition comme vous sçavez que à ce ilz sont tant faciles, que les nations estranges s'esbahissent de la patience des Roys de France, lesquelz aultrement par bonne justice ne les refrenent : veuz les inconveniens qui en sortent de jour en jour. Pleust à dieu, que je sceusse l'officine en laquelle sont forgez ces chismes et monopoles, pour les mettre en evidence es confraries de ma paroisse. Croyez que le lieu auquel convint le peuple tout folfré et habaliné, feut Nesle où lors estoit, maintenant n'est plus, l'oracle de Lucece. Là feut proposé le cas, et remonstré l'inconvenient des cloches transportées.

Aprés avoir bien ergoté *pro et contra* feut conclud en *Baralipton*, que l'on envoyroit le plus vieux et suffisant de la faculté vers Gargantua pour luy remonstrer l'horrible inconvenient de la perte d'icelles cloches. Et nonobstant

voulait renvoyer à son père toute chargée de fromages de Brie et de harengs frais. De fait, il les emporta en son logis.

Sur ces entrefaites arriva un moine jambonnier de saint Antoine venant faire sa quête de cochon[1], lequel, dans l'idée de se faire entendre de loin et de faire trembler le lard dans les saloirs, voulut les voler furtivement. Mais par honnêteté il les laissa, non parce qu'elles lui brûlaient les doigts, mais parce qu'elles étaient quelque peu trop pesantes pour qu'il puisse les porter. Ce n'était pas le jambonnier de Bourg, car c'est un trop bon ami à moi[2].

Toute la ville fut si émue qu'elle organisa un soulèvement : vous savez bien qu'à cela les Parisiens sont si prompts que les nations étrangères admirent la patience des rois de France, qui par bonne justice ne les réfrènent nullement, malgré les inconvénients qui s'ensuivent jour après jour. Plût à Dieu que je perce le secret du lieu où sont ourdis les schismes et les complots, pour les révéler au grand jour dans les confréries de ma paroisse[3] ! Sachez que le lieu dans lequel se regroupa le peuple tout affolé et tourneboulé fut l'hôtel de Nesle[4], où était alors (mais il n'y est plus maintenant) l'oracle de Lutèce[5]. Là on exposa la situation, et l'on posa le problème des cloches dérobées.

Après avoir bien ergoté, pesé le pour et le contre, il fut conclu par cinquième syllogisme[6] que l'on enverrait le plus ancien et le plus expérimenté de la Faculté à Gargantua pour lui démontrer quel affreux inconvénient représentait la perte de ces cloches. Et en dépit de l'objection de certains

1. Les moines de l'ordre de Saint-Antoine demandaient du porc en échange de leurs talents de soigneurs de bêtes. **2.** Antoine du Saix, aumônier du duc de Savoie, ami de Rabelais, se nomme lui-même « jambonnier » dans l'un de ses ouvrages. **3.** Dans la première édition, la fin de la phrase était : « pour voir si je n'en ferais pas de beaux placards de merde ». Cette allusion est supprimée après l'affaire des Placards, où certains mots sont devenus dangereux (voir Présentation, p. 7). **4.** Il s'agit de la Sorbonne, où se tenait alors le bailli chargé de juger les procès de l'Université. **5.** Cette expression pourrait désigner le théologien Noël Béda (1470-1537), recteur de la faculté de théologie de la Sorbonne et doctrinaire intransigeant, farouche opposant des idées non dogmatiques d'Érasme. Il était chargé de délibérer sur l'hérésie (d'où ce nom d'« oracle »). **6.** Les scolastiques arrivaient à une conclusion en raisonnant selon neuf modes de syllogismes. Ici, cinq étapes syllogistiques seulement auront suffi pour choisir Janotus de Bragmardo.

la remonstrance d'aulcuns de l'université, qui alleguoient que ceste charge mieulx competoit à un orateur, que à un Sophiste, feut à cest affaire esleu nostre Maistre Janotus de Bragmardo.

Comment Janotus de Bragmardo feut envoyé pour recouvrer de Gargantua les grosses cloches

CHAPITRE XVIII

Maistre Janotus tondu à la Césarine, vestu de son lyripipion à l'antique, et bien antidoté l'estomac de coudignac de four, et eau beniste de cave, se transporta au logis de Gargantua, touchant davant soy troys vedeaulx à rouge muzeau, et traînant aprés cinq ou six maistres inertes bien crottez à profit de mesnaige.

À l'entrée les rencontra Ponocrates : et eut frayeur en soy les voyant ainsi desguisez, et pensoit que feussent quelques masques hors du sens. Puis s'enquesta à quelq'un desdictz maistres inertes de la bande, que queroit ceste mommerie ? Il luy feut respondu, qu'ilz demandoient les cloches leurs estre rendues.

Soubdain ce propos entendu Ponocrates courut dire les nouvelles à Gargantua : affin qu'il feust prest de la responce, et deliberast sur le champ ce que estoit de faire.

membres de l'université, qui alléguaient que cette charge convenait mieux à un orateur qu'à un sophiste, celui qui fut élu pour traiter cette affaire fut notre maître Janotus de Bragmardo [1].

Comment Janotus de Bragmardo fut envoyé pour reprendre les grosses cloches à Gargantua

CHAPITRE XVIII

Maître Janotus de Bragmardo, chauve à la mode de César, vêtu de son capuchon à l'antique, et l'estomac bien immunisé par du cotignac de four et de l'eau bénite de cave [2], se transporta au logis de Gargantua, poussant devant lui trois moiniais [3] à rouge muscau, et traînant après lui cinq ou six maîtres ignares [4], crottés jusqu'au bout des ongles.

Quand ils entrèrent, Ponocrates les vit le premier, et il prit peur en les voyant ainsi déguisés : il pensa que c'étaient là quelques fous échappés d'une mascarade. Puis il s'enquit auprès de l'un des fameux maîtres ignares de la bande, pour savoir les raisons de ce burlesque défilé. Il lui fut répondu qu'ils venaient réclamer qu'on leur rende les cloches.

Sitôt ce propos entendu, Ponocrates courut en informer Gargantua, afin qu'il se tienne prêt à répondre, et qu'il puisse prendre aussitôt une décision quant à la conduite à

---

1. « Notre maître » est la traduction du titre habituellement donné aux docteurs de la faculté de théologie, « magister noster ». Le nom propre du personnage, latinisé en un faux latin farcesque (ou latin macaronique), signifie « Janot du Braquemart », ce dernier mot désignant ordinairement le sexe masculin. L'ensemble est donc très ironique. **2.** Le cotignac est une pâte de coing cuite au four, fabriquée dans le Val de Loire, vendue pour réguler les problèmes digestifs. L'eau bénite de cave désigne bien sûr le vin. **3.** Mot-valise formé sur « moine » et « niais » pour transposer le terme rabelaisien « vedeaulx » (« veau » et « bedeaux »). **4.** Rabelais emploie le terme « inertes », par allusion au titre « in artes » contenu dans « maître ès arts », en jouant sur le fait que le *e* et le *a* pouvaient avoir une prononciation très proche. Nous choisissions « ignares » pour les mêmes raisons sémantiques et phoniques.

Gargantua admonesté du cas appella à part Ponocrates son précepteur, Philotomie son maistre d'hostel, Gymnaste son escuyer, et Eudemon, et sommairement confera avecques eulx sus ce que estoit tant à faire que à respondre.

Tous feurent d'advis que on les menast au retraist du goubelet et là on les feist boyre rustrement, et affin que ce tousseux n'entrast en vaine gloire pour à sa requeste avoir rendu les cloches, l'on mandast ce pendent qu'il chopineroit querir le Prevost de la ville, le Recteur de la faculté, le vicaire de l'église : esquelz davant que le Sophiste eust proposé sa commission, l'on delivreroit les cloches. Aprés ce iceulx presens l'on oyroit sa belle harangue. Ce que fut faict, et les susdictz arrivez, le Sophiste feut en plene salle introduict, et commença ainsi que s'ensuit en toussant.

La harangue de maistre Janotus de Bragmardo faicte à Gargantua pour recouvrer les cloches

CHAPITRE XIX

« Ehen, hen, hen. *Mna dies* Monsieur, *Mna dies. Et uobis* messieurs. Ce ne seroyt que bon que nous rendissiez noz cloches. Car elles nous font bien besoing. Hen, hen, hasch. Nous en avions bien aultrefoys refusé de bon argent de ceulx de Londres en Cahors, sy avions nous de ceulx de Bourdeaulx en Brye, qui les vouloient achapter pour la substantificque qualité de la complexion elementaire, que est intronificquée en la terresterité de leur nature quidditative pour extraneizer les halotz et les turbines suz nos vignes, vrayement non pas nostres, mais

adopter. Gargantua, averti de la situation, prit à part Ponocrates son précepteur, Philotomie son maître d'hôtel, Gymnaste [1] son écuyer, et Eudémon, et se concerta brièvement avec eux tant au sujet de ce qu'il fallait faire que sur ce qu'il convenait de répondre.

Tous furent d'avis qu'on conduisît les individus dans un petit coin de l'office et qu'on les fît boire en rustres. Et afin que le tousseux ne tire aucune vaine gloire du fait d'avoir récupéré les cloches suite à sa requête, l'on commanda, pendant qu'il boirait ses chopines, que fussent mandé le prévôt de la ville, le recteur de la Faculté, le vicaire de l'église, à qui on livrerait les cloches avant même que le sophiste eût exposé l'objet de sa mission. Après quoi, en leur présence à tous, l'on écouterait la belle harangue. Ainsi fut fait, et une fois que tous furent arrivés, on introduisit le sophiste en pleine salle ; voici comment il commença, tout en toussant.

La harangue que fit maître Janotus de Bragmardo à Gargantua pour récupérer les cloches

CHAPITRE XIX

« Euh, hum, hum ! Bien l'bonjour, monsieur, bien l'bonjour. Et à vous aussi, messieurs. Ce ne serait que bon que vous nous rendissiez nos cloches, car elles nous font bien défaut. Hum, hem, harch ! Nous en avions autrefois bel et bien refusé la jolie somme d'argent de ceux de Londres en Cahors, et même de ceux de Bordeaux en Brie [2], qui voulaient les acheter pour la subtilissime qualité de la constitution élémentaire qui est introduitisée en la terrestréité de leur nature essentialitative pour externaliser les nuées et les tourbillons de nos vignes, en fait non, pas les nôtres, mais

1. En grec, Philotomie signifie « qui aime trancher » et Gymnaste désigne le maître de gymnastique. **2.** La confusion du discours est déjà perceptible lorsque l'orateur cite ces villes aux homonymes plus connus. Il existe bien une ville nommée Londres dans le Quercy (diocèse de Cahors) et une nommée Bordeaux dans la région de Meaux.

d'icy auprès. Car si nous perdons le piot nous perdons tout et sens et loy. Si vous nous les rendez à ma requeste, je y guaigneray six pans de saulcices, et une bonne paire de chausses, que me feront grant bien à mes jambes, ou ilz ne me tiendront pas promesse. Ho par Dieu *domine*, une pair de chausses est bon. *Et uir sapiens non abhorrebit eam*. Ha, ha. Il n'a pas pair de chausses qui veult. Je le sçay bien quant est de moy. Advisez *domine*, il y a dix huyt jours que je suis à matagraboliser ceste belle harangue. *Reddite que sunt Cesaris Cesari, et que sunt dei deo. Ibi iacet lepus.*

« Par ma foy *domine*, si voulez souper avecques moy, *in camera* par le corps Dieu *charitatis, nos faciemus bonum cherubin. Ego occidi unum porcum, et ego habet bon uino.* Mais de bon vin on ne peult faire maulvais latin.

« Or sus *de parte dei, date nobis clochas nostras.* Tenez je vous donne de par la faculté ung *sermones de Utino* que *utinam* vous nous baillez nos cloches. *Vultis etiam pardonos ? per diem uos habebitis, et nihil poyabitis.*

« O monsieur *domine, clochidonnaminor nobis. Dea est bonum urbis.* Tout le monde s'en sert. Si vostre jument

celles qui sont tout près [1]. Car si nous perdons le pot de vin, nous perdons tout : et sens, et loi [2].

« Si vous nous les rendez sur ma requête, j'y gagnerai six chapelets de saucisses et une bonne paire de chausses qui me feront grand bien aux jambes, où elles me seront plus qu'une promesse de chaleur. Ho par Dieu, *Seigneur* [3], que c'est bon une paire de chausses. *Et l'homme sage ne la méprisera pas.* Ha ! Ha ! N'a pas paire de chausses qui veut ! Je le sais bien quant à moi. Avisez, *Seigneur*, il y a dix-huit jours que je me suis mis à ruminationner cette belle harangue. *Rendez à César ce qui est à César, et à Dieu ce qui est à Dieu. Là gît le lièvre* [4].

« Par ma foi, *Seigneur*, si vous voulez souper avec moi, *dans ma chambre*, par le corps Dieu, *de charité*, *nous ferons bonne chère, chérubins ! Moi j'ai tué un porc, et moi avoir du vin bueno.* Mais de bon vin on ne peut faire mauvais latin.

« Allez, tope là, *de la part de Dieu, donnez-nous nos cloches.* Tenez, je vous donne de par la faculté un *sermon d'Udine* [5], pour que *du diable* vous nous rendiez nos cloches. *Voulez vous aussi des pardons ? Parbleu vous les aurez, et sans rien en monnayationner.*

« Oh, monsieur *Seigneur*, *clochidonnaminez-nous. Vraiment c'est le bien de la ville.* Tout le monde s'en sert. Si votre

---

1. Parodie des abstractions du jargon scolastique pseudo savant, au moyen de néologismes empruntés à l'humaniste Geoffroy Tory qui, dans son *Champfleury* (1529), dénonce en des termes identiques les pédants cherchant à s'exprimer dans une langue obscure, qu'il appelle les « déchiqueteurs de langage ». Le langage des théologiens ici mis en scène correspond à ce qu'Érasme nomme dans son *Éloge de la folie* « la langue la plus barbare et la plus sale possible » et fait offense à la langue française. **2.** Paraphrase du proverbe « qui perd tout son bien perd aussi la tête ». Ici, le « pot » désigne, au sens propre, le flacon de vin et, au sens figuré, la tête : qui perd la tête perd son bon sens. **3.** Dans ce chapitre comme dans le suivant, on a fait figurer en italique les éléments qui étaient en latin dans le discours de Janotus. Ils sont ici traduits, afin que leur sens soit évident pour le lecteur actuel, tel qu'il devait l'être pour un lecteur de l'époque, puisque Janotus n'emploie que des formules toutes faites ou des phrases simples mais énoncées dans un latin approximatif d'élève débutant (fautes de grammaire, erreurs de conjugaison…) : c'est un latin macaronique que prononce ce supposé spécialiste de la Sorbonne. **4.** « Là gît le lièvre » : formule de latin scolastique qui signifie « là est le fond du problème ». **5.** Léonard d'Udine est un prédicateur de la fin du XVe siècle, auteur d'un ouvrage de sermons.

s'en trouve bien : aussi faict nostre faculté, *que comparata est iumentis insipientibus : et similis facta est eis, psalmo nescio quo*, si l'avoys je bien quotté en mon paperat, et *est unum bonum Achilles*, Hen, hen, ehen, hasch.

« Çà je vous prouve que me les doibvez bailler. *Ego sic argumentor.*

« *Omnis clocha clochabilis in clocherio clochando clochans clochatiuo clochare facit clochabiliter clochantes. Parisius habet dochas. Ergo gluc*. Ha, ha, ha. C'est parlé cela. Il est *in tertio prime* en *Darii* ou ailleurs. Par mon ame, j'ay veu le temps que je faisois diables de arguer. Mais de present je ne fais plus que resver. Et ne me fault plus dorenavant, que bon vin, bon lict, le dos au feu, le ventre à table, et escuelle bien profonde.

« Hay *domine* : je vous pry *in nomine patris et filii et spiritus sancti Amen*. Que vous rendez noz cloches : et Dieu vous guard de mal, et nostre dame de santé, *qui uiuit et regnat per omnia secula seculorum, Amen*, Hen hasch ehasch grenhenhasch.

« *Verum enim uero quando quidem dubio procul Edepol quoniam ita certe meus deus fidus*, une ville sans cloches est comme un aveugle sans baston, un asne sans cropiere, et une vache sans cymbales. Jusques à ce que nous les ayez rendues nous ne cesserons de crier aprés vous, comme un aveugle qui a perdu son baston, de braisler, comme un asne sans cropiere, et de bramer, comme une vache sans cymbales.

« Un quidam latinisateur demourant prés l'hostel Dieu, dist une foys, allegant l'autorité d'ung Taponnus, je faulx : c'estoit Pontanus poete seculier, qu'il desiroit

jument s'en trouve bien, notre Faculté aussi, *laquelle a été justement comparée aux juments ignorantes, et rendue pareille à celles-ci, dans ce psaume (je ne sais plus lequel)*, pourtant je l'avais bien noté sur mon papelard, et c'est *un argument invincible (c'est mon meilleur Achille)* [1], hen, hen, huhum, harch !

« Là, je vais vous prouver que vous devez me les rendre. *Ainsi, voici ma thèse :*

« Toute cloche sachant clocher devant clocher dans un clocher, fait clocher, clochant clochativement, les clochants clochabilitants. Le Parisien a des cloches. CQFD. Ha, ha, ha ! Voilà qui est parlé ! C'est ce qu'il y a *dans le troisième mode de la première figure, chez Darius* [2] (ou ailleurs). Par mon âme, j'ai passé l'âge où je faisais des miracles en discours. Aujourd'hui je ne fais plus que délirer. Et il ne me faut plus, dorénavant, que du bon vin, un bon lit, le dos au feu, le ventre à table, et une assiette bien remplie.

« Hé, *Seigneur*, je vous prie, *au nom du Père et du Fils et du Saint-Esprit, amen*, de nous rendre nos cloches. Et que Dieu vous garde du mal, et Notre Dame vous garde en santé, *qui vit et règne dans tous les siècles des siècles, amen*, hen, hen, harch, eharch, grenhenharch !

« *À la vérité, en effet, en vérité, attendu que sans doute, ma foi, puisque, ainsi, certes, par Dieu qui préside à la bonne foi*, une ville sans cloches est comme un aveugle sans bâton, un âne sans croupière, et une vache sans clarine. Jusqu'à ce que vous nous les ayez rendues, nous ne cesserons de crier après vous comme un aveugle qui a perdu son bâton, de brailler comme un âne sans croupière, et de bramer comme une vache sans clarine.

« Un quidam latinisateur demeurant près de l'Hôtel-Dieu dit un jour, alléguant l'autorité d'un Bouchonnus (je me trompe, c'était Pontanus le poète séculier) [3], qu'il désirait

---

1. Terme d'écolier pour dire qu'il s'agit de l'argument le plus fort (quasi invulnérable, comme l'était Achille). **2.** Repère de l'élève en rhétorique : Janotus cherche à donner une référence pour étayer son propos. **3.** Giovanni Pontanus (1429-1503) est un humaniste napolitain qui avait exprimé son horreur des bruits de cloche dans son ouvrage *Charon*. La langue de Janotus a fourché, lui faisant dire « Bouchonnus », qui évoque de nouveau l'univers de la boisson.

qu'elles feussent de plume, et le batail feust d'une queue de renard : pource qu'elles luy engendroient la chronique aux tripes du cerveau, quand il composoit ses vers carmiformes. Mais nac petitin petetac ticque, torche, lorne, il feut declairé Hereticque. Nous les faisons, comme de cire. Et plus n'en dict le deposant. *Valete et plaudite. Calepinus recensui.*

Comment le Sophiste emporta son drap, et comment il eut procés contre les aultres maistres

CHAPITRE XX

Le Sophiste n'eut si toust achevé que Ponocrates et Eudemon s'esclafferent de rire tant profondement, que en cuiderent rendre l'ame à dieu, ne plus, ne moins que Crassus voyant un asne couillart qui mangeoit des chardons : et comme Philemon voyant un asne qui mangeoit les figues qu'on avoit aponsté pour le disner, mourut de force de rire. Ensemble eulx, commença rire maistre Janotus, à qui mieulx, mieulx, tant que les larmes leurs venoient es yeulx : par la vehemente concution de la substance du cerveau : à laquelle furent exprimées ces humiditez lachrymales, et transcoullées jouxte les nerfz

qu'elles fussent faites de plume, et leur battant d'une queue de renard, car elles lui engendraient la chronicolique aux tripes du cerveau quand il composait ses vers versiformes. Mais taratata, tac, pif et paf, il fut déclaré hérétique. De cette espèce, nous en faisons tout ce que nous voulons, comme de la cire. Et le plaignant n'eut plus rien à dire ! *Adieu, et applaudissez ! Moi, Calepin*[1], *j'ai fini mon rapport.* »

Comment le sophiste emporta son drap, et comment il fut en procès contre les autres maîtres

CHAPITRE XX

Le sophiste n'eut pas plutôt achevé que Ponocrates et Eudémon s'esclaffèrent de rire si formidablement qu'ils pensèrent bien rendre leur âme à Dieu, ni plus ni moins que le fit Crassus à la vue d'un âne couillard qui mangeait des chardons[2], et comme Philémon qui, à la vue d'un âne qui mangeait les figues qu'on avait réservées pour le repas, mourut à force de rire[3]. Et avec eux, maître Janotus commença à rire aussi, à qui mieux mieux, tant et si bien que les larmes leur venaient aux yeux, par suite de la véhémente secousse de la substance du cerveau, selon laquelle sont ébranlées ces humidités lacrymales qui s'écoulent au voisinage des nerfs optiques[4]. Et ainsi ils étaient la parfaite

1. Calepin est l'auteur d'un dictionnaire multilingue très utilisé à l'époque de Rabelais, ouvrage copieux et qui vise l'exhaustivité. La formule qui suit annonce la fin du rapport d'un recenseur. C'est aussi de cette façon que s'achèvent les comédies du poète latin Térence (v. 190-v. 159 av. J.-C.). Ce passage marque donc la fin d'une comédie, et non d'une harangue, ce qui renvoie au vocabulaire du spectacle comique employé à la fin du chap. XVIII et au début du chap. XIX. **2.** Érasme rapporte dans ses *Adages* (I, X, 71) cette anecdote selon laquelle le général romain Crassus (Ier siècle av. J.-C.), qui ne riait jamais, trouva dans le spectacle de cet âne la seule occasion de rire de sa vie. **3.** Le cas de cette mort est rapporté par plusieurs sources antiques. La cause en est encore un âne, ce qui conforte l'image que l'on a de Janotus. **4.** Allusion aux débats médicaux de l'époque sur les causes et les conséquences physiologiques du rire, parfois inattendues (les larmes, la mort). Notons que, les personnages riant rarement dans l'histoire, ces moments n'en sont que plus remarquables.

optiques. En quoy par eulx estoyt Democrite Heracliti-zant, et Heraclyte Democritizant representé.

Ces rys du tout sedez, consulta Gargantua avecques ses gens sur ce qu'estoit de faire. Là feut Ponocrates d'advis, qu'on feist reboyre ce bel orateur. Et veu qu'il leurs avoit donné de passetemps, et plus faict rire que n'eust Songecreux, qu'on luy baillast les dix pans de saulcice mentionnez en la joyeuse harangue, avecques une paire de chausses, troys cens de gros boys de moulle, vingt et cinq muitz de vin, un lict à triple couche de plume anserine, et une escuelle bien capable et profonde, lesquelles disoit estre à sa vieillesse necessaires.

Le tout fut faict ainsi que avoit esté deliberé. Excepté que Gargantua doubtant que on ne trouvast à l'heure chausses commodes pour ses jambes : doubtant aussy de quelle façon mieulx duyroient audict orateur, ou à la martingualle qui est un pont levis de cul pour plus aisement fianter, ou à la mariniere, pour mieulx soulaiger les roignons, ou à la Souice pour tenir chaulde la bedondaine, ou à queue de merluz, de peur d'eschauffer les reins : luy feist livrer sept aulnes de drap noir et troys de blanchet pour la doubleure. Le boys feut porté par les guaingnedeniers, les maistres es ars porterent les saulcices et escuelles. Maistre Janot voulut porter le drap.

Un desdictz maistres nommé maistre Jousse Bandouille luy remonstroit que ce n'estoit honeste ny decent son estat, et qu'ils le baillast à quelq'un d'entre eulx.

« Ha (dist Janotus) Baudet Baudet, tu ne concluds poinct *in modo et figura*. Voylà de quoy servent les suppositions, et *parua logicalia. Panus pro quo supponit* ?

représentation de Démocrite Héraclitisant, ou d'Héraclite Démocritisant [1].

Quand ces rires eurent tout à fait cessé, Gargantua consulta ses gens sur ce qu'il convenait de faire. Alors Ponocrates fut d'avis que l'on fît de nouveau boire le bel orateur. Et vu qu'il leur avait donné plus de passe-temps et les avait plus fait rire qu'un Songecreux [2], on jugea qu'on pouvait lui donner les dix empans de saucisses [3] mentionnés dans la joyeuse harangue, avec la paire de chausses, trois cents bûches de bois de chauffage, vingt-cinq cuves de vin, un lit à triple édredon de plume d'oie, et une assiette profonde et bien remplie, bref tout ce qu'il disait être nécessaire à sa vieillesse.

Le tout fut fait ainsi qu'il en avait été décidé. Mis à part le fait que Gargantua, doutant qu'on puisse trouver sur l'heure des chausses assez commodes pour ses jambes, ne sachant quelle forme conviendrait audit orateur, soit à la martingale – qui est un pont-levis de cul pour plus aisément fienter –, soit flottantes à la marinière pour mieux soulager les reins, soit bouffantes à la Suisse pour tenir au chaud la bedaine, soit fendues en queue de merlu, de peur d'échauffer les reins [4], dans le doute il lui fit livrer sept aunes de drap noir et trois de laine blanche pour la doublure. Le bois fut porté par les tâcherons, les maîtres docteurs portèrent les saucisses et les assiettes. Maître Janot voulut porter le drap.

L'un desdits maîtres nommé maître Jousse Bandouille lui faisait remarquer que ce n'était ni convenable, ni digne de son état, et qu'il devait le faire porter à l'un d'entre eux.

« Ha, dit Janotus, Baudet, Baudet [5], tu ne conclus point *en mode et figure.* Voilà à quoi servent les suppositions et *petits éléments de logique. Un pan d'étoffe, à qui se rapporte-t-il ?*

---

1. Démocrite (Ve-IVe siècle av. J.-C.) est proverbialement connu pour son rire, Héraclite (VIe-Ve siècle av. J.-C.) pour ses pleurs. **2.** Surnom donné à Jehan de l'Espine du Pontalais, acteur comique célèbre et très en faveur auprès de François Ier au début des années 1530. **3.** Unité de mesure ancienne qui équivaut à la largeur d'une main ouverte, soit environ 20 cm ; 10 empans font donc un beau chapelet de 2 m de saucisses. **4.** Les chausses sont des culottes dont la coupe peut varier. Rabelais en mentionne quatre : à entrejambe amovible (à la martingale), bouffantes (celles des marins), à boudin devant pour tenir chaud au ventre (à la Suisse) ou en queue de pie (fente appelée ici queue de merlu). **5.** Diminutif que Janotus affecte à Jousse Bandouille, le traitant littéralement d'âne bâté (voir note 1, p. 39).

– *Confuse* (dist Bandouille) et *distributive.*

– Je ne te demande pas (dist Janotus) Baudet, *quo modo supponit*, mais *pro quo*, c'est Baudet *pro tibiis meis.* Et pour ce le porteray je *egomet, sicut suppositum portat adpositum.* » Ainsi l'emporta en tapinois, comme feist Patelin son drap.

Le bon feut quand le tousseux glorieusement en plein acte tenu chez les Mathurins requist ses chausses et saulcisses. Car peremptoirement luy feurent deniez, par autant qu'il les avoit eu de Gargantua selon les informations sur ce faictes. Il leurs remonstra que ce avoit esté *de gratis* et de sa liberalité par laquelle ilz n'estoient mie absoubz de leurs promesses.

Ce nonobstant luy fut respondu qu'il se contentast de raison, et que aultre bribe n'en auroit.

« Raison ? (dist Janotus). Nous n'en usons poinct ceans. Traistres malheureux vous ne valez rien. La terre ne porte gens plus meschans que vous estes. Je le sçay bien : ne clochez pas devant les boyteux. J'ai exercé la meschanceté avecques vous. Par la ratte Dieu, je advertiray le Roy des enormes abus que sont forgez ceans, et par voz mains et menéez. Et que je soye ladre s'il ne vous faict tous vifz brusler comme bougres, traistres, hereticques, et seducteurs, ennemys de dieu et de vertus. »

À ces motz prindrent articles contre luy. Luy de l'aultre costé les feist adjourner. Somme, le procés fut retenu par la court, et y est encores. Les magistres sur ce poinct feirent veu de ne soy descroter, maistre Janot avecques ses adherens feist veu de ne se mouscher, jusques à ce qu'en feust dict par arrest definitif.

– *Il est commun à tous*, dit Bandouille, *et à distribuer.*

– Je ne te demande pas, Baudet, dit Janotus, *la nature de ce rapport, mais sa destination* : c'est, Baudet, *pour mes tibias.* Et c'est pourquoi je le porterai *moi-même*, comme *la substance porte son phénomène* [1]. » Ainsi il l'emporta en tapinois, comme Pathelin le fit de son drap [2].

Le meilleur moment fut quand le tousseux, victorieusement, en pleine séance tenue chez les Mathurins [3], réclama à l'assemblée ses chausses et saucisses. Car péremptoirement on les lui refusa, parce qu'il les avait déjà obtenues de Gargantua selon les informations que l'on avait. Il leur objecta que cela n'était obtenu que *gratis*, et par suite d'une générosité, laquelle ne pouvait nullement les dispenser de leurs promesses.

Malgré tout, il lui fut répondu qu'il se contenterait d'entendre raison, et qu'il n'en retirerait pas un morceau de plus.

« Raison ? dit Janotus. Nous n'en usons point ici. Traîtres malheureux, vous ne valez rien. La terre ne porte rien de plus méchant que vous. Je le sais bien, n'essayez pas de biaiser ni de jouer au plus cloche, j'ai déjà exercé la méchanceté à vos côtés. Par la rate de Dieu, j'avertirai le roi des énormes abus qui sont fomentés ici par vos mains et par vos manigances. Et que je sois fait ladre s'il ne vous fait brûler tout vifs comme des sodomites, des traîtres, des hérétiques, des trompeurs, des ennemis de Dieu et de la vertu que vous êtes. »

À ces mots, ils rédigèrent un acte d'accusation contre lui. Lui, de son côté, les fit citer à comparaître. Pour finir, le procès fut retenu par la cour, et y est encore. Les magistrats sur ce point firent vœu de ne plus se décrotter, maître Janot et ses partisans firent vœu de ne plus se moucher jusqu'à ce que fût rendu l'arrêt définitif.

---

1. Cette expression, de même que, plus haut, « en mode et figure », est typique de la logique scolastique. **2.** Allusion aux péripéties et aux ruses de *La Farce de Maître Pathelin* (1461-1469), et plus précisément à l'épisode où Pathelin parvient finalement à emporter son drap sans le payer. C'est bien une sorte de farce qui se joue ici, dans laquelle Janotus, à l'instar de Pathelin, n'a finalement pas le plus mauvais rôle. **3.** L'église des Mathurins était utilisée par la faculté de théologie comme salle de réunion.

Par ces veuz sont jusques à present demourez et croteux et morveux, car la court n'a encores bien grabelé toutes les pieces. L'arrest sera donné es prochaines Calendes Grecques. C'est à dire : jamais. Comme vous sçavez qu'ilz font plus que nature, et contre leurs articles propres. Les articles de Paris chantent que dieu seul peult faire choses infinies. Nature, rien ne faict imortel : car elle mect fin et periode à toutes choses par elle produictes. Car *omnia orta cadunt* etc.

Mais ces avalleurs de frimars font les procés davant eux pendens, et infiniz, et immortelz. Ce que faisans ont donné lieu, et verifié le dict de Chilon Lacedemonien consacré en Delphes, disant misere estre compaigne de procés : et gens playdoiens miserables. Car plus tost ont fin de leur vie, que de leur droict pretendu.

L'estude de Gargantua, selon la discipline de ses precepteurs Sophistes

CHAPITRE XXI

Les premiers jours ainsi passez, et les cloches remises en leur lieu : les citoyens de Paris par recongnoissance de ceste honnesteté se offrirent d'entretenir et nourrir sa jument tant qu'il luy plairoit. Ce que Gargantua print bien à gré. Et l'envoyerent vivre en la forest de Biere. Je croy qu'elle n'y soyt plus maintenant.

Ce faict voulut de tout son sens estudier à la discretion de Ponocrates. Mais icelluy pour le commencement

Ces vœux leur valurent d'être demeurés jusqu'à présent crottés et morveux, car la cour n'a encore pas débrouillé toutes les pièces du procès. L'arrêt sera prononcé aux prochaines calendes grecques, c'est-à-dire jamais, car comme vous le savez, ils font mieux que la nature, y compris contre leurs propres articles. Les articles de la ville de Paris nous chantent que Dieu seul peut faire des choses infinies. La nature ne fait rien d'immortel, car elle met une fin et un terme à toutes les choses produites par elle, car *Tout ce qui naît finira par mourir* [1], etc.

Mais ces avaleurs de brouillards [2] poussent devant eux des procès pantelants, qu'ils rendent infinis, et immortels. C'est ainsi qu'ils ont donné l'occasion de vérifier la parole de Chilon le Lacédémonien, gravée à Delphes, qui disait que « Misère est compagne de Procès [3] », et que les gens qui plaident sont bien misérables, car ils ont plus tôt fait d'avoir fini leur vie que de rentrer dans leur bon droit.

L'éducation de Gargantua, selon la discipline de ses précepteurs sophistes

CHAPITRE XXI

Ayant ainsi passé les premiers jours, et une fois les cloches remises à leur place, les citoyens de Paris, reconnaissants de cette loyauté, s'offrirent d'entretenir et de nourrir sa jument aussi longtemps qu'il lui plairait. Gargantua l'accepta bien volontiers. Et ils l'envoyèrent vivre dans la forêt de Fontainebleau, mais je ne crois pas qu'elle y soit encore à présent.

Cela fait, il voulut étudier de tout son cœur, en se mettant entièrement à la disposition de ce que lui dirait Ponocrates.

---

1. Adage épicurien. **2.** Expression très péjorative pour désigner les juges, grands consommateurs d'écrits brouillons (« brouillards ») et confus, qui noient une affaire et la font durer pour enrichir la justice. Expression reprise sur l'inscription portée sur la grande porte de Thélème (chap. LIV, p. 385). **3.** Chilon de Sparte, un des sept sages présocratiques de la Grèce antique, avait trois de ses adages gravés sur le temple de Delphes, dont celui qui est cité ici.

ordonna, qu'il feroit à sa maniere accoustumée : affin d'entendre par quel moyen en si long temps ses antiques precepteurs l'avoient rendu tant fat, niays, et ignorant.

Il dispensoit doncques son temps en telle façon, que ordinairement il s'esveilloit entre huyt et neuf heures, feust jour ou non, ainsi l'avoient ordonné ses regens antiques, alleguans ce que dict David : *Vanum est uobis ante lucem surgere.*

Puis se guambayoit, penadoit, et paillardoit parmy le lict quelque temps, pour mieulx esbaudir ses esperitz animaulx et se habiloit selon la saison, mais voluntiers portoit il une grande et longue robbe de grosse frize fourrée de renards : aprés se peignoit du peigne de Almain, c'estoit des quatre doigtz et le poulce. Car ses precepteurs disoient, que soy aultrement pigner, laver, et nettoyer, estoit perdre temps en ce monde.

Puis fiantoit, pissoyt, rendoyt sa gorge, rottoit, pettoyt, baisloyt, crachoyt, toussoyt, sangloutoyt, esternuoit, et se morvoyt en archidiacre, et desjeunoyt pour abatre la rouzée et maulvais aer : belles tripes frites, belles charbonnades, beaulx jambons, belles cabirotades, et force soupes de prime.

Ponocrates luy remonstroit, que tant soubdain ne debvoit repaistre au partir du lict, sans avoir premierement faict quelque exercice. Gargantua respondit. « Quoy ? N'ay je faict suffisant exercice ? Je me suis vaultré six ou sept tours parmy le lict, davant que me lever. Ne est ce assez ? Le pape Alexandre ainsi faisoit par le conseil de son medicin Juif : et vesquit jusques à la mort, en despit

Mais celui-ci lui ordonna d'abord de se comporter à sa manière accoutumée, afin de comprendre par quels procédés si laborieux ses anciens précepteurs l'avaient rendu si sot, si niais et ignorant.

Il répartissait donc son temps de la façon suivante : ordinairement il s'éveillait entre huit et neuf heures, qu'il fasse jour ou non, ainsi que l'avaient ordonné ses anciens maîtres, alléguant ce que dit David : « *Il est vain de vous lever avant le jour*[1]. »

Puis il gambadait, sautait et se vautrait au milieu du lit tout un moment, pour mieux ragaillardir sa force vitale, et s'habillait selon la saison, mais portait volontiers une grande et longue robe de grosse laine rêche à doublure fourrée de renard. Ensuite il se peignait du peigne d'« Almain[2] », c'était les quatre doigts et le pouce. Car ses précepteurs disaient que faire autrement, c'est-à-dire se peigner, se laver, se débarbouiller, c'était une perte de temps en ce monde.

Puis il fientait, pissait, rendait gorge[3], rotait, pétait, bâillait, crachait, toussait, hoquetait, éternuait, et se mouchait à l'anglaise, et pour abattre la rosée[4] et le mauvais air, il déjeunait de belles tripes frites, de belles carbonades, de beaux jambons, de belles grillades de chevreau, et force tartines du matin.

Ponocrates lui objectait qu'il ne devait pas se repaître si goulûment au sortir du lit, sans avoir fait d'abord quelque exercice. Gargantua répondit :

« Quoi ? N'ai-je pas fait un suffisant exercice ? Je me suis vautré six ou sept fois en travers du lit avant de me lever. N'est-ce pas assez ? Le pape Alexandre faisait de même sur le conseil de son médecin juif[5], et il vécut jusqu'à sa mort,

---

1. Psaumes, CXXVII, 2. En tronquant habilement le verset, dont il manque ici la fin (« Dieu comble celui qu'il aime pendant qu'il dort »), les sophistes justifient la paresse comme parole biblique. **2.** Jeu d'équivoque sur le terme « main » et sur le nom, véritable, d'Almain, qui fut un docteur scolastique de la Sorbonne, commentateur d'Ockham, à la fin du XVe siècle. **3.** Vomissait. **4.** « Abattre la rosée » signifie « boire ». Pour être certain d'en avoir envie, Gargantua absorbe toutes sortes de nourritures salées, énumérées dans la suite de la phrase. **5.** Le pape Alexandre VI (1431-1503) avait un médecin juif converti, Bonnet de Lates.

des envieux : mes premiers maistres me y ont acoustumé, disans que le desjeuner faisoit bonne memoire, pourtant y beuvoient les premiers. Je m'en trouve fort bien, et n'en disne que mieulx.

« Et me disoit maistre Tubal (qui feut premier de sa licence à Paris) que ce n'est tout l'advantaige de courir bien toust, mais bien de partir de bonne heure : aussi n'est ce la santé totale de nostre humanité, boyre à tas, à tas, à tas, comme canes : mais ouy bien de boyre matin.

« Unde uersus.

« Lever matin, n'est poinct bon heur,
Boire matin est le meilleur. »

Aprés avoir bien à poinct desjeuné, alloit à l'eglise, et luy pourtoit on dedans un grand penier un gros breviaire empantophlé, pesant tant en gresse que en fremoirs et parchemin poy plus poy moins unze quintaulx six livres. Là oyoit vingt et six ou trente messes, ce pendent venoit son diseur d'heures en place, empaletocqué comme une duppe, et tresbien antidoté son alaine à force syrop vignolat. Avecques icelluy marmonnoit toutes ces Kyrielles : et tant curieusement les espluchoit, qu'il n'en tomboit un seul grain en terre.

Au partir de l'eglise, on luy amenoit sur une traine à beufz un faratz de patenostres de sainct Claude, aussi grosses chascune qu'est le moulle d'un bonnet et se pourmenant par les cloistres, galeries ou jardin en disoit plus que seze hermites.

Puis estudioit quelque meschante demye heure, les yeulx assis dessus son livre, mais (comme dict le Comicque) son ame estoit en la cuysine.

Pissant doncq plein urinal se asseoyt à table. Et par ce qu'il estoit naturellement phlegmaticque, commençoit son repas par quelques douzeines de jambons, de langues

en dépit des envieux : mes premiers maîtres m'y ont accoutumé, disant que le petit déjeuner faisait bonne mémoire, et d'ailleurs ils étaient les premiers à boire. Je m'en trouve fort bien, et n'en déjeune que mieux.

« Et Maître Thubal (qui arriva premier diplômé de sa licence à Paris) me disait que "rien ne sert de courir, il faut partir à point". Aussi cela ne vaut-il rien à la belle santé de notre corps, de boire à plein, à plein, à plein, comme les canes, mais il faut bien plutôt boire dès le matin :

« D'où la sentence :

"Lever matin n'est point bonheur,
Boire matin est le meilleur." »

Après avoir bien profité de son petit déjeuner, il allait à l'église, et on lui portait dans un grand panier un gros bréviaire emberlificoté pesant, autant en graisse qu'en fermoirs et parchemin, peu ou prou onze quintaux et six livres. Là il entendait vingt-six ou trente messes, cependant qu'arrivait son diseur d'heures attitré, engoncé dans son manteau comme une huppe [1], et ayant bien immunisé son haleine à grand renfort de sirop de la vigne. Avec lui il marmonnait toutes les litanies, et il les épluchait si soigneusement qu'il n'en tombait un seul grain en terre [2].

Au sortir de l'église, on lui apportait sur un chariot à bœufs un fatras de chapelets de Saint-Claude [3], chacun étant aussi gros qu'une tête portant bonnet ; et en se promenant dans les cloîtres, galeries et jardins, il en disait plus que seize ermites.

Puis il étudiait pendant quelque méchante demi-heure, les yeux assis sur son livre, mais (comme dit le Comique) son âme était en la cuisine [4].

Pissant donc un plein urinoir, il s'asseyait à table. Et comme il était d'un naturel flegmatique, il commençait son repas par quelques douzaines de jambons, de langues de

1. Ainsi habillé, il ressemble à un oiseau, la huppe. **2.** Rien ne germera donc de tout cela… **3.** Ville du Jura, célèbre pour sa fabrication de chapelets et objets de buis. **4.** Citation tirée de l'*Eunuque,* une comédie du poète latin Térence (190-159 av. J.-C.), à son tour reprise par Érasme (*Adages*, II, II, 18, et III, VII, 30).

de beuf fumées, de boutargues, d'andouilles, et telz aultres avant coureurs de vin.

Ce pendent quatre de ses gens luy gettoient en la bouche l'un aprés l'aultre continuement moustarde à pleines palerées puis beuvoit un horrificque traict de vin blanc, pour luy soulaiger les roignons. Aprés mangeoit selon la saison viandes à son appetit, et lors cessoit de manger quand le ventre luy tiroit.

À boyre n'avoit poinct, fin, ny canon. Car il disoit que les metes et bournes de boyre estoient quand la personne beuvant, le liege de ses pantoufles enfloit d'un demy pied.

Les jeux de Gargantua

CHAPITRE XXII

Puis tout lordement grignotant d'un transon de graces, se lavoit les mains de vin frais, s'escuroit les dens avec un pied de porc, et devisoit joyeusement avec ses gens : puis le verd estendu l'on desployoit force chartes, force dez, et renfort de tabliers. Là jouoyt,

Au flux
À la prime
À la vole
À la pille
À la triumphe
À la picardie
Au cent

bœuf fumées, d'œufs de poissons salés, d'andouilles, et autres tels avant-coureurs de vin [1].

Pendant ce temps, quatre de ses serviteurs lui jetaient dans la bouche, l'un après l'autre et continuellement, de la moutarde à pleines pelletées, puis il buvait un gigantesque coup de vin blanc pour se soulager les reins. Après, il mangeait selon la saison des mets à la mesure de son appétit, et ne cessait de manger que quand le ventre lui tirait.

En matière de boisson, il ne se fixait jamais de fin, ni de règle particulière. Car il disait que les limites et les bornes du boire se reconnaissaient quand le liège des pantoufles du buveur enflait de la hauteur d'un demi-pied.

Les jeux de Gargantua

CHAPITRE XXII

Puis, bien alourdi, tout en ruminant du bout des lèvres une tranche d'actions de grâce, il se lavait les mains de vin frais, se curait les dents avec un pied de porc, et devisait joyeusement avec sa compagnie. Ensuite, ayant étendu le tapis vert, on déballait force cartes, force dés, et renforts de tables à jouer. Là il jouait [2] :

Au flux,
À la prime,
À la vole,
À la pile,
À l'écarté,
À la picardie,
Au piquet,

---

1. Le flegme est celle des quatre humeurs qui est associée à l'élément liquide (voir note 2, p. 89), à ceci près que c'est l'eau, non le vin, qui devrait caractériser l'inclination naturelle de l'enfant à boire. **2.** Une première série comporte des jeux de cartes (jusqu'aux « honneurs »). Suivent essentiellement des jeux de table (jusqu'à « la grimace »). Puis viennent des jeux d'adresse ou de virtuosité spirituelle, comme des devinettes (jusqu'aux « pingres »), et enfin des jeux de plein air, parfois brutaux, avec une prédilection pour les noms d'animaux.

À l'espinay
À la malheureuse
Au fourby
À passe dix
À trente et ung.
À pair et sequence
À troys cens
Au malheureux
À la condemnade
À la charte virade
Au maucontent
Au lansquenet
Au cocu
À qui a si parle
À pille, nade, jocque, fore
À mariaige
Au gay
À l'opinion
À qui faict l'ung faict l'aultre
À la sequence
Au luettes
Au tarau
À coquinbert qui gaigne perd
Au beliné
Au torment
À la ronfle
Au glic
Aux honneurs
À la mourre
Aux eschetz
Au renard
Au marelles
Au vasches
À la blanche
À la chance
À trois dez
Au tables

À l'épinet,
À la malheureuse,
Au menteur,
À dix de der,
Au trente et un,
Au pair et passe,
Aux trois cents,
Au malheureux,
À la condamnation,
À la carte retournée,
Au mécontent,
Au mercenaire,
Au cocu,
À la parlante,
À pile, nage, joque, fore,
Au mariage,
Au gai,
À l'opinion,
À qui fait l'un fait l'autre,
À la séquence,
Aux luttes,
Au tarot,
Au coq-en-pâte qui perd gagne,
Au mari trompé,
Au tourment,
À la ronfle,
Au bluffeur,
Aux honneurs,
À l'amour,
Aux échecs,
Au renard,
À la marelle,
Aux vaches,
À la blanche,
À la chance,
À trois dés,
Aux tables,

À la nicnocque
Au lourche
À la renette
Au barignin
Au trictrac
À toutes tables
Au tables rabatues
Au reniguebieu
Au forcé
Au dames
À la babou
À *primus secundus*
Au pied du cousteau
Au clefz
Au franc du carreau
À pair ou non
À croix ou pille
Au martres
Au pingres
À la bille
Au savatier
Au hybou
Au dorelot du lievre
À la tirelitantaine
À cochonnet va devant
Au pies
À la corne
Au beuf violé
À la cheveche
À je te pinse sans rire
À picoter
À déferrer l'asne
À la iautru
Au bourry bourry zou
À je m'assis
À la barbe d'oribus
À la bousquine

À la nique-noque,
Au loup trictrac,
À la petite dame,
Au baratin,
Au trictrac,
Au jacquet de table,
Aux tables rabattues,
À reniguedieu,
Au forcé,
Aux dames,
À la grimace,
À premier second,
Au pied du couteau,
Aux clefs,
Au lancer franc du carreau,
À pair ou impair,
À face ou pile,
Aux martres,
Aux pingres,
À la bille,
Au savetier [1],
Au hibou,
Au dorelot du lièvre,
À la tirelitantaine,
À va devant cochonnet,
Aux pies,
À la corne,
Au bœuf à la viole,
À la chevêche,
À je te pince sans rire,
À picoter,
À déferrer l'âne,
À laïau-tru,
Au bourri bourri zou,
À je m'assieds,
À la barbe d'oribus,
À la bousquine,

1. De « savetier » à « combes », quarante-cinq jeux ont été ajoutés par Rabelais dès la deuxième édition de 1535 ; ce sont, pour beaucoup, de pures inventions.

À tire la broche
À la boutte foyre
À compere prestez moy vostre sac
À la couille de belier
À boute hors
À figues de marseille
À la mousque
À l'archer tru
À escorcher le renard
À la ramasse
Au croc madame
À vendre l'avoine
À souffler le charbon
Au responsailles
Au juge vif, et juge mort
À tirer les fers du four
Au fault villain
Au cailleteaux
Au bossu aulican
À sainct trouvé
À pinse morille
Au poirier
À pimpompet
Au triori
Au cercle
À la truye
À ventre contre ventre
Aux combes
À la vergette
Au palet
Au j'en suis
À foucquet
Au quilles
Au rapeau
À la boulle plate
Au vireton
Au picquarome
À rouchemerde

À tire la broche,
À la boute foire,
À compère prêtez-moi votre sac,
À la couille de bélier,
À boute hors,
Aux figues de Marseille,
À la mousque,
À l'archer tru,
À écorcher le renard,
À la ramasse,
Au croque madame,
À vendre l'avoine,
À souffler le charbon,
Aux réponsailles,
Au juge vif et juge mort,
À tirer les fers du four,
À faute vilain,
Aux caillouteaux,
Au bossu aulican,
À Saint-Trouvé,
À pince morille,
Au poirier,
À pimpompet,
Au triori,
Au cercle,
À la truie,
À ventre contre ventre,
Aux combes,
À la vergette,
Au palet,
À j'en suis,
À Fouquet,
Aux quilles,
Au rapeau,
À la boule plate,
Au vire-ton-arc,
Au pique-à-Rome,
Au ronge-merde,

À angenart
À la courte boulle
À la griesche
À la recoquillette
Au cassepot
À montalent
À la pyrouete
Au jonchées
Au court baston
Au pyrevollet
À cline muzete
Au picquet
À la blancque
Au furon
À la seguette
Au chastelet
À la rengée
À la foussette
Au ronflart
À la trompe
Au moyne
Au tenebry
À l'esbahy
À la soulle
À la navette
À fessart
Au ballay
À sainct Cosme je te viens adorer
À escharbot le brun
À je vous prens sans verd
À bien et beau s'en va quaresme
Au chesne forchu
Au chevau fondu
À la queue au loup
À pet en gueulle
À Guillemin baille my ma lance
À la brandelle
Au treseau

À ange-en-art,
À la courte boule,
À la grièche,
À la recoquillette,
Au casse-pot,
À mon talent,
À la pirouette,
Aux jonchées,
Au court bâton,
Au pire volant,
À cligne-musette,
Au piquet,
À la blanque,
Au furet,
À la suivette,
Au châtelet,
À la rangée,
À la fossette,
Au ronflard,
À la trompe,
Au moine,
Au ténèbry,
À l'ébahi,
À la soule,
À la navette,
À fessard,
Au balai,
À saint Côme je te viens adorer,
À l'escargot brun,
À je vous prends sans vert,
À bien et beau s'en va au carême,
Au chêne fourchu,
Au cheval fondu,
À la queue du loup,
Au pet en gueule,
À Guillemin donne-moi ma lance,
À la balancelle,
Au très haut,

Au bouleau
À la mousche
À la migne migne beuf
Au propous
À neuf mains
Au chapifou
Au pontz cheuz
À colin bridé
À la grolle
Au cocquantin
À Colin maillard
À myrelimofle
À mouschart
Au crapault
À la crosse
Au piston
Au bille boucquet
Au roynes
Au mestiers
À teste à teste bechevel
Au pinot
À male mort
Aux croquinolles
À laver la coiffe ma dame
Au belusteau
À semer l'avoyne
À briffault
Au molinet
À *defendo*
À la virevouste
À la bacule
Au laboureur
À la cheveche
Au escoublettes enraigées
À la beste morte
À monte monte l'eschelette
Au pourceau mory
À cul sallé

Au bouleau,
À la mouche,
À la migne migne bœuf,
Au propos,
À neuf mains,
Au chapifou,
Au pont qui chute,
À colin-bridé,
À la grolle,
Au coquantin,
À colin-maillard,
À mirelimofle,
Au mouchard,
Au crapaud,
À la crosse,
Au piston,
Au bilboquet,
Aux reines,
Aux métiers,
Au tête à tête bêche,
Au pinot,
À la male mort,
Aux croquignoles,
À laver la coiffe de madame,
Au beluteau,
À semer l'avoine,
Au l'empiffre,
Au moulinet,
À pouce,
À la virevolte,
À la bascule,
Au laboureur,
À la chevêche,
Aux escoublettes enragées,
À la bête morte,
À monte, monte l'échelette,
Au pourceau mort,
À cul salé,

Au pigonnet
Au tiers
À la bourrée
Au sault du buisson
À croyzer
À la cutte cache
À la maille bourse en cul
Au nid de la bondrée
Au passavant
À la figue
Au petarrades
À pillemoustarde
À cambos
À la recheute
Au picandeau
À croqueteste
À la grolle
À la grue
À taillecoup
Au nazardes
Aux allouettes
Aux chinquenaudes.

Aprés avoir bien joué, sessé, passé et beluté temps, convenoit boire quelque peu, c'estoient unze peguadz pour homme, et soubdain aprés bancqueter c'estoit sus un beau banc, ou en beau plein lict s'estendre et dormir deux ou troys heures sans mal penser, ny mal dire.

Luy esveillé secouoit un peu les aureilles : ce pendent estoit apporté vin frais, là beuvoyt mieulx que jamais.

Ponocrates luy remonstroit, que c'estoit mauvaise diete, ainsi boyre aprés dormir. « C'est (respondit

Au pigeonnet,
Au tiers,
À la bourrée,
Au saut du buisson,
À croiser,
À la cute cache,
À la maille bourse en cul,
Au nid de la bondrée,
Au passavant,
À la figue,
Aux pétarades,
À pile-moutarde,
À cambos,
À la rechute,
Au pique-en-dos,
À croque-tête,
À la grolle,
À la grue,
À taille-coup,
Aux nasardes,
Aux alouettes,
Aux chiquenaudes.

Après avoir bien joué, passé, ressassé, et ratissé le temps, il convenait de boire quelque peu, ce qui supposait six cent cinquante bouteilles par homme, et aussitôt après ce banquet il fallait s'étendre et dormir sur un beau banc, ou au beau milieu d'un lit, deux ou trois heures au bas mot – sans penser à mal ni être médisant.

Une fois éveillé, il secouait un peu les oreilles, cependant qu'on lui apportait du vin bien frais, et là il buvait mieux que jamais.

Ponocrates lui objectait que ce n'était pas un régime très recommandé, que de boire ainsi juste après avoir dormi. « C'est, répondit Gargantua, la vraie vie des Pères [1]. Car

1. Allusion possible à la notion de joie parfaite recommandée par les Pères de l'Église, et qui passe par l'acceptation de l'abondance des biens que nous avons reçus de Dieu. Cette joie, interprétée comme une rencontre avec Dieu, est accessible en notre vie terrestre, dans la mesure où notre condition précaire nous le permet (« demandez et vous recevrez, et votre joie sera parfaite », Jean, XVI, 24).

Gargantua) la vraye vie des peres. Car de ma nature je dors sallé : et le dormir m'a valu autant de jambon. »

Puis commençoit estudier quelque peu, et patenostres en avant, pour lesquelles mieulx en forme expedier, montoit sus une vieille mulle, laquelle avoit servy neuf Roys, ainsi marmotant de la bouche et dodelinant de la teste, alloit veoir prendre quelque connil aux filletz.

Au retour se transportoit en la cuysine pour sçavoir quel roust estoit en broche.

Et souppoit tresbien par ma conscience, et voluntiers convioit quelques beuveurs de ses voisins, avec lesquelz beuvant d'autant, comptoient des vieux jusques es nouveaulx.

Entre aultres avoit pour domesticques les seigneurs du Fou, de Gourville, de Grignault et de Marigny.

Aprés souper venoient en place les beaux evangiles de boys, c'est à dire force tabliers, ou le beau flux, un, deux, troys : ou à toutes restes pour abreger, ou bien alloient veoir les garses d'entour, et petitz bancquetz parmy collations et arrierecollations. Puis dormoit sans desbrider, jusques au lendemain huict heures.

Comment Gargantua feut institué par Ponocrates en telle discipline, qu'il ne perdoit heure du jour

CHAPITRE XXIII

Quand Ponocrates congneut la vitieuse maniere de vivre de Gargantua, delibera aultrement le instituer en lettres, mais pour les premiers jours le tolera : considerant que nature ne endure mutations soubdaines, sans grande violence.

par ma nature je dors-dîne salé, et le sommeil me vaut autant que des jambons. »

Puis il commençait à étudier quelque peu et, chapelet en avant pour mieux expédier ses prières, il montait sur une vieille mule qui avait servi neuf rois. Marmottant ainsi de la bouche et dodelinant de la tête, il allait voir si quelque lapin s'était pris à ses filets.

Au retour, il se transportait en cuisine pour savoir quel rôti était en broche.

Et il soupait très bien par ma foi, et volontiers conviait quelques buveurs de ses voisins, avec lesquels buvant d'autant, ils se racontaient toutes sortes d'histoires, des anciennes jusqu'aux plus récentes. Entre autres, il avait pour familiers les seigneurs du Fou, de Gourville, de Grignault et de Marigny [1].

Après souper on venait placer les beaux évangiles de bois, c'est-à-dire force tables à jouer, ou le beau jeu de flux [2] : une partie, la revanche, la belle, ou quitte ou double pour abréger le jeu. Ou alors ils allaient voir les jeunes filles d'alentour, et banquetaient avec elles de collations en arrière-collations. Puis il dormait d'une traite, jusqu'à huit heures le lendemain.

Comment Gargantua fut éduqué par Ponocrates, de telle sorte qu'il ne perdait nulle heure de sa journée

CHAPITRE XXIII

Quand Ponocrates eut compris combien la manière de vivre de Gargantua était pervertie, il décida de lui enseigner les belles lettres, même si pour les premiers jours il toléra ses manières, considérant que les mutations soudaines exercent toujours sur une nature de grandes violences.

---

1. Tous ces nobles ont bien existé : ils sont originaires de la région du Poitou, d'Angoulême ou du Périgord et ont tenu de hautes fonctions dans l'entourage proche de François Ier. **2.** Ce jeu de cartes avait été le premier de la liste : les jeux, pourtant très nombreux, semblent donc se répéter, et tout se passe comme si la litanie vertigineuse pouvait recommencer ici.

Pour doncques mieulx son œuvre commencer, supplia un sçavant medicin de celluy temps, nommé maistre Theodore : à ce qu'il considerast si possible estoit remettre Gargantua en meilleure voye. Lequel le purgea canonicquement avec Elebore de Anticyre, et par ce medicament luy nettoya toute l'alteration et perverse habitude du cerveau. Par ce moyen aussi Ponocrates luy feist oublier tout ce qu'il avoit apris soubz ses antiques precepteurs, comme faisoit Thimoté à ses disciples qui avoient esté instruictz soubz aultres musiciens.

Pour mieulx ce faire, l'introduisoit es compaignies des gens sçavans, que là estoient, à l'émulation desquelz luy creust l'esperit et le desir de estudier aultrement et se faire valoir.

Aprés en tel train d'estude le mist qu'il ne perdoit heure quelconques du jour : ains tout son temps consommoit en lettres et honeste sçavoir.

Se esveilloit doncques Gargantua environ quatre heures du matin. Ce pendent qu'on le frotoit, luy estoit leue quelque pagine de la divine escripture haultement et clerement avec pronunciation competente à la matiere, et à ce estoit commis un jeune paige natif de Basché, nommé Anagnostes. Selon le propos et argument de ceste leçon, souventesfoys se adonnoit à reverer, adorer, prier, et supplier le bon Dieu : duquel la lecture monstroit la majesté et jugemens merveilleux.

Puis alloit es lieux secretz faire excretion des digestions naturelles. Là son precepteur repetoit ce que avoit esté leu : luy exposant les poinctz plus obscurs et difficiles.

Donc, pour commencer son œuvre au mieux, il pria un savant médecin de ce temps-là, nommé maître Théodore, de juger s'il était possible de remettre Gargantua sur la bonne voie. Celui-ci le purgea dans les règles de l'art avec de l'hellébore d'Anticyre [1], et par ce médicament il lui nettoya toute l'altération et la perverse disposition de son cerveau. Par ce même moyen, Ponocrates lui fit oublier tout ce qu'il avait appris sous ses anciens précepteurs, comme le faisait Timothée à ceux de ses disciples qui avaient été instruits sous d'autres musiciens [2].

Pour parfaire le tout, il l'introduisait dans des cénacles de savants du voisinage ; dans cette émulation, son esprit se développa, de même que son envie d'étudier autrement et de progresser.

Ensuite, il lui imposa un tel rythme d'étude qu'il ne perdait pas une heure de sa journée ; au contraire tout son temps était consacré aux belles lettres et à l'acquisition du savoir d'un honnête homme.

Gargantua s'éveillait donc environ à quatre heures du matin. Cependant qu'on le frictionnait, il lui était lue quelque page de la divine écriture, à voix haute et claire, avec une diction parfaitement appropriée au sens : tâche dévolue à un jeune page natif de Basché [3], nommé Anagnostes [4]. Souvent le propos et le sens de cette leçon l'amenaient à prier, révérant, adorant, et suppliant le bon Dieu, dont la lecture avait démontré la majesté et le jugement merveilleux.

Puis il se retirait en des lieux privés pour faire excrétion des digestions naturelles. Là, son précepteur lui répétait ce qui avait été lu, lui en expliquant les points les plus obscurs et les plus difficiles.

---

1. Cette plante avait la réputation de soigner, celle d'Anticyre étant considérée comme la plus efficace contre la folie, d'après les écrits du botaniste grec Dioscoride (20 ou 40-90 apr. J.-C.), dont les commentaires médicaux sur les plantes sont très reconnus à la Renaissance. **2.** Ce maître de musique avait une méthode curative très particulière, connue grâce à *l'Institution oratoire* de Quintilien (II, 3) : il faisait payer plus cher les élèves qui avaient été formés par d'autres précepteurs. Sans doute ceux-là préféraient-ils « oublier » les anciennes techniques plutôt que de payer davantage. **3.** Lieu proche de Chinon, dont il sera de nouveau question dans le *Quart Livre*. **4.** En grec, ce nom signifie « le lecteur ». Celui qui tient cette fonction doit avoir une prononciation « docte et fidèle », pour donner une lecture qui fasse entendre l'intelligibilité du texte (voir *Quart Livre*, Épître liminaire).

Eulx retornans consideroient l'estat du ciel, si tel estoit comme l'avoient noté au soir precedent : et quelz signes entroit le soleil, aussi la lune pour icelle journée.

Ce faict estoit habillé, peigné, testonné, accoustré, et parfumé, durant lequel temps on luy repetoit les leçons du jour d'avant. Luy mesmes les disoit par cueur : et y fondoit quelques cas practicques et concernens l'estat humain lesquelz ilz estendoient aulcunes foys jusques deux ou troys heures, mais ordinairement cessoient lors qu'il estoit du tout habillé.

Puis par troys bonnes heures luy estoit faicte lecture.

Ce faict yssoient hors, tousjours conferens des propoz de la lecture : et se desportoient en Bracque ou es prez, et jouoient à la balle, à la paulme, à la pile trigone, galentement se exercens les corps comme ilz avoient les ames au paravant exercé.

Tout leur jeu n'estoit qu'en liberté : car ilz laissoient la partie quant leur plaisoit, et cessoient ordinairement lors que suoient parmy le corps, ou estoient aultrement las. Adoncq estoient tresbien essuez, et frottez, changeoint de chemise : et doulcement se pourmenans alloient veoir sy le disner estoit prest. Là attendens recitoient clerement et eloquentement quelques sentences retenues de la leçon.

Ce pendent monsieur l'appetit venoit et par bonne oportunité s'asseoient à table.

Au commencement du repas estoit leue quelque histoire plaisante des anciennes prouesses : jusques à ce qu'il eust prins son vin. Lors (si bon sembloit) on continuoit la lecture : ou commenceoient à diviser joyeusement ensemble, parlans pour les premiers moys de la vertus,

Pendant qu'ils s'en revenaient, ils considéraient l'état du ciel, le comparaient avec ce qu'ils avaient remarqué la veille au soir, se demandant en quels signes entrait le Soleil, et aussi la Lune pour cette nouvelle journée.

Cela fait, il était habillé, peigné, coiffé, arrangé avec élégance, parfumé, et l'on profitait du temps de ces préparatifs pour lui répéter les leçons du jour d'avant. Lui-même les récitait par cœur, et en tirait quelques cas pratiques concernant la nature humaine, qu'ils développaient parfois pendant deux ou trois heures, mais ordinairement ils s'interrompaient lorsqu'il était entièrement habillé.

Puis pendant trois bonnes heures on lui faisait la lecture. Cela fait, ils sortaient, conférant toujours du propos qui avait été lu ; et ils se dirigeaient vers le jeu de paume du grand Bracque [1], ou vers les prés, où ils jouaient à la balle, à la paume, à la pile trigone [2], exerçant leur corps avec autant d'élégance qu'ils avaient auparavant exercé leurs âmes.

Le jeu se faisait en toute liberté, car ils abandonnaient la partie selon leur bon plaisir, et cessaient généralement quand leur corps était en sueur, ou autrement quand ils étaient las. Ils étaient alors très bien essuyés et frottés, ils changeaient de chemise. Et en se promenant paisiblement, ils allaient voir si le déjeuner était prêt. En attendant, ils récitaient d'une voix claire et éloquente quelques sentences retenues de la leçon.

Cependant, monsieur l'appétit venait, et ils s'asseyaient à table fort opportunément.

Au commencement du repas, était lue quelque histoire plaisante des anciennes prouesses de chevalerie, jusqu'à ce que Gargantua eût pris son vin. Alors, si bon leur semblait, on continuait la lecture ; ou bien ils commençaient à deviser joyeusement tous ensemble, parlant, les premiers mois, de

---

1. Ce terrain de jeu de paume était situé sur la montagne Sainte-Geneviève.
2. La pile est une balle dure faite de bandes de cuir. La pile trigone se joue à trois joueurs. Galien avait écrit un traité *Sur l'exercice avec la petite balle* où il conseillait de pratiquer ce jeu car, entre autres, il est abordable financièrement, sollicite l'ensemble du corps, contrairement à la lutte ou à la course, possède une dimension stratégique et comporte moins de risques de blessures que d'autres sports.

proprieté, efficace, et nature, de tout ce que leur estoit servy à table. Du pain, du vin, de l'eau, du sel, des viandes, poissons, fruictz, herbes, racines, et de l'aprest d'icelles. Ce que faisant aprint en peu de temps tous les passaiges à ce competens en Pline, Athené, Dioscorides, Jullius pollux, Galen, Porphyre, Opian, Polybe, Heliodore, Aristoteles, Aelian, et aultres. Iceulx propos tenus faisoient souvent pour plus estre asseurez, apporter les livres susdictz à table. Et si bien et entierement retint en sa memoire les choses dictes, que pour lors n'estoit medicin, qui en sceust à la moytié tant comme il faisoit.

Apres devisoient des leçons leues au matin, et parachevant leur repas par quelque confection de cotoniat, se couroit les dens avecques un trou de Lentisce, se lavoit les mains et les yeulx de belle eaue fraische : et rendoient graces à dieu par quelques beaulx canticques faictz à la louange de la munificence et benignité divine. Ce faict on apportoit des chartes, non pour jouer, mais pour y apprendre mille petites gentillesses, et inventions nouvelles. Lesquelles toutes yssoient de Arithmetique.

En ce moyen entra en affection de icelle science numerale, et tous les jours aprés disner et souper y passoit temps aussi plaisantement, qu'il souloit en dez ou es

la vertu, des propriétés, qualités et nature de tout ce qui leur était servi à table : du pain, du vin, de l'eau, du sel, des viandes, poissons, fruits, herbes, légumes, et des façons de les cuisiner. Ce faisant, il apprit en peu de temps tous les passages utiles sur ces sujets chez Pline, Athénée, Dioscoride, Julius Pollux, Galien, Porphyre, Oppien, Polybe, Héliodore, Aristote, Elien, et d'autres [1]. Ces propos échangés, ils faisaient souvent, pour vérifier leurs connaissances, apporter à table les livres en question. Et il retint si bien et entièrement ces choses en sa mémoire qu'il n'existait aucun médecin de ce temps qui sût seulement la moitié de ce qu'il savait.

Après, ils devisaient des leçons lues le matin, et achevant leur repas par quelque confiture de coings, il se curait les dents avec un tronc de lentisque [2], se lavait les mains et les yeux de belle eau fraîche, et tous rendaient grâce à Dieu par quelques beaux cantiques faits à la louange de la magnificence et de la bienveillance divines. Cela fait, on apportait des cartes, non pour jouer mais pour y apprendre mille petites finesses et astuces nouvelles, issues de l'arithmétique.

Par ce moyen il prit goût à cette science des nombres, et tous les jours après le déjeuner et le dîner il y passait du temps, avec un plaisir aussi grand que celui qu'il prenait auparavant avec les dés et les cartes. Tant et si bien qu'il

---

1. Ces naturalistes de l'Antiquité sont tous considérés comme des auteurs importants à la Renaissance. Il faut donc les avoir lus pour savoir les vertus des plantes et les propriétés des animaux, notamment en ce qui concerne leurs usages alimentaires et diététiques. Outre les plus célèbres, qui sont tous des références obligées et attendues (Pline l'Ancien, Aristote, Dioscoride, Galien et Elien [175-235]), Rabelais mentionne quelques auteurs moins attendus, comme Athénée (IIe siècle), l'auteur du *Banquet des hommes sages* qui traite de l'usage des fleurs et des fruits, Julius Pollux (IIe-IIIe siècles), auteur d'un lexique grec sur la chasse et la pêche, et Porphyre (IIIe siècle) qui traita de l'abstinence de la chair des animaux. Enfin, preuve que les connaissances peuvent être glanées dans tout écrit, la liste comprend des références qu'on jugerait aujourd'hui littéraires, comme Polybe (208-126 av. J.-C.), historien et géographe grec, Oppien, poète grec du IIIe siècle, et surtout Héliodore (IIIe ou IVe siècle), auteur grec d'un long roman intitulé les *Éthiopiques*. **2.** Le lentisque, ou arbre au mastic, pousse dans les garrigues méditerranéennes. Dioscoride recommande l'usage de toutes les parties de la plante, en particulier pour soigner la bouche, comme le fait Gargantua ici.

chartes. À tant sceut d'icelle et theoricque et practicque, si bien que Tunstal Angloys, qui en avoit amplement escript, confessa que vrayement en comparaison de luy il n'y entendoit que le hault Alemant.

Et non seulement d'icelle, mais des aultres sciences mathematicques, comme Geometrie, Astronomie, et Musicque. Car attendens la concoction et digestion de son past, ilz faisoient mille joyeux instrumens et figures Geometricques, et de mesmes praticquoient les canons Astronomicques. Aprés se esbaudissoient à chanter musicalement à quatre et cinq parties, ou sus un theme à plaisir de gorge.

Au reguard des instrumens de musicque, il aprint jouer du luc, de l'espinette, de la harpe, de la flutte de Alemant et à neuf trouz, de la viole, et de la sacqueboutte.

Ceste heure ainsi employée, la digestion parachevée, se purgoit des excremens naturelz : puis se remettoit à son estude principal par troys heures ou davantaige : tant à repeter la lecture matutinale, que à poursuyvre le livre entreprins que aussi à escripre et bien traire et former les antiques et Romaines lettres.

Ce faict yssoient hors leur hostel avecques eulx un jeune gentilhomme de Touraine nommé l'escuyer Gymnaste, lequel luy monstroit l'art de chevalerie.

Changeant doncques de vestemens monstoit sus un coursier, sus un roussin, sus un genet, sus un cheval barbe, cheval legier : et luy donnoit cent quarieres, le faisoit voltiger en

apprit de cette science et la théorie et la pratique, au point que Tunstall l'Anglais [1], qui avait pourtant amplement écrit sur le sujet, confessa que vraiment, en comparaison, il n'y entendait goutte.

L'arithmétique entraînait avec elle les autres sciences mathématiques, comme la géométrie, l'astronomie et la musique [2]. Car en attendant la fin de la digestion de son repas, ils faisaient mille jolis instruments et figures géométriques, et de même ils expérimentaient les lois astronomiques. Après quoi ils se divertissaient à chanter mélodieusement à quatre ou cinq voix ou, sur un thème, improvisaient librement des vocalises. Quant aux instruments de musique, il apprit à jouer du luth, de l'épinette, de la harpe, de la flûte traversière et de la flûte à neuf trous, de la viole, de la saqueboute [3].

Cette heure ainsi employée, et sa digestion parachevée, il se purgeait des excréments naturels, puis se remettait à son étude principale pendant trois heures ou davantage : tant à répéter la lecture matinale qu'à poursuivre le livre entrepris, ou encore à écrire, à bien tracer et calligraphier les lettres romaines à l'antique [4].

Cela fait, ils sortaient de leur demeure avec un jeune gentilhomme de Touraine, nommé l'écuyer Gymnaste, qui lui enseignait l'art de la chevalerie.

Changeant donc de vêtement, il montait sur un coursier, sur un roussin, sur un genet, sur un cheval barbe, un cheval léger [5]. Il lui offrait cent tours de manège, le faisait voltiger,

---

1. Cuthbert Tunstall (1474-1559), évêque de Durham, qui avait rencontré Érasme à Bruxelles en 1516, publia en 1522 à Londres un traité d'arithmétique dédié à Thomas More : il s'agit du premier livre de mathématiques publié en Angleterre. Il fut assez fameux pour être publié ensuite à Paris en 1529 par Robert Estienne, éditeur humaniste et imprimeur du roi (1503-1559). **2.** C'est le programme du *quadrivium*. La musique, dont l'origine était attribuée à Pythagore, était caractérisée par des intervalles et des mesures à compter, d'où son appartenance aux sciences mathématiques. **3.** Instruments à cordes et à vent. **4.** Et non les lettres gothiques que lui apprenaient ses anciens précepteurs : l'évolution est à souligner (voir note 1, p. 139). **5.** Des chevaux de différentes races et de différents tempéraments sont soumis à l'élève qui doit être capable de s'adapter à sa monture.

l'air, franchir le fossé, saulter le palys, court tourner en un cercle, tant à dextre comme à senestre.

Là rompoit non la lance. Car c'est la plus grande resverye du monde, dire, « j'ay rompu dix lances en tournoy, ou en bataille » : un charpentier le feroit bien. Mais louable gloire est d'une lance avoir rompu dix de ses ennemys.

De sa lance doncq asserée, verde, et roide, rompoit un huys, enfonçoit un harnoys, acculloyt une arbre, enclavoyt un aneau, enlevoit une selle d'armes, un aubert, un gantelet.

Le tout faisoit armé de pied en cap. Au reguard de fanfarer et faire les petitz popismes sus un cheval nul ne le feist mieulx que luy. Le voltigeur de Ferrare n'estoit q'un singe en comparaison. Singulierement estoit aprins à saulter hastivement d'un cheval sus l'aultre sans prendre terre. Et nommoit on ces chevaulx desultoyres, et de chascun cousté la lance au poing, monter sans estriviers, et sans bride, guider le cheval à son plaisir. Car telles choses servent à discipline militaire.

Un aultre jour se exerceoit à la hasche. Laquelle tant bien coulloyt, tant verdement de tous pics reserroyt, tant soupplement avalloit en taille ronde, qu'il feut passé chevalier d'armes en campaigne, et en tous essays.

Puis bransloit la picque, sacquoit de l'espée à deux mains, de l'espée bastarde, de l'espagnole, de la dague, et du poignard, armé, non armé, au boucler, à la cappe, à la rondelle.

Couroit le cerf, le chevreuil, l'ours, le dain, le sanglier, le lievre, la perdrys, le faisant, l'otarde. Jouoit à la grosse balle, et la faisoit bondir en l'air autant du pied, que du poing.

franchir un fossé, sauter des obstacles, tourner court en cercle, tant vers la droite que vers la gauche.

Là il ne rompait pas la lance. Car c'est la plus grande niaiserie du monde que de clamer : « J'ai rompu dix lances en tournoi ou en bataille » ; un charpentier le ferait facilement. Mais ce qui est vraiment louable et digne de gloire est bien d'avoir, d'une lance, rompu dix de ses ennemis.

De sa lance, donc, acérée, solide et tendue, il rompait une porte, enfonçait une armure, renversait un arbre, enfilait un anneau, accrochait une selle d'armes, un haubert, un gantelet. Il faisait le tout armé de pied en cap.

Pour ce qui est de parader et de faire toutes sortes de petites acrobaties sur un cheval, nul ne le faisait mieux que lui. Le grand écuyer de Ferrare [1] n'était qu'un singe en comparaison. En particulier, il avait appris à sauter lestement d'un cheval sur l'autre sans mettre pied à terre, sur ces chevaux qu'on nommait « voltigeurs ». Il savait aussi monter sans étriers, d'un côté comme de l'autre et la lance au poing, et, sans avoir besoin des rênes, guider un cheval à sa guise. En effet, de telles qualités servent à l'art militaire.

D'autres jours il s'exerçait à la hache : il la faisait si bien glisser, il la maniait si hardiment en tous ses coups de pointe, il l'abaissait si souplement pour donner un coup de taille en cercle, qu'il aurait pu passer chevalier d'armes en campagne, et dans toutes les épreuves.

Et puis il brandissait la pique, frappait de l'épée à deux mains, de l'épée bâtarde, de la rapière espagnole [2], de la dague, et du poignard : tantôt en armure, sans armure, au bouclier, à la cape ou à la rondache [3].

Il courait le cerf, le chevreuil, l'ours, le daim, le sanglier, le lièvre, la perdrix, le faisan, l'outarde. Il jouait au ballon et le faisait bondir en l'air, autant du pied que du poing.

---

1. Les écuyers italiens avaient une grande renommée en Europe. **2.** L'épée bâtarde est une épée pesante et très tranchante, dite « bâtarde » parce qu'elle peut servir à frapper d'estoc et de taille (par la pointe ou le tranchant de l'arme). La rapière espagnole est une épée longue et fine, à lame souple, apparue en Espagne dans la seconde moitié du XVe siècle. Les Espagnols développent avec cette arme des techniques de combat presque mathématiques, qui sont tenues secrètes. **3.** Gargantua s'exerce à toutes sortes de systèmes de défense. « À la cape » signifie qu'il enroule sa cape sur son bras gauche. La rondache désigne une sorte de bouclier rond.

Luctoit : couroit : saultoit : non à troys pas un sault, non à clochepied, non au sault d'alemant. « Car (disoit Gymnaste) telz saulx sont inutiles, et de nul bien en guerre. » Mais d'un sault persoit un foussé : volloit sus une haye, montoit six pas encontre une muraille et rampoit en ceste façon à une fenestre de la haulteur d'une lance.

Nageoit en parfonde eau, à l'endroict, à l'envers, de cousté : de tout le corps : des seulz pieds, une main en l'air, en laquelle tenant un livre transpassoit toute la riviere de Seine sans icelluy mouiller et tyrant par les dens son manteau, comme faisoit Jules Cesar, puis d'une main entroit par grande force en basteau, d'icelluy se gettoit de rechief en l'eaue la teste premiere, sondoit le parfond, creuzoyt les rochiers, plongeoit es abysmes et goufres. Puis icelluy basteau tournoit, gouvernoit : menoit hastivement, lentement, à fil d'eau, contre cours, le retenoit en pleine escluse, d'une main le guidoit, de l'aultre s'escrimoit avec un grand aviron, tendoit le vele : montoit au matz par les traictz : courroit sus les brancquars, adjoustoit la boussole, contreventoit les bulines, bendoit le gouvernail.

Issant de l'eau roidement montoit encontre la montaigne, et devalloit aussi franchement, gravoit es arbres comme un chat, saultoit de l'une en l'aultre comme un escurieux : abastoit les gros rameaulx comme un aultre Milo : avec deux poignards asserez et deux poinsons esprouvez, montoit au hault d'une maison comme un rat, descendoit puis du hault en bas en telle composition des membres, que de la cheute n'estoit aulcunement grevé.

Jectoit le dart, la barre, la pierre : la javeline : l'espieu : la halebarde, enfonceoit l'arc, bandoit es reins les fortes arbalestes de passe, visoit de l'arquebouse à l'œil,

Il luttait, courait, sautait, non pas d'un bond en trois pas, ni à cloche-pied, ni par un saut d'Allemand[1] : « Car, disait Gymnaste, de tels sauts sont inutiles, et n'ont aucun intérêt en temps de guerre. » Mais d'un saut il franchissait un fossé, volait par-dessus une haie, montait de six pas contre une muraille et pouvait grimper de cette façon jusqu'à une fenêtre de la hauteur d'une lance.

Il nageait en eau profonde, à l'endroit, à l'envers, de côté, de tout le corps, des seuls pieds, une main en l'air tenant un livre, et il traversait toute la rivière de la Seine sans le mouiller tout en tirant son manteau par les dents, comme le faisait Jules César[2] ; puis à la force d'une seule main il se hissait dans un bateau, d'où il se jetait à l'eau derechef la tête la première, sondait le fond de l'eau, explorait les creux des rochers, plongeait dans les abîmes et les gouffres. Puis il dirigeait son bateau et le manœuvrait, le menait rapidement, lentement, au fil de l'eau, à contre-courant, le retenait en pleine écluse, le guidait d'une main, de l'autre s'escrimait avec un grand aviron, bordait la voile, montait au mât par les filins, courait sur les vergues, ajustait la boussole, tendait les cordages face au vent, serrait le gouvernail.

Sortant vivement de l'eau, il gravissait la montagne et la dévalait aussi franchement, grimpait aux arbres comme un chat, sautait de l'un à l'autre comme un écureuil, abattait de grosses branches comme un nouveau Milon[3] , avec deux poignards acérés et deux crampons à toute épreuve, il montait au sommet d'une maison comme un rat, puis descendait d'un bond jusqu'en bas avec une telle souplesse que la chute ne le meurtrissait pas.

Il lançait le dard, la barre de bois, la pierre, le javelot, l'épieu, la hallebarde. Il tendait l'arc, bandait par ses seuls reins les fortes arbalètes de passe, visait à l'œil nu avec

1. Ces trois types de sauts étaient des acrobaties ou des jeux, bien distincts des sauts « utiles » à l'art militaire que Gymnaste enseigne à son élève.
2. Cette anecdote, empruntée à Plutarque, est un moyen de justifier de tels exercices qui auraient pu passer pour pure virtuosité sans fondement. La mention de César permet de revenir à l'utilité militaire et au modèle antique.
3. Milon, cité à deux reprises dans ce passage, est un athlète de Crotone (Italie du Sud) qui voulut montrer sa force en séparant les deux moitiés d'un tronc d'arbre à peine fendu. Il est l'archétype de la force physique athlétique.

affeustoit le canon, tyroit à la butte, au papeguay, du bas en mont, d'amont en val, devant, de cousté, en arriere, comme les Parthes.

On luy atachoit un cable en quelque haulte tour pendent en terre : par icelluy avecques deux mains montoit, puis devaloit sy roidement, et sy asseurement, que plus ne pourriez parmy un pré bien eguallé.

On luy mettoit une grosse perche apoyée à deux arbres à icelle se pendoit par les mains, et d'icelle alloit et venoit sans des pieds à rien toucher, que à grande course on ne l'eust peu aconcepvoir.

Et pour se exercer le thorax et pulmon crioit comme tous les diables. Je l'ouy une foys appellant Eudemon depuis la porte sainct Victor jusques à Mont matre. Stentor n'eut oncques telle voix à la bataille de Troye.

Et pour gualentir les nerfz, on luy avoit faict deux grosses saulmones de plomb chascune du poys de huyt mille sept cens quintaulx lesquelles il nommoit alteres. Icelles prenoit de terre en chascune main et les elevoit en l'air au dessus de la teste, et les tenoit ainsi sans soy remuer troys quars d'heure et davantaige, que estoit une force inimitable.

Jouoit aux barres avecques les plus fors. Et quand le poinct advenoit, se tenoit sus ses pieds tant roiddement qu'il se abandonnoit es plus adventureux en cas qu'ilz le feissent mouvoir de sa place. Comme jadis faisoit Milo.

À l'imitation duquel aussi tenoit une pomme de grenade en sa main, et la donnoit à qui luy pourroit ouster.

l'arquebuse[1], affûtait le canon, tirait à la cible, au perroquet[2], de bas en haut, d'amont en aval, en avant, de côté et en arrière comme les Parthes[3].

On lui attachait un câble qui pendait de quelque haute tour jusqu'à terre : il y montait à deux mains, puis le dévalait si rapidement et si sûrement, que vous n'auriez pas fait mieux sur le plat, dans un pré.

On lui disposait une grosse perche appuyée à deux arbres : il s'y pendait par les mains, et il allait et venait d'un bout à l'autre sans rien toucher avec les pieds, si vite que personne ne pouvait le rattraper, même au pas de course.

Et pour s'exercer le thorax et les poumons, il criait comme tous les diables. Une fois, je l'ai entendu appeler Eudémon depuis la porte Saint-Victor jusqu'à Montmartre[4]. Stentor[5] n'eut jamais une telle voix à la bataille de Troie.

Et pour fortifier ses muscles, on lui avait fait deux grosses masses de plomb en forme de saumons, chacune du poids de huit mille sept cents quintaux, et qu'il nommait ses haltères. Il les soulevait de terre, une dans chaque main, et les élevait en l'air au-dessus de sa tête, les tenant ainsi sans remuer trois quarts d'heure et davantage, ce qui montrait une force inimitable.

Il jouait aux barres avec les plus forts. Et quand le choc arrivait, il se tenait sur ses pieds si vigoureusement qu'il mettait les plus téméraires au défi de le déséquilibrer, tout comme jadis le faisait Milon. Et à son exemple, il tenait aussi une grenade dans la main, pour la donner à qui pourrait la lui enlever.

---

1. Les arbalètes de passe, utilisées pour les sièges, mesuraient environ 20 m de long et étaient actionnées par un treuil ; les arquebuses étaient ordinairement posées sur un support : nul ne « visait à l'œil » en mettant à l'épaule une arme de près de 20 kg. Or Gargantua se sert de la force de ses reins et de ses mains pour manier ces armes très lourdes. **2.** Cible en forme d'oiseau, accrochée en haut d'un mât. **3.** Les Parthes avaient une technique de combat particulière qui consistait à feindre la fuite. Cela incitait leurs adversaires à les poursuivre et lorsque, croyant les atteindre, ils se mettaient à leur portée, les cavaliers parthes étaient assez habiles pour leur décocher des flèches en se retournant sur leur monture. **4.** La voix traverse tout Paris, passant du sud au nord, d'une rive à l'autre de la Seine. **5.** Héros grec de l'*Iliade*, dont la voix a une puissance devenue proverbiale.

Le temps ainsi employé, luy froté, nettoyé, et refraischy d'habillemens, tout doulcement retournoit et passans par quelques prez, ou aultres lieux herbuz, visitoient les arbres et plantes, les conferens avec les livres des anciens qui en ont escript comme Theophraste, Dioscorides, Marinus, Pline, Nicander, Macer, et Galen, et en emportoient leurs plenes mains au logis, desquelles avoit la charge un jeune page nommé Rhizotome, ensemble des marrochons, des pioches, cerfouettes, beches, tranches, et aultres instrumens requis à bien arborizer.

Eulx arrivez au logis ce pendent qu'on aprestoit le souper repetoient quelques passaiges de ce qu'avoit esté leu et s'asseoient à table.

Notez icy que son disner estoit sobre et frugal, car tant seulement mangeoit pour refrener les haboys de l'estomach, mais le soupper estoit copieux et large. Car tant en prenoit que luy estoit de besoing à soy entretenir et nourrir. Ce que est la vraye diete prescripte par l'art de bonne et seure medicine, quoy q'un tas de badaulx medicins herselez en l'officine des Sophistes conseillent le contraire.

Durant icelluy repas estoit continuée la leçon du disner : tant que bon sembloit : le reste estoit consommé en bons propous tous lettrez et utiles.

Aprés graces rendues se adonnoient à chanter musicalement : à jouer d'instrumens harmonieux : ou de ces petitz passetemps qu'on faict es chartes : es dez : et guobeletz : et là demouroient faisans grand chere et s'esbaudissans

Le temps ayant été ainsi occupé, après avoir été frotté, nettoyé, et avoir changé de vêtements, il s'en retournait très calmement. Alors, passant par quelque pré et autres lieux herbus, ils allaient examiner les arbres et les plantes, les confrontant avec les livres des Anciens qui ont écrit sur le sujet, comme Théophraste, Dioscoride, Marinus, Pline, Nicander, Macer, et Galien[1]. Et ils en rapportaient une abondante cueillette au logis. Celui qui s'en chargeait était un jeune page nommé Rhizotome[2], responsable aussi des binettes, des pioches, des serpettes, des bêches, des tranchoirs, et de tout autre instrument requis pour bien herboriser.

Une fois arrivés au logis, cependant qu'on préparait le souper, ils répétaient quelques passages de ce qui avait été lu et s'asseyaient à table.

Remarquez ici que son déjeuner était sobre et frugal, car il ne mangeait que pour réfréner les abois de l'estomac, mais le souper était copieux et large. Car il prenait alors tout ce qui lui était nécessaire pour s'entretenir et se nourrir. Tel est le vrai régime prescrit par l'art de bonne et sûre médecine, même si un tas de benêts de médecins disputant dans les officines des sophistes[3] prétendent conseiller le contraire.

Durant ce repas on continuait la leçon du déjeuner, tant que bon leur semblait ; le reste du temps était consommé en bons propos bien lettrés et utiles. Après avoir rendu les grâces, ils s'adonnaient à chanter en musique, à jouer d'harmonieux instruments, ou à des petits passe-temps comme les cartes, les dés, les cornets. Et ils demeuraient là, faisant

---

1. Références livresques pour l'étude de la botanique. On perçoit bien ici la nouveauté de la méthode scientifique à la Renaissance : les savoirs puisés dans les livres antiques sont systématiquement confrontés à l'observation et à l'expérience pratique d'herborisation sur le terrain, afin de vérifier les connaissances transmises, pour éventuellement les compléter. Les auteurs convoqués dans cette liste sont tantôt très célèbres dans cette discipline, comme Dioscoride, Pline, Galien ou Théophraste (auteur, au IVe siècle av. J.-C., de deux traités sur les plantes), tantôt plus confidentiels : Gargantua n'écarte *a priori* aucune lecture et ne lit pas seulement les auteurs de référence. **2.** En grec, ce nom signifie « celui qui coupe les racines ». **3.** Ce terme remplace en 1542 le mot « arabes », qui stigmatisait l'avis contraire de la médecine arabe.

aulcunesfoys jusques à l'heure de dormir, quelque foys alloient visiter les compaignies des gens lettrez : ou de gens que eussent veu pays estranges.

En pleine nuict davant que soy retirer alloient au lieu de leur logis le plus descouvert veoir la face du ciel : et là notoient les cometes sy aulcunes estoient : les figures : situations : aspectz : oppositions : et conjunctions des astres.

Puis avec son precepteur recapituloit briefvement à la mode des Pythagoricques tout ce qu'il avoit leu : veu, sceu : faict : et entendu au decours de toute la journée.

Si prioient dieu le createur en l'adorant, et ratifiant leur foy envers luy : et le glorifiant de sa bonté immense : et luy rendant grace de tout le temps passé, se recommandoient à sa divine clémence pour tout l'advenir. Ce faict entroient en leur repous.

Comment Gargantua employoit le temps quand l'air estoit pluvieux

CHAPITRE XXIIII

S'il advenoit que l'air feust pluvieux et intemperé, tout le temps d'avant disner estoit employé comme de coustume, excepté qu'il faisoit allumer un beau et clair feu, pour corriger l'intemperie de l'air. Mais aprés disner en lieu des exercitations : ilz demouroient en la maison et par maniere de Apotherapic s'esbatoient à boteler du

grande chère et s'amusant parfois jusqu'à l'heure de dormir ; quelquefois ils allaient rendre visite à des compagnies de gens savants, ou à des gens qui avaient visité des pays étrangers.

En pleine nuit, avant de se retirer, ils allaient à l'endroit le plus découvert de leur logis pour voir l'aspect du ciel : et là ils observaient les comètes s'il y en avait, les figures, situations, positions, oppositions et conjonctions des astres.

Puis avec son précepteur il récapitulait brièvement à la façon des pythagoriciens [1] tout ce qu'il avait lu, vu, su, fait, et entendu au cours de la journée tout entière. Ainsi ils priaient Dieu le créateur en l'adorant, et confirmant leur foi en lui, et le glorifiant de sa bonté immense, lui rendant grâce de tout le temps passé, ils se recommandaient à sa divine clémence pour tout l'avenir. Cela fait, ils entraient en leur repos.

Comment Gargantua s'occupait quand le temps était pluvieux

CHAPITRE XXIV

S'il advenait que le temps soit pluvieux et l'air gros d'intempéries, tout le temps d'avant le déjeuner était employé comme de coutume, à ceci près qu'il faisait allumer un beau et clair feu, pour corriger l'intempérie [2] humide de l'air. Mais après le déjeuner, au lieu de faire des exercices physiques à l'extérieur, ils demeuraient dans la maison et pour maintenir leur santé ils se dépensaient à botteler du

1. Selon l'école pythagorique, qui considère que l'âme a connu des vies antérieures qu'elle est capable de rappeler par la réminiscence, les disciples, pour accéder à la connaissance parfaite, devaient entretenir cette aptitude en se remémorant chaque soir tous les événements de la journée écoulée. Ils espéraient ainsi devenir aptes à se souvenir de l'histoire de leur âme. **2.** Première attestation en français de ce terme, qui signifie littéralement qu'un déséquilibre (penchant ici vers l'humidité) affecte la « tempérance » de l'air. Ce dérèglement est rééquilibré par le fait d'allumer un grand feu. Ces conceptions sont à mettre en relation avec la théorie des humeurs (voir note 2, p. 89).

foin, à fendre et seier du boys et à batre les gerbes en la grange. Puys estudioient en l'art de paincture : et sculpture : ou revocquoient en usage l'anticque jeu des tabes, ainsi qu'en a escript Leonicus, et comme y joue nostre bon amy Lascaris.

En y jouant recoloient les passaiges des auteurs anciens es quelz est faicte mention ou prinse quelque metaphore sus iceluy jeu. Semblablement ou alloient veoir comment on tiroit les metaulx ou comment on fondoit l'artillerye : ou alloient veoir les lapidaires, orfevres et tailleurs de pierreries, ou les Alchymistes et monoyeurs, ou les haultelissiers, les tissotiers, les velotiers, les horologiers, miralliers, Imprimeurs, organistes, tinturiers, et aultres telles sortes d'ouvriers, et par tout donnans le vin, aprenoient, et consideroient l'industrie et invention des mestiers.

Alloient ouir les leçons publicques, les actes solennelz, les repetitions, les declamations, les playdoiez des gentilz advocatz, les concions des prescheurs evangeliques.

Passoit par les salles et lieux ordonnez pour l'escrime, et là contre les maistres essayoit de tous bastons, et leurs monstroit par evidence, que autant voyre plus en sçavoit que iceulx.

Et au lieu de arboriser, visitoient les bouticques des drogueurs, herbiers et apothecaires, et soigneusement consideroient les fruictz, racines, fueilles, gommes, semences, axunges peregrines, ensemble aussi comment on les adulteroit.

Alloit veoir les basteleurs, trejectaires et theriacleurs, et consideroit leurs gestes, leurs ruses, leurs sobressaulx, et beau parler : singulierement de ceux de Chaunys en Picardie, car ilz sont de nature grands jaseurs et beaulx bailleurs de baillivernes en matiere de cinges verds.

foin, à fendre et scier du bois, et à battre les gerbes dans la grange. Puis ils étudiaient l'art de la peinture, de la sculpture, ou remettaient à l'honneur l'antique jeu des osselets, ainsi qu'en a écrit Léonicus [1], et comme y joue notre bon ami Lascaris [2].

En y jouant, ils se rappelaient et récitaient les passages des auteurs anciens en lesquels on trouve une mention ou la formation d'une métaphore prise audit jeu. Ils allaient aussi voir tantôt comment on étirait les métaux, tantôt comment on fondait l'artillerie. Ou encore ils allaient voir les joailliers, les orfèvres et les tailleurs de pierres précieuses, ou les alchimistes et les fondeurs de monnaies, ou les tapissiers, les tisserands, les veloutiers, les horlogers, les miroitiers, les imprimeurs, les facteurs d'orgues, les teinturiers, et toutes sortes d'autres artisans, et partout offrant à boire, ils apprenaient et observaient l'ingéniosité et l'habileté d'exécution de ces métiers.

Ils allaient écouter les leçons publiques, les actes solennels, les répétitions, les déclamations, les plaidoyers des bons avocats, les harangues des prêcheurs évangéliques.

Il passait par les salles et lieux réservés à l'escrime et là contre les maîtres il s'exerçait à toutes les armes, et leur montrait d'évidence qu'il en savait autant, voire plus qu'eux.

Et au lieu d'herboriser, ils visitaient les boutiques des droguistes, des herboristes et des apothicaires, et soigneusement observaient les fruits, racines, feuilles, gommes, semences, onguents exotiques, et aussi la manière de les transformer.

Il allait voir les bateleurs, escamoteurs et thériacleurs [3], et il observait leurs gestes, leurs ruses, leurs pantomimes et leur boniment : en particulier ceux de Chauny [4] en Picardie, car ils sont par nature grands bavards et beaux parleurs, racontant des balivernes bizarres pleines de singes verts [5].

---

1. Nicolaus Leonicus Thomæus (1457-1533), humaniste italien, avait tout juste remis au goût du jour ce jeu de l'Antiquité dans un traité publié à Lyon dans les années 1530. **2.** Lascaris (1445-1534) : humaniste et professeur de grec de celui qui deviendra le plus grand humaniste de la Renaissance, Guillaume Budé (1467-1540). **3.** Vendeurs de thériacle, remède miracle de charlatan. **4.** Les bateleurs de Chauny, près de Laon, étaient réputés être les meilleurs. **5.** Propos fantaisistes. Au lieu des « singes verts », on dirait aujourd'hui des « éléphants roses ».

Eulx retournez pour soupper, mangeoient plus sobrement que es aultres jours, et viandes plus desiccatives et extenuantes : affin que l'intemperie humide de l'air, communicqué au corps par necessaire confinité, feust par ce moyen corrigée et ne leurs feust incommode par ne soy estre exercitez : comme avoient de coustume.

Ainsi fut gouverné Gargantua et continuoit ce procés de jour en jour, profitant comme entendez que peut faire un jeune homme scelon son aage de bon sens, en tel exercice, ainsi continué. Lequel combien que semblast pour le commencement difficile, en la continuation tant doulx fut, legier, et delectable, que mieulx ressembloit un passetemps de roy, que l'estude d'un escholier.

Toutesfoys : Ponocrates pour le sejourner de ceste vehemente intention des esperitz, advisoit une foys le moys quelque jour bien clair et serain, auquel bougeoient au matin de la ville, et alloient ou à Gentily, ou à Boloigne, ou à Montrouge, ou au pont Charanton, ou à Vanves, ou à sainct Clou. Et là passoient toute la journée à faire la plus grande chere dont ilz se pouvoient adviser : raillans : gaudissans : beuvans d'aultant : jouans : chantans : dansans : se voytrans : en quelque beau pré : deniceans des passeraulx, prenans des cailles : peschans aux grenoilles : et escrevisses.

Mais encores que icelle journée feust passée sans livres et lectures : poinct elle n'estoit passée sans proffit. Car en beau pré ilz recoloient par cueur quelques plaisans vers : de l'*agriculture* de Virgile : de Hesiode : du *Rusticque* de Politian : descripvoient quelques plaisans epigrammes en latin : puis les mettoient par rondeaux et ballades en langue Françoyse.

En banquetant du vin aisgué separoient l'eau : comme l'enseigne Cato *de re rust*. et Pline : avecques un guobelet

Une fois de retour pour souper, ils mangeaient plus sobrement que les autres jours, et des nourritures plus desséchantes et amaigrissantes, afin que l'humidité et l'intempérie de l'air, nécessairement communiquées au corps par une proximité naturelle, soient par ce moyen corrigées et qu'ils ne soient pas incommodés de ne pas s'être dépensés comme ils avaient coutume de le faire.

Ainsi fut éduqué Gargantua, et il continuait ce programme jour après jour. Cultivant ainsi cette méthode, il progressait, vous vous en doutez, comme peut le faire selon son âge un jeune homme de son intelligence. Et la méthode, bien qu'apparemment difficile au commencement, fut à la longue si douce, légère et délectable qu'elle ressemblait plutôt à un passe-temps de roi qu'à l'étude d'un écolier.

Toutefois, Ponocrates, pour le reposer de cette véhémente activité de l'esprit, choisissait une fois par mois un jour bien clair et bien serein, durant lequel ils quittaient la ville au matin, et allaient ou à Gentilly, ou à Boulogne, ou à Montrouge, ou au pont de Charenton, ou à Vanves, ou à Saint-Cloud [1]. Et là, ils passaient toute la journée à faire la plus grande chère qu'on pouvait imaginer, plaisantant, riant, buvant d'autant, jouant, chantant, dansant, se prélassant en quelque beau pré, dénichant des passereaux, prenant des cailles, pêchant des grenouilles et des écrevisses.

Mais bien que cette journée se fût passée sans livres ni lectures, elle ne s'était pas écoulée sans profit. Car dans le beau pré, ils récitaient par cœur quelques plaisants vers, tirés des *Géorgiques* de Virgile, d'Hésiode, du *Rustique* de Politien [2] ; ils écrivaient quelques plaisantes épigrammes en latin, puis les tournaient en rondeaux et ballades en langue française.

En banquetant, ils séparaient l'eau du vin coupé, comme l'enseigne Caton dans *L'Agriculture* [3], et aussi Pline, à savoir

---

1. Lieux bucoliques : ces environs de Paris sont à l'époque des espaces de pleine nature. **2.** Pour bien terminer la journée à la campagne, Ponocrates recommande la lecture de trois poètes ayant écrit sur la question et incarnant la Grèce, Rome et l'Italie renaissante : Hésiode (VIIIe siècle av. J.-C.), Virgile et Ange Politien (1454-1494). **3.** Manuel d'agronomie écrit par Caton l'Ancien (IIe siècle av. J.-C.).

de Lyerre : lavoient le vin en plain bassin d'eau : puis le retiroient avec un embut : faisoient aller l'eau d'un verre en aultre : bastisoient plusieurs petitz engins automates : c'est à dire : soy mouvens eulx mesmes.

Comment feut meu entre les fouaciers de Lerné, et ceux du pays de Gargantua le grand debat, dont furent faictes grosses guerres

CHAPITRE XXV

En cestuy temps qui fut la saison de vendanges au commencement de automne, les bergiers de la contrée estoient à guarder les vines, et empescher que les estourneaux ne mangeassent les raisins.

Onquel temps les fouaciers de Lerné passoient le grand quarroy menans dix ou douze charges de fouaces à la ville.

Lesdictz bergiers les requirent courtoisement leurs en bailler pour leur argent, au pris du marché.

Car notez que c'est viande celeste, manger à desjeuner raisins avec fouace fraiche, mesmement des pineaulx, des fiers, des muscadeaulx, de la bicane, et des foyrars pour ceulx qui sont constipez de ventre. Car ilz les font aller long comme un vouge : et souvent cuidans peter ilz se conchient, dont sont nommez les cuideurs des vendanges.

à l'aide d'un gobelet de lierre qui leur permettait de diluer le vin dans un grand bassin d'eau. Ils l'en retiraient ensuite avec un entonnoir, en faisant passer l'eau d'un verre à l'autre. Ils construisaient plusieurs petits engins automates [1], c'est-à-dire des engins se mouvant par eux-mêmes.

Comment fut provoquée entre les fouaciers de Lerné [2] et les gens du pays de Gargantua la grande querelle, dont vinrent de grandes guerres

CHAPITRE XXV

Au temps de la saison des vendanges au commencement de l'automne, les bergers de la contrée étaient occupés à garder les vignes, et à empêcher les étourneaux de manger les raisins.

C'est à ce moment que les fouaciers de Lerné vinrent à passer par le grand carrefour, menant dix ou douze charges de fouaces à la ville.

Les bergers leur demandèrent poliment de leur en donner pour leur argent, au prix du marché.

Car notez-le, c'est une nourriture céleste que de manger à déjeuner des raisins avec de la fouace fraiche, surtout des pineaux, des fiés [3], des muscats, de la bicane [4], et des foirards [5] pour ceux qui sont constipés du ventre. En effet ceux qui en prennent font long comme des hallebardes, car souvent en croyant péter ils se conchient, d'où leur surnom de « ramachieurs » des vendanges.

---

1. Rabelais juge important d'expliquer le mot dans la suite de la phrase car ce terme, construit sur le grec, est introduit ici pour la première fois dans la langue française. **2.** Les fouaciers sont les producteurs de fouaces (voir note 3, p. 115), dont Lerné, bourgade de Touraine proche du lieu de naissance de Rabelais, s'est fait une spécialité. **3.** Nom donné dans le Val de Loire au cépage appelé ailleurs sauvignon. **4.** Cépage caractérisé par son acidité, utilisé malgré cela comme raisin de table. Il n'est pas employé dans la vinification, et sert uniquement à faire du verjus. **5.** Raisin très astringent qui a un effet laxatif (il donne la « foire »). Produisant des vins de mauvaise qualité, peu alcoolisés, sans bouquet, il ne sert guère que pour la fabrication du verjus.

À leur requeste ne feurent aulcunement enclinez les fouaciers, mais (que pis est) les oultragerent grandement les appellans Trop diteulx, Breschedens, Plaisans rousseaulx, Galliers, Chienlictz, Averlans, Limessourdes, Faictneans, Friandeaulx, Bustarins, Talvassiers, Riennevaulx, Rustres, Challans, Hapelopins, Trainneguainnes, gentilz Flocquetz, Copieux, Landores, Malotruz, Dendins, Baugears, Tezez, Gaubregeux, Gogueluz, Claquedans, Boyers d'etrons, Bergiers de merde : et aultres telz epithetes diffamatoires, adjoustans que poinct à eulx n'apartenoit manger de ces belles fouaces : mais qu'ilz se debvoient contenter de gros pain ballé, et de tourte.

Auquel oultraige un d'entr'eulx nommé Frogier, bien honneste homme de sa personne, et notable bacchelier respondit doulcement. « Depuis quand avez vous prins cornes, qu'estes tant rogues devenuz ? Dea vous nous en souliez voluntiers bailler, et maintenant y refusez ? Ce n'est faict de bons voisins, et ainsi ne vous faisons nous, quand venez icy achapter nostre beau frument duquel vous faictes voz gasteaux et fouaces : encores par le marché, vous eussions nous donné de noz raisins : mais par la mer dé vous en pourriez repentir, et aurez quelque jour affaire de nous, lors nous ferons envers vous à la pareille, et vous en soubvienne. »

Adoncq Marquet grand bastonnier de la confrairie des fouaciers luy dist. « Vrayement tu es bien acresté à ce matin : tu mengeas hersoir trop de mil. Vien çà, vien çà, je te donnerai de ma fouace. » Lors Forgier en toute simplesse approcha tirant un unzain de son baudrier, pensant que Marquet luy deust deposcher de ses fouaces, mais il luy bailla de son fouet à travers les jambes si rudement que les noudz y apparoissoient : puis voulut gaigner à la fuyte : mais Forgier s'escria au meurtre : et à la force tant qu'il peut, ensemble luy getta un gros

Les fouaciers ne furent nullement enclins à répondre à leur requête, mais pire encore, ils les outragèrent grandement en les traitant de prétentieux, de casse-pieds, de vilains rouquins, de galeux, de chienlits, de sacs à vin, de faux jetons, de fainéants, de goinfres, de sales gueules, de bravaches, de vauriens, de rustres, de badauds, de pique-assiettes, de traîne-savates, de galantes mauviettes, de moulins à paroles, de tire-au-flanc, de malotrus, de cloches, de souillards, de taiseux, de gobergeurs, de gogos, de crève-la-faim, de gardiens d'étrons, de bergers de merde ; et d'autres épithètes diffamatoires, tout en ajoutant qu'ils n'étaient pas dignes de manger de ces belles fouaces, mais qu'ils devaient se contenter de gros pain bis, et de simples miches.

Devant un tel outrage, l'un d'entre eux, nommé Frogier, bien honnête homme de sa personne et jouvenceau très apprécié, répondit doucement : « Depuis quand les cornes vous ont-elles poussé, pour vous rendre si arrogants ? Diable, vous aviez l'habitude de nous en fournir volontiers, et maintenant vous refusez ? Ce n'est pas agir en bons voisins, et nous ne vous traitons pas ainsi quand vous venez ici acheter notre beau froment dont vous faites vos gâteaux et vos fouaces. Et encore, par-dessus le marché, nous vous aurions donné de nos raisins ; mais par la sainte mère de... [1], vous pourriez vous en repentir, et vous aurez un jour affaire à nous, quand nous vous rendrons la pareille : vous vous en souviendrez. »

À cela, Marquet, grand bâtonnier de la confrérie des fouaciers, répondit : « Vraiment te voilà hardi comme un bien beau coq, ce matin, as-tu mangé hier soir trop de mil [2] ? Viens là, viens là, je te donnerai de ma fouace. » Alors Frogier en toute bonne foi s'approcha, tirant une pièce de monnaie de son habit, pensant que Marquet allait lui déballer ses fouaces, mais il lui donna un coup de son fouet à travers les jambes, si violemment que les nœuds y firent des marques. Puis il voulut prendre la fuite, mais Frogier s'écria « au meurtre ! », et « au secours ! » tant qu'il put, et en

1. Voir note 1, p. 133. **2.** Le mil cru est la nourriture des coqs, mais les habitants du Poitou le consomment volontiers cuit, bouilli ou frit sous forme de galettes.

tribard qu'il portoit soubz son escelle, et le attainct par la joincture coronale de la teste, sus l'artere crotaphique, du cousté dextre : en telle sorte que Marquet tomba de sa jument : mieulx sembloit homme mort que vif.

Ce pendent les mestaiers, qui là auprés challoient les noiz, accoururent avec leurs grandes gaules et frapperent sus ces fouaciers comme sus seigle verd. Les aultres bergiers et bergieres, ouyans le cry de Forgier, y vindrent avec leurs fondes et brassiers, et les suyvirent à grands coups de pierres tant menuz qu'il sembloit que ce feust gresle. Finablement les aconceurent, et ousterent de leurs fouaces environ quatre ou cinq douzeines, toutesfoys ilz les payerent au pris acoustumé, et leurs donnerent un cens de quecas, et troys panerées de Francs aubiers. Puis les fouaciers ayderent à monter Marquet, qui estoit villainement blessé, et retournerent à Lerné sans poursuivre le chemin de Pareillé menassans fort et ferme les boviers, bergiers, et mestaiers de Seuillé et de Synays.

Ce faict et bergiers et bergieres feirent chere lye avecques ces fouaces et beaulx raisins, et se rigollerent ensemble au son de la belle bouzine : se mocquans de ces beaulx fouaciers glorieux, qui avoient trouvé male encontre, par faulte de s'estre seignez de la bonne main au matin. Et avec gros raisins chenins estuverent les jambes de Forgier mignonnement, si bien qu'il feut tantost guery.

même temps il lui jeta une lourde trique qu'il portait sous son bras. Celle-ci l'atteignit à la jointure coronale de la tête, sur l'artère temporale droite, de telle sorte que Marquet tomba de sa jument. Il semblait plus mort que vif.

Cependant les métayers, qui non loin de là écalaient les noix, accoururent avec leurs grandes gaules et frappèrent sur les fouaciers comme sur du seigle vert [1]. Les autres bergers et bergères, en entendant le cri de Frogier, les rejoignirent avec leurs frondes et lance-pierres, et les poursuivirent à grands coups de cailloux, si drus qu'on aurait dit de la grêle. Finalement ils les rattrapèrent, et leur confisquèrent environ quatre ou cinq douzaines de leurs fouaces, qu'ils payèrent toutefois au prix habituel, en ajoutant un cent de noix et trois paniers de raisins d'aubier [2]. Puis les fouaciers aidèrent Marquet, qui était sévèrement blessé, à remonter en selle, et ils retournèrent à Lerné sans poursuivre le chemin de Parilly, tout en menaçant fort et fermement les bouviers, bergers et métayers de Seuilly et de Cinais [3].

Après cela, et les bergers et les bergères firent grande chère avec ces fouaces et leurs beaux raisins, et rirent de bon cœur ensemble au son de la belle cornemuse, se moquant de ces prétentieux de fouaciers qui avaient joué de malchance faute de s'être signés de la bonne main [4] le matin. Et avec de gros raisins chenins [5], ils baignèrent délicatement les jambes de Frogier, si bien qu'il fut bientôt guéri.

---

1. Le seigle vert n'est pas encore mûr : il doit être battu plus fort pour faire sortir le grain. **2.** Variété de raisin blanc à grains ronds et doux. **3.** Tous ces villages occupent un périmètre assez restreint et sont très proches les uns des autres autour de La Devinière. **4.** Se signer de la main gauche porterait malheur. C'est ici l'équivalent de s'être levé du pied gauche. Cette allusion au fait de se signer de la bonne main revient au chap. XXXV, toujours à propos du parti de Picrochole (voir note 4, p. 277). **5.** Le plus ancien et l'un des plus grands cépages de Loire, appelé aussi pineau d'Aunis. C'est un raisin de grand prix, qu'on trouve dans les meilleurs vignobles de Touraine.

Comment les habitans de Lerné par le commandement de Picrochole leur roy assaillirent au despourveu les bergiers de Gargantua

CHAPITRE XXVI

Les Fouaciers retournez à Lerné soubdain davant boyre ny manger, se transporterent au capitoly, et là davant leur roy nommé Picrochole, tiers de ce nom, proposerent leur complainte, monstrans leurs paniers rompuz, leurs bonnetz foupiz, leurs robbes dessirées, leurs fouaces destroussées, et singulierement Marquet blessé enormement, disans le tout avoir esté faict par les bergiers et mestaiers de Grandgousier, prés le grand carroy par delà Seuillé.

Lequel incontinent entra en courroux furieux, et sans plus oultre se interroguer quoy ne comment, feist crier par son pays ban et arriere ban, et que un chascun sur peine de la hart convint en armes en la grand place, devant le chasteau, à heure de midy.

Pour mieulx confermer son entreprise, envoya sonner le tabourin à l'entour de la ville, luy mesmes ce pendent qu'on aprestoit son disner, alla faire affuster son artillerie, desployer son enseigne et oriflant, et charger force munitions, tant de harnoys d'armes que de gueulles.

En disnant bailla les commissions et feut par son edict constitué le seigneur Trepelu sus l'avant-guarde, en laquelle furent contez seize mille quatorze hacquebutiers, trente cinq mille et unze avanturiers.

Comment les habitants de Lerné, par le commandement de leur roi Picrochole [1], attaquèrent par surprise les bergers de Gargantua

CHAPITRE XXVI

Retournés à Lerné, les fouaciers se rendirent, avant même de boire ou de manger, au Capitole, où, devant leur roi nommé Picrochole, troisième du nom, ils exposèrent leur plainte, en montrant leurs paniers écrasés, leurs bonnets foulés aux pieds, leurs robes déchirées, leurs fouaces dévalisées, et en particulier Marquet, grièvement blessé ; et ils dirent que le tout avait été fait par les bergers et métayers de Grandgousier, près du grand carrefour du côté de Seuilly.

Picrochole, aussitôt, entra dans une colère, une furie, et sans s'interroger plus outre [2] sur le pourquoi du comment, il fit convoquer par tout le pays le ban et l'arrière-ban [3], afin que chacun, sous peine d'être pendu, rejoigne en armes la grande place, dans le château, à l'heure de midi.

Pour mieux assurer son entreprise, il envoya sonner le tambour aux alentours de la ville. Lui-même, cependant qu'on préparait son déjeuner, alla faire apprêter sur affûts son artillerie, déployer son enseigne et son oriflamme, et charger force provisions, tant d'armes que de bouche.

En déjeunant, il distribua les missions, et il fit par édit nommer le seigneur Trepelu [4] sur l'avant-garde, qui comptait seize mille quatorze arquebusiers, et trente-cinq mille onze engagés volontaires.

---

1. En grec, ce nom signifie « qui a une bile amère », c'est-à-dire qu'il caractérise, selon la théorie des humeurs, un individu prompt par nature à se mettre en colère, parce qu'il est tout entier sous l'influence de la bile jaune (voir note 2, p. 89). **2.** L'expression, qui rappelle la devise de Charles Quint, reviendra régulièrement au sujet de Picrochole (voir Présentation, p. 7 et 12). **3.** Forme de mobilisation féodale. Ce système est aboli par François Ier en 1534 avec l'institution d'une armée de métier. Cette « légion » permettra d'éviter la mobilisation générale de tous les sujets, en réservant la guerre à des soldats véritablement formés. **4.** Nous prenons le parti de ne pas transposer les noms propres par un équivalent moderne. Il faut être attentif à leur sonorité comme à leur sens, en particulier pour les noms ridicules affectés aux proches de Picrochole, noms dotés d'une consonance comique

À l'artillerie fut commis le grand escuyer Toucquedillon, en laquelle feurent contées neuf cens quatorze grosses pieces de bronze, en canons, doubles canons ; baselicz, serpentines, couleuvrines, bombardes ; faulcons, passevolans, spiroles, et aultres pieces. L'arriere guarde feut baillée au duc Racquedenare. En la bataille se tint le roy et les princes de son royaulme.

Ainsi sommairement acoustrez davant que se mettre en voye, envoyerent troys cens chevaulx legiers soubz la conduicte du capitaine Engoulevent, pour descouvrir le pays, et sçavoir si embuche aulcune estoyt par la contrée. Mais aprés avoir diligemment recherché trouverent tout le pays à l'environ en paix et silence, sans assemblée quelconque.

Ce que entendent Picrochole commenda q'un chascun marchast soubz son enseigne hastivement.

Adoncques sans ordre et mesure prindrent les champs les uns parmy les aultres, gastans et dissipans tout par où ilz passoient, sans espargner ny pauvre ny riche, ny lieu sacré, ny prophane, emmenoient beufz, vaches, thoreaux, veaulx, genisses, brebis, moutons, chevres et boucqs : poulles, chappons, poulletz, oysons, jards : oyes, porcs : truyes, guoretz : abastans les noix, vendeangeans les vignes, emportans les seps, croullans tous les fruictz des arbres. C'estoit un desordre incomparable de ce qu'ilz faisoient.

Et ne trouverent personne qui leurs resistast, mais un chascun se mettoit à leur mercy, les suppliant estre traictez plus humainement, en consideration de ce qu'ilz avoient

Pour l'artillerie fut nommé le grand écuyer Toucquedillon : on y comptait neuf cent quatorze grosses pièces de bronze, en canons, double canons, basilics, serpentines, couleuvrines, bombardes, faucons, passe-volants de petit calibre, spiroles étroits, et autres pièces [1]. L'arrière-garde fut confiée au duc Racquedenare. Au cœur de l'armée se tenaient le roi et les princes de son royaume.

Ainsi sommairement troussés, avant de se mettre en route ils envoyèrent trois cents chevau-légers [2] sous la conduite du capitaine Engoulevent, cavaliers partis en éclaireurs dans le pays pour savoir s'il y avait quelque embûche en la contrée. Mais après avoir scrupuleusement cherché, ils ne trouvèrent en tout le pays environnant que paix et silence, sans rassemblement d'aucune sorte.

Entendant cela, Picrochole commanda que chacun se mît en marche sous chaque enseigne, en toute hâte.

Alors, sans ordre ni mesure, ils partirent en campagne, les uns mêlés aux autres, gâtant et dissipant tout, partout où ils passaient, sans épargner ni pauvre ni riche, ni lieu sacré, ni profane, et ils emmenaient bœufs, vaches, taureaux, veaux, génisses, brebis, moutons, chèvres et boucs ; poules, chapons, poulets, oisons, jars, oies, porcs, truies, gorets, abattant les noix, vendangeant les vignes, emportant les ceps, saccageant tous les fruits des arbres. C'était un désordre incomparable que ce qu'ils faisaient là.

Et ils ne trouvèrent personne pour leur résister, au contraire chacun se tenait à leur merci, les suppliant d'être traités plus humainement, eu égard à ce qu'ils avaient de tout temps vécu

---

dévalorisante : Trepelu signifie « tout poilu », « très poilu » ou « loqueteux » et signale une apparence négligée. Plus loin, le commandant de l'artillerie Toucquedillon porte un nom qui signifie « attaque de loin » ou « touche de loin », c'est-à-dire « fanfaron ». Racquedenare signifie « racle-deniers », « grippe-sous », et Engoulevent « qui gobe le vent ». À l'inverse, les proches compagnons de Gargantua seront systématiquement pourvus de noms grecs valorisants. **1.** Rabelais mêle dans cette liste toutes sortes de pièces d'artillerie, anciennes et modernes, de tailles variées et aux finalités différentes (voir aussi chap. XLVII, note 1, p. 349). Cet assemblage hétéroclite, marqué par l'improvisation, est à l'image du désordre de cette armée « sommairement troussé[e] », « sans ordre ni mesure ». **2.** Soldats appartenant à la cavalerie légère.

de tous temps esté bons et amiables voisins, et que jamais envers eulx ne commirent excés ne oultraige, pour ainsi soubdainement estre par iceulx mal vexez, et que dieu les en puniroit de brief. Es quelles remonstrances, rien plus ne respondoient, sinon qu'ilz leurs vouloient aprendre à manger de la fouace.

Comment un moine de Seuillé saulva le cloz de l'abbaye du sac des ennemys

CHAPITRE XXVII

Tant feirent et tracasserent pillant et larronnant, qu'ilz arriverent à Seuillé : et detrousserent hommes et femmes, et prindrent ce qu'ilz peurent, rien ne leurs feut ne trop chault ne trop pesant. Combien que la peste y feust par la plus grande part des maisons, ilz entroient par tout, ravissoient tout ce qu'estoit dedans, et jamais nul n'en print dangier. Qui est cas assez merveilleux. Car les curez : vicaires, prescheurs, medicins, chirugiens et apothecaires : qui alloient visiter : penser : guerir : prescher et admonester les malades, estoient tous mors de l'infection, et ces diables pilleurs et meurtriers oncques n'y prindrent mal. Dont vient cela messiers ? pensez y je vous pry.

Le bourg ainsi pillé, se transporterent en l'abbaye avecques horrible tumulte : mais la trouverent bien reserrée et fermée : dont l'armée principale marcha oultre vers le gué de Vede : exceptez sept enseignes de gens de pied et deux cens lances qui là resterent et rompirent les murailles du cloz affin de guaster toute la vendange.

Les pauvres diables de moines ne sçavoient auquel de leurs saincts se vouer, à toutes adventures feirent sonner *ad capitulum capitulantes* : là feut decreté qu'ilz feroient

en bons et aimables voisins, et que jamais envers eux ils n'avaient commis d'excès ni d'outrage pour ainsi mériter d'être soudain par eux terriblement maltraités ; que Dieu les en punirait avant peu. À ces remontrances, ils ne répondaient rien, sinon qu'ils allaient leur apprendre à manger de la fouace.

Comment un moine de Seuilly sauva le clos de l'abbaye du sac des ennemis

CHAPITRE XXVII

Ils firent tant, et saccagèrent tant en pillant et en spoliant qu'ils arrivèrent à Seuilly ; ils y détroussèrent hommes et femmes, et prirent tout ce qu'ils purent, rien ne leur était ni trop chaud ni trop pesant. Et pourtant la peste était dans la plupart des maisons, mais ils entraient partout, dérobaient tout ce qui était à l'intérieur, sans que jamais nul d'entre eux ne fût menacé par le danger de la maladie. Ce qui est un cas assez admirable, car les curés, vicaires, prêcheurs, médecins, chirurgiens et apothicaires qui allaient faire leurs visites, panser, guérir, prêcher et réconforter les malades, tous étaient morts de l'infection, et ces diables pilleurs et meurtriers jamais ne furent atteints par le mal. D'où vient cela, messieurs ? Réfléchissez-y, je vous prie.

Le bourg ainsi pillé, ils se dirigèrent vers l'abbaye, dans un horrible tumulte. Mais ils la trouvèrent verrouillée et bien fermée, alors l'armée principale passa outre vers le gué de Vède, laissant là sept bataillons de fantassins et deux cents lanciers qui restèrent, et ils rompirent les murailles du clos afin de dévaster toute la vendange.

Les pauvres diables de moines ne savaient auquel de leurs saints se vouer, et à tout hasard ils firent sonner le rassemblement *ad capitulum capitulantes* [1] : il y fut décrété qu'ils

1. Sonnerie de cloches destinée à appeler les membres du conseil de l'abbaye à la salle capitulaire pour que s'y réunissent ceux qui ont voix au chapitre (« *capitulantes* »). Le jeu de mots entre ce terme latin et le verbe français « capituler » est si important que nous laissons la possibilité de l'entendre, en conservant pour sa consonance la formule latine.

une belle procession, renforcée de beaulx preschans et letanies *contra hostium insidias* : et beaulx responds *pro pace.*

En l'abbaye estoit pour lors un moine claustrier nommé frere Jean des entommeures, jeune guallant : frisque : de hayt : bien à dextre, hardy : adventureux, deliberé : hault, maigre, bien fendu de gueule, bien advantagé en nez, beau despescheur d'heures, beau desbrideur de messes, beau descroteur de vigiles, pour tout dire sommairement, vray moyne si oncques en feut depuys que le monde moynant moyna de moynerie. Au reste : clerc jusques es dents en matiere de breviaire.

Icelluy entendent le bruyt que faisoyent les ennemys par le cloz de leur vine, sortit hors pour veoir ce qu'ilz faisoient. Et advisant qu'ilz vendangeoient leur cloz au quel estoyt leur boyte de tout l'an fondée, retourne au cueur de l'eglise où estoient les aultres moynes tous estonnez comme fondeurs de cloches, lesquelz voyant chanter, *ini, nim, pe, ne, ne, ne, ne, ne, ne, tum, ne, num, num, ini, i, mi, i, mi, co, o, ne, no, o, o, ne, no, ne, no, no, no, rum, ne, num, num.* « C'est, dist il, bien chien chanté. Vertus Dieu : que ne chantez vous. Adieu paniers, ven-

feraient une belle procession, à grands renforts de beaux prêches et de litanies *contra hostium insidias* et de beaux répons *pro pace*[1].

En l'abbaye il y avait alors un moine cloîtré nommé frère Jean des Entommeures[2], jeune, élégant, pimpant, alerte, très habile, hardi, aventurier, obstiné ; grand, maigre, la langue bien pendue, le nez avantageux[3] ; beau presseur de prières, beau précipiteur de messes, beau gratteur de vigiles[4], et pour tout dire en un mot, vrai moine s'il en fut jamais depuis que le monde moinant moina de moinerie. Du reste, clerc jusqu'aux dents en matière de bréviaire.

Celui-ci, entendant le bruit que faisaient les ennemis à travers le clos de la vigne, sortit pour voir ce qu'ils faisaient. Et s'apercevant qu'ils vendangeaient leur clos, qui contenait la récolte à boire pour toute une année, il retourne au chœur de l'église où étaient les autres moines, tout hébétés comme des fondeurs de cloches, et les voyant chanter *ini, nim, pe, ne, ne, ne, ne, ne, ne, tum, ne, num, num, ini, i, mi, i, mi, co, o, ne, no, o, o, ne, no, ne, no, no, no, rum, ne, num, num*[5] : « En voilà des chiens de chants[6], dit-il. Vertu Dieu, que ne

---

1. Prières « contre les attaques des ennemis » et répons « pour la paix ». Ces formules latines peuvent être interprétées, sous la plume de Rabelais, comme n'étant pas forcément claires pour les moines eux-mêmes ; c'est pourquoi nous les maintenons ici en latin. Traitées dans le texte comme une liturgie inopérante, elles s'opposent à l'exhortation de frère Jean, exprimée de façon limpide, en bon français et adaptée aux événements précis auxquels elle vient porter remède. **2.** En grec, « Entommeures » signifie « trancheur » : il « entame » l'ennemi pour en faire de la chair à pâté. **3.** Un beau et grand nez est notamment signe de vigueur sexuelle. **4.** Formulation expressive, formée en parallélisme, pour insister sur le manque d'assiduité de ce moine dont l'unique souci, voire le domaine d'expertise, semble être d'accélérer ou même d'expédier les offices au plus vite. La fin de la phrase n'en est que plus déconcertante et comique dans le paradoxe qu'elle énonce. **5.** « *Impetum inimicorum* » signifie « l'attaque des ennemis ». Les moines chantent en grégorien, en développant et en isolant chaque syllabe. Cette manière de chanter est ici ridiculisée puisqu'elle aboutit, par la dislocation, à des formules inefficaces où les mots ne sont plus reconnaissables et où le sens premier semble dès lors perdu. **6.** Nous choisissons cette tournure parce qu'elle rappelle l'expression « temps de chien », ce qui signifie ici que ce chant n'est bon à rien, qu'il est comme « chié ». Voir le chap. V, p. 75, où l'expression « chié chanté » est associée à la boisson. Frère Jean provoque ainsi pour ramener les moines aux priorités de la défense de la vigne.

danges sont faictes ? Je me donne au Diable, s'ilz ne sont en nostre cloz, et tant bien couppent et seps et raisins, qu'il n'y aura par le corps Dieu de quatre années que halleboter dedans. Ventre sainct Jacques que boyrons nous ce pendent, nous aultres pauvres diables ? Seigneur Dieu *da mihi potum.* »

Lors dist le prieur claustral. « Que fera cest hyvrogne icy ? Qu'on me le mene en prison, troubler ainsi le service divin ?

– Mais : (dist le moyne) le service du vin faisons tant qu'il ne soit troublé, car vous mesmes monsieur le prieur, aymez boyre du meilleur, sy faict tout homme de bien. Jamais homme noble ne hayst le bon vin, c'est un apophthegme monachal. Mais ces responds que chantez ycy ne sont par Dieu poinct de saison.

« Pourquoy sont noz heures en temps de moissons et vendenges courtes, en l'Advent et tout Hyver longues ?

« Feu de bonne memoire frere Macé Pelosse, vray zelateur (ou je me donne au Diable) de nostre religion me dist, il m'en soubvient, que la raison estoyt, affin qu'en ceste saison nous facions bien serrer et faire le vin, et qu'en Hyver nous le humons.

« Escoutez messieurs vous aultres : qui aymez le vin, le corps Dieu sy me suyvez : car hardiment que sainct Antoine me arde sy ceulx tastent du pyot qui n'auront secouru la vigne. Ventre Dieu, les biens de l'eglise ? Ha non non. Diable, sainct Thomas l'Angloys voulut bien pour yceulx mourir, si je mouroys ne seroys je sainct de mesmes ? Je n'y mouray jà pourtant, car c'est moy qui le foys es aultres. »

chantez-vous “Adieu paniers, vendanges sont faites” ? Je me donne au diable s’ils ne sont pas déjà en notre clos, coupant tellement bien ceps et raisins, qu’il n’y aura plus, par le corps Dieu, durant quatre années, que les restes à grapiller. Ventre saint Jacques ! Que boirons-nous pendant ce temps-là, nous autres pauvres diables ? Seigneur Dieu, *donne-moi à boire* [1]. »

Alors le prieur claustral dit : « Que vient faire cet ivrogne ici ? Qu’on me le mène en prison, pour troubler ainsi le service divin !

– Mais, dit le moine, le service du vin, faisons en sorte qu’il ne soit point troublé, car vous-même monsieur le prieur aimez boire, et du meilleur, ainsi que tout homme de bien. Jamais homme noble ne hait le bon vin, c’est un apophtegme monacal. Mais ces répons que vous chantez ici ne sont par Dieu point de saison.

« Pourquoi nos heures et prières sont-elles courtes en périodes de moissons et de vendanges, et longues en l’Avent et pendant tout l’hiver ? Notre regretté frère Macé Pelosse [2], vrai serviteur – ou je me donne au diable – de notre religion, me dit, il m’en souvient, que c’était parce que en cette saison nous devions prendre le temps de vendanger et de faire le vin, et en hiver de le boire [3].

« Écoutez vous autres, messieurs : qui aime le vin (le corps de Dieu) me suive ! Car, vraiment, que saint Antoine [4] me consume si ceux qui n’auront pas secouru la vigne auront le droit de tâter du pot au vin ! Ventre Dieu, et les biens de l’Église ? Ah ! non, non. Diable, saint Thomas l’Anglais voulut bien mourir pour eux [5] : et si je mourais ne serais-je saint, de même ? Je n’y mourrai pourtant pas de sitôt, car c’est moi qui ferai mourir les autres. »

---

1. « *Da mihi potum* » : locution fréquente chez les clercs, tirée d’une parole de la Bible où une jeune femme demande à Jésus de lui donner à boire l’eau qui la désaltérera pour toujours. En contexte, elle est à comprendre littéralement comme une mise en garde et une invitation à la sagesse du boire digne des « propos des bien ivres » (chap. V, p. 71) : si rien n’est entrepris sur-le-champ, il ne restera rien à boire plus tard. **2.** Personnage inconnu. Voir note 5, p. 79. **3.** Le vin est bu pendant la messe, raison pour laquelle les messes sont plus longues en hiver. **4.** Voir note 2, p. 127. **5.** Il s’agit de Thomas Becket, archevêque de Cantorbéry, qui fut assassiné en 1170 sur l’ordre du roi Henri II d’Angleterre pour avoir défendu les privilèges et les biens du clergé. Il fut canonisé en 1173.

Ce disant mist bas son grand habit et se saisist du baston de la Croix, qui estoyt de cueur de cormier long comme une lance, rond à plain poing et quelque peu semé de fleurs de lys toutes presque effacées. Ainsi sortit en beau sayon, mist son froc en escharpe. Et de son baston de la Croix donna sy brusquement sus les ennemys qui sans ordre ne enseigne, ne trompette, ne tabourin, parmy le cloz vendangeoient. Car les porteguydons et portenseignes avoient mys leurs guidons et enseignes l'orée des murs, les tabourineurs avoient defoncé leurs tabourins d'un cousté, pour les emplir de raisins, les trompettes estoient chargez de moussines : chascun estoyt desrayé. Il chocqua doncques si roydement sus eulx sans dyre guare, qu'il les renversoyt comme porcs frapant à tors et à travers à vieille escrime.

Es uns escarbouilloyt la cervelle, es aultres rompoyt bras et jambes, es aultres deslochoyt les spondyles du coul, es aultres demoulloyt les reins, avalloyt le nez, poschoyt les yeulx, fendoyt les mandibules, enfonçoyt les dens en la gueule, descroulloyt les omoplates, sphaceloyt les greves, desgondoit les ischies : debezilloit les fauciles.

Si quelq'un se vouloyt cascher entre les sepes plus espés, à icelluy freussoit toute l'areste du douz : et l'esrenoit comme un chien.

Disant cela, il se débarrassa de son grand habit, et se saisit du bâton de la croix, qui était de cœur de cormier, long comme une lance, épais comme le poing, et quelque peu semé de fleurs de lys presque toutes effacées [1]. Il sortit ainsi en beau pourpoint, mit son froc en écharpe, et, avec son bâton de la croix, il frappa ainsi brusquement sur les ennemis, qui sans ordre ni enseignes, ni trompette ni tambour, vendangeaient au milieu du clos. Car les porte-drapeaux et porte-enseignes avaient posé leurs drapeaux et enseignes le long des murs, les tambours avaient défoncé leurs instruments d'un côté pour les remplir de raisins, les trompettes étaient chargés de rameaux et de pampres : c'était une débandade générale. Il chargea donc si rudement sur eux sans crier gare qu'il les renversa comme des porcs, frappant à tort et à travers, à l'ancienne mode française [2].

Aux uns il écrabouillait la cervelle, aux autres il rompait bras et jambes, à d'autres il démettait les vertèbres cervicales du cou, à d'autres il démoulait les reins, effondrait le nez, pochait les yeux, fendait les mandibules, enfonçait les dents en la gueule, émiettait les omoplates, désagrégeait les jambes, déboîtait les ischios [3], disloquait les os de tous les membres.

Si certains voulaient se cacher entre les ceps plus épais, il leur froissait toute l'épine dorsale, et il leur brisait les reins

---

1. Le cormier est un bois dur dont Virgile recommande l'usage pour la fabrication des armes (*Géorgiques*, II, 447-448). Le « bâton de la croix » fait peut-être référence au pape Léon X qui avait offert en 1515 un fragment de la vraie croix à François Ier, pour l'exhorter à reprendre les croisades. Ce bâton serait une allusion aux velléités de croisades du pape, ainsi qu'à la royauté française qui n'y répond pas, puisque les fleurs de lys, emblèmes du roi de France, sont ici « presque toutes effacées ». Notons que les ennemis ici massacrés par frère Jean sont des chrétiens. **2.** À rapprocher de l'apprentissage du combat par Gargantua (chap. XXIII, p. 201) : il est préférable d'abattre dix ennemis d'une seule lance, selon la vieille méthode d'escrime française, que de dire que l'on a rompu dix lances, à l'italienne. **3.** Dans tout ce passage, Rabelais utilise un vocabulaire de spécialiste de la dissection anatomique, créant un contraste saisissant entre la violence suggérée par les verbes et la précision des frappes – qu'on pourrait dire chirurgicales. Ce jeu littéraire sera repris notamment aux chapitres XLIII-XLIV.

Si aulcun saulver se vouloyt en fuyant à icelluy faisoyt voler la teste en pieces par la commissure lambdoide.

Sy quelq'un gravoyt en une arbre pensant y estre en seureté, icelluy de son baston empaloyt par le fondement.

Si quelqu'un de sa vieille congnoissance luy crioyt. « Ha frere Jean mon amy, frere Jean je me rend.

– Il t'est (disoyt il) bien force. Mais ensemble tu rendras l'ame à tous les Diables. » Et soubdain luy donnoit dronos. Et si personne tant feust esprins de temerité qu'il luy voulust resister en face, là monstroyt il la force de ses muscles. Car il leurs transperçoyt la poictrine par le mediastine et par le cueur : à d'aultres donnant suz la faulte des coustes, leurs subvertissoyt l'estomach, et mouroient soubdainement, es aultres tant fierement frappoyt par le nombril, qu'il leurs faisoyt sortir les tripes, es aultres parmy les couillons persoyt le boiau cullier. Croiez que c'estoyt le plus horrible spectacle qu'on veit oncques.

Les uns cryoient saincte Barbe.

Les aultres sainct George.

Les aultres saincte Nytouche.

Les aultres nostre Dame de Cunault. De Laurette. De bonnes nouvelles. De la lenou. De riviere. Les ungs se vouoyent à sainct Jacques. Les aultres au sainct Suaire de Chambery, mais il brusla troys moys aprés si bien qu'on n'en peut saulver un seul brin.

Les aultres à Cadouyn.

Les aultres à sainct Jean d'Angery.

Les aultres à sainct Eutrope de Xainctes, à sainct Mesmes de Chinon, à sainct Martin de Candes, à sainct Clouaud de Sinays : es reliques de Javrezay : et mille aultres bons petits sainctz.

comme à des chiens. Si d'autres voulaient se sauver en fuyant, il leur faisait voler en pièces toute la tête en frappant à la suture lambdoïde[1]. Si d'autres encore gravissaient un arbre en pensant s'y mettre en sûreté, de son bâton il les empalait par le fondement.

Si quelque vieille connaissance lui criait :

« Ah ! frère Jean, mon ami, frère Jean je me rends.

– T'y voilà bien forcé, disait-il. Mais c'est à tous les diables que tu rendras ton âme. » Et brutalement il le rouait de coups. Et si quiconque se piquait de témérité pour vouloir lui résister en face, alors il montrait la force de ses muscles. Car il lui transperçait la poitrine par le médiastin et par le cœur ; à d'autres, cognant dans le creux des côtes, il leur retournait l'estomac et ils mouraient soudainement ; d'autres encore, il les frappait si hardiment par le nombril qu'il leur faisait sortir les tripes, et à d'autres c'était par les couilles qu'il leur perçait le boyau du cul. Croyez bien que c'était le plus horrible spectacle qu'on vît jamais.

Les uns criaient : « Sainte Barbe ! »

D'autres : « Saint Georges ! »

D'autres : « Sainte Nitouche ! »

D'autres : « Notre-Dame de Cunault, de Lorette, de Bonne Nouvelle, de la Lenou, de rivière ! » Les uns se vouaient à saint Jacques, les autres au Saint Suaire de Chambéry, même s'il brûla trois mois plus tard, et qu'on n'en put sauver un brin.

D'autres se vouaient à Cadouin.

D'autres à saint Jean d'Angély.

D'autres à saint Eutrope de Saintes, à saint Mesme de Chinon, à saint Martin de Candes, à saint Clouaud de Cinais, aux reliques de Javarzay[2], et à mille autres bons petits saints.

---

1. La suture lambdoïde, située à l'arrière du crâne, prend la forme de la lettre grecque *lambda*. **2.** Lieux et saints locaux du Poitou ou du Chinonais. La superstition attachée aux reliques et au culte des saints, très répandue au début du XVIe siècle, est réprouvée par l'évangélisme comme par la Réforme qui préconise une prière à Dieu plutôt qu'à ses saints. Idée reprise avec la critique des pèlerinages (chap. XLV, p. 337).

Les ungs mouroient sans parler. Les aultres parloient sans mourir, les ungs mouroient en parlant. Les aultres parlant en mourant.

Les aultres crioient à haulte voix « Confession. Confession. *Confiteor. Miserere. In manus.* »

Tant fut grand le cris des navrez que le prieur de l'abbaye avec tous ses moines sortirent. Lesquelz quand apperceurent ces pauvres gens ainsi ruez parmy la vigne et blessez à mort, en confesserent quelques ungs. Mais ce pendent que les prebstres se amusoient à confesser : les petits moinetons coururent au lieu où estoit frere Jean, et luy demanderent en quoy il vouloit qu'ilz luy aydassent ?

À quoy respondit, qu'ilz esguorgetassent ceulx qui estoient portez par terre. Adoncques laissans leurs grandes cappes sus une treille au plus prés, commencerent esgourgeter, et achever ceulx qu'il avoit desjà meurtriz. Sçavez vous de quels ferremens ? À beaulx gouvetz qui sont petitz demy cousteaux dont les petitz enfans de nostre pays cernent les noix.

Puis à tout son baston de croix, guaingna la breche qu'avoient faict les ennemys. Aulcuns des moinetons emporterent les enseignes et guydons en leurs chambres pour en faire des jartiers. Mais quand ceulx qui s'estoient confessez vouleurent sortir par icelle bresche, le moyne les assommoit de coups disant « ceulx cy sont confés et repentans et ont guaigné les pardons : ilz s'en vont en Paradis aussy droict comme une faucille, et comme est le chemin de Faye. » Ainsi par sa prouesse feurent desconfiz tous ceulx de l'armée qui estoient entrez dedans le clous jusques au nombre de treze mille six cens vingt et deux, sans les femmes et petitz enfans, cela s'entend tousjours.

Les uns mouraient sans parler, les autres parlaient sans mourir. Les uns mouraient en parlant, les autres parlaient en mourant.

D'autres criaient à haute voix : « Confession ! Confession ! *Je me confesse, ayez pitié, je me remets entre vos mains.* »

Si grand fut le cri des estropiés que le prieur de l'abbaye sortit avec tous ses moines. Quand ils aperçurent ces pauvres gens ainsi renversés dans la vigne et blessés à mort, ils en confessèrent quelques-uns. Mais cependant que les prêtres s'occupaient à confesser, les petits moinetons coururent au lieu où était frère Jean, et lui demandèrent en quoi ils pouvaient l'aider.

À cela il répondit qu'ils n'avaient qu'à égorgeter [1] ceux qui étaient gisants par terre. Alors, laissant leur grande cape sur une treille toute proche, ils commencèrent à égorgeter et à achever ceux qui étaient déjà meurtris. Savez-vous de quelles armes ? Avec de beaux gouvets, qui sont des petits demi-couteaux dont se servent les petits enfants de notre pays pour cerner les noix.

Puis s'aidant de son bâton de la croix, il gagna la brèche qu'avaient faite les ennemis. Certains des moinetons emportèrent les enseignes et drapeaux en leur chambre pour en faire des jarretières. Mais quand ceux qui s'étaient confessés voulurent s'enfuir par cette brèche, le moine les assommait de coups, disant : « Ceux-ci sont confessés et repentants, et ont gagné les pardons [2] : ils s'en vont au paradis, rapides comme l'éclair et comme le chemin de Foye [3]. » Ainsi par sa prouesse furent déconfits tous ceux de l'armée qui étaient entrés dans le clos, jusqu'au nombre de treize mille six cent vingt-deux, sans compter les femmes et les petits enfants, cela s'entend toujours.

---

1. Le verbe « égorgeter » est à comprendre comme désignant un petit égorgement. Il est formé avec un suffixe diminutif pour être adapté à ceux qui vont agir : des « moinetons » armés de « petits demi-couteaux ». D'où résulte une situation comique : c'est un véritable égorgement généralisé, mais en miniature et comme pour jouer. **2.** Voir note 4, p. 55. **3.** Jeu de mots portant sur l'équivoque entre « Faye », nom d'un chemin malaisé et tortueux aux environs de Chinon, et la « foy », vertu difficile à maintenir dans la rectitude.

Jamais Maugis hermite ne se porta sy vaillamment à tout son bourdon contre les Sarrasins desquelz est escript es gestes des quatre filz Haymon, comme feist le moine à l'encontre des ennemys avec le baston de la croix.

Comment Picrochole print d'assault la roche Clermauld et le regret et difficulté que feist Grandgousier de entreprendre guerre

CHAPITRE XXVIII

Ce pendent que le moine s'escarmouchoit comme avons dict contre ceulx qui estoient entrez le clous, Picrochole à grande hastiveté passa le gué de Vede avec ses gens et assaillit la roche Clermauld, au quel lieu ne luy feut faicte resistance queconques, et par ce qu'il estoit jà nuict delibera en icelle ville se heberger soy et ses gens et refraischir de sa cholere pungitive.

Au matin print d'assault les boullevars et chasteau et le rempara tresbien : et le proveut de munitions requises pensant là faire sa retraicte si d'ailleurs estoit assailly. Car le lieu estoit fort et par art et par nature, à cause de la situation, et assiete.

Or laissons les là, et retournons à nostre bon Gargantua qui est à Paris bien instant à l'estude de bonnes lettres et exercitations athletiques, et le vieux bon homme Grandgousier son pere, qui aprés souper se chauffe les

Jamais Maugis l'ermite, selon la geste des quatre fils Aymon[1], ne se porta si vaillamment de tout son bourdon[2] contre les Sarrasins que ne le fit le moine à l'encontre des ennemis avec le bâton de la croix.

Comment Picrochole prit d'assaut La Roche-Clermaut, et le regret et la difficulté qu'éprouva Grandgousier à entreprendre une guerre

CHAPITRE XXVIII

Cependant que le moine livrait l'escarmouche comme nous l'avons dit contre ceux qui étaient entrés dans le clos, Picrochole passa le gué de Vède en grande hâte avec ses gens et assaillit La Roche-Clermaut, lieu dans lequel ne lui fut faite aucune résistance. Et parce qu'il faisait déjà nuit, il décida de demeurer dans cette ville avec ses gens, afin de recouvrer des forces après cette colère vengeresse.

Au matin, il prit d'assaut les chemins de ronde et le château, et arma très bien ses remparts. Il les pourvut des munitions requises, pensant que c'était un endroit excellent pour une retraite s'il était assailli par d'autres côtés. Car la place était forte et par l'art de ses constructions et par la nature de sa situation élevée.

Mais laissons-les là, et retournons à notre bon Gargantua qui est à Paris bien assidu à l'étude des bonnes lettres et autres exercices athlétiques, et au vieux bonhomme Grandgousier son père, qui après le souper se chauffe les couilles

1. Maugis est un ermite religieux, un peu magicien, qui apparaît dans l'histoire des *Quatre Fils Aymon*. Ce personnage, arrivé ici tout droit de la chanson de geste, souligne sans doute le lien parodique du présent épisode avec le genre littéraire de l'épopée médiévale, mais il n'est pas choisi au hasard par Rabelais. Si Maugis aide à plusieurs reprises les quatre frères et accomplit diverses prouesses contre les hérétiques, sa réputation est sulfureuse en raison de ses pouvoirs magiques qui, en le rendant redoutable, empêchent de le considérer comme un saint ermite. Comme dans le cas de frère Jean, on ne sait trop s'il faut le craindre ou lui faire confiance. **2.** Bâton de pèlerin.

couiles à un beau clair et grand feu et attendent graisler des chastaines, escript au foyer avec un baston bruslé d'un bout, dont on escharbotte le feu : faisant à sa femme et famille de beaulx contes du temps jadis.

Un des bergiers qui guardoient les vignes nommé Pillot : se transporta devers luy en icelle heure, et raconta entierement les excés et pillaiges que faisoit Picrochole Roy de Lerné en ses terres et dommaines et comment il avoit pillé, gasté, saccagé tout le pays, excepté le clous de Seuillé que frere Jean des entommeures avoit saulvé à son honneur, et de present estoit ledict roy en la roche Clermaud : et là en grande instance se remparoit, luy et ses gens.

« Holos, holos, dist Grandgousier, qu'est cecy bonnes gens ? Songe je, ou si vray est ce qu'on me dict ? Picrochole mon amy ancien, de tout temps, de toute race et alliance me vient il assaillir ? Qui le meut ? qui le poinct ? qui le conduict ? qui l'a ainsi conseillé ? Ho, ho, ho, ho, ho. Mon dieu mon saulveur, ayde moy, inspire moy, conseille moy à ce qu'est de faire.

« Je proteste, je jure davant toy : ainsi me soys tu favorable, sy jamais à luy desplaisir ne à ses gens dommaige, ne en ses terres je feis pillerie, mais bien au contraire je l'ay secouru de gens, d'argent, de faveur et de conseil, en tous cas que ay peu congnoistre son adventaige. Qu'il me ayt doncques en ce poinct oultraigé, ce ne peut estre que par l'esprit maling. Bon dieu tu congnois mon couraige, car à toy rien ne peut estre celé. Si par cas il estoit devenu furieux, et que pour luy rehabilliter son cerveau tu me l'eusse icy envoyé : donne moy et pouvoir, et sçavoir le rendre au joug de ton sainct vouloir par bonne discipline.

« Ho, ho, ho, Mes bonnes gens mes amys, et mes feaulx serviteurs, fauldra il que je vous empesche à me y ayder ? Las, ma vieillesse ne requerroit dorenavant que repous, et toute ma vie n'ay rien tant procuré que paix. Mais il fault je le voy bien, que maintenant de harnoys

à un beau, clair et grand feu en entendant griller les châtaignes, tout en écrivant au foyer avec un bâton brûlé d'un bout dont on tisonne les braises, et faisant à sa femme et à sa famille de beaux contes du temps jadis.

L'un des bergers qui gardaient les vignes, nommé Pillote, se rendit auprès de lui à ce moment, et lui raconta en détail les excès et pillages auxquels sur ses terres et domaines se livrait Picrochole, le roi de Lerné ; et en particulier comment il avait pillé, dévasté, saccagé tout le pays, excepté le clos de Seuilly que frère Jean des Entommeures avait sauvé pour son honneur ; il ajouta qu'à présent ledit roi était à La Roche-Clermaut, où ils s'armaient, lui et ses gens, dans un grand empressement.

« Hélas, hélas, dit Grandgousier, que veut dire ceci, bonnes gens ? Est-ce un songe, ou est-ce vrai ce qu'on me dit ? Picrochole mon ami si ancien, en tout temps, toute race et alliance, vient-il m'assaillir ? Qui le pousse ? Qui l'aiguillonne ? Qui le guide ? Qui l'a ainsi conseillé ? Ho, ho, ho, ho, ho ! Mon Dieu, mon Sauveur, aide-moi, inspire-moi, conseille-moi pour me dire ce que je dois faire.

« Je le promets, je le jure devant Toi, afin que Tu me sois favorable : jamais, ni à lui ni à ses gens je n'ai causé de déplaisir, ni de dommage, ni n'ai pillé ses terres, mais bien au contraire je l'ai secouru en lui prodiguant des gens, de l'argent, des faveurs, des conseils, dès lors que j'ai pu savoir comment l'avantager. Qu'il m'ait donc à ce point fait outrage, ce ne peut être que par l'effet de l'esprit malin. Bon Dieu, Tu connais mon courage, car à Toi rien ne peut être caché. Si par malheur il était devenu furieux, et que pour guérir son cerveau [1] Tu me l'eusses ici envoyé, donne-moi et pouvoir et savoir afin que je puisse le ramener enfin de nouveau à Ta sainte volonté, et sur le droit chemin.

« Ho, ho, ho, mes bonnes gens, mes amis, et mes fidèles serviteurs, faudra-t-il que je vous soumette à la contrainte de me prêter main-forte ? Hélas, ma vieillesse n'attendait dorénavant que du repos, et toute ma vie je n'ai rien tant encouragé que la paix. Mais il faut, je le vois bien, que

1. Être « furieux » est considéré comme une maladie. Voir sur ce point la théorie des humeurs que suivait la médecine de l'époque (note 2, p. 89).

je charge mes pauvres espaules lasses et foibles, et en ma main tremblante je preigne la lance et la masse, pour secourir et guarantir mes pauvres subjectz. La raison le veult ainsi, car de leur labeur je suis entretenu, et de leur sueur je suis nourry moy, mes enfans et ma famille.

« Ce non obstant, je n'entreprendray guerre, que je n'aye essayé tous les ars et moyens de paix, là je me resouls. »

Adoncques feist convocquer son conseil et propousa l'affaire tel comme il estoit. Et fut conclud qu'on envoiroit quelque homme prudent devers Picrochole, sçavoir pourquoy ainsi soubdainement estoit party de son repous, et envahy les terres, es quelles n'avoit droict quicquonques. Davantaige qu'on envoyast querir Gargantua et ses gens, affin de maintenir le pays, et defendre à ce besoing. Le tout pleut à Grandgousier et commenda que ainsi feust faict.

Dont sus l'heure envoya le Basque son laquays querir à toute diligence Gargantua. Et luy escripvoit comme s'ensuit.

Le teneur des lettres que Grandgousier escripvoit à Gargantua

CHAPITRE XXIX

La ferveur de tes estudes requeroit que de long temps ne te revocasse de cestuy philosophicque repous, sy la confiance de noz amys et anciens confederez n'eust de present frustré la seureté de ma vieillesse. Mais puis que telle est ceste fatale destinée, que par iceulx soye inquieté : es quelz plus je me repousoye, force me est te

maintenant je charge mes pauvres épaules lasses et faibles d'un harnais, et qu'en ma main tremblante je prenne la lance et la masse, pour secourir et protéger mes pauvres sujets. La raison le veut ainsi, car de leur labeur je suis entretenu, et de leur sueur je suis nourri, moi, ainsi que mes enfants et ma famille.

« Cela étant, je n'entreprendrai pas une guerre sans avoir auparavant essayé tous les arts et moyens de maintenir la paix [1], là est ma résolution. »

Alors il fit convoquer son conseil et exposa l'affaire telle qu'elle se présentait. Et il fut conclu qu'on enverrait quelque homme prudent auprès de Picrochole, pour savoir pourquoi il était aussi soudainement sorti de ses gonds, et avait ainsi envahi des terres sur lesquelles il n'avait aucun droit. Il fut résolu, en outre, qu'on enverrait chercher Gargantua et ses gens, afin de protéger le pays des dégradations et de le défendre. Le tout plut à Grandgousier, et il commanda qu'il en fût ainsi.

Ainsi, il envoya sur l'heure le Basque (son laquais) chercher en grand empressement Gargantua, à qui il écrivit ce qui suit.

La teneur de la lettre que Grandgousier écrivit à Gargantua

CHAPITRE XXIX

La ferveur de tes études aurait exigé qu'avant longtemps je n'interrompe ce philosophique repos, si la confiance accordée à nos amis et anciens alliés n'avait aujourd'hui trompé la sécurité de ma vieillesse. Mais puisque telle est cette fatale destinée, qui fait que c'est par ceux mêmes dans lesquels j'avais placé toute ma

1. C'est le principe fondamental défendu par Érasme (voir également le chapitre suivant, ainsi que la Présentation, p. 13, et le Dossier, p. 439).

rappeller au subside des gens et biens qui te sont par droict naturel affiez.

Car ainsi comme debiles sont les armes au dehors, si le conseil n'est en la maison : aussi vaine est l'estude et le conseil inutile : qui en temps oportun par vertus n'est executé et à son effect reduict.

Ma deliberation n'est de provocquer ains de apaiser : d'assaillir, mais defendre : de conquester, mais de guarder mes feaulx subjectz et terres hereditaires. Es quelles est hostillement entré Picrochole, sans cause ny occasion, et de jour en jour poursuit sa furieuse entreprinse, avecques excés non tolerables à personnes liberes.

Je me suis en devoir mis pour moderer sa cholere tyrannicque, luy offrent tout ce que je pensois luy povoir estre en contentement, et par plusieurs foys ay envoyé amiablement devers luy pour entendre en quoy, par qui, et comment il se sentoit oultragé, mais de luy n'ay eu responce que de voluntaire deffiance, et que en mes terres pretendoit seulement droict de bien seance.

Dont j'ay congneu que dieu eternel l'a laissé au gouvernail de son franc arbitre et propre sens, qui ne peult estre que meschant sy par grace divine n'est continuellement guidé : et pour le contenir en office et reduire à congnoissance me l'a icy envoyé à molestes enseignes.

Pourtant mon filz bien aymé le plus tost que faire pouras ces lettres veues retourne à diligence secourir non tant moy (ce que toutesfoys par pitié naturellement tu doibs) que les tiens, lesquelz par raison tu peuz saulver et guarder. L'exploict sera faict à moindre effusion de sang que sera possible. Et si possible est par engins plus

confiance que je suis inquiété, je me vois forcé de te rappeler au secours des gens et biens qui te sont confiés par droit naturel[1].

Car aussi vrai que les armes restent sans force audehors si le bon sens n'est en la maison, de même vaine est l'étude, et inutile est le bon sens, si en temps opportun on ne les met à exécution grâce à la vertu, et s'ils ne sont rapportés, enfin, à l'effet vers lequel ils tendaient.

Ma résolution n'est pas de provoquer, mais d'apaiser, non d'assaillir, mais de défendre, non de conquérir, mais de garder mes fidèles sujets et terres héréditaires. C'est elles qu'a hostilement envahies Picrochole, sans cause ni raison, et de jour en jour il poursuit sa furieuse entreprise, dans des excès non tolérables pour toute personne attachée à la liberté.

Je me suis mis en devoir de modérer sa colère tyrannique, en lui offrant tout ce que je pensais pouvoir le contenter, et plusieurs fois j'ai envoyé mes gens aimablement chez lui, pour comprendre en quoi, par qui et comment il se sentait outragé, mais de lui je n'ai obtenu d'autre réponse qu'un manifeste aplomb, une assurance et une prétention au droit de disposer de mes terres.

Cela m'a convaincu que notre Dieu éternel l'avait abandonné au gouvernail de son libre arbitre et de ses opinions personnelles, qui ne peuvent être que méchants si par grâce divine ils ne sont continuellement guidés ; et pour le contenir dans ses devoirs et lui faire reprendre ses esprits Il me l'a ici envoyé, sous de monstrueux auspices.

C'est pourquoi, mon fils bien-aimé, aussitôt que faire se pourra, après avoir lu cette lettre, reviens en diligence secourir non pas tant moi-même – pitié qui toutefois est ton devoir naturel – que les tiens, ceux que selon la raison tu dois sauver et protéger. Plus grand sera l'exploit, si l'effusion de sang est la moindre possible. Et s'il est possible, c'est en usant d'inventions plus efficaces, telles que

1. Voir note 3, p. 107.

expediens, cauteles, et ruzes de guerre nous saulverons toutes les ames : et les envoyerons joyeux à leurs domiciles.

Treschier filz la paix de Christ nostre redempteur soyt avecques toy. Salue Ponocrates, Gymnaste, et Eudemon de par moy. Du vingtiesme de Septembre. Ton pere Grandgousier.

Comment Ulrich Gallet fut envoyé devers Picrochole

CHAPITRE XXX

Les lettres dictées et signées, Grandgousier ordonna que Ulrich Gallet, maistre de ses requestes homme saige et discret, duquel en divers et contencieux affaires il avoit esprouvé la vertus et bon advis : allast devers Picrochole, pour luy remonstrer ce que par eux avoit esté decreté.

En celle heure partit le bon homme Gallet, et passé le gué demanda au meusnier, de l'estat de Picrochole : lequel luy feist responce que ses gens ne luy avoient laissé ny coq ny geline et qu'ilz s'estoient enserrez en la roche Clermauld et qu'il ne luy conseilloit poinct de proceder oultre de peur du guet, car leur fureur estoit enorme. Ce que facilement il creut, et pour celle nuict herbergea avecques le meusnier.

Au lendemain matin, se transporta avecques la trompette à la porte du chasteau, et requist es guardes, qu'ilz le feissent parler au roy pour son profit.

Les parolles annoncées au roy ne consentit aulcunement qu'on luy ouvrist la porte, mais se transporta sus le bolevard et dist à l'embassadeur : « Qui a il de nouveau ? que voulez vous dire ? » Adoncques l'embassadeur propousa comme s'ensuit.

manœuvres et ruses de guerre, que nous sauverons toutes les âmes et les renverrons joyeuses à leur domicile [1].

Très cher fils, que la paix du Christ notre rédempteur soit avec toi. Salue Ponocrates, Gymnaste, et Eudémon de ma part. Du vingtième jour de septembre,

Ton père Grandgousier.

Comment Ulrich Gallet fut envoyé auprès de Picrochole

CHAPITRE XXX

La lettre une fois dictée et signée, Grandgousier ordonna qu'Ulrich Gallet, son maître des requêtes, homme sage et discret, dont en diverses contentieuses affaires il avait éprouvé la vertu et le bon avis, allât chez Picrochole pour lui annoncer ce qu'ils avaient décrété.

Le bonhomme Gallet partit sur l'heure, et ayant passé le gué il demanda au meunier où en était Picrochole. Lequel lui fit réponse que ses gens ne lui avaient laissé ni coq ni poule, qu'ils s'étaient enfermés dans La Roche-Clermaut, et qu'il ne lui conseillait pas de s'engager plus outre de peur du guet, car leur fureur était énorme. Ce qu'il admit sans peine, et pour cette nuit-là il se logea chez le meunier.

Le lendemain matin, il se rendit avec le trompette à la porte du château, et demanda aux gardes qu'ils veuillent bien le laisser parler au roi, dans son intérêt. Une fois ces paroles rapportées au roi, celui-ci ne consentit nullement à ce que l'on ouvrît la porte, mais il se rendit sur le chemin de ronde et dit à l'ambassadeur : « Qu'y a-t-il de nouveau ? Qu'avez-vous à dire ? » Alors l'ambassadeur exposa ce qui suit.

1. Sur les principes humanistes relatifs aux moyens de maintenir la paix pour éviter la guerre et ses dommages, voir Présentation, p. 13, et Dossier, p. 439.

La harangue faicte par Gallet à Picrochole

CHAPITRE XXXI

« Plus juste cause de douleur naistre ne peut entre les humains, que si du lieu dont par droicture esperoient grace et benevolence, ilz recepvent ennuy et dommaige. Et non sans cause (combien que sans raison) plusieurs venuz en tel accident, ont ceste indignité moins estimé tolerable, que leur vie propre, et en cas que par force ny aultre engin ne l'ont peu corriger, se sont eulx mesmes privez de ceste lumiere.

« Doncques merveille n'est si le roy Grandgousier mon maistre est à ta furieuse et hostile venue saisy de grand desplaisir et perturbé en son entendement, merveille seroit si ne l'avoient esmeu les excés incomparables, qui en ses terres, et subjectz ont esté par toy, et tes gens commis, es quelz n'a esté obmis exemple aulcun d'inhumainité. Ce que luy est tant grief de soy par la cordiale affection, de laquelle tousjours a chery ses subjectz que à mortel homme plus estre ne sçauroit, toutesfoys sus l'estimation humaine plus grief luy est, en tant que par toy, et les tiens ont esté ces griefz, et tords faictz.

« Qui de toute memoire et ancienneté aviez toy et tes peres une amitié avecques luy, et tous ses encestres conceue, laquelle jusques à present comme sacrée ensemble aviez inviolablement maintenue, guardée, et entretenue, si bien que non luy seulement, ny les siens, mais les nations Barbares, Poictevins, Bretons, Manseaux, et ceulx qui habitent oultre les isles de Canarre, et Isabella, ont estimé aussi facile demollir le firmament, et

La harangue faite par Gallet à Picrochole

CHAPITRE XXXI

« Aucune plus juste cause de douleur ne peut naître entre les hommes, que celle qui leur fait recevoir, du lieu où légitimement ils espéraient bonne grâce et bienveillance, ennui et dommage. Et non sans cause – bien que sans raison – plusieurs de ceux à qui est arrivé pareil accident ont estimé que cette indignité était moins tolérable et plus importante que leur propre vie : et dans le cas où par la force ou par quelque autre invention ils n'ont pu la corriger, ils se sont eux-mêmes privés de la lumière du jour.

« Donc il n'est pas extraordinaire que le roi Grandgousier mon maître soit, devant ta furieuse et hostile venue, saisi de grand déplaisir et qu'il ait l'esprit tourmenté. Ce qui serait extraordinaire, c'est qu'il n'ait pas été ému devant les excès incomparables dont toi et les tiens vous êtes rendus coupables en ses terres et envers ses sujets, en n'omettant aucune occasion de vous montrer inhumains. Cela le chagrine non seulement par la vive affection dont il a toujours chéri ses sujets mieux que nul homme mortel ne le saurait faire. Toutefois, autant qu'un homme puisse en juger, il est plus chagriné encore du fait que c'est par toi et les tiens que ces chagrins et torts ont été perpétrés.

« Vous qui aviez, toi et tes pères, de longue mémoire et ancienneté cultivé des liens d'amitié avec lui et tous ses ancêtres, liens que vous aviez jusqu'à présent ensemble inviolablement maintenus, gardés, et entretenus comme des liens sacrés, au point que non pas lui et les siens seulement, mais encore les nations barbares et lointaines, les Poitevins, les Bretons, les Manceaux [1], et ceux qui habitent les îles de Canarre et Isabelle [2], ont estimé qu'il était plus facile de

1. En 1488, Charles VIII avait annexé la Bretagne après une victoire sur les Bretons, les Poitevins et les Manceaux (habitants de la région du Mans) qui s'étaient alliés contre lui. Ils sont traités ici de « barbares » au sens d'« étrangers ». **2.** Canarre : nom imaginaire qui rappelle celui des îles Canaries (voir note 1, p. 127). Isabelle est le nom de la première ville fondée par Christophe Colomb sur l'île d'Hispaniola (Haïti actuelle). La référence à ces îles de l'océan Atlantique confirme l'évocation de « nations barbares et lointaines ».

les abysmes eriger au dessus des nues, que desemparer vostre alliance : et tant l'ont redoubtée en leurs entreprinses que n'ont jamais auzé provoquer, irriter, ny endommaiger l'ung, par craincte de l'aultre.

« Plus y a. Ceste sacrée amitié tant a emply ce ciel, que peu de gens sont aujourdhuy habitans par tout le continent et isles de l'Ocean, qui ne ayent ambitieusement aspiré estre receuz en icelle à pactes par vous mesmes conditionnez : autant estimans vostre confederation que leurs propres terres, et dommaines. En sorte que de toute memoire n'a esté prince ny ligue tant efferée, ou superbe qui ait auzé courir sus, je ne dis poinct voz terres, mais celles de voz confederez. Et si par conseil precipité, ont encontre eulx attempté quelque cas de nouvelleté, le nom et tiltre de vostre alliance entendu, ont soubdain desisté de leurs entreprinses.

« Quelle furie doncques te esmeut maintenant, toute alliance brisée, toute amitié conculquée, tout droict trespassé, envahir hostilement ses terres, sans en rien avoir esté par luy ny les siens endommaigé, irrité, ny provocqué ? Où est foy ? où est loy ? où est raison ? où est humanité ? où est craincte de dieu ? Cuyde tu ces oultraiges estre recellés es esperitz eternelz, et au Dieu souverain, qui est juste retributeur de noz entreprises ? Si le cuyde, tu te trompe, car toutes choses viendront à son jugement. Sont ce fatales destinées, ou influences des astres qui voulent mettre fin à tes ayzes et repous ? Ainsi ont toutes choses leur fin et periode. Et quand elles sont venues à leur poinct suppellatif, elles sont en bas ruinées, car elles ne peuvent long temps en tel estat demourer. C'est la fin de ceulx qui leurs fortunes et prosperitez ne peuvent par raison et temperance moderer.

« Mais si ainsi estoit pheé, et deust ores ton heur et repos prendre fin, failloit il que ce feust en incommodant à mon Roy, celluy par lequel tu estois estably ?

démolir le firmament et d'ériger les abîmes au-dessus des nues, que de démembrer votre alliance. Et ils ont tant redouté celle-ci en leurs entreprises, qu'ils n'ont jamais osé provoquer, irriter ni causer de dommage à l'un, par crainte de l'autre.

« Il y a plus. Cette amitié sacrée a si bien rempli le ciel, que parmi tous ceux qui habitent aujourd'hui sur tout le continent et jusqu'aux îles de l'océan Atlantique, il en est bien peu qui n'aient pas un jour caressé l'ambition d'aspirer à la rejoindre par un pacte dont vous aviez vous-mêmes fixé les conditions – car ils estimaient votre confédération aussi précieuse que leurs propres terres et domaines. De sorte que de toute mémoire, il n'y eut jamais ni prince ni ligue, si effrénée soit-elle ou pleine d'orgueil, qui ait osé vous attaquer, je ne parle pas seulement de vos terres, mais même de celles de vos confédérés. Et si par des décisions précipitées, ils ont tenté contre ces derniers quelque attaque inattendue, le simple nom et titre de votre alliance sitôt entendu leur a fait soudain renoncer à leurs entreprises.

« Quelle furie donc te fait maintenant agir, au mépris de toute alliance, brisée, de toute amitié, bafouée, de tout droit, outrepassé, pour te faire envahir hostilement ses terres, sans avoir subi de lui ni des siens les moindres dommage, irritation, ou provocation ? Où est la foi ? Où est la loi ? Où est la raison ? Où est l'humanité ? Où est la crainte de Dieu ? Prétends-tu dissimuler tes outrages aux esprits éternels, et au Dieu souverain, qui est le juste qui rétribue nos entreprises ? Si tu le prétends, tu te trompes, car toutes choses viendront à Son jugement. Est-ce que ce sont les fatales destinées, ou l'influence des astres, qui veulent mettre un terme à ton bien-être, à ton repos ? Ainsi toutes choses tendent-elles à leur apogée et à leur chute. Et quand elles sont parvenues à leur point le plus haut, elles sont ruinées et ramenées tout en bas, car elles ne peuvent longtemps en un tel état demeurer. C'est ainsi que s'achèvent les fortunes et prospérités de ceux qui ne peuvent les modérer par la raison et la tempérance.

« Mais si tu étais ainsi prédestiné, et que ton bonheur et ton repos dussent prendre fin, fallait-il que ce soit en incommodant mon roi, celui à qui justement tu devais ton rang ?

« Si ta maison debvoit ruiner, failloit il qu'en sa ruine elle tombast suz les atres de celluy qui l'avoit aornée ? La chose est tant hors les metes de raison, tant abhorrente de sens commun, que à peine peut elle estre par humain entendement conceue, et jusques à ce demourera non croiable entre les estrangiers, que l'effect asseuré et tesmoigné leur donne à entendre, que rien n'est ny sainct, ny sacré à ceulx qui se sont emancipez de dieu et raison, pour suyvre leurs affections perverses.

« Si quelque tort eust esté par nous faict en tes subjectz, et dommaines, si par nous eust esté porté faveur à tes mal vouluz, si en tes affaires ne te eussions secouru, si par nous ton nom et honneur eust esté blessé. Ou pour mieulx dire : si l'esperit calumniateur tentant à mal te tirer eust par fallaces especes, et phantasmes ludificatoyres mis en ton entendement que envers toy eussions faict chose non digne de nostre ancienne amitié : tu debvois premier enquerir de la verité, puis nous en admonester. Et nous eussions tant à ton gré satisfaict, que eusse eu occasion de toy contenter. Mais (o dieu eternel) quelle est ton entreprinse ?

« Vouldroys tu comme tyrant perfide pillier ainsi, et dissiper le royaulme de mon maistre ? Le as tu esprouvé tant ignave, et stupide, qu'il ne voulust : ou tant destitué de gens, d'argent, de conseil, et d'art militaire, qu'il ne peust resister à tes iniques assaulx ? Depars d'icy presentement, et demain pour tout le jour soye retiré en tes terres, sans par le chemin faire aulcun tumulte ne force. Et paye mille bezans d'or pour les dommaiges que as faict en ces terres. La moytié bailleras demain, l'aultre moytié payeras es Ides de May prochainement venant : nous delaissant ce pendent pour houltaige les Ducs de Tournemoule, de Basdefesses, et de Menuail, ensemble le prince de Gratelles, et le viconte de Morpiaille. »

« Si ta maison devait courir à sa ruine, fallait-il qu'en sa ruine elle s'écroulât sur les foyers de celui qui l'avait édifiée ? La chose est tellement hors des limites de la raison, tellement opposée au bon sens, qu'à peine peut-elle être conçue par l'entendement humain, et elle restera incroyable parmi les étrangers, jusqu'à ce que ses effets assurés et attestés leur donnent à comprendre que rien n'est ni saint, ni sacré à ceux qui se sont affranchis de Dieu et de la raison pour suivre leurs égarements pervertis.

« Si nous avions causé quelque tort à tes sujets ou à tes domaines, si nous avions favorisé tes ennemis, si en tes difficultés nous ne t'avions pas porté secours, si nous avions blessé ton nom et ton honneur… Ou, pour mieux dire, si l'esprit malin, calomniateur, en te tentant pour te tirer vers le mal, avait, par de trompeuses apparences et des jeux hallucinatoires, mis en ton esprit l'idée que nous ayons commis envers toi une chose indigne de notre ancienne amitié, tu aurais dû avant tout t'enquérir de la vérité, puis nous en avertir. Et nous aurions fait tant et plus pour te rassurer, te satisfaire et te contenter. Mais, ô Dieu éternel, à quoi tend ton entreprise ?

« Voudrais-tu, comme un tyran perfide, piller ainsi et ravager le royaume de mon maître ? L'as-tu jamais connu si lâche et hébété, qu'il ne veuille résister à tes injustes assauts ? ou si dépourvu de gens, d'argent, de conseil et de connaissances militaires, qu'il ne le puisse ? Pars d'ici immédiatement, et demain, en l'espace de la journée, sois de retour sur tes terres, sans faire en chemin aucun tumulte ni aucune démonstration de force. Et verse mille bezans [1] d'or pour les dommages que tu as faits en ces terres. La première moitié sera remise demain, l'autre moitié, tu la paieras aux Ides de mai [2] prochain ; tu nous laisseras en attendant pour otages les ducs de Tournemoule, de Basdefesses, et de Menuail, avec le prince de Gratelles et le vicomte de Morpiaille [3]. »

---

1. Monnaie byzantine employée en France aux XIIe et XIIIe siècles, mais qui n'a déjà plus cours au XVIe siècle. **2.** La mi-mai, dans le calendrier romain. **3.** Ces noms de dignitaires, ainsi que ceux qui suivront dans la troupe picrocholine, sont évidemment comiques et grotesques, parce qu'ils abondent en connotations sexuelles (Tournemoule, Basdefesses), évoquent l'insignifiance (tel le menu fretin de Menuail), ou la maladie honteuse qui

Comment Grandgousier pour achapter paix feist rendre les fouaces

CHAPITRE XXXII

À tant se teut le bon homme Gallet, mais Picrochole à tous ses propos ne respond aultre chose, si non. « Venez les querir : venez les querir. Ilz ont belle couille et molle. Ilz vous braveront de la fouace. » Adoncques retourne vers Grandgousier, lequel trouva à genous teste nue, encliné en un petit coing de son cabinet, priant dieu, qu'il vouzist amollir la cholere de Picrochole, et le mettre au poinct de raison, sans y proceder par force. Quand veit le bon homme de retour il luy demanda. « Ha mon amy, mon amy, quelles nouvelles m'apportez vous ?

– Il n'y a, dist Gallet, ordre, cest homme est du tout hors du sens et delaissé de dieu.

– Voyre mais dist Grandgousier, mon amy quelle cause pretend il de cest excés ?

– Il ne me a, dist Gallet, cause queconques exposé. Si non qu'il m'a dict en cholere quelques motz de fouaces. Je ne sçay si l'on auroit poinct faict oultrage à ses fouaciers.

– Je le veulx, dist Grandgousier, bien entendre davant qu'aultre chose deliberer sur ce que seroit de faire. »

Alors manda sçavoir de cest affaire : et trouva pour vray qu'on avoit prins par force quelques fouaces de ses gens, et que Marquet avoit repceu un coup de tribard sus la teste. Toutesfoys que le tout avoit esté bien payé, et

Comment Grandgousier, pour acheter la paix, fit rendre les fouaces

CHAPITRE XXXII

Puis le bonhomme Gallet se tut. Mais à tous ces propos, Picrochole ne répond rien d'autre que : « Venez les chercher, venez les chercher ! Ils ont belle couille molle comme meule [1] ! Ils vont vous en faire bouffer, de la fouace ! » Alors Gallet retourne vers Grandgousier, qu'il trouva à genoux, tête nue, incliné en un petit coin de son cabinet, priant Dieu qu'Il voulût bien adoucir la colère de Picrochole et le ramener à la raison sans avoir à faire usage de la force. Quand il vit le bonhomme de retour, il lui demanda : « Ha, mon ami, mon ami, quelles nouvelles m'apportez-vous ?

– Il n'y a, dit Gallet, plus aucune mesure. Cet homme a complètement perdu la raison, et il est délaissé de Dieu.

– Oui, mais mon ami, dit Grandgousier, quel prétexte donne-t-il à cet excès ?

– Il ne m'a, dit Gallet, exposé aucune cause. Si ce n'est qu'il m'a dit, en colère, quelques mots au sujet de fouaces. Je ne sais si l'on n'aurait point fait outrage à ses fouaciers.

– Je veux, dit Grandgousier, bien tirer au clair la situation avant de décider quoi que ce soit quant à ce qu'il faudrait faire. »

Alors il envoya chercher des informations sur cette affaire : et il s'avéra qu'on avait pris par la force quelques fouaces de ces gens, et que Marquet avait reçu un coup de gourdin sur la tête. Mais que toutefois le tout avait été

---

gêne, démange et dont il faut se guérir (Gratelles ou Morpiaille, formé sur « morpion ») : tous sont source de malaise ou de moquerie. **1.** Jeu de mots par homophonie entre l'adjectif « molle » et le nom « mole », qui désigne la meule à broyer. Le terme « couille » peut par ailleurs désigner le mortier. La « couille molle » dont il est ici question d'une part signifie la lâcheté, à laquelle l'expression est traditionnellement associée, ce qui, dans le contexte, est paradoxal et par conséquent comique, et d'autre part constitue une menace bravache burlesque, rendue par le double sens du mortier qui broie. Principalement, le contraste le plus saisissant tient dans la grossièreté de cette réponse, presque monstrueuse en comparaison des superbes mouvements oratoires de la harangue de Gallet.

que ledict Marquet avoit premier blessé Forgier de son fouet par les jambes. Et sembla à tout son conseil que en toute force il se doibvoit defendre.

« Ce non ostant, dist Grandgousier, puis qu'il n'est question que de quelques fouaces, je essayeray le contenter, car il me desplaist par trop de lever guerre. »

Adoncques s'enquesta combien on avoit prins de fouaces, et entendent quatre ou cinq douzaines, commenda qu'on en feist cinq charretées en icelle nuict, et que l'une feust de fouaces faictes à beau beurre, beau moyeux d'eufz, beau saffran, et belles espices pour estre distribuées à Marquet, et que pour ses interestz, il luy donnoit sept cens mille et troys Philippus pour payer les barbiers qui l'auroient pensé, et d'abondant luy donnoit la mestayrie de la Pomardiere à perpetuité franche pour luy et les siens. Pour le tout conduyre et passer fut envoyé Gallet. Lequel par le chemin, feist cuillir prés de la sauloye force grands rameaux de cannes et rouzeaux et en feist armer autour leurs charrettes, et chascun des chartiers, luy mesmes en tint un en sa main : par ce voulant donner à congnoistre qu'ilz ne demandoient que paix, et qu'ilz venoient pour l'achapter. Eulx venuz à la porte requirent parler à Picrochole de par Grandgousier.

Picrochole ne voulut oncques les laisser entrer, ny aller à eulx parler, et leurs manda qu'il estoit empesché, mais qu'ilz dissent ce qu'ilz vouldroient au capitaine Toucquedillon, lequel affustoit quelque piece sus les murailles. Adonc luy dict le bon homme. « Seigneur pour vous retirer de tout ce debat et ouster toute excuse que ne retournez en nostre premiere alliance, nous vous rendons presentement les fouaces, dont est la controverse. Cinq douzaines en prindrent noz gens : elles furent tresbien payées, nous aymons tant la paix que nous en rendons

dûment payé, et que ledit Marquet avait été le premier à blesser Frogier aux jambes avec son fouet. Et il sembla à tout son conseil qu'il était légitime de se défendre en employant la force.

Cela étant, Grandgousier déclara : « Puisqu'il n'est question que de quelques fouaces, j'essaierai de lui donner satisfaction, car il me déplaît beaucoup trop de partir en guerre. »

Alors il s'enquit pour savoir combien de fouaces on avait pris, et comme on lui répondait qu'il y en avait quatre ou cinq douzaines, il commanda qu'on en préparât cinq charretées cette nuit même, et que l'une d'elles fût pleine de fouaces faites au bon beurre, avec de beaux jaunes d'œufs, du bon safran et de belles épices, pour être offertes à Marquet ; qu'en guise de dommages et intérêts, il lui donnait sept cent mille trois Philippes[1] pour payer les chirurgiens qui l'avaient pansé, et que de plus il lui donnait la métairie de la Pommardière[2], en libre usage perpétuel pour lui et les siens. Pour escorter et remettre le tout, Gallet fut envoyé. Celui-ci, en chemin, fit cueillir près des saules quantité de brins de joncs et roseaux, et il en fit disposer sur le bord des charrettes, puis en donna aux charretiers, tandis que lui-même en tenait un dans sa main : voulant ainsi faire comprendre qu'ils ne demandaient que la paix, et qu'ils venaient pour l'acquérir. Arrivés à la porte, ils demandèrent à parler à Picrochole de la part de Grandgousier.

Picrochole ne voulut en aucune manière les laisser entrer, ni venir leur parler, et leur fit savoir qu'il n'était pas disponible, mais qu'ils pouvaient dire ce qu'ils voulaient au capitaine Toucquedillon, qui armait quelque pièce d'artillerie sur les remparts. Le bon homme lui dit donc : « Seigneur, pour régler toute cette dispute et vous ôter toute raison de ne pas retrouver notre alliance première, nous vous rendons présentement les fouaces, d'où est venu le différend. Nos gens en ont pris cinq douzaines, qui furent très justement payées. Nous aimons tant la paix que nous en rendons cinq

1. Il s'agit à l'origine d'une monnaie frappée à l'effigie de Philippe II, roi de Macédoine, mais le mot désigne plus généralement toute monnaie d'or.
2. Une des propriétés de la famille de Rabelais, près de Chinon.

cinq charrettes : desquelles ceste icy sera pour Marquet qui plus se plainct.

« Dadvantaige pour le contenter entierement, voy là sept cens mille et troys Philippus que je luy livre, et pour l'interest qu'il pourroit pretendre, je luy cede la mestayrie de la Pomardiere, à perpetuité pour luy et les siens possedable en franc alloy. Voyez cy le contract de la transaction. Et pour dieu vivons dorenavant en paix, et vous retirez en vos terres joyeusement : cedans ceste place icy, en laquelle n'avez droict quelconques, comme bien le confessez. Et amis comme paravant. »

Toucquedillon raconta le tout à Picrochole, et de plus en plus envenima son couraige luy disant : « Ces rustres ont belle paour. Par dieu Grandgousier se conchie, le pouvre beuveur, ce n'est son art aller en guerre, mais ouy bien vuider les flascons.

« Je suis d'opinion que retenons ces fouaces et l'argent, et au reste nous hastons de remparer icy et poursuivre nostre fortune. Mais pensent ilz bien avoir affaire à une duppe, de vous paistre de ces fouaces : voylà que c'est, le bon traictement et la grande familiarité que leurs avez par cy davant tenue, vous ont rendu envers eulx comtemptible. Oignez villain, il vous poindra. Poignez villain, il vous oindra.

– Çà, çà, çà, dist Picrochole, sainct Jacques ilz en auront. Faictes ainsi qu'avez dict.

– D'une chose, dist Toucquedillon, vous veux je advertir. Nous sommes icy assez mal avituaillez : et pourveuz maigrement des harnoys de gueule.

« Si Grandgousier nous mettoit siege, dés à present m'en irois faire arracher les dents toutes, seulement que troys me restassent, autant à voz gens comme à moy, avec icelles nous n'avangerons que trop à manger noz munitions.

– Nous, dist Picrochole, n'aurons que trop mangeailles. Sommes nous icy pour manger ou pour batailler ?

charrettes – parmi lesquelles celle-ci sera pour Marquet qui est le plus à plaindre.

« Bien plus, pour le satisfaire entièrement, voici sept cent mille trois Philippes que je lui remets, et pour les dédommagements auxquels il pourrait prétendre je lui cède la métairie de la Pommardière, qu'il possédera, lui et les siens, pour toujours en franche propriété. Voyez là le contrat de la transaction. Et par Dieu vivons dorénavant en paix, et retirez-vous joyeusement en vos terres en quittant cette place-ci, sur laquelle vous n'avez aucun droit, comme vous le confessez vous-même. Et redevenons amis comme avant. »

Toucquedillon raconta le tout à Picrochole, et envenima son courage tant et plus en lui disant : « Ces rustres ont une belle peur. Par Dieu, Grandgousier se chie dessus, le pauvre buveur, il n'y connaît rien en matière de guerre, et il ne sait que vider les flacons.

Je suis d'avis que nous gardions ces fouaces et l'argent, et que pour le reste nous nous hâtions d'organiser la défense ici et de poursuivre cette aventure. Mais pensent-ils bien avoir affaire à une dupe, en vous faisant manger de leurs fouaces ? Voilà ce qu'ont donné le bon traitement et la grande familiarité que vous avez jusqu'à présent adoptés avec eux, ils vous ont rendu méprisable à leurs yeux. Flattez un vilain, il vous frappera. Frappez le vilain, il vous flattera [1].

– C'est ça, c'est ça, c'est ça, dit Picrochole, par saint Jacques, ils en auront. Faites comme vous avez dit.

– Il y a une chose dont je dois vous avertir, dit Toucquedillon. Nous sommes ici assez mal ravitaillés, et maigrement pourvus en provisions de bouche. Si Grandgousier nous assiégeait, dès à présent je m'en irais me faire arracher toutes les dents, en en laissant seulement trois, et j'en ferais faire autant à vos gens, car ces trois dents nous seront encore de trop pour manger le peu que nous avons.

– Nous n'aurons que trop de mangeaille, dit Picrochole : sommes-nous ici pour manger ou pour batailler ?

---

1. Ces proverbes sont bien connus à l'époque et fréquemment cités dans les recueils de lieux communs et de formules utiles aux orateurs.

– Pour batailler vrayement dist Toucquedillon. Mais de la panse vient la dance. Et où faim regne : force exule.

– Tant jazer : dist Picrochole. Saisissez ce qu'ilz ont amené. »

Adoncques prindrent argent et fouaces et beufz et charrettes, et les renvoyerent sans mot dire, si non que plus n'aprochassent de si prés pour la cause qu'on leur diroit demain. Ainsi sans rien faire retournerent devers Grandgousier, et luy conterent le tout : adjoustans qu'il n'estoit aulcun espoir, de les tirer à paix, sinon à vive et forte guerre.

Comment certains gouverneurs de Picrochole par conseil precipité le mirent au dernier peril

CHAPITRE XXXIII

Les fouaces destroussées comparurent davant Picrochole, les duc de Menuail, comte Spadassin, et capitaine Merdaille, et luy dirent. « Cyre aujourd'huy nous vous rendons le plus heureux, plus chevaleureux prince qui oncques feust depuis la mort de Alexandre Macedo.

– Couvrez couvrez vous dist Picrochole.

– Grand mercy (dirent ilz) Cyre, nous sommes à nostre debvoir.

« Le moyen est tel, vous laisserez icy quelque capitaine en garnison avec petite bande de gens, pour garder la place, laquelle nous semble assez forte tant par nature, que par les rampars faictz à vostre invention. Vostre armée partirez en deux, comme trop mieulx l'entendez.

– Pour batailler, bien vrai, dit Toucquedillon, mais de la panse vient la danse, et où règne la faim, la force disparaît[1].

– Assez causé, dit Picrochole, saisissez ce qu'ils ont apporté. »

Ils prirent donc argent, fouaces, bœufs et charrettes, et renvoyèrent les hommes sans mot dire, si ce n'est qu'ils leur interdisaient désormais d'approcher aussi près, pour une raison qu'on leur dirait le lendemain. Ainsi, sans aucun résultat, ils retournèrent chez Grandgousier, et lui contèrent le tout, ajoutant qu'il n'y avait plus aucun espoir de les amener vers la paix, sinon par une vive et forte guerre.

Comment certains gouverneurs de Picrochole, par la précipitation qu'ils conseillèrent, le mirent au dernier péril

CHAPITRE XXXIII

Les fouaces dérobées, comparurent devant Picrochole le duc de Menuail, le comte Spadassin, et le capitaine Merdaille[2], qui lui dirent : « Sire, aujourd'hui nous allons vous rendre le plus heureux, le plus chevaleresque prince qui fût jamais depuis la mort d'Alexandre de Macédoine.

– Couvrez-vous, couvrez-vous, dit Picrochole.

– Grand merci, dirent-ils, Sire, nous ne faisons que notre devoir. Telle est la tactique : vous laisserez ici quelque capitaine en garnison avec une petite troupe de gens pour garder la place, qui nous semble assez forte, tant par sa situation naturelle que par les remparts fortifiés par votre ingéniosité. Vous diviserez votre armée en deux, comme vous ne le comprenez que trop.

---

1. Le premier de ces deux proverbes très connus est cité par François Villon dans le *Testament*, composé en 1461 (v. 200). **2.** Parmi ces noms évidemment grotesques ou fanfaronnant à tort, celui de Spadassin est à souligner : venu de l'italien (*spadaccino*, « qui met facilement la main à l'épée »), il est ici introduit par Rabelais dans la langue française pour la première fois. Pour Menuail, voir note 3, p. 251.

« L'une partie ira ruer sur ce Grandgousier, et ses gens. Par icelle sera de prime abordée facilement desconfit. Là recouvrerez argent à tas.

« Car le vilain en a du content, vilain, disons nous. Par ce que un noble prince n'a jamais un sou. Thesaurizer, est faict de vilain.

« L'aultre partie ce pendent tirera vers Onys, Sanctonge, Angomoys, et Gascoigne : ensemble Perigot, Medoc, et Elanes.

« Sans resistence prendront villes, chasteaux, et forteresses. À Bayonne, à sainct Jean de Luc, et Fontarabie sayzirez toutes les naufz, et coustoyant vers Galice, et Portugal, pillerez tous les lieux maritimes, jusques à Ulisbonne, où aurez renfort de tout equipage requis à un conquerent.

« Par le corbieu Hespaigne se rendra, car ce ne sont que Madourrez.

« Vous passerez par l'estroict de Sibyle, et là erigerez deux colomnes plus magnificques que celles de Hercules, à perpetuelle memoire de vostre nom. Et sera nommé cestuy destroict la mer Picrocholine.

« Passée la mer Picrocholine, voicy Barberousse qui se rend vostre esclave.

– Je (dist Picrochole) le prendray a mercy.

– Voyre (dirent ilz) pourveu qu'il se face baptiser.

« Et oppugnerez les royaulmes de Tunic, de Hippes, Argiere, Bone, Corone, hardiment toute Barbarie.

« L'une des deux parties ira charger sur ce Grandgousier et ses gens. D'emblée, il sera ainsi facilement déconfit. Alors vous vous accaparerez de l'argent par monceaux, car le vilain en a du sonnant et du trébuchant. Vilain, disons-nous, parce qu'un noble prince n'a jamais un sou : thésauriser, c'est le fait d'un vilain.

« L'autre partie cependant se dirigera vers les régions d'Aunis, de Saintonge, d'Angoumois et de Gascogne, et après elles gagnera le Périgord, le Médoc, et les Landes.

« Sans résistance, ils prendront villes, châteaux et forteresses. À Bayonne, à Saint-Jean-de-Luz et à Fontarabie [1], vous saisirez tous les navires, et longeant les côtes vers la Galice [2] et le Portugal, vous pillerez toutes les régions maritimes jusqu'à Lisbonne, où vous trouverez du renfort chez les équipages qui s'enrôlent volontiers avec un conquérant.

« Par le cordieu, l'Espagne se rendra, car ce ne sont que des minables.

« Vous passerez par le détroit de la Sibyle, et là vous érigerez deux colonnes plus magnifiques que celles d'Hercule [3], en mémoire éternelle de votre nom. Et ce détroit sera nommé la mer Picrocholine.

« Passé la mer Picrocholine, voici Barberousse [4] qui se rend, et se fait votre esclave.

– Je lui ferai grâce, dit Picrochole.

– Certes, dirent-ils, pourvu qu'il se fasse baptiser.

« Et puis vous combattrez les royaumes de Tunisie, de Bizerte, d'Alger, d'Hippone, de Cyrène, et hardiment toute la Barbarie [5].

---

1. Ville du Pays basque située au sud de Saint-Jean-de-Luz. **2.** Région espagnole située au nord du Portugal, sur la côte atlantique. **3.** Les généraux, piètres géographes, déforment en « Sibyle » le nom de « Séville ». Le détroit de Séville, c'est-à-dire de Gibraltar, est l'emplacement des célèbres « colonnes d'Hercule », qui marquaient les limites du monde connu des Anciens, et qui apparaissaient pour cela sur la devise de Charles Quint accompagnées de la sentence « Plus outre ». **4.** Ce corsaire redoutable (1476-1546) était l'allié de François Ier contre Charles Quint. **5.** Le terme « Barbarie » désigne l'Afrique du Nord. La progression géographique suit les côtes, après le passage du détroit de Gibraltar. Elle fait également référence à d'illustres exemples historiques, puisque les pays de l'Afrique du Nord avaient été conquis par les Romains lors des guerres puniques (IIIe-IIe siècles av. J.-C.). Entre 1530 et 1535, Charles Quint attaque les villes citées ici et mène une désastreuse campagne contre Alger en 1541. C'est en 1542,

« Passant oultre retiendrez en vostre main Majorque, Minorque, Sardaine, Corsicque, et aultres isles de la mer Ligusticque et Baleare.

« Coustoyant à gausche, dominerez toute la Gaule Narbonicque, Provence, et Allobroges, Genes, Florence, Lucques, et à dieu seas Rome. Le pauvre monsieur du pape meurt desjà de peur.

– Par ma foy dist Picrochole, je ne lui baiseray jà sa pantoufle.

– Prinze Italie voylà Naples, Calabre, Appoulle et Sicile toutes à sac, et Malthe avec.

« Je vouldrois bien que les plaisans chevaliers jadis Rhodiens vous resistassent, pour veoir de leur urine.

– Je iroys (dict Picrochole) voluntiers à Laurette.

– Rien rien, dirent ilz, ce sera au retour.

« Passant outre, vous aurez en main Majorque, Minorque, la Sardaigne, la Corse, et les autres îles du golfe de Gênes et des Baléares [1].

« Tirant à gauche, vous dominerez toute la Gaule narbonnaise, la Provence et les Allobroges [2], Gênes, Florence, Lucques [3], et à nous deux, Rome ! Le pauvre monsieur du pape meurt déjà de peur.

– Par ma foi, dit Picrochole, je ne baiserai même pas sa pantoufle [4].

– L'Italie prise, voilà Naples, la Calabre, l'Apulie et la Sicile tout à sac, et Malte avec [5].

« Je voudrais bien que les plaisants ex-chevaliers de Rhodes [6] aient l'idée de vous résister, pour voir la couleur de leur urine.

– J'irais, dit Picrochole, volontiers à Lorette [7].

– Pas question, pas question, dirent-ils, ce sera au retour.

---

dans le vif de l'actualité, que Rabelais ajoute à sa liste les trois dernières villes : Alger, Hippone et Cyrène. **1.** Tous ces territoires appartiennent à Charles Quint. **2.** Région correspondant aux Alpes du Nord et à la vallée du Rhône, découverte par Hannibal lors du passage des Alpes, puis conquise par les Romains en 126 av. J.-C. Les Gaulois de cette région furent longtemps réfractaires à l'autorité romaine. La géopolitique des conseillers de Picrochole suit le cheminement des armées romaines en insistant sur la facilité des conquêtes, là où même les Romains et Charles Quint ont trouvé de la résistance. **3.** Après le sud de la France, parcouru d'ouest en est, il s'agit de passer les Alpes pour gagner ces trois villes italiennes de marchands et de banquiers, particulièrement riches et prestigieuses, situées en Toscane ou sur la côte méditerranéenne. **4.** Picrochole refuse donc, par une énième bravade, cette marque de respect envers l'autorité papale. **5.** Possessions de Charles Quint. **6.** Les chevaliers de Saint-Jean-de-Jérusalem, chassés de Rhodes par le sultan Soliman Ier en 1522, avaient été établis par Charles Quint à Malte en 1530 dans le but de résister d'une part aux avancées ottomanes en Méditerranée, et d'autre part à Barberousse (voir note 4, p. 261). Dans le délire de ce dialogue, Barberousse se rend comme esclave, le pape meurt de peur (en référence au récent sac de Rome en 1527) et les chevaliers de Malte, pourtant redoutés dans tout le Proche-Orient, sont « plaisants » par l'effroi qu'ils manifestent. Le texte multiplie les points de rencontre entre Picrochole et Charles Quint en campant des personnages qui vont encore au-delà de ses audaces guerrières. **7.** Notre-Dame-de-Lorette est le lieu d'un pèlerinage en Italie centrale : serait-ce un simulacre de piété ? Ce détour souhaité montre que Picrochole n'écoute que d'une oreille le parcours géographique qui lui est proposé, et qu'il est mené par son caprice plus que par une véritable stratégie.

« De là prendrons Candie, Cypre, Rhodes, et les isles Cyclades, et donnerons sus la Morée. Nous la tenons. Sainct Treignan dieu gard Hierusalem, car le Soubdan n'est pas comparable à vostre puissance.

– Je (dist il) feray doncques bastir le temple de Salomon.

– Non, dirent ilz, encores, attendez un peu : ne soyez jamais tant soubdain à vos entreprinses.

« Sçavez vous que disoit Octavian Auguste ? *Festina lente.*

« Il vous convient premierement avoir l'Asie minor, Carie, Lycie, Pamphile, Celicie, Lydie, Phrygie, Mysie, Betune, Charazie, Satalie, Samagarie, Castamena, Luga, Savasta : jusques à Euphrates.

– Voyrons nous, dist Picrochole, Babylone, et le mont Sinay ?

– Il n'est dirent ilz, jà besoing pour ceste heure. N'est ce pas assez tracassé dea avoir transfreté la mer Hircane, chevauché les deux Armenies, et les troys Arabies ?

– Par ma foy, dist il, nous sommes affolez. Ha pauvres gens.

– (Quoy ? dirent ilz).

– Que boyrons nous par ces desers. Car Julian Auguste et tout son oust y moururent de soif, comme l'on dict.

– Nous (dirent ilz) avons jà donné ordre à tout. Par la mer Siriace vous avez neuf mille quatorze grands naufz chargées des meilleurs vins du monde, elles arriverent à Japhes. Là se sont trouvez vingt et deux cens mille chameaulx, et seize

« De là nous prendrons la Crète, Chypre, Rhodes et les îles Cyclades, et nous assaillirons le Péloponnèse. Nous la tenons. Par saint Treignan [1], que Dieu garde Jérusalem, car le sultan n'est pas comparable à votre puissance.

– Je ferai donc, dit-il, bâtir le temple de Salomon [2].

– Non, dirent-ils, pas encore, attendez un peu. Ne soyez jamais si pressé en vos entreprises. Savez-vous ce que disait Octavien Auguste ? *Festina lente* [3]. Il vous convient d'abord d'avoir l'Asie Mineure, la Carie, la Lycie, la Pamphilie, la Cilicie, la Lydie, la Phrygie, la Mysie, la Bithynie, Sardes, Antalya, Samarcande, Castamena, Luga, Sebasté, jusqu'à l'Euphrate [4].

– Verrons-nous, dit Picrochole, Babylone et le mont Sinaï ?

– Ce n'est pas nécessaire pour le moment, dirent-ils. N'est-ce pas assez de tracas d'avoir diantre traversé la mer Caspienne, et chevauché dans les deux Arménies [5] et les trois Arabies [6] ?

– Par ma foi, dit-il, nous nous sommes perdus ! Ha, pauvres de nous !

– Qu'y a-t-il ? dirent-ils.

– Que boirons-nous par ces déserts ? Car Julian Auguste et toute son armée y moururent de soif, comme on le raconte [7].

– Nous avons déjà donné ordre à tout, dirent-ils. Dans la mer de Syrie vous avez neuf mille quatorze grands navires chargés des meilleurs vins du monde, ils sont arrivés à Jaffa. Là ils ont rejoint deux millions deux cent mille chameaux,

1. Juron de soldat, prononcé également plus loin par Ponocrates dans le feu de l'action (p. 285). **2.** Cette lutte contre les Turcs prend l'allure d'une nouvelle croisade pour Picrochole, comme c'était le cas pour Charles Quint. Sur Trébizonde, voir note 6, p. 269. **3.** « Hâte-toi lentement ». Voir note 2, p. 105. **4.** Régions et villes d'Asie Mineure, avec jeux sonores sur les rimes. **5.** L'Arménie et la Cilicie, terre d'exil des Arméniens chassés par les Ottomans. **6.** Ptolémée (90-168), géographe grec de référence, suivi par Pline, subdivise en trois régions la péninsule Arabique : l'Arabie heureuse (c'est-à-dire fertile, au sud), l'Arabie déserte (au nord-ouest), et l'Arabie pétrée, autour de Pétra (Judée, Syrie, Jordanie), la première à avoir été colonisée par Rome. **7.** L'empereur Julien l'Apostat (IVe siècle apr. J.-C.) mourut de soif, ce qui fut considéré comme un châtiment divin en réponse à son impiété.

cens Elephans, lesquelz aurez prins à une chasse environ Sigeilmes, lors que entrastes en Libye : et d'abondant eustes toute la Garavane de La Mecha. Ne vous fournirent ilz de vin à suffisance ?

– Voire mais, dist il, nous ne beumes poinct frais.

– Par la vertus, dirent ilz, non pas d'un petit poisson, un preux, un conquerent, un pretendent et aspirant à l'empire univers, ne peut tousjours avoir ses aizes.

« Dieu soit loué que estes venu vous et voz gens saufz et entiers jusques au fleuve du Tigre.

– Mais dist il, que faict ce pendent la part de nostre armée qui desconfit ce villain humeux Grandgousier ?

– Ilz ne chomment pas (dirent ilz) nous les rencontrerons tantost. Ilz vous ont pris Bretaigne, Normandie, Flandres, Haynault, Brabant, Artoys, Hollande, Selande, ilz ont passé le Rhein par sus le ventre des Suices et Lansquenetz, et part d'entre eulx ont dompté Luxembourg : Lorraine, la Champaigne, Savoye jusques à Lyon, auquel lieu ont trouvé voz garnisons retournans des conquestes navales de la mer Mediterrannée.

« Et se sont reassemblez en Boheme, aprés avoir mis à sac Soueve, Vuitemberg, Bavieres, Austriche, Moravie et Stirie.

et seize cents éléphants, que vous aurez pris lors d'une chasse aux environs de Ségelmesse [1], lorsque vous êtes entré en Libye ; et bien davantage, vous avez capturé toute la caravane de La Mecque. Ne vous fournirent-ils pas suffisamment de vin ?

– Certes, mais, dit-il, nous ne bûmes point frais…

– Crénom d'un petit poisson, dirent-ils, un preux, un conquérant, un prétendant et aspirant à l'empire universel ne peut toujours avoir ses aises !

« Dieu soit loué, vous êtes, vous et vos hommes, arrivés sains et saufs jusqu'au fleuve du Tigre.

– Mais, dit-il, que fait pendant ce temps la partie de notre armée qui a déconfit ce vilain buveur de Grandgousier ?

– Ils ne chôment pas, dirent-ils, nous les rencontrerons bientôt. Ils vous ont pris la Bretagne, la Normandie, les Flandres, le Hainaut, le Brabant, l'Artois, la Hollande, la Zélande [2], ils ont passé le Rhin par-dessus le ventre des Suisses et des Lansquenets [3], et une partie d'entre eux ont dompté le Luxembourg, la Lorraine, la Champagne, la Savoie jusqu'à Lyon [4], où ils ont rejoint vos garnisons revenant des conquêtes navales de la mer Méditerranée.

« Et ils se sont rassemblés en Bohême, après avoir mis à sac la Souabe, le Wurtemberg, la Bavière, l'Autriche, la Moravie et la Styrie [5].

---

1. Ville marocaine proche de la frontière avec l'Algérie. **2.** Toutes ces régions des Pays-Bas sont des possessions de Charles Quint. **3.** Les Suisses et les Allemands (qu'on appelle alors des Lansquenets) s'engageaient comme mercenaires dans toutes les armées de l'Europe. Leur courage et leur ténacité étaient redoutables. **4.** Lyon, ville chère à Rabelais, est donc le lieu où se rejoignent les armées du Nord et du Sud. En hommage sans doute à sa position centrale pour les échanges européens, Rabelais en fait aussi le point de départ des nouvelles conquêtes des armées réunifiées, qui s'orientent désormais vers l'Europe de l'Est, pour aller vaincre, autour de la Bohême, des territoires qui sont sous la domination de Charles Quint. Le croisement avec la vérité historique s'arrêtera cependant à Lübeck. Après cette étape, les rêves impérialistes de ce chapitre s'engagent vers une fantaisie géographique qui pousse les conquérants de Picrochole vers le Nord et les ultimes limites du monde connu. Cette nouvelle expansion, de la Norvège à l'Arctique, apparaît véritablement comme une pure folie aux lecteurs de l'époque. **5.** Région d'Autriche.

« Puis ont donné fierement ensemble sus Lubek, Norwerge, Swedenrich, Dace, Gotthie, Engroneland, les Estrelins, jusques à la Mer Glaciale.

« Ce faict conquesterent les isles Orchades, et subjuguerent Escosse, Angleterre, et Irlande.

« De là navigans par la mer sabuleuse, et par les Sarmates, ont vaincu et dominé Prussie, Polonie, Litwanie, Russie, Valache, la Transsilvane et Hongrie, Bulgarie, Turquie, et sont à Constantinoble.

– Allons nous, dist Picrochole, rendre à eulx le plus toust, car je veulx estre aussi empereur de Thebizonde.

« Ne tuerons nous pas tous ces chiens Turcs et Mahumetistes ?

– Que diable, dirent ilz, ferons nous doncques ?

« Et donnerez leurs biens et terres, à ceulx qui vous auront servy honnestement.

– La raison (dist il) le veult, c'est equité.

« Je vous donne la Carmaigne, Surie et toute Palestine.

– Ha, dirent ilz, Cyre, c'est du bien de vous : grand mercy. Dieu vous face bien tousjours prosperer. »

Là present estoit un vieux gentilhomme esprouvé en divers hazars, et vray routier de guerre, nommé Echephron, lequel ouyant ces propous dist.

« Puis ils ont attaqué farouchement, ensemble, Lübeck[1], la Norvège, la Suède, Riga, le Danemark, la Gothie[2], le Groenland, l'Estonie, jusqu'à l'océan Arctique.

« Cela fait, ils conquirent les îles Orcades[3], et soumirent l'Écosse, l'Angleterre et l'Irlande.

« De là, naviguant par la mer Baltique et par les Sarmates[4], ils ont vaincu et dominé la Prusse, la Pologne, la Lituanie, la Russie, la Valachie[5], la Transylvanie et la Hongrie, la Bulgarie, la Turquie, et ils sont maintenant à Constantinople.

– Allons, dit Picrochole, les rejoindre au plus tôt, car je veux être aussi empereur de Trébizonde[6]. Ne tuerons-nous pas tous ces chiens de Turcs et de mahométans ?

– Que diable voulez-vous qu'on fasse d'autre ? dirent-ils. Et vous donnerez des biens et des terres à ceux qui vous auront servi honnêtement.

– La raison le veut, dit-il, c'est justice. Je vous donne la Caramanie[7], la Syrie, et toute la Palestine.

– Ah, dirent-ils, Sire, vous êtes bien bon, grand merci. Que Dieu vous fasse toujours bien prospérer. »

Il y avait là un vieux gentilhomme expérimenté, ayant connu diverses aventures, un vrai routier de guerre, nommé Echéphron[8]. Entendant ces propos, il dit : « J'ai grand-peur

---

1. Ville hanséatique d'Allemagne, située au nord de Hambourg, et dernier lieu cité faisant partie de l'empire de Charles Quint. Ici commence le débordement hors des limites de l'Empire historiquement daté. **2.** Région du sud de la Suède. **3.** Îles situées au nord de l'Écosse. **4.** Peuple farouche à l'importante culture guerrière, qui a été rapproché des Amazones. Ils vivent au nord de la mer Noire : l'expédition de Picrochole revient au cœur de l'Europe, pour attaquer des régions insoumises restées hors des limites de l'Empire romain. **5.** Région roumaine. **6.** L'Empire byzantin de Trébizonde avait été, de 1204 (conquête de Constantinople par les croisades) à 1461, un foyer de culture chrétienne au cœur de l'Empire turc. C'est dans ce contexte qu'il faut comprendre la phrase qui suit au sujet des mahométans. Il importe aussi de garder à l'esprit que, à la suite de la chute de Constantinople en 1453, qui marqua la fin de l'Empire romain d'Orient, l'ambition impérialiste de Charles Quint se fondait sur la volonté de reconstituer le Saint Empire romain, en faisant se rejoindre les terres des chrétiens d'Orient et celles des chrétiens d'Occident. **7.** Région du sud de la Turquie. **8.** C'est le seul personnage de l'entourage de Picrochole qui ait un nom d'origine grecque. On verra pourtant que cet avis divergent, émis par un personnage plus avisé (comme le dit son nom, qui signifie « prudent ») et digne de foi que ne le sont les capitaines aux noms ridicules, n'est pas entendu. Parallèlement, Charles Quint était le destinataire de *L'Institution du prince chrétien*, écrite par

« J'ay grand peur que toute ceste entreprinse sera semblable à la farce du pot au laict, duquel un cordouannier se faisoit riche par resverie : puis le pot cassé n'eut de quoy disner.

« Que pretendez vous par ces belles conquestes ? Quelle sera la fin de tant de travaulx et traverses ?

– Ce sera : dist Picrochole, que nous retournez reposerons à noz aises », dont dist Echephron, « et si par cas jamais n'en retournez ? Car le voyage est long et pereilleux. N'est ce mieulx que dés maintenant nous repousons, sans nous mettre en ces hazars ?

– O dist Spadassin, par dieu voicy un bon resveux, mais allons nous cacher au coing de la cheminée : et là passons avec les dames nostre vie et nostre temps, à enfiller des perles, ou à filler comme Sardanapalus. Qui ne se adventure n'a cheval ny mule. Ce dist Salomon.

– Qui trop (dist Echephron) se adventure perd cheval et mulle. Respondit Malcon.

– Baste, dist Picrochole, passons oultre. Je ne crains que ces diables de legions de Grandgousier, ce pendent que nous sommes en Mesopotamie, s'ilz nous donnoient sus la queue quel remede ?

que toute cette entreprise ne soit en sa fin semblable à la farce du pot au lait, dans laquelle un cordonnier se faisait riche par de folles rêveries ; puis, quand le pot fut cassé, il n'avait même plus de quoi dîner[1].

« À quoi prétendez-vous par ces belles conquêtes ? Quelle sera la fin de tant de tracasseries et transferts ?

– Ce sera, dit Picrochole, qu'une fois de retour nous nous reposerons tout à notre aise. »

À quoi Echéphron répondit : « Et si par malheur jamais vous n'en reveniez ? Car le voyage est long et périlleux. Ne vaut-il pas mieux nous reposer dès maintenant, sans nous soumettre à ces hasards ?

– Oh, dit Spadassin, pardieu, voici un bel écervelé : mais oui, allons nous cacher au coin de la cheminée, et passons là notre vie et notre jeunesse avec les dames, à enfiler des perles, ou à filer comme Sardanapale[2] ! Qui ne se risque pas à l'aventure n'a ni cheval ni mule, comme dit Salomon.

– Qui trop s'aventure, dit Echéphron, perd cheval et mule, c'est la réponse de Malcon[3].

– Assez, dit Picrochole, passons outre[4]. Je ne crains que ces diables de légions de Grandgousier : cependant que nous sommes en Mésopotamie, s'ils nous attaquaient par l'arrière, quel serait le remède ?

Érasme en 1516 et portant notamment sur l'art d'éviter la guerre (voir Dossier, p. 439 *sq.*). Mais l'avait-il entendu ? **1.** La fable du pot au lait, connue à l'époque, met en scène une laitière, non un cordonnier. Allant au marché vendre son lait, elle imagine tout ce qu'elle pourra acheter grâce au prix de la vente mais, absorbée par ses rêveries, elle trébuche, casse son pot et perd le lait qui devait la rendre riche. La Fontaine en tirera une fable, *La Laitière et le Pot au lait*. **2.** Sardanapale, le dernier grand roi d'Assyrie (669-627 av. J.-C.), était resté dans les mémoires comme voluptueux et débauché. On le représentait au Moyen Âge parmi les femmes et filant avec elles. **3.** Lecture répandue au Moyen Âge, les *Dialogues de Salomon et Marcoul* mettent en scène la sagesse du roi Salomon confrontée à un autre type de sagesse, en la personne de Marcoul, qui incarne le bon sens populaire, plus modeste mais tout aussi légitime, et capable parfois d'éclairer le grand Salomon lui-même. **4.** « Passons outre » rappelle bien sûr la devise de Charles Quint (voir Présentation, p. 12, et note 2, p. 221). Rabelais la place à plusieurs reprises dans la bouche de Picrochole pour évoquer d'un côté les ambitions impérialistes, qui commandent de pousser toujours plus loin la conquête et, de l'autre, la précipitation dans laquelle sont prises les décisions du personnage.

– Tresbon, dist Merdaille, une belle petite commission, laquelle vous envoirez es Moscovites, vous mettra en camp, pour un moment quatre cens cinquante mille combatans d'eslite. O si vous me y faictes vostre lieutenant je tueroys un pigne pour un mercier. Je mors, je rue, je frappe, je attrape, je tue, je renye.

– Sus, sus, dict Picrochole, qu'on despesche tout, et qui me ayme si me suyve. »

Comment Gargantua laissa la ville de Paris pour secourir son pais et comment Gymnaste rencontra les ennemys

CHAPITRE XXXIIII

En ceste mesmes heure Gargantua qui estoyt yssu de Paris soubdain les lettres de son pere leues, sus sa grand jument venant avoit ja passé le pont de la Nonnain, luy, Ponocrates, Gymnaste et Eudemon, lesquelz pour le suivre avoient prins chevaulx de poste, le reste de son train, venoit à justes journées, amenent tous ses livres et instrument philosophique.

Luy arrivé à Parillé, fut adverty par le mestayer de Gouguet, comment Picrochole s'estoit remparé à la Rocheclermaud et avoit envoyé le capitaine Tripet : avec grosse armée : assaillir le boys de Vede : et Vaugaudry : et qu'ilz avoient couru la poulle, jusques au pressouer Billard : et que c'estoit chose estrange et difficile à croyre

– En voici un excellent, dit Merdaille : une bonne petite mobilisation que vous enverrez aux Moscovites vous mettra en campagne en un moment quatre cent cinquante mille combattants d'élite. Oh ! si vous me faites alors votre lieutenant, je vous tuerai un peigne pour un mercier[1]. Je mords, je rue, je frappe, j'attrape, je tue, je renie.

– Allons, allons, dit Picrochole, qu'on se dépêche de mettre tout en route, et qui m'aime me suive. »

Comment Gargantua quitta la ville de Paris pour secourir son pays, et comment Gymnaste rencontra les ennemis

CHAPITRE XXXIV

Au même instant, Gargantua, qui était sorti de Paris en chevauchant sa grande jument dès qu'il avait lu la lettre de son père, avait déjà passé le pont de la Nonnain[2], avec Ponocrates, Gymnaste et Eudémon, qui pour le suivre avaient pris des chevaux de poste[3], tandis que le reste de sa suite suivait à son rythme, chargé de tous ses livres et de ses instruments scientifiques.

Une fois arrivé à Parilly, il fut averti par le métayer de Gouguet de la manière par laquelle Picrochole s'était armé et installé à La Roche-Clermault, et comment il avait envoyé le capitaine Tripet[4], avec une grosse armée, assaillir le bois de Vède et Vaugaudry ; il ajouta qu'ils avaient couru la poule[5] jusqu'au pressoir Billard[6], et que c'était une chose

1. L'expression exacte est « tuer un mercier pour un peigne », c'est-à-dire commettre un crime pour très peu de bénéfice. Le lapsus de Merdaille trahit sa fébrilité, qui n'en est que plus grotesque, voire effrayante quand on songe au sens de l'expression. **2.** Pont situé entre La Roche-Clermault et Chinon. Son nom lui vient de ce que le péage était perçu par les nonnes de l'abbaye de Fontevrault. **3.** Chevaux réputés plus rapides, car les chevaux fatigués sont régulièrement remplacés par des chevaux reposés à chaque relais de poste. **4.** Encore un nom ridicule, qui sonne comme « tripe » et signifie littéralement « petit gobelet ». **5.** Marauder et tout dévaster en poursuivant les poules jusque dans leur poulailler. **6.** Lieu tout proche de La Devinière.

des excés qu'ilz faisoient par le pays. Tant qu'il luy feist paour, et ne sçavoit bien que dire ny que faire. Mais Ponocrates luy conseilla qu'ilz se transportassent vers le seigneur de la Vauguyon, qui de tous temps avoit esté leur amy et confederé et par luy seroient mieulx advisez de tous affaires, ce qu'ilz feirent incontinent, et le trouverent en bonne deliberation de leur secourir : et feut de opinion que il envoyroit quelq'un de ses gens pour descouvrir le pays et sçavoir en quel estat estoient les ennemys, affin de y proceder par conseil prins scelon la forme de l'heure presente.

Gymnaste se offrit d'y aller, mais il feut conclud, que pour le meilleur il menast avecques soy quelq'un qui congneust les voyes et destorses, et les rivieres de l'entour.

Adoncques partirent luy et Prelinguand escuyer de Vauguyon, et sans effroy espierent de tous coustez.

Ce pendent Gargantua se refraischit, et repeut quelque peu avecques ses gens, et feist donner à sa jument un picotin d'avoyne, c'estoient soisante et quatorze muys troys boisseaux.

Gymnaste et son compaignon tant chevaucherent qu'ilz rencontrerent les ennemys tous espars et mal en ordre, pillans et desrobans tout ce qu'ilz povoient : et de tant loing qu'ilz l'aperceurent, accoururent sus luy à la foulle pour le destrouser : adonc il leurs cria, « messieurs je suys pauvre Diable, je vous requiers qu'ayez de moy mercy. J'ay encores quelque escu nous le boyrons, car c'est *aurum potabile* et ce cheval icy sera vendu pour payer ma bien venue : cela faict retenez moy des vostres, car jamais homme ne sceut mieulx prendre, larder, roustir, et aprester, voyre par Dieu demembrer, et gourmander poulle que moy qui suys icy, et pour mon *proficiat* je boy à tous bons compaignons. »

Lors descouvrit sa ferriere, et sans mettre le nez dedans, beuvoyt assez honnestement.

stupéfiante et difficile à croire que ces excès qu'ils menaient à travers tout le pays. Tant et si bien que Gargantua prit peur, ne sachant vraiment que dire ni que faire. Mais Ponocrates lui conseilla de se rendre chez le seigneur de La Vauguyon, qui de tout temps avait été leur ami et allié : grâce à lui ils seraient mieux renseignés sur tous les événements. C'est ce qu'ils firent aussitôt, et ils le trouvèrent en bonne disposition pour leur venir en aide : il fut d'avis d'envoyer l'un de ses hommes pour reconnaître le pays, et savoir en quel état étaient les ennemis, afin de prendre ensuite une décision en tenant conseil, selon les circonstances présentes. Gymnaste se proposa pour y aller, mais il fut jugé préférable qu'il emmenât avec lui quelqu'un qui avait une bonne connaissance des chemins, des détours, et des rivières alentour. Donc il partit avec Prelinguand [1], l'écuyer de Vauguyon, et discrètement, sans donner l'alarme, ils épièrent de tous côtés.

Pendant ce temps, Gargantua refit ses forces, se sustenta quelque peu avec ses gens, et fit donner à sa jument un picotin d'avoine de soixante-quatorze tonneaux et trois boisseaux [2].

Gymnaste et son compagnon chevauchèrent jusqu'à ce qu'ils rencontrent les ennemis tout éparpillés et en désordre, pillant et dérobant tout ce qu'ils pouvaient. D'aussi loin qu'ils aperçurent Gymnaste, ils se ruèrent sur lui en masse pour le détrousser. Il leur cria alors : « Messieurs, je suis pauvre diable, je vous supplie de me faire grâce. J'ai encore quelque écu sur moi, nous le boirons car c'est de l'or potable [3], et ce cheval-ci sera vendu pour payer ma bienvenue. Cela fait, gardez-moi avec vous, car jamais homme ne sut prendre, larder, rôtir, et préparer, voire pardieu accommoder et mitonner une poule, mieux que moi qui suis ici, et pour vous le prouver je bois à tous les bons compagnons. »

Alors il sortit sa gourde, et sans mettre le nez dedans il but assez correctement. Les maroufles le regardaient la

---

1. Ce nom pourrait venir du terme languedocien « esperlingant », qui signifie « élégant ». **2.** Ce qui revient à plus de 2 800 hl, tandis que la taille habituelle d'un picotin est d'environ 2,5 l. **3.** L'or potable est un élixir de santé à base de chlorure d'or.

Les marouflés le regardoient ouvrans la gueule d'un grand pied, et tirans les langues comme levriers en attente de boyre aprés : mais Tripet le capitaine sus ce poinct accourut veoir que c'estoit.

À luy Gymnaste offrit sa bouteille, disant. « Tenez capitaine, beuvez en hardiment, j'en ay faict l'essay, c'est vin de la Faye monjau.

– Quoy, dist Tripet, ce gautier icy se guabele de nous. Qui es tu ?

– Je suis (dist Gymnaste) pauvre Diable.

– Ha, dist Tripet, puis que tu es pauvre Diable, c'est raison que passes oultre, car tout pauvre Diable passe par tout sans peage ny gabelle. Mais ce n'est de coustume que pauvres Diables soient si bien monstez : pourtant monsieur le Diable descendez, que je aye le roussin, et si bien il ne me porte, vous maistre Diable me porterez. Car j'ayme fort qu'un Diable tel m'emporte. »

Comment Gymnaste soupplement tua le capitaine Tripet, et aultres gens de Picrochole

CHAPITRE XXXV

Ces motz entenduz, aulcuns d'entre eulx commencerent avoir frayeur, et se seignoient de toutes mains pensans que ce feust un Diable desguisé, et quelq'un d'eulx nommé Bon Joan, capitaine des franctopins, tyra ses heures de sa braguette et cria assez hault, « *Agios ho*

gueule toute béante d'au moins un bon pied, et tirant la langue comme des lévriers qui attendent de boire ; mais Tripet le capitaine accourut à ce moment pour voir ce qui se passait.

Gymnaste lui offrit sa bouteille, en disant : « Tenez capitaine, buvez-en hardiment, j'en ai fait l'essai[1], c'est du vin de la Faye Monjault[2].

– Quoi, dit Tripet, ce gaillard ici se paye notre tête. Qui es-tu ?

– Je suis, dit Gymnaste, pauvre diable.

– Ah, dit Tripet, puisque tu es pauvre diable, il est juste que tu passes outre, car tout pauvre diable passe partout sans régler de péage, ni payer[3]. Mais ce n'est pas coutumier de voir un pauvre diable avec une si belle monture : c'est pourquoi, monsieur le Diable, descendez, que j'aie le roussin, et s'il ne me porte bien, c'est vous maître Diable qui me porterez. Car je goûte fort qu'un tel diable m'emporte. »

Comment Gymnaste tua en souplesse le capitaine Tripet et les autres hommes de Picrochole

CHAPITRE XXXV

Entendant ces paroles, certains d'entre eux commencèrent à ressentir de la frayeur, et ils se signaient de toutes leurs mains[4], pensant que c'était un diable déguisé. L'un d'eux, nommé Bon Jean, capitaine des franc-taupins[5], tira son

1. Comme un goûteur, dont le devoir était de s'assurer que les mets et boissons n'étaient pas empoisonnés. **2.** Vin de la région de Niort. **3.** Le mot « payer » restitue l'idée du jeu de mots, dans le texte de Rabelais, sur les termes « gabelle » (impôt sur le sel) et « se gabeler » (se moquer). L'emploi ici du mot par deux fois ne manque pas de piquant et permet d'appuyer la plaisanterie de Gymnaste qui, en se gabelant, se « paiera » la tête de l'ennemi, tout en étant dispensé de payer sa gabelle, en sa qualité de « pauvre diable ». **4.** Bonne façon d'éviter de se tromper de main, comme l'avaient fait malencontreusement les fouaciers de Lerné (voir note 4, p. 219). **5.** Milice rurale mise en place par Charles VIII et supprimée par Louis XII ; sa réputation de poltronnerie était bien établie.

theos. Si tu es de Dieu sy parle, sy tu es de l'aultre sy t'en va. » Et pas ne s'en alloit, ce que entendirent plusieurs de la bande, et departoient de la compaignie.

Le tout notant et considerant Gymnaste. Pourtant feist semblant descendre de cheval, et quand feut pendent du cousté du montouer feist soupplement le tour de l'estriviere, son espée bastarde au cousté, et par dessoubz passé se lança en l'air, et se tint des deux piedz sus la scelle le cul tourné vers la teste du cheval. Puis dist. « Mon cas va au rebours. » Adoncq en tel poinct qu'il estoit feist la guambade sus un pied, et tournant à senestre, ne faillit oncq de rencontrer sa propre assiete sans en rien varier.

Dont dist Tripet, « Ha ne feray pas cestuy là pour ceste heure, et pour cause.

– Bren dist Gymnaste, j'ay failly, je voys defaire cestuy sault. »

Lors par grande force et agilité feist en tournant à dextre la gambade comme davant. Ce faict mist le poulce de la dextre sus l'arçon de la scelle, et leva tout le corps en l'air, se soustenant tout le corps sus le muscle, et nerf dudict poulce : et ainsi se tourna troys foys, à la quatriesme se renversant tout le corps sans à rien toucher se guinda entre les deux aureilles du cheval, soudant tout le corps en l'air sus le poulce de la senestre : et en cest estat feist le tour du moulinet, puis frappant du plat de la main dextre sus le meillieu de la selle se donna tel branle qu'il se assist sus la crope, comme font les damoiselles.

Ce faict tout à l'aise passe la jambe droicte par sus la selle, et se mist en estat de chevaucheur, sus la croppe. « Mais (dist il) mieulx vault que je me mette entre les arsons » : adoncq se appoyant sus les poulces des deux mains à la crope davant soy, se renversa cul sus teste en l'air, et se trouva entre les arsons en bon maintien, puis

livre de prières de sa braguette et cria assez haut : « *Agios ho theos* [1], si tu es de Dieu, parle ici, si tu es du Malin, va-t'en d'ici. » Et il ne s'en allait pas, ce que plusieurs dans cette bande avaient bien compris ; eux, ils s'éclipsaient de la compagnie.

Gymnaste observait tout cela, et méditait. Pour autant, il fit semblant de descendre de cheval, et quand il se trouva suspendu du côté du montoir [2], il fit souplement le tour de l'étrivière [3], son épée tranchante au côté, et après être passé par-dessous le cheval il se lança en l'air, et se rétablit des deux pieds sur la selle, le cul tourné vers la tête du cheval. Puis il dit : « C'est un retournement de situation. » Et alors, du point où il était il virevolta sur un pied, et tournant vers la gauche, il ne manqua pas de retrouver son équilibre sans vaciller.

Là, Tripet en dit : « Ha, je ne ferai pas aussi bien que celui-là aujourd'hui, et pour cause.

– Merde, dit Gymnaste, je n'ai pas réussi, je vais refaire ce saut. »

Alors en grande force et agilité, il fit en tournant vers la droite la même virevolte que précédemment. Cela fait, il mit le pouce de la main droite sur l'arçon de la selle, et leva tout son corps en l'air, se soutenant tout le corps sur le muscle et le nerf du pouce en question ; et ainsi il tourna trois fois. Au quatrième tour, renversant tout son corps sans rien toucher, il se raidit entre les deux oreilles du cheval, bloquant tout son corps en l'air sur le pouce de la main gauche. Et dans cette posture il fit le moulinet ; puis frappant du plat de la main droite sur le milieu de la selle, il fit un mouvement tel qu'il se retrouva assis sur la croupe du cheval, à la manière des demoiselles.

Cela fait, il passa tranquillement la jambe droite par-dessus la selle, et se mit en position pour chevaucher, sur la croupe. « Mais, dit-il, mieux vaut que je me mette entre les arçons. » Donc s'appuyant sur les pouces des deux mains

---

1. Invocation grecque encore entendue dans la liturgie du vendredi saint : « Dieu est saint. » **2.** Grosse pierre ou billot dont on se sert pour monter plus aisément à cheval. **3.** Pièce de cuir reliant la selle à l'étrier.

d'un sobresault leva tout le corps en l'air, et ainsi se tint piedz joinctz entre les arsons, et là tournoya plus de cent tours les bras estenduz en croix, et crioit ce faisant à haulte voix. « J'enrage diables j'enrage, j'enrage, tenez moy diables tenez moy tenez. »

Tandis qu'ainsi voltigeoit, les marroufles en grand esbahissement disoient l'ung à l'aultre. « Par la mer dé c'est un lutin, ou un diable ainsi déguisé. *Ab hoste maligno libera nos domine* » : et fuyoient à la route regardans darriere soy, comme un chien qui emporte un plumail.

Lors Gymnaste voyant son advantaige descend de cheval : desguaigne son espée, et à grands coups chargea sus les plus huppés, et les ruoit à grands monceaulx blessez, navrez, et meurtriz, sans que nul luy resistast, pensans que ce feust un diable affamé, tant par les merveilleux voltigemens qu'il avoit faict : que par les propos que luy avoit tenu Tripet, en l'appellant pauvre diable.

Si non que Tripet en trahison luy voulut fendre la cervelle de son espée lansquenette, mais il estoit bien armé, et de cestuy coup ne sentit que le chargement, et soubdain se tournant, lancea un estoc volant audict Tripet, et ce pendent que icelluy se couvroit en hault, luy tailla d'un coup l'estomac, le colon, et la moytié du foye, dont tomba par terre, et tombant rendit plus de quatre potées de souppes, et l'ame meslée parmy les souppes.

Ce faict Gymnaste se retyre considerant que les cas de hazart jamais ne fault poursuyvre jusques à leur période : et qu'il convient à tous chevaliers reverentement traicter leur bonne fortune, sans la molester ny gehainer. Et monstant sus son cheval luy donne des esperons tyrant droict son chemin vers la Vauguyon, et Prelinguand avecques luy.

posés devant lui sur la croupe, il se renversa en l'air cul par-dessus tête, et se retrouva bien calé entre les arçons, puis d'un soubresaut il leva tout son corps en l'air, et se tint ainsi pieds joints entre les arçons : là il tournoya plus de cent tours les bras étendus en croix, et il criait, ce faisant, d'une voix forte : « J'enrage, diables, j'enrage, j'enrage, tenez-moi, diables, tenez-moi, tenez ! »

Tandis qu'il voltigeait, les maroufles en grand ébahissement se disaient les uns aux autres : « Par la sainte Mère des... [1], c'est un lutin, ou un diable ainsi déguisé. *Des entreprises du Malin délivre-nous Seigneur*[2] *!* » Et ils fuyaient en déroute en regardant derrière eux comme les chiens qui emportent une aile de poulet.

Alors Gymnaste, comprenant son avantage, descend de cheval ; il dégaine son épée, et à grands coups il chargea sur les plus fiers. Il les renversait par tas énormes, blessés, abîmés et meurtris, sans que nul ne lui résistât : tous pensaient que c'était un diable affamé, tant par les merveilleuses voltiges qu'il avait faites que par les propos que lui avait tenus Tripet, en l'appelant « pauvre diable ».

Seul Tripet, en traître, voulut lui fendre la cervelle de son épée de lansquenet, mais il avait un bon casque, et de ce coup il ne sentit que le choc. Se tournant soudain, il lança un coup d'estoc à la volée audit Tripet, et cependant que celui-ci se protégeait en haut, il lui tailla d'un coup l'estomac, le côlon, et la moitié du foie, ce qui le fit tomber par terre. En tombant il rendit plus de quatre potées de soupe, et l'âme, mêlée parmi les soupes.

Après cela, Gymnaste se retire, estimant que les heureux hasards jamais ne doivent être poursuivis trop loin de peur qu'ils ne se renversent ; et qu'il convient à tout chevalier de prendre soin de sa bonne fortune, sans la forcer ni la mettre aux dernières extrémités. Et montant sur son cheval, il pique des éperons, reprenant son chemin droit vers La Vauguyon, Prelinguand avec lui.

---

1. Voir note 1, p. 133. **2.** Formule d'exorcisme.

Comment Gargantua demollit le chasteau du Gué de Vede, et comment ilz passerent le Gué

CHAPITRE XXXVI

Venu que fut raconta l'estat onquel avoit trouvé les ennemys et du Stratageme qu'il avoit faict, luy seul contre toute leur caterve, afferment que ilz n'estoient que maraulx, pilleurs et brigans, ignorans de toute discipline militaire, et que hardiment ilz se missent en voye, car il leurs seroit tres facile de les assommer comme bestes.

Adoncques monta Gargantua sus sa grande jument, accompaigné comme davant avons dict. Et trouvant en son chemin un hault et grand arbre, (lequel communement on nommoit l'arbre de sainct Martin, pource qu'ainsi estoit creu un bourdon que jadis sainct Martin y planta) dist. « Voicy ce qu'il me falloit. Cest arbre me servira de bourdon et de lance. » Et l'arrachit facillement de terre et en ousta les rameaux, et le para pour son plaisir.

Ce pendent sa jument pissa pour se lascher le ventre : mais ce fut en telle abondance : qu'elle en feist sept lieues de deluge, et deriva tout le pissat au gué de Vede et tant l'enfla devers le fil de l'eau, que toute ceste bande des ennemys furent en grand horreur noyez, exceptez aulcuns qui avoient prins le chemin vers les cousteaux à gauche.

Gargantua venu à l'endroit du boys de Vede feut advisé par Eudemon que dedans le chasteau estoit quelque reste des ennemys, pour laquelle chose sçavoir Gargantua s'escria tant qu'il peut. « Estez vous là, ou n'y estez pas ? Si vous y estez, n'y soyez plus : si n'y estez : je n'ay que dire. » Mais un ribauld canonnier qui estoit au machicoulys : luy tyra un coup de canon, et le attainct par la temple dextre furieusement : toutesfoys ne luy feist pource mal en plus que s'il luy eust getté une prune. « Qu'est ce là ? dist Gargantua, nous gettez vous icy des

Comment Gargantua démolit le château du gué de Vède, et comment ils passèrent le gué

CHAPITRE XXXVI

Quand il fut revenu, il raconta dans quel état il avait trouvé les ennemis, et le stratagème dont il avait usé, seul contre toute leur troupe, affirmant que ce n'étaient que des marauds, des pilleurs et des brigands, ignorant toute discipline militaire, qu'il fallait donc hardiment se mettre en route, car il leur serait très facile de les assommer comme des bêtes.

Alors Gargantua monta sur sa grande jument, accompagné comme nous l'avons dit précédemment. Et trouvant sur son chemin un haut et grand arbre – qu'on nommait communément l'arbre de saint Martin, parce qu'il avait poussé jadis quand saint Martin avait planté son bourdon en terre [1] – il dit : « Voici ce qu'il me fallait. Cet arbre me servira de bourdon et de lance. » Et il l'arracha facilement de terre, en ôta les rameaux, puis le prépara à son idée.

Pendant ce temps, sa jument pissa pour se lâcher le ventre, mais ce fut en telle abondance, qu'elle en fit un déluge sur une étendue de sept lieues. Toute la pisse dériva jusqu'au gué de Vède, et fit tant enfler le niveau de l'eau que toute cette bande d'ennemis fut noyée en grande horreur, excepté ceux qui avaient pris le chemin vers les coteaux à gauche.

Quand Gargantua parvint au bois de Vède, il fut averti par Eudémon que dans le château il restait quelques ennemis, et pour s'en assurer Gargantua s'écria de toute sa force : « Êtes-vous là, ou n'y êtes-vous pas ? Si vous y êtes, n'y soyez plus. Si vous n'y êtes pas, je n'ai rien à dire. » Mais un voyou de canonnier qui était au mâchicoulis tira sur lui un coup de canon, qui l'atteignit méchamment à la tempe droite. Toutefois il ne lui fit pas plus de mal que si on lui avait jeté une prune. « Qu'est-ce là, dit Gargantua, nous

1. Saint Brice, compagnon de saint Martin, planta le bâton de ce dernier en terre, et le bâton se couvrit de feuilles.

grains de raisins ? La vendange vous coustera cher. » Pensant de vray que le boulet feust un grain de raisin.

Ceulx qui estoient dedans le chasteau amuzez à la pille entendant le bruit coururent aux tours, et forteresses, et luy tirerent plus de neuf mille vingt et cinq coups de faulconneaux, et arquebouzes, visans tous à sa teste : et si menu tiroient contre luy, qu'il s'escria. « Ponocrates mon amy ces mousches icy me aveuglent, baillez moy quelque rameau de ces saulles pour les chasser. » Pensant des plombées et pierres d'artillerie que feussent mousches bovines. Ponocrates l'advisa que n'estoient aultres mousches que les coups d'artillerye que l'on tiroit du chasteau.

Alors chocqua de son grand arbre contre le chasteau, et à grans coups abastit et tours, et forteresses, et ruyna tout par terre. Par ce moyen feurent tous rompuz, et mis en pieces ceulx qui estoient en icelluy.

De là partans arriverent au pont du moulin, et trouverent tout le gué couvert de corps mors, en telle foulle qu'ilz avoient enguorgé le cours du moulin, et c'estoient ceulx qui estoient peritz au deluge urinal de la jument. Là feurent en pensement comment ilz pourroient passer, veu l'empeschement de ces cadavres. Mais Gymnaste dist. « Si les diables y ont passé, je y passeray fort bien.

– Les diables (dist Eudemon) y ont passé pour en emporter les ames damnées.

– Sainct Treignan (dist Ponocrates) par doncques consequence necessaire il y passera.

– Voyre, voyre, dist Gymnaste, ou je demoureray en chemin. » Et donnant des esperons à son cheval passa franchement oultre, sans que jamais son cheval eust fraieur des corps mors. Car il l'avoit acoustumé (selon la doctrine de Aelian) à ne craindre les ames ny corps mors. Non en tuant les gens, comme Diomedes tuoyt les Traces,

jetez-vous ici des grains de raisin ? La vendange vous coûtera cher ! » Il pensait vraiment que le boulet était un grain de raisin.

Ceux qui étaient occupés à piller dans le château, entendant ce bruit, coururent aux tours et fortifications et tirèrent sur lui plus de neuf mille vingt-cinq coups de fauconneaux [1] et d'arquebuse, visant tous la tête. Et ils tiraient si dru contre lui qu'il s'écria : « Ponocrates mon ami, ces mouches que voici m'aveuglent, donnez-moi quelque rameau de ces saules pour les chasser. » Il pensait que les plombs et pierres d'artillerie étaient des mouches à bœufs. Ponocrates lui apprit que ces mouches n'étaient autres que les coups d'artillerie que l'on tirait du château.

Il chargea alors avec son grand arbre contre le château : à grands coups il abattit et tours et fortifications, et réduisit le tout en ruines au sol. Par ce moyen, tous les ennemis furent anéantis, et ceux qui étaient dans le château furent mis en pièces.

Quittant les lieux, ils arrivèrent au pont du moulin, et trouvèrent tout le gué couvert de corps morts en une masse telle qu'ils avaient obstrué le cours d'eau du moulin ; c'étaient ceux qui avaient péri suite au déluge urinal de la jument. Là ils réfléchirent pour savoir comment ils pourraient passer, vu l'obstacle de ces cadavres. Mais Gymnaste dit : « Si les diables y sont passés, je pourrai bien y passer.

– Les diables, dit Eudémon, y sont passés pour emporter les âmes damnées.

– Par saint Treignan [2], dit Ponocrates, par juste conséquence nécessaire, Gymnaste y passera aussi.

– Vrai de vrai, dit Gymnaste, ou je resterai sur le chemin. » Et piquant des éperons son cheval, il s'élança prestement pour passer outre, et son cheval n'éprouva pas la moindre frayeur des corps morts, car il l'avait habitué – selon l'enseignement d'Elien – à ne craindre ni les âmes ni les corps morts [3]. Et ce, non pas en tuant les gens comme

---

1. Petits canons mobiles montés sur roues. **2.** Voir note 1, p. 265. **3.** Dans son traité *La Nature des animaux*, Elien (voir note 1, p. 197) compile de nombreuses anecdotes sur les espèces connues ou inconnues. Cependant, il indiquait que le cheval ne craignait pas les « armes » et non, comme ici, les « âmes ».

et Ulysses mettoit les corps de ses ennemys es pieds de ses chevaulx, ainsi que raconte Homere : mais en luy mettant un phantosme parmy son foin, et le faisant ordinairement passer sus icelluy quand il luy bailloit son avoyne.

Les troys aultres le suyvirent sans faillir, excepté Eudemon, duquel le cheval enfoncea le pied droict jusques au genoil dedans la pance d'un gros et gras villain qui estoit là noyé à l'envers, et ne le povoit tirer hors : ainsi demoureroit empestré, jusques à ce que Gargantua du bout de son baston enfondra le reste des tripes du villain en l'eau, ce pendent que le cheval levoit le pied.

Et (qui est chose merveilleuse en Hippiatrie) feut ledict cheval guery d'un surot qu'il avoit en celluy pied, par l'atouchement des boyaux de ces gros marroufles.

Comment Gargantua soy peignant faisoit tomber de ses cheveulx les boulletz d'artillerye

CHAPITRE XXXVII

Issuz la rive de Vede peu de temps aprés aborderent au chasteau de Grandgousier, qui les attendoit en grand desir.

À sa venue ilz le festoyerent à tour de bras, jamais on ne veit gens plus joyeux. Car *Supplementum Supplementi chronicorum*, dict que Gargamelle y mourut de joye, je n'en sçay rien de ma part, et bien peu me soucie ny d'elle ny d'aultre.

Diomède qui tuait les Thraces, et comme Ulysse qui mettait les corps de ses ennemis aux pieds de ses chevaux, ainsi que le raconte Homère [1], mais en disposant un mannequin dans son foin, et en le faisant quotidiennement passer sur lui quand on lui donnait son avoine.

Les trois autres le suivirent sans faux pas, excepté Eudémon, dont le cheval enfonça le sabot droit jusqu'au genou dans la panse d'un gros et gras vilain qui était là, noyé à l'envers. Il ne pouvait retirer sa patte, et demeurait ainsi empêtré jusqu'à ce que Gargantua, du bout de son bâton, fît s'effondrer le reste des tripes du vilain dans l'eau, cependant que le cheval dégageait sa patte.

Et – chose merveilleuse en matière d'hippiatrie [2] – le cheval se trouva guéri d'une tumeur qu'il avait dans l'os de cette patte, par le contact des boyaux de ces gros maroufles.

Comment Gargantua en se peignant faisait tomber de ses cheveux les boulets d'artillerie

CHAPITRE XXXVII

Une fois sortis sur l'autre rive du Vède, peu de temps après ils se trouvèrent aux abords du château de Grandgousier, lequel les attendait avec grande impatience.

Les retrouvailles avec Grandgousier furent fêtées en grande allégresse, jamais on ne vit de gens plus joyeux. Car le *Supplément du supplément des chroniques* [3] dit que Gargamelle y mourut de joie ; pour ma part je n'en sais rien, et d'elle comme d'autres je me soucie bien peu.

---

1. Diomède, roi de Thrace, nourrissait ses chevaux de cadavres humains. L'allusion aux écrits d'Homère complète la référence aux mœurs des Grecs, jugées ici plutôt barbares. **2.** Médecine du cheval, discipline qui intéressa beaucoup Rabelais. Ce mot emprunté du grec, introduit ici pour la première fois dans la langue française, surprend car le terme en usage était plutôt « maréchalerie ». **3.** Version révisée en 1503 par Philippe de Bergame (1434-1520), du succès de librairie *Le Supplément des chroniques* (1483). Des faits historiques y sont compilés, assortis de toutes sortes d'ajouts invérifiables. Rabelais se moque ici de cette façon d'écrire l'histoire qui privilégie les commentaires de plus en plus longs et refuse quant à lui de se prêter à de telles farcissures. Cette intervention critique rappelle certaines postures aucto-

La verité fut que Gargantua se refraischissant d'habillemens, et se testonnant de son pigne (qui estoit grand de cent cannes, appoincté de grandes dents de Elephans toutes entieres) faisoit tomber à chascun coup plus de sept balles de bouletz qui luy estoient demourez entre ses cheveulx à la demolition de boys de Vede.

Ce que voyant Grandgousier son pere, pensoit que feussent pous, et luy dist. « Dea mon bon filz nous as tu aporté jusques icy des esparviers de Montagu ? Je n'entendoys que là tu feisse residence. »

Adonc Ponocrates respondit. « Seigneur ne pensez que je l'aye mis au colliege de pouillerie qu'on nomme Montagu, mieulx le eusse voulu mettre entre les guenaux de sainct Innocent, pour l'enorme cruaulté et villennie que je y ay congneu. Car trop mieulx sont traictez les forcez entre les Maures et Tartares, les meurtriers en la prison criminelle, voyre certes les chiens en vostre maison, que ne sont ces malautruz audict colliege.

« Et si j'estoys roy de Paris, le diable m'emport si je ne metoys le feu dedans et faisoys brusler et principal et regens, qui endurent ceste inhumanité davant leurs yeulx estre exercée. »

Lors levant un de ces boulletz dist, « ce sont coups de canon que n'a guyeres a repceu vostre filz Gargantua passant davant le boys de Vede par la trahison de vos ennemys.

« Mais ilz en eurent telle recompense qu'ilz sont tous periz en la ruine du chasteau : comme les Philistins par l'engin de Sanson, et ceulx que opprima la tour de Siloé, desquelz est escript *Luce. xiij.*

Ce qui est vrai, c'est que Gargantua se rafraîchit en changeant de vêtements, et voulant se recoiffer avec son peigne – qui était long de deux cents mètres, et fabriqué avec de grandes défenses d'éléphant bien entières – il faisait tomber à chaque coup de ce peigne plus de sept boulets de canon qui lui étaient demeurés dans les cheveux suite à la démolition du bois de Vède.

Voyant cela, Grandgousier son père, pensant que c'étaient des poux, lui dit : « Vraiment mon bon fils, nous as-tu apporté ici des éperviers de Montaigu[1] ? Il n'était pas dans mes intentions que tu y fisses résidence. » À cela Ponocrates répondit : « Seigneur, ne pensez pas que je l'aie mis dans ce collège pouilleux que l'on nomme Montaigu, j'aurais mieux aimé le mettre parmi les mendiants du cimetière des Saints-Innocents, vu l'immense cruauté et la vilenie que j'ai connues à Montaigu. Car les forçats pris par les Maures et les Tartares, et les meurtriers dans la prison réservée aux criminels, voire certes les chiens de votre maison, sont encore mieux traités que ne le sont les malheureux élèves de ce collège. Et si j'étais le roi de Paris, le diable m'emporte si je n'y mettais le feu pour y faire brûler et le principal et les maîtres qui tolèrent cette inhumanité exercée sous leurs yeux. »

Puis, soulevant l'un de ces boulets, il dit : « Ce sont les coups de canon que votre fils Gargantua a reçus tantôt de vos traîtres d'ennemis, en passant devant le bois de Vède.

« Mais pour toute récompense, ils ont tous péri sous les ruines du château : comme les Philistins grâce à la ruse de Samson, et comme ceux qu'écrasa la tour de Siloé, d'après le récit de l'Évangile de Luc (XIII)[2]. Et je suis d'avis que

---

riales comme « si Thenaud dit vrai… » (chap. XVI) ; voir aussi Présentation, p. 24. **1.** Le géant veut parler du collège de Montaigu, dont les méthodes d'éducation avaient fort mauvaise réputation, et notamment en termes d'hygiène. La vermine, au propre comme au figuré, y pullulait, selon Érasme et d'autres humanistes. Voir, à la suite, le discours de Ponocrates qui développe cet aspect. **2.** Samson fit s'écrouler sur plus de trois mille Philistins le temple où ils étaient assemblés, en poussant sur deux colonnes maîtresses (Juges, XVI, 26-31) ; la tour de Siloé chuta en tuant dix-huit personnes (Luc, XIII, 4).

« Iceulx je suis d'advis que nous poursuyvons ce pendent que l'heur est pour nous.

« Car l'occasion a tous ses cheveulx au front, quand elle est oultre passée, vous ne la povez plus revocquer, elle est chauve par le darriere de la teste, et jamais plus ne retourne.

– Vrayement dist Grandgousier, ce ne sera pas à ceste heure, car je veulx vous festoyer pour ce soir, et soyez les tresbien venuz. »

Ce dict on apresta le soupper et de surcroist feurent roustiz seze beufz, troys genisses, trente et deux veaux, soixante et troys chevreaux moissonniers, quatre vingt quinze moutons, troys cens gourretz de laict à beau moust, unze vingt perdrys, sept cens becasses, quatre cens chappons de Loudunoys et Cornouaille, six mille poulletz et autant de pigeons, six cens gualinottes, quatorze cens levraux, troys cens et troys hostardes, et mille sept cens hutaudeaux, de venaison l'on ne peut tant soubdain recouvrir, fors unze sangliers, qu'envoya l'abbé de Turpenay, et dix et huict bestes fauves que donna le seigneur de Grandmont : ensemble sept vingt faisans qu'envoya le seigneur des Essars, et quelques douzaines de Ramiers, de oiseaux de riviere, de Cercelles, Buours, Courtes, Pluviers, Francolys, Cravans, Tyransons, Vanereaux, Tadournes, Pocheculliers, Pouacres, Hegronneaux, Foulques, Aigrettes, Ciguoingnes, Cannes petieres, Oranges Flammans, (qui sont phœnicopteres), Terrigoles, poulles de Inde, force Coscossons, et renfort de potages. Sans poinct de faulte y estoit de vivres abondance et feurent aprestez honnestement par Fripesaulce,

nous poursuivions ces traîtres cependant que la chance est de notre côté.

« Car l'occasion a tous ses cheveux sur le front, et quand elle est passée outre, vous ne pouvez plus la rappeler ; elle est chauve derrière la tête, et jamais plus ne se retourne vers vous [1].

– Vraiment, dit Grandgousier, ce ne sera pas pour tout de suite, car pour ce qui est de ce soir je veux festoyer avec vous, soyez donc les très bienvenus. »

Suite à ces paroles, on prépara le souper, et en complément furent rôtis seize bœufs, trois génisses, trente-deux veaux, soixante-trois chevreaux de lait, quatre-vingt-quinze moutons, trois cents gorets de lait en belle sauce au moût de vin, deux cent vingt perdrix, sept cents bécasses, quatre cents chapons de Loudun et de Cornouailles, six mille poulets et autant de pigeons, six cents gélinottes, quatorze cents levreaux, trois cent trois outardes, et mille sept cents chaponneaux ; quant au gibier, on ne put en si peu de temps en rassembler beaucoup, mis à part onze sangliers qu'envoya l'abbé de Turpenay [2] et dix-huit bêtes sauvages à poil fauve que donna le seigneur de Grandmont, avec cent quarante faisans que donna le seigneur des Essarts [3], et quelques douzaines de ramiers, d'oiseaux de rivière, de sarcelles, de butors, de courlis, de pluviers, de francolins à collier roux, de bernaches cravants, de chevaliers gambettes, de vanneaux, de tadornes, de spatules, de hérons tachetés, de jeunes hérons, de poules d'eau, d'aigrettes, de cigognes, de canepetières, de flamants orange (qui sont des phénicoptères), de terrigoles, de dindes [4], avec force couscous et renforts de potages. Rien ne manquait ; tous les vivres y étaient en abondance, et ils furent préparés avec dévouement par

1. Développement du proverbe qui dit qu'il faut saisir l'occasion par les cheveux, c'est-à-dire quand elle est face à soi. **2.** Abbaye bénédictine proche de Chinon. **3.** Ces domaines (Grandmont et Les Essarts) se situent aux environs de Chinon. **4.** Les trois derniers oiseaux sont des raretés qui ont été ajoutées en 1542. Le phénicoptère est un oiseau de collection. La terrigole est un oiseau imaginaire. La dinde, oiseau récemment arrivé d'Amérique sous le nom de « poule d'Inde », est une volaille encore extrêmement rare à cette époque. Il est donc logique qu'elle couronne cette liste, dont elle est le fleuron.

Hoschepot et Pilleverjus cuisiniers de Grandgousier. Janot Micquel et Verrenet apresterent fort bien à boyre.

Comment Gargantua mangea en sallade six pelerins

CHAPITRE XXXVIII

Le propos requiert, que racontons ce qu'advint à six pelerins qui venoient de sainct Sebastien prés de Nantes, et pour soy herberger celle nuict de peur des ennemys s'estoient mussez au jardin dessus les poyzars entre les choulx et lectues. Gargantua se trouva quelque peu alteré et demanda si l'on pourroit trouver de lectues pour faire sallade.

Et entendent qu'il y en avoit des plus belles et grandes du pays car elles estoient grandes comme pruniers ou noyers : y voulut aller luy mesmes et en emporta en sa main ce que bon luy sembla, ensemble emporta les six pelerins, lesquelz avoient si grand paour, qu'ilz ne ausoient ny parler ny tousser.

Les lavant doncques premierement en la fontaine, les pelerins disoient en voix basse l'un à l'aultre. « Qu'est il de faire ? nous noyons icy entre ces lectues, parlerons nous ? mais si nous parlons il nous tuera comme espies. » Et comme ilz deliberoient ainsi, Gargantua les mist avecques ses lectues dedans un plat de la maison, grand comme la tonne de Cisteaulx, et avecques huille, et vinaigre et sel, les mangeoit pour soy refraischir davant

Fripesauce, Hochepot et Pilleverjus, les cuisiniers de Grandgousier ; Janot Micquel et Verrenet[1] s'occupèrent fort bien de la boisson.

Comment Gargantua mangea en salade six pèlerins

CHAPITRE XXXVIII

Le propos exige que nous racontions ce qu'il advint de six pèlerins qui venaient de Saint-Sébastien près de Nantes, et qui, cherchant un refuge pour la nuit de peur des brigands, s'étaient cachés au jardin sous les feuilles des pois, entre les choux et les laitues. Gargantua se trouva quelque peu altéré, et demanda si l'on pourrait lui trouver des laitues pour préparer une salade.

Et apprenant qu'il y en avait là parmi les plus belles et les plus grandes du pays (car elles étaient grandes comme des pruniers ou des noyers), il voulut y aller lui-même. Il en cueillit, de la main, comme bon lui sembla, et emporta avec elles les six pèlerins qui éprouvaient une si grande peur qu'ils n'osaient ni parler ni tousser.

Il commença par les laver à la fontaine ; cependant les pèlerins se disaient à voix basse les uns aux autres : « Que faut-il faire ? Nous nous noyons ici entre les feuilles de ces laitues, allons-nous parler ? Mais si nous parlons, il nous tuera en nous prenant pour des espions. » Et comme ils délibéraient ainsi, Gargantua les mit avec ses laitues dans un plat de la maison grand comme la cuve de Cîteaux[2], avec de l'huile, du vinaigre et du sel, et se mit à les manger pour

1. Les noms des trois cuisiniers sont particulièrement appropriés à leur fonction : Fripesauce signifie « lèche-sauce », Hochepot signifie « ragoût » et Pilleverjus désigne les raisins aigres écrasés dans un mortier. Les deux sommeliers semblent eux aussi avoir des noms fictifs. Verrenet porte un nom approprié à sa fonction, avec l'équivoque en forme de calembour sur « verre net », c'est-à-dire « verre vide ». **2.** Cuve célèbre pour sa taille imposante, dans l'abbaye de Cîteaux.

souper, et avoit jà engoullé cinq des pelerins, le sixiesme estoit dedans le plat caché soubz une lectue, excepté son bourdon qui apparoissoit au dessus.

Lequel voyant Grandgousier dist à Gargantua. « Je croy que c'est là une corne de limasson ne le mangez poinct.

– Pourquoy ? dist Gargantua. Ilz sont bons tout ce moys. »

Et tyrant le bourdon ensemble enleva le pelerin et le mangeoit tresbien.

Puis beut un horrible traict de vin pineau et attendirent que l'on apprestast le souper.

Les pelerins ainsi devorez se tirerent hors les meulles de ses dentz le mieulx que faire peurent, et pensoient qu'on les eust mys en quelque basse fousse des prisons. Et lors que Gargantua beut le grand traict, cuyderent noyer en sa bouche, et le torrent du vin presque les emporta au gouffre de son estomach, toutesfoys saultans avec leurs bourdons comme font les micquelotz se mirent en franchise l'orée des dentz.

Mais par malheur l'un d'eux tastant avecques son bourdon le pays à sçavoir s'ilz estoient en sceureté, frappa rudement en la faulte d'une dent creuze, et ferut le nerf de la mandibule, dont feist tresforte douleur à Gargantua et commença crier de raige qu'il enduroit.

Pour doncques se soulaiger du mal feist aporter son curedentz, et sortant vers le noyer grollier vous denigea messieurs les pelerins.

Car il arrapoit l'un par les jambes, l'aultre par les espaules, l'aultre par la bezace, l'aultre par la foilluze, l'aultre par l'escharpe, et le pauvre haire qui l'avoit feru du bourdon le accrochea par la braguette, toutesfoys ce luy fut un grand heur, car il luy percea une bosse chancreuze, qui le martyrisoit depuis le temps qu'ilz eurent passé Ancenys.

Ainsi les pelerins denigez s'en fuyrent à travers la plante à beau trot, et appaisa la douleur.

se rafraîchir avant le souper. Il avait déjà gobé cinq des pèlerins, et seul le sixième restait dans le plat ; il était caché sous une feuille de laitue, mais son bourdon dépassait au-dessus. Voyant cela, Grandgousier dit à Gargantua : « Je crois que c'est là une corne de limaçon, ne le mangez point.

– Pourquoi ? dit Gargantua, ils sont bons ce mois-ci. »

Et tirant le bourdon, il enleva le pèlerin avec, et le mangea avec appétit. Puis il but une terrible rasade de vin pineau, et ils attendirent que l'on ait fini de préparer le souper.

Les pèlerins ainsi dévorés tentèrent du mieux qu'ils purent de s'extraire des meules de ses dents ; ils pensaient qu'on les avait jetés dans quelque cul de basse-fosse, en prison. Et lorsque Gargantua but sa grande rasade, ils crurent bien qu'ils allaient se noyer dans sa bouche ; le torrent du vin faillit les emporter dans le gouffre de son estomac ; toutefois, sautant en appui sur leur bourdon comme le font les pèlerins du Mont-Saint-Michel, ils se mirent en sécurité au bord des dents.

Mais par malheur, l'un deux, en tâtant le terrain avec son bourdon pour savoir s'ils étaient en sûreté, frappa rudement dans le trou d'une dent creuse, et piqua le nerf de la mandibule, de sorte qu'il fit éprouver une très forte douleur à Gargantua, qui commença à crier de rage et de souffrance.

Pour se soulager, donc, de ce mal, il fit apporter son curedents, et en sortant se promener vers le gros noyer, il vous dénicha messieurs les pèlerins.

Car il attrapait l'un par les jambes, l'autre par les épaules, un autre par la besace, un autre par l'escarcelle, l'autre par l'écharpe ; quant au pauvre hère qui l'avait piqué de son bourdon, il l'accrocha par la braguette ; toutefois ce fut un grand soulagement pour ce dernier, car il lui perça ainsi un furoncle qui le martyrisait depuis le moment où ils avaient passé Ancenis [1].

Ainsi, les pèlerins dénichés s'enfuirent à travers les plantations au grand trot, et la douleur s'apaisa.

---

1. Ville fortifiée en bordure de Loire, située entre Angers et Nantes. Elle constituait l'un des points de passage entre l'Anjou et la Bretagne. Le pèlerin souffre depuis qu'il a quitté l'Anjou, donc depuis plusieurs jours.

En laquelle heure feut appellé par Eudemon pour soupper car tout estoit prest.

« Je m'en voys doncques (dist il) pisser mon malheur. »

Lors pissa si copieusement, que l'urine trancha le chemin aux pelerins, et furent contrainctz passer la grande boyre.

Passans de là par l'orée de la touche en plain chemin, tomberent tous excepté Fournillier, en une trape qu'on avoit faicte pour prandre les loups à la trainnée.

Dont escapperent moyennant l'industrie dudict Fourmilier, qui rompit tous les lacz et cordages.

De là issus pour le reste de celle nuyct coucherent en une loge prés le Couldray.

Et là feurent reconfortez de leur malheur par les bonnes parolles d'un de leur compaignie nommé, Lasdaller, lequel leur remonstra que ceste adventure avoit esté predicte par David *ps.* « *Cum exurgerent homines in nos, forte uiuos deglutissent nos*, quand nous feusmes mangez en salade au grain du sel. *Cum irasceretur furor eorum in nos : forsitan aqua absorbuisset nos*, quand il beut le grand traict. *Torrentem pertransiuit anima nostra*, quand nous passames la grande boyre, *forsitan pertransisset anima nostra aquam intolerabilem*, de son urine dont il nous tailla le chemin.

« *Benedictus dominus qui non dedit nos in captionem dentibus eorum. Anima nostra sicut passer erepta est de laqueo uenantium*, quand nous tombasmes en la trape. *Laqueus contritus est*, par Fournillier, et *nos liberati sumus. Adiutorium nostrum* etc. »

À ce moment, Gargantua fut appelé par Eudémon pour souper, car tout était prêt.

« Je m'en vais donc, dit-il, pisser pour me soulager de mon malheur. »

Et il pissa si copieusement que l'urine coupa la route aux pèlerins, qui furent contraints de traverser ce grand canal.

Passant de là par l'orée du petit bois, en plein milieu du chemin ils tombèrent tous (sauf Fournillier) dans une trappe qui avait été faite pour prendre les loups à la traînée[1]. Ils s'en échappèrent moyennant l'aide dudit Fournillier, qui rompit tous les liens et les cordes. Sortis de là, ils couchèrent tout le reste de la nuit dans une cabane près du Coudray. Et là, ils furent réconfortés de leur malheur par les bonnes paroles d'un de leurs compagnons nommé Lasdaller[2], qui leur prouva que cette aventure avait été prédite par David dans les Psaumes : « *Quand les hommes se sont dressés contre nous, peut-être nous auraient-ils avalés vivants*[3] : ce fut quand nous fûmes mangés en salade avec du sel. *Quand leur fureur s'allumait contre nous, peut-être l'eau nous aurait-elle engloutis* : ce fut quand il but sa grande rasade. *Notre âme a passé le torrent* : ce fut quand nous passâmes le grand canal. *Peut-être notre âme aurait franchi l'eau irrésistible* : ce fut quand de son urine il nous coupa le chemin.

« *Béni le Seigneur qui n'a pas fait de nous la proie de leurs dents. Notre âme comme un oiseau s'est échappée du filet des oiseleurs* : ce fut quand nous tombâmes dans le piège à loups. *Le filet a été rompu* (ce fut par Fournillier), et *nous sommes libérés, voici notre secours*, etc. »

---

1. La chasse « à la traînée » consiste à attirer un loup par un appât (un animal mort) que l'on traîne devant lui pour l'attirer vers un piège creusé dans le sol. **2.** Ce calembour sur « las d'aller » est un nom ironique pour un pèlerin. **3.** Psaumes, CXXIV et CXXIII. Nous faisons figurer en italique les passages, ici traduits, qui apparaissent en latin dans le texte de Rabelais.

Comment le Moyne fut festoyé par Gargantua, et des beaulx propos qu'il tient en souppant

CHAPITRE XXXIX

Quand Gargantua feut à table et la premiere poincte des morceaux feut baufrée, Grandgousier commença raconter la source et la cause de la guerre meue entre luy et Picrochole, et vint au poinct de narrer comment frere Jean des entommeures avoit triumphé à la defence du clous de l'abbaye, et le loua au dessus des prouesses de Camille, Scipion, Pompée, Cesar, et Themistocles.

Adoncques requist Gargantua que sus l'heure feust envoyé querir, affin qu'avecques luy on consultast de ce qu'estoit à faire. Par leur vouloir l'alla querir son maistre d'hostel et l'admena joyeusement avecques son baston de croix sus la mulle de Grandgousier. Quand il feut venu, mille charesses, mille embrassemens, mille bons jours feurent donnez. « Hes frere Jan mon amy. Frere Jan mon grand cousin, frere Jan de par le diable. L'acollée, mon amy. À moy la brassée. Czà couillon que je te esrene de force de t'acoller ? » Et frere Jan de rigoller, jamais homme ne feut tant courtoys ny gracieux.

« Czà, czà, dist Gargantua, une escabelle icy auprés de moy, à ce bout.

– Je le veulx bien (dist le Moyne) puis qu'ainsi vous plaist. Page de l'eau : boute mon enfant boute elle me refraischira le faye, Baille icy que je guargarize.

– *Deposita cappa*, dist Gymnaste, oustons ce froc.

– Ho par dieu (dist le Moyne) mon gentil homme il y a un chapitre *in statutis ordinis* : auquel ne plairoit le cas.

Comment le moine fut fêté par Gargantua, et des beaux propos qu'il tient en soupant

CHAPITRE XXXIX

Quand Gargantua fut à table et que les premiers morceaux furent bâfrés, Grandgousier commença à raconter l'origine et la cause de la guerre allumée entre lui et Picrochole, et en arriva au moment de narrer comment frère Jean des Entommeures avait triomphé lors de la défense du clos de l'abbaye ; il en fit un récit plus élogieux, et bien supérieur aux prouesses de Camille, Scipion, Pompée, César et Thémistocle [1].

Alors Gargantua exigea que sur l'heure on envoyât chercher le moine, afin de le consulter sur ce qu'il fallait faire. Selon cette volonté, son maître d'hôtel alla le chercher et le ramena sur la mule de Grandgousier, tout joyeux avec son bâton de la croix. Quand il fut arrivé, mille étreintes, mille embrassades, mille bonjours furent donnés. « Hé ! frère Jean, mon ami, frère Jean, mon grand cousin, frère Jean, de par le diable ! L'accolade, mon ami.

– Dans mes bras !

– Dis, couillon [2], viens que je t'éreinte à force de t'embrasser ! » Et frère Jean de rire : jamais homme ne fut si courtois ni si gracieux.

« Allez, allez, dit Gargantua, un tabouret ici, vers moi, de ce côté.

– Je le veux bien, dit le moine, puisqu'il vous plaît ainsi. Page, de l'eau : verse, mon enfant, verse, elle me rafraîchira le foie, donne-m'en ici que je me gargarise.

– *Dépose ta chape*, dit Gymnaste, ôtons ce froc.

– Oh, par Dieu, dit le moine, mon gentilhomme il y a un chapitre dans les *statuts de l'ordre* qui jugerait l'affaire malséante.

---

1. Liste de grands généraux romains (à l'exception du Grec Thémistocle) qui se sont illustrés par des victoires militaires. Une autre liste très proche apparaît au chap. XLVI (p. 341), mais Grandgousier juge alors sévèrement leurs prouesses qui sont contraires aux préceptes évangéliques du respect de son prochain. **2.** Le mot est ici affectueux.

– Bren (dist Gymnaste) bren, pour vostre chapitre. Ce froc vous rompt les deux espaules. Mettez bas.

– Mon amy (dist le moyne) laisse le moy car par dieu je n'en boy que mieulx. Il me faict le corps tout joyeux. Si je le laisse, messieurs les pages en feront des jarretieres : comme il me feut faict une foys à Coulaines. Davantaige je n'auray nul appetit. Mais si en cest habit je m'assys à table, je boiray par dieu et à toy, et à ton cheval. Et de hayt.

« Dieu guard de mal la compaignie. Je avoys souppé. Mais pour ce ne mangeray je poinct moins. Car j'ay un estomac pavé, creux comme la botte sainct Benoist, tousjours ouvert comme la gibbessiere d'un advocat.

« De tous poissons fors que la tanche, prenez l'aesle de la Perdrys, ou la cuisse d'une Nonnain, n'est ce falotement mourir quand on meurt le caiche roidde ? Nostre prieur ayme fort le blanc de chappon.

– En cela (dist Gymnaste) il ne semble poinct aux renars : car des chappons, poules, pouletz qu'ilz prenent jamais ne mangent le blanc.

– Pourquoy ? (dist le moyne).

– Par ce (respondit Gymnaste) qu'ilz n'ont poinct de cuisiniers à les cuyre. Et s'ilz ne sont competentement cuitz, il demeurent rouge et non blanc. La rougeur des viandes est indice qu'elles ne sont assez cuytes. Exceptez les gammares et escrivices que l'on cardinalize à la cuyte.

– Feste Dieu bayart, dist le moyne, l'enfermier de nostre abbaye n'a doncques la teste bien cuyte, car il a

– Merde, dit Gymnaste, merde à votre chapitre. Ce froc vous écrase les deux épaules. Enlevez-le.

– Mon ami, dit le moine, laisse-le-moi car par Dieu je n'en bois que mieux. Il me fait le corps tout joyeux. Si je l'abandonne, messieurs les pages en feront des jarretières, comme il m'arriva une fois à Coulaine[1]. Bien plus, sans lui je n'aurai nul appétit. Mais si avec cet habit je m'assieds à table, je boirai par Dieu et à toi, et à ton cheval. Et allègrement !

« Que Dieu protège toute la compagnie. J'avais soupé. Mais pour autant, je n'en mangerai pas moins. Car j'ai l'estomac renforcé, creux comme la botte de Saint-Benoît[2], toujours ouvert comme la gibecière d'un avocat[3].

« Je veux bien de tous les poissons, mais pas de la tanche[4] ; qu'on prenne l'aile d'une perdrix ou la cuisse d'une nonne, n'est-ce pas une mort de farceur que de mourir le membre plein[5] ? Notre prieur aime fort le blanc de chapon.

– Il ne ressemble donc pas aux renards, dit Gymnaste : car quand ils prennent des chapons, poules ou poulets, ils ne mangent jamais le blanc.

– Pourquoi ? dit le moine.

– Parce que, dit Gymnaste, ils n'ont pas de cuisiniers pour les cuire. Et s'ils ne sont convenablement cuits, ils restent rouges, et non pas blancs. La rougeur de la viande est le signe qu'elle n'est pas assez cuite. Excepté pour les homards et les écrevisses que l'on cardinalise à la cuisson.

– Fête Dieu de Bayard[6], dit le moine, l'infirmier de notre abbaye n'a donc pas la tête bien cuite, car il a les yeux

1. Village proche de Chinon. **2.** La botte de Saint-Benoît désigne l'immense cuve du couvent bénédictin de Boulogne. **3.** Les avocats sont connus pour leur avidité et leur amour de l'argent, le sac toujours ouvert, demandant à être rempli. **4.** Début d'un proverbe qui énumère les bons morceaux des mets, dont la tanche est exclue. **5.** Il vaut mieux mourir le ventre plein et après avoir assouvi ses appétits sexuels (donc le membre vide et non pas raide). Le repas est ici un moment joyeux d'échange de bons mots et de plaisanteries de toutes sortes autour de la nourriture et des plaisirs de la chair. **6.** C'était le juron favori du général Bayard (1475-1524), le chevalier « sans peur et sans reproche » dont la bravoure militaire lors des guerres d'Italie aux côtés de Charles VIII et de François Ier était célèbre. Il s'est notamment distingué pendant la bataille de Marignan (1515).

les yeulx rouges comme un jadeau de vergne. Ceste cuisse de Levrault est bonne pour les goutteux.

« À propos truelle, pourquoy est ce que les cuisses d'une damoizelle sont tousjours fraisches ?

– Ce problesme (dist Gargantua) n'est ny en Aristoteles ny en Alexandre Aphrodise : ny en Plutarque.

– C'est (dist le Moyne) pour trois causes : par lesquelles un lieu est naturellement refraischy.

« *Primo* : pour ce que l'eau decourt tout du long.

« *Secundo*, pour ce que c'est un lieu umbrageux, obscur, et ténébreux, auquel jamais le Soleil ne luist.

« Et tiercement pour ce qu'il est continuellement esventé des ventz du trou de bize, de chemise, et d'abondant de la braguette.

« Et de hayt. Page à la humerie. Crac, crac, crac. Que dieu est bon, qui nous donne ce bon piot. J'advoue dieu, si j'eusse esté au temps de Jesuchrist, j'eusse bien engarde que les juifz ne l'eussent prins au jardin de Olivet.

« Ensemble le diable me faille : si j'eusse failly de coupper les jarretz à messieurs les Apostres qui fuyrent tant laschement aprés qu'ilz eurent bien souppé, et laisserent leur bon maistre au besoing.

« Je hayz plus que poizon un homme qui fuyt quand il fault jouer de cousteaux. Hon que je ne suis roy de France pour quatre vingtz ou cent ans.

« Par dieu je vous metroys en chien courtault les fuyars de Pavye. Leur fiebvre quartaine. Pourquoy ne mouroient ilz là plus tost que laisser leur bon prince en ceste

rouges comme une écuelle de pressoir. Cette cuisse de lièvre serait bonne pour les goutteux[1]. Et à propos (du coq à l'âne) pourquoi est-ce que les cuisses d'une demoiselle sont toujours fraîches ?

– Ce problème, dit Gargantua, n'est ni chez Aristote, ni chez Alexandre Aphrodise, ni chez Plutarque[2].

– C'est, dit le moine, pour trois causes, qui font qu'un lieu est naturellement rafraîchi :

« *Primo*, parce que de l'eau dégouline tout du long.

« *Secundo*, parce que c'est un lieu ombragé, obscur et ténébreux dans lequel jamais le soleil ne luit.

« Et troisièmement, parce qu'il est continuellement éventé des vents du trou de bise[3], de chemise, et même aussi de la braguette.

« Et soyons joyeux ! Pages, à la beuverie ! Crac, crac, crac, que Dieu est bon, qui nous donne ce bon vin. J'avoue, mon Dieu, que si j'avais vécu au temps de Jésus-Christ, j'aurais bien empêché que les Juifs le prennent au jardin des Oliviers.

« Et que le diable m'attrape, si je n'avais pas attrapé les jarrets de messieurs les Apôtres, qui fuirent si lâchement après avoir bien dîné, et laissèrent leur bon maître dans le dénuement.

« Je hais plus que le poison un homme qui fuit quand il faut jouer du couteau. Han, que ne suis-je roi de France pour quatre-vingts ou cent ans !

« Par Dieu, je vous couperais la queue de ces chiens de fuyards de Pavie[4]. Que la fièvre quarte les emporte ! Pourquoi ne moururent-ils pas là plutôt que de laisser leur bon prince en une telle détresse ? N'est-il pas meilleur et plus

1. Selon la superstition populaire, que transmet Pline dans l'*Histoire naturelle*, une patte de lapin soulage la douleur. Les goutteux, c'est-à-dire les malades de la goutte, souffrent de paralysie, et la mobilité comme la rapidité d'une cuisse de lièvre ne peuvent que les avantager. **2.** Les trois auteurs cités avaient écrit de célèbres recueils de *Problèmes* contenant des questions sur des phénomènes naturels et leurs réponses. **3.** Périphrase désignant l'anus, par où sort le vent de la bise. **4.** Allusion à un événement récent et dramatique pour la France. C'est suite à la défaite de Pavie (1525) que François Ier fut fait prisonnier par Charles Quint. La défection de certains grands chefs militaires durant la bataille était jugée comme un abandon qui avait fait polémique, ayant entraîné la capture du roi.

necessité ? N'est il meilleur et plus honorable mourrir vertueusement bataillant, que vivre fuyant villainement ?

« Nous ne mangerons gueres d'oysons ceste année. Ha mon amy, baille de ce cochon. Diavol. Il n'y a plus de moust. *Germinauit radix Jesse.* Je renye ma vie je meurs de soif. Ce vin n'est de pires.

« Quel vin beuviez vous à Paris ? Je me donne au diable, si je n'y tins plus de six moys pour un temps maison ouverte à tous venens. Congnoissez vous frere Claude des haulx Barrois ? O le bon compaignon que c'est. Mais quelle mousche l'a picqué ? Il ne faict rien que estudier depuis je ne sçay quand. Je n'estudie poinct de ma part. En nostre abbaye nous ne estudions jamais, de peur des auripeaux.

« Nostre feu abbé disoit que c'est chose monstrueuse veoir un moyne sçavant.

« Par dieu monsieur mon amy *magis magnos clericos non sunt magis magnos sapientes.* Vous ne veistes oncques tant de lievres comme il y en a ceste année. Je n'ay peu recouvrir ny Aultour, ny Tiercelet de lieu du monde. Monsieur de la Bellonniere m'avoit promis un Lanier, mais il m'escripvit n'a gueres qu'il estoit devenu patays.

« Les perdris nous mangeront les aureilles mesouan. Je ne prens poinct de plaisir à la tonnelle. Car je y morfonds.

« Si je ne cours, si je ne tracasse, je ne suis poinct à mon aize.

« Vray est que saultant les hayes et buissons, mon froc y laisse du poil. J'ay recouvert un gentil levrier.

« Je donne au diable si luy eschappe lievre.

honorable de mourir vertueusement en bataillant, plutôt que vivre en fuyant lâchement ?

« Nous ne mangerons guère d'oisons cette année. Ah ! mon ami, passe-moi de ce cochon. Diable ! il n'y a plus de sauce au moût. *Germina vie, de racine de Jessé. Je renie ma vie, je meurs de souef*[1]. Ce vin n'est pas le pire.

« Quel vin buviez-vous à Paris ? Je me donne au diable, si je n'y tins plus de six mois en mon temps table ouverte à tout venant. Connaissez-vous frère Claude des Hauts-Barrois ? Oh ! le beau compagnon que c'est. Mais quelle mouche l'a piqué ? Il ne fait plus qu'étudier depuis je ne sais quand. Je n'étudie point pour ma part. En notre abbaye nous n'étudions jamais, de peur d'attraper la grosse tête.

« Feu notre abbé disait que c'était une chose monstrueuse de voir un moine savant.

« Par Dieu monsieur mon ami, *les plus clairs clercs ne sont pas les plus meilleurs*[2]. Vous n'avez jamais vu autant de lièvres que cette année : je n'ai pu trouver nulle part d'autour, ni grand ni petit. Monsieur de la Bellonnière[3] m'avait promis un lanier[4], mais il m'a écrit récemment qu'il était tombé malade. Les perdrix nous mangeront les oreilles cette année. Je ne prends point de plaisir à chasser la perdrix dans la tonnelle, car j'y attrape la mort.

« Si je ne cours ni ne tourbillonne, je ne suis point à mon aise.

« Il est vrai qu'en sautant les haies et les buissons, mon froc y laisse du poil. Comme ce sacré lévrier que j'ai découvert. Je me donne au diable si les lièvres lui échappent. Un

1. Le moût est attendu comme le Messie : la première phrase fait allusion à la racine de l'arbre de Jessé, lignage d'où viendra le Christ selon le prophète Isaïe (XI, 1). Les deux phrases ainsi enchaînées forment en outre un jeu sonore en paronomase (Jessé/de souef), voire une contrepèterie (germina vie/je renie ma vie). L'allusion à une prophétie biblique est donc décalée, mise au profit d'un calembour. **2.** La phrase est prononcée dans un latin fautif, que nous restituons à dessein par un français incorrect : frère Jean se revendique non clerc et ne feint pas d'être savant, contrairement à Janotus de Bragmardo (chap. XIX, p. 159 *sq.*), qui pourtant faisait un usage tout aussi imprécis de la langue. **3.** Il fait partie de la famille des seigneurs de Basché (voir note 3, p. 193). **4.** Laniers et autours sont des oiseaux de proie qui peuvent aider à chasser le lièvre.

« Un lacquays le menoit à monsieur de Maulevrier : je le destroussay : feis je mal ?

– Nenny frere Jean (dist Gymnaste) nenny de par tous les diables nenny.

– Ainsi, dist le moyne, à ces diables : ce pendent qu'ilz durent.

« Vertus dieu qu'en eust faict ce boyteux ?

« Le cor dieu il prent plus de plaisir quand on luy faict present d'un bon couble de beufz.

– Comment (dist Ponocrates) vous jurez frere Jean ?

– Ce n'est (dist le moyne) que pour orner mon langaige. Ce sont couleurs de rhetorique Ciceroniane. »

Pourquoy les Moynes sont refuyz du monde, et pourquoy les ungs ont le nez plus grand que les aultres

CHAPITRE XXXX

« Foy de Christian (dist Eudemon) je entre en grande resverie considerant l'honnesteté de ce moyne. Car il nous esbaudist icy tous. Et comment doncques est ce qu'on rechasse les moynes de toutes bonnes compaignies ? les appellans Trouble feste, comme abeilles chassent les freslons d'entour leurs rousches. *Ignauum fucos pecus* (dist Maro) *a presepibus arcent*. »

À quoy respondit Gargantua. « Il n'y a rien si vray que le froc, et la cogule tire à soy les opprobres, injures et maledictions du monde, tout ainsi comme le vent dict Cecias attire les nues.

« La raison peremptoire est : par ce qu'ilz mangent la merde du monde, c'est à dire les pechez, et comme

laquais le menait à monsieur de Maulevrier[1], je le détroussai. Ai-je mal agi ?

– Mais non, frère Jean, dit Gymnaste, mais non, de par tous les diables, mais non.

– D'accord pour ces diables, dit le moine, tant qu'il en reste encore.

« Vertu Dieu, qu'est-ce qu'il en aurait fait, ce boiteux ? Cordieu, il prend plus de plaisir quand on lui fait présent d'une bonne paire de bœufs.

– Comment, dit Ponocrates, mais vous jurez, frère Jean ?

– Ce n'est, dit le moine, que pour orner mon langage. Ce sont mes fleurs de rhétorique cicéronienne. »

Pourquoi tout le monde fuit les moines, et pourquoi les uns ont le nez plus grand que les autres

CHAPITRE XL

« Foi de chrétien, dit Eudémon, je crois rêver quand je considère l'honnêteté de ce moine. Car il nous réjouit tous ici. Et comment donc se fait-il qu'on chasse les moines de toutes les bonnes compagnies, en les appelant trouble-fêtes, comme les abeilles chassent les frelons des alentours de leur ruche ? *Elles chassent de leur ruche la troupe oisive des frelons*, dit Virgile[2]. »

Gargantua répondit alors : « Rien n'est plus vrai que de dire que le froc et la cagoule attirent à eux les opprobres, les injures et les malédictions du monde, tout comme le vent appelé Cecias[3] attire la tempête.

« La raison évidente est qu'ils mangent la merde du monde, c'est-à-dire les péchés, et comme des mâche-merde

---

1. Ce fief était situé non loin de Lerné. Le nom apparaît à bon escient dans une histoire de lévrier. **2.** *Géorgiques*, chant IV, v. 168. La comparaison entre les moines et les frelons nuisibles et inutiles est aussi chez Érasme (*Adages*, II, VIII, 65). **3.** Cecias est le nom du vent qui souffle de l'est-nord-est. Nouvel emprunt aux *Adages* d'Érasme, qui prend ce vent comme la métaphore de celui qui attire sur lui tous les maux (*Adages*, I, V, 62).

machemerdes l'on les rejecte en leurs retraictz : ce sont leurs conventz et abbayes, separez de conversation politicque comme sont les retraictz d'une maison.

« Mais si entendez pourquoy un cinge en une famille est tousjours mocqué et herselé : vous entendez pourquoy les moynes sont de tous refuys, et des vieux et des jeunes.

« Le cinge ne guarde poinct la maison, comme un chien, il ne tire pas l'aroy, comme le beuf, il ne produict ny laict, ny layne, comme la brebis : il ne porte pas le faiz comme le cheval.

« Ce qu'il faict est tout conchier et degaster, qui est la cause pourquoy de tous repceoyt mocqueries et bastonnades.

« Semblablement un moyne (j'entends de ces ocieux moynes) ne laboure, comme le paisant : ne garde le pays, comme homme de guerre : ne guerist les malades, comme le medicin : ne presche ny endoctrine le monde, comme le bon docteur evangelicque et pedagoge : ne porte les commoditez et choses necessaires à la republicque, comme le marchant.

« Ce est la cause pourquoy de tous sont huez et abhorrys.

– Voyre mais (dist Grandgousier) ilz prient dieu pour nous.

– Rien moins (respondit Gargantua). Vray est qu'ilz molestent tout leur voisinage à force de trinqueballer leurs cloches.

(– Voyre dist le Moyne, une messe, unes matines, unes vespres bien sonnéez, sont à demy dictes.)

– Ilz marmonnent grand renfort de legendes et pseaulmes nullement par eulx entenduz. Ilz content force patenostres entrelardées de longs *Aue mariaz*, sans y penser ny entendre. Et ce je appelle mocquedieu non oraison.

« Mais ainsi leurs ayde dieu s'ilz prient pour nous, et non par paour de perdre leurs miches et souppes grasses.

on les renvoie à leurs latrines, qui sont leurs couvents et leurs abbayes, aussi éloignés des conversations et de la société que le sont les latrines dans une maison. Mais si vous comprenez pourquoi un singe, dans une famille, est toujours moqué et harcelé, vous comprendrez pourquoi les moines sont fuis et rejetés de tous, et des vieux, et des jeunes. Le singe ne garde pas la maison comme un chien, il ne tire pas l'attelage comme le bœuf, il ne produit ni lait ni laine comme la brebis, il ne porte pas les fardeaux comme le cheval. Tout ce qu'il fait, c'est chier partout et tout gâter, et c'est pourquoi il reçoit de tous moqueries et coups de bâton [1].

« De même un moine – je veux parler de ces moines oisifs – ne laboure pas comme le paysan, ne protège pas le pays comme le soldat, ne guérit pas les malades comme le médecin, ne prêche ni n'endoctrine le monde comme le bon docteur évangélique et pédagogue, ne rapporte pas les commodités et les choses nécessaires à la république comme le marchand. Voilà pourquoi ils sont, de tous, hués et abhorrés.

– Certes, mais ils prient Dieu pour nous, dit Grandgousier.

– Pas le moins du monde, dit Gargantua. À dire vrai, ils assomment tout leur voisinage à grands renforts de brinquebalements de leurs cloches.

– C'est vrai, dit le moine, une messe, des matines, des vêpres bien sonnées sont déjà à moitié dites.

– Ils marmonnent, à grands renforts d'histoires et de psaumes dont ils ne comprennent pas un mot. Ils comptent force *Pater* entrelardés de longs *Ave Maria*, sans y croire ni rien en saisir. Et j'appelle cela des moque-Dieu, non des prières.

« Mais que Dieu les aide, s'ils prient ainsi pour nous, et non pour la peur de perdre leurs miches et leurs soupes

1. Le chapitre n'a pas de mots assez durs pour vilipender l'oisiveté des moines. Cette critique virulente est néanmoins un poncif à l'époque, notamment chez Érasme ou chez Marguerite de Navarre dans l'*Heptaméron* (1558), qui la reprend au *Décaméron* de Boccace (XIVe siècle). Selon les auteurs et les écrits, cette dénonciation est tantôt un motif d'indignation, tantôt un prétexte à des situations comiques de farce.

Tous vrays Christians, de tous estatz, en tous lieux, en tous temps prient dieu, et l'esperit prie et interpelle pour iceulx : et dieu les prent en grace. Maintenant tel est nostre bon frere Jean. Pourtant chascun le soubhaite en sa compaignie.

« Il n'est point bigot, il n'est poinct dessiré, il est honeste, joyeux, deliberé, bon compaignon.

« Il travaille, il labeure, il defent les opprimez, il conforte les affligez, il subvient es souffreteux, il garde les clous de l'abbaye.

– Je foys (dist le moyne) bien dadvantaige.

« Car en despeschant nos matines et anniversaires on cueur, ensemble je fois des chordes d'arbaleste, je polys des matraz et guarrotz, je foys des retz et des poches à prendre les connis. Jamais je ne suis oisif. Mais or czà à boyre, à boyre, czà. Aporte le fruict. Ce sont chastaignes du boys d'Estrocz. Avec bon vin nouveau, voy vous là composeur de petz. Vous n'estez encores ceans amoustillez ? Par dieu je boy à tous guez, comme un cheval de promoteur. » Gymnaste luy dist. « Frere Jean oustez ceste rouppie que vous pend au nez.

– Ha, ha, (dist le Moyne) serois je en dangier de noyer ? veu que suis en l'eau jusques au nez. Non, non. *Quare ? Quia* elle en sort bien, mais poinct n'y entre. Car il est bien antidoté de pampre.

« O mon amy, qui auroit bottes d'hyver de tel cuir : hardiment pourroit il pescher aux huytres. Car jamais ne prendroient eau.

– Pourquoy (dist Gargantua) est ce, que frere Jean a si beau nez ?

– Par ce (respondit Grandgousier) que ainsi dieu l'a voulu, lequel nous faict en telle forme et telle fin, selon son divin arbitre, que faict un potier ses vaisseaulx.

grasses. Tous les vrais chrétiens, de toutes origines, en tous lieux, prient Dieu et l'esprit prie et intercède pour eux, en retour : et Dieu les prend en grâce. Tel est notre bon frère Jean maintenant. Pour cela, chacun souhaite l'avoir en sa compagnie.

« Il n'est point bigot, il n'est point triste sire, il est honnête, joyeux, résolu, bon compagnon. Il travaille, il laboure, il défend les opprimés, il réconforte les affligés, il subvient aux besoins des souffreteux, il garde le clos de l'abbaye.

– Je fais, dit le moine, bien davantage.

« Car en hâtant nos matines et nos messes du souvenir dans le chœur, avec le temps gagné je fais aussi des cordes d'arbalète, je polis leurs traits et carreaux, je fais des filets et des pièges pour prendre des lapins. Jamais je ne suis oisif. Mais maintenant, allons, à boire, allons ! Apporte les fruits ; ce sont des châtaignes du bois d'Estrot [1]. Avec du bon vin nouveau, vous voilà négociateurs de pets [2]. Vous n'êtes pas encore émoustillés ? Par Dieu, je bois à tous les abreuvoirs, comme un cheval de procureur [3]. » Gymnaste lui dit : « Frère Jean, ôtez cette goutte qui vous pend au nez [4].

– Ha, ha, dit le moine, serais-je en danger de me noyer ? Vu que j'ai de l'eau jusqu'au nez. Non, non. *Pourquoi ? Parce qu'*elle en sort bien, mais point n'y entre, car il est bien calfaté de pampre. Oh ! mon ami, celui qui aurait des bottes d'hiver faites d'un tel cuir, il pourrait hardiment pêcher des huitres. Car il ne prendrait jamais l'eau.

– Pourquoi, dit Gargantua, est-ce que frère Jean a un si beau nez ?

– Parce que, répondit Grandgousier, Dieu l'a voulu ainsi, lui qui, selon son divin arbitre, nous fait d'une forme et selon une finalité, comme le potier faisant ses vases [5].

---

1. Ce bois d'Estrot ou d'Estort pourrait se trouver aux environs de Sainte-Hermine, dans le Bas-Poitou (actuelle Vendée), non loin de Fontenay-le-Comte, région réputée pour sa production importante de châtaignes. **2.** Calembour sur l'équivoque homophonique entre « paix » et « pets ». **3.** Expression populaire, semblable à « manger à tous les râteliers », et visant les procureurs qui agissent ainsi. **4.** Ici commence un dialogue sur le nez, motif récurrent toujours associé à la promesse de capacités sexuelles, pour lesquelles par ailleurs les moines sont réputés dans toute la littérature farcesque et polémique qui évoque leurs défauts et leurs excès. **5.** Paul, Romains, IX, 21 : l'homme est dépendant de son créateur qui a voulu sa forme ainsi.

– Par ce (dist Ponocrates) qu'il feut des premiers à la foyre des nez. Il print des plus beaulx et plus grands.

– Trut avant (dist le moyne) selon vraye Philosophie monasticque c'est parce que ma nourrice avoit les tetins moletz, en la laictant mon nez y enfondroit comme en beurre, et là s'eslevoit et croissoit comme la paste dedans la met.

« Les durs tetins de nourrices font les enfans camuz. Mais guay, guay, *ad formam nasi cognoscitur ad te leuaui*. Je ne mange jamais de confitures. Page à la humerie. Item rousties. »

Comment le moyne feist dormir Gargantua, et de ses heures et breviaire

CHAPITRE XXXXI

Le souper achevé consulterent sus l'affaire instant et feut conclud que environ la minuict ilz sortiroient à l'escarmouche pour sçavoir quel guet et diligence faisoient leurs ennemys. En ce pendent qu'ilz se reposeroient quelque peu pour estre plus frais.

Mais Gargantua ne povoit dormir en quelque façon qu'il se mist.

Dont luy dist le moyne.

« Je ne dors jamais bien à mon aise, si non quand je suis au sermon, ou quand je prie dieu.

« Je vous supplye commençons vous et moy les sept pseaulmes pour veoir si tantost ne serez endormy. »

L'invention pleut tresbien à Gargantua.

Et commenceant le premier pseaulme, sus le poinct de *Beati quorum*, s'endormirent et l'un et l'aultre.

– Parce qu'il fut, dit Ponocrates, l'un des premiers à la foire des nez. Il put choisir parmi les plus beaux et les plus grands.

– Holà ! dit le moine. Selon la vraie philosophie monastique, c'est parce que ma nourrice avait les tétins moelleux : en lui tétant le lait, mon nez s'y enfonçait comme dans du beurre, et ainsi il croissait et embellissait comme la pâte dans le pétrin.

« Les durs tétins des nourrices font les enfants camus. Mais hardi, hardi, *à la forme du nez on reconnaît celui que vers toi j'ai levé* [1]. Je ne mange jamais de confitures. Page, à boire ! Et avec des rôties ! »

Comment le moine fit dormir Gargantua ; de ses prières et de son bréviaire

CHAPITRE XLI

Le dîner achevé, ils se consultèrent sur l'affaire en cours, et il fut conclu que vers minuit ils sortiraient donner l'escarmouche pour savoir quel guet et quelle vigilance exerçaient leurs ennemis, mais qu'en attendant, ils se reposeraient quelque peu pour être plus dispos.

Mais Gargantua ne pouvait dormir, quelle que fût la position qu'il prît. Alors le moine lui dit :

« Je ne dors jamais aussi bien à mon aise, que quand je suis au sermon, ou quand je prie Dieu. Commençons, s'il vous plaît, vous et moi les sept psaumes [2] pour voir si bientôt vous ne serez endormi. »

L'idée plut beaucoup à Gargantua.

Et commençant le premier psaume, arrivé au point de « *Bienheureux, ceux qui…* [3] », ils s'endormirent et l'un et l'autre.

1. En latin, l'expression « vers toi j'ai levé », qui ouvre le psaume CXXII, se dit « ad te levavi » : Rabelais la cite au profit d'une équivoque obscène, par homophonie, sur le vit, dont la taille est couramment mise en relation avec celle du nez. **2.** Les sept psaumes de pénitence. **3.** C'est en réalité le début du deuxième psaume.

Mais le moyne ne faillit oncques à s'esveiller avant la minuict, tant il estoit habitué à l'heure des matines claustralles.

Luy esveillé tous les aultres esveilla, chantant à pleine voix la chanson. *Ho Regnault reveille toy veille, o Regnault reveille toy.*

Quand tous furent esveillez, il dict. « Messieurs l'on dict, que matines commencent par tousser et souper, par boyre. Faisons au rebours commençons maintenant noz matines, par boyre, et de soir à l'entrée de souper nous tousserons à qui mieulx mieulx. »

Dont dist Gargantua. « Boyre si tost aprés le dormir ? Ce n'est vescu en diete de medicine. Il se fault premier escurer l'estomach des superfluitez et excremens.

– C'est dist le moyne bien mediciné.

« Cent diables me saultent au corps s'il n'y a plus de vieulx hyvrognes, qu'il n'y a de vieulx medicins. J'ay composé avecques mon appetit en telle paction, que tousjours il se couche avecques moy et à cela je donne bon ordre le jour durant, aussy avecques moy il se lieve. Rendez tant que vouldrez vos cures, je m'en voys aprés mon tyrouer.

– Quel tyrouer (dist Gargantua) entendez vous ?

– Mon breviaire, dist le Moyne.

« Car tout ainsi que les faulconniers davant que paistre leurs oyseaux les font tyrer quelque pied de poulle, pour leurs purger le cerveau des phlegmes, et pour les mettre en appetit, ainsi prenant ce joyeux petit breviaire au matin, je m'escure tout le poulmon, et voy me là prest à boyre.

– À quel usaige (dist Gargantua) dictez vous ces belles heures.

– À l'usaige (dist le moyne) de Fecan à troys pseaulmes et troys leçons, ou rien du tout qui ne veult.

Mais le moine ne manqua pas de s'éveiller avant minuit, tant il était habitué à l'heure des matines du cloître. Une fois éveillé, il réveilla tous les autres en chantant à pleine voix la chanson « Ho, Regnault, réveille-toi, veille/ Ho, Regnault, réveille-toi [1] ».

Quand tous furent éveillés, il dit : « Messieurs, l'on dit que pour les matines, on commence par tousser et que pour souper, on commence par boire. Faisons l'inverse, commençons maintenant nos matines par boire, et ce soir, avant de souper, nous tousserons à qui mieux mieux. »

Gargantua dit à cela : « Boire si tôt après avoir dormi ? Ce n'est pas là une vie ni un régime réglés par la médecine. Il faut d'abord se curer l'estomac du superflu et des excréments.

– C'est, dit le moine, bien pensé en médecin.

« Que cent diables me sautent sur le corps s'il n'y a pas plus de vieux ivrognes que de vieux médecins. J'ai conclu un pacte avec mon appétit, pour que toujours il se couche avec moi, et je m'en occupe très bien tout le jour, parce que aussi avec moi il se lève. Prenez vos cures [2] tant que vous voudrez, je m'en vais à mon tiroir.

– De quel tiroir voulez-vous parler ? dit Gargantua.

– De mon bréviaire, dit le moine.

« Car de même que les fauconniers, avant de nourrir leurs oiseaux, leur font prendre quelque patte de poule, pour purger leur cerveau de tout flegme, et les mettre en appétit, ainsi prenant ce joyeux petit bréviaire au matin, je me cure tout le poumon, et me voilà prêt à boire.

– À quelle fin, dit Gargantua, dites-vous ces belles heures [3] ?

– À la mode de Fécamp, dit le moine, à trois psaumes et trois leçons [4], ne vous déplaise, sinon rien. Jamais je ne

1. Refrain d'une chanson populaire. **2.** Une cure est une boulette d'étoupe employée pour purger les faucons. Voir aussi chap. LVI, p. 401. **3.** Les heures sont les prières que l'on prononce selon les heures de la journée. Rabelais s'amuse du double sens de ce terme dans la réponse de frère Jean, lui-même soumis aux « heures » de l'abbaye. Voir, à ce propos, ce qui sera dit de la présence des horloges au moment de fonder l'abbaye de Thélème (chap. LII, p. 375). **4.** Version écourtée, différente de l'usage habituel, qui préconise une leçon après une série de trois ou quatre psaumes. En revanche, cette formulation apparaît dans le domaine de la farce (voir par exemple *La Farce de maître Pathelin*, v. 771). On pourrait entendre dans la « mode de

Jamais je ne me assubjectis à heures, les heures sont faictez pour l'homme, et non l'homme pour les heures. Pour tant je foys des miennes à guise d'estrivieres, je les acourcis ou allonge quand bon me semble. *Breuis oratio penetrat celos, longua potatio euacuat cyphos.*

« Ou est escript cela ?

– Par ma foy (dist Ponocrates) je ne sçay mon petit couillaust, mais tu vaulx trop.

– En cela (dist le Moyne) je vous ressemble. Mais *Venite apotemus.* » L'on apresta carbonnades à force et belles souppes de primes, et beut le moyne à son plaisir.

Aulcuns luy tindrent compaignie, les aultres s'en deporterent.

Aprés chascun commença soy armer et accoustrer. Et armerent le moyne contre son vouloir, car il ne vouloit aultres armes que son froc davant son estomach, et le baston de la croix en son poing. Toutesfoys à leur plaisir feut armé de pied en cap, et monté sus un bon coursier du royaulme, et un gros braquemart au cousté.

Ensemble Gargantua, Ponocrates, Gymnaste, Eudemon, et vingt et cinq des plus adventureux de la maison de Grandgousier, tous armez à l'advantaige la lance au poing montez comme sainct George : chascun ayant un Harquebouzier en crope.

Comment le Moyne donne couraige à ses compaignons, et comment il pendit à une arbre

CHAPITRE XLII

Or s'en vont les nobles champions à leur adventure, bien deliberez d'entendre quelle rencontre fauldra pour-

m'assujettis aux heures, les heures sont faites pour l'homme, et non l'homme pour les heures. C'est pourquoi j'en use avec les miennes comme avec des étriers, je les raccourcis ou les allonge quand bon me semble : *courte prière s'élève aux cieux, longue beuverie vide les verres* [1].

« Où ai-je lu cela ?

– Par ma foi, dit Ponocrates, je ne sais pas, mon petit couillon, mais tu vaux ton pesant d'or.

– En cela, dit le moine, je vous ressemble. Mais *venez, buvons* [2]. » L'on prépara des quantités de grillades, avec de belles soupes pleines de pain, et le moine but à volonté.

Certains lui tinrent compagnie, d'autres se retirèrent. Ensuite, chacun commença à s'armer et à s'équiper. Et ils armèrent le moine contre sa volonté, car il ne voulait pas d'autres armes que son froc devant son estomac, et le bâton de la croix au poing. Toutefois, selon leurs vœux, il fut armé de pied en cap, et monté, avec un gros braquemart [3] au côté, sur un bon coursier du royaume de Naples.

Avec lui étaient Gargantua, Ponocrates, Gymnaste, Eudémon et vingt-cinq des plus courageux compagnons de la maison de Grandgousier, tous avantageusement armés, la lance au poing, chevauchant comme saint Georges [4], et chacun portant un arquebusier en croupe.

Comment le moine donne du courage à ses compagnons, et comment il se retrouva suspendu à un arbre

CHAPITRE XLII

Ainsi s'en vont les nobles champions vers leurs aventures, bien résolus à poursuivre les combats décisifs, et bien

---

Fécamp » un calembour sur « déféquant » (selon une suggestion de Jacques Pons reprise par Mireille Huchon), puisqu'il est ici question de se purger. **1.** Proverbe répandu. **2.** « Venite, apotemus » est une déformation plaisante, antérieure à Rabelais, du « Venite, adoremus » (« Venez, que nous adorions »), psaume chanté à matines. **3.** Voir note 2, p. 63. **4.** Saint Georges terrassant le dragon est toujours représenté fier sur son cheval, la lance au poing et avantageusement armé.

suyvre, et de quoy se fauldra contregarder, quand viendra la journée de la grande et horrible bataille.

Et le Moyne leur donne couraige, disant. « Enfans n'ayez ny paour ny doubte. Je vous conduiray seurement. Dieu et sainct Benoist soient avecques nous. Si j'avoys la force de mesmes le couraige, par la mort bieu je vous les plumeroys comme un canart. Je ne crains rien fors l'artillerie. Toutesfoys je sçay quelque oraison, que m'a baillé le soubsecretain de nostre abbaye, laquelle guarentist la personne de toutes bouches à feu. Mais elle ne me profitera de rien. Car je n'y adjouste poinct de foy. Toutesfoys mon baston de croix fera diables.

« Par dieu, qui fera la cane de vous aultres, je me donne au diable si je ne le fays moyne en mon lieu et l'enchevestre de mon froc. Il porte medicine à couhardise de gens. Avez point ouy parler du levrier de monsieur de Meurles, qui ne valloit rien pour les champs, il luy mist un froc au col, par le corps dieu il n'eschappoit ny lievre ny regnard devant luy, et que plus est couvrit toutes les chiennes du pays, qui auparavant estoit esrené, et *de frigidis et maleficiatis.* » Le Moyne disant ces parolles en cholere passa soubz un noyer tyrant vers la saullaye, et embrocha la visiere de son heaulme à la roupte d'une grosse branche du noyer. Ce non obstant donna fierement des esperons à son cheval lequel estoit chastouilleur à la poincte, en maniere que le cheval bondit en avant, et le moyne voulant deffaire sa visiere du croc, lasche la bride, et de la main se pend aux branches : ce pendent que le cheval se desrobe dessoubz luy.

Par ce moyen demoura le Moyne pendent au noyer, et criant à l'aide et au meurtre, protestant aussi de trahison. Eudemon premier l'aperceut, et appellant Gargantua. « Sire venez et voyez Absalon pendu. » Gargantua venu

conscients des dangers dont il faudra se protéger quand viendra le jour de la grande et horrible bataille.

Et le moine leur donne du courage, en disant : « Enfants, n'ayez ni peur ni doute. Je vous conduirai en sûreté. Que Dieu et saint Benoît soient avec nous. Si j'en avais la force et mieux encore le courage, morbleu, je vous les plumerais comme des canards. Je ne crains rien sauf l'artillerie. Toutefois je connais une prière, que m'a confiée le sous-sacristain [1] de notre abbaye, qui garantit les personnes de toutes les bouches à feu. Mais elle ne me profitera en rien. Car je n'y accorde pas de foi. Toutefois, mon bâton de croix se battra comme un diable.

« Par Dieu, celui de vous autres qui fera la poule mouillée, je me donne au diable si je ne le fais moine à ma place en l'entortillant dans mon froc [2], car il porte remède à la couardise des gens. N'avez-vous point entendu parler du lévrier de monsieur de Meurles, qui ne valait rien pour chasser dans les champs ? Il lui mit un froc au cou, et par le corps Dieu il ne lui échappait plus aucun lièvre ni aucun renard, et qui plus est il couvrit toutes les chiennes du pays, lui qui auparavant était sans vigueur, et comme les *frigides et impuissants* [3]. » Le moine, disant ces paroles en colère, passa sous un noyer en allant vers les saules, et embrocha la visière de son heaume à la fourche d'une grosse branche du noyer. Malgré cela, il piqua fièrement des éperons son cheval, lequel était chatouilleux, de sorte que le cheval bondit en avant, et le moine voulant défaire sa visière de l'accroche lâche la bride et de la main se suspend aux branches – cependant que le cheval se dérobe sous lui.

C'est ainsi que le moine demeura pendant à son noyer, criant à l'aide et au meurtre, hurlant aussi à la trahison. Eudémon le premier l'aperçut, et appela Gargantua : « Sire,

---

1. Fonction fantaisiste, et sans doute subalterne. **2.** Ce chapitre pose une fois encore la question de savoir si « l'habit fait le moine », mais d'une manière différente de celle du prologue : la « colère » ne vient au moine avec la débandade que lorsqu'il change d'habit (voir Présentation, p. 22). **3.** Titre d'un paragraphe des *Décrétales*, qui sont les décrets ou règles énoncés par le pape pour tout le monde chrétien.

considera la contenence du moyne : et la forme dont il pendoit, et dist à Eudemon. « Vous avez mal rencontré le comparant à Absalon. Car Absalon se pendit par les cheveux, mais le moyne ras de teste s'est pendu par les aureilles.

– Aydez moy (dist le Moyne) de par le diable. N'est-il pas bien le temps de jazer ? Vous me semblez les prescheurs decretalistes, qui disent que quiconques voira son prochain en dangier de mort, il le doibt sus peine d'excommunication trisulce plustoust admonnester de soy confesser et mettre en estat de grace que de luy ayder.

« Quand doncques je les voiray tombez en la riviere, et prestz d'estre noyez, en lieu de les aller querir et bailler la main je leur feray un beau et long sermon *de contemptu mundi, et fuga seculi*, et lors qu'ilz seront roides mors, je les iray pescher.

– Ne bouge (dist Gymnaste) mon mignon je te voys querir, car tu es gentil petit *monachus. Monachus in claustro non ualet oua duo, sed quando est extra bene ualet triginta*. J'ay veu des pendus plus de cinq cens, mais je n'en veis oncques qui eust meilleure grace en pendilant, et si je l'avoys aussi bonne je vouldroys ainsi pendre toute ma vye.

– Aurez vous (dist le Moyne) tantost assez presché ? Aidez moy de par dieu, puis que de par l'aultre ne voulez. Par l'habit que je porte vous en repentirez *tempore et loco prelibatis.* »

Allors descendit Gymnaste de son cheval, et montant au noyer souleva le moyne par les goussetz d'une main et de l'autre deffist sa visiere du croc de l'arbre, et ainsi le laissa tomber en terre, et soy aprés. Descendu que feut

venez voir Absalon pendu[1]. » Gargantua vint et considéra la contenance du moine, et la manière dont il pendait, et dit à Eudémon : « Vous avez assez mal interprété en le comparant à Absalon, car Absalon se pendit par les cheveux, alors que le moine, qui a la tête rasée, s'est pendu par les oreilles. »

– Aidez-moi, dit le moine, de par le diable. Il est bien temps de jacasser ! Vous me rappelez les prêcheurs décrétalistes[2], qui disent que quiconque verra son prochain en danger de mort doit, sous peine d'excommunication foudroyante, plutôt lui enjoindre de se confesser et de se mettre en état de grâce que lui venir en aide.

« Quand, donc, je les verrai tomber dans la rivière, et tout près d'être noyés, au lieu d'aller les chercher et de leur tendre la main, je leur ferai un beau et long sermon *sur le mépris du monde et sur la fuite du temps*, et lorsqu'ils seront raide morts, j'irai les repêcher.

– Ne bouge pas, mon mignon, dit Gymnaste, je viens te chercher, car tu es un gentil petit *moinus. Le moine dans un cloître ne vaut pas deux œufs, certes, mais en dehors il en vaut bien trente.* J'en ai vu des pendus, et des centaines, mais je n'en ai jamais vu qui avaient meilleure grâce en pendillant, et si j'avais une aussi bonne grâce, je voudrais bien ainsi pendre toute ma vie.

– Aurez-vous, dit le moine, bientôt fini vos prêchi-prêcha ? Aidez-moi, de par Dieu, puisque vous ne le voulez de par le diable. Par l'habit que je porte, vous vous en repentirez *en temps et en heure.* »

Alors Gymnaste descendit de son cheval, et montant au noyer, souleva les bras du moine par son armure, d'une main, et de l'autre défit sa visière de l'accroche de l'arbre ; il put ainsi le faire tomber par terre – et il sauta à son tour.

---

1. Épisode de l'Ancien Testament, dans lequel Absalon, poursuivi pour meurtre, se trouve pendu à un arbre par les cheveux tandis que son mulet poursuit sa route (II Rois, XVIII, 9-16). Cette mésaventure permettra à ses poursuivants de le rattraper et de l'exécuter en le transperçant de leurs lances. L'histoire était très connue et abondamment illustrée à la Renaissance. **2.** Les décrétalistes sont ceux qui prêchent la bonne parole transmise par le pape dans les *Décrétales* (voir note 3, p. 319) et s'assurent qu'elle est respectée.

le Moyne se deffist de tout son arnoys et getta l'une piece aprés l'autre parmy le champ et reprenant son baston de la croix remonta sus son cheval, lequel Eudemon avoit retenu à la fuite. Ainsi s'en vont joyeusement tenans le chemin de la saullaye.

Comment l'escharmouche de Picrochole feut rencontré par Gargantua. Et Comment le Moyne tua le capitaine Tyravant, et puis fut prisonnier entre les ennemys

CHAPITRE XLIII

Picrochole à la relation de ceulx qui avoient evadé à la roupte lors que Tripet fut estripé feut esprins de grand courroux, ouyant que les diables avoient couru suz ses gens, et tint son conseil toute la nuict, au quel Hastiveau et Toucquedillon conclurent que sa puissance estoit telle qu'il pourroit defaire tous les diables d'enfer s'ilz y venoient. Ce que Picrochole ne croyoit du tout, aussy ne s'en defioit il.

Pourtant envoya soubz la conduicte du conte Tyravant pour descouvrir le pays seize cens chevaliers tous montez sus chevaulx legiers en escarmousche, tous bien aspergez d'eau beniste, et chascun ayant pour leur signe une estolle en escharpe, à toutes adventures s'ilz rencontroient les diables, que par vertus tant de ceste eau Gringorienne, que des estolles, yceulx feissent disparoir et esvanouyr.

Une fois que le moine fut descendu, il se débarrassa de tout son harnachement, jetant une pièce après l'autre en travers du champ. Puis reprenant son bâton de la croix, il remonta sur son cheval, qu'Eudémon avait retenu de fuir. Ainsi tous repartent joyeusement en suivant le chemin des saules.

Comment Gargantua entra en escarmouche avec Picrochole, et comment le moine tua le capitaine Tiravant [1], puis fut prisonnier des ennemis

CHAPITRE XLIII

Picrochole, suite au récit de ceux qui avaient échappé à la déroute lorsque Tripet fut étripé [2], fut pris d'un grand courroux en entendant que les diables avaient chargé sur ses troupes [3]. Et il tint conseil toute la nuit, d'où il fut conclu par Hâtiveau [4] et Toucquedillon que sa puissance était telle qu'il pourrait défaire tous les diables d'enfer s'ils y venaient. Picrochole ne croyait pas du tout aux diables, c'est pourquoi il était parfaitement confiant.

Pour autant, il envoya en reconnaissance, sous la conduite du comte Tiravant, seize cents chevaliers, tous montés sur des chevaux légers pour l'escarmouche, tous bien aspergés d'eau bénite, et chacun ayant pour insigne une étole en écharpe, à toutes fins utiles : s'ils rencontraient les diables, par la vertu tant de cette eau grégorienne [5] que des étoles, ils les feraient disparaître et évanouir.

---

1. Onomastique comique pour ce capitaine sans doute très prompt puisqu'il « tire avant ». Il a donc toute sa place dans la compagnie de celui qui va sans cesse « plus outre ». **2.** Première attestation de ce verbe dans la langue française, formé grâce au jeu de mots avec le nom Tripet. **3.** Retour au récit, interrompu depuis la fin du chap. XXXVI. **4.** Ce nom grotesque procède à la fois de la « hâte » et du « veau ». **5.** Picrochole affirme ne pas croire aux diables mais reste tout de même superstitieux, comme on le voit ici. L'eau grégorienne est faite d'eau bénite mêlée à de la cendre et du vin. Elle est destinée à purifier les églises profanées, selon le rite de saint Grégoire le Grand. La satire de ces usages est manifeste.

Coururent doncques jusques prés la Vau Guyon, et la maladerye, mais oncques ne trouverent personne à qui parler, dont repasserent par le dessus, et en la loge et tugure pastoral, prés le Couldray trouverent les cinq pelerins. Lesquelz liez et baffouez emmenerent, comme s'ilz feussent espies, non obstant les exclamations, adjurations, et requestes qu'ilz feissent. Descendus de là vers Seuillé, furent entenduz par Gargantua. Lequel dist à ses gens. « Compaignons il y a icy rencontre et sont en nombre trop plus dix foys que nous, chocquerons nous sus eulx ?

– Que diable (dist le moyne) ferons nous doncq ? Estimez vous les hommes par nombre, et non par vertus et hardiesse. »

Puis s'escria. « Chocquons diables, chocquons. » Ce que entendens les ennemys pensoient certainement que feussent vrays diables, dont commencerent fuyr à bride avallée, excepté Tyravant, lequel coucha sa lance en l'arrest, et en ferut à toute oultrance le moyne au milieu de la poictrine, mais rencontrant le froc horrifique, rebouscha par le fer, comme si vous frappiez d'une petite bougie contre une enclume.

Adoncq le moyne avec son baston de croix luy donna entre col et collet sus l'os Acromion si rudement qu'il l'estonna : et feist perdre tout sens et movement, et tomba es piedz du cheval.

Et voyant l'estolle qu'il portoit en escharpe, dist à Gargantua. « Ceulx cy ne sont que prebstres, ce n'est qu'un commencement de moyne, par sainct Jean je suis moyne parfaict, je vous en tueray comme de mousches. »

Puis le grand gualot courut aprés, tant qu'il atrapa les derniers et les abbastoit comme seille frapant à tort et à travers. Gymnaste interrogua sus l'heure Gargantua, s'ilz les debvoient poursuyvre.

À quoy dist Gargantua, « Nullement. Car selon vraye discipline militaire, jamais ne fault mettre son ennemy en

Ils se ruèrent donc jusque vers La Vauguyon et la léproserie[1], mais ils ne trouvèrent nulle part âme qui vive, donc ils repassèrent par le haut et, dans la cabane du refuge pastoral, près du Coudray, ils trouvèrent les cinq pèlerins. Ils les emmenèrent, ligotés et bâillonnés, les traitant comme des espions, malgré les exclamations, adjurations, et demandes qu'ils purent faire. Alors qu'ils descendaient ensuite vers Seuilly, Gargantua les entendit et dit à ses gens : « Compagnons, nous sommes ici au contact, et ils sont dix fois plus nombreux que nous. Engagerons-nous le combat avec eux ?

– Que diable, dit le moine, voulez-vous que nous fassions ? Estimez-vous les hommes par leur nombre, et non par leur vertu et hardiesse ? »

Puis il s'écria : « À l'attaque, diables, à l'attaque ! » Entendant cela, les ennemis furent certains que c'étaient de vrais diables, alors ils commencèrent à fuir à bride abattue, excepté Tiravant, qui coucha sa lance en arrêt, et en heurta de plein fouet le moine au beau milieu de la poitrine. Mais rencontrant le froc horrifique, le fer de la lance s'écrasa, comme si vous frappiez d'une petite bougie contre une enclume.

Alors le moine, avec son bâton de la croix, lui donna entre le cou et le col un coup si rude sur l'os acromion[2] qu'il l'étourdit, lui fit perdre le sens et l'équilibre, et tomber aux pieds de son cheval.

Et voyant l'étole qu'il portait en écharpe, le moine dit à Gargantua : « Ceux-ci ne sont que des prêtres, c'est-à-dire des commencements de moine ; par saint Jean je suis un moine parfait, je vous les tuerai comme des mouches. »

Puis il courut après eux au grand galop, si vite qu'il rattrapa les derniers et il les abattait comme seigle, en frappant à tort et à travers. Gymnaste demanda aussitôt à Gargantua s'ils devaient les poursuivre.

À cela Gargantua répondit : « Nullement. Car selon la vraie discipline militaire, jamais il ne faut mettre son ennemi

1. Établissement où étaient enfermés les lépreux. Il y en avait une dans les environs de Chinon. **2.** Terme anatomique issu du grec, désignant l'os de l'épaule.

lieu de desespoir. Par ce que telle necessité luy multiplie sa force, et accroist le couraige, qui jà estoit deject et failly. Et n'y a meilleur remede de salut à gens estommiz et recreuz que de ne esperer salut aulcun. Quantes victoires ont esté tollues des mains des vaincqueurs par les vaincuz, quand il ne se sont contentés de raison : mais ont attempté du tout mettre à internition et destruire totallement leurs ennemys, sans en vouloir laisser un seul pour en porter les nouvelles.

« Ouvrez tousjours à voz ennemys toutes les portes et chemins, et plus tost leurs faictes un pont d'argent, affin de les renvoyer.

– Voyre mais (dist Gymnaste) ilz ont le moyne.

– Ont ilz (dist Gargantua) le moyne ? Sus mon honneur, que ce sera à leur dommaige. Mais affin de survenir à tous azars, ne nous retirons pas encores, attendons icy en silence. Car je pense jà assez congnoistre l'engin de noz ennemys, il se guident par sort non par conseil. »

Iceulx ainsi attendens soubz les noiers, ce pendent le moyne poursuyvoit chocquant tous ceulx qu'il rencontroit sans de nully avoir mercy. Jusque à ce qu'il rencontra un chevalier qui portoit en crope un des pauvres pelerins, et là le voulent mettre à sac s'escria le pelerin.

« Ha monsieur le priour mon amy, monsieur le priour sauvez moy je vous en prie. » Laquelle parolle entendue se retournerent arriere les ennemys et voyans que là n'estoit que le moyne, qui faisoit cest esclandre, le chargerent de coups, comme on faict un asne de boys, mais de tout rien ne sentoit, mesmement quand ilz frapoient sus son froc, tant il avoit la peau dure.

Puis le baillerent à guarder à deux archiers, et tournans bride ne veirent personne contre eulx dont exstimerent que Gargantua estoit fuy avecques sa bande. Adoncques coururent vers les noyrettes tant roiddement qu'ilz peurent pour les rencontrer, et laisserent là le moyne seul avecques deux archiers de guarde. Gargantua entendit le

en situation de désespoir. Parce qu'une telle extrémité multiplie sa force et accroît son courage, même s'il était déjà affaibli et défaillant. Et il n'y a de meilleur salut pour des gens écrasés et vaincus que de n'espérer aucun salut. Combien de victoires ont été confisquées aux vainqueurs par les vaincus quand ils ne se sont contentés d'une victoire de raison, mais qu'ils ont cherché à tout exterminer, et à détruire totalement leurs ennemis sans vouloir en laisser un seul pour porter les nouvelles !

« Ouvrez toujours à vos ennemis toutes les portes et tous les chemins, et faites-leur plutôt un pont d'argent afin de les renvoyer.

– Certes, dit Gymnaste, mais ils ont le moine [1].

– Ils ont le moine ? dit Gargantua. Sur mon honneur, ce ne sera pas à leur avantage. Mais afin de parer à toute éventualité, ne nous retirons pas encore, attendons ici en silence. Car je pense connaître assez bien maintenant la tactique de nos ennemis : ils se fient au hasard, non à la réflexion. »

Tandis qu'ils attendaient ainsi sous les noyers, le moine cependant poursuivait les autres, attaquant tous ceux qu'il rencontrait sans avoir pitié d'aucun. Jusqu'à ce qu'il rencontrât un chevalier qui portait en croupe l'un des pauvres pèlerins, qui, au moment où il allait le massacrer, s'écria : « Ah ! monsieur le prieur, mon ami, monsieur le prieur, sauvez-moi, je vous en prie. » Entendant cette parole, les ennemis se retournèrent soudain, et voyant qu'il n'y avait là que le moine à faire tout cet esclandre, ils l'accablèrent de coups, comme on charge un âne de bois, mais de tout cela il ne sentait rien, surtout quand ils frappaient sur son froc, tant il avait la peau dure.

Puis ils le donnèrent en garde à deux archers, et tournant bride ils ne virent personne à leur poursuite. Ils estimèrent alors que Gargantua avait fui avec sa bande. Ils coururent donc vers les noyers, aussi rapidement qu'ils purent pour les retrouver, en laissant là le moine, seul avec les deux archers

1. Voir note 3, p. 123. Le sens propre de l'expression (ils ont le moine après l'avoir fait prisonnier) coexiste dans tout l'épisode avec le sens figuré (cette capture ne leur sera en rien favorable).

bruit, et hennissement des chevaulx, et dict à ses gens. « Compaignons j'entends le trac de noz ennemys, et jà apperçoy aulcuns d'iceulx qui viennent contre nous à la foulle, serrons nous icy, et tenons le chemin en bon ranc, par ce moyen nous les pourrons recepvoir à leur perte et à nostre honneur.

Comment le Moyne se deffist de ses guardes, et comment l'escarmouche de Picrochole feut deffaicte

CHAPITRE XLIIII

Le Moyne les voyant ainsi departir en desordre, conjectura qu'ilz alloient charger sus Gargantua et ses gens, et se contristoit merveilleusement de ce qu'il ne les povoit secourir. Puis advisa la contenence de ses deux archiers de guarde, lesquelz eussent voluntiers couru aprés la troupe pour y butiner quelque chose et tousjours regardoient vers la vallée en laquelle ilz descendoient.

Dadvantaige syllogisoit disant, « ces gens icy sont bien mal exercez en faictz d'armes. Car oncques ne me ont demandé ma foy, et ne me ont ousté mon braquemart. »

Soubdain aprés tyra son dict braquemart, et en ferut l'archier qui le tenoit à dextre luy coupant entierement les venes jugulaires, et arteres spagitides du col, avecques le guarguareon, jusques es deux adenes : et retirant le coup luy entreouvrit le mouelle spinale entre la seconde et tierce vertebre, là tomba l'archier tout mort.

Et le moyne detournant son cheval à gauche courut sus l'aultre, lequel voyant son compaignon mort et le moyne adventaigé sus soy, cryoit à haulte voix. « Ha monsieur le priour je me rendz, monsieur le priour mon bon amy, monsieur le priour. » Et le moyne cryoit de

de garde. Gargantua entendit le bruit et le hennissement des chevaux, et dit à ses gens : « Compagnons, j'entends le fracas de nos ennemis, et déjà j'aperçois certains d'entre eux qui viennent contre nous en foule ; serrons-nous bien ici, et avançons en rangs serrés sur le chemin, par ce moyen nous pourrons les recevoir pour leur perte et à notre honneur. »

Comment le moine se défit de ses gardes, et comment l'escarmouche de Picrochole fut défaite

CHAPITRE XLIV

Le moine les voyant ainsi s'en aller en désordre supposa qu'ils allaient charger sur Gargantua et les siens, et s'attristait énormément de ne pouvoir les secourir. Puis il avisa l'allure de ses deux archers de garde : ceux-ci auraient volontiers couru à la suite de leur troupe pour grapiller quelque chose, car ils ne cessaient de regarder vers la vallée où tous descendaient.

Bien plus, le moine raisonnait en se disant : « Ces gens-là sont bien mal exercés en matière de faits d'armes. Car ils ne m'ont pas demandé de leur jurer obéissance, et ils ne m'ont pas ôté mon braquemart. »

Puis soudain il dégaina son fameux braquemart et en pourfendit l'archer qui le gardait à sa droite, lui coupant entièrement les veines jugulaires et les artères carotides du cou, avec la luette et jusqu'aux deux amygdales : et retirant son arme il lui entrouvrit la moelle épinière entre la deuxième et la troisième vertèbre [1], et là, l'archer tomba raide mort.

Le moine, retournant alors son cheval vers la gauche, courut sur l'autre, lequel, voyant son compagnon mort et le moine ayant l'avantage, criait à haute voix : « Ha ! monsieur le prieur, je me rends, monsieur le prieur, mon bon ami,

---

1. Sur la précision chirurgicale des coups portés par le moine, abondamment décrits dans tout ce chapitre, voir chap. XXVII, note 3, p. 231.

mesmes. « Monsieur le posteriour mon amy, monsieur le posteriour, vous aurez sus voz posteres.

– Ha (disoit l'archier) monsieur le priour mon mignon, monsieur le priour, que dieu vous face abbé.

– Par l'habit (disoit le moyne) que je porte, je vous feray icy cardinal. Rensonnez vous les gens de religion ? Vous aurez un chapeau rouge à ceste heure de ma main. » Et l'archier cryoit, « Monsieur le priour, monsieur le priour, monsieur l'abbé futeur, monsieur le cardinal, monsieur le tout. Ha, ha, hes, non Monsieur le priour, mon bon petit seigneur le priour je me rends à vous.

– Et je te rends (dist le moyne) à tous les diables. »

Lors d'un coup luy tranchit la teste, luy coupant le test sus les os petrux et enlevant les deux os bregmatis et la commissure sagittale, avecques grande partie de l'os coronal, ce que faisant luy tranchit les deux meninges et ouvrit profondement les deux posterieurs ventricules du cerveau et demoura le craine pendent sus les espaules à la peau du pericrane par derriere, en forme d'un bonnet doctoral, noir par dessus, rouge par dedans. Ainsi tomba roidde mort en terre.

Ce faict, le Moyne donne des esperons à son cheval et poursuyt la voye que tenoient les ennemys, lesquelz avoient rencontré Gargantua et ses compaignons au grand chemin, et tant estoient diminuez au nombre pour l'enorme meutre que y avoit faict Gargantua avecques son grand arbre, Gymnaste, Ponocrates, Eudemon, et les aultres, qu'ilz commençoient soy retirer à diligence, tous effrayez et perturbez de sens et entendement comme s'ilz veissent la propre espece et forme de mort davant leurs yeulx.

Et comme vous voyez un asne quand il a au cul un œstre Junonicque, ou une mouche qui le poinct, courir çà et là sans voye ny chemin gettant sa charge par terre, rompant son frain et renes, sans aulcunement respirer ny

monsieur le prieur ! » Et le moine criait de même : « Monsieur le postérieur, mon ami, monsieur le postérieur, vous allez sentir vos postérieurs !

– Ha, disait l'archer, monsieur le prieur, mon mignon, monsieur le prieur, que Dieu vous fasse abbé.

– Par l'habit que je porte, disait le moine, je vous ferai ici cardinal. Rançonnez-vous les gens de religion ? Vous aurez un chapeau rouge, à cette heure, et de ma main. » Et l'archer criait : « Monsieur le prieur, monsieur le prieur, monsieur l'abbé futur, monsieur le cardinal, monsieur le tout. Ha, ha, hé, non, monsieur le prieur, mon bon petit seigneur le prieur, je me rends à vous.

– Et je te rends, dit le moine, à tous les diables. »

Alors d'un coup il lui trancha la tête, lui coupant le crâne sur les os pétreux en enlevant les deux os pariétaux et la commissure sagittale, avec une grande partie de l'os coronal, et ce faisant il lui trancha les deux méninges et ouvrit profondément les deux ventricules postérieurs du cerveau, et le crâne demeura sur les épaules, pendant en arrière par la peau du péricrâne : il avait tout à fait la forme d'un bonnet doctoral, noir par-dessus, rouge par-dedans. Il tomba ainsi raide mort par terre.

Cela fait, le moine donne des éperons à son cheval et poursuit les ennemis à la trace. Ceux-ci avaient rejoint Gargantua et ses compagnons au grand chemin ; leur nombre avait considérablement diminué, suite à l'énorme tuerie qu'avait effectuée Gargantua avec son grand arbre, aidé par Gymnaste, Ponocrates, Eudémon et les autres, au point que les ennemis commençaient à battre en retraite précipitamment, tous effrayés, troublés en leurs sens et en leur entendement, comme s'ils avaient vu la forme même de la mort, en chair et en os, devant leurs yeux.

Et de même que vous voyez un âne, quand il a au cul un taon de Junon [1], ou une mouche qui le mord, courir çà et là sans suivre aucune voie ni chemin tracé, jetant sa charge par terre, rompant frein et rênes, sans même respirer ni

1. Dans la mythologie romaine, Junon, jalouse de la nymphe Io que Jupiter avait transformée en vache, lui envoya un taon pour la punir de ses amours coupables avec son époux.

prandre repos, et ne sçayt on qui le meut, car l'on ne veoit rien qui le touche. Ainsi fuyoient ces gens de sens desprouveuz, sans sçavoir cause de fuyr tant seulement les poursuit une terreur Panice laquelle avoient conceue en leurs ames.

Voyant le moyne que toute leur pensée n'estoit si non à guaigner au pied, descend de son cheval, et monte sus une grosse roche qui estoit sus le chemin, et avecques son grand braquemart, frappoit sus ces fuyars à grand tour de bras sans se faindre ny espargner.

Tant en tua et mist par terre, que son braquemart rompit en deux pieces. Adoncques pensa en soy mesmes que c'estoit assez massacré et tué, et que le reste debvoit eschapper pour en porter les nouvelles. Pourtant saisit en son poing une hasche de ceulx qui là gisoient mors, et se retourna derechief sus la roche, passant temps à veoir fouyr les ennemys, et cullebuter entre les corps mors, excepté que à tous faisoit laisser leurs picques, espées, lances et hacquebutes et ceulx qui portoient les pelerins liez, il les mettoit à pied et delivroit leurs chevaulx au dictz pelerins, les retenent avecques soy l'orée de la haye. Et Toucquedillon, lequel il retint prisonnier.

Comment le moyne amena les pelerins et les bonnes parolles que leur dist Grandgousier

CHAPITRE XLV

Ceste escarmouche parachevée se retyra Gargantua avecques ses gens excepté le Moyne, et sus la poincte du jour se rendirent à Grandgousier, lequel en son lict prioit

prendre du repos, au point qu'on ne sait ce qui l'agite, ne voyant pas ce qui le pique : ainsi fuyaient ces gens ayant perdu le sens commun, sans qu'on puisse concevoir d'autre cause à leur fuite qu'une terreur panique [1], qui les poursuivait et qu'ils avaient conçue en leur âme.

Voyant que leur seule pensée consistait à fuir à toutes jambes, le moine descend de son cheval et monte sur un gros rocher qui était en travers du chemin ; avec son grand braquemart il frappait sur les fuyards à tour de bras, sans se ménager, ni épargner personne.

Il en tua et en mit tant à terre, qu'il rompit son braquemart en deux morceaux. Alors il pensa par-devers lui qu'il avait assez massacré et tué, et que le reste devait en réchapper pour porter les nouvelles. C'est pourquoi il saisit en son poing une hache qu'il trouva là parmi ceux qui gisaient morts, et il retourna de nouveau sur la roche, pour s'occuper à voir fuir les ennemis, qui culbutaient [2] entre les corps morts, sauf qu'il les obligeait tous à laisser leurs piques, leurs épées, leurs lances et leurs arquebuses ; ceux qui portaient les pèlerins ligotés, il les mit à pied et il offrit leurs chevaux auxdits pèlerins, les retenant avec lui à l'orée de la haie. Et avec eux Toucquedillon, qu'il retint prisonnier.

Comment le moine amena les pèlerins, et les bonnes paroles que leur dit Grandgousier

CHAPITRE XLV

Cette escarmouche achevée, Gargantua se retira avec tous les siens à l'exception du moine, et au point du jour ils se rendirent chez Grandgousier, qui priait Dieu dans son lit [3],

1. Première attestation du mot « panique » en français : il désigne à l'origine la terreur extrême provoquée par le dieu Pan lorsqu'il apparaît. **2.** Première attestation du verbe « culbuter » en français, composé à partir de « culer » (pousser au cul) et « buter » (trébucher). **3.** Contraste avec les scènes d'action qui précèdent. À ce titre, l'attitude statique du roi est à rapprocher du début du chap. XXVIII (p. 237) et surtout du début du chap. XXXII (p. 253). Grandgousier souffrirait-il, selon les théories humorales, d'un excès de flegme ?

dieu pour leur salut et victoire. Et les voyant tous saulfz et entiers les embrassa de bon amour, et demanda nouvelles du moyne. Mais Gargantua luy respondit que sans doubte leurs ennemys avoient le moyne. « Ilz auront (dist Grandgousier) doncques male encontre. » Ce que avoit esté bien vray.

Pourtant encores est le proverbe en usaige, de bailler le moyne à quelc'un.

Adoncques commenda qu'on aprestast tresbien à desjeuner, pour les refraischir. Le tout apresté l'on appella Gargantua mais tant luy grevoit de ce que le moyne ne comparoit aulcunement, qu'il ne vouloit ny boyre ny manger.

Tout soubdain le moyne arrive, et dés la porte de la basse court, s'escria, « vin frays, vin frays, Gymnaste mon amy. » Gymnaste sortit et veit que c'estoit frere Jan qui amenoit cinq pelerins, et Toucquedillon prisonnier, dont Gargantua sortit au davant et luy feirent le meilleur recueil que peurent, et le menerent davant Grandgousier, lequel l'interrogea de toute son adventure.

Le moyne luy disoit tout : et comment on l'avoit prins, et comment il s'estoit deffaict des archiers, et la boucherie qu'il avoit faict par le chemin, et comment il avoit recouvert les pelerins, et amené le capitaine Toucquedillon.

Puis se mirent à bancqueter joyeusement tous ensemble. Ce pendent Grandgousier interrogeoit les pelerins, de quel pays ilz estoient, dont il venoient, et où ilz alloient.

Lasdaller pour tous respondit.

« Seigneur je suis de sainct Genou en Berry,
Cestuy cy est de Paluau,
Cestuy cy est de Onzay,
Cestuy cy est de Argy.
Et cestuy cy est de Villebrenin. Nous venons de sainct Sebastian prés de Nantes, et nous en retournons par noz petites journées.

pour leur salut et leur victoire. En les voyant tous sains, saufs et entiers, il les embrassa de bon amour, et demanda des nouvelles du moine. Mais Gargantua lui répondit que sans doute leurs ennemis avaient le moine. « Il ne leur en adviendra donc rien de bon », dit Grandgousier. Ce qui s'était déjà avéré tout à fait juste.

C'est ainsi que le proverbe qui dit que l'on donne le moine à quelqu'un [1] est toujours en usage.

Alors il commanda qu'on s'applique à préparer un très bon déjeuner pour leur redonner des forces. Le tout ayant été préparé, on appela Gargantua, mais il était si peiné que le moine ne reparaisse pas qu'il ne voulait ni boire ni manger.

Tout soudain, le moine arrive. Dès la porte de la première cour, il s'écria : « Vin frais, vin frais, Gymnaste, mon ami ! » Gymnaste sortit et vit que c'était frère Jean qui amenait cinq pèlerins et Toucquedillon prisonnier. Alors Gargantua sortit à sa rencontre, et ils lui firent le meilleur accueil possible, puis le menèrent devant Grandgousier, qui l'interrogea sur toute son aventure.

Le moine lui racontait tout : et comment on l'avait pris, et comment il s'était débarrassé des archers, et la boucherie qu'il avait faite par le chemin, et comment il avait retrouvé les pèlerins, et amené le capitaine Toucquedillon.

Puis ils se mirent à festoyer joyeusement tous ensemble. Cependant Grandgousier interrogeait les pèlerins, pour savoir de quel pays ils étaient, d'où ils venaient, et où ils allaient.

Lasdaller, en leur nom à tous, répondit :

« Seigneur je suis de Saint-Genou en Berry,
celui-ci est de Palluau,
celui-ci est d'Onzay,
celui-ci est d'Argy,
et celui-ci est de Villebernin [2]. Nous venons de Saint-Sébastien près de Nantes, et nous nous en retournons jour après jour, étape par étape.

---

1. À rapprocher de l'expression « avoir le moine » (voir note 3, p. 123). « Donner le moine » signifie « jouer un mauvais tour ». **2.** Tous ces pèlerins viennent de la même région, entre Poitiers et Châteauroux. Ils ont donc parcouru environ 300 km pour se rendre en pèlerinage à Saint-Sébastien, et

– Voyre mais (dist Grandgousier) qu'alliez vous faire à sainct Sebastian ?

– Nous allions (dist Lasdaller) luy offrir noz votes contre la peste.

– O (dist Grandgousier) pauvres gens, estimez vous que la peste vienne de sainct Sebastian ?

– Ouy vrayement (respondit Lasdaller) noz prescheurs nous l'afferment.

– Ouy (dist Grandgousier) les faulx prophetes vous annoncent ilz telz abuz ? Blasphement ilz en ceste façon les justes et sainctz de dieu, qu'ilz les font semblables aux diables, qui ne font que mal entre les humains ? Comme Homere escript que la peste fut mise en l'oust des Gregoys par Apolo, et comme les Poetes faignent un grand tas de Vejoves et dieux malfaisans. Ainsi preschoit à Sinays un Caphart, que sainct Antoine mettoit le feu es jambes.

Sainct Eutrope faisoit les hydropiques.

Sainct Gildas les folz.

Sainct Genou les gouttes. Mais je le puniz en tel exemple quoy qu'il me appelast Heretique, que depuis ce temps Caphart quiconques n'est auzé entrer en mes terres. Et m'esbahys si vostre roy les laisse prescher par son royaulme telz scandales. Car plus sont à punir que ceulx qui par art magicque ou aultre engin auroient mis

– Certes, dit Grandgousier, mais qu'alliez-vous faire à Saint-Sébastien ?

– Nous allions, dit Lasdaller, lui offrir nos vœux contre la peste.

– Oh, dit Grandgousier, pauvres gens, estimez-vous que la peste vienne de saint Sébastien ?

– Oui, vraiment, répondit Lasdaller, nos prêcheurs nous l'affirment.

– Ah oui ? dit Grandgousier, les faux prophètes vous annoncent-ils de telles sornettes ? Blasphèment-ils ainsi contre les justes et les saints de Dieu, de façon à les rendre semblables à des diables qui ne répandent que le mal parmi les humains ? C'est comme Homère qui écrit que la peste fut mise dans le camp des Grecs par Apollon, et comme les poètes encore, qui imaginent un grand tas de Jupiters démoniaques et de dieux malfaisants [1]. Ainsi, à Cinais, un cafard [2] prêchait que saint Antoine mettait le feu aux jambes, que saint Eutrope faisait les hydropiques, saint Gildas les fous, saint Genou les goutteux [3]. Mais je l'ai puni de ce mauvais exemple, quoiqu'il m'appelât hérétique, et plus aucun cafard de son espèce n'osa depuis entrer sur mes terres. Et je m'étonne fort que votre roi les laisse prêcher des inepties aussi scandaleuses dans son royaume. Car ils sont bien plus répréhensibles que ceux qui par la magie ou

---

200 km sur le chemin du retour avant d'être mangés en salade (chap. XXXVIII, p. 293). **1.** Dans le contexte de la Réforme et de l'évangélisme prôné par Érasme, le culte des saints et les superstitions attachées à leur bonne ou mauvaise influence sont vivement condamnés et s'apparentent à un retour au paganisme (voir aussi notes suivantes et chap. XXVII, p. 233). **2.** Dénomination hautement péjorative, dont Rabelais use fréquemment pour désigner les parasites qui troublent et empoisonnent le pauvre monde. Voir aussi l'inscription sur la porte de Thélème (chap. LIV, p. 383), dont la présente invective, qui chasse cette espèce des terres de Grandgousier, donne un avant-goût. **3.** Les pratiques populaires avaient placé presque chaque maladie sous la protection d'un ou de plusieurs saints à implorer pour s'en délivrer. Les dignitaires ecclésiastiques ne s'y opposaient pas, puisque cela garantissait une affluence de fidèles à l'église et sur les lieux de pèlerinage. Ces associations superstitieuses entre une maladie ou une partie du corps et le nom d'un saint sont présentées ici sous la plume de Rabelais comme des plaisanteries de mauvais goût ou des jeux de mots faciles : voir la consonance Eutrope/hydropiques, Genou/goutteux, Gildas/gilles (des gilles désignant des bouffons).

la peste par le pays. La peste ne tue que le corps. Mais telz imposteurs empoisonnent les ames. »

Luy disans ces parolles entra le moyne tout deliberé, et leurs demanda. « Dont este vous, vous aultres pauvres hayres ?

– De sainct Genou, dirent ilz.

– Et comment (dist le moyne) se porte l'abbé Tranchelion le bon beuveur. Et les moynes, quelle chere font ilz ? Le cor dieu ilz biscotent voz femmes ce pendent que estes en romivage.

– Hinhen (dist Lasdaller) je n'ay pas peur de la mienne. Car qui la verra de jour, ne se rompera jà le col pour l'aller visiter la nuict.

– C'est (dist le moyne) bien rentré de picques. Elle pourroit estre aussi layde que Proserpine, elle aura par dieu la saccade puis qu'il y a moynes au tour. Car un bon ouvrier mect indifferentement toutes pieces en œuvre. Que j'aye la verolle, en cas que ne les trouviez engroissées à vostre retour. Car seulement l'ombre du clochier d'une abbaye est feconde.

– C'est (dist Gargantua) comme l'eau du Nile en Égypte, si vous croyez Strabo, et Pline *lib. VII. chap. III.* advise que c'est de la miche, des habitz, et des corps. »

Lors dist Grandgousier. « Allez vous en pauvres gens au nom de dieu le createur, lequel vous soit en guide perpetuelle. Et dorenavant ne soyez faciles à ces otieux et inutilles voyages. Entretenez voz familles, travaillez chascun en sa vocation, instruez voz enfans, et vivez comme vous enseigne le bon Apostre sainct Paoul. Ce

par tout autre sortilège auraient répandu la peste dans le pays. La peste ne tue que le corps, mais de tels imposteurs empoisonnent les âmes. »

Pendant qu'il prononçait ces paroles, le moine entra plein d'entrain dans la conversation et leur demanda : « D'où êtes-vous, vous autres, pauvres hères ?

– De Saint-Genou, dirent-ils.

– Et comment se porte l'abbé Tranchelion[1], ce bon buveur ? dit le moine. Et les moines, quel régime font-ils ? Corps de Dieu, ils titillent vos femmes, cependant que vous êtes en pèlerinage.

– Hin, hin ! dit Lasdaller, je n'ai pas peur pour la mienne. Car celui qui la verra de jour ne se rompra jamais le cou pour aller la visiter la nuit.

– Mauvaise pioche, dit le moine. Elle pourrait être aussi laide que Proserpine[2], cela ne l'empêcherait pas d'avoir, pardieu, la saccade, puisqu'il y a des moines alentour. Car un bon ouvrier met indifféremment toute pièce en œuvre. Que j'aie la vérole, si vous ne les retrouvez pas engrossées à votre retour. Car l'ombre même du clocher d'une abbaye est fécondante.

– C'est, dit Gargantua, comme l'eau du Nil en Égypte, si vous en croyez Strabon ; et Pline (au livre VII, chapitre III)[3] raconte qu'elle est fertile pour le pain, les habits et les corps. »

Alors Grandgousier dit : « Allez-vous-en, pauvres gens, au nom de Dieu le créateur, qu'il vous soit un guide perpétuel. Et dorénavant, ne prêtez pas une oreille trop complaisante à ces oiseux et inutiles voyages. Entretenez vos familles, travaillez, chacun selon sa vocation, instruisez vos enfants, et vivez comme vous l'enseigne le bon apôtre saint Paul[4]. Ce faisant vous serez sous la garde de Dieu, des

---

1. L'abbé Antoine de La Garde est l'un des derniers représentants de la famille de Tranchelion, seigneurs de Palluau-sur-Indre. Il aurait mené grande vie à l'abbaye de Saint-Genou. **2.** Voir note 8, p. 59. **3.** Strabon, dans la *Géographie*, et Pline, dans l'*Histoire naturelle* (voir note 1, p. 87), ont tous deux évoqué la question très controversée des vertus fécondantes des eaux du Nil. **4.** Pour présenter les pèlerinages comme nuisibles à la vie sociale, les tenants de l'évangélisme s'appuyaient sur certains passages de saint Paul (Éphésiens, IV-V ou I Timothée, V, 8).

faisans vous aurez la garde de dieu, des anges, et des sainctz avecques vous, et n'y aura peste ny mal qui vous porte nuysance. »

Puis les mena Gargantua prendre leur refection en la salle : mais les pelerins ne faisoient que souspirer, et dirent à Gargantua.

« O que heureux est le pays qui a pour seigneur un tel homme. Nous sommes plus edifiez et instruictz en ces propos qu'il nous a tenu, qu'en tous les sermons que jamais nous feurent preschez en nostre ville.

– C'est (dist Gargantua) ce que dict Platon *lib. V. de rep.* que lors les republiques seroient heureuses, quand les roys philosopheroient ou les philosophes regneroient. » Puis leur feist emplir leurs bezaces de vivres, leurs bouteilles de vin, et à chascun donna cheval pour soy soulager au reste du chemin, et quelques carolus pour vivre.

Comment Grandgousier traicta humainement Toucquedillon prisonnier

CHAPITRE XLVI

Toucquedillon fut presenté à Grandgousier, et interrogé par icelluy sus l'entreprinze et affaires de Picrochole, quelle fin il pretendoit par ce tumultuaire vacarme. À quoy respondit que sa fin et sa destinée estoit de conquester tout le pays s'il povoit, pour l'injure faicte à ses fouaciers.

« C'est (dist Grandgousier) trop entreprint, qui trop embrasse peu estrainct. Le temps n'est plus d'ainsi conquester les royaulmes avecques dommaige de son prochain frere christian, ceste imitation des anciens Hercules, Alexandres, Hannibalz, Scipions, Cesars et aultres telz est contraire à la profession de l'evangile, par lequel nous est commandé, guarder, saulver, regir et

anges, et des saints, et nulle peste, nul mal ne pourront vous nuire. »

Puis Gargantua les mena se restaurer dans la salle ; mais les pèlerins ne faisaient que soupirer, et ils dirent à Gargantua :

« Oh ! qu'il est heureux, le pays qui a pour seigneur un tel homme. Nous sommes plus édifiés et instruits en ces propos qu'il nous a tenus qu'en tous les sermons qui nous furent jamais prêchés en notre ville.

– C'est, dit Gargantua, ce que dit Platon au livre V de *La République* : à savoir que toutes les républiques seront heureuses quand les rois philosopheront ou quand les philosophes règneront. » Puis il fit emplir leurs besaces de vivres, leurs gourdes de vin, et à chacun il donna un cheval pour adoucir le reste du chemin, et quelques pièces d'argent pour survivre.

Comment Grandgousier traita humainement le prisonnier Toucquedillon

CHAPITRE XLVI

Toucquedillon fut présenté à Grandgousier, qui l'interrogea sur l'entreprise et les projets de Picrochole, pour savoir quelles étaient ses prétentions dans ce tumulte agressif. Il répondit que son but et sa destinée étaient de conquérir tout le pays s'il le pouvait, pour réparer l'injure faite à ses fouaciers.

« C'est très excessif, dit Grandgousier. Qui trop embrasse mal étreint. Le temps n'est plus de partir ainsi à la conquête des royaumes au grand dommage de son prochain, de son frère chrétien. Cette imitation des anciens Hercules, Alexandres, Hannibals, Scipions, Césars et autres semblables [1] est contraire à la leçon de l'Évangile, par laquelle il nous est commandé de garder, de sauver, de régir et

1. Sur cette liste d'illustres généraux citée dans une perspective autre, voir chap. XXXIX, note 1, p. 299.

administrer chascun ses pays et terres, non hostilement envahir les aultres. Et ce que les Sarazins et Barbares jadis appelloient prouesses, maintenant nous appellons briguanderies, et mechansetez.

« Mieulx eust il faict soy contenir en sa maison royallement la gouvernant : que insulter en la mienne, hostillement la pillant, car par bien la gouverner l'eust augmentée, par me piller sera destruict. Allez vous en au nom de dieu : suyvez bonne entreprinse, remonstrez à vostre roy les erreurs que congnoistrez, et jamais ne le conseillez, ayant esgard à vostre profit particulier, car avecques le commun est aussy le propre perdu.

« Quand est de vostre ranczon, je vous la donne entierement, et veulx que vous soient rendues armes et cheval, ainsi fault il faire entre voisins et anciens amys, veu que ceste nostre difference, n'est poinct guerre proprement.

« Comme Platon *li. V de rep.* vouloit estre non guerre nommée, ains sedition quand les Grecz meuvoient armes les ungs contre les aultres. Ce que si par male fortune advenoit, il commande qu'on use de toute modestie.

« Si guerre la nommez, elle n'est que superficiaire : elle n'entre poinct au profond cabinet de noz cueurs. Car nul de nous n'est oultraigé en son honneur : et n'est question en somme totale, que de rabiller quelque faulte commise par nos gens, j'entends et vostres et nostres. Laquelle encores que congneussiez, vous doibviez laisser couler oultre, car les personnages querelans estoient plus à contempner, que à ramentevoir, mesmement leurs satisfaisant selon le grief, comme je me suis offert. Dieu sera juste estimateur de nostre different, lequel je supplye plus tost par mort me tollir de ceste vie, et mes biens deperir davant mes yeulx, que par moy ny les miens en rien soit offensé. »

d'administrer, pour chacun, nos pays et nos terres, et de ne pas envahir les autres avec hostilité. Et ce que les Sarrasins et les Barbares jadis appelaient des prouesses, maintenant nous les appelons des brigandages et des perfidies.

« Il eût beaucoup mieux fait de rester en sa maison, pour la gouverner en roi, que d'agresser la mienne en la pillant avec hostilité, car par un bon gouvernement il se serait enrichi, alors que m'ayant pillé il sera détruit. Allez-vous-en, au nom de Dieu ; suivez le chemin du bien, montrez à votre roi les erreurs que vous reconnaîtrez, et ne le conseillez jamais selon votre profit personnel, car le bien individuel se perd dans le désastre commun.

« Quant à votre rançon, je vous en rends entièrement quitte, et je veux que vous soient rendus vos armes et votre cheval, ainsi qu'il faut le faire entre voisins et vieux amis, vu que notre différend n'est pas une guerre à proprement parler.

« Ainsi Platon, dans le livre V de *La République*, ne voulait pas qu'on appelât « guerres », mais « séditions » les soulèvements armés des Grecs les uns contre les autres. Et encore, si par malheur cela advenait, recommandait-il d'user de ce mot avec grande précaution.

« Si vous la nommez guerre, elle n'est que superficielle, et n'entre point au plus profond de la chambre secrète de nos cœurs. Car nul d'entre nous n'est outragé en son honneur, et il n'est question, somme toute, que de réparer quelque faute commise par nos gens, je veux dire et les vôtres et les nôtres. Et cette faute, même connue, vous auriez dû la laisser couler, car les personnages de la querelle étaient plutôt méprisables que mémorables, d'autant qu'on offrait réparation à leurs griefs, comme je m'étais proposé de le faire. Dieu sera le seul juge de notre différend, et je préférerais l'implorer de me retirer la vie en me donnant la mort, et d'anéantir tous mes biens devant mes yeux, plutôt que de le voir offensé par moi et les miens [1]. »

---

1. Ce discours manifeste une générosité et une foi en l'homme placé sous la conduite et la sagesse de Dieu, qui correspondent aux grandes idées humanistes également développées dans la harangue magnanime du chap. L.

Ces parolles achevées appella le moyne, et davant tous luy demanda, « frere Jan mon bon amy estez vous qui avez prins le capitaine Toucquedillon icy present ?

– Syre (dist le moyne) il est present, il a eage et discretion, j'ayme mieulx que le sachez par sa confession, que par ma parolle. » Adoncques dist Toucquedillon. « Seigneur c'est luy veritablement qui m'a prins, et je me rends son prisonnier franchement.

– L'avez vous (dist Grandgousier au moyne) mis à rançon ?

– Non, dist le moyne. De cela je ne me soucie.

– Combien (dist Grandgousier) vouldriez vous de sa prinse ?

– Rien rien (dist le moyne) cela ne me mene pas. » Lors commenda Grandgousier, que present Toucquedillon feussent contez au moyne soixante et deux mille saluz, pour celle prinse. Ce que feut faict ce pendent qu'on feist la collation au dict Toucquedillon, au quel demanda Grandgousier s'il vouloit demourer avecques luy, ou si mieulx aymoit retourner à son roy ? Toucquedillon respondit, qu'il tiendroit le party lequel il luy conseilleroit. « Doncques (dist Grandgousier) retournez à vostre roy, et dieu soit avecques vous. »

Puis luy donna une belle espée de Vienne, avecques le fourreau d'or faict à belles vignettes d'orfeverie, et un collier d'or pesant sept cens deux mille marcz, garny de fines pierreries, à l'estimation de cent soixante mille ducatz, et dix mille escuz par present honorable.

Aprés ces propos monta Toucquedillon sus son cheval. Gargantua pour sa seureté luy bailla trente hommes d'armes, et six vingt archiers soubz la conduite de Gymnaste, pour le mener jusques es portes de la Roche clermaud, si besoing estoit.

Ces paroles achevées, il appela le moine, et lui demanda devant tout le monde : « Frère Jean, mon bon ami, êtes-vous celui qui avez capturé le capitaine Toucquedillon ici présent ?

– Sire, dit le moine, il est présent, il est d'âge et de discernement suffisants pour être capable de répondre ; j'aime mieux que vous l'appreniez par son aveu que par mes paroles. » Alors Toucquedillon dit : « Seigneur, à la vérité c'est bien lui qui m'a pris, et je me rends honnêtement comme son prisonnier.

– Lui avez-vous imposé une rançon ? demanda Grandgousier au moine.

– Non, dit le moine, de cela je ne me soucie pas.

– Combien, dit Grandgousier, voudriez-vous pour cette prise ?

– Rien, rien, dit le moine, cela ne m'intéresse pas. »

Alors Grandgousier ordonna qu'en présence de Toucquedillon il fut compté au moine soixante-deux mille saluts d'or [1] pour cette prise. Ce qui fut fait cependant qu'on offrait une collation audit Toucquedillon, auquel Grandgousier demanda s'il voulait demeurer avec lui, ou s'il préférait retourner à son roi. Toucquedillon répondit qu'il se tiendrait au parti qui lui serait conseillé. « Donc, dit Grandgousier, retournez à votre roi, et que Dieu soit avec vous. »

Puis il lui donna une belle épée de Vienne [2], avec un fourreau d'or décoré de belles petites vignes en orfèvrerie, et un collier d'or pesant sept cent deux mille marcs [3], garni de fines pierreries, estimé cent soixante mille ducats, et puis dix mille écus pour présent honorable.

Après ces propos, Toucquedillon monta sur son cheval. Gargantua, pour assurer sa sécurité, lui donna trente hommes d'armes, et cent vingt archers sous la conduite de Gymnaste, pour le mener jusqu'aux portes de La Roche-Clermaut, à toutes fins utiles.

---

1. Monnaie d'or de grande valeur où était gravée la salutation évangélique. **2.** Vienne, dans le Dauphiné, avait bonne réputation dans le domaine de l'armurerie. **3.** Unité de mesure utilisée pour peser les métaux précieux pendant l'Ancien Régime, jusqu'à la réforme des poids et mesures après la Révolution. Un marc vaut 245 g ; le collier pèse donc environ 172 tonnes.

Icelluy departy le moyne rendit à Grandgousier les soixante et deux mille salutz qu'il avoit repceu, disant. « Syre ce n'est ores, que vous doibvez faire telz dons. Attendez la fin de ceste guerre, car l'on ne sçait quelz affaires pourroient survenir. Et guerre faicte sans bonne provision d'argent, n'a q'un souspirail de vigueur.

« Les nerfz des batailles sont les pecunes.

– Doncques (dist Grandgousier) à la fin je vous contenteray par honneste recompense, et tous ceulx qui me auront bien servy. »

Comment Grandgousier manda querir ses legions, et comment Toucquedillon tua Hastiveau, puis fut tué par le commandement de Picrochole

CHAPITRE XLVII

En ces mesmes jours, ceulx de Bessé, du Marché vieux, du bourg sainct Jacques, du Trainneau, de Parillé, de Riviere, des roches sainct Paoul, du Vau breton, de Pautille, du Brehemont, du Pont de Clam, de Cravant, de Grandmont, des Bourdes, de la ville au Mere, de Huymes, de Sergé, de Hussé, de sainct Louant, de Panzoust, des Coldreaux, de Verron, de Coulaines, de Chosé, de Varenes, de Bourgueil, de l'isle Boucard, du Croulay, de Narsy, de Cande, de Montsoreau, et aultres lieux confins envoierent devers Grandgousier ambassades, pour luy dire qu'ilz estoient advertis des tordz que luy faisoit Picrochole et pour leur ancienne confederation, ilz luy offroient tout leur povoir tant de gens, que d'argent, et aultres munitions de guerre.

L'argent de tous montoit par les pactes qu'ilz luy avoient, six vingt quatorze millions deux escuz et demy d'or. Les gens estoient quinze mille hommes d'armes,

Lorsqu'il fut parti, le moine rendit à Grandgousier les soixante-deux mille saluts d'or qu'il avait reçus, disant : « Sire, de tels dons ne sont pas de mise aujourd'hui. Attendez la fin de cette guerre, car on ne sait quels imprévus pourraient survenir. Et une guerre faite sans réserve d'argent n'a guère plus qu'un soupçon de vigueur. Le nerf des batailles est pécuniaire.

– Donc, dit Grandgousier, je vous gratifierai par une honnête récompense quand tout sera fini, comme tous ceux qui m'auront bien servi. »

Comment Grandgousier envoya rassembler ses légions, et comment Toucquedillon tua Hâtiveau, puis fut tué sur ordre de Picrochole

CHAPITRE XLVII

Au même moment, ceux de Bessé, du Vieux Marché de Chinon, du Faubourg Saint-Jacques, du Raineau, de Parilly, de Rivière, des Roches Saint-Paul, du Vau Breton, de Pontille, de Bréhémont, du Pont-de-Clan, de Cravant, de Grandmont, des Bourdes, de La Villaumère, de Huismes, de Ligré, d'Ussé, de Saint-Louand, de Panzoult, des Coudreaux, de Véron, de Coulaine, de Chouzé, de Varennes, de Bourgueil, de L'Île-Bouchard, du Croulay, de Narsay, de Candes, de Montsoreau [1], et autres lieux voisins, envoyèrent auprès de Grandgousier des ambassades pour lui dire qu'ils étaient avertis des torts que lui faisait Picrochole, et que par la vertu de leur ancienne alliance, ils lui offraient tout ce dont ils disposaient, tant de gens que d'argent et autres munitions de guerre.

L'argent de tous s'élevait, selon les traités et les devoirs qu'ils avaient envers lui, à cent trente-quatre millions deux écus d'or et demi. Pour les gens, ils étaient quinze mille

1. Les volontaires des environs accourent de partout : les noms de ces localités couvrent une zone qui s'étend, autour de Chinon, sur une trentaine de kilomètres d'est en ouest et du nord au sud.

trente et deux mille chevaux legiers, quatre vingtz neuf mille harquebousiers, cent quarante mille adventuriers, unze mille deux cens canons, basilicz et spiroles. Pionniers quarante sept mille, le tout souldoyé et avitaillé pour six moys et quatre jours. Lequel offre Gargantua ne refusa, ny accepta du tout.

Mais grandement les remerciant, dist, qu'il composeroit ceste guerre par tel engin que besoing ne seroit tant empescher de gens de bien.

Seulement envoya qui ameneroit en ordre les legions lesquelles entretenoit ordinairement en ses places de la Deviniere, de Chaviny, de Gravot, et Quinquenays montant en nombre deux mille cinq cens hommes d'armes, soixante et six mille hommes de pied, vingt et six mille arquebuziers, deux cens grosses pieces d'artillerye, vingt et deux mille Pionniers, et six mille chevaulx legiers, tous par bandes, tant bien assorties de leurs thesauriers, de vivandiers, de mareschaulx, de armuriers, et aultres gens necessaires au trac de bataille : tant bien instruictz en art militaire, tant bien armez, tant bien recongnoissans et suivans leurs enseignes, tant soubdains à entendre et obeir à leurs capitaines, tant expediez à courir, tant fors à chocquer, tant prudens à l'adventure, que mieulx ressembloient une harmonie d'orgues et concordance d'horologe, q'une armée, ou gensdarmerie.

hommes d'armes, trente-deux mille chevau-légers, quatre-vingt-neuf mille arquebusiers, cent quarante mille soldats volontaires, onze mille deux cents canons, doubles canons, basilics et spiroles [1], et encore quarante-sept mille fantassins, le tout payé et ravitaillé pour six mois et quatre jours. Offre que Gargantua ne refusa ni n'accepta complètement.

Mais tout en les remerciant vivement, il dit qu'il achèverait cette guerre avec une tactique telle qu'il n'aurait pas besoin d'importuner tant de gens de bien.

Il envoya seulement celui qui ramènerait en ordre les légions qu'il gardait ordinairement disponibles en ses fiefs de La Devinière, de Chavigny, de Gravot et de Quinquenays [2], lesquelles s'élevaient au nombre de deux mille cinq cents hommes d'armes, soixante-six mille hommes de pied, vingt-six mille arquebusiers, deux cents grosses pièces d'artillerie, vingt-deux mille fantassins, et six mille chevau-légers ; tous allaient en ordre par compagnies, très bien pourvues de leurs intendants, de cuisiniers, de maréchaux, d'armuriers, et de toutes les autres personnes nécessaires au train d'une armée. Tous étaient si bien instruits en art militaire, si bien armés, si bien disciplinés et alignés derrière leur enseigne, si prompts à entendre leurs capitaines et à leur obéir, si vifs à la course, si puissants à l'assaut, si prudents face au risque, qu'ils ressemblaient plutôt à une harmonie d'orgues ou à un mouvement d'horlogerie qu'à une armée et à une troupe soldatesque [3].

---

1. Les basilics et les spiroles sont des pièces d'artillerie de tailles différentes. D'après *L'Encyclopédie* de Diderot, le basilic, gros canon lourd, est ainsi nommé parce que le sifflement du boulet évoque celui du serpent, tandis que la spirole est une petite couleuvrine, pièce plus maniable qui propulse le boulet en spirale. Voir aussi chap. XXVI, note 1, p. 223. **2.** Ces « casernes », situées aux environs du logis de Gargantua, sont toutes proches les unes des autres pour être facilement mobilisables en cas de besoin. **3.** Tout ce paragraphe fait allusion à une mesure très récente prise en 1534 par François Ier afin d'instituer en France une armée de métier et remplacer le système des mercenaires. L'ordre de ces « légions » formées et bien équipées force le respect par le contraste flagrant avec les armées désordonnées et incompétentes de Picrochole (voir Présentation, p. 13). L'éloge est couronné par les comparaisons finales extrêmement flatteuses, faisant appel à l'ingénierie technique la plus avancée autant qu'à l'idée de beauté.

Toucquedillon arrivé se presenta à Picrochole, et luy compta au long ce qu'il avoit et faict et veu. À la fin conseilloit par fortes parolles qu'on feist apoinctement avecques Grandgousier lequel il avoit esprouvé le plus homme de bien du monde, adjoustant que ce n'estoit ny preu, ny raison molester ainsi ses voisins, desquelz jamais n'avoient eu que tout bien. Et au reguard du principal : que jamais ne sortiroient de ceste entreprinse que à leur grand dommaige et malheur.

Car la puissance de Picrochole n'estoit telle, que aisement ne les peust Grandgousier mettre à sac. Il n'eust achevé ceste parolle, que Hastiveau dist tout hault. « Bien malheureux est le prince qui est de telz gens servy, qui tant facilement sont corrompuz comme je congnoys Toucquedillon. Car je voy son couraige tant changé que voluntiers se feust adjoinct à noz ennemys pour contre nous batailler et nous trahir, s'ilz l'eussent voulu retenir : mais comme vertus est de tous tant amys que ennemys louée et estimée, aussi meschanceté est tost congneue et suspecte. Et posé que d'icelle les ennemys se servent à leur profit si ont ilz tousjours les meschans et traistres en abhomination. » À ces parolles Toucquedillon impatient tyra son espée, et en transperça Hastiveau un peu au dessus de la mammelle guauche dont mourut incontinent.

Et tyrant son coup du corps, dist franchement. « Ainsi perisse qui feaulx serviteurs blasmera. »

Picrochole soubdain entra en fureur, et voyant l'espée et fourreau tant diapré, dist. « Te avoit on donné ce baston, pour en ma presence tuer malignement mon tant bon amy Hastiveau. »

Lors commenda à ses archiers qu'ilz le meissent en pieces.

Ce que feut faict sus l'heure, tant cruellement que la chambre estoit toute pavée de sang. Puis feist honorablement inhumer le corps de Hastiveau et celluy de Toucquedillon getter par sus les murailles en la vallée.

Les nouvelles de ces oultraiges feurent sceues par toute l'armée, dont plusieurs commencerent murmurer contre

À son arrivée, Toucquedillon se présenta à Picrochole, et lui conta dans le détail ce qu'il avait et fait, et vu. À la fin, il conseilla par des paroles véhémentes qu'on trouvât un arrangement avec Grandgousier, dont il avait pu vérifier qu'il était le meilleur homme du monde, et il ajouta qu'il n'y avait ni profit ni raison à molester ainsi ses voisins dont on n'avait jamais reçu que du bien. Et principalement, qu'ils ne sortiraient jamais de cette entreprise qu'au prix, pour eux, des plus grands dommages et malheurs. Car la puissance de Picrochole était susceptible d'être facilement anéantie par Grandgousier.

Il n'avait pas achevé ces paroles, que Hâtiveau disait tout haut : « Bien malheureux est le prince qui est servi par de tels individus, qui si facilement se trouvent corrompus, comme je comprends que l'a été ce Toucquedillon. Car je vois son courage si transformé que volontiers il aurait pu se joindre à nos ennemis pour batailler contre nous et nous trahir, s'ils avaient voulu le retenir. Mais de même que la vertu est de tous, amis comme ennemis, louée et estimée, de même la perfidie est bientôt reconnue et suspecte. Et à supposer que les ennemis en usent à leur profit, pourtant ils auront toujours en abomination les méchants et les traîtres. » Sur ces paroles, Toucquedillon, perdant patience, dégaina son épée et en transperça Hâtiveau un peu au-dessus du mamelon gauche, ce dont il mourut sur-le-champ.

Et retirant son arme du corps, il dit avec assurance : « Qu'ainsi périsse celui qui blâmera les loyaux serviteurs ! »

Picrochole entra soudain en fureur, et voyant la nouvelle épée et son fourreau si merveilleusement ouvragé, dit : « On t'avait donc donné cet engin, pour tuer malignement et en ma présence mon si bon ami Hâtiveau. »

Et il commanda à ses archers de le mettre en pièces.

Ce qui fut fait sur l'heure, si cruellement que la chambre en était toute pavée de sang. Puis il fit enterrer avec les honneurs le corps de Hâtiveau et jeter celui de Toucquedillon par-dessus les murailles, au fond de la vallée.

Les nouvelles de ces atrocités furent connues de toute l'armée, de sorte que plusieurs commencèrent à murmurer

Picrochole, tant que Grippe pinault luy dist. « Seigneur je ne sçay quelle yssue sera de ceste entreprinse. Je voy voz gens peu confermés en leurs couraiges. Ilz considerent que sommes icy mal pourveuz de vivres, et jà beaucoup diminuez en nombre, par deux ou troys yssues.

« Davantaige il vient grand renfort de gens à vos ennemys. Si nous sommes assiegez une foys, je ne voy poinct comment ce ne soit à nostre ruyne totale.

– Bren, bren, dist Picrochole, vous semblez les anguillez de Melun. Vous criez davant qu'on vous escorche, laissés les seulement venir. »

Comment Gargantua assaillit Picrochole dedans la Roche clermaud et defist l'armée dudict Picrochole

CHAPITRE XLVIII

Gargantua eut la charge totale de l'armée, son pere demoura en son fort. Et leur donnant couraige par bonnes parolles, promist grandz dons à ceulx qui feroient quelques prouesses.

Puis gaignerent le gué de Vede, et par basteaulx et pons legierement faictz passerent oultre d'une traicte. Puis considerant l'assiete de la ville que estoit en lieu hault et adventageux, delibera celle nuyct sus ce qu'estoit de faire. Mais Gymnaste luy dist. « Seigneur telle est la nature et complexion des Françoys, que ilz ne valent que

contre Picrochole, au point que Grippepinaut[1] lui dit : « Seigneur, je ne sais quelle sera l'issue de cette entreprise. Je vois vos gens manquer de courage et peu confiants. Ils considèrent que nous sommes ici mal pourvus en vivres, et déjà diminués en nombre par deux ou trois assauts.

« Bien plus, vos ennemis reçoivent de nombreux renforts. S'il arrive que nous soyons assiégés, je ne vois pas comment nous pourrions éviter une ruine totale.

– Merde, merde, dit Picrochole, vous ressemblez aux anguilles de Melun : vous criez avant qu'on vous écorche[2] ; mais laissez-les seulement venir. »

Comment Gargantua assaillit Picrochole dans La Roche-Clermaut, et défit l'armée dudit Picrochole

CHAPITRE XLVIII

Gargantua prit le commandement de l'armée tout entière, son père demeura en son château fort. Et leur donnant du courage par de bonnes paroles, il promit de grandes récompenses à ceux qui feraient quelque prouesse.

Puis ils gagnèrent le gué de Vède, et grâce à des bateaux et de légers ponts de fortune, ils passèrent outre d'une traite. Puis considérant la situation de la ville, qui était sur un lieu élevé et à son avantage, Gargantua décida d'employer la nuit à réfléchir à ce qu'il fallait faire. Mais Gymnaste lui dit : « Seigneur, la nature et le tempérament des Français

---

1. Variante de Grippeminaut, nom donné à un chat voleur et rusé qui « grippe » tout ce qui passe à sa portée (voir aussi *Cinquième Livre*, chap. XI, où il devient une sorte de Sphinx) : ce personnage de bon conseil ne considère sans doute que son propre intérêt. À l'origine, Rabelais lui avait donné un rôle plus important en le faisant apparaître au chap. XXVI, mais cette occurrence fut remplacée en 1542 par Trepelu. **2.** Les anguilles de Melun sont réputées depuis le haut Moyen Âge. Crier avant d'être écorché, c'est appeler au secours avant le danger, ou bien faire diversion, de manière à pouvoir « filer comme une anguille », dont la peau glissante est devenue proverbiale, et ainsi éviter d'être pris.

à la premiere poincte. Lors ilz sont pires que diables. Mais s'ilz sejournent ilz sont moins que femmes. Je suis d'advis que à l'heure presente aprés que voz gens auront quelque peu respiré et repeu, faciez donner l'assault. » L'advis feut trouvé bon.

Adoncques produict toute son armée en plain camp, mettant les subsides du cousté de la montée.

Le moyne print avecques luy six enseignes de gens de pied, et deux cens hommes d'armes, et en grande diligence traversa les marays, et gaingna au dessus le puy jusques au grand chemin de Loudun.

Ce pendent l'assault continuoit, les gens de Picrochole ne sçavoient si le meilleur estoit sortir hors et les recepvoir, ou bien guarder la ville sans bouger.

Mais furieusement sortit avecques quelque bande d'hommes d'armes de sa maison : et là feut receu et festoyé à grandz coups de canon qui gresloient devers les coustaux, dont les Gargantuistes se retirerent au val, pour mieulx donner lieu à l'artillerye. Ceulx de la ville defendoient le mieulx que povoient, mais les traictz passoient oultre par dessus sans nul ferir. Aulcuns de la bande saulvez de l'artillerie donnerent fierement sus nos gens, mais peu profiterent, car tous feurent repceuz entre les ordres, et là ruez par terre. Ce que voyans se vouloient retirer, mais ce pendent le moyne avoit occupé le passaige.

Parquoy se mirent en fuyte sans ordre ny maintien. Aulcuns vouloient leur donner la chasse, mais le moyne les retint craignant que suyvant les fuyans perdissent leurs rancz, et que sus ce poinct ceulx de la ville chargeassent sus eulx. Puis attendant quelque espace, et nul ne comparant à l'encontre, envoya le duc Phrontiste pour admonnester Gargantua à ce qu'il avanceast pour gaigner le cousteau à la gauche pour empescher la retraicte de Picrochole par celle porte.

sont tels, qu'ils ne valent qu'au premier coup d'épée. Là, ils sont pires que des diables. Mais s'ils attendent, ils valent moins que des femmes [1]. Je suis d'avis que sur l'heure, après que vos gens auront un peu respiré et mangé, vous fassiez donner l'assaut. » L'avis fut trouvé bon.

Alors il fit avancer toute son armée au beau milieu de la plaine, mettant les renforts du côté de la montée.

Le moine prit avec lui six compagnies de gens à pied et deux cents hommes d'armes, et traversa les marais avec une grande célérité, puis gagna au-dessus du Puy le grand chemin de Loudun.

Cependant que les troupes d'assaut progressaient, les gens de Picrochole ne savaient s'il valait mieux sortir et les recevoir, ou bien garder la ville sans bouger.

Mais Picrochole sortit de sa maison comme un fou furieux avec une bande d'hommes armés : et là il fut reçu et fêté à grands coups de canon qui grêlaient vers les coteaux, de sorte que les Gargantuistes se retirèrent en aval, pour mieux laisser le champ libre à l'artillerie. Ceux de la ville défendaient de leur mieux, mais leurs projectiles passaient outre [2] sans toucher personne. Certains parmi cette troupe, rescapés de l'artillerie, donnèrent sauvagement sur nos gens, mais peu réussirent, car tous se retrouvèrent dans les rangs serrés des soldats, et furent alors jetés par terre. Voyant cela, ils voulurent battre en retraite, mais entre-temps le moine avait bloqué le passage. C'est ainsi qu'ils se mirent à fuir sans ordre ni discipline. Certains voulaient les pourchasser, mais le moine les retint, craignant qu'en suivant les fuyards ils perdissent leurs rangs, et que cette faiblesse n'incite ceux de la ville à charger sur eux. Puis, attendant quelque ouverture, et voyant que nul n'apparaissait plus face à eux, il envoya le duc Phrontiste [3] avertir Gargantua qu'il pouvait avancer pour gagner le coteau par la gauche, afin d'empêcher la retraite de Picrochole par cette brèche.

---

1. Cette réputation des Français est due à Tite-Live, historien romain (59-17 av. J.-C.), qui parle ainsi des Gaulois dans l'*Histoire romaine* (X, XXVIII, 4). **2.** Même les boulets de Picrochole sont à son image : « passer outre » est décidément le signe d'un défaut d'appréciation qui peut avoir de graves conséquences (voir note 2, p. 221). **3.** En grec, ce nom signifie « le réfléchi ».

Ce que feist Gargantua en toute diligence, et y envoya quatre legions de la compaignie de Sebaste, mais si tost ne peurent gaigner le hault, qu'ilz ne rencontrassent en barbe Picrochole et ceulx qui avecques luy s'estoient espars.

Lors chargerent sus roiddement, toutesfoys grandement feurent endommaigez par ceulx qui estoient sus les murs en coupz de traict et artillerie.

Quoy voyant Gargantua en grande puissance alla les secourir, et commença son artillerie à hurter sus ce quartier de murailles, tant que toute la force de la ville y feut revocquée.

Le moyne voyant celluy cousté lequel il tenoit assiegé, denué de gens et guardes, magnanimement tyra vers le fort et tant feist qu'il monta sus luy et aulcuns de ses gens pensant que plus de crainte et de frayeur donnent ceulx qui surviennent à un conflict, que ceulx qui lors à leur force combattent.

Toutesfoys ne feist oncques effroy, jusques à ce que tous les siens eussent guaigné la muraille excepté les deux cens hommes d'armes qu'il laissa hors pour les hazars. Puis s'escria horriblement et les siens ensemble, et sans resistence, tuerent les guardes d'icelle porte, et la ouvrirent es hommes d'armes et en toute fiereté coururent ensemble vers la porte de l'Orient, où estoit le desarroy. Et par derriere renverserent toute leur force.

Voyans les assiegez de tous coustez et les Gargantuistes avoir gaigné la ville, se rendirent au moyne à mercy.

Le moyne leurs feist rendre les bastons et armes et tous retirer et reserrer par les eglises saisissant tous les bastons des croix, et commettant gens es portes pour les garder

C'est ce que fit Gargantua en grand empressement, et il y envoya quatre légions de la compagnie de Sébaste[1], lesquelles ne purent toutefois gagner les hauteurs sans tomber nez à nez avec Picrochole et ceux qui avec lui s'étaient éparpillés.

Alors ces légions chargèrent rudement ; toutefois elles subirent de grands dommages par les coups de flèches et d'artillerie que leur opposaient ceux qui étaient postés sur les murs.

Voyant cela, Gargantua alla les secourir de toute sa puissance, et son artillerie commença à percuter ce côté des murailles, si bien que toutes les forces de la ville s'y rassemblèrent.

Le moine, voyant alors que l'autre côté, qu'il assiégeait, était privé de troupes et de gardes, courageusement gagna le fort et fit tant et si bien qu'il grimpa à la muraille avec certains de ses hommes, pensant que ceux qui arrivent à l'improviste dans un conflit donnent plus de crainte et de frayeur que ceux qui combattent de toutes leurs forces.

Toutefois il ne fit aucun bruit tant que tous les siens – excepté les deux cents hommes armés qu'il avait laissés en dehors pour parer à toute éventualité – n'eurent pas atteint la muraille. Puis il poussa des cris horribles, et tous les siens avec lui, et sans rencontrer de résistance ils tuèrent les gardes de cette porte, l'ouvrirent ensuite aux hommes armés et ils coururent en grande effervescence tous ensemble vers la porte de l'est, où était toute la déroute. Et les prenant à revers, ils renversèrent la totalité des forces restantes.

Les assiégés, en voyant les leurs courir de tous côtés et les Gargantuistes vainqueurs de la ville, se rendirent à la merci du moine.

Le moine leur fit rendre leurs bâtons et leurs armes, puis se retirer tous et se rassembler dans les églises, non sans avoir confisqué tous les bâtons de croix, et posté des gardes

---

1. En grec, ce nom signifie « le respectable ».

de yssir. Puis ouvrant celle porte orientale sortit au secours de Gargantua.

Mais Picrochole pensoit que le secours luy venoit de la ville et par oultrecuidance se hazarda plus que devant : jusques à ce que Gargantua s'escrya. « Frere Jan mon amy, frere Jan en bon heure soyez venu. »

Adoncques congnoissant Picrochole et ses gens que tout estoit desesperé, prindrent la fuyte en tous endroictz. Gargantua les poursuyvit jusques prés Vaugaudry tuant et massacrant, puis sonna la retraicte.

Comment Picrochole fuiant feut surprins de males fortunes et ce que feit Gargantua aprés la bataille

CHAPITRE XLIX

Picrochole ainsi desesperé s'en fuyt vers l'Isle Bouchart, et au chemin de Riviere son cheval bruncha par terre, à quoy tant feut indigné que de son espée le tua en sa chole, puis ne trouvant personne qui le remontast voulut prendre un asne du moulin qui là auprés estoit, mais les meusniers le meurtrirent tout de coups, et le destrousserent de ses habillemens, et luy baillerent pour soy couvrir une meschante sequenye.

Ainsi s'en alla le pauvre cholericque, puis passant l'eau au port Huaux, et racontant ses males fortunes feut advisé par une vieille Lourpidon, que son royaulme luy seroit rendu, à la venue des Cocquecigrues, depuis ne sçait on qu'il est devenu.

Toutesfoys l'on m'a dict qu'il est de present pauvre gaignedenier à Lyon, cholere comme davant. Et tousjours se guemente à tous estrangiers de la venue des

aux portes pour empêcher quiconque de sortir. Puis ouvrant la porte de l'est, il sortit pour aller au secours de Gargantua.

Mais Picrochole, pensant que quelque secours lui arrivait de la ville, poussa l'outrecuidance jusqu'à se hasarder et avancer plus que de raison, jusqu'au moment où Gargantua s'écria : « Frère Jean, mon ami, frère Jean, à la bonne heure, soyez le bienvenu ! » Alors Picrochole et ses gens comprirent que tout était désespéré, et ils prirent la fuite dans toutes les directions. Gargantua les poursuivit jusque vers Vaugaudry tout en tuant et massacrant, puis il sonna la retraite.

Comment Picrochole en fuyant fut surpris par la mauvaise fortune, et ce que fit Gargantua après la bataille

CHAPITRE XLIX

Ainsi réduit au désespoir, Picrochole s'enfuit vers L'Île-Bouchard, et au chemin de Rivière son cheval s'écroula par terre, ce qui l'indigna tant que, de son épée, il le tua en sa colère. Puis ne trouvant personne pour lui fournir une nouvelle monture et se remettre en selle, il voulut prendre un âne du moulin qui était là tout près, mais les meuniers le rouèrent de coups, et le détroussèrent de ses vêtements, puis lui donnèrent pour se couvrir une méchante guenille.

Ainsi s'en alla le pauvre colérique. Ensuite, traversant la rivière au Port-Huault [1], et racontant ses infortunes, il fut averti par une vieille sorcière que son royaume lui serait rendu à la venue des coquecigrues [2], et depuis on ne sait ce qu'il est devenu.

Toutefois l'on m'a dit qu'il est à présent pauvre gagne-petit à Lyon, colérique comme avant. Et toujours il se lamente à tous les étrangers de passage, s'enquérant de la

---

1. Il s'enfuit vers le nord en direction de Tours et vient de franchir l'Indre.

2. La coquecigrue est un oiseau chimérique, dont le nom est formé sur l'association improbable de « coq », « cygne » et « grue ». « À la venue des coquecigrues », expression restée proverbiale, signifie donc « jamais ».

Cocquecigrues, esperant certainement scelon la prophetie de la vieille, estre à leur venue reintegré à son royaulme.

Aprés leur retraicte Gargantua premierement recensa les gens, et trouva que peu d'iceulx estoient peryz en la bataille, sçavoir est quelques gens de pied de la bande du capitaine Tolmere, et Ponocrates qui avoit un coup de harquebouze en son pourpoinct.

Puis les feist refraischer chascun par sa bande et commanda es thesauriers que ce repas leur feust defrayé et payé, et que l'on ne feist oultrage quelconques en la ville, veu qu'elle estoit sienne, et aprés leur repas ilz comparussent en la place davant le chasteau, et là seroient payez pour six moys.

Ce que feut faict, puis feist convenir davant soy en ladicte place tous ceulx qui là restoient de la part de Picrochole, esquelz presens tous ses Princes et capitaines parla comme s'ensuyt.

La contion que feist Gargantua es vaincus

CHAPITRE L

« Nos peres, ayeulx, et ancestres de toute memoyre, ont esté de ce sens et ceste nature : que des batailles par eulx consommées ont pour signe memorial des triumphes et victoires plus voluntiers erigé trophées et monumens es cueurs des vaincuz par grace : que es terres par eulx conquestées par architecture. Car plus estimoient la vive souvenance des humains acquise par liberalité, que la mute inscription des arcs, colomnes, et pyramides subjecte es calamitez de l'air, et envie d'un chascun. Souvenir assez vous peut de la mansuetude, dont ilz userent envers

venue des coquecigrues, espérant certainement, selon la prophétie de la vieille, qu'à leur venue son royaume lui serait restitué.

Après s'être replié, Gargantua premièrement compta ses gens, et découvrit que peu d'entre eux avaient péri au cours de la bataille : seulement quelques fantassins de la troupe du capitaine Tolmère [1], et Ponocrates blessé par un coup d'arquebuse dans la poitrine.

Puis il les fit se restaurer, chacun au sein de sa troupe, et il ordonna à ses trésoriers que ce repas leur fût offert et payé, et que l'on ne fît subir aucun dommage à la ville, vu qu'elle était maintenant à lui. Après le repas tous étaient convoqués sur la place devant le château, où ils seraient alors payés pour six mois.

Ce qui fut fait ; puis il fit se rassembler devant lui sur ladite place tous ceux du camp de Picrochole qui restaient encore, et, en présence de tous ses princes et capitaines, il leur parla en ces termes :

La harangue que fit Gargantua aux vaincus

CHAPITRE L

« Nos pères, aïeux, et ancêtres, aussi loin que remonte la mémoire, ont choisi, suivant leur bon sens et leur penchant naturel, d'ériger des mémoriaux en signe des triomphes et victoires remportés lors des batailles par eux effectuées. Mais ils ont préféré les ériger dans le cœur des vaincus en leur faisant grâce, plutôt que sur les terres par eux conquises, par de grandes architectures. Car ils estimaient davantage la vive reconnaissance des hommes acquise par la générosité, plus que la muette inscription des arcs, colonnes et pyramides, sujette aux intempéries et à la malveillance du premier venu. Vous pouvez déjà vous souvenir de la mansuétude dont ils usèrent envers les Bretons après

1. En grec, ce nom signifie « l'audacieux ».

les Bretons à la journée de sainct Aubin du Cormier : et à la demolition de Parthenay. Vous avez entendu, et entendent admirez le bon traictement qu'il feirent es Barbares de Spagnola, qui avoient pillé, depopulé, et saccaigé les fins maritimes de Olone et Thalmondoys.

« Tout ce ciel a esté remply des louanges et gratulations que vous mesmes et vos peres feistes lors que Alpharbal roy de Canarre non assovy de ses fortunes envahyt furieusement le pays de Onys exercent la piraticque en toutes les isles Armoricques et regions confines. Il feut en juste bataille navale prins et vaincu de mon pere, au quel Dieu soit garde et protecteur. Mais quoy ? Au cas que les aultres roys et Empereurs, voyre qui se font nommer Catholicques l'eussent miserablement traicté, durement emprisonné, et rançonné extremement : il le traicta courtoisement, amiablement le logea avecques soy en son palays, et par incroyable debonnaireté le renvoya en saufconduyt, chargé de dons, chargé de graces, chargé de toutes offices d'amytié. Qu'en est il advenu ? Luy retourné en ses terres feist assembler tous les princes et estatz de son royaulme, leurs exposa l'humanité qu'il

la journée de Saint-Aubin-du-Cormier [1], et à la démolition de Parthenay [2]. Vous avez entendu, et en l'entendant vous l'avez admiré, le bon traitement qu'ils réservèrent aux Barbares d'Hispaniola, qui avaient pillé, dépeuplé et saccagé les confins maritimes d'Olonne et du Talmondais [3].

« Tout ce ciel a été empli des louanges et des actions de grâce que vous-mêmes et vos pères fîtes lorsque Alpharbal [4], le roi de Canarrie, ne se contentant pas de sa bonne fortune, envahit furieusement le pays d'Aunis, en exerçant sa piraterie sur toutes les îles d'Armorique et sur les régions voisines. Il fut vaincu en une juste bataille navale et pris par mon père – que Dieu le garde et le protège. Mais quoi ? Tandis que les autres rois et empereurs – y compris ceux qui se disent catholiques – l'auraient misérablement traité, durement emprisonné, et rançonné extrêmement [5], mon père, lui, le traita courtoisement, aimablement il le logea chez lui en son palais, et par une générosité incroyable il le renvoya libre, chargé de dons, chargé de grâces, chargé de tous les bienfaits de l'amitié. Qu'en est-il advenu ? Une fois retourné sur ses terres, il rassembla tous les princes et les États de son royaume, leur exposa l'humanité qu'il avait connue chez

1. Journée mémorable de l'année 1488 durant laquelle le lieutenant général La Trémoille vainquit le duc d'Orléans, futur Louis XII, qui commandait l'armée du duc de Bretagne. **2.** Autre exemple de vaincus non humiliés : en 1487, Charles VIII, après sa victoire, laissa ses adversaires se retirer honorablement. **3.** Situation fictive et inversée par rapport à la colonisation espagnole, où il est supposé que les peuples du Nouveau Monde (Hispaniola est le nom que Christophe Colomb donna à Haïti) auraient abordé au port des Sables-d'Olonne pour tout dévaster – et qu'ils auraient malgré tout été traités avec mansuétude. **4.** Nom imaginaire, peut-être formé en consonance avec Hannibal. Au chap. XIII, il a été dit que Grandgousier revenait de sa campagne victorieuse contre les Canarriens (voir note 1, p. 127). **5.** Allusion probable au traitement cruel et sans merci que Charles Quint réserva à François Ier après la défaite de Pavie en 1525. Charles Quint emprisonne pendant treize mois le roi de France à Madrid, exige une rançon et des territoires, et ne le libère qu'en échange des deux fils héritiers, qui resteront enfermés quatre ans dans une forteresse, jusqu'en 1530. Ce traumatisme est encore dans tous les esprits quand paraît, en 1534, la première édition de *Gargantua*. C'est à la suite de ce traitement inique infligé par un « catholique », ainsi que le précise ici Rabelais, que François Ier ira jusqu'à conclure des alliances dites « impies » sur tous les fronts, avec les princes réformés allemands (1531) et avec l'Empire turc de Soliman le Magnifique (1536).

avoit en nous congneu et les pria sur ce deliberer en façon que le monde y eust exemple, comme avoit jà en nous de gracieuseté honeste : aussi en eulx de honesteté gratieuse. Là feut decreté par consentement unanime, que l'on offreroit entierement leurs terres, dommaines et royaulme, à en faire selon nostre arbitre.

« Alpharbal en propre personne soubdain retourna avecques neuf mille trente et huyt grandes naufz oneraires, menant non seulement les thesors de sa maison et lignée royalle, mais pres que de tout le pays. Car soy embarquant pour faire voille au vent Vesten Nordest : chascun à la foulle gettoit dedans icelles or, argent, bagues, joyaulx, espiceries, drogues et odeurs aromaticques, Papegays, Pelicans, Guenons, Civettes, Genettes, Porczespicz. Poinct n'estoit filz de bonne mere reputé, qui dedans ne gettast ce que avoit de singulier. Arrivé que feut vouloit baiser les piedz de mondict pere, le faict fut estimé indigne : et ne feut toleré : ains fut embrassé socialement : offrit ses presens, ilz ne feurent receupz, par trop estre excessifz, se donna mancipe et serf voluntaire, soy et sa postérité : ce ne feut accepté, par ne sembler equitable : ceda par le decret des estatz ses terres et royaulme offrant la transaction et transport signée, seellé et ratifié de tous ceulx qui faire le debvoient : ce fut totalement refusé, et les contractz gettés au feu.

« La fin feut, que mon dict pere commença lamenter de pitié et pleurer copieusement, considerant le franc vouloir et simplicité des Canarriens : et par motz exquis et sentences congrues diminuoit le bon tour qu'il leur avoit faict, disant ne leur avoir faict bien qui feut à l'estimation d'un bouton, et si rien d'honnesteté leur avoit monstré, il estoit tenu de ce faire. Mais tant plus l'augmentoit Alpharbal. Quelle feut l'yssue ?

nous et les pria de méditer et de délibérer sur ce point, afin que, en prenant modèle sur ce qu'il y avait déjà en nous d'amabilité généreuse, leur générosité aimable puisse servir d'exemple au monde entier. Il fut alors décrété par consentement unanime qu'ils offriraient entièrement leurs terres, domaines et royaume pour en user selon notre volonté.

« Alpharbal en personne s'en retourna aussitôt avec neuf cent mille trente-huit grands navires chargés non seulement des trésors de sa maison et de la famille royale, mais de ceux de presque tout le pays. Car au moment d'embarquer pour faire voile au vent d'ouest-nord-est, la foule jetait dans la nef or, argent, bagues, joyaux, épices, drogues et parfums aromatiques, perroquets, pélicans, guenons, civettes, genettes, porcs-épics [1]. Il n'était point de fils de bonne famille qui ne jetât au-dedans ce qu'il possédait de plus merveilleux.

« Lorsque Alpharbal fut arrivé, il voulut baiser les pieds de mon père, mais le fait fut estimé indigne, et ne fut pas toléré : au lieu de cela il fut embrassé cordialement. Il offrit ses présents : ils ne furent pas reçus, étant par trop excessifs. Il se constitua esclave et serf volontaire, et lui et sa postérité : ce qui ne fut pas accepté, car cela ne sembla pas équitable. Il céda, par décret des États, ses terres et son royaume, montrant la transaction et le transport signés et ratifiés par tous ceux qui en avaient la charge : ce fut totalement refusé, et les contrats furent jetés au feu.

« Et à la fin, mon père commença à se lamenter avec pitié, et à pleurer copieusement en considérant la bonne volonté et l'humilité des Canarriens. Par des mots exquis et des sentences bien tournées, il minimisait les bienfaits qu'il leur avait dispensés, disant que tout le bien qu'il leur avait fait ne valait pas plus qu'une guigne, et que s'il leur avait montré un semblant d'amabilité, c'est qu'il était tenu de le faire. Mais Alpharbal l'en estimait d'autant plus. Quelle fut donc l'issue de l'histoire ?

---

1. La civette et la genette sont des petits mammifères originaires d'Afrique, considérés comme des raretés au XVIe siècle car elles dégagent une forte odeur de musc. Les autres animaux cités sont tous des « merveilles » de nature, recherchés en raison de leur rareté ou de leur étrangeté remarquable.

« En lieu que pour sa rançon prinze à toute extremité, eussent peu tyrannicquement exiger vingt foys cent mille escutz et retenir pour houstaigers ses enfants aisnez, ilz se sont faictz tributaires perpetuelz, et obligez nous bailler par chascun an deux millions d'or affiné à vingt quatre Karatz. Ilz nous feurent l'année premiere icy payez : la seconde de franc vouloir en paierent. XXIII. cens mille escuz, la tierce, XXVI. cens mille, la quarte troys millions, et tant tousjours croissent de leur bon gré, que serons contrainctz leurs inhiber de rien plus nous apporter.

« C'est la nature de gratuité. Car le temps qui toutes choses ronge et diminue, augmente, et accroist les biens-faictz, par ce q'un bon tour liberalement faict à homme de raison, croist continuement par noble pensée et remembrance.

« Ne voulant doncques aulcunement degenerer de la debonnaireté hereditaire de mes parens, maintenant je vous absoulz et delivre, et vous rends francs et liberes comme par avant.

« D'abondant serez à l'yssue des portes payez chascun pour troys moys, pour vous pouvoir retirer en vos maisons et familles, et vous conduiront en saulveté six cens hommes d'armes et huyct mille hommes de pied soubz la conduicte de mon escuyer Alexandre, affin que par les paisans ne soyez oultragez.

« Dieu soit avecques vous. Je regrette de tout mon cueur que n'est icy Picrochole. Car je luy eusse donné à entendre que sans mon vouloir, sans espoir de accroistre ny mon bien, ny mon nom, estoit faicte ceste guerre. Mais puis qu'il est esperdu, et ne sçayt on où, ny comment est esvanouy, je veulx que son royaulme demeure entier à son filz. Lequel par ce qu'est par trop bas d'eage, (car il n'a encores cinq ans accomplyz) sera gouverné et instruict par les anciens princes et gens sçavans du royaulme.

« Puisque nous ne demandions pas la rançon extrême de vingt fois cent mille écus qui aurait pu être exigée tyranniquement, ni les enfants aînés comme otages [1], ils se constituèrent nos tributaires perpétuels, et s'obligèrent à nous donner chaque année deux millions d'or fin à vingt-quatre carats. Ils nous payèrent sur-le-champ la première année. Pour la deuxième, ils payèrent de leur propre chef deux millions trois cent mille écus, la troisième deux millions six cent mille, la quatrième trois millions, et ils augmentent toujours tant, de leur plein gré, que nous serons bientôt contraints de leur interdire de nous en offrir plus.

« Telle est la nature de la générosité. Car le temps, qui toutes choses ronge et diminue, augmente et accroît les bienfaits ; parce qu'une bonne action généreusement accomplie envers un homme raisonnable fructifie continuellement par la noblesse de ses pensées et de sa gratitude.

« Ne voulant donc aucunement démériter après la bonté héréditaire de mes parents, à présent je vous absous et délivre, je vous affranchis et vous rends libres comme avant. De plus vous serez, en passant mes portes, payés chacun pour trois mois, pour pouvoir vous retirer en vos maisons et familles ; et vous serez escortés, en toute sécurité, par six cents hommes armés et huit mille fantassins conduits par mon écuyer Alexandre, afin que vous ne soyez pas malmenés par les paysans.

« Que Dieu soit avec vous. Je regrette de tout mon cœur que Picrochole ne soit pas ici. Car j'aurais aimé lui faire comprendre que cette guerre s'était faite contre ma volonté, et sans chercher à accroître ni mes biens, ni ma renommée. Mais puisqu'il s'est perdu et qu'on ne sait où ni comment il a disparu, je veux que son royaume revienne entièrement à son fils. Lequel, parce qu'il est d'âge trop jeune pour régner – puisqu'il n'a pas encore cinq ans révolus – sera instruit et éduqué par les princes anciens et les gens savants du royaume.

---

1. Nouvelle allusion à l'humiliation subie par le roi de France après la bataille de Pavie (voir note 5, p. 363).

« Et par autant q'un royaulme ainsi desolé, seroit facilement ruiné, si on ne refrenoit la convoytise et avarice des administrateurs d'icelluy : je ordonne et veux que Ponocrates soit sus tous ses gouverneurs entendant, avecques auctorité à ce requise, et assidu avecques l'enfant : jusques à ce qu'il le congnoistra idoine de povoir par soy regir et regner.

« Je considere que facilité trop enervée et dissolue de pardonner es malfaisans, leur est occasion de plus legierement de rechief mal faire, par ceste pernicieuse confiance de grace.

« Je considere que Moyse, le plus doulx homme qui de son temps feust sus la terre, aigrement punissoit les mutins et seditieux au peuple de Israel.

« Je considere que Jules Cesar empereur tant debonnaire, que de luy dict Ciceron, que sa fortune rien plus souverain n'avoit, sinon qu'il pouvoit : et sa vertus meilleur n'avoit, sinon qu'il vouloit tousjours sauver, et pardonner à un chascun. Icelluy toutesfoys ce non obstant en certains endroictz punit rigoureusement les aucteurs de rebellion.

« À ces exemples je veulx que me livrez avant le departir : premierement ce beau Marquet, qui a esté source et cause premiere de ceste guerre par sa vaine oultrecuidance, Secondement ses compaignons fouaciers, qui feurent negligens de corriger sa teste folle sus l'instant. Et finablement tous les conseillers, capitaines, officiers et domestiques de Picrochole : lesquelz le auroient incité, loué, ou conseillé de sortir ses limites pour ainsi nous inquieter. »

Comment les victeurs Gargantuistes feurent recompensez aprés la bataille

CHAPITRE LI

Ceste concion faicte par Gargantua, feurent livrez les seditieux par luy requis : exceptez Spadassin, Merdaille

« Et puisqu'un royaume ainsi désolé serait facilement ruiné si on ne réfrénait la convoitise et l'avarice de ses administrateurs, je veux et j'ordonne que Ponocrates soit l'intendant de tous ces gouverneurs, avec l'autorité requise à cette tâche, et qu'il veille sur l'enfant jusqu'à ce qu'il le reconnaisse capable de pouvoir se gouverner lui-même et régner.

« Je considère que pardonner mollement et par facilité blâmable aux malfaisants leur donne une occasion de faire le mal de nouveau et d'autant plus impunément : ce sont une grâce et une confiance pernicieuses.

« Je considère que Moïse, le plus doux des hommes de son temps qui fût sur la terre [1], punissait sévèrement les mutins et les séditieux du peuple d'Israël.

« Je considère que Jules César était un empereur si débonnaire que selon les dires de Cicéron, rien n'était à ses yeux plus souverain, aucune vertu ne lui semblait meilleure que la chance de pouvoir toujours sauver et pardonner chacun. Et toutefois, malgré tout, il lui arriva de punir rigoureusement en certaines circonstances les auteurs de rébellions.

« Selon ces exemples, je veux que me soient livrés avant votre départ, premièrement ce fameux Marquet, qui a été la source et cause première de cette guerre par son inepte outrecuidance, secondement ses compagnons fouaciers, qui eurent la négligence de ne pas le corriger de sa folie au moment voulu. Et pour finir tous les conseillers, capitaines, officiers et proches familiers de Picrochole, tous ceux qui l'auraient incité, encouragé ou lui auraient conseillé de sortir de ses frontières pour venir nous tourmenter ainsi. »

Comment les vainqueurs gargantuistes furent récompensés après la bataille

CHAPITRE LI

Au terme de cette harangue de Gargantua, lui furent livrés les séditieux qu'il avait exigés ; excepté Spadassin,

1. Expression tirée de la Bible (Nombres, XII, 3).

et Menuail : lesquelz estoient fuyz six heures davant la bataille. L'un jusques au col de Laignel, d'une traicte, l'aultre jusque au val de Vyre, l'aultre jusques à Logroine sans derriere soy reguarder, ny prandre alaine par chemin, et deux fouaciers, lesquelz perirent en la journée.

Aultre mal ne leurs feist Gargantua : sinon qu'il les ordonna pour tirer les presses à son imprimerie : laquelle il avoit nouvellement instituée.

Puis ceulx qui là estoient mors il feist honorablement inhumer en la vallée des Noirettes, et au camp de Brusle-vieille. Les navrés il feist panser et traicter en son grand Nosocome. Aprés advisa es dommaiges faictz en la ville et habitans : et les feist rembourcer de tous leurs interestz à leur confession et serment. Et y feist bastir un fort chasteau : y commettant gens et guet pour à l'advenir mieulx soy defendre contre les soubdaines esmeutes.

Au departir remercia gratieusement tous les soubdars de ses legions : qui avoient esté à ceste defaicte, et les renvoya hyverner en leurs stations et guarnisons. Exceptez aulcuns de la legion Decumane, lesquelz il avoit veu en la journée faire quelques prouesses : et les capitaines des bandes lesquelz il amena avecques soy devers Grandgousier.

À la veue et venue d'iceulx le bon homme feut tant joyeux, que possible ne seroit le descripre. Adonc leurs feist un festin le plus magnificque, le plus abundant et plus delitieux, que feust veu depuis le temps du roy Assuere.

À l'issue de table il distribua à chascun d'iceulx tout le parement de son buffet qui estoit au poys de dishuyt

Merdaille et Menuail, qui avaient fui six heures avant la bataille. L'un s'était enfui d'une traite jusqu'au col d'Agnel, l'autre jusqu'au val de Vire, le troisième jusqu'à Logroño[1] sans se retourner, ni reprendre haleine en chemin. Il manquait aussi deux fouaciers, qui avaient péri dans la journée.

Gargantua ne leur fit aucun autre mal que de les condamner à actionner les presses de son imprimerie, qu'il avait nouvellement fondée. Puis, ceux qui étaient morts sur place, il les fit inhumer avec les honneurs dans la vallée des Noirettes, et au camp de Brûlevieille. Les blessés, il les fit panser et soigner en son grand hospice. Ensuite, il s'enquit des dommages subis par la ville et ses habitants, et il les fit rembourser de tous leurs biens, selon leurs déclarations et témoignages. Et il y fit bâtir un puissant château, en y postant des troupes et des guetteurs, pour pouvoir mieux se défendre, à l'avenir, contre les attaques soudaines. En partant il remercia gracieusement tous les soldats de ses légions qui avaient participé à cette victoire, et les renvoya en repos dans leurs casernes et garnisons. Excepté cependant quelques membres de la légion Décumane[2], qu'il avait vus pendant cette journée accomplir différentes prouesses, ainsi que les capitaines des bataillons, qu'il amena tous avec lui pour rencontrer Grandgousier.

Les voyant tous arriver, le bonhomme fut si joyeux qu'il serait impossible de le dire. Il leur organisa alors le festin le plus magnifique, le plus abondant et le plus délicieux qui fût depuis le temps du roi Assuérus[3]. Quand on sortit de table, il distribua à chacun d'eux tous les ornements de sa table,

---

1. Ils ont fui dans trois directions distinctes, l'un vers le sud-est et l'Italie (dans les Alpes-Maritimes), le second vers le nord-ouest (en Normandie) et le troisième au sud-ouest, vers l'Espagne. **2.** Le mot « décumane » (ou « dixième ») désigne l'élément le plus grand ou le plus fort. Il est employé par exemple à propos des vagues. Rabelais en donne une définition détaillée dans la *Brève Déclaration* qui fait suite au *Quart Livre*. **3.** Le festin du roi Assuérus (Xerxès) est un épisode biblique. Le début du livre d'Esther raconte qu'Assuérus, « qui régnait de l'Inde jusqu'en Éthiopie sur cent vingt-sept provinces », fit à Suse, la troisième année de son règne, un « grand banquet pour tous les princes » de ses États. Après des festivités qui durèrent cent quatre-vingts jours, il offrit en outre à tous les habitants de la ville un repas qui se prolongea pendant sept autres jours.

cent mille quatorze bezans d'or : en grands vases d'antique, grands poutz, grans bassins, grands tasses, couppes, potetz, candelabres, calathes, nacelles, violiers, drageouoirs, et aultre telle vaisselle toute d'or massif, oultre la pierrerie, esmail et ouvraige, qui par estime de tous excedoit en pris la matiere d'iceulx. Plus, leurs feist comter de ses coffres à chascun douze cens mille escutz contens. Et d'abundant à chascun d'iceulx donna à perpetuité (excepté s'ilz mouroient sans hoirs) ses chasteaulx, et terres voizines selon que plus leurs estoient commodes. À Ponocrates donna la Rocheclermaud, à Gymnaste le Couldray, à Eudemon, Montpensier. Le Rivau, à Tolmere, à Ithybole, Montsoreau, à Acamas Cande, Varenes, à Chironacte, Gravot, à Sebaste, Quinquenays, à Alexandre, Ligré à Sophrone, et ainsi de ses aultres places.

Comment Gargantua feist bastir pour le moyne l'abbaye de Theleme

CHAPITRE LII

Restoit seulement le moyne à pourvoir. Lequel Gargantua vouloit faire abbé de Seuillé : mais il refusa. Il luy voulut donner l'abbaye de Bourgueil, ou de sainct Florent, laquelle mieulx luy duiroit, ou toutes deux, s'il les prenoit à gré. Mais le moyne luy fist responce peremptoire, que de moyne il ne vouloit charge ny gouvernement, « Car comment (disoit il) pourroy je

qui atteignaient le poids d'un million huit cent mille quatorze besants[1] d'or : comprenant de grands vases à l'antique, de grands pots, de grands plats, de grandes tasses, coupes, gobelets, candélabres, hanaps, vaisseaux[2], petits vases, drageoirs, et autre vaisselle de telle facture, toute d'or massif, outre les pierreries, l'émail et surtout la magnificence de l'ouvrage, qui de l'avis de tous excédait encore en prix la matière dont chaque objet était fait. En plus, il fit compter en ses coffres pour chacun un million deux cent mille écus comptant. Et plus encore il donna à chacun d'eux à perpétuité (sauf s'ils mouraient sans héritiers) ses châteaux et terres avoisinantes selon leur préférence. À Ponocrates il donna La Roche-Clermaut, à Gymnaste Le Coudray, à Eudémon Montpensier, Le Rivau à Tolmère, à Ithybole Montsoreau, à Acamas Candes, Varennes à Chironacte, Gravot à Sébaste, Quinquenays à Alexandre, Ligré à Sophrone[3], et ainsi de ses autres possessions.

Comment Gargantua fit bâtir pour le moine l'abbaye de Thélème[4]

CHAPITRE LII

Il restait seulement le moine à récompenser. Gargantua voulut le faire abbé de Seuilly, mais il refusa. Il voulut lui donner l'abbaye de Bourgueil, ou de Saint-Florent, celle qui lui conviendrait le mieux, ou toutes les deux s'il le souhaitait. Mais le moine lui répondit catégoriquement qu'il ne

1. Monnaie byzantine d'or ou d'argent. **2.** Les hanaps et les vaisseaux, coupes à boire, sont réalisés par des orfèvres et réservés aux tables des princes. **3.** Cette liste finale énumère les noms, tous issus du grec, de certains compagnons de Gargantua qui n'avaient jamais été cités jusqu'à présent : Ithybole signifie « lancé en ligne droite », Acamas « l'infatigable », Chironacte désigne celui qui travaille de ses mains et Sophrone signifie « le sage ». Ils forment une cohorte de dix, d'où le nom de légion « décumane ». **4.** Nom issu du grec *théléma* qui signifie la volonté. Il est utilisé dans la Bible pour évoquer la volonté de Dieu lorsqu'il crée le monde, ou le libre arbitre des hommes.

gouverner aultruy, qui moymesmes gouverner ne sçaurois ? Si vous semble que je vous aye faict, et que puisse à l'advenir faire service agreable, oultroyez moy de fonder une abbaye à mon devis. »

La demande pleut à Gargantua et offrit tout son pays de Theleme jouste la riviere de Loyre, à deux lieues de la grande forest du port Huault. Et requist à Gargantua qu'il instituast sa religion au contraire de toutes aultres.

« Premierement doncques (dist Gargantua) il n'y fauldra jà bastir murailles au circuit : car toutes aultres abbayes sont fierement murées.

– Voyre, dist le moyne. Et non sans cause où mur y a et davant et derriere, y a force murmur, envie, et conspiration mutue. » Davantaige veu que en certains convents de ce monde est en usance : que si femme aulcune y entre (j'entends des preudes et pudicques) on nettoye la place par laquelle elles ont passé, feut ordonné que si religieux ou religieuse y entroit par cas fortuit, on nettoiroit curieusement tous les lieulx par lesquelz auroient passé.

Et par ce que es religions de ce monde tout est compassé, limité, et reiglé par heures, feut decreté que là ne seroit horrologe ny quadrant aulcun.

Mais selon les occasions et oportunitez seroient toutes les œuvres dispensées.

« Car (disoit Gargantua) la plus vraye perte du temps qu'il sceust, estoit de compter les heures. Quel bien en vient il ? et la plus grande resverie du monde estoit soy gouverner au son d'une cloche, et non au dicté de bon sens et entendement. »

Item par ce qu'en icelluy temps on ne mettoit en religion des femmes, si non celles que estoient borgnes, boyteuses, bossues, laydes, defaictes, folles, insensées, maleficiées, et tarées : ny les hommes si non catarrez, mal nez, niays et empesche de maison.

« À propos (dist le moyne) une femme qui n'est ni belle ni bonne, à quoy vault toille ?

voulait ni charge ni gouvernance de moines, « car, disait-il, comment pourrais-je gouverner autrui, moi qui ne saurais me gouverner moi-même ? S'il vous semble que je vous aie rendu, et que je puisse à l'avenir continuer de vous rendre un service qui vous agrée, octroyez-moi de fonder une abbaye à mon idée ».

La requête plut à Gargantua, et il offrit tout son pays de Thélème le long de la rivière de la Loire, à deux lieues de la grande forêt du Port-Huault. Et le moine pria Gargantua d'instaurer des règles religieuses au contraire de toutes les autres.

« Premièrement donc, dit Gargantua, il ne faudra bâtir aucune muraille autour, car toutes les autres abbayes sont farouchement emmurées.

– C'est vrai, dit le moine. Et justement, là où il y a des murs, par-devant et par-derrière il y a force murmures, envies, et conspirations mutuelles. » Et même, vu qu'en certains couvents de ce monde il est d'usage que si une femme y entre (je veux dire les prudes et pudiques), on nettoie l'endroit par où elle est passée, il fut ordonné que si un religieux ou une religieuse y entraient par hasard, on nettoierait soigneusement tous les lieux par lesquels ils seraient passés.

Et parce que dans les religions de ce monde tout est mesuré, limité et réglé par les heures, il fut décrété qu'ici, il n'y aurait aucune horloge, ni aucun cadran. Mais les activités seraient mises en œuvre au gré des occasions et des circonstances. Car, comme le disait Gargantua, la perte de temps la plus manifeste qu'il connaisse, c'était de compter les heures. Qu'en retire-t-on de bon ? Et il disait que la plus grande folie au monde était de se gouverner au son d'une cloche, et non selon la voix du bon sens et de l'entendement.

De même, parce que en ce temps-là nulle femme n'entrait en religion sinon celles qui étaient borgnes, boiteuses, bossues, laides, difformes, folles, insensées, déficientes, ou tarées ; nul homme sinon les catarrheux, mal nés, niais, ou fardeaux de la maison…

« À propos, dit le moine, une femme qui n'est ni belle ni bonne, que vaut *toelle*[1] ?

---

1. Jeu de mots de frère Jean, permis par l'ancienne prononciation du mot « toile » qui entraîne l'équivoque avec l'interrogation « que vaut-elle ? » et

– À mettre en religion, dist Gargantua.

– Voyre, dist le moyne, et à faire des chemises ? » Feut ordonné que là ne seroient repceues si non les belles, bien formées, et bien naturées : et les beaulx, bien formez, et bien naturez.

Item par ce que es conventz des femmes ne entroient les hommes si non à l'emblée et clandestinement : feut decreté que jà ne seroient là les femmes au cas que n'y feussent les hommes, ny les hommes en cas que n'y feussent les femmes.

Item par ce que tant hommes que tant femmes une foys repceuz en religion, aprés l'an de probation estoient forcez et astrinctz y demeurer perpetuellement leur vie durante, feust estably que tant hommes que femmes là repceuz, sortiroient quand bon leurs sembleroit franchement et entierement.

Item par ce que ordinairement les religieux faisoient troys veuz : sçavoir est de chasteté, pauvreté, et obedience : fut constitué, que là honorablement on peult estre marié, que chascun feut riche, et vesquist en liberté.

Au reguard de l'eage legitime, les femmes y estoient repceues depuis dix jusques à quinze ans : les hommes depuis douze jusques à dix et huict.

Comment feust bastie et dotée l'abbaye des Thelemites

CHAPITRE LIII

Pour le bastiment et assortiment de l'abbaye Gargantua feist livrer de content vingt et sept cent mille huyt cent trente et un mouton à la grand laine, et par chascun an jusques à ce que le tout feust parfaict assigna sus la recepte de la Dive seze cent soixante et neuf mille escuz au soleil et autant à l'estoille poussiniere.

– À mettre en religion, dit Gargantua.

– Tout juste, dit le moine, et à faire des chemises *de toile* ! »

… il fut ordonné qu'ici, on n'admettrait que les femmes belles, bien formées et de bonne naissance, et les hommes beaux, bien formés et de bonne naissance.

De même, parce que dans les couvents de femmes n'entrait aucun homme, sinon à la dérobée et clandestinement, il fut décrété qu'ici, il n'y aurait pas de femmes sans qu'il y eût aussi des hommes, ni des hommes sans qu'il y eût des femmes.

De même, parce que tant les hommes que les femmes, une fois entrés en religion, et après l'année de probation, étaient forcés et astreints d'y demeurer perpétuellement toute leur vie durant, il fut établi que tant les hommes que les femmes reçus ici sortiraient quand bon leur semblerait, librement et sans restriction.

De même, parce que ordinairement les religieux faisaient trois vœux, à savoir de chasteté, de pauvreté et d'obéissance, il fut institué qu'ici honorablement tous pourraient se marier, être riches, et vivre en liberté.

Du point de vue de l'âge légal, les femmes y étaient reçues de dix à quinze ans, les hommes de douze à dix-huit ans.

Comment fut bâtie et dotée l'abbaye des Thélémites

CHAPITRE LIII

Pour le bâtiment et l'approvisionnement de l'abbaye, Gargantua fit verser comptant deux millions sept cent mille huit cent trente et un moutons à la grande laine [1], et pour chaque année jusqu'à ce que le tout soit achevé, il assigna sur la recette de la Dive un million six cent soixante-neuf mille

introduit le motif du linge, préparant la chute du calembour à la fin de l'échange. **1.** Voir note 6, p. 99.

Pour la fondation et entretenement d'icelle donna à perpetuité vingt troys cent soixante neuf mille cinq cens quatorze nobles à la rose de rente fonciere indemnez, amortyz, et solvables par chascun an à la porte de l'abbaye. Et de ce leurs passa belles lettres.

Le bastiment feut en figure exagone en telle façon que à chascun angle estoit bastie une grosse tour ronde : à la capacité de soixante pas en diametre. Et estoient toutes pareilles en grosseur et protraict.

La riviere de Loyre decoulloit sus l'aspect de Septentrion. Au pied d'icelle estoit une des tours assise, nommée Artice. Et tirant vers l'Orient estoit une aultre nommée Calaer. L'aultre ensuivant Anatole. L'aultre aprés Mesembrine, l'aultre aprés Hesperie. La derniere, Cryere.

Entre chascune tour estoit espace de troys cent douze pas. Le tout basty à six estages, comprenent les caves soubz terre pour un. Le second estoit voulté à la forme d'une anse de panier. Le reste estoit embrunché de guy de Flandres à forme de culz de lampes, le dessus couvert d'Ardoize fine : avec l'endousseure de plomb à figures de petitz manequins et animaulx bien assortiz et dorez avec les goutieres que yssoient hors la muraille entre les

écus au soleil et autant à l'étoile poussinière. Pour sa fondation et son entretien, il fit un don perpétuel de deux millions trois cent soixante-neuf mille cinq cent quatorze nobles à la rose de rente foncière garantis, amortis et payables chaque année à la porte de l'abbaye [1]. Et il leur rédigea pour cela un beau contrat.

L'abbaye fut conçue en hexagone, de façon qu'à chaque angle était bâtie une grosse tour ronde, d'un diamètre s'élevant à soixante pas [2]. Et elles étaient toutes de forme et de grosseur identiques.

La rivière de la Loire s'écoulait sur le côté nord. Tout au bord était sise l'une des tours nommée Artice. En allant vers l'orient, il en était une autre nommée Calaer. La suivante était Anatole. Ensuite venait Mésembrine, ensuite Hespérie. La dernière était Cryère [3].

Entre chaque tour était un espace de trois cent douze pas. Le tout était bâti sur six étages, comprenant, comme premier niveau, les caves sous terre. Le second niveau était voûté en anse de panier. Le reste était revêtu de gypse de Flandres en forme de culs-de-lampe, le dessus couvert d'ardoise fine, avec un faîtage de plomb décoré de figures de petits personnages et animaux dorés et bien assortis avec les gouttières peintes en diagonales d'or et d'azur [4], lesquelles sortaient de la muraille entre les fenêtres, pour aller

1. Comme les moutons à la grande laine, ces différentes monnaies évoquent les motifs qui y sont gravés : les écus au soleil sont une monnaie d'or, frappée sous Louis XI, comportant un soleil à huit rayons, les écus à l'étoile poussinière, monnaie imaginaire, portent supposément une étoile gravée, et les nobles à la rose sont une monnaie d'or anglaise frappée de la rose d'York. **2.** On notera la récurrence du chiffre six ou de ses multiples selon un jeu arithmétique qui garantit l'harmonie des proportions et l'équité absolue entre les différentes pièces du bâtiment. La beauté de l'édifice est donc d'abord mathématique. **3.** Ces noms sont tous issus du grec : Artice signifie « du nord », Calaer, « bon air », Anatole, « l'Orient », Mésembrine, « méridionale », Hespérie, « occidentale » et Cryère, « glacée ». Ainsi, la tour septentrionale est opposée à la tour méridionale, celle qui porte le nom d'orient fait face à l'occident et le bon air tempéré répond à l'air glacé. Ces grosses tours rondes rappellent le château médiéval, tandis que l'entrée de la lumière et la loggia à double arcature réfèrent à des innovations architecturales très récentes de la Renaissance italienne. **4.** La décoration somptueuse de l'extérieur rassemble des formes de diverses origines : la voûte en anse de panier est un souvenir de l'époque de Louis XII (1498-1515) et le décor en cul-de-lampe, absent en France, est emprunté aux Pays-Bas et à l'Angleterre. Le

croyzées, pinctes en figure diagonale de or et azur, jusques en terre, où finissoient en grands eschenaulx qui tous conduisoient en la riviere par dessoubz le logis.

Ledict bastiment estoit cent foys plus magnificque que n'est Bonivet, ne Chambourg, ne Chantilly. Car en icelluy estoient neuf mille troys cens trente et deux chambres : chascune guarnie de arriere chambre, cabinet, guarderobbe, chapelle, et yssue en une grande salle. Entre chascune tour au mylieu dudict corps de logis estoit une viz brisée dedans icelluy mesmes corps.

De laquelle les marches estoient part de porphyre, part de pierre Numidicque, part de marbre serpentin : longues de XXII. piedz : l'espesseur estoit de troys doigtz, l'assiete par nombre de douze entre chascun repous. En chascun repous estoient deux beaulx arceaux d'antique, par lesquelz estoit repceu la clarté : et par iceulx on entroit en un cabinet faict à clere voys de largeur de ladicte viz : et montoit jusques au dessus la couverture, et là finoit en pavillon. Par icelle viz on entroit de chascun cousté en une grande salle, et des salles es chambres.

Depuis la tour Artice jusques à Cryere estoient les belles grandes librairies en Grec, Latin, Hebrieu, Françoys, Tuscan, et Hespaignol : disparties par les divers estaiges selon iceulx langaiges.

jusque dans la terre où elles se terminaient en grands chéneaux qui, tous, allaient se déverser dans la rivière, en contrebas du logis.

Le bâtiment en question était cent fois plus magnifique que ne le sont Bonnivet, Chambord et Chantilly[1]. Car il comprenait neuf mille trois cent trente-deux chambres, garnies, pour chacune, d'une arrière-chambre, d'un cabinet, d'une garde-robe, d'une chapelle, et donnant sur une grande salle. Entre chaque tour, au milieu du corps de logis, était un escalier intérieur à vis brisée[2]. Ses marches étaient en partie de porphyre, en partie de marbre rouge de Numidie, en partie de marbre vert serpentin[3]. Elles étaient longues de vingt-deux pieds, épaisses de trois doigts, et montaient douze par douze entre chaque palier. Sur chaque palier, deux belles arcades à l'antique recevaient la lumière du jour, et par elles on entrait dans une loggia[4] à claire-voie de la largeur de l'escalier, qui montait jusqu'au-dessus du toit et finissait, là, en un lanternon[5]. Par cet escalier à vis, on entrait, de chaque côté, dans une grande salle, et les salles donnaient accès aux chambres.

Depuis la tour Artice jusqu'à Cryère, on trouvait les belles et grandes bibliothèques contenant les livres en grec, en latin, en hébreu, en français, en toscan et en espagnol, réparties sur les divers étages selon les langues.

---

raffinement poussé jusque sur les faîtages, les gouttières et les cheminées fait songer au château de Chambord que fit bâtir François Ier. **1.** Le château de Bonnivet est construit près de Poitiers entre 1513 et 1525 pour l'amiral Guillaume Gouffier qui sera tué à Pavie en 1525. Les deux exemples suivants sont ajoutés par Rabelais en 1542 (la construction de Chambord a lieu entre 1526 et 1538 et celle de Chantilly après 1529). La comparaison avec ces trois châteaux, qui se distinguent tant par leurs innovations architecturales incluant les derniers apports italiens que par le fait qu'ils ont mobilisé les meilleurs artistes de ce temps, montre que la magnificence de Thélème est à la fois à la pointe de l'actualité et déjà quasiment légendaire. **2.** Il s'agit d'un escalier à vis qui comprend des paliers, prouesse architecturale. Le luxe de l'abbaye est perceptible dans le nombre des espaces privés prévus pour chaque chambre. **3.** Trois matériaux nobles de couleur différente (noir, rouge et vert tacheté) qui ont été acheminés de loin. **4.** Galerie à l'italienne, ouverte sur l'extérieur, avec des colonnes soutenant des arcades. **5.** Tourelle vitrée placée au sommet de l'escalier : autre source de lumière en plus de la loggia.

Au mylieu estoit une merveilleuse viz, de laquelle l'entrée estoit par le dehors du logis en un arceau large de six toizes. Icelle estoit faicte en telle symmetrie et capacité, que six hommes d'armes la lance sus la cuisse povoient de front ensemble monter jusques au dessus de tout le bastiment.

Depuis la tour Anatole jusques à Mesembrine estoient belles grandes galleries toutes pinctes des antiques prouesses, histoires et descriptions de la terre. Au milieu estoit une pareille montée et porte comme avons dict du cousté de la riviere.

Sus icelle porte estoit escript en grosses lettres antiques ce que s'ensuit.

Inscription mise sus la grande porte de Theleme

CHAPITRE LIIII

Cy n'entrez pas Hypocrites, bigotz,
Vieulx matagotz, marmiteux borsouflez,
Torcoulx, badaulx plus que n'estoient les Gotz,
Ny Ostrogotz, precurseurs des magotz,
Haires, cagotz, caffars empantouflez,
Gueux mitouflez, frapars escorniflez,
Befflez, enflez, fagoteurs de tabus
Tirez ailleurs pour vendre voz abus.

Au milieu il y avait un merveilleux escalier à vis, où l'on entrait depuis l'extérieur du logis par un arceau large de six toises. Il était fait d'une telle symétrie et d'un tel volume que six hommes armés, la lance sur la cuisse, pouvaient monter de front, ensemble, jusqu'au sommet du bâtiment.

Depuis la tour Anatole jusqu'à la Mésembrine s'ouvraient de belles et grandes galeries, entièrement peintes des prouesses des héros antiques, de l'histoire du monde et de cartes géographiques. Au milieu, il y avait une montée et une porte semblables à celles que nous avons décrites du côté de la rivière. Sur cette porte, il était écrit, en grosses lettres à l'antique [1], ce qui suit.

Inscription mise sur la grande porte de Thélème

CHAPITRE LIV

Ici n'entrez pas, hypocrites, bigots,
Vieux mendigots, imposteurs boursouflés,
Tordus, idiots plus encore que des Goths,
Ni Ostrogoths [2], *précurseurs démagos,*
Gredins, saligauds, cafards empantouflés,
Gueux marouflés, charognards écorniflés,
Infects, enflés, façonneurs de rebuts,
Filez ailleurs pour vendre vos abus [3].

1. Précision à rapprocher de l'enseignement humaniste de Ponocrates (chap. XXIII, p. 193 *sq.*) : les lettres rondes, aérées et lisibles, dites aussi « romaines », s'opposent aux lettres serrées « gothiques ». **2.** Sous la plume d'un humaniste, les termes « Goth » ou « Ostrogoth » (surenchère créative qui n'existe pas en français avant cette occurrence) désignent l'archétype du barbare. Globalement, le texte chasse de Thélème tous les êtres qui peuvent représenter la tromperie, l'hypocrisie, le mensonge, tant dans le domaine religieux que dans celui de la justice, pour y accueillir au contraire des êtres vertueux. Le lieu apparaît comme un refuge contre tous les abus du monde. **3.** Dès cette première strophe, le ton de l'invective est perceptible par la succession des imprécations en apostrophes. La pièce poétique de ce chapitre prend modèle sur la forme du « cri » exhortant une foule à faire ou à ne pas faire quelque chose. La métrique fait alterner des huitains en décasyllabes avec rimes batelées et des sizains pentasyllabiques à rimes équivoquées. Cette composition complexe et régulière renvoie à l'art poétique des grands rhétoriqueurs. Elle est néanmoins légèrement déséquilibrée, car on y trouve

Voz abus meschans
Rempliroient mes champs
De meschanceté.
Et par faulseté
Troubleroient mes chants
Voz abus meschans.

Cy n'entrez pas maschefains practiciens,
Clers, basauchiens mangeurs du populaire.
Officiaulx, scribes, et pharisiens,
Juges, anciens, qui les bons parroiciens
Ainsi que chiens mettez au capulaire.
Vostre salaire est au patibulaire.
Allez y braire : icy n'est faict excés,
Dont en voz cours on deust mouvoir procés.

Procés et debatz
Peu font cy d'ebatz
Où l'on vient s'esbatre.
À vous pour debatre
Soient en pleins cabatz
Procés et debatz.

Cy n'entrez pas vous usuriers chichars,
Briffaulx, leschars, qui tousjours amassez,
Grippeminaulx, avalleurs de frimars,
Courbez, camars, qui en vous coquemars
De mille marcs jà n'auriez assez.
Poinct esguassez n'estes quand cabassez
Et entassez, poiltrons à chiche face.
La male mort en ce pas vous deface.

Vos abus méchants
Rempliraient mes champs
De méchanceté.
Et par fausseté
Troubleraient mes chants
Vos abus méchants.

Ici n'entrez pas, fieffés mâche-foins,
Clercs, basochiens[1] *mangeurs du prolétaire.*
Officiants, scribes et pharisiens,
Juges anciens, qui les bons paroissiens
Comme des chiens vous mettez en misère,
Votre salaire est fort impopulaire.
Allez-vous-en braire : loin d'ici les excès
Dont en vos cours on peut faire des procès.

Procès et débats
Font ici peu d'ébats
Où l'on vient s'ébattre.
À vous pour débattre
Faites-en pleins cabas,
De procès et débats.

Ici n'entrez pas, vous usuriers avares,
Bâfreurs, pillards qui toujours amassez,
Grippe-sous, avaleurs de brouillards[2]*,*
Courbés, camards[3]*, qui en vos mâchoires*
De mille marcs[4] *n'auriez jamais assez.*
Vous n'êtes point harassés quand vous cadenassez
Et entassez, poltrons à chiche face[5]*.*
Que le mal de mort de ce pas vous défasse.

---

quatre fois l'interdiction « ici n'entrez pas » et seulement trois fois l'invitation « ici entrez ». **1.** La basoche est une association d'hommes de loi jouissant de nombreux privilèges. Ils sont accusés d'être « mangeurs du prolétaire » car leurs honoraires élevés ruinent les petites gens qui doivent engager une action en justice. **2.** Voir note 2, p. 171. **3.** Un nez camard est un nez aplati ou absent. La mort est parfois surnommée « la Camarde » en raison de son visage squelettique. La silhouette ainsi décrite a l'aspect effrayant du croquemitaine. **4.** Voir note 3, p. 345. **5.** Les avares, qui extorquent des biens mais gardent une figure émaciée.

Face non humaine
De telz gens qu'on maine
Raire ailleurs : ceans
Ne seroit seans.
Vuidez ce dommaine
Face non humaine.

Cy n'entrez pas vous rassotez mastins,
Soirs ny matins, vieux chagrins et jaloux,
Ny vous aussi seditieux mutins,
Larves, lutins, de dangier palatins,
Grecz ou Latins plus à craindre que Loups,
Ny vous gualous verollez jusque à l'ous :
Portez vos loups ailleurs paistre en bonheur,
Croustelevez remplis de deshonneur.

Honneur, los, deduict
Ceans est deduict
Par joyeux acords.
Tous sont sains au corps.
Par ce bien leur duict
Honneur, los, deduict.

Cy entrez vous, et bien soyez venuz
Et parvenuz tous nobles chevaliers.
Cy est le lieu où sont les revenuz
Bien advenuz : affin que entretenuz
Grands et menuz, tous soyez à milliers.
Mes familiers serez et peculiers
Frisques gualliers, joyeux, plaisans mignons,
En general tous gentilz compaignons.

Face non humaine
De tels gens qu'on mène
Traire ailleurs : céans
Serait malséant.
Fuyez ce domaine
Face non humaine.

Ici n'entrez pas, vous triple-sots, mâtins[1],
Soir ou matin, vieux chagrins et jaloux
Ni vous non plus, séditieux mutins,
Larves, lutins de danger, palatins[2],
Grecs ou Latins plus à craindre qu'un loup,
Ni vous, tous les galeux vérolés[3] *jusqu'à l'os,*
Portez vos poux paître ailleurs par bonheur,
Crevés de croûtes, remplis de déshonneur.

Honneur, louange et joie,
Ici viennent à la fois,
Par joyeux accords.
Tous sont sains de corps.
Par ce bien se déploient
Honneur, louange et joie.

Ici entrez donc, soyez tous bienvenus,
Et parvenus, vous nobles chevaliers.
Ici est le lieu où les revenus
Sont bien obtenus : afin qu'entretenus,
Grands et menus, vous soyez tous par milliers.
Vous serez mes familiers, et bien particuliers,
Frais, déliés, joyeux, plaisants favoris,
Et tous en foule bien nobles amis.

1. Gros chiens violents et menaçants. **2.** Conseillers du souverain ou éminences grises, espèces dangereuses qui détruisent autrui par ambition personnelle. **3.** Il ne s'agit plus des « vérolés très précieux », pris en affection au début du prologue, mais des « galeux », considérés ici selon l'infection et la contagion, éventuellement métaphorique, qu'ils portent en eux. Cette image de la méchanceté, comparée à une maladie qui se répand pour ronger jusqu'à l'os le pauvre monde, est la plus violente et permet de faire basculer le texte, par contraste, vers les sains de corps, qui sont aussi sains d'esprit.

Compaignons gentilz,
Serains et subtilz
Hors de vilité,
De civilité
Cy sont les oustilz,
Compaignons gentilz.

Cy entrez vous qui le sainct evangile
En sens agile annoncez, quoy qu'on gronde,
Ceans aurez un refuge et bastille
Contre l'hostile erreur, qui tant postille
Par son faulx stile empoizonner le monde.
Entrez, qu'on fonde icy la foy profonde
Puis qu'on confonde et par voix, et par rolle
Les ennemys de la saincte parolle.

La parolle saincte,
Jà ne soit extaincte
En ce lieu tressainct.
Chascun en soit ceinct,
Chascune ayt enceincte
La parolle saincte.

Cy entrez vous dames de hault paraige
En franc couraige. Entrez y en bon heur.
Fleurs de beaulté, à celeste visaige,
À droict corsaige, à maintien prude et saige :
En ce passaige est le sejour d'honneur.
Le hault seigneur, qui du lieu fut donneur
Et guerdonneur, pour vous l'a ordonné,
Et pour frayer à tout prou or donné.

Or donné par don
Ordonne pardon
À cil qui le donne.
Et tres bien guerdonne
Tout mortel preud'hom
Or donné par don.

Bien nobles amis,
Sereins et subtils,
Hors d'indignité,
De civilité
Tels sont les outils,
Bien nobles amis.

Ici entrez, vous qui le saint Évangile
En sens agile annoncez, quoi qu'on gronde,
Ici vous trouverez et refuge et bastille
Contre l'hostile erreur, qui tant horripile,
Et par son faux style empoisonne le monde.
Entrez, qu'on fonde ici la foi profonde
Puis qu'on confonde et par écrit et par hautes paroles [1]
Les ennemis de la sainte parole.

Que la parole sainte,
Jamais ne soit éteinte
En ce lieu très saint.
Que chacun en soit ceint
Que chacune ait en son sein
La parole sainte.

Ici entrez, vous, dames de haut lignage
En franc courage. Entrez-y de bon cœur,
Fleurs de beauté, au céleste visage,
Au corps digne d'hommage, au maintien prude et sage :
En ce passage est le séjour d'honneur.
Le haut seigneur, du lieu donateur
Et créateur, pour vous l'a ordonné,
Et pour parer à tout, a des tas d'or donné.

Or donné par don
Ordonne pardon
À qui bien le donne,
Et très bien couronne
Tout mortel gentilhomme
Or donné par don.

1. Les qualités énoncées sont opposées à l'invective qui précède et ressortissent davantage à la louange : noblesse, amitié, piété, amour du prochain, attachement à la force de la parole pour apaiser les conflits.

Comment estoit le manoir des Thelemites

CHAPITRE LV

Au milieu de la basse court estoit une fontaine magnificque de bel Alabastre.

Au dessus les troys Graces avecques cornes d'abondance. Et gettoient l'eau par les mamelles, bouche, aureilles, yeulx, et aultres ouvertures du corps.

Le dedans du logis sus ladicte basse court estoit sus gros pilliers de Cassidoine et Porphyre, à beaulx ars d'antique. Au dedans desquelz estoient belles gualeries longues et amples, aornées de pinctures, et cornes de cerfz, licornes, Rhinoceros, Hippopotames, dens de Elephans, et aultres choses spectables.

Le logis des dames comprenoit depuis la tour Artice, jusques à la porte Mesembrine. Les hommes occupoient le reste.

Devant ledict logis des dames, affin qu'elles eussent l'esbatement, entre les deux premieres tours : au dehors estoient les lices, l'hippodrome, le theatre, et natatoires, avecques les bains mirificques à triple solier, bien garniz de tous assortemens et foyzon d'eau de Myre, jouxte la riviere estoit le beau jardin de plaisance. Au milieu d'icelluy le beau Labirynte.

Entre les deux aultres tours estoient les jeux de paulme et de grosse balle.

Comment était le manoir [1] des Thélémites

CHAPITRE LV

Au milieu de la cour intérieure était une fontaine magnifique de bel albâtre. Au sommet trônaient les trois Grâces avec des cornes d'abondance, et elles rejetaient l'eau par les mamelles, la bouche, les oreilles, les yeux, et par les autres orifices du corps [2].

L'intérieur du logis au-dessus de cette cour était bâti sur de gros piliers de calcédoine [3] et de porphyre, avec de belles arcades à l'antique. À l'intérieur de ces arcades étaient de belles galeries longues et amples, ornées de peintures, et de cornes de cerfs, de licornes, de rhinocéros, d'hippopotames, de dents d'éléphants, et d'autres choses admirables [4].

Le logis des dames s'étendait entre la tour Artice et la porte Mésembrine. Les hommes occupaient le reste.

Devant le logis des dames, et afin qu'elles puissent se distraire, il y avait entre les deux premières tours, au-dehors, les lices pour les tournois, l'hippodrome, le théâtre, et des piscines avec des bassins merveilleux à trois niveaux, bien pourvus de toutes les commodités, avec de l'eau de myrrhe [5] à foison ; le long de la rivière était le beau jardin d'agrément, au milieu duquel se trouvait le beau labyrinthe. Entre les deux autres tours étaient les jeux de paume et de ballon.

---

1. Changement éloquent : le lieu n'est plus ici nommé « abbaye ». **2.** Les trois Grâces (en grec *Charites*, qui signifie « joie intense ») sont les filles de Zeus : Abondance, Allégresse et Splendeur. Elles incarnent la vie, le plaisir et la séduction par la beauté et constituent donc un excellent choix pour Thélème. La sculpture dans le goût antique et très érotisée qui orne la fontaine donne le ton d'une description qui sera majoritairement tournée vers les plaisirs des sens, tous convoqués à l'exception du goût. **3.** Pierre ornementale gris bleuté ou mauve, très appréciée dès l'Antiquité et jusqu'à la Renaissance pour confectionner des bijoux et toutes sortes de petits objets, mais jamais de « gros piliers ». **4.** On reconnaît là une galerie de curiosités dans le goût de l'époque : Rabelais a accentué cet effet en ajoutant en 1542 les cornes les plus rares et les plus merveilleuses (licorne, rhinocéros, hippopotame, défenses d'éléphants). Cette galerie apparaît à nouveau dans le chap. II du *Quart Livre*, où il est fait mention des singularités exotiques rapportées du grand voyage. **5.** La myrrhe est une gomme résine fournie par certains arbres d'Afrique et d'Asie. Son parfum est extraordinairement odorant et rare.

Du cousté de la tour Cryere estoit le vergier plein de tous arbres fructiers, toutes ordonnées en ordre quincunce. Au bout estoit le grand parc, foizonnant en toute sauvagine.

Entre les tierces tours estoient les butes pour l'arquebuse, l'arc, et l'arbaleste. Les offices hors la tour Hesperie à simple estaige. L'escurye au delà des offices.

La faulconnerie au davant d'icelles, gouvernée par asturciers bien expers en l'art.

Et estoit annuellement fournie par les Candiens, Venitiens, et Sarmates de toutes sortes d'oiseaux paragons.

Aigles, Gerfaulx, Autours,
Sacres, Laniers, Faulcons,
Esparviers, Esmerillons,

Et aultres : tant bien faictz et domesticquez que partans du chasteau pour s'esbatre es champs prenoient tout ce que rencontroient.

La venerie estoit un peu plus loing tyrant vers le parc.

Toutes les salles, chambres, et cabinetz estoient tapissez en diverses sortes selon les saisons de l'année.

Tout le pavé estoit couvert de drap verd. Les lictz estoient de broderie.

En chascune arriere chambre estoit un miroir de christallin enchassé en or fin, au tour garny de perles, et estoit de telle grandeur, qu'il povoit veritablement representer toute la personne.

À l'issue des salles du logis des dames estoient les parfumeurs et testonneurs, par les mains desquelz passoient les hommes quand ilz visitoient les dames. Iceulx fournissoient par chascun matin les chambres des dames, d'eau rose, d'eau de naphe, et d'eau d'ange, et à chascune la precieuse cassollette vaporante de toutes drogues aromatiques.

Du côté de la tour Cryère était le verger, plein de toutes sortes d'arbres fruitiers, tous ordonnés en quinconces. Au bout s'étendait le grand parc, foisonnant de toutes sortes de bêtes sauvages.

Entre le troisième groupe de tours se trouvaient les buttes pour s'exercer à l'arquebuse, à l'arc et à l'arbalète ; à l'extérieur de la tour Hespérie, les communs à un seul étage ; au-delà des communs, l'écurie. Devant était la fauconnerie, dirigée par les fauconniers très experts en cet art. Elle était chaque année approvisionnée par les Crétois, les Vénitiens et les Sarmates de toutes sortes d'oiseaux exceptionnels : aigles, gerfauts, autours, sacres, faucons laniers, faucons, éperviers, émerillons [1] et d'autres, si bien dressés et domestiqués que, partant du château pour s'ébattre dans les champs, ils attrapaient tout ce qu'ils rencontraient. Le pavillon de chasse et le chenil étaient un peu plus loin en allant vers le parc.

Toutes les pièces, chambres et cabinets étaient tapissés de diverses façons selon les saisons de l'année. Tout le pavage était couvert de drap vert ; les lits étaient entièrement ornés de broderies. Dans chaque arrière-chambre était un miroir de cristal enchâssé d'or fin, au tour garni de perles, et d'une grandeur telle qu'il pouvait véritablement refléter toute la personne [2]. Aux portes des logis des dames étaient les parfumeurs et coiffeurs, par les mains desquels passaient les hommes quand ils venaient rendre visite aux dames. Ceux-ci fournissaient chaque matin les chambres des dames en eau de rose, eau de fleur d'oranger, eau d'ange [3], et à chacune ils apportaient une précieuse cassolette fumante, parfumée de toute une variété de senteurs aromatiques.

---

1. Oiseaux de proie, énumérés par ordre décroissant de taille. Les meilleurs faucons étaient commercialisés depuis la Crète par les Vénitiens, et les gerfauts venaient des pays des Sarmates, dans le nord-est de l'Europe. **2.** Il n'existait pas de miroirs de cette taille dans les années 1530-1540. Ce lieu utopique comprend des objets imaginaires qui prennent appui sur la réalité, mais en la dépassant. **3.** Autre nom donné à l'eau de myrte.

Comment estoient vestuz les religieux et religieuses de Theleme

CHAPITRE LVI

Les dames au commencement de la fondation se habilloient à leur plaisir et arbitre. Depuis feurent reforméez par leur franc vouloir en la façon que s'ensuyt.

Elles portoient chausses d'escarlatte, ou de migraine, et passoient lesdictes chausses le genoul au dessus par troys doigtz, justement. Et ceste liziere estoit de quelques belles broderies et descoupeures.

Les jartieres estoient de la couleur de leurs bracelletz, et comprenoient le genoul au dessus et dessoubz.

Les souliers, escarpins, et pantoufles de velours cramoizi rouge, ou violet, deschicquettées à barbe d'escrevisse.

Au dessus de la chemise vestoient la belle Vasquine de quelque beau camelot de soye.

Sus icelle vestoient la Verdugale de tafetas blanc, rouge, tanné, grys etc.

Au dessus, la cotte de tafetas d'argent faict à broderies de fin or et à l'agueille entortillé, ou selon que bon leur sembloit et correspondent à la disposition de l'air, de satin, damas, velours orangé, tanné, verd, cendré, bleu, jaune clair, rouge, cramoyzi, blanc, drap d'or, toille d'argent, de canetille, de brodure selon les festes.

Les robbes selon la saison, de toille d'or à frizure d'argent, de satin rouge couvert de canetille d'or, de tafetas blanc, bleu, noir, tanné, sarge de soye, camelot de soye, velours, drap d'argent, toille d'argent, or traict, velours ou satin porfilé d'or en diverses protraictures.

Comment étaient vêtus les religieux et religieuses de Thélème

CHAPITRE LVI

Les dames, au commencement de l'institution, s'habillaient selon leur bon plaisir et selon leurs goûts. Depuis lors, un choix pris en toute liberté fit adopter la réforme suivante : elles portaient des bas d'écarlate, ou de rouge grenat, et les bas en question montaient de trois doigts tout juste au-dessus du genou. Et cette lisière montrait quelque belle broderie ou dentelle. Les jarretières étaient de la couleur de leur bracelet, et enveloppaient le genou par dessus et par dessous. Les souliers, escarpins et pantoufles étaient de velours cramoisi rouge ou violet, découpé en barbes d'écrevisse [1].

Par-dessus leur chemise, elles portaient un beau corset en étoffe de fil fin et soyeux, sur lequel elles enfilaient le vertugadin [2] de taffetas blanc, rouge, brun, gris, etc. Au-dessus, une blouse de taffetas d'argent brodée d'or fin et tortillé à l'aiguille, ou alors, selon leur humeur et la température de l'air, plutôt une cotte de satin, de damas, de velours orangé, brun, vert, cendré, bleu, jaune clair, rouge, cramoisi, blanc, ou de drap d'or, de toile d'argent, de canetille [3], de broderies selon les fêtes.

Pour les robes, selon la saison, elles étaient de toile d'or à frisures d'argent, de satin rouge recouvert de canetille d'or, de taffetas blanc, bleu, noir, brun, de serge de soie, d'étoffe soyeuse, de velours, de drap d'argent, de toile d'argent, d'or filé, de velours ou de satin surfilé d'or à divers motifs.

---

1. C'est-à-dire avec une bordure déchiquetée, très à la mode au temps de Rabelais. **2.** Sorte de jupon large qui fait son apparition sous François Ier. **3.** Fil de métal très fin utilisé en broderie ou sur les chapeaux pour composer des formes ornementales. Les vêtements sont très élaborés et, harmonie suprême, en accord avec l'humeur de la personne ou la température de l'air, de même que la couleur des murs des chambres variait selon les saisons. L'idée principale est d'être « assorti », c'est-à-dire de s'inscrire dans une cohérence : le vêtement est un choix résultant d'une volonté qui n'a rien d'arbitraire.

En esté quelques jours en lieu de robbes portoient belles Marlottes des parures susdictes, ou quelques bernes à la Moresque de velours violet à frizure d'or sus canetille d'argent, ou à cordelieres d'or guarnies aux rencontres de petites perles Indicques. Et tousjours le beau panache scelon les couleurs des manchons et bien guarny de papillettes d'or.

En hyver robbes de tafetas des couleurs comme dessus : fourrées de loups cerviers, genettes noires, martres de Calabre, zibelines, et aultres fourrures precieuses.

Les patenostres, anneaulx, jazerans, carcans, estoient de fines pierreries, escarboucles, rubys, balays, diamans, saphiz, esmeraudes, turquoyzes, grenatz, agathes, berilles, perles et unions d'excellence.

L'acoustrement de la teste estoit selon le temps. En hyver à la mode Françoyse. Au prin temps à l'Espagnole. En esté à la Tusque. Exceptez les festes et dimanches, esquelz portoient accoustrement Françoys, par ce qu'il est plus honorable, et mieulx sent la pudicité matronale.

Les hommes estoient habillez à leur mode, chausses pour le bas d'estamet ou serge drapée d'escarlatte, de migraine, blanc ou noir.

Les hault de velours d'icelles couleurs ou bien prés approchantes : brodées et deschicquetées selon leur invention.

Le pourpoint de drap d'or, d'argent, de velours, satin, damas, tafetas, de mesmes couleurs, deschicquettés, broudez, et acoustrez en paragon.

Les aguillettes de soye de mesmes couleurs, les fers d'or bien esmaillez.

Les sayez et chamarres de drap d'or, toille d'or, drap d'argent, velours porfilé à plaisir. Les robbes autant precieuses comme des dames.

En été, certains jours, au lieu de robes elles portaient de belles blouses avec de semblables merveilleuses parures, ou quelque surtout à la Mauresque [1], de velours violet à frisure d'or sur canetille d'argent, ou à cordelettes d'or garnies aux coutures de petites perles indiennes. Et toujours un beau panache assorti aux couleurs des manchons et joliment garni de pampilles d'or.

En hiver, les robes étaient de taffetas, selon les couleurs déjà mentionnées, mais fourrées de loup-cervier, de genette noire, de martre de Calabre, de zibeline [2], et d'autres fourrures précieuses.

Les chapelets, bagues, chaînes et colliers, étaient de pierreries fines, d'escarboucles, de rubis, de balais [3], de diamants, de saphirs, d'émeraudes, de turquoises, de grenats, d'agates, de béryls [4], de perles, en d'exceptionnelles harmonies.

La forme de la coiffure variait selon le temps. En hiver à la mode française, au printemps à l'espagnole, en été à la toscane [5]. Sauf pour les fêtes et les dimanches, où se portait la coiffe française, parce qu'elle est plus honnête, et propre à la pudeur des femmes mariées.

Les hommes étaient habillés à leur mode, avec des bas-de-chausses pour les jambes en léger tissu de laine ou de serge drapé d'écarlate, de rouge grenat, de blanc ou de noir. Le haut-de-chausses était de velours des mêmes couleurs ou de couleurs approchantes, avec broderies et crevés, selon la fantaisie de chacun. Le pourpoint était de drap d'or, d'argent, de velours, de satin, de damas, de taffetas dans les mêmes couleurs, découpé, brodé et apprêté selon la mode la plus élégante. Les aiguillettes [6] étaient de soie de couleurs assorties, les ferrets d'or bien émaillés. Les vestes et casaques étaient de drap d'or, de toile d'or, de drap d'argent,

---

1. Pardessus court, ouvert et sans manches. **2.** Tous ces animaux sont prisés pour leur magnifique fourrure. **3.** Variété de rubis rose clair, que l'on trouve en Extrême-Orient. **4.** Pierres précieuses de couleurs variables. **5.** À la mode française, les cheveux sont couverts par un chaperon, choix justifié en hiver et pour les jours où la pudeur s'impose, tandis que, en été, une coiffure à l'italienne découvre davantage les cheveux, ornés de tresses, de perles ou de rubans. La coiffure à l'espagnole, moins sophistiquée, découvre également les cheveux. **6.** Cordons, tresses ou rubans servant à lacer, pour les attacher ensemble, le haut-de-chausses au pourpoint.

Les ceinctures de soye de couleurs du pourpoinct, chascun la belle espée au cousté, la poignée dorée, le fourreau de velours de la couleur des chausses, le bout d'or, et de orfevrerie.

Le poignart de mesmes.

Le bonnet de velours noir, garny de force bagues et boutons d'or.

La plume blanche par dessus mignonnement, partie à paillettes d'or : au bout desquelles pendoient en papillettes, beaulx rubiz, esmerauldes etc.

Mais telle sympathie estoit entre les hommes et les femmes, que par chascun jour ilz estoient vestuz de semblable parure. Et pour à ce ne faillir estoient certains gentilz hommes ordonnez pour dire es hommes par chascun matin, quelle livrée les dames vouloient en icelle journée porter. Car le tout estoit faict selon l'arbitre des dames. En ces vestemens tant propres et accoustremens tant riches, ne pensez que eulx ny elles perdissent temps aulcun, car les maistres des garde-robbes avoient toute la vesture tant preste par chascun matin : et les dames de chambre tant bien estoient aprinses, que en un moment elles estoient prestes et habillez de pied en cap.

Et pour iceulx acoustremens avoir en meilleur oportunité.

Au tour du boys de Theleme estoit un grand corps de maison long de demye lieue, bien clair et assorty, en laquelle demouroient les orfevres, lapidaires, brodeurs, tailleurs, tireurs d'or, veloutiers, tapissiers, et aultelissiers, et là œuvroient chascun de son mestier, et le tout pour les susdictz religieux et religieuses.

Iceulx estoient fourniz de matiere et estoffe par les mains du seigneur Nausiclete, lequel par chascun an leurs rendoit sept navires des Isles de Perlas et Canibales, chargées de lingotz d'or, de soye crue, de perles et pierreries. Si quelques unions tendoient à vetusté, et

de velours surfilé de motifs variés. Les robes étaient aussi précieuses que celles des dames. Les ceintures étaient de soie aux couleurs du pourpoint ; chacun allait avec sa belle épée au côté, la poignée dorée, le fourreau de velours de la couleur des bas, le bout d'or et d'orfèvrerie ; le poignard de même ; le bonnet de velours noir, garni de force joyaux et pompons d'or. La plume par-dessus mignonnement disposée était blanche, divisée de paillettes d'or, au bout desquelles pendaient en pampilles de beaux rubis, des émeraudes, etc.

Mais il régnait entre les hommes et les femmes une telle harmonie qu'ils étaient vêtus chaque jour de parures similaires. Et pour ne point faillir à cela, certains gentilshommes étaient délégués, chaque matin, pour dire aux hommes quelle tenue les dames voulaient porter cette journée-là, car tout était fait selon la volonté des dames. Et ces vêtements si beaux et ces tenues si riches, ne pensez pas que ni eux ni elles ne soient obligés de perdre beaucoup de temps à les revêtir : en effet les maîtres des garde-robes avaient préparé le vêtement complet chaque matin, et les femmes de chambre étaient si adroites qu'en un moment elles étaient prêtes et habillées de pied en cap. Et pour se procurer très commodément toutes ces élégances, il y avait non loin du bois de Thélème un grand corps de logis long d'une demi-lieue, bien éclairé et bien aménagé, où demeuraient les orfèvres, les lapidaires, les brodeurs, les tailleurs, les fileurs d'or, les veloutiers, les tapissiers et les haute liciers [1] ; chacun exerçait là son art et son métier, exclusivement pour les religieux et religieuses en question.

Ils étaient fournis en matériaux et étoffes par les soins du seigneur Nausiclète [2], qui chaque année leur rapportait sept navires des îles de Perlas et des Cannibales [3], chargés de lingots d'or, de soie sauvage, de perles et de pierreries. Si

1. Tapissiers travaillant sur un grand métier à tisser. **2.** Ce nom, issu du grec, signifie « célèbre pour ses vaisseaux » et indique qu'il s'agit d'un riche négociant qui parcourt le monde. On trouve cette épithète chez Homère pour désigner les Phéaciens. **3.** Îles des Petites Antilles.

changeoient de naifve blancheur : icelles par leur art renouvelloient en les donnant à manger à quelques beaulx cocqs, comme on baille cure es faulcons.

Comment estoient reiglez les Thelemites à leur maniere de vivre

CHAPITRE LVII

Toute leur vie estoit employée non par loix, statuz ou reigles, mais selon leur vouloir et franc arbitre. Se levoient du lict quand bon leur sembloit : beuvoient, mangeoient, travailloient, dormoient quand le desir leur venoit. Nul ne les esveilloit, nul ne les parforceoit ny à boyre, ny à manger, ny à faire chose aultre quelconques. Ainsi l'avoit estably Gargantua. En leur reigle n'estoit que ceste clause. *Fay ce que vouldras.*

Parce que gens liberes, bien nez, bien instruictz, conversans en compaignies honnestes ont par nature un instinct, et aguillon, qui tousjours les poulse à faictz vertueux, et retire de vice, lequel ilz nommoient honneur. Iceulx quand par vile subjection et contraincte sont deprimez et asserviz, detournent la noble affection par laquelle à vertuz franchement tendoient, à deposer et enfraindre ce joug de servitude. Car nous entreprenons tousjours choses defendues et convoitons ce que nous est denié.

Par ceste liberté entrerent en louable emulation de faire tous ce que à un seul voyoient plaire.

quelque perle venait à se ternir et perdait sa première blancheur, par leur art ils la rendaient comme neuve en la donnant à manger à quelque beau coq [1], comme on donne la cure aux faucons [2].

Comment était réglée la vie des Thélémites [3]

CHAPITRE LVII

Toute leur vie était régie non par des lois, des statuts ou des règles, mais selon leur volonté et leur libre arbitre. Ils se levaient du lit quand bon leur semblait ; buvaient, mangeaient, travaillaient, dormaient quand le désir leur en venait. Nul ne les éveillait, nul ne les forçait ni à boire, ni à manger, ni à faire quoi que ce fût d'autre. Gargantua l'avait établi ainsi. Leur règle [4] tenait en cette unique clause : « Fais ce que tu voudras. » Parce que les gens libres, de bonne nature, bien instruits, conversant en nobles compagnies, ont par nature [5] un instinct, un aiguillon (qu'ils nommaient « honneur ») qui toujours les pousse à agir vertueusement et les détourne du vice. Et si une vile et contraignante oppression les affaiblit et les asservit, ils sont obligés de se détourner de ce noble penchant qui les guidait spontanément vers la vertu pour déposer et briser le joug de servitude. Car nous entreprenons toujours ce qui est défendu, et convoitons ce dont nous sommes privés.

Par cette liberté, ils rivalisèrent de louable émulation pour faire, tous, ce qu'ils voyaient plaire à un seul. Si quelqu'un

---

1. Recette mentionnée par Averroès pour redonner de l'éclat aux perles. **2.** Voir chap. XLI, note 2, p. 315. **3.** L'utopie de cette abbaye, conçue « au contraire de toutes les autres », a déjà brisé les vœux traditionnels de pauvreté et de chasteté. Reste à abolir le vœu d'obéissance que devaient formuler les religieux avant d'entrer dans les ordres. **4.** Le paradoxe apparent de la liberté tient à ce qu'elle se trouve érigée en règle et décidée par Gargantua. L'autorité du prince intervient en réalité pour empêcher l'imposition d'une autorité contraignante. Tout en maintenant une tension paradoxale qui sème le doute quant au caractère désirable de l'utopie, le texte insiste sur l'aspect non arbitraire de cette règle, choisie par les Thélémites eux-mêmes puisqu'ils la font leur. **5.** La règle du bon vouloir émane de la « nature » de la communauté choisie pour ce lieu.

Si quelq'un ou quelcune disoit « beuvons », tous buvoient. Si disoit « jouons », tous jouoient. Si disoit « allons à l'esbat es champs », tous y alloient. Si c'estoit pour voller ou chasser, les dames montées sus belles hacquenées avecques leur palefroy gourrier, sus le poing mignonement enguantelé portoient chascune, ou un Esparvier, ou un Laneret, ou un Esmerillon : les hommes portoient les aultres oyseaulx.

Tant noblement estoient apprins, qu'il n'estoit entre eulx celluy, ne celle qui ne sceust lire, escripre, chanter, jouer d'instrumens harmonieux, parler de cinq et six langaiges, et en iceulx composer tant en carme que en oraison solue.

Jamais ne feurent veuz chevaliers tant preux, tant gualans, tant dextres à pied, et à cheval, plus vers, mieulx remuans, mieulx manians tous bastons que là estoient.

Jamais ne feurent veues dames tant propres, tant mignonnes, moins fascheuses, plus doctes à la main, à l'agueille, à tout acte muliebre honneste et libere, que là estoient.

Par ceste raison quand le temps venu estoit que aulcun d'icelle abbaye, ou à la requeste de ses parens, ou pour aultres causes voulust issir hors, avecques soy il emmenoit une des dames, celle laquelle l'auroit prins pour son devot, et estoient ensemble mariez. Et si bien avoient vescu à Theleme en devotion et amytié : encores mieulx la continuoient ilz en mariaige, d'autant se entreaymoient ilz à la fin de leurs jours, comme le premier de leurs nopces.

Je ne veulx oublier vous descripre un enigme qui fut trouvé aux fondemens de l'abbaye, en une grande lame de bronze. Tel estoit comme s'ensuyt.

ou quelqu'une disait « buvons », tous buvaient. Si l'un disait « jouons », tous jouaient. Si un autre disait « allons batifoler dans les champs », tous y allaient. Si l'on partait pour une chasse, ou une chasse au vol[1], les dames montées sur de belles haquenées[2] avec leur palefroi[3] magnifiquement harnaché portaient chacune, sur leur poing mignonnement ganté, ou un épervier, ou un faucon lanier, ou un émerillon ; les hommes portaient les autres oiseaux.

Ils étaient tous si noblement instruits, qu'il n'y en avait aucun parmi eux qui ne sache l'art de lire, d'écrire, de chanter, de jouer d'harmonieux instruments, de parler cinq à six langues ; tous savaient en chaque langue composer des vers ou des textes en prose. Jamais on ne vit de chevaliers si preux, si galants, si habiles à pied et à cheval, plus vigoureux, plus prestes, et sachant mieux manier toutes sortes d'armes, que ceux qui étaient là. Jamais on ne vit de dames si distinguées, si jolies, plus brillantes, plus douées de leurs mains, dans les travaux d'aiguille, et pour toute activité féminine vertueuse et libre, que celles qui étaient là.

Dès lors, quand le temps était venu qu'un membre de cette abbaye veuille, soit à la requête de ses parents, soit pour une autre raison, en sortir, il emmenait avec lui une des dames qui en serait tombée amoureuse, et ils étaient mariés ensemble. Et ils avaient si bien vécu à Thélème, tout en dévotion et amitié, qu'ils continuaient mieux encore étant mariés, s'aimant l'un l'autre jusqu'à la fin de leurs jours autant qu'au premier moment de leurs noces.

Je ne veux oublier de vous décrire une énigme qui fut trouvée aux fondements de l'abbaye, sur une grande lame de bronze, et qui disait ceci :

---

1. La chasse au vol se pratique à l'aide d'oiseaux de proie. **2.** Petit cheval ou jument facile à monter, docile et allant ordinairement l'amble, réservé en général aux dames. **3.** Voir note 8, p. 61.

Enigme en prophetie

CHAPITRE LVIII

Pauvres humains qui bon heur attendez
Levez vos cueurs, et mes dictz entendez.
S'il est permis de croyre fermement
Que par les corps qui sont au firmament,
Humain esprit de soy puisse advenir
À prononcer les choses à venir :
Ou si l'on peut par divine puissance
Du sort futur avoir la congnoissance,
Tant que l'on juge en asseuré discours
Des ans loingtains la destinée et cours,
Je fois sçavoir à qui le veult entendre,
Que cest Hyver prochain sans plus attendre
Voyre plus tost en ce lieu où nous sommes
Il sortira une maniere d'hommes
Las du repoz, et faschez du sejour,
Qui franchement iront, et de plein jour,
Subourner gens de toutes qualitez
À different et partialitez.
Et qui vouldra les croyre et escouter :
(Quoy qu'il en doibve advenir et couster)
Ilz feront mettre en debatz apparentz

Énigme en prophétie

CHAPITRE LVIII

Pauvres humains, qui le bonheur attendez
Élevez vos cœurs, et mes paroles entendez[1].
S'il est permis de croire fermement
Que par les astres qui sont au firmament,
L'esprit humain puisse de soi-même parvenir
À prononcer les choses à venir :
Ou si l'on peut par divine puissance
Du sort futur avoir la connaissance,
Assez pour dire d'un assuré discours
Des jours lointains la destinée, le cours,
Je fais savoir à qui le veut entendre,
Que cet hiver prochain sans plus attendre,
Voire plus tôt, en ce lieu où nous sommes
Il sortira une manière d'hommes
Las du repos, blasés du doux amour,
Qui librement iront, et en plein jour,
Attaquer tous, en toute société,
Par des disputes et des calamités.
Et qui voudra les croire et écouter
(Quoi qu'il en doive advenir et coûter),
Ils en feront un séditieux violent

1. Ces deux premiers vers sont de Rabelais, ainsi que les dix derniers. Le reste du texte de l'énigme avait été écrit par le poète Mellin de Saint-Gelais (1491-1558), et publié seulement en 1574. Néanmoins, avant même sa publication, le texte était connu et visait bel et bien à décrire une partie de jeu de paume, mais dans le genre littéraire de l'énigme, c'est-à-dire sous des paroles obscures, en l'occurrence sous l'apparence d'un récit apocalyptique qui emprunte au lexique des affrontements fratricides des guerres de Religion. Rabelais joue du même double sens, mais frère Jean, qui connaît ses classiques, ne s'y trompe pas, comme le montrera plus loin son interprétation. Rabelais, en posant ce texte à double entente comme pièce finale du livre, revient au propos ouvert dans le prologue sur la coexistence possible d'un sens littéral et d'un plus haut sens (voir Présentation, p. 21) et sur l'intérêt de lire à la source des textes antiques même si leur sens est énigmatique (voir chap. I, p. 53). Enfin, en mettant ses personnages en situation de lecteurs, il les fait dialoguer et reparaître sur le devant de la scène, afin de revenir au fil de l'intrigue que Thélème semblait avoir mis de côté le temps d'une parenthèse descriptive hors du temps de la narration.

Amys entre eulx et les proches parents.
Le filz hardy ne craindra l'impropere
De se bender contre son propre pere,
Mesmes les grandz de noble lieu sailliz
De leurs subjectz se verront assailliz.
Et le debvoir d'honneur et reverence
Perdra pour lors tout ordre et difference,
Car ilz diront que chascun à son tour
Doibt aller hault, et puis faire retour.
Et sur ce poinct aura tant de meslées,
Tant de discordz, venues, et allées,
Que nulle histoyre, où sont les grands merveilles
A faict recit d'esmotions pareilles,
Lors se verra maint homme de valeur
Par l'esguillon de jeunesse et chaleur
Et croire trop ce fervent appetit
Mourir en fleur, et vivre bien petit.
Et ne pourra nul laisser cest ouvrage,
Si une fois il y met le couraige :
Qu'il n'ayt emply per noises et debatz
Le ciel de bruit, et la terre de pas.
Alors auront non moindre authorité
Hommes sans foy, que gens de verité :
Car tous suyvront la creance et estude
De l'ignorante et sotte multitude.
Dont le plus lourd sera receu pour juge.
O dommaigeable et penible deluge,
Deluge (dy je) et à bonne raison,
Car ce travail ne perdra sa saison
Ny n'en sera delivrée la terre :
Jusques à tant qu'il en sorte à grand erre
Soubdaines eaux, dont les plus attrempez
En combatant seront pris et trempez,
Et à bon droict : car leur Cueur adonné
À ce combat, n'aura point perdonné
Mesme aux troppeaux des innocentes bestes
Que de leurs nerfz, et boyaulx deshonnestes

Pour ses amis et ses proches parents.
Le fils hardi ne craindra point, pervers,
De se dresser contre son propre père ;
Même les grands nés de haute lignée
Se verront assaillis par leurs sujets.
Et le devoir d'honneur, de révérence
Perdra pour l'heure tout ordre et importance,
Car ils diront que chacun à son tour
Doit aller haut, et puis faire un retour.
Et sur ce point viendront tant de mêlées,
Tant de discorde, de venues et allées,
Que nulle histoire où sont les grandes merveilles
N'a fait récit d'agitations pareilles.
Alors on verra plus d'un homme de valeur
Par l'aiguillon de la jeunesse, la chaleur
Et suivant trop ce fervent appétit,
Mourir à la fleur de l'âge, d'un vivre bien petit.
Et nul ne pourra quitter cet ouvrage,
Puisqu'il y aura voué tout son courage,
Avant d'avoir empli, par querelles et débats,
Le ciel de bruit, et la terre de pas.
Alors les hommes sans foi n'auront pas moins d'autorité
Que les défenseurs de la vérité :
Car tous suivront la croyance et l'opinion
De l'ignorante et sotte multitude,
Dont le plus lourd sera élu en juge.
Ô dommageable et pénible déluge,
Déluge, dis-je, et à juste raison,
Car ce supplice n'achèvera son ère
Et ne délivrera de son mal la terre
Avant qu'il en soit sorti à grands flots
De brusques eaux, dont les plus modérés
En combattant seront pris et trempés[1],
Et à bon droit : car leur cœur adonné
À ce combat, n'aura pas pardonné
(Aux troupeaux même des innocentes bêtes)
Que leurs nerfs et boyaux malhonnêtes

1. Le sens de déluge comme catastrophe apocalyptique coexiste avec le sens donné par le moine, celui de la sueur des joueurs. Voir plus loin « grandes eaux ».

Il ne soit faict, non aux dieux sacrifice
Mais au mortelz ordinaire service.
Or maintenant je vous laisse penser
Comment le tout se pourra dispenser.
Et quel repoz en noise si profonde
Aura le corps de la machine ronde.
Les plus heureux qui plus d'elle tiendront
Moins de la perdre et gaster s'abstiendront,
Et tascheront en plus d'une maniere
À l'asservir et rendre prisonniere,
En tel endroict que la pauvre deffaicte
N'aura recours que à celluy qui l'a faicte
Et pour le pis de son triste accident
Le clair Soleil, ains que estre en occident
Lairra espandre obscurité sur elle
Plus que d'eclipse, ou de nuyct naturelle.
Dont en un coup perdra sa liberté,
Et du hault ciel la faveur et clarté.
Ou pour le moins demeurera deserte,
Mais elle avant ceste ruyne et perte
Aura longtemps monstré sensiblement
Un violent et si grand tremblement,
Que lors Ethna ne feust tant agitée,
Quand sur un filz de Titan fut jectée,
Et plus soubdain ne doibt estre estimé
Le mouvement que feit Inarimé
Quand Tiphœus si fort se despita,
Que dens la mer les montz precipita.
Ainsi sera en peu d'heure rengée
À triste estat, et si souvent changée,
Que mesmes ceulx qui tenue l'auront
Aulx survenans occuper la lairront,

Ne soient pas offerts aux dieux en sacrifice[1],
Mais consacrés aux mortels par service.
Or maintenant je vous laisse imaginer
Comment le tout pourra se partager,
Et quel repos, en conflit si profond,
Pourra trouver le corps de la machine ronde[2].
Les plus heureux, ceux qui plus y tiendront,
De la perdre et gâter le mieux s'abstiendront,
Et tâcheront en plus d'une manière
De l'asservir et rendre prisonnière,
À tel point que la pauvre, défaite,
N'aura recours qu'à celui qui l'a faite ;
Et pour le pire des sombres accidents
Le clair soleil, avant de gagner l'occident,
Laissera se répandre sur elle l'obscurité
Pire qu'une éclipse, ou que la nuit dans sa simplicité :
Elle en perdra soudain sa liberté
Et du haut ciel la faveur et clarté,
Ou pour le moins, elle restera déserte.
Mais elle aura avant cette ruine, sa perte,
Montré longtemps et très sensiblement
Un violent et si grand tremblement
Que même l'Etna ne fut tant agité
Quand sur un fils de Titan fut jeté[3]
Et même moins fort doit être estimé
Le mouvement que fit l'île animée[4]
Quand son Typhée si fort se courrouça
Que les monts dans la mer il précipita.
Ainsi elle sera en peu d'heures ramenée
À un triste état, et si souvent cédée,
Que même ceux qui l'auront tenue quelques heures
La laisseront saisir par leurs successeurs,

1. Les entrailles des animaux offertes aux dieux en sacrifice ne sont, selon frère Jean, que les boyaux qui constituent les cordes des raquettes des joueurs de paume. **2.** Périphrase qui désigne traditionnellement la Terre, mais qui sera interprétée par frère Jean comme une allusion à la rotondité de la balle. **3.** Dans la mythologie grecque, Zeus avait enfermé le Titan Typhée sous l'Etna : ses mouvements convulsifs pour s'échapper expliqueraient les secousses sismiques du volcan. **4.** Il s'agit de l'île italienne d'Ischia, dont les tremblements sismiques résulteraient également de la colère du Titan Typhée, selon la version rapportée par Virgile dans l'*Énéide* (IX, 716).

Lors sera prés le temps bon et propice
De mettre fin à ce long exercice :
Car les grans eaulx dont oyez deviser
Feront chascun la retraicte adviser.
Et toutesfoys devant le partement
On pourra veoir en l'air apertement
L'aspre chaleur d'une grand flamme esprise,
Pour mettre à fin les eaulx et l'entreprise.
Reste en aprés ces accidens parfaictz
Que les esleuz joyeusement refaictz
Soient de tous biens, et de manne celeste
Et d'abondant par recompense honeste
Enrichiz soient. Les aultres en la fin
Soient denuez. C'est la raison, affin
Que ce travail en tel poinct terminé
Un chascun ayt son sort predestiné.
Tel feut l'accord. O qu'est à reverer,
Cil qui en fin pourra perseverer.

La lecture de cestuy monument parachevée, Gargantua souspira profondement, et dist es assistans.

« Ce n'est de maintenant que les gens reduictz à la creance evangelique sont persecutez. Mais bien heureux est celluy qui ne sera scandalizé et qui tousjours tendra au but, au blanc, que Dieu par son cher filz nous a prefix,

Alors on sera proche du temps bon et propice
De mettre fin à ce long exercice ;
Car les grandes eaux dont le récit vous entendez
De se retirer donneront l'idée.
Et toutefois, avant le départ
On pourra voir clairement en l'air la part
De l'âpre chaleur, incendiée d'une grande flamme[1]
Pour mettre fin aux eaux et au programme[2].
Il ne reste après tous ces événements hardis,
Que les élus[3] *joyeusement ragaillardis*
De retrouver tout bien, et la manne céleste
En abondance, par récompense honnête :
Qu'ils en soient enrichis. Que les autres à la fin
Soient dépossédés. C'est le mot de la fin :
Pour que, lorsque ces épreuves seront terminées,
Tout un chacun ait son sort selon sa destinée.
Tel était l'accord. Ô qu'il convient de le révérer,
Celui qui jusqu'à la fin pourra persévérer !

Ayant achevé la lecture de cette inscription monumentale, Gargantua soupira profondément, et dit à l'assistance :

« Ce n'est pas d'hier que les gens conduits à la croyance évangélique sont persécutés[4]. Mais bienheureux est celui qui ne sera scandalisé[5], et qui toujours tendra au but, à la

---

1. La grande flamme du feu purificateur devient, selon l'interprétation du moine, celle du grand feu clair qui permet de se sécher après l'effort. **2.** À partir de ce point, les dix vers qui concluent l'énigme sont un ajout de Rabelais au texte de Mellin de Saint-Gelais. **3.** Le sens religieux coexiste avec le sens donné par le moine, pour qui les élus sont les gagnants de la partie de jeu de paume. **4.** Allusion aux troubles politiques et religieux des années 1530, quand commencent à se mettre en place répression, surveillance et suspicion envers les réformés ou ceux qui sont sensibles aux idées évangéliques. Selon l'interprétation du prince chrétien imprégné d'idéaux humanistes, cette prophétie fait écho à un sentiment de désarroi devant les formes d'intolérance qui se multiplient. L'utopie de Thélème capte ainsi les rêves humanistes et évangéliques pour leur offrir un potentiel refuge. Mais, contrairement à l'île Utopie dans l'œuvre de Thomas More, ce refuge-ci, situé sur les bords de la Loire, a l'avantage de ne pas appartenir à une terre imaginaire. Dans la perspective rabelaisienne, plus optimiste, l'utopie est donc possible ici et maintenant, et il suffirait d'exercer sa thélémie, ou une libre volonté, pour la faire advenir. **5.** Au sens d'être détourné de la bonne voie (écho au v. 3 de l'Avis aux lecteurs). La reprise à la fin du paragraphe du mot « affections » (Avis aux lecteurs, v. 2) est à comprendre, comme au début du livre, au sens d'« émotions » : dans les deux cas, elles pourraient détourner le sujet du sens à atteindre.

sans par ses affections charnelles estre distraict ny diverty. »

Le Moyne dist. « Que pensez vous en vostre entendement estre par cest enigme designé et signifié.

– Quoy, dist Gargantua, le decours et maintien de verité divine.

– Par sainct Goderan (dist le Moyne). Telle n'est mon exposition. Le stille est de Merlin le prophete, donnez y allegories et intelligences tant graves que vouldrez. Et y ravassez vous et tout le monde ainsy que vouldrez, de ma part je n'y pense aultre sens enclous q'une description du Jeu de Paulme soubz obscures parolles. Les suborneurs de gens sont les faiseurs de parties, qui sont ordinairement amys. Et aprés les deux chasses faictes, sort hors le jeu celluy qui y estoyt et l'aultre y entre. On croyt le premier qui dict si l'esteuf est sus ou soubz la chorde. Les eaulx sont les sueurs. Les chordes des raquestes sont faictes de boyaux de moutons ou de chevres. La machine ronde est la pelote ou l'esteuf. Aprés le jeu on se refraischit devant un clair feu et change l'on de chemise. Et voluntiers bancquete l'on, mais plus joyeusement ceulx qui ont guaingné. Et grand chere. »

FIN

pureté à laquelle Dieu par son cher fils nous a prédestinés, sans être distrait ni séduit par ses émotions et ses sens. »

Le moine dit : « D'après votre bon sens, que pensez-vous que désigne et signifie cette énigme ?

– Et bien, dit Gargantua, le cours et la sauvegarde de la vérité divine.

– Par saint Goderan [1], dit le moine, je ne me l'explique pas ainsi. Le style en est de Merlin le Prophète [2]. Ajoutez-y toutes les allégories et subtilités les plus graves que vous voudrez. Et rêvassez donc, vous et tous les autres, autant que vous voudrez, pour ma part je pense qu'il n'y a d'autre sens à y voir au-dedans qu'une description du jeu de paume sous d'obscures paroles. Les auteurs des attaques sont les joueurs de la partie, qui sont ordinairement amis. Et après les deux services, celui qui était sur le terrain sort et un autre y entre. On croit le premier qui dit que la balle passe au-dessus ou au-dessous du filet. Les eaux sont les sueurs. Les cordes des raquettes sont faites de boyaux de moutons ou de chèvres. La machine ronde est la balle ou la pelote. Après le jeu on se rafraîchit devant un feu clair, et l'on change de chemise. Et volontiers on se régale d'un banquet, mais les plus joyeux sont ceux qui ont gagné. Et grande chère [3] ! »

FIN

---

1. Évêque de Saintes au XIe siècle, ce saint fut enseveli à Maillezais (voir Présentation, p. 4). **2.** Surnom que donnaient à Mellin de Saint-Gelais certains de ses amis. Allusion également à l'enchanteur Merlin, personnage important du récit merveilleux des *Grandes Chroniques* qui sert de matrice au roman rabelaisien. **3.** La coexistence des deux interprétations opposées n'engendre ni intolérance, ni conflit, ni perplexité. L'exclamation du moine montre qu'il convient plutôt, pour finir, de s'en réjouir.

DOSSIER

1 — *Utopies et perfections de l'éducation humaniste*

2 — *Idéaux humanistes sur la guerre et la paix*

L'histoire que développe Rabelais dans *Gargantua*, sous couvert d'aventures diverses et bigarrées, renvoie à des sujets qui occupent la pensée humaniste des années 1530-1540. Rabelais, tout en riant et en enveloppant l'ensemble dans la cocasserie et la fantaisie des aventures de ses géants, se fait l'écho des idées exposées ailleurs sous des formes non fictives, mais qu'il transpose dans la matière du conte. Une lecture de ces fabuleuses narrations qui méconnaîtrait cet arrière-plan idéologique manquerait donc un intertexte important. C'est pourquoi sont proposés ici quelques grands textes humanistes auxquels Rabelais fait référence implicitement.

L'humaniste Érasme de Rotterdam (1467-1536) a prôné dans toute son œuvre une condamnation absolue de la guerre, qu'il a répétée sans relâche, tout particulièrement au nom de la morale chrétienne. Rabelais le connaît, correspond avec lui par lettres et n'ignore pas ses publications les plus récentes (*Éloge de la folie*, 1511 ; *L'Institution du prince chrétien*, 1516 ; *De l'éducation*, 1529). Les développements placés quasiment au centre de l'histoire de *Gargantua* sur l'éducation du jeune géant, fils de roi (les chapitres XXI-XXIV qui s'opposent aux chapitres XIV-XV), autant que la séquence sur la manière dont Grandgousier son père cherche à éviter la guerre (les chapitres XXVIII à XXXII) sont largement redevables aux écrits d'Érasme. *Gargantua* serait pour Rabelais une façon de mettre en pratique, voire en situation par la forme narrative dont l'aspect n'est léger qu'en apparence, la pensée qu'Érasme exprime sous la forme de traités théoriques. On ne s'étonnera donc pas de rencontrer dans les épisodes rabelaisiens, presque mot pour mot, la reprise des idées défendues par Érasme.

La réflexion des humanistes s'oriente dans de nombreuses directions, mais nous distinguerons ici uniquement les deux sujets qui répondent aux grandes articulations de l'histoire de *Gargantua* : l'éducation et le maintien de la paix. Tous deux sont porteurs, depuis les écrits d'Érasme, de l'espoir d'une rénovation profonde, toujours d'actualité au moment de la première édition de *Gargantua* (1534-1535) et dont l'écho se fera entendre jusqu'à la fin du siècle, comme en témoignent les extraits des *Essais* de Montaigne, publiés entre 1580 et 1595.

1 — *Utopies et perfections de l'éducation humaniste*

À la lecture des textes d'Érasme, on constate que le programme d'enseignement des humanistes adopte globalement les disciplines des sept arts libéraux déjà en vigueur au Moyen Âge : le *trivium* (grammaire, rhétorique et logique) et le *quadrivium* (géométrie, musique, arithmétique et astronomie). La nouveauté porte sur l'apprentissage des langues anciennes et vernaculaires. Elle s'appuie sur la prise de conscience qu'un enfant apprend les langues beaucoup plus facilement qu'un adulte (texte 1). Elle se trouve réaffirmée dans la lettre de Gargantua à Pantagruel (texte 6).

Du point de vue de la méthode d'enseignement, la terreur, la malpropreté, les châtiments corporels et l'apprentissage par cœur sont uniformément bannis par Érasme – qui en a lui-même souffert dans son enfance –, au profit d'une adaptation au rythme de l'élève, d'un apprentissage par la pratique et de méthodes privilégiant l'intérêt, l'amusement et la curiosité, de manière à éveiller le plaisir et le désir d'apprendre, jugés plus essentiels que le savoir lui-même (textes 2 et 3).

Il importe, dès lors, d'attacher un soin tout particulier au choix du précepteur, dont Montaigne souligne à son tour qu'il aura bénéfice à avoir la tête bien faite, plutôt que la tête bien pleine (texte 7). Les humanistes s'élèvent ainsi contre l'ineptie inopérante des méthodes anciennes et prônent à l'inverse l'idéal italien d'un homme capable de mettre en valeur ses qualités en société grâce à sa formation très riche (texte 4) et qui sache par ailleurs se ressourcer dans le commerce solitaire avec les grands auteurs de l'Antiquité (texte 5).

I. Contenus et voies d'accès au savoir

Tu vas me demander de t'indiquer les connaissances qui correspondent à l'esprit des enfants et qu'il faut leur infuser dès leur prime jeunesse. En premier lieu, la pratique des langues, que possèdent les tout-petits sans aucun effort de leur part, alors que chez les adultes, cette faculté peut à peine s'acquérir au prix d'un grand effort. Les bébés y sont poussés, comme nous l'avons dit, par un certain plaisir naturel de l'imitation, dont nous voyons aussi quelques traces chez les sansonnets et les perroquets. Et puis – rien de plus délicieux – les fables des poètes. Leurs séduisants attraits charment les oreilles enfantines, tandis qu'à leur tour, les adultes y trouvent le plus grand profit tant pour la connaissance de la langue que pour la formation du jugement et la richesse de l'expression. Quoi de plus plaisant à écouter pour un enfant que les apologues d'Ésope [1] qui, par le rire et la fantaisie, n'en transmettent pas moins des préceptes philosophiques sérieux ? Et le profit est le même avec les autres fables des poètes d'autrefois ! L'enfant écoute le récit des compagnons d'Ulysse, transformés par l'art de Circé en pourceaux et en d'autres formes animales [2]. Le récit le fait rire mais, en même temps, l'enfant a retenu un principe fondamental de philosophie morale, à savoir : ceux qui ne sont pas gouvernés par la droite raison, mais qui se laissent emporter au gré de leurs passions, ne sont pas des hommes, mais des bêtes. Un stoïcien s'exprimerait-il plus gravement ? Et pourtant le même enseignement est donné par une fable amusante. La chose est si évidente que je ne veux pas te retenir en multipliant les exemples. Quoi de plus gracieux qu'un poème bucolique ? Quoi de plus charmant qu'une comédie ? Fondée sur l'étude des « caractères », elle fait impression à la fois sur les non-initiés et sur les enfants. Mais quelle somme de philosophie

1. Ésope, auteur grec (V^{e}-VIe siècles av. J.-C.), a composé des fables qui mettent en scène des animaux pour évoquer les défauts des hommes. Ces fables seront reprises par l'auteur latin Phèdre (Ier siècle apr. J.-C.), puis au XVIIe siècle par Jean de La Fontaine. **2.** Allusion à l'épisode de la transformation en pourceaux des compagnons d'Ulysse, victimes des philtres de la magicienne Circé. Ulysse refuse de boire la drogue et délivre ses compagnons de l'ensorcellement grâce au moly, une plante antidote que lui donne Hermès (Homère, *Odyssée*, chant X).

y est enseignée en se jouant ! Ajoute encore les noms de mille choses au sujet desquelles on s'étonne à quel point l'ignorance est grande aujourd'hui, même chez ceux qui sont réputés les plus savants. On y trouve enfin des sentences brèves et attrayantes au genre desquelles appartiennent la plupart des proverbes et apophtegmes [1] de personnages illustres, seule forme sous laquelle la philosophie se répandait autrefois dans le peuple [2].

2. Une méthode nouvelle : la manière douce

Toutefois nous pouvons également veiller avec soin à ce que la fatigue soit réduite à l'extrême et que, par conséquent, le dommage soit insignifiant. C'est ce qui se produira si nous n'inculquons pas aux enfants des connaissances multiples ou désordonnées, mais seulement celles qui sont les meilleures et qui conviennent à leur âge, où l'agrément est plus captivant que la subtilité. En outre, telle manière douce de les communiquer les fera ressembler à un jeu et non à un travail. Car, à cet âge, il est nécessaire de les tromper avec des appâts séduisants puisqu'ils ne peuvent pas encore comprendre tout le fruit, tout le prestige, tout le plaisir que les études doivent leur procurer dans l'avenir. Ce résultat sera obtenu en partie par la douceur et la bonne grâce du maître, en partie par son ingéniosité et son habileté, qui lui feront imaginer divers moyens pour rendre l'étude agréable à l'enfant et l'empêcher d'en ressentir de la fatigue. Rien n'est en effet plus néfaste qu'un précepteur dont le caractère amène les enfants à haïr les études avant d'être en mesure de comprendre pourquoi il faut les aimer [3].

1. Sentences, paroles mémorables. **2.** Érasme, *Il faut donner très tôt aux enfants une éducation libérale* [*De pueris statim ac liberaliter instituendis*, 1529], trad. Jean-Claude Margolin, © Robert Laffont, « Bouquins », 1992, p. 532-533. **3.** Érasme, *Il faut donner très tôt*..., trad. Jean-Claude Margolin, © Robert Laffont, « Bouquins », 1992, p. 515-516.

3. Le contre-exemple des mauvais précepteurs

Au premier rang [des fous [1]] sont les Grammairiens, race d'hommes qui serait la plus calamiteuse, la plus affligée, et la plus accablée par les Dieux [...].

On les voit toujours faméliques et sordides dans leur école ; je dis leur école, je devrais dire leur séjour de tristesse, ou mieux encore leur galère ou leur chambre de tortures. Parmi leur troupeau d'écoliers, ils vieillissent dans le surmenage, assourdis de cris, empoisonnés de puanteur et de malpropreté, et cependant je leur procure l'illusion de se croire les premiers des hommes. Ah ! qu'ils sont contents d'eux lorsqu'ils terrifient du regard et de la voix une classe tremblante, lorsqu'ils meurtrissent les malheureux enfants avec la férule, les verges et le fouet [2], lorsque, pareils à cet âne de Cumes [3], ils s'abandonnent à toutes les formes de la colère ! [...] Leur malheureuse servitude leur apparaît comme une royauté et ils n'échangeraient pas leur tyrannie contre le sceptre de Phalaris ou de Denys [4].

Mais leur plus grande félicité vient du continuel orgueil de leur savoir. Eux qui bourrent le cerveau des enfants de pures extravagances, comme ils se croient supérieurs, Bons Dieux [5] !

---

1. L'*Éloge de la folie* fait la revue de toutes les formes de folie dont le monde est rempli, donc de toutes les sortes de fous. C'est la Folie qui parle. **2.** La férule est une baguette très rigide, utilisée pour corriger les écoliers depuis l'époque romaine, et la verge est un rameau souple. Avec le fouet, ce sont là tous les instruments destinés aux châtiments corporels. **3.** Adage rapporté par Érasme, qui l'emprunte au *Pêcheur* du satiriste grec Lucien de Samosate (120-180 apr. J.-C.). Cet adage dénonce la prétention de ceux qui se veulent plus que ce qu'ils sont et ne s'en remettent qu'aux apparences : « Au pays de Cumes un âne lassé de la servitude avait brisé son licol et s'était enfui dans la forêt. Là il trouva par hasard une dépouille de lion qu'il se mit sur le corps. Et ainsi il se comportait en lion, terrifiant hommes et bêtes par sa voix et sa queue. Car les gens de Cumes ne connaissent pas le lion. Ainsi déguisé cet âne régna un certain temps de cette façon, on le prenait pour un lion monstrueux et on le redoutait » (Érasme, *Adages*, n° 266, dans *Œuvres choisies*, trad. Jacques Chomarat, Le Livre de Poche, 1991, p. 353). **4.** Deux célèbres tyrans de l'Antiquité. **5.** Érasme, *Éloge de la folie* [1511], trad. Pierre de Nolhac, GF-Flammarion, 1964, § 49, p. 59.

4. L'IDÉAL DE L'HOMME ACCOMPLI

Baldassare Castiglione (1478-1529) est un écrivain et diplomate italien. Né près de Mantoue, il sert à la cour des Gonzague et des Montefeltro à Urbino, en Italie centrale. *Le Livre du courtisan*, publié en 1528, recense, sous la forme d'une conversation mondaine entre nobles, toutes les qualités attendues du parfait homme de cour. Dans ce portrait de l'homme idéal, les mérites physiques et moraux sont rehaussés par un choix d'occupations destinées à les mettre en valeur ou à les parfaire. Parmi celles-ci, on notera l'intérêt porté aux exercices du corps, aux arts de la guerre, de la chasse, de la voltige et aux vertus du jeu de paume, en constatant qu'il s'agit précisément de la série d'activités que Gymnaste fait pratiquer à Gargantua au chapitre XXIII, et qui excluent les acrobaties purement spectaculaires. La fin de la section XXII ne manquera pas de faire songer à l'idéal représenté par la petite société utopique des Thélémites.

XX

[…] je veux qu'il [l'homme de cour] soit bien dispos et bien proportionné de ses membres, qu'il se montre fort, léger et délié, et qu'il sache tous les exercices du corps qui appartiennent à un homme de guerre. De ces exercices, le premier, je pense, doit être de savoir bien manier toutes sortes d'armes à pied et à cheval, de connaître les avantages de chacune, et principalement d'avoir connaissance des armes qui se pratiquent ordinairement entre gentilshommes.

[…]

XXII

Il y a encore de nombreux autres exercices qui ne dépendent pas directement des armes, et qui néanmoins ont une grande affinité avec elles et requièrent beaucoup de valeur virile. Parmi ceux-là, il me semble que la chasse est un des principaux, car elle a une certaine ressemblance avec la guerre ; elle est véritablement un plaisir de grand seigneur et elle convient à l'homme de cour. On comprend donc pourquoi chez les anciens aussi elle était fort en usage.

Il est convenable également de savoir nager, courir, sauter, jeter la pierre, parce que outre l'utilité qui peut en être tirée pour la guerre, il est nécessaire souvent de faire ses preuves dans des exercices de ce genre, par lesquels on s'acquiert une bonne réputation, surtout auprès de la multitude, à laquelle il faut savoir s'accommoder.

Le jeu de la paume aussi est un noble exercice et fort convenable au Courtisan, car on y voit très bien l'harmonie du corps, la promptitude et la souplesse de chaque membre, et presque tout ce qui se révèle dans les autres exercices.

Je n'estime pas moins digne de louange de savoir voltiger à cheval, ce qui, bien que ce soit chose pénible et difficile, rend l'homme léger et adroit plus qu'aucun autre exercice. Et outre l'utilité, si cette légèreté est accompagnée de grâce, la voltige donne, à mon avis, un spectacle plus agréable qu'aucun autre.

Si donc notre Courtisan est plus que moyennement expert en ces exercices, je pense qu'il doit laisser de côté les autres, comme de voltiger à terre, de marcher sur la corde raide, et autres choses du même genre, qui tiennent presque du bateleur et ne conviennent guère à un gentilhomme.

Mais, parce qu'il n'est pas possible de passer toujours son temps à des exercices aussi fatigants, et que la trop grande fréquence crée la satiété et fait disparaître l'admiration que provoquent les choses rares, il est nécessaire de varier sans cesse notre existence en faisant des choses différentes. C'est pourquoi je veux que le Courtisan se permette parfois des exercices plus tranquilles et plus paisibles, et, pour éviter l'envie et avoir des rapports agréables avec chacun, qu'il fasse tout ce que font les autres, sans jamais s'éloigner cependant des actes louables, et qu'il se gouverne par un bon jugement qui ne le laisse tomber dans aucune sottise ; mais qu'il rie, qu'il joue, qu'il plaisante, qu'il aille au bal et qu'il danse, de telle manière toutefois que toujours il se montre homme d'esprit et discret, et qu'il ait de la grâce dans tout ce qu'il fait et dans tout ce qu'il dit.

[...]

XLIV

Je veux que celui-ci soit plus que médiocrement instruit dans les lettres, du moins dans ces études que nous disons d'humanité, et que non seulement il ait connaissance de la langue latine, mais aussi de la grecque, à cause des nombreuses et diverses choses qui sont divinement écrites dans cette langue.

Qu'il pratique les poètes tout aussi bien que les orateurs et les historiens, et qu'il soit encore habile à écrire en vers et en prose, principalement dans notre langue vulgaire [1] [l'italien] [...].

XLVII

[...] Messeigneurs, vous devez savoir que je ne suis pas satisfait du Courtisan s'il n'est aussi musicien, et si, outre la capacité de lire une partition, il ne sait pas jouer de divers instruments [...] [2].

5. Goût de l'étude et nourriture spirituelle

En 1513, peu après la rédaction du *Prince*, Nicholas Machiavel adresse à son compatriote François Vettori [3] une longue lettre dans laquelle il décrit son existence retirée, loin des cours princières, à l'Albergaccio, sa petite propriété située au sud-ouest de Florence. Cet extrait évoque le contact intime qui s'établit entre les hommes de la Renaissance et les Anciens, dans le secret solitaire de l'*otium*, ou loisir cultivé, hors de l'agitation du monde.

Le soir venu, je retourne chez moi, et j'entre dans mon cabinet, je me dépouille, sur la porte, de ces habits de paysan, couverts de poussière et de boue, je me revêts d'habits de cour, ou de mon costume, et, habillé décemment, je pénètre

1. « Vulgaire » signifie ici « du peuple » (*vulgus* en latin). La langue vulgaire s'oppose au latin et au grec, langues anciennes plus écrites que parlées. **2.** Baldassare Castiglione, *Le Livre du courtisan* [1528], éd. Alain Pons d'après la version de Gabriel Chappuis (1580), GF-Flammarion, 1991, livre I, p. 47, 49-50, 84 et 89. **3.** Francesco Vettori (1474-1539), ami de Nicolas Machiavel et florentin comme lui, était ambassadeur de Florence à la cour du pape Léon X.

> dans le sanctuaire antique des grands hommes de l'Antiquité ; reçu par eux avec bonté et bienveillance, je me repais de cette nourriture qui seule est faite pour moi, et pour laquelle je suis né. Je ne crains pas de m'entretenir avec eux, et de leur demander compte de leurs actions. Ils me répondent avec bonté ; et pendant quatre heures j'échappe à tout ennui, j'oublie tous mes chagrins, je ne crains plus la pauvreté, et la mort ne saurait m'épouvanter ; je me transporte en eux tout entier [1].

6. Embrasser le monde par les savoirs

Dans *Pantagruel*, Gargantua envoie une lettre à son fils au moment où il part étudier à l'université. C'est un texte qui est considéré à juste titre comme fondateur parmi ceux qui exposent les visées d'une éducation humaniste. Il offre une double perspective en un éloquent diptyque. Dans un premier moment, Gargantua brosse le tableau de sa propre éducation, à un âge où l'imprimerie était tout juste inventée et où lui-même n'avait pas eu le loisir d'apprendre le grec, pour mieux l'opposer aux Temps modernes : c'est une chance dont son fils peut et doit maintenant profiter. S'élabore ainsi, dans un second moment, ce qui est souvent qualifié de véritable « programme d'éducation humaniste » : le père exhorte son fils à tirer avantage des innovations de son époque et des nouveaux critères culturels (on ne saurait se considérer savant si on ne sait pas le grec, par exemple). Suivant les préceptes érasmiens, il importe avant toute chose de maîtriser les langues, anciennes et modernes, puis les sept arts libéraux en se défiant des disciplines non guidées par la raison, comme l'astrologie judiciaire. Selon une

---

1. Nicolas Machiavel, Lettre à François Vettori, de Florence, le 10 décembre 1513 ; disponible en ligne dans *Les Cahiers de psychologie politique*, n° 12, janvier 2008 : http://lodel.irevues.inist.fr/cahierspsychologiepolitique/index.php?id=643.

conception encyclopédique de la connaissance, la curiosité doit se porter sans restriction vers toutes les disciplines du savoir. Les ambitions d'un tel programme sont aussi bien philologiques, par l'intérêt accordé à la langue, aux mots désignant les choses, que naturalistes, par la prise en compte de la diversité des objets du monde. Mais, plus encore que les connaissances, c'est avant tout la fréquentation des hommes et du monde, l'exercice du corps, l'art de la parole, la sagesse enfin, alpha et oméga de cette quête universelle, qui formeront l'esprit, voire l'âme du savant.

La formule restée célèbre « science sans conscience n'est que ruine de l'âme », sorte de clef de voûte de l'exposé, définit l'*ethos* qui accompagne le programme humaniste : l'attention portée à son prochain et la sincérité de la foi en Dieu dessinent bel et bien un humanisme chrétien, humanisme et christianisme n'étant en aucune manière antagonistes dans la mesure où tous deux enseignent à être au monde. Retenons en particulier que la lettre est envoyée du pays d'Utopie, et que les préventions finales envers les abus, la vanité et les compagnies à fuir ou à rechercher constituent pour le lecteur des éléments fondateurs, autant pour relire avec discernement l'inscription portée sur la porte de Thélème que pour comprendre certaines rencontres paradoxales, comme celle de Panurge qui apparaît dans l'histoire de *Pantagruel* immédiatement après cette lettre.

Une telle lettre, à lire et à relire, est précieuse et indispensable aussi bien pour le fils qui la reçoit de son père que pour le lecteur intéressé par la Renaissance. Elle fut adaptée au théâtre dans une mise en scène de Benjamin Lazar [1], qui avait choisi de l'inscrire sur la surface légère et dorée d'une immense couverture de survie – matérialisation judicieuse du rôle que reçoit métaphoriquement cette lettre. L'épilogue du chapitre où elle trouve place,

1. Spectacle intitulé *Pantagruel*, interprété par Olivier Martin-Salvan (tournée nationale en 2014-2015).

qui insiste sur l'influence que la lettre eut immédiatement et durablement sur Pantagruel, témoigne de sa valeur.

> […] Maintenant toutes disciplines sont restituées, les langues instaurées, la Grecque sans laquelle c'est une honte qu'une personne se dise savante, l'Hébraïque, la Chaldaïque [1], la Latine. Les impressions [2] tant élégantes et correctes sont en usage, qui ont été inventées à mon époque par inspiration divine, comme *a contrario* l'artillerie par suggestion diabolique. Tout le monde est plein de gens savants, de précepteurs très doctes, de librairies très amples, dont il m'est avis que ni au temps de Platon, ni de Cicéron, ni de Papinian [3], n'existait telle commodité d'étude que l'on voit maintenant. Et on ne pourra plus dorénavant se trouver en place ni en compagnie qui ne soit polie en l'officine de Minerve [4]. Je vois les brigands, les bourreaux, les aventuriers, les palefreniers de maintenant plus doctes que les docteurs et prêcheurs de mon temps.
>
> Que dirai-je ? Les femmes et les filles ont aspiré à cette louange et manne céleste de bonne doctrine [5]. Au point qu'en l'âge où je suis j'ai été contraint d'apprendre les lettres grecques, lesquelles je n'avais pas méprisées comme Caton [6], mais que je n'avais pas eu le loisir de comprendre en mon jeune âge. Et volontiers je me délecte à lire les *Œuvres morales* de Plutarque, les beaux *Dialogues* de Platon, les *Monuments* de Pausanias, et les *Antiquités* d'Athénée [7],

---

1. L'étude du chaldéen permettait la lecture des textes bibliques les plus anciens. **2.** C'est-à-dire les textes imprimés. Le personnage fait ici référence à l'invention de l'imprimerie, traditionnellement opposée à celle, concomitante en Europe, de l'artillerie : la première est considérée comme inspirée par Dieu, tandis que l'autre, selon le même poncif, est rattachée au diable. **3.** Papinian est un jurisconsulte du IIIe siècle apr. J.-C. Ces trois figures peuvent être considérées comme les archétypes du parfait philosophe, du parfait orateur et du parfait légiste. **4.** L'officine de Minerve désigne une sorte d'atelier de la sagesse : toute compagnie serait désormais formée (« polie ») à cette école, suggérant que personne n'a été privé d'une éducation digne de ce nom. **5.** Le mot signifie ici « instruction », de même que, au paragraphe suivant, « endoctriner » signifie « instruire ». **6.** Caton l'Ancien (IIIe-IIe siècles av. J.-C.), soucieux de maintenir les traditions romaines, refusa, dit-on, d'apprendre le grec jusqu'à un âge avancé. **7.** Tous ces ouvrages sont écrits par des auteurs grecs que Rabelais lui-même fréquentait assidûment.

attendant l'heure où il plaira à Dieu mon créateur de m'appeler et de me commander de quitter cette Terre.

Par quoi mon fils je t'admoneste d'employer ta jeunesse à bien profiter en étude et en vertus. Tu es à Paris, tu as ton précepteur Épistémon dont l'un par vives et vocales instructions, l'autre par louables exemples te peuvent endoctriner. J'entends et veux que tu apprennes les langues parfaitement. Premièrement la Grecque comme le veut Quintilien [1]. Secondement la Latine. Et puis l'Hébraïque pour les saintes lettres, et la Chaldaïque et l'Arabique pareillement, et que tu formes ton style quant à la Grecque, à l'imitation de Platon ; quant à la Latine, à Cicéron. Qu'il n'y ait nulle histoire que tu ne tiennes en mémoire présente, ce à quoi t'aidera la Cosmographie [2] de ceux qui en ont écrit. Des arts libéraux, Géométrie, Arithmétique et Musique, je t'en donnai quelque goût quand tu étais encore petit en l'âge de cinq à six ans, poursuis le reste ; et d'Astronomie saches-en tous les canons [3]. Laisse-moi l'Astrologie divinatrice et l'art de Lulle comme abus et vanités [4]. Du Droit civil, je veux que tu saches par cœur les beaux textes, et me les confères [5] avec philosophie.

Et quant à la connaissance des faits de nature, je veux que tu t'y adonnes curieusement [6], qu'il n'y ait mer, rivière, ni fontaine dont tu ne connaisses les poissons, tous les oiseaux de l'air, tous les arbres, arbustes et arbrisseaux des forêts, toutes les herbes de la terre, tous les métaux cachés au ventre des abymes, les pierreries de tout l'Orient et du Midi [7], que rien ne te soit inconnu.

---

1. Quintilien (Iᵉʳ siècle apr. J.-C.), auteur fameux de *L'Institution oratoire*, l'un des plus célèbres ouvrages sur la rhétorique, très prisé par les humanistes, recommande que l'apprenti orateur apprenne le grec pour y puiser les meilleurs exemples d'éloquence. **2.** La cosmographie est un genre de traité qui compile tous les savoirs disponibles (histoire, géographie, mœurs…) sur les différents pays du monde. **3.** Règles, lois. **4.** « Laisse-moi » : laisse de côté, je te prie. L'astrologie divinatrice, parfois appelée « judiciaire », est l'art de prévoir l'avenir selon les constellations. Ses techniques peu rationnelles et embrouillées sont vivement condamnées par les humanistes comme des abus et des duperies. Raymond Lulle (1232-1316), théologien et philosophe, inventeur d'un « art » qui permet de parler de toutes sortes de savoirs au prix, parfois, d'un discours confus, est la cible, ici comme souvent, de leurs attaques. **5.** L'art de conférer est l'art de commenter et de discuter sur un sujet. **6.** À entendre ici au sens fort, issu de l'étymologie latine (*cura* : le soin). Le mot signifie « avec application, méthodiquement et en prenant le temps ». **7.** Du Sud.

Puis soigneusement revisite les livres des médecins grecs, arabes, et latins, sans écarter les Talmudistes, et Cabalistes [1], et par fréquentes anatomies [2], acquiers-toi parfaite connaissance de l'autre monde, qu'est l'homme. Et par les premières heures du jour commence à visiter les saintes écritures. Premièrement en Grec, le Nouveau Testament et les Épîtres des Apôtres, et puis en Hébreu l'Ancien Testament. En somme, que je voie un abîme de science : car dorénavant que tu deviens homme et te fais grand, il te faudra quitter cette tranquillité et repos de l'étude, et apprendre la chevalerie, et les armes pour défendre ma maison, et secourir nos amis en toutes leurs affaires contre les assauts des malfaisants. Et je veux que sous peu tu essaies de mesurer combien tu as eu de profit, ce que tu ne pourras faire au mieux qu'en soutenant tes thèses en tout savoir, publiquement, envers tous et contre tous ; et en fréquentant les gens lettrés tant à Paris qu'ailleurs.

Mais parce que selon le sage Salomon [3], « Sapience n'entre point en âme malivole [4] », et science sans conscience n'est que ruine de l'âme, il te convient de servir, aimer et craindre Dieu, et de mettre en lui toutes tes pensées, et tout ton espoir, et être à lui adjoint par foi formée de charité, en sorte que tu n'en sois jamais séparé par le péché. Tiens pour suspects les abus du monde, ne mets ton cœur en vanité : car cette vie est transitoire, mais la parole de Dieu demeure éternellement. Sois serviable à tous tes prochains, et aime-les comme toi-même. Révère tes précepteurs, fuis les compagnies des gens auxquels tu ne veux point ressembler, et les grâces que Dieu t'a données, ne les reçois pas en vain. Et quand tu penseras avoir acquis là-bas tout le savoir, retourne vers moi, afin que je te voie et te donne ma bénédiction avant que de mourir. Mon fils, que la paix et la grâce de notre Seigneur soit avec toi, Amen.

D'Utopie, ce dix-septième jour du mois de Mars,

Ton père Gargantua

---

1. Dans les années 1520-1530 sont publiés – notamment par Rabelais – la plupart des traités des médecins grecs Hippocrate et Galien, mais aussi les traités de médecine arabe d'Avicenne (XIe siècle) ou d'Averroès (XIIe siècle), traduits en latin, et dont la renommée est grande dans la faculté de médecine de Montpellier que fréquente Rabelais. Il n'oublie pas, en outre, les traditions juives (sciences de la Kabbale et du Talmud). **2.** Dissections. **3.** Salomon est la figure du roi sage dans l'Ancien Testament. La phrase qui suit est issue du Livre de la sagesse (I, 4). **4.** Littéralement, « malivole » est le contraire de « bénévole », et signifie donc « qui veut ou recherche le mal ».

> Cette lettre reçue et vue, Pantagruel prit un nouveau courage et fut enflammé à profiter plus que jamais, de sorte qu'en le voyant étudier et profiter, vous eussiez dit que son esprit était tel entre les livres que l'est le feu parmi les brindilles, tant il l'avait infatigable et ardent[1].

7. ÉCHOS FIN DE SIÈCLE : LA FABRIQUE DE L'HABILE HOMME

Quelques décennies plus tard, Montaigne défend des idéaux semblables à ceux de ses prédécesseurs. Il considère essentiel de faire appel à un précepteur assez ingénieux pour se conformer au rythme de son élève. Fondamentalement, on doit pouvoir mesurer le bénéfice d'une éducation d'après les mœurs et l'esprit critique qu'elle a su développer : « savoir par cœur n'est pas savoir ». Il préconise ainsi le dialogue maître-élève et une éducation qui passe par l'exercice et la confrontation à autrui, la meilleure façon d'apprendre consistant à « frotter sa cervelle à celle d'autrui ». Le témoignage personnel de Montaigne, qui vient clore l'essai où cette réflexion trouve place, dit assez que les méthodes rigides des précepteurs à l'ancienne n'ont que peu de bénéfices, contrairement aux vertus d'une imprégnation dans la douceur : on peut apprendre le latin sans larmes.

> À un enfant de maison qui recherche les lettres, non pour le gain (car une fin si abjecte est indigne de la grâce et faveur des Muses, et puis elle regarde et dépend d'autrui), ni tant pour les commodités externes que pour les siennes propres, et pour s'en enrichir et parer au-dedans, ayant plutôt envie d'en tirer un habile homme qu'un homme savant, je voudrais aussi qu'on fût soigneux de lui choisir un conducteur qui eût plutôt la tête

1. François Rabelais, *Pantagruel* [1532-1542], dans *Œuvres complètes*, éd. Mireille Huchon, © Gallimard, « Bibliothèque de la Pléiade », 1994, chap. VIII, p. 243-246 [orthographe et quelques éléments syntaxiques modernisés par nos soins].

bien faite que bien pleine[1], et qu'on y requît tous les deux, mais plus les mœurs et l'entendement que la science[2] ; et qu'il se conduisît en sa charge d'une nouvelle manière.

On ne cesse de criailler à nos oreilles, comme qui verserait dans un entonnoir, et notre charge ce n'est que de redire ce qu'on nous a dit[3]. Je voudrais qu'il corrigeât cette partie, et que, de belle arrivée[4], selon la portée de l'âme qu'il a en main, il commençât à la mettre sur la montre[5], lui faisant goûter les choses, les choisir et discerner d'elle-même ; quelquefois lui ouvrant chemin, quelquefois le lui laissant ouvrir. Je ne veux pas qu'il invente et parle seul, je veux qu'il écoute son disciple parler à son tour. Socrate et, depuis, Arcésilas faisaient premièrement parler leurs disciples, et puis ils parlaient à eux[6]. « *Obest plerumque iis qui discere volunt auctoritas eorum qui docent*[7]. »

Il est bon qu'il le fasse trotter devant lui pour juger de son train, et juger jusques à quel point il se doit ravaler pour s'accommoder à sa force[8]. À faute de cette proportion[9] nous gâtons tout ; et de la savoir choisir, et s'y conduire bien mesurément, c'est l'une des plus ardues besognes que je sache ; et est l'effet d'une haute âme et bien forte, savoir condescendre à ses allures puériles et les guider. Je marche plus sûr et plus ferme à mont qu'à val[10]. […]

Qu'il ne lui demande pas seulement compte des mots de sa leçon, mais du sens et de la substance, et qu'il juge du profit

---

1. L'importance du choix du précepteur (appelé ici « conducteur ») et les critères qui le guident rappellent, dans *Gargantua*, l'abandon des précepteurs sophistes pour l'humaniste Ponocrates (chap. XV). **2.** Deux qualités sont requises pour faire un bon professeur : le savoir (« science ») et l'art de le transmettre et de se comporter face à son élève (« mœurs »). Si l'on est en droit d'exiger les deux talents, c'est plutôt le second qui sera le plus précieux. **3.** C'est la teneur et la méthode des apprentissages de Gargantua dans le chap. XIV. **4.** De prime abord. **5.** C'est-à-dire à inciter l'âme de son élève à montrer de quoi elle est capable. **6.** Arcésilas de Pitane (IIIe siècle av. J.-C.) est le fondateur de la Nouvelle Académie. Lui et Socrate prônent une recherche de la vérité par le questionnement et l'exercice du dialogue. **7.** « À ceux qui veulent apprendre nuit le plus souvent l'autorité de ceux qui enseignent » (Cicéron, *De natura deorum*, I, V, 10). **8.** Le « train » désigne le rythme de l'élève, auquel le précepteur devra s'adapter, quitte à « se ravaler », c'est-à-dire à ralentir. **9.** Faute d'une telle adaptation à l'élève. Le verbe « condescendre », quelques lignes plus bas, désigne également le fait de se mettre au niveau de l'élève. **10.** Il faut savoir descendre pour ensuite marcher plus sûrement vers l'amont, c'est-à-dire pour guider l'élève vers les hauteurs.

qu'il aura fait, non par le témoignage de sa mémoire, mais de sa vie [1]. Que ce qu'il viendra d'apprendre, il le lui fasse mettre en cent visages et accommoder à autant de divers sujets, pour voir s'il l'a encore bien pris et bien fait sien, prenant l'instruction de son progrès des pédagogismes de Platon [2]. C'est témoignage de crudité et indigestion que de regorger la viande comme on l'a avalée. L'estomac n'a pas fait son opération, s'il n'a fait changer la façon et la forme à ce qu'on lui avait donné à cuire [3].

[...]

Qu'il lui fasse tout passer par l'étamine [4] et ne loge rien en sa tête par simple autorité et à crédit ; les principes d'Aristote ne lui soient principes, non plus que ceux des stoïciens ou épicuriens. Qu'on lui propose cette diversité de jugements : il choisira s'il peut, sinon il en demeurera en doute. Il n'y a que les fols [5] certains et résolus.

Che non men che saper dubbiar m'aggrada [6].

Car s'il embrasse les opinions de Xénophon et de Platon par son propre discours, ce ne seront plus les leurs, ce seront les siennes. Qui suit un autre, il ne suit rien. Il ne trouve rien, voire il ne cherche rien. « *Non sumus sub rege ; sibi quisque se vindicet* [7]. » Qu'il sache qu'il sait, au moins. Il faut qu'il emboive [8] leurs humeurs, non qu'il apprenne leurs préceptes. Et qu'il oublie hardiment, s'il veut, d'où il les tient, mais qu'il se les sache approprier. La vérité et la raison sont communes à un chacun, et ne sont non plus à qui les a dites premièrement qu'à qui les dit après. Ce n'est non plus selon Platon que selon moi, puisque lui et moi l'entendons et voyons de même. Les abeilles

---

1. Voir l'épreuve qui confronte Gargantua à Eudémon dans le chap. XV. Au regard de la « vie », autrement dit à l'épreuve de la pratique, ce moment de confrontation montre que les apprentissages n'ont été d'aucun profit pour le jeune géant qui pleure comme une vache et ne peut finalement que se cacher la tête dans son bonnet. **2.** Mesurant l'allure de ses cours selon les principes de la pédagogie de Platon. **3.** *Regorger* : régurgiter ; *viande* : nourriture ; *cuire* : digérer. La métaphore de l'innutrition vient seconder l'idée de s'approprier les matières enseignées pour s'en nourrir et de les incorporer plutôt que de les régurgiter toutes crues. **4.** Par le filtre d'un examen minutieux. **5.** Seuls les fous sont sûrs de leurs résolutions. **6.** « Que, non moins que savoir, douter me plaît » (Dante, *La Divine Comédie. L'Enfer*, XI, 93). **7.** « Nous ne dépendons pas d'un roi, que chacun se réclame pour soi » (Sénèque, *Lettres*, 33). **8.** C'est-à-dire qu'il les fasse siennes.

pillotent [1] deçà delà les fleurs, mais elles en font après le miel, qui est tout leur ; ce n'est plus thym ni marjolaine : ainsi les pièces empruntées d'autrui, il les transformera et confondra, pour en faire un ouvrage tout sien, à savoir son jugement. Son institution [2], son travail et étude ne vise qu'à le former. [...]

Le gain de notre étude, c'est en être devenu meilleur et plus sage.

C'est, disait Epicharmus [3], l'entendement qui voit et qui oit [4], c'est l'entendement qui approfite tout [5], qui dispose tout, qui agit, qui domine et qui règne : toutes autres choses sont aveugles, sourdes et sans âme. Certes nous le rendons servile et couard, pour ne lui laisser la liberté de rien faire de soi. Qui demanda jamais à son disciple ce qu'il lui semble de la rhétorique et de la grammaire de telle ou telle sentence de Cicéron ? On nous les plaque en la mémoire toutes empennées [6], comme des oracles, où les lettres et les syllabes sont de la substance de la chose [7]. Savoir par cœur n'est pas savoir [8] : c'est tenir ce qu'on a donné en garde à sa mémoire. Ce qu'on sait droitement [9], on en dispose, sans regarder au patron, sans tourner les yeux vers son livre. [...]

Je voudrais [...] qu'on nous apprît à manier un cheval, ou une pique, ou un luth, ou la voix, sans nous y exercer, comme ceux-ci nous veulent apprendre à bien juger et à bien parler, sans nous exercer ni à parler, ni à juger. Or à cet apprentissage [10], tout ce qui se présente à nos yeux sert de livre suffisant : la malice d'un page, la sottise d'un valet, un propos de table, ce sont autant de nouvelles matières [11].

---

1. Du verbe « piller ». Les abeilles prennent leur butin (butinent) ici et là pour en faire leur miel. Image classique de l'acquisition des connaissances, qui s'applique ici à la formation du jugement. **2.** Le mot « institution », comme dans *Gargantua*, est pris au sens étymologique (du latin *instituo*) et signifie « enseignement », « éducation ». **3.** Philosophe présocratique. **4.** Entend. **5.** Qui fait son profit de tout. **6.** C'est-à-dire tout attifées de leur parure de plumes, d'un aspect très séduisant. **7.** L'apprentissage par cœur fait que les lettres et les syllabes sont apprises en bloc sans être comprises, comme si elles étaient elles-mêmes la « substance de la chose » à apprendre. **8.** Pensée tirée des *Lettres* (33, 8) de Sénèque. Rabelais en fait une illustration magistrale dans le passage où Gargantua, qui récite « par cœur et à rebours », ne sait finalement rien (chap. XIV, p. 137). **9.** Correctement. **10.** Pour un tel apprentissage. **11.** Voir, dans le *Tiers Livre*, la remarque analogue de Pantagruel sur l'apprentissage au contact des hommes, quels qu'ils soient, et même des femmes, car le propos intervient au sujet de la consultation d'une sibylle : « Que nuit savoir toujours, et toujours apprendre, fût-ce d'un sot, d'un pot, d'une guedoufle [flacon utilisé en

À cette cause le commerce des hommes y est merveilleusement propre, et la visite des pays étrangers, non pour en rapporter seulement, à la mode de notre noblesse française, combien de pas a Santa Rotonda, ou la richesse de caleçons de la Signora Livia, ou, comme d'autres, combien le visage de Néron, de quelque vieille ruine de là, est plus long ou plus large que celui de quelque pareille médaille [1], mais pour en rapporter principalement les humeurs de ces nations et leurs façons, et pour frotter et limer notre cervelle contre celle d'autrui. Je voudrais qu'on commençât à le promener dès sa tendre enfance, et premièrement, pour faire d'une pierre deux coups, par les nations voisines, où le langage est plus éloigné du nôtre, et auquel, si vous ne la formez de bonne heure, la langue ne se peut plier [2].

[…]

Que sa conscience et sa vertu [de l'élève] reluisent en son parler, et n'aient que la raison pour guide. Qu'on lui fasse entendre que de confesser la faute qu'il découvrira en son propre discours, encore qu'elle ne soit aperçue que par lui, c'est un effet de jugement et de sincérité, qui sont les principales parties qu'il cherche ; que l'opiniâtrer et contester [3] sont qualités communes, plus apparentes aux plus basses âmes ; que se raviser et se corriger, abandonner un mauvais parti sur le cours de son ardeur [4], ce sont qualités rares, fortes et philosophiques.

On l'avertira, étant en compagnie, d'avoir les yeux partout […].

Il sondera la portée d'un chacun : un bouvier, un maçon, un passant ; il faut tout mettre en besogne, et emprunter chacun selon sa marchandise [5], car tout sert en ménage : la sottise même et faiblesse d'autrui lui sera instruction. À contrôler les grâces et façons d'un chacun, il s'engendrera envie des bonnes et mépris des mauvaises.

---

cuisine], d'une moufle, d'une pantoufle ? » (*Tiers Livre*, dans *Œuvres complètes*, éd. cit., chap. XVI, p. 400). **1.** Exemples de propos pittoresques et anecdotiques qui dénotent un regard superficiel porté sur le monde par la « noblesse française » en voyage. **2.** L'enfant fera ici d'une pierre deux coups puisque, au contact des étrangers, il améliorera sa connaissance non seulement de leurs mœurs mais aussi de leur langue. **3.** L'obstination et la contestation. **4.** Alors même qu'il est en pleine ardeur. **5.** Il estimera ce que chacun peut lui apporter, puis empruntera des uns ou des autres selon ce qu'il aura trouvé à glaner : rien n'est à mépriser.

Qu'on lui mette en fantaisie[1] une honnête curiosité de s'enquérir de toutes choses ; tout ce qu'il y aura de singulier autour de lui, il le verra : un bâtiment, une fontaine, un homme, le lieu d'une bataille ancienne, le passage de César ou de Charlemagne[2] [...].

Pour tout ceci, je ne veux pas qu'on emprisonne ce garçon. Je ne veux pas qu'on l'abandonne à l'humeur mélancolique[3] d'un furieux maître d'école. Je ne veux pas corrompre son esprit à le tenir à la gêne et au travail, à la mode des autres, quatorze ou quinze heures par jour, comme un portefaix[4]. Ni ne trouverais bon, quand par quelque complexion solitaire et mélancolique on le verrait porté d'une application trop indiscrète[5] à l'étude des livres, qu'on la lui nourrît. Cela les rend inepte à la conversation civile[6] et les détourne de meilleures occupations. Et combien ai-je vu de mon temps d'hommes abêtis, par téméraire avidité de science ? [...] À la vérité, nous voyons encore qu'il n'est rien de si gentil que les petits enfants en France ; mais ordinairement ils trompent l'espérance qu'on en a conçue, et, hommes faits, on n'y voit aucune excellence. J'ai ouï tenir à gens d'entendement que ces collèges où on les envoie, de quoi ils ont foison, les abrutissent ainsi. Au nôtre, un cabinet, un jardin, la table et le lit, la solitude, la compagnie, le matin et le vêpre, toutes heures lui seront unes, toutes places lui seront étude ; car la philosophie, qui, comme formatrice des jugements et des mœurs, sera sa principale leçon, a ce privilège, de se mêler partout. [...]

Ainsi, sans doute, il chômera moins que les autres. Mais comme les pas que nous employons à nous promener dans une galerie, quoiqu'il y en ait trois fois autant, ne nous lassent

1. En l'esprit. **2.** Allusion à des lieux historiques marqués par ces grands hommes. Le passage de César est sans doute le Rubicon, celui de Charlemagne, la brèche de Roland. **3.** L'humeur mélancolique, généralement associée à l'âge mûr, est caractérisée par un excès de bile noire, ce qui se traduit par un caractère sombre et déprimé. On reconnaît l'entrain des « vieux tousseux » auxquels est livré Gargantua. **4.** Ces évocations rappellent, dans le chap. XIV, les longues heures, mois et années que Gargantua passe à étudier sous l'autorité des précepteurs sophistes, qui lui faisaient en outre recopier tous ses livres et ployer sous le faix de sa pesante écritoire. **5.** Mot pris au sens étymologique d'immodéré et d'inopportun. **6.** Comme le prouve, à nouveau, la confrontation avec Eudémon au chap. XV.

> pas [1], comme ceux que nous mettons à quelque chemin dessei-gné [2], aussi notre leçon, se passant comme par rencontre [3], sans obligation de temps et de lieu, et se mêlant à toutes nos actions, se coulera sans se faire sentir. Les jeux mêmes et les exercices seront une bonne partie de l'étude : la course, la lutte, la musique, la danse, la chasse, le maniement des chevaux et des armes. Je veux que la bienséance extérieure, et l'entre-gent [4], et la disposition de la personne, se façonne quant et quant [5] l'âme. Ce n'est pas une âme, ce n'est pas un corps qu'on dresse, c'est un homme ; il n'en faut pas faire à deux [6]. Et, comme dit Platon [7], il ne faut pas les dresser l'un sans l'autre, mais les conduire également, comme une couple de chevaux attelés à même timon.

L'essai se referme sur le témoignage de l'expérience personnelle de Montaigne, qui apprit le latin « sans fouet, et sans larmes ».

> Tant y a que [8] l'expédient que mon père y trouva, ce fut que, en nourrice et avant le premier dénouement de ma langue, il me donna en charge à un Allemand, qui depuis est mort fameux médecin en France, du tout ignorant de notre langue, et très bien versé en la latine [9]. Celui-ci, qu'il avait fait venir exprès, et qui était bien chèrement gagé [10], m'avait continuellement entre les bras. Il en eut aussi avec lui deux autres moindres en savoir [11], pour me suivre, et soulager le premier. Ceux-ci ne m'entretenaient d'autre langue que latine. Quant au reste de sa maison, c'était une règle inviolable que ni lui-même, ni ma mère, ni valet, ni chambrière, ne parlent en ma compagnie qu'autant de mots de latin que chacun avait appris pour jargonner avec moi [12]. C'est merveille du fruit [13] que chacun y fit : mon père et ma mère y apprirent assez de latin pour l'entendre, et en acquirent à suffisance, pour s'en servir

1. Lorsqu'on se promène dans une galerie, on fait trois fois plus de pas qu'il n'en faudrait. La comparaison montre que, même si l'on s'adonne excessivement à l'étude, le plaisir peut l'emporter. **2.** Dessiné. **3.** Comme par hasard. **4.** Habileté dans le domaine de la sociabilité. **5.** En même temps que. **6.** Il ne faut pas séparer ce tout en deux parties. **7.** *Timée*, 88b. **8.** Quoi qu'il en soit. **9.** Expert et habile dans la langue latine. **10.** Généreusement rétribué. **11.** Il est accompagné de deux autres précepteurs, mais qui sont moins savants. **12.** Tous ont expressément été sommés d'apprendre assez de latin pour ne s'adresser à l'enfant qu'en cette langue. **13.** Profit.

à la nécessité [1], comme firent aussi les autres domestiques qui étaient plus attachés à mon service. Somme [2], nous nous latinisâmes tant, qu'il en regorgea jusques à nos villages tout autour, où il y a encore, et ont pris pied par l'usage, plusieurs appellations latines d'artisans et d'outils. Quant à moi, j'avais plus de six ans, avant que je n'entendisse non plus de français ou de périgourdin que d'arabesque [3]. Et, sans art, sans livre, sans grammaire ou précepte, sans fouet et sans larmes, j'avais appris du Latin, tout aussi pur que mon maître d'école le savait : car je ne le pouvais avoir mêlé ni altéré [4].

---

1. Ils en acquirent suffisamment pour s'en servir en toute circonstance. **2.** En somme. **3.** Avant l'âge de six ans, il n'a pas plus entendu de mots français ou périgourdins que de mots arabes. **4.** Michel de Montaigne, *Essais*, I, 26, « De l'institution des enfants », éd. Alexandre Micha, GF-Flammarion, 1969, p. 197-221 [texte modernisé par nos soins].

2 — *Idéaux humanistes sur la guerre et la paix*

1. De l'art d'éviter la guerre

En 1516, Érasme vient d'être nommé conseiller du tout jeune roi d'Espagne, Charles de Bourgogne, fils de Philippe le Beau et futur Charles Quint. Même si le roi Charles prête une oreille plus attentive à d'autres conseillers davantage portés sur la politique et leurs intérêts personnels, Érasme s'acquitte de son rôle avec le sérieux le plus manifeste, en achevant pour son élève un traité de philosophie politique qui trace en neuf chapitres les droits et les devoirs du prince chrétien, en temps de paix comme en temps de guerre. Traité général sur l'État et sur l'art de gouverner, l'ouvrage est aussi un écrit didactique à destination d'un jeune prince prenant ses fonctions. Il a donc une visée pragmatique évidente puisque le pédagogue entend prévenir le prince des dangers et lui éviter des erreurs qui auraient des conséquences funestes sur les peuples européens.

Dans *L'Institution du prince chrétien*, Érasme insiste tout d'abord sur l'éducation, qui doit favoriser l'élévation morale du prince, seul gage de sa vraie noblesse et signe de sa grandeur. Une fois en fonction, le prince est tenu, selon l'adage antique, de se comporter tel un père pour ses sujets. Sa vie privée doit être sobre et modérée, tandis que la magnificence assortie à son rang et la générosité caractériseront la vie publique. Les récompenses comme les peines seront attribuées avec une libéralité pleine de clairvoyance.

Dans l'exercice du pouvoir, le prince a pour mission de faire prospérer son royaume et de protéger la vie de ses sujets. La guerre est donc la dernière des décisions à prendre et ne doit être envisagée qu'après avoir tenté toutes les possibilités de l'éviter, et seulement si les négociations pacifiques sont restées infructueuses. Le pays a alors l'obligation de se défendre des agressions et doit entrer en conflit armé. En tout état de cause, une telle décision n'intervient qu'après une délibération collégiale éclairée par la raison et la pondération. Enfin, la guerre fût-elle « juste » dans ces conditions, il faut s'efforcer de limiter au maximum la durée des conflits, c'est-à-dire les pertes militaires et civiles.

Chapitre IX. De la guerre

Le prince ne doit jamais rien envisager avec précipitation, mais en aucune circonstance, il ne montrera plus de fermeté et de circonspection qu'au moment de s'engager dans une guerre. En effet, si d'autres causes engendrent bien des maux, la guerre précipite d'un seul coup le naufrage de tout ce qu'il y a de meilleur au monde, et elle soulève l'océan de toutes les calamités. Ensuite, est-il un mal qui soit plus obstinément tenace que celui-là ? La guerre engendre la guerre, une toute petite en fait une très grande, une seule en produit deux, d'une guerre menée comme un jeu, il en naît une sérieuse et sanglante. Elle est née ailleurs, mais la peste guerrière gagne de proche en proche, et elle se propage même jusque dans les régions les plus éloignées.

Un bon prince n'entreprendra jamais aucune guerre excepté quand, après avoir tout tenté, il ne peut l'éviter par aucun moyen. Si nous étions animés de cet esprit, il n'y aurait pour ainsi dire jamais de guerre entre les hommes. Mais enfin, si on ne peut éviter un mal aussi pestilentiel, le prince aura du moins le souci majeur de faire la guerre en réduisant ses propres pertes au maximum, en répandant le moins possible du sang chrétien, et en la terminant aussi vite qu'il se pourra.

En premier lieu, que le Prince vraiment chrétien réfléchisse à la différence qu'il y a entre l'homme, créature née pour la paix et l'amitié, et les bêtes sauvages, nées pour la rapine et pour la guerre. [...] Après quoi, qu'il considère combien désirable, combien noble, combien salutaire est la paix, et, par contraste, combien ruineuse et détestable est la guerre, quel troupeau de calamités elle entraîne à sa suite, quand bien même elle serait la plus juste, en admettant qu'on ait le droit d'appeler une guerre juste. Finalement, ayant écarté toute passion, il consultera sa propre raison en supputant sincèrement le prix que lui coûtera la guerre, se demandant si les buts guerriers qu'il se propose en définitive en valent la dépense, même dans le cas d'une victoire assurée, qui ne favorise pas toujours la meilleure cause. […]

Certains Princes se donnent le change en usant d'une telle réflexion : « il y a des guerres justes, et juste est ma cause en cette entreprise ». D'abord, qu'une guerre puisse être juste, nous laisserons la réponse en suspens : à qui sa propre cause ne semble-t-elle pas juste ? Au milieu de tant de bouleversements et de vicissitudes dans les affaires humaines, parmi tant de pactes et de traités, tantôt signés, tantôt déchirés, qui serait en peine d'un prétexte, quand un prétexte quelconque suffit pour déclencher une guerre ? […]

Si quelque dissension surgit entre les Princes, pourquoi ne pas recourir plutôt à un arbitrage ? Il y a tant d'évêques, tant d'abbés et d'érudits, tant de graves magistrats, dont les avis pourraient régler le conflit plus opportunément qu'une multitude de carnages, de pillages et de calamités universelles.

[…]

Même entre amis très chers, l'affection ne subsistera que s'ils se font de temps en temps des concessions réciproques. Un mari fait souvent des faveurs à sa femme pour ne pas briser l'harmonie conjugale. La guerre engendre-t-elle autre chose que la guerre ? Au contraire la courtoisie invite à la courtoisie, l'équité à l'équité.

[…]

Mais sur les malheurs de la guerre, j'en ai traité plus longuement ailleurs, et il n'est pas nécessaire de me répéter sur ce point. La seule prière que j'adresserai aux Princes d'appellation chrétienne, c'est d'abandonner les faux prétextes et les raisons feintes et d'agir, sérieusement et de tout leur cœur, de manière à mettre un terme à une fureur guerrière si durable et si atroce, et à faire régner la paix et la concorde entre des hommes unis par tant de gages. […] Or cette réalisation n'est pas très difficile : il suffit que chacun cesse de se complaire dans ses propres intérêts et que, tous sentiments privés écartés, nous nous occupions des affaires communes, que le Christ soit au centre de nos préoccupations, et non le monde.

Mais quand chacun s'occupe de ses propres affaires, que les pontifes et les évêques sont torturés par la soif de domination et de richesses, que les princes foncent tête baissée, portés par l'ambition ou la colère, que tous leur font des grâces dans l'espoir d'un profit, c'est apparemment sous la conduite de la folie que nous nous précipitons dans la tempête [1] !

2. Vertus du prince chrétien et dangers de la colère

Érasme écrit le 1er décembre 1523 à François Ier une lettre qui tiendra lieu de préface aux *Paraphrases sur l'Évangile de saint Marc*, publiées à Bâle l'année suivante. L'ouvrage est dédié au roi de France, comme ses *Paraphrases* des trois autres Évangiles l'étaient aux autres grands souverains d'Europe, Henri VIII (saint Luc), Ferdinand de Habsbourg (saint Jean) et Charles Quint (saint Matthieu). C'est pour Érasme l'occasion de rappeler à ces puissants monarques la mesure qu'ils se doivent de conserver pour agir en souverains vertueux, et combien il est capital de s'entourer de bons conseillers.

> [...] aucune espèce d'hommes n'est plus funeste à mes yeux que celle qui jette des semences de guerre dans l'esprit des monarques ; ils se laissent d'autant plus facilement abuser que leurs sentiments sont élevés. Or parmi les vertus d'un roi, la hauteur des sentiments figure en première place. Cette vertu était célébrée jadis à propos de Jules César, elle l'est encore aujourd'hui, à l'assentiment unanime des peuples, à propos de François [Ier]. En outre, il n'est pas de signe plus certain d'un esprit vraiment sublime que sa capacité à mépriser les injures. [...] Pour un prince chrétien, il est plus glorieux d'abandonner une partie de sa puissance au prix de la paix et de la tranquillité de l'État, que de remporter des

1. Érasme, *L'Institution du prince chrétien* [1516], dans *Guerre et paix*, choix de textes commentés et traduits par Jean-Claude Margolin, Aubier Montaigne, 1973, p. 189-196.

triomphes brillants et fastueux achetés par de telles souffrances humaines. Ainsi, ceux qui ont injecté dans l'esprit des monarques l'envie d'étendre leur empire, qu'ont-ils trouvé d'autre que des guerres perpétuellement renaissantes ? Et ce n'est pas un moindre fléau qu'ils provoquent dans la vie des hommes, ceux qui enfouissent dans le cœur des princes un motif de colère et qui les persuadent que le prestige royal exige que l'on venge par les armes et la guerre telle parole qui a peut-être été rapportée faussement, ou rapportée d'une manière plus odieuse qu'elle n'avait été réellement prononcée. Quelle plus grande marque de courage que de négliger une injure par considération de la paix publique ! Dans tous les autres domaines, il est peut-être permis aux rois de relâcher leur vigilance d'une manière ou d'une autre – si toutefois cette négligence est jamais admissible, quand la vigilance doit s'exercer sur des affaires si nombreuses ; mais quand il s'agit d'entreprendre des guerres, le déluge d'immenses malheurs qu'elles entraînent rend nécessaire une vigilance de tous les instants pour éviter quelque décision téméraire [1].

1. Érasme, Lettre à François Ier du 1er décembre 1523, préface aux *Paraphrases sur l'Évangile de saint Marc* [1524], dans *Guerre et paix*, *op. cit.*, p. 268-269.

PARCOURS

Le rire, un miroir du savoir

Infatigable érudit, Rabelais a une parfaite connaissance des textes de science et des cercles savants. Il commente lui-même différents ouvrages médicaux et, en 1532, l'année où il publie *Pantagruel*, il traduit en latin les textes grecs du médecin Hippocrate. Ayant fréquenté successivement les milieux religieux, estudiantins et universitaires, la communauté des juristes, des poètes, des médecins, des philosophes, des naturalistes, des hellénistes et des philologues, il a acquis une grande familiarité avec les discours savants antiques et modernes. Son œuvre narrative est nourrie de cette culture savante, et les allusions qui y réfèrent – souvent difficiles à comprendre pour le lecteur qui ne possède pas cette culture – y sont très nombreuses : allusions à certains auteurs, à certains courants de pensée, à certaines œuvres qui étaient enseignées en son temps, aux controverses ou aux postures savantes qu'il a pu rencontrer. L'auteur donne, au gré des épisodes de son récit, une représentation du savoir de son époque.

Si l'ensemble de ces fragments forme un tableau des savoirs et des savants, celui-ci ne manque pas de piquant. On sait depuis le prologue que le rire a pour fonctions de nous divertir et de nous faire comprendre quelque chose : il sera ici un révélateur, capable d'alerter sur l'état – calamiteux ou prometteur – du savoir. Il s'agit de faire réfléchir le lecteur sur ce que signifie être savant, et plus largement de le conduire à porter un regard critique sur les savoirs accrédités ou sur les pratiques savantes.

Alors même que l'on pourrait penser que le savoir ne prête pas au rire mais au sérieux, *Gargantua* met ainsi en scène différentes figures de savants, et plusieurs méthodes d'acquisition des savoirs, en les présentant sous leur jour le plus drôle. Rabelais ne remet pas en question le savoir en lui-même, bien entendu : en humaniste fervent, il est convaincu que c'est par l'étude que l'homme s'élève et devient plus sage. Mais il sait aussi que « science sans conscience n'est que ruine de l'âme[1] » : il se défie des imposteurs, et critique les abus ou les faux-semblants qu'il a rencontrés parmi ceux qui se disent savants. Et, comme il vaut mieux en rire qu'en pleurer (« Mieux est de rire que de larmes écrire », p. 37), les mésusages des savoirs produisent quelques-unes des pages les plus comiques de *Gargantua*. Ce rire permet à Rabelais de se moquer pour stigmatiser et critiquer, pour s'inquiéter aussi des savoirs abandonnés à de mauvaises mains, ou des savoirs démantelés qui, devenus grotesques, ruinent l'idée même de savoir en faisant la promotion de l'ignorance, en rendant en dernier ressort – et c'est bien le plus grave – tout savoir ridicule. Mais il se moque des uns pour mieux défendre les autres : c'est avec la dernière énergie qu'il définit, par contraste, ce qu'est un savant digne de ce nom.

LE SAVOIR-RIRE DE L'HUMANISTE

Le premier chapitre de *Gargantua* trace un portrait de l'auteur en savant, ce qui pose un horizon d'attente quant à l'activité de l'érudit et son rapport au livre. Concentré, à grand renfort de bésicles, il est appelé à retranscrire les mots d'un livret retrouvé en mauvais état au fond d'un fossé. L'idéal du savant de son époque est en effet le philologue capable de restituer le plus fidèlement possible, « par respect pour l'antiquité » (p. 55), des textes oubliés, endommagés par le temps et par les « malignes bêtes » (p. 53-55) qui en ont escamoté des parties. Rabelais se dépeint ainsi comme un passeur de textes

1. *Pantagruel*, chap. VIII ; voir ci-dessus notre dossier, p. 426-431.

dont les qualités de savant scrupuleux, attentif, investi d'une mission noble, correspondent en tous points à celles qu'Érasme prête au grand éditeur vénitien Alde Manuce [1] dans cet éloge :

> Ses désirs les plus ardents ne visent qu'un seul but, infatigable à la tâche, il y consacre tous ses efforts, aucun travail ne le fait fuir, pourvu que la matière littéraire soit restituée dans son intégrité, dans sa vérité et dans sa pureté à l'intention des bons esprits. […] C'est, par Hercule, un travail herculéen et digne de l'esprit d'un roi, que de restituer à l'univers un édifice aussi divin [2] qui était pratiquement ruiné de fond en comble, d'explorer des recoins cachés, de déterrer des trésors enfouis, de rappeler à la vie ce qui avait péri, de réparer les pièces mutilées, de restaurer des textes dépravés [3] de multiples façons, principalement par la faute de ces piètres imprimeurs pour qui le gain d'une seule pièce d'or est plus précieux que la littérature dans son ensemble [4]. […] Mais l'homme qui relève de ses ruines la culture littéraire (et c'est presque plus difficile que d'en avoir été l'initiateur) construit tout d'abord une œuvre sacrée et immortelle, et il se met, en second lieu, au service, non pas d'une seule province, mais de tous les peuples de l'univers et de toutes les générations [5].

---

1. Alde Manuce (1449-1515), véritable génie du livre, s'est illustré grâce à ses éditions pionnières qui ont fait date par leur élégance avant 1500, alors même que l'imprimerie n'en était qu'à ses balbutiements. Il devient un modèle d'excellence, de fiabilité et d'exigence pour tous les éditeurs européens. **2.** L'auteur désigne par cette expression les œuvres majeures de la culture européenne, oubliées ou transmises de manière partielle pendant le Moyen Âge. **3.** Comme un archéologue, le philologue entend restaurer les objets « dépravés », c'est-à-dire dégradés, mutilés ou corrompus, que sont devenus les textes à la suite de mauvaises traductions ou de copies infidèles (voir note précédente). Les savants de la Renaissance déplorent les multiples erreurs et oublis de copistes et d'éditeurs peu scrupuleux qui ont produit des textes méconnaissables, sinon incompréhensibles. **4.** Érasme accuse ici certains imprimeurs cupides d'avoir tronqué les textes ou de les avoir édités à la hâte, par souci d'économie. **5.** Érasme, *Adages* (« Hâte-toi lentement ») [1508], trad. Jean-Claude Margolin, © Robert Laffont, coll. « Bouquins », 1992, p. 124-126.

Néanmoins, Rabelais, tout en répondant à l'idéal du savant philologue défini par Érasme, n'oublie pas de tempérer ce portrait en précisant qu'il s'est livré à cette activité savante en « pantagruélisant », c'est-à-dire « en buvant à volonté » (p. 53). On reconnaît là les considérations de la fin du prologue : l'auteur préfère qu'on dise de ses livres qu'ils sentent le vin plutôt que l'huile – car l'huile de la lampe évoque le travail nocturne laborieux, tandis que le vin renvoie aux nuits d'ivresse inspirée. Dès le premier chapitre, un lien consubstantiel unit donc rire et savoir, ce qui annonce d'une part que l'écriture d'une fiction joyeuse n'exclut pas la recherche philologique et savante, et d'autre part que cette activité érudite, la plus estimée de son temps, n'interdit pas qu'on la pratique en riant. Cette joyeuse disposition de l'intelligence montre une plénitude du « savant », parfaitement opposée à l'air chagrin des « doctes » qui se prennent au sérieux et affichent un savoir gonflé d'orgueil, mais vide et vain.

Rire du faux savoir

Ingurgitations gloutonnes et mal digérées

Le premier enseignement que reçoit le jeune Gargantua est marqué par la quantité plutôt que par la qualité. Il se caractérise par une pesanteur démesurée (son écritoire pèse comme un boulet, chap. XIV) qui ne mène à rien de construit, puisque l'enfant ainsi gavé est finalement incapable de s'exprimer avec éloquence lors de la scène qui le confronte au jeune page Eudémon (chap. XV). La situation renvoie au questionnement des humanistes sur les difficultés liées à l'enseignement de leur époque : par ses méthodes, ses sources, comme dans ses résultats, cette éducation est un désastre car elle assomme sans instruire. À cet égard, le portrait caricatural des précepteurs, certes « grand[s] docteur[s] sophiste[s] » (p. 137) mais aussi « vieux tousseux » (p. 141), dont les noms – Jobelin Bridé et Thubal Holoferne – prêtent d'emblée à rire, constitue un écho aux réflexions d'Érasme sur les méthodes du pédagogue [1].

De telles méthodes ont en effet des conséquences graves : Érasme insiste sur les dommages causés par une ingurgitation indistincte de connaissances, laquelle ne produit qu'une vaine ostentation contraire à la connaissance [2], et il prévient : ces abus nuisent gravement à la santé. À la gloutonnerie pompeuse, indigeste, il faut donc préférer le fait de « goûter » aux différentes disciplines. Rabelais s'inspire de ces développements pour choisir les éléments comiques du chapitre XIV.

> Il n'est absolument pas nécessaire que l'enfant étudie toutes les disciplines en détail. Pour certaines il suffit d'y avoir goûté. Cela se fera avec un grand profit et peu d'efforts, si on réduit l'essentiel de chacune en abrégé. Car rien ne s'apprend plus facilement que ce qui est le meilleur. [...] Je pense que tu as souvent entendu dire par nos aînés qu'il y eut une époque où les enfants pendant de nombreuses années étaient torturés par les modes de signification [3], les petites questions « en vertu de quelle fonction » et autres rengaines sans aucun rapport avec la science, et où fort pompeusement on dictait, on apprenait par cœur, on commentait Ébrard et Floriste [4]. Le reste du temps était consacré à de petits vers ridicules, on suait sang et eau pour expliquer les distiques gréco-latins de Jean de Garlande [5], on possédait le *Catholicon* [6] dans toutes les églises.

1. Nous renvoyons sur ce point à notre dossier sur l'éducation (textes 1 à 3, ci-dessus, p. 420-422). **2.** « Savoir par cœur n'est pas savoir », dit Montaigne (texte 7 cité ci-dessus, p. 434). **3.** Élément repris mot pour mot par Rabelais au chap. XIV (« puis il lui lut *De modis significandi...* ») ; tout comme le nombre des années et l'auteur Ébrard, cité ensuite : tout cela figure dans le programme d'apprentissage de Gargantua, p. 138-140. **4.** Noms de vieux manuels traditionnels et considérés comme dépassés, à l'époque des humanistes (équivalents pour nous des fameux Lagarde et Michard). La grammaire d'Ébrard de Béthune était en usage dans les écoles depuis le XIIIe siècle. **5.** Professeur anglais qui exerça dans les universités de Paris et de Toulouse au XIIIe siècle. Ses pièces versifiées (distiques), dans lesquelles des mots latins très rares sont associés à des mots grecs latinisés, sont très compliquées à comprendre. **6.** Cette encyclopédie de Jean de Gênes date elle aussi du XIIIe siècle.

> [...] Un changement profond me donne l'espoir que dans chaque discipline on éliminera ce qui sert davantage au profit et à l'ostentation qu'au savoir, et qu'on enseignera sous forme abrégée seulement ce qui mérite d'être connu [1].

Apprendre pour se contenter de répéter, c'est avoir un rapport inversé, voire insensé, au savoir. Cette dérive des « livres inutiles » est dénoncée comme la première des folies du monde dans la satirique *Nef des fous* de Sebastien Brant, parue en 1499 [2]. Est fou celui qui accumule des livres « sans y rien comprendre » et qui présente ensuite son ignorance avec fierté.

> Je désire toujours et appète [3] livres nouveaux auxquels je ne puis comprendre substance, ni rien entendre. [...] Ma maison est décorée de livres, je me contente souvent de les voir sans y rien comprendre. [...] J'ai lu en plusieurs livres auxquels guère ne me suis arrêté : mais j'ai souvent passé mon temps à regarder la diversité de la couverture de mes livres. Ce serait à moi folie d'appliquer mon entendement à tant de diverses manières pour ne risquer ensuite que de perdre l'entendement, car celui qui persiste à trop savoir et s'occupe trop à l'étude est en danger d'être insensé [4].

La leçon à saisir de ce personnage risible, qui pense qu'il épuisera son esprit en étudiant, est alors : « Pour éviter de te disperser parmi l'abondance des choses, cultive-toi en lisant peu de livres, mais des livres utiles [5]. »

Une ignorance généralisée résulte paradoxalement de la masse de livres mal digérée. Il ne suffit pas de lire beaucoup et de répéter ce qui a été lu pour se dire savant. Les hommes de science eux-mêmes, comme l'anatomiste

---

1. Érasme, *Dialogue sur la prononciation correcte du latin et du grec* [1528], dans *Œuvres choisies*, trad. Jacques Chomarat, © Librairie Générale Française – Le Livre de Poche, 1991, p. 915-917. **2.** *Navis stultifera* ou *Narrenschiff*, publié par Sebastien Brant en 1497, est traduit en français par Jean Drouyn en 1499 sous le titre *La Grant Nef des folz du monde.* **3.** Appéter : avoir de l'appétit ou du goût pour quelque chose ; apprécier. **4.** *La Grant Nef des folz du monde*, chap. I, « Des livres inutiles », f. 5 [orthographe et syntaxe modernisées]. **5.** Josse Bade, *Navis stultifera*, Paris, Marnef, 1505, chap. I [nous traduisons].

André Vésale[1], déplorent l'état de délabrement des connaissances qu'ils constatent chez ceux qui se croient savants.

> Ces derniers, du haut de leur chaire, avec une rare suffisance, croassent comme des corneilles et parlent de choses dont ils ne se sont jamais approchés, mais qu'ils récitent par cœur d'après les livres écrits par d'autres, ou en lisant les descriptions qu'ils ont sous les yeux. Les autres sont si ignorants des langues qu'ils ne peuvent ni expliquer aux spectateurs les parties qu'ils ont disséquées, ni couper proprement ce qui doit être montré selon les indications du médecin physicien, qui (puisqu'il n'a jamais mis la main à une dissection) mène sa barque avec superbe, à partir d'un commentaire. Et c'est ainsi que tout est enseigné de travers dans les écoles et que des jours entiers passent en discussions ridicules[2].

LA MASCARADE DES FAUX SAVANTS

La scène la plus outrancière présentant un faux savant est sans conteste celle où Janotus de Bragmardo se lance dans une longue harangue pour recouvrer des cloches qui sont déjà rendues (chap. XVIII-XX). L'épisode réserve de nombreux effets comiques, qui tiennent premièrement au décalage entre la solennité affectée de la harangue et la trivialité des requêtes (cloches, chausses et saucisses), deuxièmement au langage faussement savant qui saccage le latin, alors même que le personnage serait l'un des plus savants de sa communauté, ce qui par conséquent stigmatise la prétention des théologiens à s'estimer savants, et troisièmement aux nombreuses références à la farce médiévale, ajoutant au mauvais latin une mise en scène costumée et gesticulante des plus grotesques.

1. André Vésale (1514-1564) a marqué l'histoire de la médecine par ses dissections publiques et ses découvertes en matière d'anatomie. Il publie *La Fabrique du corps humain* en 1543 (soit un an après la version définitive de *Gargantua*). **2.** André Vésale, *La Fabrique du corps humain* [*De humani corporis fabrica*], Bâle, J. Froben, 1543, Préface, trad. Jacqueline Vons et Stéphane Velut ; disponible en ligne : https://www.biusante.parisdescartes.fr/vesale/?e=1&p1=00001&a1=f&c1=4&v1=00302_1543x00.

Les trois textes suivants, empruntés à trois genres différents, pourraient avoir inspiré ce rire à multiples ressorts porté sur l'ostentation prétentieuse des faux savants :

– un extrait de farce médiévale, dans laquelle le latin de cuisine (mélange de français et de latin) fournit l'un des procédés comiques ;

– un personnage de pédant qui, chez Rabelais, « écorche le latin » ;

– un réquisitoire contre l'ignorance pompeuse des théologiens.

• Une farce médiévale

Suffit-il de glisser un peu de latin dans son discours pour paraître savant ? La farce dit que c'est le professeur (« *magister* ») qui est le premier à entretenir ce leurre. Alors que son étudiant Mimin parle un latin de cuisine, le professeur l'admire toutefois comme très docte. Mis en présence de sa fiancée, Mimin, qui porte, comme Janotus, le titre de « Maître », continue à parler latin pour l'impressionner par son savoir, mais ne parvient qu'à la faire rire. Ces procédés comiques, tous repris dans la scène de Janotus, continueront leur carrière théâtrale chez Molière qui se moquera ainsi du faux savoir des médecins.

LE MAGISTER. – Jamais je ne vis écolier aussi prompt ni aussi ardent à étudier. Sans cesse il est toujours plongé dans les pensées et lettres latines. Eh bien ! cherche-moi le chapitre (c'est une science très profonde !) où l'on parle des aventuriers qui du monde prennent ce qu'ils peuvent en avoir. Car, puisqu'il te faut le savoir, je te ferai un si grand homme que tous les clercs qui sont à Rome, et à Paris et à Pavie [1], te regarderont avec envie parce que tu seras plus savant qu'eux.

---

1. Pavie est une ville du nord de l'Italie, réputée comme les deux autres villes citées pour attirer les savants de tous pays par son activité intellectuelle et artistique.

MAÎTRE MIMIN *lit :*
Mundo variabilius ;
Avanturosus hapare
Bonibus, et non gaignare,
Non durabo certanibus ;
Et non emportabilibus
Que bien faictas au partire.
Capitulorum huyctare dicatur[1].

LE MAGISTER. – Que de grands mots, bon Dieu ! Ils ne sont pas sots, ces gens qui parlent d'un esprit si haut ! *(Montrant Mimin.)* Il ne se trompe pas d'un seul mot, et dit tout cela de lui-même sans emprunter à personne. Ce sera un grand pilier de science un jour dans notre royaume ! [...]

RAULET [le père de Mimin]. – Dieu vous garde, magister et mon fils ! Comment vous portez-vous ?

MAÎTRE MIMIN. – *Bene*[2].

LE MAGISTER. – Salue tes parents, *domine*[3], en français.

MAÎTRE MIMIN. – *Ego non sira. Parus, merus, Raoul Machua*[4], *filla, douchetus poupinis donnare a mariaris, saluare compagnia*[5] *!*

RAULET. – Nous n'entendons rien à cela.

LE MAGISTER. – Eh ! Il vous salue, mes amis.

MAÎTRE MIMIN. – *Patrius, merius, Raoul Machua, filla, douchetus poupinis.* [...]

LA FIANCÉE. – Mon père, sur ma foi, je ris de l'entendre parler ainsi.

---

1. À lui seul, le jargon latin de Mimin doit faire rire les spectateurs sans avoir besoin d'être traduit, puisque le maître a annoncé au préalable le thème abordé. Les mots latins inventés sont une sorte de variation autour des sujets donnés par le maître : « Le monde est varié, mais les aventuriers en prennent ce qu'il y a de bon, puisque rien ne dure et qu'il faut bien un jour quitter ce monde. » D'après la didascalie, Mimin était en train de lire. À la fin de sa tirade, il précise que tout cela « est dit au chapitre huit », ce que le maître ne comprend pas puisqu'il s'extasie ensuite à tort sur le fait que son élève « dit tout cela de lui-même sans emprunter à personne ». **2.** Bien (réponse en latin). **3.** Maître (apostrophe en latin). **4.** Raoul Machue est le père de la fiancée de Mimin. **5.** « Moi je n'en ferai rien. » Mimin s'entête : il nomme chacun de ses interlocuteurs par un nom latin qui ressemble au français (« père, mère, [...] fille, douce poupée donnée à marier ») pour « saluer la compagnie » sans dire un mot de français. Même s'il varie légèrement les termes aux répliques suivantes, il maintient, avec le latin, le comique de répétition.

RAULET. – Il sait beaucoup, vraiment.
MAÎTRE MIMIN. – *Patrius, merius, Raoul Machua, filla, douchetus poupinis donnare a mariaris, saluare compagnia*[1] *!*

• Un précédent rabelaisien : l'écolier limousin

Pantagruel rencontre à Paris un écolier limousin qui truffe son discours de faux latinismes en cherchant à se faire passer pour un docte Parisien. Comme Janotus, ce personnage de pédant est ridiculisé par son propre discours, incompréhensible. Pire, en les écorchant toutes deux, il fait outrage aux deux belles langues qu'il déforme. Pantagruel est bientôt irrité par cette langue vaniteuse et calamiteuse qui ne révèle que l'ignorance de l'écolier.

Quelque jour, je ne sais quand, Pantagruel se promenait après souper avec ses compagnons par la porte d'où l'on va à Paris, et là il rencontra un écolier de bonne figure, qui venait par ce chemin ; et après qu'ils se furent salués, il lui demanda : « Mon ami, d'où viens-tu à cette heure ? » L'écolier lui répondit : « De l'alme, inclyte et célèbre académie, que l'on vocite Lutèce.
– Qu'est-ce à dire ? dit Pantagruel à un de ses gens.
– C'est, répondit-il, de Paris.
– Tu viens donc de Paris, dit-il. Et à quoi passez-vous votre temps, vous autres messieurs les étudiants, à Paris ? »
L'écolier répondit : « Nous transfretons la Sequane au dilucule, et crepuscule, nous déambulons par les compites et quadriviers de l'urbe, nous despumons la verbocination Latiale et comme verisimiles amorabonds captons la benevolence de l'omnijuge omniforme et omnigene sexe feminin, certaines diecules nous invisons les lupanares, et en ecstase Venereique inculcons nos veretres es penitissimes recesses des pudendes de ces meritricules amicabilissimes, puis cauponizons es tabernes meritoires, de la pomme de pin, du castel, de la Magdaleine et de la Mulle, belles spatules vervecines perforaminées de petrosil. Et si par forte fortune y a rarité ou penurie de pecune en nos marsupies et soyent exhaustes de metal

1. *Maître Mimin étudiant* [1480-1490 ?], dans *Farces du Moyen Âge*, trad. André Tissier, GF-Flammarion, 1984, p. 165-171.

ferruginé, pour l'escot nous dimittons nos codices et vestes opignerées, prestolans les tabellaires à venir des pénates et lares patriotiques [1]. »

[...]

« Et merde, merde, dit Pantagruel, que veut dire ce fou ? Je crois qu'il nous forge ici quelque langage diabolique, et qu'il nous charme comme un enchanteur. »

L'un de ses compagnons dit alors : « Seigneur, sans doute ce galant veut-il contrefaire la langue des Parisiens, mais il ne fait qu'écorcher le latin et pense ainsi pindariser [2], et il lui semble bien qu'il est quelque grand orateur en français parce qu'il dédaigne l'usage commun de parler [3]. »

• Un réquisitoire satirique contre les théologiens

Dans cet extrait de l'*Éloge de la folie* d'Érasme, c'est la Folie qui parle. Elle fait la satire des pseudo-savants que sont les théologiens en les comparant à de mauvais comédiens. Rabelais reprend les aspects les plus risibles de cette diatribe pour créer le personnage de Janotus [4], reconnaissable à chaque ligne. Notons que le texte commence par l'expression « je ris », rire révélateur comparable à celui qui chez Rabelais vient refermer l'épisode (où seuls ceux qui ont identifié l'état d'ignorance de Janotus sont capables de rire).

Je ris souvent, à part moi [5], en constatant de quelle façon ils établissent leur supériorité théologique. C'est à qui emploiera le langage le plus barbare et le plus grossier ; c'est à qui balbutiera au point de n'être entendu que par un bègue. [...]

1. Activités d'un étudiant parisien : il flâne, s'intéresse aux femmes, visite les lupanars, fait le tour des tavernes et fait appel à ses parents quand ses poches sont vides. **2.** S'exprimer comme un grand poète, d'après le nom du poète lyrique grec Pindare (Ve siècle av. J.-C.). **3.** François Rabelais, *Pantagruel* [1532-1542], dans *Œuvres complètes*, éd. Mireille Huchon, © Éditions Gallimard, « Bibliothèque de la Pléiade », 1994, chap. VI, p. 232-233 [orthographe et syntaxe modernisées]. **4.** Avant de le rebaptiser « sophiste » en 1542 pour échapper à la censure, Rabelais avait désigné Janotus comme un « théologien » dans toutes les éditions précédentes. **5.** Dans mon for intérieur : je ris intérieurement.

Quel comédien, quel bateleur, trouverez-vous plus forts que ces prédicateurs, rhéteurs ridicules assurément, mais habiles à singer les usages traditionnels de la rhétorique ? Comme ils gesticulent, Dieux immortels ! Comme ils savent adapter la voix, et fredonner, et s'agiter, et changer successivement l'expression de leur visage, et à tout bout de champ s'exclamer ! [...]
J'ai moi-même entendu un fou tout à fait réussi – excusez-moi, je voulais dire un savant homme [1] – expliquer dans une assemblée fameuse le mystère de la Sainte Trinité. Pour établir combien sa science était raffinée, et satisfaire les oreilles théologiennes, il s'engagea dans une voie vraiment nouvelle : il parla de l'alphabet, des syllabes, des parties du discours, de l'accord du sujet et du verbe, de celui de l'adjectif et du substantif. Beaucoup s'étonnaient, et quelques-uns chuchotaient entre eux le mot d'Horace [2] : « Où mènent toutes ces fadaises ? » [...]. À mettre sur pied son discours, ce suprême théologien avait passé huit mois pleins ; il en est devenu aujourd'hui plus aveugle qu'une taupe, toute l'acuité de ses yeux s'étant usée sans doute à la pointe de son esprit. Notre homme ne regrette nullement cette infirmité et trouve qu'il a payé bon marché sa gloire. [...]
[Évoquant le début du discours.] Véritablement, il y avait de quoi rire. Jamais le Grec Démosthène ni le Latin Cicéron [3] n'auraient débuté de cette sorte [...]. Mais nos savants veulent faire, de ce qu'ils appellent leur « préambule », un chef-d'œuvre de rhétorique ; ils croient avoir réussi, s'ils en ont exclu tout rapport avec le sujet, et si l'auditeur émerveillé chuchote : « comment va-t-il s'en sortir ? » [...]
Mais je ne sais qui leur a appris qu'il faut prononcer l'exorde [4] d'une voix posée et sans éclat ; ils commencent donc d'un ton si bas qu'à peine entendent-ils le son de leur voix. Comme s'il y avait le moindre intérêt à parler pour n'être compris de personne ! Ils ont ouï dire que pour émouvoir il faut user d'exclamations ; on les voit donc passer brusquement, et sans nul besoin, de la parole calme au cri furieux. On administrerait de l'ellébore [5] à quiconque crierait

---

1. Le terme « savant » est systématiquement employé de manière ironique dans ce texte. **2.** Poète latin du Ier siècle av. J.-C., notamment célèbre pour ses *Satires.* **3.** Voir note 5, p. 45 et note 1, p. 145. **4.** L'introduction. **5.** Remède traditionnellement administré pour soigner la folie.

ainsi hors de propos. Ensuite, on leur a dit qu'il convient de s'échauffer progressivement en parlant ; lorsqu'ils ont récité tant bien que mal le début de chaque partie, leur voix s'enfle tout à coup prodigieusement pour dire les choses les plus simples ; ils en ont perdu le souffle quand s'achève leur discours. [...]
Vous voyez, je pense, combien me [1] doivent ces gens-là, qui, par leurs mômeries [2], leurs ridicules fadaises et leurs criailleries, exercent une sorte de tyrannie parmi les hommes et se croient des Paul et des Antoine [3].

Rire du gai savoir

Les délices de la méthode expérimentale et de l'ingéniosité personnelle

Au-delà du rire qui dénonce les faux savants, rire et savoir peuvent toutefois s'associer, non pour porter un questionnement inquiet devant le délabrement du savoir, mais pour exprimer au contraire une joie profonde devant les connaissances. C'est alors un rire d'acquiescement et d'adhésion devant le plaisir d'apprendre, manifeste dans l'épisode des chevaux factices ou du torchecul, qui tous deux incitent à se réjouir de la virtuosité de l'enfant, dont l'ingéniosité en remontre aux adultes et les émerveille (chap. XII-XIII). La méthode intuitive et expérimentale, qui manipule les objets et tire ses connaissances non des livres mais de l'expérience – presque ludique – des choses, promeut un empirisme de bon sens activement défendu par les naturalistes. Le professeur de médecine Guillaume Rondelet [4] revendique dès la préface

1. C'est toujours la Folie qui parle : les pseudo-savants sont à ranger parmi les fous. **2.** Terme emprunté au lexique de la farce (mascarade), repris au chap. XVIII (p. 156) à l'entrée en scène de Janotus. **3.** C'est-à-dire des saints irréprochables. Érasme, *Éloge de la folie* [1511], éd. citée, § 53-54, p. 68-73. **4.** Guillaume Rondelet (1507-1566), médecin et naturaliste, rencontre Rabelais sur les bancs de l'université de médecine de Montpellier, avant d'y devenir professeur. Il marque l'histoire des sciences avec un traité expérimental et illustré sur les poissons.

de son traité sur les poissons ces principes méthodiques qu'il juge indispensables pour son travail d'accroissement des connaissances : il faut voir pour savoir, et toucher pour comprendre.

> Je me suis efforcé tant qu'il m'a été possible de déclarer, et d'illustrer par écrit, l'histoire des poissons non assez bien entendue [1] par les livres des anciens que nous avons, ni bien traitée par les nouveaux. [...] Mais ils ont traité cette matière fort mal, car ils ont grandement failli à bien déclarer les parties des poissons nécessaires à leur connaissance, à les nommer, en alléguant les dires des anciens. [...] Moi au contraire, à grand peine et à grands frais, j'ai cherché en notre mer du Languedoc, en la Gaule, en Italie, et autres lieux, plusieurs poissons ; mes amis m'en ont envoyé d'autres. Je les ai ouverts et découpés, j'ai diligemment [2] contemplé toutes les parties intérieures et extérieures [3].

L'ŒIL AMUSÉ PORTÉ SUR LES SAVOIRS EST UN ŒIL AVERTI

Le renouvellement des savoirs est à ce prix : un savoir heureux est celui qui sait sourire de la confrontation des autorités, comme on peut le voir également dans le chapitre III. Lors de la controverse sur les onze mois de la grossesse, Rabelais cite différents savants et autorités selon les usages en vigueur, mais c'est pour mieux faire ressortir la confusion, sinon la contradiction, entre juristes et médecins, entre compilateurs et commentateurs. Il s'amuse ici de la difficulté à s'orienter parmi les avis contraires, difficulté qui fait toute la joie du savant capable de renouveler le propos. Rabelais procède comme les scientifiques de son temps, affirmant une parole iconoclaste, tel l'anatomiste Vésale qui, du haut de ses vingt-huit ans, publie un traité où il déclare devoir contredire le maître à penser en matière d'anatomie depuis la Grèce ancienne, Galien lui-même.

---

1. Comprise. **2.** Scrupuleusement. **3.** Guillaume Rondelet, *L'Histoire entière des poissons*, Lyon, M. Bonhome, 1558, Préface, p. 4 [orthographe modernisée].

> La renaissance de l'art de la dissection, la lecture attentive des livres de Galien et la restitution irréprochable de plusieurs passages, tout cela nous prouve clairement que Galien n'a jamais disséqué de corps humains, mais que trompé par ses singes (bien qu'il ait eu deux cadavres humains secs à sa disposition)[1], il s'est souvent montré injuste dans ses attaques contre les médecins antiques qui avaient pratiqué la dissection des corps humains. [...]
> Il ne m'échappe pas qu'en raison de mon âge (je n'ai pas vingt-huit ans révolus), mon essai aura peu d'autorité et que les dénonciations fréquentes des théories fausses de Galien ne le mettront pas à l'abri des attaques de ceux qui n'ont pas assisté à mes cours d'anatomie ou qui n'ont pas fait eux-mêmes de dissections[2].

Partagé entre le respect dû aux maîtres et la nécessité de souligner leurs insuffisances, l'apprentissage progressif de l'irrespect conduit à refonder le discours savant pour revendiquer, à la première personne et par l'expérience, les découvertes les plus audacieuses, associant rire et savoir d'une manière constructive et heureuse. Rabelais, qui connaît ce type de postures savantes, les rend plus réjouissantes encore en les adaptant à ses objets loufoques, grossesse géante ou incongru torchecul.

En lisant *Gargantua*, le lecteur est ainsi appelé à un vaste questionnement sur l'état des savoirs. Le rire intervient en tant qu'outil ; c'est un agent révélateur destiné à éveiller les consciences, à faire réfléchir afin de démasquer et d'accuser. Il a en effet l'avantage de pouvoir adopter plusieurs colorations. Le rire du restaurateur de textes qui œuvre en buvant est un rire satisfait et inspiré, heureux du défi à relever comme du travail bien fait. En revanche, c'est un rire satirique qui vise la démystification des imposteurs, un rire désabusé aussi, triste de constater que les livres, parfois, rendent les élèves idiots au lieu de leur offrir une émancipation. Enfin, Rabelais déploie le

1. Pour établir l'anatomie humaine, Galien a disséqué des singes. **2.** André Vésale, *La Fabrique du corps humain* [*De humani corporis fabrica*], éd. citée.

rire formidable de la découverte, rire proféré devant l'étincelle ingénieuse d'une jeunesse créative, qui par la réflexion ou l'expérimentation sait trouver le courage de remettre en question les autorités anciennes pour imposer sa voix, ses idées et la vivacité de son esprit. Quelle que soit la forme qu'il prenne, c'est donc toujours un rire ambitieux, enrichissant, qui prévaut chez Rabelais, accusant d'un côté les ridicules, encourageant, de l'autre, la vie des idées.

CHRONOLOGIE

1483 (ou 1494) : Naissance de Rabelais au logis de La Devinière, près de Chinon.

1492 : Christophe Colomb découvre l'Amérique en abordant à Cuba et en Haïti.

1498 : Vasco de Gama arrive aux Indes en passant par le cap de Bonne-Espérance.

1511 : Érasme, *Éloge de la folie.*

1513 : Nicolas Machiavel écrit *Le Prince* (qui ne sera publié qu'en 1532).

1515 : Sacre de François Ier et victoire de Marignan.

1516 : Érasme, *L'Institution du prince chrétien.*
Thomas More, *L'Utopie.*

1519 : Charles Quint est élu empereur.

1520 : Rabelais est moine au couvent des Cordeliers du Puy-Saint-Martin, dans l'ordre des Franciscains de Fontenay-le-Comte, alors capitale florissante du Bas-Poitou. Dans ce couvent, il fait la connaissance de Pierre Amy, cordelier et féru, comme lui, de grec. Dans la ville, il fréquente le cénacle du docte juriste André Tiraqueau, lieutenant général du sénéchal du Poitou, et rencontre aussi, entre autres, Amaury Bouchard, alors lieutenant général du sénéchal de Saintonge, juriste également intéressé par les questions touchant au mariage.

1521 : Lettre de Rabelais à Guillaume Budé.

1524 : Rabelais fuit le couvent du Puy-Saint-Martin, où ses livres grecs lui avaient été confisqués par ses supérieurs. Il trouve refuge auprès de Geoffroy d'Estissac, l'abbé de Maillezais, et devient alors moine bénédictin. Il accompagne l'abbé éclairé sur ses terres, à Coulonges-sur-l'Autize, à Lusignan, à Ligugé et en d'autres lieux du pays de Mélusine. Il partage en ces occasions de nombreuses discussions avec les érudits de cette région, et se lie, en particulier, avec le poète et chroniqueur Jean

Bouchet. Rabelais adresse une supplique au pape Clément VII pour son transfert des Franciscains aux Bénédictins, et obtient un indult.

1525 : Défaite de François Ier devant les troupes impériales à Pavie. Le roi de France est fait prisonnier par Charles Quint. Conduit en Espagne, il sera libéré l'année suivante moyennant, entres autres, la restitution de la Bourgogne et de Milan à l'Espagne. Les deux fils aînés de François Ier sont gardés comme otages.

1527 : Sac de Rome par les troupes de Charles Quint.

1529 : Érasme, *De l'éducation des enfants.*

1530 : Création du Collège de France par François Ier.
Rabelais étudie la médecine à l'université de Montpellier et assiste à une leçon d'anatomie organisée par Guillaume Rondelet. Il est reçu bachelier en médecine.

1531 : Rabelais fait un cours de médecine à Montpellier sur les *Aphorismes* d'Hippocrate et l'*Ars parva* de Galien.

1532 : Il est nommé médecin à l'Hôtel-Dieu de Lyon. Il côtoie sans doute des vérolés et des goutteux.
Lettre de Rabelais à Érasme.
Pantagruel, publié à Lyon sous le pseudonyme d'« Alcofribas Nasier, abstracteur de quinte essence », chez l'éditeur Claude Nourry.
Pantagruéline Prognostication pour 1533, publiée sous le nom de François Rabelais, « docteur en médecine et professeur en astrologie ».
Publication à Lyon chez Sébastien Gryphe du second tome des *Lettres médicales* de Manardi avec une dédicace à Tiraqueau. C'est le début d'une série d'éditions savantes en latin que Rabelais réalise chez cet éditeur pour mettre au jour des textes anciens : quatre traités d'Hippocrate avec une dédicace à Geoffroy d'Estissac et l'*Ars parva* de Galien, dans une traduction latine établie à partir d'un manuscrit grec inédit.

1534 : Voyage et séjour à Rome avec le cardinal Jean Du Bellay. À son retour, il publie la *Topographie de Rome* de Marliani chez Sébastien Gryphe (avec dédicace à Jean Du Bellay).
Expédition de Jacques Cartier au Canada.
Affaire des Placards.

1534 (ou 1535) : Publication de *Gargantua* sous le pseudonyme d'Alcofribas Nasier.

1535-1536 : Second séjour de Rabelais à Rome avec le cardinal Jean Du Bellay. Il demande au pape Paul III l'absolution pour son apostasie et sollicite l'autorisation de passer dans un ordre bénédictin. Le bref de Paul III autorise Rabelais à exercer la médecine mais gratuitement, et sans employer le fer ni le feu. Il est également autorisé à passer dans le monastère bénédictin de Saint-Maur-des-Fossés. De Rome, Rabelais correspond avec Geoffroy d'Estissac à qui il envoie trois lettres et des échantillons de plantes et légumes.

1537 : Rabelais est reçu docteur en médecine à Montpellier.

1538-1542 : Rabelais est à Turin (avec retours épisodiques en France) en compagnie de Guillaume Du Bellay, seigneur de Langey, gouverneur du Piémont.

1541 : *Almanach pour l'an 1541*, signé du nom de Rabelais, et *Prognostication pour 1541*, signée Seraphino Calbarsy.

1542 : Édition révisée et définitive, chez François Juste, de *Pantagruel* et *Gargantua*.

1543 : Ces deux ouvrages sont mis à l'Index des livres prohibés par la Sorbonne, faculté de théologie.
Mort de Guillaume Du Bellay et de Geoffroy d'Estissac : Rabelais perd deux amis et protecteurs.

1546 : Publication à Paris, chez Chrétien Wechel, du *Tiers Livre* sous le nom de François Rabelais, docteur en médecine. Quelques mois plus tard, le livre est inscrit sur la liste des ouvrages censurés par la Sorbonne. Rabelais se réfugie à Metz, alors ville dépendant de l'empire de Charles Quint, pour échapper aux poursuites de la Sorbonne. Il y est nommé médecin de la ville.

1547 : Mort de François Ier. Avènement d'Henri II. Établissement d'une Chambre ardente chargée de juger puis d'exécuter les hérétiques.
Départ de Rabelais pour Rome en tant que médecin de Jean Du Bellay, lui-même chargé de représenter le roi de France en Italie. Il y reste sans doute jusqu'en 1548.

1548 : Publication d'une première version du *Quart Livre*, qui ne comprend que les onze premiers chapitres. Ouvrage dédié à Odet de Coligny, cardinal de Châtillon.

1549 : Publication de *Sciomachie* chez Sébastien Gryphe.
Attaque contre Rabelais de Gabriel de Puy-Herbault, moine de Fontevrault.

1550 : Attaque contre Rabelais de Jean Calvin dans son traité *Des scandales.*

1551 : Rabelais se voit attribuer la cure de Meudon.
Le catalogue des livres censurés par la Sorbonne signale toujours *Gargantua*, *Pantagruel* et le *Tiers Livre.*

1552 : Publication chez Michel Fezandat du *Quart Livre*, dans sa version définitive. Chez le même éditeur paraît une édition du *Tiers Livre* « revue et corrigée par l'auteur sur la censure antique ». Deux mois après la publication, la vente du *Quart Livre* est suspendue par décret du Parlement à la demande de la faculté de théologie.

1553 : Mort de Rabelais.

1562 : Publication de *L'Île sonnante* (premiers chapitres du futur *Cinquième Livre*).

1564 : Publication du *Cinquième Livre*, œuvre dont l'authenticité est contestée.
Publication des *Songes drolatiques de Pantagruel* de François Desprez.

ANNEXES

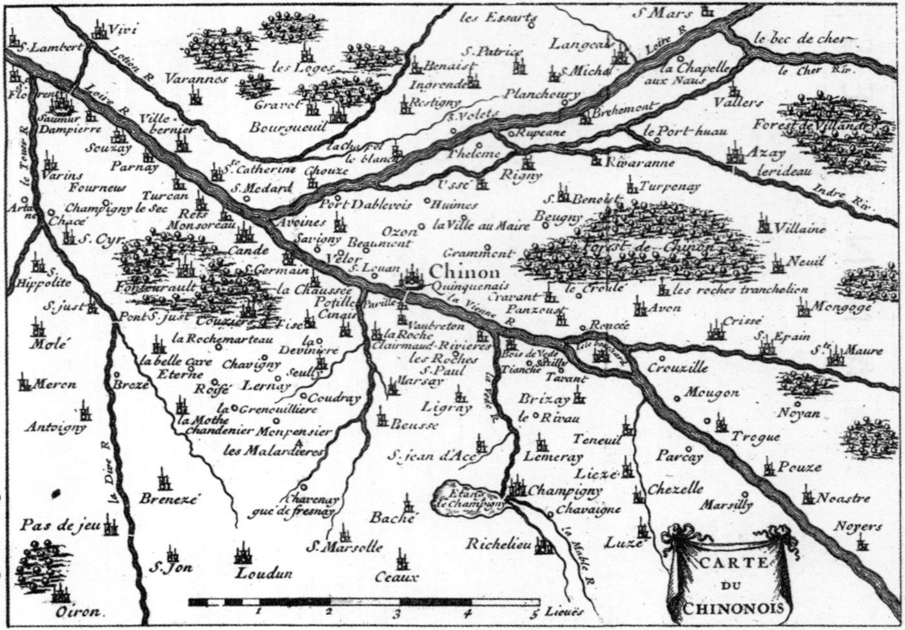

Le théâtre de la guerre picrocholine : carte du Chinonais (1725).

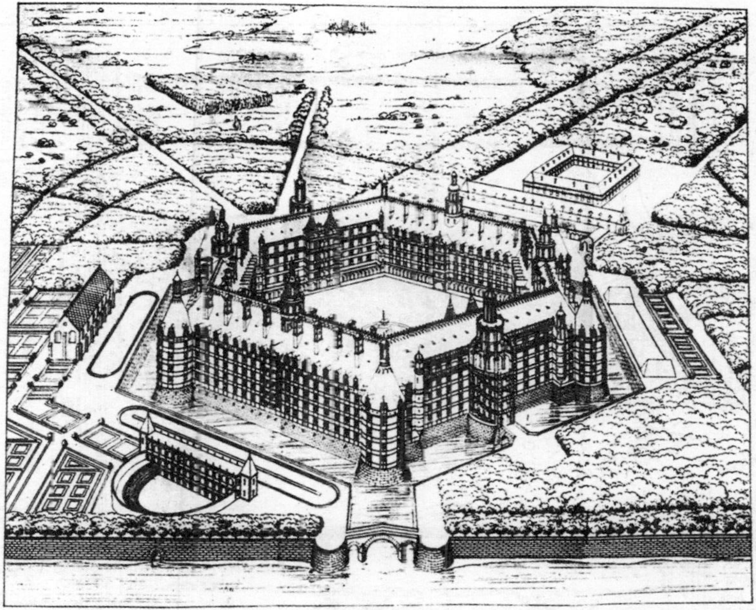

Restitution de l'abbaye de Thélème par Ch. Lenormant et Ch. Questel, *Rabelais et l'architecture de la Renaissance* (1840).

Frontispice d'un manuel de navigation espagnol (XVIIe siècle) portant la devise de Charles Quint, *Plus ultra*.

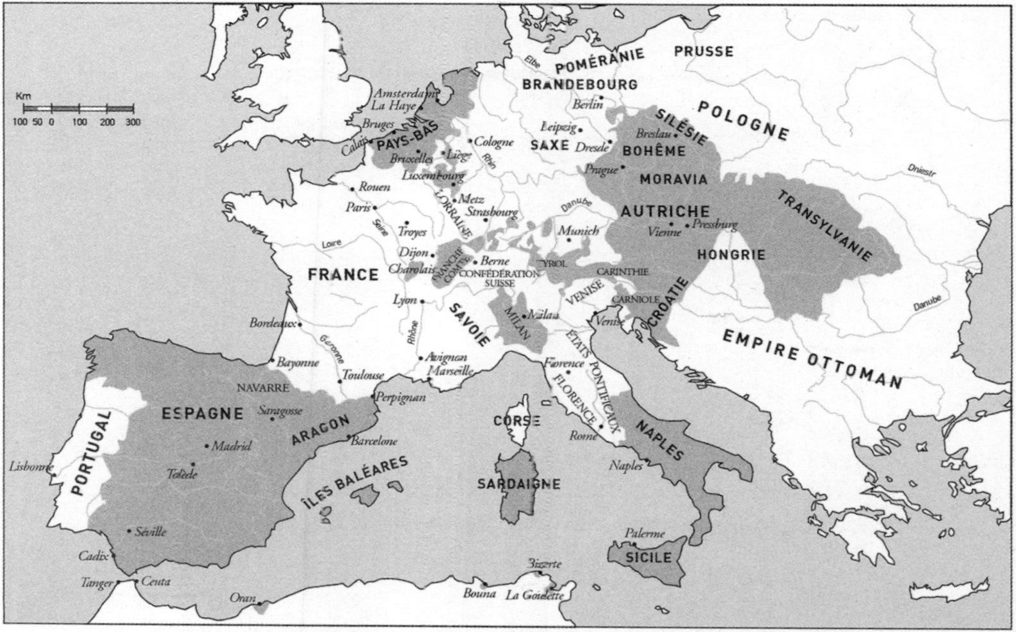

Les possessions des Habsbourg en Europe à l'abdication de Charles Quint (1556).

INDEX DES NOMS PROPRES

1 — *Noms de lieux*

2 — *Noms de personnes*

3 — *Noms de personnages*

Cet index concerne les noms propres, réels ou fictifs, cités par Rabelais et n'inclut pas ceux qui sont cités dans les annotations. L'orthographe des noms est systématiquement donnée dans sa version modernisée. Les numéros de pages renvoient à la translation en français moderne.

1 — *Noms de lieux*

LIEUX SITUÉS DANS LE CHINONAIS

Lieux situés en France (hors Chinonais)

LIEUX SITUÉS HORS DE FRANCE

2 — *Noms de personnes*

Les éléments placés après une virgule sont les précisions données par Rabelais ; ceux placés entre parenthèses sont ajoutés par l'éditeur.

Noms collectifs

Noms d'individus

3 Noms de personnages

BIBLIOGRAPHIE

QUELQUES GRANDS TEXTES DE LA RENAISSANCE HUMANISTE

ÉRASME, *Éloge de la folie* [1511], trad. Pierre de Nolhac, GF-Flammarion, 1964.

MACHIAVEL, Nicolas, *Le Prince* [1513], trad. Yves Lévy, GF-Flammarion, 1980.

MORE, Thomas, *L'Utopie* [1516], trad. Marie Delcourt, GF-Flammarion, 1987.

CASTIGLIONE, Baldassare, *Le Livre du courtisan* [1528], trad. Alain Pons d'après Gabriel Chappuis, GF-Flammarion, 1991.

RABELAIS, François, *Pantagruel* [1532-1542], translation de Guy Demerson, Le Seuil, « Points », 1973.

NAVARRE, Marguerite DE, *L'Heptaméron* [1558], éd. Simone de Reyff, GF-Flammarion, 1982.

MONTAIGNE, Michel DE, *Des cannibales* [1580-1595], modernisation de Christine Bénévent, Gallimard, « Folioplus classiques », 2008.

Anthologie des humanistes européens de la Renaissance, éd. Jean-Claude Margolin, Gallimard, « Folio », 2007.

De l'éducation. Apprendre et transmettre de Rabelais à Pennac. Anthologie, éd. Nathalie Marinier, Flammarion, « Étonnants Classiques », 2006.

SUR LA RENAISSANCE

BLASSELLE, Bruno, *Histoire du livre*, t. I, *À pleines pages*, Gallimard, « Découvertes », 1997.

CHARTIER, Roger, et MARTIN, Henri-Jean, *Histoire de l'édition française*, t. I, *Le Livre conquérant*, Fayard, 1989.

CHRISTIN, Olivier, *Les Réformes : Luther, Calvin et les protestants*, Gallimard, « Découvertes », 1995.

FRAGONARD, Marie-Madeleine, *Les Dialogues du prince et du poète : littérature française de la Renaissance*, Gallimard, « Découvertes », 1990.

HUCHON, Mireille, *Le Français de la Renaissance*, PUF, « Que sais-je ? », 1998.

–, *Histoire de la langue française*, Le Livre de Poche, 2002.

JEANNERET, Michel, *Des mets et des mots*, José Corti, 1987.

–, *Le Défi des signes. Rabelais et la crise de l'interprétation à la Renaissance*, Orléans, Paradigme, 1994.

JOUANNA, Arlette (dir.), *La France de la Renaissance. Histoire et dictionnaire*, Robert Laffont, « Bouquins », 2001.

LESTRINGANT, Frank, et ZINK, Michel (dirs), *Histoire de la France littéraire*, t. I, *Naissances, Renaissances : Moyen Âge-XVIe siècle*, PUF, 2006.

MÉNAGER, Daniel, *La Renaissance et le rire*, PUF, « Perspectives littéraires », 1995.

PEREZ, Joseph, *Charles Quint, empereur des deux mondes*, Gallimard, « Découvertes », 1994.

PETEY-GIRARD, Bruno, et VÈNE, Magali (dirs), *François Ier : pouvoir et image*, Bibliothèque nationale de France, 2015.

TOURNON, André (dir.), *Histoire de la littérature française du XVIe siècle*, Rennes, Presses universitaires de Rennes, 2004.

TROTOT, Caroline, *L'Humanisme et la Renaissance. Anthologie*, Flammarion, « Étonnants Classiques », 2009.

SUR L'ŒUVRE DE RABELAIS ET SUR *GARGANTUA*

BAKHTINE, Mikhaïl, *L'Œuvre de François Rabelais et la culture populaire au Moyen Âge et sous la Renaissance*, trad. Andrée Robel, Gallimard, « Bibliothèque des idées », 1970.

BON, François, *La Folie Rabelais*, Les Éditions de Minuit, 1990.

CÉARD, Jean, « Rabelais lecteur et juge des romans de chevalerie », *Études rabelaisiennes*, t. XXI, Genève, Droz, 1988, p. 237-248.

CHARLES, Michel, *Rhétorique de la lecture*, Le Seuil, 1977.

CORNILLIAT, François, « On Sound Effects in Rabelais », *Études rabelaisiennes*, t. XXXIX, Genève, Droz, 2000, p. 137-167 (1re partie) ; t. XLII, 2003, p. 7-55 (2e partie).

DEFAUX, Gérard, *Rabelais agonistes : du rieur au prophète*, Genève, Droz, 1997.

DEMERSON, Guy, *Humanisme et facétie : quinze études sur Rabelais*, Orléans, Paradigme, 2000.

DESROSIERS-BONIN, Diane, « Les *Chroniques gargantuines* et la parodie du chevaleresque », *Études françaises*, 32/1, 1996, p. 85-95 ; disponible en ligne : http://www.erudit.org/revue/etudfr/1996/v32/n1/036013ar.html ?vue=resume.

ESCLAPEZ, Raymond, « La parodie des *Antiquités* chez Rabelais », *Nouvelle Revue du seizième siècle*, 7, 1989, p. 25-36.

HUCHON, Mireille, *Rabelais grammairien*, Genève, Droz, 1981.

–, Introduction aux *Œuvres complètes* de Rabelais, Gallimard, « Bibliothèque de la Pléiade », 1994.

–, *Rabelais*, Gallimard, « Biographics », 2011.

JEANNERET, Michel, *Le Défi des signes. Rabelais et la crise de l'interprétation à la Renaissance*, Orléans, Paradigme, 1994.

LA CHARITÉ, Claude, « Rabelais lecteur de Politien dans le *Gargantua* » ; disponible en ligne : http://cornucopia16.com/blog/2014/07/20/janvier-2012-claude-la-charite-u-du-quebec-a-rimouski-uqar-rabelais-lecteur-de-politien-dans-le-gargantua/.

LE CADET, Nicolas, *L'Évangélisme fictionnel*, Classiques Garnier, 2011.

MARGOLIN, Jean-Claude, « Rire avec Érasme, à l'ombre de Rabelais », dans Michel Simonin (éd.), *Rabelais pour le XXIe siècle*, *Études rabelaisiennes*, t. XXXIII, Genève, Droz, 1998, p. 9-29.

MARRACHE-GOURAUD, Myriam, *Hors toute intimidation. Panurge ou la parole singulière*, Genève, Droz, 2003.

–, « Le voyage d'un moine moinant », dans *En relisant le Quart Livre de Rabelais*, Presses de l'université Paris-7, *Cahiers Textuel*, 35, 2012, p. 45-56.

–, « Le pantagruélisme du *Quart Livre* ou les intermittences de la joie », dans Marie-Luce Demonet et Stéphan Geonget (éds), *Un joyeux quart de sentences*, Genève, Droz, 2012, p. 123-140.

MENINI, Romain, *Rabelais altérateur*, Classiques Garnier, 2014.

MILHE-POUTINGUON, Gérard, *Gargantua*, Bordas, 2004.

POUILLOUX, Jean-Yves, *Rabelais, rire est le propre de l'homme*, Gallimard, « Découvertes », 1993.

RIGOLOT, François, *Les Langages de Rabelais*, Genève, Droz, 1972.

–, « L'affaire du torchecul : Michel-Ange et l'emblème de la charité », *Études rabelaisiennes*, t. XXI, Genève, Droz, 1988, p. 213-224.

ROUGET, François, « Rabelais lecteur de Castiglione et de Machiavel à Thélème », *Études rabelaisiennes*, t. XLII, Genève, Droz, 2003, p. 101-116.

SAINÉAN, Lazare, *La Langue de Rabelais*, Genève, Slatkine Reprints, 1976 [1922-1923].

SAULNIER, Verdun-Louis, *Rabelais dans son enquête*, t. I, *La Sagesse de Gargantua. Le dessein de Rabelais*, SEDES, 1983.

SCREECH, Michael A., « The Sense of Rabelais's "Énigme en prophétie" », *Bibliothèque d'humanisme et Renaissance*, 18, 1956, p. 392-404.

–, *Rabelais*, trad. Marie-Anne de Kisch, Gallimard, 1992 [1979].

TOURNON, André, *En sens agile. Les acrobaties de l'esprit selon Rabelais*, Honoré Champion, 1995.

–, « Le pantagruélisme, mode de lecture du *Tiers Livre* », *Littératures*, 33, 1995, p. 5-16.

–, « Rire pour comprendre. Essai d'herméneutique pantagruélienne », *Bulletin de l'Association d'étude sur l'humanisme, la Réforme et la Renaissance*, 59/1, 2004. p. 7-22 ; disponible en ligne : http://www.persee.fr/web/revues/home/prescript/article/rhren_0181-6799_2004_num_59_1_2653.

VIGLIANO, Tristan, « Pour en finir avec le prologue de *Gargantua* ! », *@nalyses, revue de critique et de théorie littéraire*, 3/3, automne 2008 ; disponible en ligne : https ://uottawa.scholarsportal.info/ojs/index.php/revue-analyses/article/view/704/605?id=1168.

VINTENON, Alice, « Vrais et faux hiéroglyphes dans *Gargantua* » ; disponible en ligne : http://cornucopia16.com/blog/2014/07/22/janvier-2012-alice-vintenon-u-paris-ouest-vrais-et-faux-hieroglyphes-dans-gargantua.

ZAERCHER, Véronique, *François Rabelais. Gargantua*, Bréal, 2003.

TABLE

Gargantua

DOSSIER

Cet ouvrage a été mis en pages par

<pixellence>

Imprimé en France par Maury Imprimeur en septembre 2021
N° d'impression : 257218